Цикл «ВТОРОЙ АПОКАЛИПСИС»

Князь Пустоты:

Тьма прежних времен
Воин-Пророк
Тысячекратная мысль

Аспект-Император:

Око Судии
Воин Доброй Удачи
Великая Ордалия
Нечестивый Консульт

Р. СКОТТ БЭККЕР

ВЕЛИКАЯ ОРДАЛИЯ

fanzon

Москва
2021

УДК 821.111-312.9(71)
ББК 84(7Кан)-44
   Б97

R. Scott Bakker
The Great Ordeal

Copyright © 2016 by R. Scott Bakker

Дизайн серии *А. Саукова*
Оформление *А. Дурасова*
Иллюстрация на переплете *П. Трофимова*

Бэккер, Р. Скотт.
Б97 Великая Ордалия / Р. Скотт Бэккер ; [перевод с английского Ю. Соколова, А. Баранова]. — Москва : Эксмо, 2021. — 624 с. — (Fantasy World. Лучшее современное фэнтези).

ISBN 978-5-04-120280-4

Великая Ордалия продолжает свое эпическое наступление на север. Запасы постепенно истощаются, и Аспект-Император дозволяет начать употреблять мясо убитых шранков в пищу. Это может привести к последствиям, которые даже Он не может предвидеть.
Боевые барабаны Фаним стучат у стен города императрицы, безуспешно ищущей своего сына.
Глубоко в недрах Ишуали волшебник Ахкеймион борется со своим страхом, что все его действия бесцельны и бессмысленны.
История «Второго Апокалипсиса» продолжается. Р. Скотт Бэккер возвращает нас в свой мир оживших мифов, запретной магии и нечеловеческих народов.

УДК 821.111-312.9(71)
ББК 84(7Кан)-44

© А. Баранов, перевод на русский язык, 2021
© Ю. Соколов, перевод на русский язык, 2021
© Издание на русском языке, оформление.
ООО «Издательство «Эксмо», 2021

ISBN 978-5-04-120280-4

ПРОЛОГ

Момемн

> И ничто не было ведомо или неведомо, и не было голода.
> Все было Единым в безмолвии, и было оно как Смерть.
> А потом было сказано Слово, и Единое стало Многим.
> Деяние было высечено из бедра Сущего.
> И Одинокий Бог молвил: Да будет Обман. Да будет Желание...
>
> *Книга Фана*

Конец лета, 20 год Новой империи (4132 год Бивня), Момемн

За всем смятением войн за Объединение, за всеми трудами материнства и императорского статуса Анасуримбор Эсменет не переставала читать. Во всех дворцах, захваченных ее божественным мужем ради покоя и уюта супруги, не было недостатка в книгах. В тенях засушливого Ненсифона она дивилась неяркой красоте Сирро, в знойном Инвиши задремывала над изысканной точностью Касидаса, в хладной Освенте хмурилась над глубинами Мемговы.

Над горизонтом часто поднимались столбы дыма. Священное Кругораспятие ее мужа ложилось на стены, украшало щиты, перехватывало нагие шеи. Дети мужа следили за ней Его всеядными глазами. Рабы смывали и стирали кровь и краску, а потом заштукатуривали сажу. И там, где предоставлялась возможность, Эсменет пожирала все, что могла, из великой классики Раннего Кенея и многоязычных шедевров Поздней Кенейской империи. Она улыбалась шальным лэ Галеота, вздыхала над любовной лирикой Киана, злилась над назидательными речитативами, обычными в Се Тидонне.

Однако при всей мудрости и разнообразии этих произведений все они парили в эфире фантазии. Эсменет обнаружила, что одна лишь история обладала родственной ей природой. Читать исторические труды значило для нее читать о себе в манере одновременно конкретной и абстрактной — от донесений императорского двора Кенея поры Ближней Древности у нее нередко мурашки бежали по коже, столь жутким казалось сходство. Каждый поглощенный ею трактат и каждая хроника обнаруживали те же устремления, те же пороки, те же обиды, ту же ревность и горести. Менялись имена, сменяли друг друга национальности, языки и века, но те же самые уроки вечно оставались невыученными. По сути дела, она знакомилась едва ли не с музыкальными вариациями, в различных тональностях разыгранными на душах и империях, уподобленных струнам лютни. Опасность гордыни. Конфликт доверия. Необходимость жестокости.

И над всеми временами властвовал один-единственный урок — досадный и, во всяком случае для нее, отвратительный и неприглядный...

Власть не сулит безопасности.

История убивает детей слабых правителей.

Карканье боевых рогов, так непохожее на протяжный распев рогов молитвенных, легло на город. Момемн был охвачен смятением. Подобно чаше воды, поставленной на основание несущейся колесницы, город волновался, трепетал и выплескивался через край. Ибо скончался Анасуримбор Майтанет, Святейший шрайя Тысячи Храмов. Пульсировали воздушные сердца барабанов фаним, грозили с запада. Имперские аппаратарии и шрайские рыцари спешили защитить столицу — открыть арсеналы, успокоить возбужденных,

Пролог. Момемн

занять куртины великих стен. Однако благословенная императрица Трех Морей торопилась защитить свое сердце...

— Ее сын.

— Кельмомас скрывается во дворце... — проговорил Майтанет, прежде чем получить удар от своего убийцы.

— Как? В одиночестве?

Инкаусти в золотых панцирях — прежде приглядывавшие за ней как за пленницей своего господина — ныне сопровождали ее как свою имперскую владычицу. Памятуя об осаждавших Ксотею толпах, они предпочли покинуть храм чередой заплесневелых тайных тоннелей, в ином веке служивших сточными канавами. Предводитель, рослый массентианин по имени Клиа Саксиллас, вывел их к выходу, расположенному в окрестностях Кампосейской агоры, где обнаружилось, что улицы запружены теми же самыми толпами, которых они хотели избежать, — душами, столь же стремящимися к обретению своих любимых, как и сама Эсменет.

Повсюду, насколько хватало глаз, мир ее состоял из бурлящих людских сборищ, каменных желобов, наполненных возбужденными толпами. Над уличным хаосом высились мрачные и безразличные дома. Отборные охранники Майтанета с боем создали вокруг нее свободное пространство, они трусили рысцой там, где улицы позволяли это, а в других местах бранью и дубинками прокладывали путь сквозь потоки и струи несчетных толп. На каждом перекрестке Эсменет приходилось переступать через павших — тех несчастных, кто не сумел или не захотел уступить дорогу своей благословенной императрице. Она знала, что начальник стражи Саксиллас считает безумием ее вылазку на Андиамианские высоты в такое время. Однако служба Анасуримборам подразумевала безумие во имя чудес. И, если на то пошло, ее требование только укрепило его верность, подтвердило то божественное достоинство, которое, как ему казалось, он заметил у нее в великих и мрачных пустотах Ксотеи. Служить божественной сущности значило обитать посреди частей целого. Лишь твердость в вере отличает верующего от безумца.

Но, как бы то ни было, его шрайя мертв, его аспект-император воюет в дальних краях, и вся его верность теперь принадлежит ей одной. Ей, сосуду священного семени ее мужа. Ей, благословенной императрице Трех Морей! И она спасет своего сына — даже если ради этого придется испепелить весь Момемн.

Он не таков, каким ты его считаешь, Эсми.

И посему, объятая подобающим матери ужасом, она неслась по охваченным смятением улицам, кляла и хвалила инкаусти, когда что-то замедляло их продвижение. Среди всех несчастий, перенесенных во время затворничества, не было ничего более горького, чем потеря Кельмомаса. Сколько же страж пришлось ей, со слезами на глазах, с комком в горле, трепетать всем телом из-за его отсутствия? Сколько же молитв вознесла она, чтобы рассеять непроглядную тьму? Сколько обетов и в чем принесла? Сколько ужасных видений было послано ей взамен? Сцен, явившихся из прочитанных ужасных историй о маленьких принцах, удавленных или задушенных... о маленьких принцах, заморенных голодом, ослепленных, проданных извращенцам...

— Бейте их! — взвыла она, обращаясь к стражам шрайи. — Прокладывайте дорогу дубинками!

Нами повелевает знание, пусть самомнение считает иначе. Знание направляет наши решения и тем самым руководит нашими деяниями — столь же непреклонно, как хлыст или батог. Эсменет отчетливо представляла, какая участь ждет князей во времена революций и падения тронов. И вот империя ее мужа рушилась вокруг нее, а значит, она должна во что бы то ни стало найти сына.

Фаним придется подождать. И совершенно неважно, оставался ли Майтанет верным ее мужу, — искренне думала более коварная душа Эсменет. Значение имело лишь то, что его собственные слуги считали именно так, что они по-прежнему не знали покоя и что один из них мог найти ее сына! Она своими глазами видела их жестокость — видела, как они убили влюбленного в нее Имхайласа! Она, как и всякая женщина, знала, что мужчины склонны делать

Пролог. Момемн

козлами отпущения других, дабы унизить. И теперь, когда Майтанет погиб, кто мог сказать, как его последователи отыграются за него, на каком невинном существе выместят свое горе и ярость?

Теперь, когда Майтанета уже нет в живых.

Мысль эта заставила ее дрогнуть, оградиться от круговорота толпы поднятыми руками, посмотреть на виноградную гроздь, вытатуированную шриальной кровью на сгибе ее левой ладони. Эсменет сомкнула глаза посреди смятения, пожелав увидеть перед собой своего маленького мальчика. Но вместо сына увидела почти нагого ассасина-нариндара посреди позолоченных идолов, Святейшего шрайю Тысячи Храмов, распростертого у его ног в луже черной, словно смола, крови, на которой играли искорки отражений.

Брат ее мужа. Майтанет.

Мертв. Убит.

А вокруг барабаны фаним возмущали сердца...

Момемн повергнут в смятение.

Наконец, наконец-то они вырвались из щелей улиц на относительно открытую дорогу Процессий, и инкаусти инстинктивно перешли на рысь. Никакая всеобщая паника не могла изгладить знаменитое зловоние Крысиного канала. Андиаминские Высоты безмолвно господствовали над Императорским кварталом, ее ненавистным домом, чьи мраморные стены блестели на солнце под медными кровлями...

Она лихорадочно огляделась, не увидев ни струйки дыма, ни знака вторжения, и вдруг заметила маленькую девочку, рыдающую над женщиной, распростертой на жесткой брусчатке. Кто-то нарисовал серп Ятвер на опухшей щеке ребенка.

— Мама! Ма-ама-ма-ама-ма-ама!

Эсменет отвернулась, не позволив себе ни капли сочувствия.

Умер Святейший шрайя Тысячи Храмов.

Она не могла думать о том, что сделала. Она не могла сожалеть.

Теперь вперед, к ненавистному дому. Туда вела ее война.

Тишина Имперского квартала никогда не переставала изумлять ее. Лагерь скуариев излучал тепло, нагревая воздух. Монументы, изваяния, покрытые черными и зелеными пятнами. Причудливые архитравы, вырисовывающиеся на фоне неба. Возносящиеся колонны, замкнутые интерьеры, сулящие прохладу и полумрак.

От этого крики Эсменет звучали еще более резко и тревожно.

Кел!

Пожалуйста!

Кел! Нам ничего не грозит, мой любимый! Я твоя мать, я вернулась!

Я победила!

Твой дядя мертв...

Твой брат отмщен!

Она не заметила, когда потекли слезы.

Андиаминские Высоты поднимались перед ней: дворцовые крыши, колонны, террасы, яркий мрамор под лучами утреннего солнца, блеск меди и золота.

Тишина... привороженная к этому месту.

Кел! Кельмомас!

Она запретила инкаусти следовать за ней. Всякий протест, который они могли бы высказать, остался непроизнесенным. Недоверчивой и неверной походкой шла она по мрачным залам Аппаратория. Скорее плыла, нежели шла, настолько велик был ее ужас... Надежда, величайшее из сокровищ беспомощных, способность предполагать знание, недоступное обстоятельствам. И пока она скрывалась в покоях Нареи, Эсменет всегда могла надеяться, что ее мальчик сумел спастись. Подобно рабыне, ей оставалось питаться и упиваться надеждой.

Теперь же перед ней лежала нагая истина. Истина и опустошение.

Кельмома-а-ас!

Безмолвие... нутряное ощущение пустоты, овладевающее прежде бойким и бурлящим местом, если лишить его движения и жизни. Ограбленные покои. Тусклые в сумраке золоченые панели, холодом дышат наполненные благоуханным пеплом курильницы — даже сценки, вышитые на шторах, кажутся бурыми и словно осенними. Лужи засохшей крови пятнают и марают полированные полы. Отпечатки сапог. Отпечатки ладоней. Даже контур лица, запечатленный шероховатой бурой линией. В каждом встречном коридоре искала она бледный отсвет, всякий раз исчезавший при ее приближении.

Скорлупа, раковина, понимала она, — череп о многих покоях. Ее собственный дом.

Кел!

Голос ее скреб пустынные недра дома, и силы его не хватало, чтобы породить эхо.

Это я-а-а!

Она начала поиски в Аппаратории, поскольку сеть тайных ходов из него задевала каждую комнату и нишу дворца. Если там было одно место, подумала она... Одно место!

Это мама!

При всей благословенной человечности своего ребенка она не сомневалась в его стойкости и находчивости. Среди всех ее детей он в наибольшей степени был похож на нее — и в меньшей степени на дунианина. Он обладал малой долей крови его отца. Божественной крови.

И проклятой.

Кельмомас!

Ничто не может оказаться настолько отсутствующим — настолько *недостающим*, — как пропавшее дитя. Дети настолько рядом, они скорее здесь, чем там, пальчики их щекочут, они заходятся смехом, смотрят на тебя с бездумным обожанием, лезут к тебе на колени, на бедра, на ручки, их тело всегда здесь, они хотят, чтобы их брали на руки и поднимали, прижимали к груди, которую они считают своим престолом. Пусть хмурятся инкаусти! Пусть не одобряют мужчины! Что им известно о материнстве, об этом безумном чуде, когда вырванный из твоих недр комок липнет к тебе, вопит и хихикает, и познает все, что можно здесь познавать?

Проклятье!

Она застыла недвижно посреди обысканного ею мрака, напрягаясь, дабы услышать ответ на зов охрипшего голоса. Дальний ропот барабанов фаним едва мог прикоснуться к ее слуху. Она сипло дышала.

Где же ты?

Она побежала по мраморным коридорам, надеясь, что он может быть там, ужасаясь тому, что он может быть там, задыхаясь, неровно ступая, озираясь по сторонам, только озираясь, но не замечая ничего и не уставая искать его...

Кел! Кел!

Она летела по дворцу, позолоченному лабиринту, бывшему ее домом, — разбившаяся вдребезги, обезумевшая, сотрясаемая рыданиями, выкрикивающая его имя игривым мелодичным тоном. Такой-то и застанут ее неотесанные захватчики, осознавала часть ее души. Такой фаним увидят благословенную императрицу Трех Морей — одинокую в собственном дворце, воркующую, визжащую, гогочущую, растерзанную на куски оскалившимся миром.

Она бежала, пока нож еще не чиркнул сзади по ее горлу, пока еще наконечники копий не обагрили ее бока. Она бежала, пока сами ступни ее, все стремившиеся умчаться друг от друга, не превратились в обеспамятевших от страха беженцев — пока собственное дыхание ее не стало казаться зверем, скакавшим рядом, вывалив красный язык.

Кел!

Она упала, не столько споткнувшись, как обессилев. Пол отпустил ей пощечину, ободрал колени — а потом усмирил боль своей бездонной прохладой.

Она лежала задыхаясь, медленно поворачиваясь.

Она слышала все прежние звуки, негромкие голоса придворных и министров, смешки щеголей из благородных родов, шорох нелепых подолов, топот босых рабов. И она увидела *его*, идущего навстречу, хотя внешность его была ей знакома только по профилю, оттиснутому на монетах: Икурей Ксерий шел рассеянной поступью, нелепый в расшитых золотом шелковых шлепанцах, скорее насмешливый, чем улыбающийся...

Пролог. Момемн

Резко вздохнув, она подскочила.

Издалека сквозь вереницу опустевших залов сочились мужские голоса:

— Благословенная императрица! Благословенная!

Инкаусти?

Окинув полумрак взглядом, она поняла, что лежала на полу в вестибюле Верхнего дворца.

Эсменет выпрямилась, ощущая утомление всем телом. Подошла к ряду дубовых панелей, ограждавших противоположную колоннаду, отперла запор, отодвинула одну секцию и, прищурясь, посмотрела на широкий балкон. Возле уютного мраморного бассейна чирикали и ссорились воробьи. Пастельных цветов небо пульсировало обетованием воздаяния и войны. Распростершийся под вечной дымкой Момемн пронизывал расстояние своими улицами и домами.

Дымные столпы поднимались над горизонтом

Черные фигурки всадников рыскали по полям и садам.

Беженцы толпились у ворот.

Стонали рога, но звали они, или предупреждали, или смеялись над ней, она не знала... да и не смущала себя такими мыслями.

Нет...

В душе каждой матери обитает нечто безжалостное и жестокое, рожденное эпидемиями, бедствиями, сожженными детьми. Она была неуязвима; немилосердная реальность мира могла сколько угодно обламывать свои ногти, мечтая вцепиться в нее. Отвернувшись от балкона, Эсменет возвратилась в сумрачные недра дворца с какой-то усталой покорностью — словно играла в некую игру, но давно уже потеряла терпение. Она не столько утратила надежду, сколько отодвинула ее в сторону.

Высокие двери в имперский зал аудиенций были распахнуты настежь. Она вошла, крохотная под взмывающими вверх каменными сводами. Представив себе всю тяжесть, подвешенную над ее головой, обитавшая где-то в глубине ее души сумнийская шлюха удивилась, что это здание могло быть ее домом, что живет она под выложенными золотом и серебром потолками, защищенными Слезами Господними. Небо через отверстие над престолом заливало бледным светом ступени монументального трона. Сухие, как дохлые мухи, тушки мертвых птиц усыпали сетку, натянутую высоко над престолом. Верхняя галерея пряталась в резных тенях, внизу блестели полированные полы. Чуть колыхались натянутые между колоннами гобелены — по одному на каждое завоевание ее грозного мужа. На краю ее зрения сцена понемногу превращалась из черной в золотую.

Она подумала о долге, о том, каким образом следует предать смерти шрайских рыцарей, убивших Имхайласа. Она представила себе Нарею и ожидающую ее жуткую участь. И ухмыльнулась — с полным бессердечием, — представив себе те мелкие жестокости, которыми прежде ограждала себя ее собственная робкая и покорная природа.

Более не существующая.

Теперь она будет говорить масляным голосом и требовать крови. Как это делает ее божественный муж.

Благословенная императрица! Благословенная!

Она бесшумно прошла по просторному полу, приблизилась к подножию престола, ограждая глаза от проливавшегося сверху ослепительного света. Престол Кругораспятия казался всего лишь смутным силуэтом.

Она заметила его только перед тем, как наткнулась на...

Своего сына. Своего великого имперского принца.

Анасуримбора Кельмомаса...

Свернувшегося клубком между подлокотников ее скромного бокового трона. Спящего.

Грязного звереныша. Окровавленного демоненка.

Отчаяние преодолело отвращение. Она схватила его, обняла, заглушила рыдания и стоны.

Мама-а...

Ма-а-амо-очка...

Эсменет припала щекой к холодному комку засаленных волос.

— Ш-ш-ш, — выдохнула она, обращаясь к себе в той же мере, как и к сыну. — Я осталась единственной властью.

Пролог. Момемн

Взгляд ее коснулся неба за Пеленой, а с ним вернулась и память о ее городе, великом Момемне, столице Новой империи. Дальние барабаны отсчитывали ритм соединившихся сердец матери и сына.

Да сгорит он — этот город, мелькнула мысль.

Благословенная императрица Трех морей плотней обхватила царственные тонкие руки и плечики, прижимая своего плачущего мальчика к самой сердцевине своего существа.

Где ему и положено быть.

ГЛАВА ПЕРВАЯ

Аорси

> Игра есть часть целого, в которой целое отражается как целое. Посему она не замечает ничего существующего вне себя, так же как и мы не замечаем вовне себя ничего большего, чем замечаем.
>
> *Четвертый напев Абенджукалы*

> Мы рождены в сплетенье любовников, взращены в оскале родни. Мы прикованы к нашим желаниям, привязаны к своим слабостям и грехам. Нас цепляют крючки, чужие и собственные колючки, загнутые и согнутые, где-то окутанные прозрачными волокнами, где-то сплетенные шерстью обстоятельств.
> И они приходят к нам в виде расчесок и ножниц.
>
> *Размышления, Сирро*

Конец лета, 20 год Новой империи (4132 год Бивня), северо-западное побережье моря Нелеост

Живые не должны докучать мертвым.
— Мясо... — обратился Миршоа к своему кузену Хаттуридасу.

Бок о бок они топали по пронзенной солнцем пыли — кишьяти, вассалы Нурбану Сотера через своего дядю, болящего барона Немукского, оказавшиеся здесь по причинам

Глава первая. Аорси

более сложным, чем благочестие и религиозный пыл. Люди шли вместе, шли единодушно, сыновья с сыновьями, отцы с отцами. Они не знали, что влечет их, и потому придерживались немногословия, таким образом превращая свою зависимость в видимость свободной воли.

— Что мясо? — ответил Хаттуридас, выдержав джнаническую паузу, что должно было означать неодобрение.

Он не имел никакого желания даже думать о мясе, не говоря уже о том, чтобы рассуждать о нем.

— Моя... моя душа... Моя душа приходит от него в еще большее расстройство.

— Этого и следует ожидать.

Миршоа с возмущением посмотрел на кузена.

— Скажи мне, что ты сам считаешь иначе!

Хаттуридас продолжил движение. За ним шли тысячи его братьев-ягуаров, позади них несчетные множества других, согбенных под тяжестью ранцев, панцирей и оружия. Казалось, что своими шагами они отталкивают мир назад, заставляя его поворачиваться, столь безмерной стала Великая Ордалия, Великое Испытание.

Миршоа вновь погрузился в раздумья — к несчастью, ибо человек не может размышлять молча.

— Кажется, что душа моя превратилась в... закопченное стекло...

Если чего-то вообще не следовало говорить, то Миршоа без промедления начинал развивать сомнительную тему, будь то телесная природа Айнри Сейена или самый лучший очистительный обряд после менструации. Голос его спотыкался, но креп, глаза оживали, становились все шире и шире, даже когда окружающие начинали в смущении прятать взгляд. Миршоа, будучи от природы бесталанным, не замечал вокруг себя многих отточенных лезвий и оттого не умел избежать порезов. Так что начиная с детских лет Хаттуридас был его пастырем и защитой. «Выше на палец, — говаривала его мать, — умнее на век...»

— Это, Хатти, как будто во мне что-то... закипает... Ну, словно я — поставленный на угольях горшок...

— Так сними крышку. И перестань бурлить!

— Довольно твоих колкостей! Признайся, что и ты чувствуешь это!

Теперь над горизонтом нависала Пелена, облака над горами поднимались, рассеивались в прах, занавешивая собой все дали, кроме моря.

— Чувствую что?

— Мясо... Мясо заставляет тебя... как бы съеживаться в сравнении с тем, каким ты был вчера...

— Нет, — возразил Хаттуридас, качнув бородой, и на казарменный манер подтянул яйца. — Если что, я становлюсь больше.

— Ты глуп! — возмутился Миршоа. — Я прошел всю Эарву рядом с несчастным тупицей!

Иногда Хаттуридасу удавалось даже слышать их — принесенный ветром басовитый стон...

Заходящиеся в вопле несчетные глотки Орды.

Он глянул на кузена снисходительным взглядом, приличествующим тому, кто всегда был сильнее.

— Учти, что тебе еще придется пешком возвращаться обратно.

Мужи Трех Морей теперь не столько ели, сколько пировали, насыщаясь плотью своих низменных и злобных врагов. После воссоединения ратей в Сварануле путь Великой Ордалии продолжился вдоль изрезанного скалами побережья моря Нелеост, моря туманов, вдающегося в сушу огромной протянувшейся с севера на запад дугой. Внимая ветрам, доносившим весть о приближении людей, хаотичные, иногда растягивающиеся на целые мили стаи воющих от голода шранков, истощившие своей прожорливостью землю, всегда отступали перед блистающим войском. Но там, где прежде разведчики перехватывали и гоняли наиболее истощенные кланы, и там, где школы прежде устраивали побоища, низко паря над воющими полями, теперь шла охота на тварей, вершилась мрачная жатва.

Глава первая. Аорси

Отряды колдунов забирались поглубже в облачные громады, не столько для того, чтобы уничтожать, но чтобы гнать, забивать клинья и отделять, а потом направлять к всадникам, следовавшим за ними эшелонами. Некоторые из шранков сами бежали на юг и восток, но тоже попадали прямо на копья галопирующим наездникам. Стычки оказывались столь же кратковременными, сколь и жестокими. Визжащих тварей самым беспощадным образом рубили и закалывали под сумрачным облаком пыли. Потом всадники, будь то имперские кидрухили, рыцари благородных кровей или черная кость, складывали убитых сотнями в конические груды, возвышавшиеся над продутыми всеми ветрами холмами и пастбищами побережья. Там эти белые, как рыбье мясо, груды, собиравшие вокруг себя тучи мух и птиц-падальщиков, дожидались сверкающего копьями прилива, накатывавшего от юго-западного горизонта — звона кимвалов, воя и мычанья сигнальных рогов, тяжелой поступи ног.

Войска королей-верующих.

Согласно писаниям и преданиям, нет плоти более нечистой, чем плоть шранка. Лучше съесть свинью. Лучше съесть пса или обезьяну. Священные Саги рассказывали об Энгусе, древнем меорнском князе, спасшем своих сородичей тем, что убедил их бежать в высокий Оствай и уговорил есть своих чудовищных врагов. Их прозвали шранкоедами, и на них пало проклятье, тяжелее которого не знает другая людская душа, кроме чародеев, ведьм и шлюх. Согласно легендам Сакарпа, на долину, в которой они укрывались, легло смертельное проклятие. Тех, кто пытался попасть в нее, думая найти там золото (ибо слухи обыкновенно приписывают богатство проклятым), более никто не встречал живыми.

Невзирая на все это, невзирая на природное отвращение и омерзение, ни слова протеста не произнесли мужи Ордалии. Или, быть может, в природе людей сегодня расхваливать то, что вчера вызывало у них отвращение, если утолен их голод.

А может, мясо было всего только мясом. Пищей. Кто-нибудь сомневается в том воздухе, которым дышит?

Мясо шранков оказалось плотным, пахучим, иногда кисловатым, иногда сладковатым. Особенно трудно было справиться с сухожилиями. Среди айнрити появился обычай целый день жевать эти хрящи. Внутренности наваливали отдельными кучами вместе со ступнями и гениталиями, есть которые было или слишком трудно, или противно. Если хватало топлива, головы сжигались в качестве жертвоприношения.

Солдаты Ордалии делили между собой туши и жарили их на кострах. Разрубленные на части конечности невозможно было отличить от человеческих. И куда ни кинь взгляд — на деревянные шатры Галеота или на пестрые и яркие зонты конрийских и айнонских воинов, — повсюду можно было видеть капающие жиром в костры вполне человеческие с виду ноги и руки, заканчивающиеся почерневшими пальцами. Однако, если сходство и смущало кого-то, говорить об этом не смели.

Родовая знать, как правило, требовала определенных поварских изысков и разнообразия. Туши обезглавливали и вешали на деревянные стойки, чтобы стекла кровь. Нехитрые сооружения эти можно было видеть во всех лагерях Ордалии: рядки подвешенных за пятки белых и фиолетовых тел, таких откровенных в своей наготе. Подсохшие туши тварей разрубали на части, словно коров и овец, а потом готовили таким образом, чтобы скрыть возмущающее душу сходство с человеческим телом.

Похоже было, что за считаные дни все воинство начисто забыло прежние предрассудки и углубилось в мрачное обжорство с удовольствием, даже с праздничным энтузиазмом. Языки и сердца шранков сделались любимым деликатесом нансурцев. Айноны предпочитали щеки. Тидонцы варили тушу, прежде чем обжаривать ее на огне. И все до одного познали то особенное чувство, смешанное с грехом, которое приходит к тому, кто съедает побежденного в бою. Ибо невозможно было сделать даже один глоток, не задумавшись, не вспомнив о сходстве между шранками и людьми, осенявшем последних мрачной тенью каннибализма, не ощущая

Глава первая. Аорси

власть хищника над жертвой. Веселая выдумка немедленно заставила словно бы съежиться несчетную Орду, служившую объектом столь многих пророчеств и ужасов. В солдатских нужниках пошучивали на темы справедливости и судьбы.

Мужи Ордалии пировали. И спали с набитым брюхом, не имея повода усомниться в том, что самая низменная потребность их тел удовлетворена. И просыпались нехотя, не ощущая свойственной голоду тупой и тревожной пустоты.

И буйство жизненной силы наполняло их вены.

В Ишуали была дубрава, становившаяся священной на исходе лета. Когда листва бурела и полыхала багрянцем, дуниане готовились, но не как йомены к зиме, а как жрецы прежних лет, ожидавшие прихода еще более древних богов. Они рассаживались среди дубов согласно своему положению — пятки вместе, колени наружу, — ощущая бритыми головами малейшее дуновение ветра, и начинали изучать ветви с пристальностью, отнюдь не подобающей роду людскому. Они очищали свои души от всякой мысли, открывали сознание мириадам воздействий и смотрели, как облетает с дубов листва... Каждый из них приносил с собой золотые монеты, остатки давно забытой казны, почти совсем утратившие надписи и изображения, но все еще хранящие призрачные тени давно усопших королей.

Иногда листья облетали по собственной воле и, покачиваясь, будто бумажные колыбели, скользили в недвижном воздухе. Однако чаще от родного причала их уносили прилетающие с гор порывы, и листья порхали в воздухе как летучие мыши, вились как мухи, опускаясь вместе с порывом на землю. Тогда дуниане, взирая в пространство мертвым и рассеянным взглядом, подбрасывали свои монеты — и лучи солнца вспыхивали на них искрами. Несколько листьев обязательно оказывалось на мостовой, придавленные монетами, и края их обнимали тяжелое золото.

Дуниане называли этот обряд Узорочьем: он определял, кто среди них породит детей, продлевая будущее своего жуткого племени.

Анасуримбор Келлхус дышал, как дышал и Пройас, подбрасывая монетки другого вида.

Экзальт-генерал сидел перед ним скрестив ноги, упершись в колени руками, выпущенными из-под складок боевой рубахи. Он казался бодрым и ясным, как подобает полководцу, чья рать должна быть еще проверена в бою, однако за невозмутимой внешностью дули ветра, ничуть не уступавшие тем, что сотрясали дубраву Узорочья. Кровь в жилах его дышала жаром, обостряла восприятие тревожной жизни. Легкие втягивали разреженный воздух.

Кожа его источала ужас.

Келлхус, холодный и непроницаемый, созерцал его из глубины снисходительных и улыбающихся глаз. Он также сидел скрестив ноги, руки его свободно опускались от плеч, открытые ладони лежали на бедрах. Их разделял Очаг Видения, языки пламени сплетались в сияющую косу. Невзирая на расслабленную позу, он чуть заметно склонился вперед, и подбородок его выражал что-то вроде ожидания приятного развлечения...

Нерсей Пройас был для него пустой скорлупкой, столь же емкой, сколь длительно сердцебиение. Келлхус мог видеть его целиком и насквозь, вплоть до самых темных закоулков души. Он мог вызвать у Пройаса любое чувство, заставить его принести любую жертву. Однако он неподвижно застыл, словно подобравший ноги паук. Немногое на свете так подвижно и изменчиво, как мысль, сочащаяся сквозь человеческую душу. Виляние, свист, рывки, болтовня, силуэты, прочерченные над внутренним забвением. Слишком многие переменные остаются неисследованными.

И, как всегда, он начал со сбивающего вопроса:

— Скажи, почему, по-твоему, Бог приходит к людям?

Пройас судорожно сглотнул. Паника на мгновение заморозила его глаза, его манеры. Повязка на правой руке блеснула архипелагом багряных пятен.

— Я... я не понимаю.

Ожидаемый ответ. Требующие пояснений вопросы вскрывают душу.

Глава первая. Аорси

Экзальт-генерал преобразился за недели, прошедшие после его приезда в резервную ставку Анасуримбора Келлхуса. Взгляд его наполнила неуверенность. Страх ощущался в каждом его жесте. Тяжесть этих встреч, как понимал Келлхус, превосходила любое испытание, которое могла предложить сама Великая Ордалия. Исчезла благочестивая решимость, а с ней и дух чрезмерного сочувствия. Исчезал усталый поборник, вернейший из всех его королей-верующих.

Каждому из людей выпадает своя доля страданий, и те, кому достается больше, сгибаются под бременем несчастий, как под любым другим грузом. Но слова, а не раны лишили экзальт-генерала прежней прямоты и откровенности — и возможностей, как противоположности жестокой реальности.

— Бог бесконечен, — промолвил Келлхус, делая паузу перед критической подстановкой. — Или Оно не таково?

Смятение скомкало ясный взор Пройаса.

— Э... конечно, конечно же...

Он начинает опасаться собственных утверждений.

Пройас Больший, во всяком случае, понимал, куда они должны привести.

— Тогда каким образом ты надеешься познать Его?

Обучение может проходить совместно... поиск не мыслей и утверждений, но того откровения, что породило их; иначе оно может оказаться навязанным как бы жестоким учителем, заносящим свою трость. За прошедшие годы Келлхусу все чаще и чаще приходилось полагаться на второй метод, ибо накопление власти было одновременно накоплением силы. Только теперь, освободившись от всех обязательств, возложенных на него его империей, он мог вновь обрести власть.

И только теперь мог он видеть верную душу, душу обожателя, мечущуюся в смертельно серьезном кризисе.

— Я... Я, наверное, не смогу... Но...

Скоро он снимет с Пройаса свой золотой... очень скоро, как только ветер сможет отнести его в нужное место.

— Что но?

— Я способен постичь тебя!

Келлхус потянулся якобы для того, чтобы поскрести в бороде, и откинулся назад, опираясь на локоть. Открытый жест простого неудобства немедленно произвел на экзальт-генерала умиротворяющее воздействие, впрочем, ускользнувшее от него самого. Тела говорят с телами, и, если не считать естественного уклонения от занесенного кулака, рожденные для мира совершенно не слышат их языка.

— И я, святой аспект-император, могу постичь Бога. Не так ли?

Собеседник склонился в позе, выражающей высочайшую степень отчаяния. Но как еще может быть? Именно поэтому люди окружают идолов таким вниманием, не правда ли? И поэтому они молятся своим предкам! Они делают... они превращают в символы то, что близко... Пользуются известным, дабы получить представление о неизвестном.

Келлхус отпил из чаши с анпоем, наблюдая за собеседником.

— Так, значит, вот как ты воспринимаешь меня?

— Так воспринимают тебя все заудуньяни! Ты — наш пророк!

Стало быть, так.

— И ты думаешь, что я постигаю то, чего ты постичь не можешь?

— Не думаю, знаю. Без тебя и твоего слова мы всего лишь ссорящиеся дети. Я был там! Я соучаствовал в том самодовольстве, которое правило Священной войной до твоего откровения! Губительное заблуждение!

— И в чем же заключалось мое откровение?

— В том, что Бог Богов говорил с тобой!

Глаза теряют фокус. Образы, бурля, восстают из забвения. Вероятности, подобно крабам, бочком разбегаются по берегам неведомого моря.

— И что же Оно сказало мне?

И снова вся внутренность его возмутилась — так холодный камень возмущает поверхность теплого пруда, — оттого что он сказал *Оно*, а не *Он*.

— Кто... Бог Богов?

Глава первая. Аорси

Столь нелепая осторожность была необходима. Дело и вера противостоят друг другу настолько тесно, что становятся как бы неразрывными. Пройас не просто веровал: ради своей веры он убивал тысячами. Признать это, отречься значило превратить казни в убийства — и сделаться не просто дураком, но чудовищем. Тот, кто свирепо верует, свиреп и в поступках, и ни один такой поступок не совершается без страдания. Нерсей Пройас, при всех своих царственных манерах, был самым свирепым из его несчетных поклонников.

Никто не мог потерять больше, чем он.

— Да. И что же Оно сказало мне?

Колотящееся сердце. Круглые, обескураженные глаза. Аспект-император мог видеть понимание, наполняющее тьму, обрушившуюся на его собеседника. Вскоре придет жуткое осознание, и будет поднята монета...

Родятся новые дети.

— Я-я... я не понимаю...

— В чем заключалось мое откровение? Какую тайну могло Оно прошептать в мое ничтожное ухо?

За твоей спиной голова на шесте.

Жестокости кружат и шуршат, словно листья, несомые ветром.

Он здесь... с тобой... не столько внутри тебя, сколько говорит твоим голосом.

За твоей спиной голова на шесте.

И он идет, хотя нет земли. И он видит, пусть глаза его ввалились в череп. Через и над, вокруг и внутри, он бежит, и он наступает... Ибо он здесь.

Время от времени они ловят его, Сыны сего места, и он ощущает, как рвутся швы, слышит свой крик. Но он не может распасться на части — ибо, в отличие от несметных усопших, сердце его все еще бьется.

Бьется еще сердце его.

За твоей спиной голова на шесте.

Он выходит на берег, который здесь, всегда здесь. Смотрит незряче на воды, которые суть огонь, и видит Сынов, плавающих, барахтающихся, раздутых и, в лике зверином, сосущих младенцев, как бурдюки, и упивающихся их криками.

За твоей спиной голова на шесте.

И зрит он, что все это есть плоть... мясо. Мясо любовь. И мясо — надежда. И мясо — отвага. Ярость. И мука. Все это мясо — обжаренное на огне, обсосанное от жира.

И голова на шесте.

Ешь, говорит ему один из Сынов. Пей.

И оно опускает свои подобные лезвиям пальцы, и вскрывает младенца, прикасаясь к его бесконечным струнам, полагая нагим всякое нутро, так чтобы можно было лизать его разорение, слизывать его скудость, как мед с волос. Потребляй... И он видит, как, подобно саранче, опускаются они, эти Сыны, привлеченные его плотью.

И есть голова... и не сдвинуть ее.

И тогда хватает он озеро и тысячу младенцев, и пустоту, и стаями нисходящих Сынов, и мед горестных стенаний и раздирает их возле шеста, преобразуя «здесь» в «здесь то место», внутри которого ты сейчас, где он всегда скрывался, всегда наблюдал, где прочие Сыны отдыхают и пиют из чаш, которые суть Небеса, наслаждаясь стенающим отваром усопших, раздуваясь ради того, чтобы раздуться, утоляя жажду, подобную разверстой пропасти, бездне, которой вечность удружила святому...

— Мы взвешивали тебя, — говорит самый крокодилоподобный среди Сынов.

— Но я никогда не был здесь.

Ты сказал как раз то, что надо, скрипит оно, и краем линии горизонта накрывает его, как муху. Ноги звякают, как военные механизмы. Да-а-а...

И ты отказываешься подчиниться их сосущим ртам, окаймленным миллионом серебряных булавок. Ты отказываешься источать страх, словно мед, — потому что у тебя нет страха.

Потому что ты не боишься проклятья.

Потому что за твоей спиной голова на шесте.

— И что ты ответил?

Живые не должны досаждать мертвым.

Глава первая. Аорси

— Каким было твое откровение? — возопил Пройас, превращая гнев в недоверие. — Что вернется Не-Бог! Что близок конец всего!

В глазах своего экзальт-генерала — Келлхус знал это — он являл неподвижную опору, к которой привязаны все веревочки и которой измеряется все. Ничье одобрение не может быть ценнее его личного одобрения. Ничья беседа не может быть глубже его беседы. Ничто не может быть таким реальным, таким близким к сути, как его образ. После Караскада и Кругораспятия Келлхус безраздельно правил в сердце Пройаса, становясь автором всякого его мнения, итогом каждого доброго дела и каждой жестокости. Не было такого суждения или решения, какое король-верующий, владыка Конрии, мог бы принять, не обратившись к той печати, которую Келлхус каким-то образом оттиснул на его душе. Во многом Пройас оказался самым надежным и совершенным инструментом среди всех, кого он покорил своей воле, — и в таком качестве был калекой.

— Ты в этом уверен?

Трудно было заставить его поверить и в первый раз. Но теперь следовало заставить его поверить заново, придать ему новую форму, служащую совершенно иной — и куда более беспокойной — цели.

Откровение никогда не было всего лишь вопросом власти, потому что люди не так просты, как мокрая глина, которую можно разгладить и оставить на ней новый отпечаток. Дела полны огня, и чем еще может быть мир, кроме печи? Полагаться на верование — значит вжечь его отпечаток в саму материю души. И чем чрезвычайней воздействие, чем жарче огонь, тем прочнее будет кирпич веры. Сколько же тысяч людей обрек Пройас на смерть его именем?

Сколько побоищ разожгли верования, которые Келлхус отпечатал на его душе?

— Я уверен в том, что ты говорил мне!

Теперь уже неважно, после того как разбиты эти скрижали... разбиты бесповоротно.

Келлхус смотрел не столько на человека, сколько на груду противоборствующих сигналов, говорящих о мучении и убеждённости... об обвинении и отвращении к себе самому. И он улыбнулся — той самой улыбкой, которой Пройас простодушно просил его не пользоваться, пожал плечами, словно речь шла о заплесневелых бобах... паук раскрыл лапки.

— Тогда ты уверен чересчур во многом.

Эти слова заставили Большего Пройаса закрыть доступ к душе Пройаса Малого.

Слёзы увлажнили его очи. Волнение, неверие себе самому расслабили лицо.

— Я... я-я... не... — не дав сорваться словам, он прикусил нижнюю губу.

Заглянув в свою чашу, Келлхус заговорил, словно вспоминая прежнюю медитацию:

— Думай, Пройас. Люди думают, чтобы соединиться с будущим. Люди хотят, чтобы соединиться с миром. Люди любят, чтобы соединиться с другим человеком... — незначительная пауза. — Люди всегда чего-нибудь алчут, Пройас, алчут того, чем не являются...

Святой аспект-император отодвинулся назад, так чтобы белое пламя, пляшущее между ними, оттенило его черты.

— Что... — выдохнул Пройас пустыми лёгкими, — о чём ты?

Келлхус ответил с удручённой гримасой, как бы говорящей — разве может быть иначе?

— Мы — антитеза, а не отражение Бога.

Смятение. Оно всегда предваряет подлинное откровение. И пока трясло Большего Пройаса, Пройас Малый уловил в разнобое голосов ту самую песнь, которую мог услышать лишь он один. И когда голоса наконец сольются воедино — он обретёт себя заново.

Быстрое дыхание. Трепещущий пульс. Сжатые кулаки, ногти впиваются во влажные ладони.

Уже близко...

— И поэтому... — выпалил Пройас, немедленно осекшись, столь велик был его ужас перед раскалённым, вонзившимся в гортань крючком.

Глава первая. Аорси

Говори. Прошу.

Одна-единственная предательская слеза катится на завитки роскошной бороды короля-верующего.

Наконец-то.

— И поэтому ты н-называешь Бога Богов...

Он видит...

— Называешь его словом «Оно»?

Он понимает.

Остается единственное признание.

Оно.

То, что не имеет никакого отношения к человеку.

В приложении к неодушевленному миру «оно» не значит вообще ничего. Никакое жалобное нытье, никакое значение не сопровождает его. Однако, когда его относят к предметам одушевленным, «оно» становится своеобычным, отягощенным нравственным содержанием. Но, когда им обозначают явно нечто человекоподобное, оно взрывается собственной жизнью.

Слово это разлагает.

Назови им человека, и окажется, что по отношению к нему теперь невозможно совершить преступления... не более чем против камня. Айенсис назвал человека словом онраксия: тварью, которая судит других тварей. Закон, по словам великого киранейца, является частью его внутренней сущности. И назвать человека «оно» — значит убить его словом, тем самым пролагая дорогу реальному убийству.

А если назвать им Бога? Что это значит — отнести Бога Богов к среднему роду?

Святой аспект-император наблюдал, как самый верный его ученик пытается найти опору под тяжестью подобных соображений. Много ли на белом свете дел более сложных, чем заставить человека поверить новому, заставить его обратиться к мыслям, не имеющим прецедента? Безумная до абсурда ирония ситуации заключается в том, что многие из людей скорее расстанутся с жизнью, чем с верованиями. Конечно, по доблести. Из верности и простого стремления к сохранению своего *Я* в неприкосновенности. Однако чаще всего невежество отправляло убеждения за частокол обороны. Невежество вопросов. Невежество альтернатив.

Нет тирании более полной, чем тирания слепоты. И в каждой из этих бесед Келлхус задавал все больше вопросов, на которые давал все больше противоречивых ответов, наблюдая, как единственная тропа, врезанная им в Пройаса, превращается в утоптанную площадку вероятностей...

Подняв руку вверх, в тусклый воздух, он посмотрел на окружившее пальцы золотое сияние.

Удивительная вещь.

И как трудно объяснить ее.

— Оно приходит ко мне, Пройас. В снах... Оно приходит...

Утверждение было наполнено сразу смыслом и ужасом. Келлхус часто поступал таким образом, отвечая на вопросы своих учеников наблюдениями, казавшимися важными лишь благодаря их красоте и аромату глубины. По большей части ученики даже не замечали его уклончивости, а те немногие, кому удавалось это понять, предполагали, что их вводят в заблуждение по какой-то божественной причине, согласно некоему высшему замыслу.

Нерсей Пройас просто забыл, что надо дышать.

Взгляд на трепещущие кончики пальцев.

Снова два сжатых кулака.

— В Боге... — только и сумел выдавить экзальт-генерал.

Святой аспект-император улыбнулся, как улыбается человек только придавленный, но не уничтоженный трагической иронией.

— ...нет ничего человеческого.

Империя души его...

Которую сотворила Тысячекратная Мысль его отца.

— Так, значит, Бог...

— Ничего не хочет... И ничего не любит.

Принцип, стоящий над принципами, воспроизводящийся в масштабе насекомых и небес, сердцебиений и веков. Возложенный на него, Анасуримбора Келлхуса.

Глава первая. Аорси

— Бог ничего не хочет!
— Бог стоит превыше всех забот.

Он сам в такой же мере творение Мысли, в какой она была его созданием. Ибо она шептала, она плясала, пронизывая нагроможденные друг на друга лабиринты случайностей, проникая во врата его дневного сознания, становясь им. Он изрекал, и распространялись образы, плодя рождающие души чресла и утробы, воспроизводясь, принимая на себя обременительные сложности живущей жизни, преобразуя суть танца, зачиная ереси, буйства фанатиков и безумные иллюзии...

Новые торжественные речения.

— Тогда почему Он требует от нас слишком многого? — выпалил Пройас. — Почему опутывает нас суждениями? Почему проклинает нас?!

Келлхус принял такую манеру и облик, которые отрицали телесную какофонию воинственного ученика, сделавшись его идеальной противоположностью: легкостью, посрамляющей его беспорядок, покоем, пристыжающим его волнение, — и неотрывно считая, отмеривая локтями боль своего ученика.

— Почему сеют и жнут зерно?

Пройас моргнул.

— Зерно? — он сощурился, как древний старец. — Что ты говоришь?

— Что наше проклятье — прибыток для Бога.

Уже два десятка лет обитал он в кругу Мысли своего отца, внимательно изучая, очищая, вводя законы и исполняя их. Он знал, что после его ухода построенное им здание рухнет. Знал, что его жена и дети умрут.

— Что? Что?
— Люди и все их поколения...
— Нет!
— ...со всеми их устремлениями...

Экзальт-генерал вскочил на ноги и отбросил чашу.

— Довольно!

Ни одна плоть не выживет, если у нее вырвать сердце. Обречена вся его империя — одноразовый товар. Келлхус знал и был готов к этому. Нет...

Опасность обратного утверждения избегала его.
— Весь мир — это житница, Пройас...
И сердце его тоже погибнет.
— И мы в ней — хлеб.

Пройас бежал от своего возлюбленного пророка, бежал от его безумного, яростного взгляда. Умбилика сделалась лабиринтом, сочетанием поворотов и кожаных проемов, причем каждый последующий смущал душу сильнее предыдущего. Наружу — он должен был попасть наружу! Но, подобно жучку в скорлупе пчелиного улья, он мог только метаться из стороны в сторону, отыскивая ответвления, втискиваясь в сужения. Он пошатывался, как пьяный, он едва ощущал жалившие щеки слезы, он чувствовал забавную потребность испытывать стыд. Он наталкивался на пугавшихся слуг и чиновников, сбивал с ног слуг. Если бы он остановился и подумал, то без труда нашел бы путь. Однако отчаянное желание двигаться затмевало, гасило все остальное.

Наконец Пройас просто вывалился наружу, стряхнул с себя ладони кого-то из Сотни Столпов, ринувшегося на помощь, и углубился в бóльший лабиринт, который представляла собой Ордалия.

Мы всего только хлеб...

Ему требовалось время. Время, свободное от обязанностей его ранга, от всех этих невыносимых подробностей, от всех мелочей, которых требовали власть и забота о войске. Чтобы не видеть наваленные туши шранков. Не слышать гимнов, не смотреть на расшитые стены, лица, грохочущие щитами шеренги...

Ему нужно было выехать куда-то из стана, найти укромный, безжизненный уголок, где ему никто не помешает думать.

Размышлять.

Ему необходимо...

Руки легли на плечи Пройаса, и он обнаружил перед собой, лицом к лицу, Коифуса Саубона... самого Льва Пустыни, моргавшего — как было очень давно, под лучами солнца над Каратаем. Его подобие...

Глава первая. Аорси

— Пройас...

И даже в каком-то отношении немезида.

Старый знакомец посмотрел на Пройаса — и на состояние, в котором тот пребывал, — с удивлением и легким неверием человека, наконец обнаружившего свидетельство справедливости своих подозрений. Коифус до сих пор сохранил былую широкоплечую стать, по-прежнему коротко стриг волосы, теперь уже белые с серебром. На мантии его, как и прежде, располагался Красный Лев, герб дома его отца, хотя огненные очертания зверя сейчас обрамляло Кругораспятие. Он словно и не вылез из своего хауберка, хотя кольца кольчуги теперь были выкованы из нимиля.

На какое-то мгновение Пройасу показалось, что прошедших двадцати лет не было, что войско Первой Священной войны все еще осаждает Карасканд на жестокой границе Каратая. Или, быть может, ему хотелось поверить в более мягкую и наивную реальность.

Пройас провел ладонью по лицу, вздрогнул, ощутив влажные следы слез.

— Что... что ты делаешь здесь?

Пристальный взгляд.

— Похоже, то же самое, что и ты.

Король Конрии кивнул, не находя нужных слов.

Саубон нахмурился, но благожелательно и по-дружески.

— То же самое, что и ты... Да.

Прохладный воздух все теснее обнимал их, и к ноздрям Пройаса прикоснулся запах мяса: и того, что готовилось на огне, и того, что начинало тухнуть.

Мяса шранков.

— Он вызывает меня на совет... — пояснил Саубон. — Уже не первый месяц.

Пройас судорожно глотнул, все понимая, но тем не менее не осознавая.

— Не первый месяц?

Мир — это житница...

— Конечно, не так часто, как в самом начале Ордалии.

Пройас заморгал. Удивление садовыми граблями взбороздило его лоб.

— Значит, ты говорил с... с... Ним?

Король норсираев немедленно ощетинился, почувствовав обиду.

— Я — экзальт-генерал, такой же, как и ты. Я возвышаю свой голос с той же беспощадной искренностью, что и ты. Я пожертвовал столь же внушительной частью своей жизни! Даже большей! Так почему он должен выделять именно тебя?

Пройас смотрел на него как дурак. А потом качнул головой с большей энергией, чем намеревался, — как безумец или как нормальный человек, отмахивающийся от шершней или пчел.

— Нет... Нет... ты прав, Саубон...

Король Карасканда усмехнулся, впрочем, нотка горечи превратила гримасу в оскал.

— Приношу извинения, — проговорил Пройас, склоняя подбородок. Давняя вражда всегда заставляла их соблюдать правила этикета.

— И тем не менее ты недоволен моим присутствием здесь.

— Нет... Я...

— Скажешь ли ты то же самое нашему господину и пророку? Пф! Ты всегда слишком торопился польстить себе фактом его внимания.

Буравящее жало взгляда Саубона заставило Пройаса почувствовать себя ребенком.

— Я... я не понимаю тебя.

Как возникает впечатление о сложной личности? Пройас всегда считал Саубона упрямым, деятельным, даже неожиданно хрупким человеком, склонным к приступам едва ли не преступного безрассудства. Саубон никогда не смог бы превзойти его собственную потребность в доказательствах даже перед всевидящим оком Анасуримбора Келлхуса.

И тем не менее этот человек стоял перед ним, очевиднейшим образом оказавшись сильнейшим из двоих.

Глава первая. Аорси

Высокий норсираец задрал подбородок в хвастливой галеотской манере.

— Ты всегда был слабым. Иначе зачем он взял тебя под свое крыло?

— Слабым? Я?

Вялая улыбка.

— Тебя ведь учил колдун или я ошибаюсь?

— О чем ты?

Саубон отступил к подобному горе силуэту Умбилики.

— Быть может, он не дает тебе наставления... — проговорил он, прежде чем уйти. — Быть может, он извлекает яд из твоей души.

За прошедшие годы они с Саубоном сталкивались несчетное число раз, обсуждая вопросы одновременно бессодержательные и катастрофически весомые. Брешей в джнане пробито было немало: задиристый галеот однажды даже назвал его трусом перед всем Императорским Синодом, тем самым посрамив в глазах собравшихся. То же самое можно было сказать о поле брани, где соперник Пройаса как будто принял за правило нарушать те условия, которые выторговал именем своего господина и пророка. В припадке ярости Пройас дошел до того, что напал на этого дурака, когда тот захватил Апарвиши в Нильнамеше. Аналогичный инцидент произошел в Айноне, после того как Саубон ограбил поместья не одной дюжины владетелей, принадлежавших к касте благородных, которых Пройас уже привел к заудуньянской присяге! После этого последнего выпада Пройас отправился к Келлхусу, не сомневаясь, что на сей раз «безумный галеот» зашел чересчур далеко. Однако обрел только укоризну.

— Ты думаешь, что я не заметил твое неудовольствие? — сказал тогда Келлхус. — Думаешь, что я могу что-то не заметить? Если я не говорю об этом, Пройас, то потому, что не вижу необходимости. Все, чем унижает тебя Саубон, мобилизует тех, кого он ведет за собой. То, что более всего раздражает тебя, служит мне наилучшим образом.

Услышав эти слова, Пройас затрепетал, задрожал всем своим телом.

— Но мой го!..

— Я не учу своих полководцев тому, как надо править моей Священной империей, — отрезал Келлхус. — Я готовлю генералов — чтобы они покорили Голготеррат... низвергли его нечестивое величие и не оказывали снисхождения еретикам.

После этого случая Пройас постарался выпестовать некую долю приязни во взаимоотношениях с Саубоном. В известном смысле они даже стали приятелями. Однако если ветви вражды были оборваны, корни ее оставались. Настороженность. Скептицизм. Склонность покачать укоризненно головою.

Саубон, в конце концов, так и остался Саубоном.

Пройас проводил старого знакомца взглядом, проследил за тем, как он исчез в черных недрах императорского павильона, и обнаружил, что не в состоянии сдвинуться с места. Он так и застыл в лабиринте ходов за пределами Умбилики, поначалу глядя по сторонам, а потом уже прячась, пригнувшись среди ширм из пятнистого холста, и уселся как прикованный. Размышляя об этом впоследствии, Пройас поймет всю чистоту своего бдения, опровергнувшего карнавал предчувствий и мыслей, терзавших его душу. Осознает, что человек по имени Пройас и не ждал вовсе...

В отличие от Пройаса Большего.

Целых две стражи, не смыкая глаз, просидел он в пыли, ощущая, как песчинки ранят глаза при каждом движении век.

Умбилика являла собой центр Великой Ордалии, место пересечения всех путей, подобно артериям вившихся и расходившихся по унылым равнинам. На его глазах ровные ряды людей превращались в редкие цепочки, разбивались на отдельные звенья, на воинов, будто бы не имевших цели и только попусту бродивших. Многие замечали его в сумрачном закутке, и какова ни была их реакция — беглый взгляд или кривая ухмылка, — в ней ощущалась непонятная неприязнь. Пройас ждал, и свет Гвоздя Небес пролился на потер-

Глава первая. Аорси

тые, видавшие всякую непогоду палатки; ждал, стараясь не смотреть на людей, проходивших мимо, превращавшихся в тени, становящиеся всего лишь напоминанием о Человеке.

Он узнал Саубона, еще толком не разглядев знакомца, таким заметным был его широкоплечий силуэт. Свет звезд припудривал его волосы и бороду, луна добавляла блеска кольчуге на противоположном плече. Свет факелов разрисовывал его фигуру оранжевым и коричневым.

Пройас шевельнулся, чтобы окликнуть, однако дыхание его окаменело, сделалось слишком тяжелым для того, чтобы его можно было сдвинуть с места. Он мог только наблюдать, оставаясь там, словно пес или ребенок в пыли.

Король Карасканда шагал с непонятной целеустремленностью, словно человек, обдумывавший неясное для него самого, но неприятное дело, мешающее ему отойти ко сну. Пройас, казалось, съеживался с каждым его шагом — что за позорное безумие его осенило? Он словно превратился в нищего, опасающегося трепки, изнемогая от голода. Что низвело его к такому положению?

Или кто?

Саубон шел, ни на что не обращая внимания, пока не поравнялся с Пройасом. А потом, повинуясь какому-то собачьему чутью, повернулся к нему:

— Ты ждал все это время... здесь... меня?

Пройас заглянул ему в лицо, пытаясь прочесть на нем какие-нибудь следы собственной, мягкой как воск, неуверенности. И не увидел их.

— Между нами разлад, — ответил Пройас, недовольный слабостью своего голоса. — Мы должны переговорить.

Норсираец внимательно посмотрел на него.

— Разлад есть, это да... но не между мной и тобой.

Сделав пару шагов, он опустился рядом с Пройасом на расстоянии вытянутой руки.

— Что гложет тебя, брат?

Пройас попытался прогнать страдание со своего лица. Он провел по щеке ладонью, словно желая смахнуть невесть откуда взявшегося клеща.

— Что меня гложет? — Он ощущал, как складывается глубочайшее непонимание, как ошибочные предположения грозят сделать их разговор комичным.

Саубон взирал на него со своего рода насмешливой жалостью.

— То, что он говорит нам, — наконец с интонацией заговорщика произнес Пройас. — Тебя не смущает то, во что ты прежде верил?

Саубон прикусил нижнюю губу и кивнул. Ближайший факел ярко вспыхнул под порывом ветра. Золотые завитки скользнули по кольчуге короля Карасканда и погасли.

— Да, я встревожен, но не в такой мере, как ты.

— Так, значит, он рассказал тебе! — прошипел Пройас, наконец осознавая причину, заставившую его погрузиться в это безумное ожидание.

Серьезный кивок:

— Да.

— Он рассказал тебе о Боге Богов!

Король-верующий Коифус Саубон нахмурился. Морщины птичьими лапками разбежались от уголков его глаз.

— Он сказал мне, что ты будешь ждать здесь... ждать меня.

Пройас заморгал:

— Что? Ты хочешь сказать, что он... он...

Ладонь норсирайского экзальт-генерала прочно легла на его плечо.

— Он велел мне быть добрым.

ГЛАВА ВТОРАЯ

Инджор-Нийас

> Нельзя утешить того, кто притворяется, что плачет.
>
> *Конрийская пословица*

Конец лета, 20 год Новой империи (4132 год Бивня), северные отроги гор Дэмуа

— Пусти, — бросила Серва брату, каменной башней прикрывавшему ее от ветра.

Сорвил, как всегда, колебался. Ему хотелось держать ее, ощущать в своих руках тонкое тело, о котором никогда не переставало помышлять его сердце, даже когда от гнева сводило челюсть и гудело в ушах. Ибо, невзирая на всю силу ненависти, которую он испытывал, похоть отказывалась оставить его в покое.

Все всегда происходило одинаково. И понимание придет к нему не раньше, чем сцепившиеся в его душе псы разорвут ее на более вдохновляющие части. Он считал свой путь чистым. Он, нариндар, нареченный Цоронгой ассасин Сотни. Сама Матерь Рождения помазала его, скрывая от противного естеству взгляда Анасуримборов, снабдила подходящим оружием, даже возвела в необходимый ему высокий чин. Но проклят он или нет, собственная судьба беспощадно приближалась к нему. И явилось посольство нелюдей, доставившее условия их союза с Великой Ордалией, и псы с радостью всадили свои зубы в его сердце. Она сама сказала ему: он должен стать заложником Иштеребинта и находиться в плену вместе с Сервой и ее старшим братом Моэнгхусом.

Сорвил обнаружил, что его перебросили в несколько магических прыжков — через руины древней Куниюрии вместе с дочерью убийцы его отца, и с каждым новым полетом он все более увлекался ею. И думал даже, что может полюбить ее, позволял себе сочинять другое будущее, в котором погибал он, а не ее отец...

Для того лишь, чтобы застать ее, дрожащую в руках этого рослого воина, приходившегося ей братом.

— Лошадиный Король... пора идти дальше.

Ненависть заставила Сорвила помедлить, однако он покорился, надеясь на убежище, надеясь на Нее. И поэтому обхватил правой рукой ее талию, и тепло ее тела показалось ему жаром извлеченного из огня утюга. Над ропотом мыслей свирелью пел ее голос. Вращались стороны света, как всегда вращались они, блестели, словно осколки стекла, подброшенные в белую высь, к солнцу, и он распутывал, как распутывал по обыкновению, от сердцевины наружу, собственную сущность, поблескивавшую на горизонте как далекое зеркало.

Так они пересекли горы Дэмуа. Сорвил, притворный король-верующий, и безумные дети святого аспект-императора перепрыгивали со склона на склон, кожей и нервами ощущая живительный холод, надрывая легкие колким воздухом, — с вершины на новую утомительную вершину, всегда возвышавшуюся над краем пустоты. Весь мир казался подброшенным к небу, ободранная земля загибалась и нависла, со всеми своими обрывами и заснеженными ущельями. Он брел рядом со спутниками, онемевшими пальцами обнимая себя за плечи, удерживая в себе то тепло, которое могло создать его нутро, стараясь не позволять себе дрожать от холода, чтобы не упасть от этого в снег. И он обнаружил, что не может более различать свои ужасы, вздымающиеся к небу и опускающиеся долу головокружительные утесы и груз своего сердца.

Глава вторая. Инджор-Нийас

Он взирал в суровую пустоту, ненависть вращалась в нем, как подброшенная монета, и видел, как ветры обдирают ближайшие вершины, в бесконечном движении унося снег на восток. Он ощущал их кровосмесительное стремление друг к другу, малышка Серва и рослый Моэнгхус, разгоряченные кровью и жизнью, бредущие возле тех же, что и он, пропастей и обрывов... и желал им смерти.

И всего-то надо толкнуть, думал он. Всего лишь толкнуть, и он сможет спокойно умереть здесь, отдав наружу собственное тепло, излив его в окружающую пустоту. Короткая паника, треск костей. Последний вздох.

И никто никогда ничего не узнает.

А потом один только магический прыжок — и он исчез, этот мир камня, льда и разверзшихся пропастей. Они вновь оказались в лесу, на ровной земле, среди зарослей и террас, в таком месте, где стоя не боишься упасть.

Высота укоротила деревья, щебень проредил кусты и травы. По расщелинам с оставшихся позади гор ниспадали ручьи, их холодная вода сводила пальцы, от нее ныли зубы. Все трое посидели молча какое-то время, наслаждаясь теплым и ласковым воздухом. Серва задремала, опустив голову на изгиб руки. Моэнгхус делил свое внимание между пейзажем и собственными пальцами. Сорвил смотрел вдаль, изучая, как закорючки горных вершин превращаются в умиротворенный горизонт.

— Что твои люди знают об Инджор-Нийасс? — наконец спросила Серва.

Голос ее, он понял, всегда нисходил к нему и никогда не вырывался наружу.

Ничего не ответив, он повернулся лицом к западу, чтобы избавить себя от жестокого веселья, плясавшего в ее взгляде. И решил, что еще больше ненавидит ее под лучами солнца.

— Отец, — продолжила она, — говорит, что видит в этом урок, что в вымирании нелюдей нужно видеть знак того, что может угаснуть и само человечество.

Он уставился вдаль, пользуясь недолгой передышкой. Он не мог смотреть на Анасуримборов без стыда, не мог уснуть, не представив себе их соединение. Только повернувшись к ним спиной, он мог обратиться к тем думам, что позволяли ему дышать. Ведь он нариндар, орудие жуткой Матери Рождения. Ведь он тот нож, что уничтожит их демонического отца и предаст гибели его детей. Тот самый нож!

Он даже начал молиться Ей во время коротких страж перед сном.

Отпусти им, Матерь...

То, что он видел, было преступлением — в этом он не сомневался. Инцест считался смертным грехом у всех народов, у всех великих домов — даже у Анасуримборов, которым приходилось более всех прочих ублажать толпу. Они боялись: Сорвил понемногу осознал это. Они боялись, что их отец узнает об их преступлении по его лицу...

Однако, рассудил он, они боялись еще и того, что он может увидеть на их собственных лицах. Только этот страх, понимал Сорвил, до сих пор сохранял его в живых. Он не имел представления о том, что они могут или не могут скрыть, однако знал, что убийство — не мелочь даже для подобных им существ. Может быть, они слишком полагались на свою способность обманывать своего проклятого отца. Убийство человека — не шутка... такой поступок оставляет жуткий след в любой душе. Посему они решили согрешить в песке, прогнать его прочь, предоставить дебрям возможность совершить то, чего не решались сделать сами, позволить скитаниям смыть с их душ след, оставленный виной.

А пока они дразнили его, смеялись над ним и мучили. Устраивали игры — бесконечные игры! — только ради того, чтобы посрамить, чтобы вывести из себя! Вэах Дэмуа, а теперь на пороге сказочного Иштеребинта, последней из великих нелюдских Обителей.

Время их было на исходе.

— Мир этот прежде принадлежал нелюдям, — говорила она, — а теперь принадлежит людям... тебе, Сорвил. Он ощущал на себе ее бесстыдный взгляд. — Какую судьбу ты изберешь?

Глава вторая. Инджор-Нийас

Дыхание ветра вдруг пошевелило траву.

— Это легко сказать, — проговорил Моэнгхус, со вздохом вставая. Нагнулся, выбирая сосновые иголки из гетр. Схватил Сорвила за плечи двумя готовыми к бою руками, тряхнул с полным издевки дружелюбием. — Кровавую, конечно.

Сорвил вырвался из его хватки, ударил в лицо — и промахнулся. Имперский принц шагнул вперед и нанес свой удар — достаточно сильный для того, чтобы ноги под ним сплелись, как брошенная веревка. Повалившись спиной на землю, Сорвил разбил локоть о гранитную глыбу. Боль молнией пронзила его руку, обездвижив ее.

— Что? — рыкнул Моэнгхус. — Почему ты упрямишься? Беги, мальчишка! Беги!

— Ты на-назвал меня проклятым! — вскричал Сорвил. — Меня?

— Я назвал тебя несчастным. Слабаком.

— Тогда скажи мне! Где горят кровосмесители? Какую часть ада ваш святой отец уготовил для вас обоих?!

Волчья улыбка, небрежное движение плеч.

— Ту, где твой отец воет, как беременная вдова...

Откуда приходит сила в слова? Как простое дыхание, звук могут остановить ритм сердец, превратить в камень кости?

— *Поди!* — крикнула Серва своему брату. — *Юс вирил он-пара ти...*

Несмотря на предупреждение, прозвучавшее в ее голосе, Моэнгхус расхохотался. Бросив на Сорвила яростный взгляд, он плюнул, повернулся и направился вниз по склону. Сорвил следил за игрой света и теней на его удаляющейся спине, ощущая, что сердце превратилось в треснувший и остывший котелок.

Он повернулся к свайальской ведьме, взиравшей на него с вниманием, способным посрамить обоих мужчин. Из презрения он позволил ей глазеть на себя. Солнце играло в ее волосах.

— Как? — спросила она наконец.

— Что как?

— Как ты можешь... все еще любить нас?

Сорвил потупился, подумал о Порспариане, своем мертвом рабе, растиравшем грязь и плевок Ятвер по его лицу. Вот что видит она, осознал он, плевок Богини, магию, хотя на самом деле это не магия, а чудо. Они поддевали, насмешничали, подстрекали и тем не менее видели только то, что увидел их жуткий отец: обожание, подобающее заудуньянскому королю-верующему. Ненависть пронизывала его сердце, сковывала самое его существо, однако эта ведьма видела только плотское желание.

— Но я презираю тебя, — ответил он, в упор посмотрев на нее.

Она не отводила свой взгляд еще несколько ударов сердца.

— Нет, Сорвил. Ты ошибаешься.

И словно услышав одно и то же неизреченное слово, оба они посмотрели на прогалину, на точки медленно скользившего над ней цветочного пуха.

Намерения, обещания, угрозы. Произнесенные шепотом, они придавали силу сердцу.

И пусть никто не слышит. Никто, кроме Богини.

Отпусти им, Матерь. Даруй их мне.

Стыд — великая сила. Еще пребывая в чреве, мы ежимся под яростным взглядом отца, стараемся избежать полного ужаса взгляда матери. Еще до первого вздоха, первого писка мы знаем насмешки, от которых будем бежать, знаем алхимию более тонкого осмеяния, и тот образ, в каком оно обитает в нас, в нашей плоти, в виде пузыриков отчаяния, превращающих в пену наше сердце, наши конечности. Боль можно удержать зубами, ярость — во лбу, в глазах, но позор занимает нас целиком, наполняя собой нашу съежившуюся кожу.

Ослабляя своим пробуждением.

Отчасти стоявшая перед Сорвилом дилемма крылась в промежутках между магическими прыжками, в том, как часто он обнаруживал, что наблюдает за Сервой, пока она дремала, чтобы восстановить силы. Во время сна она стано-

Глава вторая. Инджор-Нийас

вилась другой, бормотала от страха, кряхтела от усталости, вскрикивала от темного ужаса. Эскелес так же нес в себе проклятие Снов, так же бесконечно страдал, когда спал. Однако, пробудившись, он никогда не выглядел столь же безмятежно, как Серва. Его ночные горести ни в коем случае не противоречили озаренной солнцем человечности. Сорвил не мог слышать всхлипывания и рыдания Сервы, без того чтобы не проглотить комок в горле.

Когда она спала, казалось, что он видит ее такой, какой она могла бы быть, если отбросить вуали, сотканные ее дарованиями и статусом. Видит, какой она станет, когда он будет силен, а она слаба.

После того как она проснулась, они совершили последний магический прыжок со склонов Дэмуа на холм, похожий на чудовищный каменный пень или столп, обрубленный у основания. Прогалины заплетал плющ. Ветви огромных дубов и вязов казались стропилами, поддерживавшими полумрак, корни их разделяли каменные блоки. Заросли мха чавкали под ногами. Корни слоновьими хоботами пересекали рытвины, заросшие кольцами сладкого мха. В воздухе стоял приторный запах гнили. Рассеянный свет наполняли прожилки теней, словно отражавшихся от неспокойных вод.

— Я не помню этого места, — сказала шедшая первой Серва.

— Наконец-то, — проворчал Моэнгхус, — мы получим возможность насладиться смертью и гибелью без нотаций.

Птичья песнь звучала над зелеными высотами. Сорвил прищурился: сквозь полог листвы пробилось солнце.

— Нелюди старее старых, — обратилась Серва к сырой низине. — И, клянусь, даже они забыли...

— Но сделались ли они от этого счастливы? — вопросил ее брат. — Или просто до сих пор пребывают в растерянности?

Ветвящаяся тень, похожая на толстую черную жилу, потянулась от его груди на лицо. Солнечный свет рассыпался тысячью белых кружков на краю его нимилевых лат. Сорвил успел заметить, что имперский принц часто бывал таким до того, как погрузился в нынешнюю меланхолию. Беззаботным, саркастичным — словно человек, возвращающийся к какому-то презренному делу.

Серва остановилась между двух массивных каменных глыб, провела ладонью по покрывшейся коркой и изъеденной ямками поверхности, вдоль трещин столь же заглаженных, как океанская галька. Она шла в своей обычной манере, одновременно беззаботной и внимательной, жесткой в восприятии душ, абсолютно уверенных в ее власти. И оттого казалась неумолимой.

— Камень этот сохранил печать древнего удара... пятно... заплесневелое и едва заметное, я такого еще не видала.

Впрочем, неумолимой она казалась всегда — вне зависимости от того, что делала.

— Пусть мертвое останется мертвым, — пробормотал ее брат.

Музыкальные нотки ее голоса чуть заглушила выступающая от камня зелень.

— От того, что забыто, стеной не отгородишься...

Белоглазый воин ухмыльнулся, глянув прямо на Сорвила.

— Она всегда была любимицей отца.

Сорвил посмотрел на свои ободранные и испачканные костяшки пальцев.

— А кто был любимцем Харвила? — с насмешкой в голосе продолжил имперский принц.

Из глубины мшистого древесного полумрака донесся голос Сервы:

— Это место было заброшено еще до падения Ковчега.

— Я был его единственным сыном, — ответил Сорвил, наконец посмотрев на черноволосого Анасуримбора.

Есть темное понимание между мужчинами, очертания которого можно различить только в отсутствие женщин — в отсутствие света. Есть такая манера, взгляд, интонация, которую способны различить только мужчины, и она одинаково доступна братьям и явившимся из-за моря врагам. Она не требует развернутых знамен и свирепого рыка, хватает

Глава вторая. Инджор-Нийас

мгновения одиночества, проскочившего между двумя мужским душами, движения воздуха между ними, совместного восприятия всех убийств, позволивших им жить.

— Да, — продолжил Моэнгхус с металлом в голосе. — Я слышал, что об этом говорили в Сакарпе.

Сорвил скорее облизал губы, чем вздохнул:

— О чем говорили?

— О том, как добрый Харвил расточил свое семя на твою мать.

Их разделял один короткий вздох, втягивающий в легкие одного то, что выдыхал другой.

— Говорят, что ее чрево, — продолжил имперский принц, — уже омертвело до этого.

Туман поднимался в теле младшего из двух мужчин, охлаждая кожу от внутреннего жара.

— Что это здесь происходит? — поинтересовалась Серва, появившаяся из-за дубового ствола чудовищной толщины.

Мужчины не удивились. Ничто не могло избежать ее внимания.

— Полюбуйся на него, сестра, — проговорил Моэнгхус, не отрывая взгляда от Сорвила. — Разве ты не замечаешь ненависти...

Пауза.

— Я вижу только то, что видели все...

— Он держится за рукоятку меча! Того и гляди достанет его!

— Брат... мы уже говорили об этом.

О чем же они говорили?

— А если он, не сходя с места, проткнет меня?! Тогда поверишь?

— В сердце человека не бывает единства! Ты знаешь это. И знаешь...

— Он! Ненавидит! Посмотри на не...

— Тебе известно, что мое зрение всегда проникает глубже твоего! — вскричала свайяльская гранд-дама.

— Ну да! — возвышавшийся над обоими спутниками имперский принц сплюнул и ушел.

Сорвил застыл на месте, ярость его не столько притупилась, сколько рассыпалась гравием в недоумении. Он посмотрел на широкую спину Моэнгхуса, которая, покачиваясь, удалялась в чередующихся полосках света и тени.

— Это безумие! — со злостью бросил молодой человек. — Вы оба безумны!

— Может быть, чем-то взбешены, — сказала Серва.

Повернувшись к ней, он увидел невозмутимое выражение. Как всегда.

— Неужели я такая загадка? — огрызнулся он.

Она стояла на накренившемся камне, верхушка которого обросла черно-зеленым мхом, а бока затянул белый лишайник. И казалась потому выше его... и могущественней. Одинокое копье солнечного света ударяло в лицо Сервы, заставляло ее светиться, как их проклятый отец.

— Ты любишь меня... — проговорила она голосом столь же невозмутимым, как и ее взгляд.

Ярость сорвалась в нем, будто он был катапультой, а ее голос — спусковым крючком.

— Я считаю тебя шлюхой и кровосмесительницей!

Она вздрогнула, восхитив тем самым злобную часть его.

Однако ответ Сервы не замедлил пролиться жидким светом из ее уст, сгуститься светлым паром из окружающего сумрака.

— Каур'силайир мухирил...

Сорвил отшатнулся назад, сперва от изумления, потом от сочленений охватывавшего его света. Ступни его колотили по воздуху. Его отбросило, притиснуло к морщинистому стволу огромного дуба. Голос Сервы налетал на него со всех сторон, словно он был листом, потерявшимся в буре воли этой женщины. Злой и враждебный свет сверкал в ее глазах, немногим уступая в яркости солнцу. Черный перламутр обрамлял фигуру... черный, змеившийся, ветвившийся, словно разыскивая трещины, проникавшие в самую ткань бытия. Волосы ее разметались золотыми воинственными соколами.

И она нависла над ним, не столько преодолев, сколько прорезав разделявшее их расстояние... схватила его за пле-

Глава вторая. Инджор-Нийас

чи, воспламенив его кожу своим огнем, высосав весь воздух из его груди своей пустотой, придавливая его тяжестью гор, принуждая, требуя...

— Что ты скрываешь?

Губы ее раскрылись около поверхности солнца.

Слова его восстали из черных недр, отвечая на ее требование:

— Ничего...

Не с трудом, свободно.

— Почему ты любишь нас?

— Потому что ненавижу то, что вы ненавидите... — Невесомо, словно в курительном дыму. — Потому что верю... — Вздохом, как после поцелуя.

Черная тушь затопила все вокруг, скрыв за собой жилистый лес и воздушную сферу. Осталась она одна, титаническая фигура, блистание глаз которой подобно Гвоздю Небес.

— Можешь ли ты не замечать наше презрение?

Слова, будто обращенные к другу.

— Да.

Она наклонилась вперед, гнев и ужас во плоти, разбрызгивая страх краской по коре.

— Не думаю.

Он запрокинул голову в полнейшем ужасе, он увидел ее жуткую сторону, он мог только простонать свою жалобу, прорыдать свой позор. Пролилась вода его тела, горячая, словно кровь. Нутро.

И с каким-то ударом сердца исчезло все.

Ее чары. Его честь.

— Почему? — кричала она. — Почему тебе надо любить нас? Почему?

Дрожь колотила его, крутила как ветер. Он обмарался...

— Неужели ты не видишь, что мы — чудовища!

Испачкался. Он заметил некую неуверенность, даже ранимость в ее сердце... Страх?

Трепетное ожидание... чего?

Вонь собственного малодушия уже окружала его...

Доказательство.

Первое рыдание, исторгнутое из его груди эфирным кулаком.

— К-кто? — закашлялся он, ухмыляясь в безумии. Падение, сокрушительный удар, внутри и извне. И теперь все, конец. Конец всему.

Он теряет все. Харвила, своего младшего брата, его теплую руку в своей мозолистой ладони. Теряет свое наследство, свой народ. Образ его крив и непристоен. Теряет бдение рядом с Цоронгой в меркнущем свете, когда они слушали Оботегву, забывая дышать. Сверкающую расселину. Теряет видение шранколикой Богини, выковыривавшей когтем грязь из своего лона. И бахвальство — этот звериный жар! Вой, сделавшийся невыносимым. Крик Порспариана, бросившегося горлом на копье. И припадок блаженства! Свирепого от... напряженного от... разделенного. И то, как он съеживался и молил, охватив Эскелеса, когда их окружила жуткая масса нечеловеческих лиц.

Потоки горячего семени, просачивающиеся через тиски его стыда. Его отец, машущий руками, как сердитый гусь в огне.

Его мать — серая как камень.

Его семя! Его народ! Запах дерьма... дерьма... дерьма...

Убью-позволь-мне-убить...

Он стоял на коленях, согнувшись, раскачиваясь, словно собираясь извергнуть блевотину. И не понимал почти ничего, совсем ничего из происходящего — абсолютно ничего. Рыдания, исходившие из его груди, ему не принадлежали. Более не принадлежали...

Доказательство.

Она смотрела на него сверху вниз, холодная и безразличная.

— Кто? — повторил он дрогнувшим голосом.

— Люби нас... — сказала она, отворачиваясь от жалкого зрелища. — Если должен.

Он скрючился под могучим дубом, припав к его жесткой коре, все более и более заворачиваясь в неразборчивое рычание. Однако голос ее все теребил и теребил его...

Я подчинила его!

Глава вторая. Инджор-Нийас

Смятение.

Что еще ты хочешь, чтобы я сделала? То, чем я покоряла нелюдей, сработает и на нем. Он любит нас.

Голос ее брата трудно было разобрать за тем рычанием, в которое он был погружен.

Отец недооценил глубину его раны.

Она не значила ничего — чистота ее проклятого голоса.

Наш отец ошибается намного больше, чем ведомо тебе... Мир превосходит его, как и нас, как и всех остальных...

Он ничего этого не понял...

Он просто переносит битву в большие глубины.

Мир раскачивался и плыл по спиралям, теплый и медленный.

Лицо мое под твоим лицом... замолчи и увидишь...

Мать напевала и гладила его. Омывала собственными руками.

Ш-ш-ш...

Ш-ш-ш, мой милый.

— Мама?

Вечность обитает внутри тебя. Сила, неотличимая от того, что происходит...

— Я безумен? — спрашивает он.

Безумен...

И очень свят.

— С квуйя, — говорила Серва, — нельзя позволять себе вольностей.

Сорвил сидел и, не обращая внимания на обрыв прямо перед собой, смотрел на запад опухшими глазами. После пережитого позора и унижения, пока она спала, а угрюмый Моэнгхус бродил по внутреннему островку, он заполз в наполненную водой рытвину и отмылся. Должно быть, целую стражу он плавал над древней черной водой, онемев от холода, прислушиваясь к хлюпанью собственных движений, звуку собственного дыхания. Ни одна мысль не посетила его. Теперь, с мокрыми волосами, в промокших насквозь штанах, он тупо уставился на видневшийся вдалеке пункт их назначения. Он торчал над ровной стороной горизонта — силуэт, лишь чуть более темный, чем фиолетовое небо над ним: гора, севшая на мель посреди вырезанной в камне равнины.

Иштеребинт. Последнее прибежище нелюдей.

В молодости нелюди снились ему, как и любому сыну Сакарпа. Жрецы называли их нечеловеками, ложными людьми, оскорбившими богов похищением их совершенного облика, соединением мужского и женского и — что самое отвратительное — похищением секрета бессмертия. В частности, один из жрецов Гильгаоала, Скутса Старший, находил удовольствие в том, что потчевал детей описанием злобных прегрешений нелюдей после падения Храма. Он извлекал на свет старинные свитки и зачитывал их сперва на древних диалектах, а затем в красочном и зловещем переводе. И нелюди становились выходцами из Писания, непристойными во всем, в чем они превосходили людей, и притом каким-то недоступным людям образом; принадлежавшими к дикому и темному миру... расой, рожденной на одной из самых черных, самых первобытных окраин, хранящей в себе злобу, сулящую им пламя до конца вечности.

— Наделенные душами шранки, — объявил однажды Скутса в порыве беспомощного отвращения. — Одно лишь постоянство в заблуждениях можно зачесть им за достоинство!

И ужас, потрескивавший в его голосе, становился угольками, разжигавшими еще более пламенные сны.

И теперь Сорвил сидел, унылый и озябший, вглядываясь в призрак Последней Обители, пока Серва объясняла, что оставшуюся часть пути им предстоит пройти пешком.

— Вы забываете о цене, которую приходится платить мне. Если мы окажемся там в результате прыжка, я буду слишком слаба и не смогу защитить вас.

— Тогда переправь нас на тот лесистый холм, — предложил Моэнгхус. — Мы можем оставаться там до тех пор, пока ты не возобновишь свои силы. Уверен, что пути до той горы еще на две стражи.

— А если заметят мои Напевы? Ты рискнешь всем, чтобы не утруждать свои ноги?

Глава вторая. Инджор-Нийас

— Это кратчайший путь, сестра.

Они спустились с окружавших их утесов и направились на северо-восток по лесам, изобиловавшим столпами, рытвинами и гнилым в еще большей степени, чем те, что остались на Безымянном. Время от времени им попадались стволы колоссальных вязов, мертвых и обветшавших, поднимавшихся на немыслимые высоты. Кора мешковиной свисала с оголенной, похожей на кость древесины. Серва и ее брат помалкивали, даже проходя под исполинскими обломившимися ветвями.

Герои были его судьбой, взросление — чередой побед, но не унижений. С удивлением, присущим всем опустившимся людям, Сорвил обнаружил, что его ожидает особое положение, что и для опустившихся определено свое место. Он был из тех, кто следовал тем, кого избегали. Он не принадлежал к тем, с кем говорили... в нем видели объект порицания и насмешки, комедийный образ. Удивительно, что ему не требовалось даже задумываться, чтобы осознать это, ибо знание всегда обитало в нем. Оскорбленные души не нужны миру.

Замедлив шаг, Моэнгхус приблизился к нему, никоим образом не обнаруживая своих намерений, оставаясь на известном расстоянии. В подобных ситуациях полагалось первой заговорить заблудшей душе.

— Что она сделала со мной? — наконец спросил Сорвил, наблюдая за пятнами света и тени, рябившими на плечах и дорожном мешке Сервы, шедшей шагов на двадцать впереди.

— Это был Напев Принуждения, — ответил его спутник после некоторого раздумья.

Призраки недавнего переживания еще тревожили его нутро.

— Но... как смо...

— Как смогла она заставить тебя обоссать собственные штаны? — Резанное из камня лицо посмотрело на него сверху вниз, не с презрением, с любопытством. В этих бело-голубых глазах было что-то не от мира сего...

Глаза скюльвенда — так сказал ему Цоронга.
— Да.

Имперский принц задумчиво выпятил губы и посмотрел вперед. Последовав направлению его взгляда, Сорвил узрел ее лицо, повернувшееся словно раковина в волне. Она услышала их — за птичьими песнями, шелестом ветвей под ветром. Это он знал.

— А как голод заставляет тебя есть? — спросил Моэнгхус, все еще глядя ей вслед.

Ту ночь они спали под мертвыми вязами, и только далекий вой горных волков отмечал пройденные лиги. А наутро зашагали лесными галереями, столь плотными, что они казались тоннелями; им редко удавалось увидеть небо, не говоря уже о том, чтобы определить, сколько они преодолели. Гиолаль, так звалась эта земля, прославленные и заповедные охотничьи угодья ишроев Инджор-Нийаса. В пути все в основном молчали. Сорвил шел, ни о чем не думая, ступая так, как будто был из стекла и боялся разбиться. И когда наконец он посмел задуматься, образы предшествовавшего дня посыпались на него, вселяя судороги позора и унижения, и он не мог заняться ничем другим, кроме составления нелепых и вздорных планов будущей мести. Но даже тогда в душе его сумело зародиться чувство… знание того, что действиями имперских отпрысков руководит нечто большее, чем кровосмесительная любовная связь.

Даже пришло в голову, что ему было назначено застать их в любовных объятьях…

День уже почти выбился из сил, когда они наконец очутились на гребне хребта. Сорвил взобрался на груду огромных валунов, северная сторона которых обросла лишайником. Путники словно совершили новый магический прыжок — таким неожиданным оказался вид.

Иштеребинт… наконец-то. Иштеребинт… гора на подножии из меньших холмов; туша его затмевала небо. Солнце кровавым шаром висело на юге над самым горизонтом. Чер-

Глава вторая. Инджор-Нийас

тог погружался в гаснущий блеск светила, его восходящие откосы и обрывы были словно тушью вычерчены на кремового цвета пергаменте. Масштаб сооружения был таков, что сердце Сорвила отказывалось верить глазам.

Гора... обработанная и отделанная, каждая поверхность ее срезана на плоскость или углубление... отверстия, террасы, резные изображения — последние были всюду. В таких подробностях, что от их созерцания болели глаза.

Сорвил пополз вперед на четвереньках.

— Как такое может существовать? — спросил он пересохшим от молчания голосом.

— Бесконечная жизнь, — пояснила Серва, — рождает бесконечное честолюбие.

Пространство внизу увязывал воедино лес, простиравшийся на несколько уступов подножия и заканчивавшийся как будто полосами мертвых деревьев. Гора словно застыла в покаянии, на коленях, расставив ноги. Между ними проходила дорога, мощенная белым камнем, обрамленная колоннами и лишенными крыш склепами, хотя бо́льшая часть последних (и даже некоторая часть первых) обнаруживала признаки разрушения. Даже с этого расстояния Сорвил видел движущиеся по дороге фигурки, цепочку муравьев, тянувшихся к расщелине, — толпа сходилась под громоздившимися друг на друга резными утесами. Вход в утробу Обители обрамляли две массивные фигуры, фас входа поднимался над линией теней и был обращен к южному горизонту: алому, оранжевому и бесстрастному.

— Колдовство... — заметила Серва, обращаясь к своему брату. — На всем видна Метка.

— Что будем делать? — спросил Моэнгхус, не отводя глаз от Обители.

Свайяльская ведьма бросила на него угрюмый взгляд, но ничего не сказала. Она сидела на краю обрыва, свесив ноги.

И тут Сорвил услышал это — как будто шелест колышущегося на ветру полотнища, негромкий и певучий, и все же полный скрежещущей гравием скорби.

— Что это такое? — спросил он. — Этот звук...

И в тот момент, когда душа его ощутила этот плач, он удушил все прочие звуки, свидетельствуя о глубочайшей неправде, таящейся в теплом летнем воздухе.

— Это Плачущая гора, — ответила Серва, уже оказавшаяся на ногах. — Скорбь ее перед нами.

Несколько страж они с трудом спускались под меркнувшим светом, преодолевая лесистые склоны и каменистые гребни. Об отдыхе не могло быть и речи. Лес не просто кончался, он умирал, деревья лишались листьев, земля становилась бесплодной и пустой. Один лишь Гвоздь Небес освещал дорогу через пустошь. Они перебирались через завалы мертвых деревьев, спотыкались о переплетения выбравшихся на поверхность корней. Ветви над головой разрывали звездные арки ночи.

Отринув дневное тепло, зимняя тишина кралась над миром. Иштеребинт высился справа от них, медленно привлекая к себе, по мере того как Серва вела их вдоль тыльной стороны восточного склона горы. Мать Сорвила некогда показывала ему древнюю памятку, резную печать из слоновой кости, по ее словам, унаследованную от какого-то южного владыки. Она посадила сына между своих скрещенных ног и со смехом, положив подбородок на его плечо, рассказывала ребенку о странностях этой вещицы. Она называла этот предмет зиккуратом, миниатюрным изображением ложных гор, которые привередливые короли, не желавшие оставлять свое тело погребальному костру, строили в качестве личных гробниц. Его завораживали сотни миниатюрных фигурок, врезанных в боковые поверхности ступеней-террас: казалось невозможным, что ремесленник мог изготовить такие крохотные изображения. По какой-то причине подробности эти растревожили его душу, и, понимая, что он испытывает терпение матери, Сорвил рассматривал каждую фигурку — а многие из них были не больше обрезка ногтя младенца — и восклицал: «Смотри-смотри! Вот еще один воин, мама! Этот с копьем и щитом!»

Иштеребинт не был ложной горой, если не считать плоской вершины, ему была чужда геометрическая простота

Глава вторая. Инджор-Нийас

зиккурата. Размером и расположением его изображений ведало зловещее буйство, ничем не сдерживаемое внимание к деталям, полностью противоречившим аккуратному и осмысленному параду фигур на террасах слоновой кости, рабам, трудящимся у основания, царскому двору, прохаживавшемуся у вершины. Даже останавливаясь, Сорвил ощущал себя мотыльком, ползущим к чему-то слишком огромному. для того чтобы быть произведением чьих-то рук. Каждый раз, когда он мерил Иштеребинт взглядом, какие-то предчувствия прежнего мальчишки — еще уверенного в том, что отец и мать будут жить вечно, — вспыхивали в душе его. Он даже ощущал доносящийся из курильницы хвойный запах, слышал вечерние молитвы...

И гадал, не попал ли в какой-то безумный кошмар.

Проснись... Сорва, мой милый...

Жизнь.

Глаза его жгло, и движения век уже не подчинялись ему, когда путники приблизились к замеченной сверху большой дороге — Халаринис, как называла ее гранд-дама, Летняя лестница. Сорвил и Моэнгхус пригнулись, разглядывая фигуры, бредущие без факелов по всей ее длине. Серва, тем не менее, продолжала, как и прежде, идти вперед.

— Это эмвама, — проговорила она, завершая пируэт, ничуть не нарушивший ее шаг.

Моэнгхус последовал за ней, опустив тяжелую длань на рукоять палаша. Сорвил помедлил какое-то мгновение, вглядываясь в гранитную непреклонность их движения к цели, а затем занял место, отведенное ему Анасуримборами, — место позора и ненависти.

Серва произнесла короткую последовательность таинственных звуков, и в какой-то пяди над ее головой открылся ослепительно яркий глазок, рождавший тени предметов, к которым был обращен.

От вида эмвама ему сделалось тошно.

Сорвил знал, кем они были или, по крайней мере, кем считались: человекообразными служителями, рабами нелюдей. Но, как бы их ни называли, быть людьми они давно перестали. Коротышки с оленьими глазами. Невеликие телом — самый высокий едва доставал ему до локтя — и разумом. По большей части одеждой своей они напоминали селян, однако на некоторых были мантии, свидетельствующие об определенном ранге или функции. Шедшие в гору тащили на себе тяжелые грузы — дрова, дичь, стопки лепешек пресного хлеба. Отличить мужской пол от женского можно было только по наличию грудей; некоторые женщины несли спящих младенцев в повязках, сплетенных из на удивление пышных волос.

С самого начала эмвама окружили троих путников, разглядывая их округлившимися глазами, раскрыв рты подобно изумленным детям, переговариваясь на каком-то непонятном языке, и мелодичные голоса их казались столь же уродливыми, как они сами. Невзирая на общее смятение, они умудрялись сохранять дистанцию. Однако природная робость скоро испарилась, и самые отважные начали подбираться все ближе и ближе. Наконец некоторые из них осмелились протянуть к пришельцам вопрошающие пальцы, словно мечтая коснуться тех, в чью реальность они не могли поверить. Серва в особенности казалась объектом их любопытства, исполненного обожания. Наконец она что-то рявкнула им на языке, похожем на тот, которым пользовалась в своих Напевах, но не имеющем ничего общего с тем, на каком говорили эмвама.

Тем не менее они ее поняли. С писком и визгом эти ублюдочные создания, растолкав друг друга, расступились, предоставив чужеземцам какое-то ритуально предписанное пространство. Потом, когда к толпе присоединилось еще больше увечных душ, каким-то чудом они все равно соблюдали очерченный Сервой невидимый периметр. За какую-то стражу вокруг скопилась такая масса низкорослых уродцев, что зажженный Сервой магический свет уже не мог добраться до края сборища. И тем эмвама, кто обретался во тьме, явившиеся на порог Обители люди казались, должно быть, не просто ярко освещенными фигурами, но чем-то бо́льшим — какими-то образами, священными архетипами,

Глава вторая. Инджор-Нийас

и поэтому они предпочитали оставаться на месте, не напирая на своих убогих сородичей.

Однако более всего беспокоила нутро Сорвила вонь, во всех своих оттенках человеческая, ничем не отличавшаяся от создаваемой мужами Ордалии на марше: временами земная и почти что благая, на краю кисловатая и сладкая, временами смолистая, отдающая запахом немытых подмышек, слишком густая на вкус. Если бы эмвама пахли как-нибудь по-другому, к примеру, лесным мхом, дохлыми змеями или нечищеным стойлом, он мог бы видеть в этой многоликой толпе нечто, присущее именно их форме, нечто, принадлежащее сущности, во всем отличной от его собственной. Однако их вонь, словно плотницкий отвес, указывала на то, что они представляют собой: уродливых выродков, наделенных выкаченными глазами, кривыми спинами, обезьяньими черепами. Ужас его в известной мере восходил к ужасу отца, которому показали урода-сына.

Он никак не мог скрыть свое отвращение.

— Представь себе разницу между коровой, — в какой-то момент обратилась к нему Серва, — и владыкой равнины, лосем.

Он сразу понял смысл ее слов, ибо в эмвама было заметно нечто бычье и неустрашимое, скучная жесткость рожденных служить безжалостным господам.

— Скорее между собаками и волками, — отозвался Моэнгхус, в шутку погрозивший неведомо кому кулаком и расхохотавшийся при виде паники, которую его тень вызвала среди карликов.

Сорвил глянул на захватывающую дух картину — стены Иштеребинта, поднимавшиеся над ним впереди и по бокам, — и был удивлен собственным гневом. Старые гиргалльские жрецы в Храме всегда указывали на мирскую злобу как на качество, достойное не сожаления, а прославления. «Чистые руки нельзя очистить!» — голосили они строки из Священной Хигараты. Чистый мир лишен боевой доблести, лишен жертвы и воздаяния. Слава покоилась в искажении вод.

Но это... такая грязь не могла родить славу, такое зло могло породить только трагедию — карикатуру. Злобы мира сего, начинал понимать он, были намного сложней его благ. К распущенности Анасуримборов он мог добавить теперь уродство эмвама. Возможно, благочестивые дураки не без причины принимали простоту за истину.

Мир был не столь примитивен, как Сакарп, в нем существовали шранки, в нем жили люди, а место между ними занимали тупые твари.

Неужели ты такой дурак, Сорва?

Нет.

Нет, отец.

Сорвил сделал все возможное, чтобы не обращать внимания на сборище мелких тварей. Трое путешественников поднимались, преодолевали уклон, хотя скорее могло показаться, что их несет поток голов, плеч и заплечных мешков, выхваченных светом Сервы из ожившей тьмы. Они шли мимо столпов, стоявших возле дороги. Казалось, что они сложены не из камня, а из мыла, настолько неясными и расплывчатыми сделались вырезанные на них фигуры. Единственной общей чертой их всех, кроме размера, был изображенный под капителью лик, превращенный веками в какое-то подобие рыбы и обращенный, по мнению Сорвила, в сторону юга, вне зависимости от того, куда поворачивала дорога.

— Если люди обожествляют места, нелюди почитают дороги, — пояснила Серва, заметив его удивленный взгляд. — Летняя лестница когда-то была их храмом.

Король-верующий посмотрел на нее, затем взглянул на верхушку колонны, мимо которой Серва проходила в толпе, — на аиста, бледного и изящного на фоне бесконечной ночной пустоты. Страх не позволил его взгляду задержаться надолго.

— Пройти по этой дороге значило очиститься, — продолжила она, меряя взглядом представшую перед ними горную стену, — очиститься от всего, что может испачкать собою глубины.

Глава вторая. Инджор-Нийас

Он поежился, вновь обратив внимание на телесное уродство эмвама.

Так, в сопровождении отпрысков выродившегося племени, они достигли наконец Киррю-нола, легендарного Высшего Яруса Иштеребинта. Гора к этому времени поглотила Гвоздь Небес. Отгородившись ладонью от зажженного Серой света, Сорвил едва мог различить что-либо еще, кроме разящей тьмы. Он кое-как распознавал чудовищные лики, висящие на такой высоте, от которой ломило шею, и другие, подобные украшавшим столпы вдоль дороги Процессий и взиравшие по диагонали на юг. Он скорее угадывал, чем видел циклопические тела под ними. Тишина, одновременно тревожная и почтительная, легла на эмвама. Они начали вертеть головами, бросая лихорадочные взгляды на, как решил Сорвил, утробу ворот. Обветшавшая Летняя лестница приготовила его к здешней разрухе. Однако даже медленное, тяжелое, продолжительное приближение, даже всепоглощающая тьма не могли притупить его чувства, во всей остроте воспринимавшие масштаб этого чудовищного уродства.

Какое место.

Дрожь началась как щекотка, скорее в дыхании, чем в теле, однако за несколько ударов сердца она проняла его до костей. Обхватив себя руками, он стиснул зубы, чтобы они не стучали.

— Представь себе наших древних пращуров, — сказала Серва. Ее лицо выглядело страшно в столкновении света и теней. — Представь себе, как они штурмовали эту Обитель с хрупкими бронзовыми мечами и кожаными щитами в руках.

Он непонимающе посмотрел на нее.

— Многие считают, что нелюди просто так пали перед племенами людей... — пояснила она, взирая на окружающие высоты. Ее лицо омывала чистота таинственного света, — ...и подставили под их мечи свои горла.

Узнавая подобные факты, он приходил в еще большее волнение. Они не уменьшали его невежество.

— Да окажется наше племя столь же удачливым, — пробормотал Моэнгхус. Возвышавшийся над эмвама, он походил на косматого и могучего воина из преданий, одного из «множества буйных», так часто упоминаемых в Священном Бивне.

Тишина властвовала над последовавшими мгновениями, несмотря на то что вокруг собрались сотни эмвама. Отдельные шумы, конечно же, раздавались — пронзительные голоса ночных насекомых, глухой кашель и шмыгание носов, однако душа умеет не замечать подобные мирские звуки, она внемлет тому, что должно быть услышано. Сорвил даже посмотрел вверх, убежденный, что слышит шипение Суриллической Точки. Он заметил белые крылья, промелькнувшие за верхним пределом света. И исчезнувшие...

Дрожь овладела им. Он бросил взгляд на брата с сестрой, словно опасаясь открытия.

Имперский принц смотрел на сестру: вглядываясь в черноту, она шла впереди. И, хотя Сорвил никогда не думал иначе, абсолютная власть свайальской гранд-дамы в этот момент ощущалась особенно сильно.

— Что думаешь? — спросил Моэнгхус.

— Эти эмвама — хороший знак... — ответила она не оборачиваясь. — Однако меня смущают руины. Многое переменилось здесь с той поры, когда Сесватха стоял на этом месте.

— Руины?

Она повернулась к нему, невозмутимая, как всегда. Рот ее приоткрылся. Глаза сверкнули, как два Гвоздя, с первым немыслимым слогом:

— Тейроль...

Она запрокинула голову, чтобы увидеть Обитель, распростерла руки, дабы вместить в себя гору во всей ее необъятности. Окружавшие ее эмвама взвыли и бросились врассыпную.

Суриллическая Точка погасла.

Ее сменила яркая линия. Она разделила на части иссиня-черную тьму. Световой надрез мгновенно проявился на всех предметах, начиная от поверхности под руками Сервы до самой вершины этой пустоты, он расширялся, словно приоткрылась дверь высотой во все мироздание...

Стержень Небес. Подобный ему воздвиг Эскелес на унылых пустошах Истиули; однако если в его руках Стержень

Глава вторая. Инджор-Нийас

озарил лиги, заполненные звероподобными шранками, то в руках Сервы он высветил совершенно другую рать, повисшую как будто на каменных крюках.

Моэнгхус выругался и рявкнул на сестру на том же самом неведомом языке.

— Мы — дети аспект-императора... — проговорила она бесстрастным тоном. — И по рождению нашему имеем право на свет.

Странное уханье пронеслось в толпе эмвама, глухие удары в грудь были подобны овации.

Сорвил только моргал, раскрыв рот.

— Прежде это место носило имя Ишариол — высокий зал, — говорила Серва, возвысив голос над неразборчивым ропотом эмвама. — Из всех Высоких Обителей один лишь Сиоль снискал большую славу.

Здесь, так близко к Плачущей горе, чудилось, что свет вырезает каверну в небе. Только огромные лики были не такими, как он представлял. Привидевшиеся ему воины оказались на деле жрецами, подобные утесам конечности скрывались под монашескими одеяниями, руки были сомкнуты внизу, словно для того чтобы помочь кому-то взобраться, колени казались башнями. Деревья успели населить изгибы этих рук, загнутых, словно когти, или прямых. Кусты и трава проросли всюду, где в камне изображались складки ткани, так что оба колосса казались одетыми растительностью. Сами лица определенно принадлежали нелюдям, хотя и выглядели зловещими, ибо были обращены на юг, но не смотрели на дорогу Процессий или вдоль нее. Растительность затягивала и веки, похожие на днища ладей.

— Целую эру Обитель передавала свою мудрость нашему племени, отправляя сику своих бессмертных сыновей советовать нашим королям, наставлять наших ремесленников, учить наших ученых. Ниль'гиккас предвидел гибель своей расы, он знал, что мы переживем ее.

Главный вход находился между титаническими фигурами... Нечестивое Зерцало, Согтомантовые врата. По бокам располагались еще два портала в половину его высоты, над ними буйствовали статуи. Двери, выкованные из нимиля, валялись сорванные с петель, отбрасывая свой блеск на грязный камень и груды обломков, однако в жерлах проемов царил черный мрак. Створки Нечестивого Зерцала тоже лежали на боку, стеной, как будто утыканной битым стеклом, сплавленным с камнем, однако то было не стекло, а согтомант — тысячи золотых осколков, добытых в Ковчеге. Но если Стержень Небес не мог пронзить тьму меньших ворот, здесь он сверкал, словно свеча, поднесенная к оку слепца, освещая повергнутый в хаос монументальный чертог. Легендарные врата, отторолившие гору от Великого Разрушителя, были взломаны изнутри.

— А потом явился Мог-Фарау, — продолжила Серва, — и все племена Севера были отброшены. Ниль'гиккас отступил, и эти ворота закрыли. Ишариол стал Иштеребинтом, высоким оплотом... И все уцелевшее знание наставничества ушло на Юг вместе с Сесватхой.

Иштеребинт, насколько понял Сорвил, был не столько лишен своей природной наружности, сколько переоблачен в безумные сложности собственной души. История. Образ и подобие. Вера. Все те предметы, о которых Анасуримборы распространялись с философским презрением, вписанные в живую скалу, плита за плитой, строка за строкой. Единственное различие заключалось в том, что писано было не буквами, хотя зрение настаивало на том, что повсюду он видит именно их. И не резьбой по камню...

Письменность заменяли статуи, бесчисленные статуи, шествовавшие в бесконечных процессиях, каким-то образом извлеченных из каменной шкуры горы. Сорвил понял это благодаря разрушениям, столь озаботившим Серву. Некоторые секции отошли от стены, словно слои обветшавшей штукатурки, другие несли на себе следы титанических ударов, проделавших глубокие рытвины, в которых мог бы укрыться человек. Еще Сорвил понял, что при всем своем преувеличенном, раздутом мастерстве Иштеребинт представлял собой место запустения, старости и смерти. Непогода, тяготение и нападения врагов неторопливо и неотвратимо раздевали, обнажали его. Трещины целыми реками бороздили-

Глава вторая. Инджор-Нийас

ли каменные фасады, в них вливались ветвящиеся притоки, протекавшие сквозь ущелья, проложенные в гранитной вышивке. Обломки громоздились в кучи у подножия каждого обрыва, в некоторых местах достигая высоты стен Сакарпа, а может, и превышая ее. Разбитые смыслы.

— Высокий оплот утратил свое благородство, — сухо усмехнулся Моэнгхус.

Сорвил разделял его плохие предчувствия. Союзник, который не в состоянии сохранить в целостности собственные стены, союзником не является.

— Нелюди различны, брат. Некоторые из них — нечто меньшее, чем человек, другие — нечто большее, а некоторые вообще непостижимы.

Имперский принц ухмыльнулся.

— Что такое ты говоришь?

Сорвил замечал, что, несмотря на все почтение, с которым Моэнгхус обращался к сестре, он все-таки видел в ней то докучливое дитя, каким она была прежде.

— Только то, что смирение более подошло бы нашему отцу, — мрачно ответила она.

Моэнгхус пренебрежительно глянул на Сорвила:

— А если они решат, что отец нарушил условия Ниома?

— Ниль'гиккас был другом Сесватхи.

Интонация ее, как обычно, оставалась безразличной, однако Сорвил каким-то образом понял, что Серва, мягко говоря, не совсем уверена.

— Ба! Только посмотри на это! Посмотри! Как по-твоему, это дом здравомыслящего короля?

— Ни в коем случае, — согласилась она.

Эмвама вились вокруг, наблюдая за людьми с удивлением, которое несколько искажала ненормальная величина их глаз.

— Помнишь, что говорил нам отец? — настаивал на своем Моэнгхус. — Сбитый с толку всегда стремится к безопасности правил. Именно поэтому был так важен Ниом, поэтому была так важна, — большой палец ткнул в сторону Сорвила, — ненависть этого *каг*!

Гранд-дама нахмурилась.

— Что же ты хочешь, чтобы я сделала?
— То, что хотел с самого начала!
— Нет.

Мнения брата и сестры схлестнулись, и каким-то образом Сорвил понял, что Моэнгхус намеревался убить его — не сходя с места, если сумеет.

— Кто это владеет тобой, Серва, дунианин или мамочка?
— Я же сказала тебе: нет.

Моэнгхус бросил на Сорвила взгляд, полный едва сдерживаемой ярости.

— Йул'ириса как-как меритру... — проскрежетал он, обращаясь к сестре.

И хотя Сорвил не понял ни единого слова, ухо его души подсказало: а если я случайно сверну ему шею?

— Никакой разницы.

Что-то в ее голосе заставило насторожиться обоих мужчин. Нелюди. Они приближались.

Так стояли они, боясь вздохнуть, на Высшем Ярусе перед Согтомантовыми воротами: король-верующий и дети аспект-императора. Ропот пробежал по толпе, хотя лишь находившиеся впереди эмвама могли заметить приближение своих не знающих старости господ. У страха есть собственные глаза. Тварями овладело раболепное рвение, подобное тому, в которое впадает побитая собака. Теперь они не столько толпились возле троих путников, сколько жались к ним, натужно и лживо улыбаясь, хотя глаза их наполнял тихий ужас. Один уродец даже вцепился в руку Сорвила — детской, но мозолистой и шершавой ручонкой.

Сорвил обнаружил, что ответил на невольное рукопожатие. И в охватившем его в одно мгновение безумии понял, что брат с сестрой мучили его не потому, что он видел их кровосмесительную близость, — мукой был сам инцест! Они терзали его, потому что условия Ниома требовали, чтобы он ненавидел Анасуримборов...

Они нуждались в свидетельстве того, чего Богиня никогда не позволила бы им увидеть.

Глава вторая. Инджор-Нийас

А теперь они решили, что обречены.

Что же он сделал? Молодой человек замер, раздираемый противоречиями. Нелюди, населявшие Иштеребинт, появились из малых правых ворот немыслимой на земле чередой. Если камни и мох впитывали свет, то они отражали его, невысокие радужные силуэты под далекими сводами, испещренными изображениями. В походке их не читалось ни спешки, ни тревоги.

Моэнгхус выругался, напрягаясь всем телом.

— Ничего не говорите, — велела Серва. — Поступайте как я.

По мере приближения фигуры ложных людей становились все ярче, так сверкали их длинные, до пят, кольчуги-хауберки. Фарфоровые безволосые лица. Глаза черные, как обсидиан. Кожа бледная, как тающий снег. Сам облик их стиснул сердце Сорвила. Светлые лица. Узкие в бедрах и широкие в плечах тела. Существа, властные без малейшей наигранности — уверенные в собственном неоспоримом превосходстве в изяществе, форме тел, в величии. Но с каждым шагом нечто вцеплялось изнутри в душу Сорвила: паника, древняя паника его расы — осознание не чего-то иного, но чего-то украденного. И если эмвама вызывали отвращение своей малостью, нелюди отталкивали от себя потому, что были чем-то бо́льшим; они достигли того, что люди собирают по капельке в меру каждой человеческой души. И это делало их ложными, бесчеловечными...

То, что рядом с ними люди становились зверями.

Не стоит удивляться, что Боги потребовали их уничтожения.

Нелюди стали расходиться веером за спиной первого из них, на груди которого висели полоски меха. Стержень Небес сверкал надо всем — колонной, вырезанной из солнца, такой высокий, что тени собрались в лужицы возле обутых ног. Хауберки нелюдей, только что казавшиеся хитиновыми зеркалами, рассыпали свет змеившимся прахом и искрами, пробегавшими вверх и вниз по их фигурам. Черные рукояти мечей высились за плечами. Тихие стоны и жалобные негромкие шепотки послышались среди эмвама. Пальчики в руке Сорвила превратились в когти.

У него заколотилось сердце.

— Не говори ничего, — пробормотала ведьма-свайали.

Один из нелюдей, на груди которого болталось ожерелье из шкурок — человеческих скальпов, вдруг понял Сорвил, — пролаял неведомые слова голосом глубоким и напевным. Вся толпа эмвама почти единым движением пала ниц, и показалось, что обрушилась сама земля. Сорвил пошатнулся от внезапного головокружения, сжал в кулак уже пустую ладонь. Они с Моэнгхусом посмотрели на Серву, однако, судя по всему, она пребывала в таком же недоумении, как они сами.

— Анасуримбор Серва мил'ир, — крикнула она. — Анасуримбор Келлхус иш'алуридж пил...

Главный среди нелюдей пролаял следующую команду — на языке эмвама, понял Сорвил, — но распростертые вокруг фигуры никак не отреагировали. Сверхъестественное существо остановилось в десяти шагах перед Сервой, нимилевые полы его кольчуги рассыпали искорки света, на мраморном лице не отражалось никаких чувств. Бледные как мертвецы спутники собрались свободной группой позади него.

— Ниоми ми сисра, — вновь начала Серва, на сей раз тоном заискивающим и умиротворяющим. — Нил'гиша сойни...

— Ху'джаджил! — выкрикнул главный.

Серва и Моэнгхус почти немедленно пали на колени, уткнувшись лицом в растрескавшиеся плиты. Растерявшийся Сорвил запоздал с движением и поэтому увидел, как эмвама, находившийся позади Моэнгхуса, быстрым, как взмах собачьего хвоста, движением, нанес дубинкой удар в основание черепа имперского принца. Сорвил закричал, попытался освободиться от коварных маленьких тварей, но небольшая мозолистая ладонь ухватила его вместе с множеством других — тянущих, дергающих, щипающих, бьющих. Он услышал, как Серва что-то отчаянным голосом прокричала на ихримсу. Успел мельком заметить, как Моэнгхус, рыча, поднялся на ноги, разбрасывая несчастных карликов движением плеч, отмахнулся от удерживающих его рук...

Однако внезапный удар погасил свет в его глазах, заставил подкоситься ноги.

Чьи-то руки. Визг. Вонь и чернота.

ГЛАВА ТРЕТЬЯ

Момемн

> Люди, принадлежа к природе, воспринимают собственную сущность как Закон, если им кажется, что ее ограничивают, и как природу, когда она представляется им буйной и непокорной.
> Таким образом, некоторые мудрецы утверждают, что людей от зверей отделяет умение лгать.
>
> *Мемгова, Книга Божественных Деяний*

Начало осени, 20 год Новой империи (4132 год Бивня), Момемн

— Лови, — кличет на закате Момемнская шлюха... Однако персик и так уже в его руке.

В обширном и пустом мраке Ксотеи Дар Ятвер застыл неподвижно возле идола своей Матери, наблюдая, как несколько нетвердо стоящих на ногах жрецов поднимают и уносят мертвое тело своего шрайи. Трое из них плюют ему под ноги. Инкаусти уводят его, и он смотрит назад, видит себя стоящим в тени позлащенной Матери.

Горны сдирают кожу с неба. Мотыга и земля! Мотыга и земля! Жестокий Момемн лежит в бесчестье, пораженный от Книги за свои беззакония. Императрица взывает. И голос ее проносится над последними лучами солнца.

— Лови...

Он не столько умывается, сколько стирает кровь со своих ладоней.

К ним присоединяется худощавая, в странном облачении девушка по имени Телиопа, утонченность которой умаляется до простоты.

— Там кто-то был, когда это случилось, — объясняет он ей и видит, как она исчезает во всесокрушающей черноте.

Императрица бросает персик...

— Лови.

Он погружает в воду пальцы, они коричневые, но вода вокруг них расцветает алым облачком.

Императрица смотрит ему в лицо.

— Что ты сделал... Как это оказалось возможным?

Алые как рубин бусинки повисают на его пальцах. Он склоняет ухо, чтобы послушать: вода щебечет так тихо, но рябь от капель распространяется на все сущее.

Все творение.

Горны ревут. Черный город напряжен, взбаламучен.

— Лови.

Своды оседают, становятся на колено, потом на другое. Матерь проливает слезу, забирая данное ею. Он видит, как собственными руками мечет разбитое, видит, как пошатнулся аспект-император, как исчезает он под пятою Матери.

Он отворачивается от моря, от солнца, парящего над водами и вонзающего лучи свои в спины темных волн; он взирает на утомленные летом поля юга; он видит себя стоящим на зеленом холме и смотрящим на то место, где находится сейчас, оставаясь возле императрицы.

Матерь удерживает его заботливыми, но грозящими погибелью руками.

Келлхус часто журил Эсменет за ее постоянные дурные предчувствия. Он напоминал ей, что люди, вопреки их собственным самозабвенным уверениям, добиваются послушания в той мере, в которой жаждут власти. «Если в своем положении ты не можешь доверять им, — говаривал он, — ищи утешения хотя бы в их жадности, Эсми. Раздавай свою

Глава третья. Момемн

власть как милостыню, как молоко, и они, как котята, прибегут к тебе... Ничто не делает людей настолько кроткими, как честолюбие».

И они к ней бежали.

Явившись на Андиаминские высоты, она полагала, что слышит голоса разыскивающих ее инкаусти. Однако, возвращаясь назад с только что найденным Кельмомасом по потемневшим залам, Эсменет столкнулась с Амарслой, одной из приближенных рабынь, рухнувшей прямо к ее ногам.

— Я нашла ее! — возопила почтенная матрона, обращаясь к расписанному фресками потолку. — Сейен Милостивый, я нашла ее!

Тут и остальные начали появляться из позолоченного лабиринта: сперва офицер-эотиец, имя которого она успела забыть, потом неуклюжий Кеопсис, экзальт-казначей...

Невзирая на всеобщую панику, весть о смерти Майтанета и фактической реставрации монархии пронеслась по улицам Момемна, и души, пострадавшие от совершенного ее деверем переворота, начали вновь стекаться в Имперский квартал, бывший их родным домом. К тому времени, когда они с Кельмомасом добрались до лагеря скуариев, за ней уже увязалась целая дюжина спутников, а в самом лагере ее ожидали новые дюжины, пестрый сброд, самозабвенно приветствовавший ее. Прижимая к себе Кельмомаса, она остановилась, рыдая от радости... не веря собственным глазам...

А потом протянула руку к предложенным ими вожжам. Она отцепила от себя чумазого звереныша, в которого превратился Кельмомас, и препоручила его, вопреки всем бурным протестам, попечению Ларсиппаса, одного из дворцовых жрецов-врачей. Ребенка нужно было вымыть, переодеть и, конечно же, накормить, а также обследовать на предмет болезни или заразы. Кожа его стала смуглой как у зеумца, покрылась пятнами, словно он упал в бак с краской. На мальчике была только ночная рубашка, ткань пропиталась грязью и сделалась похожей на кожу. Волосы ребенка, некогда льняные и безупречные, стали черными, как ее собственные, слежались комками и крысиными хво-

Великая Ордалия

стиками. При встрече вид его вселял отвращение в сердца прежних знакомых. Некоторые из них даже позволяли себе чертить в воздухе охранительные знаки, словно на нем оставили свои следы лапы смерти и погибели, а не нищеты и забвения.

— Мама, нет! — сквозь слезы выдавил он.

— Ты слышишь эти барабаны? — спросила она, взяв его за плечи и опустившись на колени. — А ты понимаешь, что они означают?

Синие глаза мальчика над забрызганными кровью щеками сверкнули умом.

Он не таков, каким ты его считаешь...

Маленький имперский принц нерешительно кивнул.

— Я нашла тебя целым и невредимым, Кел, но это всего лишь начало, — сказала она. — А теперь я должна обеспечить твою безопасность! Ты меня понял, мой милый?

— Да, мама.

Она прикоснулась к его щеке и улыбнулась, чтобы ободрить ребенка. Ларсиппас немедленно повел его прочь, крикнув кому-то, чтобы принесли воды. Она позволила своему сердцу совершить еще три материнских сердцебиения, после чего отложила родительские обязанности и взгромоздила на свои плечи Империю, сделавшись именно той, кем ее отчаянно хотели видеть обступившие ее люди: Анасуримбор Эсменет, благословенной императрицей Трех Морей.

Ее вооруженные силы ограничивались инкаусти. Впоследствии она узнает, что все до единого из Сотни Столпов погибли, защищая ее дом и детей. Эотийские гвардейцы в каком-то количестве, конечно же, сдались, и потому стыд задержит их появление. Из числа имперских аппаратариев, которых она видела в Ксотее, многие последовали за ней во дворец — как она поймет потом, в основном те, кто знал ее достаточно хорошо, чтобы довериться ее милосердной и незлобивой натуре. Остальных, бежавших в страхе перед расплатой, она никогда не увидит.

Она начала с того, что обняла Нгарау, бесценного великого сенешаля, унаследованного ею от икурейской династии.

Глава третья. Момемн

— Дом мой пришел в полный беспорядок, — проговорила она, заглянув в старые глаза евнуха, под которыми лежали мешки.

— Действительно так, благословенная.

И строгий Нгарау на нетвердых ногах пошел к собравшимся, отдавая распоряжения. Люди немедленно начали расходиться по различным частям дворца и прочим службам, после чего перед нею остались только коленопреклоненные солдаты и имперские аппартарии позади них. Среди опустившихся на колени придворных она заметила Финерсу, своего начальника тайной службы, стройного мужчину, как всегда, облаченного в черные шелковые одежды, служившие ему мундиром. Она повернулась к нему, и невысокий человечек смиренно пал ниц.

— И ты ничего не знал о заговоре? — вопросила она, обращаясь к шапке черных волос.

— Я ничего не знал, — проговорил он, уткнувшись лицом в плитки пола. — Я подвел вас, благословенная.

— Поднимись! — воскликнула она голосом, полным неприязни, рожденной не столько Финерсой, сколько трагичным урожаем охватившего всех безумия. Хаос и восстание на всей земле Трех Морей. Несчетные жертвы вблизи и повсюду. Шарасинта. Имхайлас. Айнрилатас...

Самармас.

— Ты слышал, что Майтанет говорил в Ксотее?

— Да, — глухим голосом ответил Финерса, безупречно выбритое лицо его не выражало ничего. Она ожидала, что главный шпион возвратится к прежней вкрадчивой манере и поднимется, однако он держался настороженно. — Что вы с ним должны примириться.

И тогда она превратилась бы в буйную и смертоносную Анасуримбор.

— Нет, — сказала Эсменет, внимательно разглядывая его и решив, что скулы и рот выдают слабость этого человека, продолжила: — Он говорил о том, что империи не суждена долгая жизнь...

Поскольку ее неудовольствие было очевидно, начальник тайной службы склонил голову в той степени, какая предписывалась джнаном — не более того. Эсмнет посмотрела на прочих аппаратариев, стоявших на коленях в разных местах лагеря скуариев.

— Он лгал! — вскричала она чистым, полным отваги голосом. — Вот и еще одно проявление той мерзкой хвори, которая отравила его душу! Разве мог мой муж бросить свою жену? Разве мог святой аспект-император оставить на погибель своих детей? Если он предвидел падение своей Священной империи, то, конечно, укрыл бы свою жену и детей в безопасном месте!

Голос ее прозвенел над каменным полом. А потом она увидела Вем-Митрити, своего визиря и чародея, ковылявшего в сторону пестрого сборища; черное с золотом облачение Имперского Сайка раздували ветра, дующие с Менеанора.

— И это означает, что наш господин и пророк предвидел совсем другое! Что он предрекал нашу победу и не сомневался, что Момемн переломит хребет фанимского пса — что могущественнейшая империя нашего времени переживет беду!

Тишина, слышен лишь ритмичный рокот боевых барабанов фаним. Однако в глазах окружающих теперь читаются удивление и преклонение, решила она.

Она снова глянула на начальника тайной службы, позволив ему на мгновение узреть ее ужас. И едва слышно пробормотала:

— Тебе известно, что происходит?

Тот покачал головой, посмотрел вдаль — на стены.

— Они разбили мои оковы на одну стражу раньше, чем ваши, благословенная.

Повинуясь доброму, сочувственному порыву, она взяла его за руку.

— Теперь все мы должны быть сильными. Сильными и хитрыми.

Рыцари-инкаусти держались поодаль, наблюдая за происходящим с монументальной лестницы Аллозиева форума. Подняв руку, она поманила к себе их седобородого коман-

Глава третья. Момемн

дира, Клиа Саксилласа. Мессентиец отреагировал неспешно, как подобало его статусу, не более того. После того как офицер приложился к ее колену, она велела ему подняться и сказала:

— Я убила вашего шрайю.

Не поднимая глаз от сандалии на ее ноге, благороднорожденный ответил:

— Истинно так, благословенная.

— Ты ненавидишь меня? — спросила она.

Он посмел посмотреть ей в глаза:

— Мне так казалось.

Под неровный бой барабанов она вдруг поняла, насколько устала. Взгляд ее стал непреклонным. Офицер заморгал, потупился, скорее из страха, чем из почтения. И в этот самый момент она буквально ощутила вокруг себя, над собой, перед собой...

Тень своего проклятого мужа.

— Ну а теперь?

Он облизнул пересохшие губы.

— Не знаю.

Она кивнула:

— Отныне рыцари-инкаусти охраняют меня и моих детей, Саксиллас... И ты — мой новый экзальт-капитан.

Офицер помедлил какое-то мгновение, однако мгновение это открыло ей всю глубину его горя, и то, что он оплакивал своего шрайю, как оплакивал бы другой смерть возлюбленного отца.

— Расставь своих людей, — продолжила она. — Обеспечь охрану Имперского квартала.

Она замолкла под тяжестью — или даже невозможностью — предстоявшего ей дела.

Мерно рокотали барабаны, предвещая ужасы Карасканда.

— А потом приведи из Ксотеи моего убийцу.

Дядя свят, свят, свят. Так-то, брат! Дядя сдох, ох-ох!

Мысленные дурачества продолжались, однако голос не разделял его настроения. Он не одобрял подобные шутки.

Я чуял это в ее взгляде... Он что-то сказал ей!

Но недостаточно! — фыркнул внутри него другой мальчишка. *Ничего! Близкого! Совсем ничего! О-ох, скверный бросок! Дядя свят! Какая жалость! Скверный, скверный бросок! Теперь все счетные палочки мои!*

Если не вникать в подробности, Анасуримбор Кельмомас, божественный сын святого аспект-императора, сейчас ослабленный и больной благодаря злодеяниям вероломного и некогда любимого дядюшки, был всего лишь несчастным восьмилетним ребенком. Скучный и неблагодарный Ларсипп увлекал его по коридорам в дворцовый лазарет, попеременно рявкая наставления подчиненным и бормоча приторные утешения своему божественному подопечному.

— И у него было много-много помощников, — говорил худощавый спутник имперскому принцу, не удивляясь отсутствию реакции с его стороны. Дети, пережившие нечто подобное тому, что выпало на долю этого ребенка, обычно не слишком хорошо слышали... А говорили еще меньше. — Он столь же коварен, как и жесток. Нам просто необходимо очистить тебя, найти следы его прикосновения. Но только не надо бояться...

Быть может, хворь приласкала и душу мальчика.

— *Но как мама сумела убить его?* — спросил голос. — *Она не обладает Силой!*

— Какое это имеет значение?

— *Но здесь совершается большее! И большее, чем все известное нам!*

— *Правда? Ты забываешь, что все они теперь мертвы, Самми! Все те, кто умел видеть!*

Она казалась совершенно чудесной — перспектива ничем не ограниченной безопасности, блаженной невидимости! Угреться на маминых коленях, нашептывать ей на ухо подобные раскаленным ножам речи, бегать повсюду, не встречая границ и препятствий, — по спящим во тьме залам, по слепым и незрячим улицам. Где можно играть. Играть... играть...

Отец все равно видит.

Отец всегда омрачал его праздник.

Глава третья. Момемн

— Ш-ш-ш... — говорил Ларсиппас, принуждая свой ослиный голос звучать мягче. — Бояться совершенно нечего...

— *В самом деле? Да он все равно что мертвец.*

— *Как так?*

— *Потому что находится не здесь, а там, слишком далеко, чтобы оттуда вернуться...*

— *Голготтерат не настолько далек. Отец вернется назад...*

Мысль эта добавила его лживым рыданиям нотку правды.

— *А откуда это известно тебе? И почему ты считаешь себя таким умным?*

— *Потому что Он вернулся из Ада.*

— *Россказни! Слухи!*

— *Мама верит им.*

Призрак выплыл из полумрака имперского зала аудиенций и обрел плоть под яркими солнечными лучами: ее дочь, Анасуримбор Телиопа, в синем, шитом жемчугами платье, пышная юбка которого сужалась к ногам, образуя форму перевернутого колокола. Эсменет расхохоталась при виде дочери, не столько из-за абсурдного одеяния, сколько потому что при всей своей нелепости оно показалось ей таким прекрасным — таким уместным. Она обняла болезненную девушку, глубоко вдохнула запах ее тела — от Телли по-прежнему пахло молочком, как от младенца. Эсменет было приятно даже то, что ее взрослая дочь не стала отвечать на объятие.

Она взяла лицо Телиопы в ладони, смахнула слезы, слишком горячие для них обеих. И вздохнула.

— Нам нужно о многом поговорить. Ты нужна мне более чем когда-либо.

И хотя Эсменет ожидала этого, ее укололо отсутствие ответного чувства в угловатых чертах лица дочери. Телиопа могла нуждаться в ней... ну, как геометр в своем компасе, такова была доля этой девушки в наследстве отца.

— Мать...

Но у нее уже не было времени на продолжение разговора, ибо взгляд ее остановился на *нем*. Отодвинув дочь в сторону, Эсменет обратила все свое внимание на вторую душу, доставленную инкаусти...

На своего невозможного убийцу.

Как там он называл себя? Иссирал... на шайгекском «удача». Наверное, более неудачного имени ей не приходилось слышать. И тем не менее Майтанет мертв. И ее мальчик отмщен.

Нариндар вступил в полосу света и остановился, замер на пороге террасы в точности так, как стоял между идолами Войны и Рождения в Ксотее. Эсменет смущала его странная, огрубевшая от времени кожа, возможно, потому, что аккуратная, подстриженная бородка скорее указывала на более юный возраст. Обнажен, если не считать серой набедренной повязки, и держится отстраненно — как подобает сильным и уравновешенным мужам. Короткие волосы, возмутившие ее, когда она заключала соглашение с этим человеком — ибо жрецам Айокли было запрещено стричь волосы, — теперь пробуждали в ее душе чувство облегчения. Эсменет не испытывала ни малейшего желания позволить миру узнать, что она обращалась за помощью к почитателям Четырехрогого Брата. По правде сказать, этого человека можно было бы принять за раба, если бы не окружавшая его тревожная аура беспощадной жестокости, порождавшая ощущение, что для него, помимо собственных непонятных целей, не существует таких пустяков, как угрызения совести, комфорт или безопасность. Ей припомнились слова лорда Санкаса, сказавшего, что нариндар воспринимает события в их целостности. Хотелось бы знать, сумел ли консул бежать в земли Биакси.

Правая рука Иссирала была окровавлена — напоминая о том бедствии, которое Эсменет породила всего несколько страж тому назад.

Бедствии, произведенном ею через него.

— Ты можешь очистить свои руки в фонтане, — проговорила она, кивнув в сторону каменной раковины.

Мужчина безмолвно повиновался.

— Мать... — окликнула ее от края сознания Телиопа.

Глава третья. Момемн

— Иди к Финерсе и тем, кто с ним, — велела Эсменет девушке, наблюдая, как ладони нариндара исчезали под мерцающей поверхностью воды.

Вокруг матери и дочери кипела бурная деятельность, неустанная, но при том немая. В качестве своего командного пункта Эсменет избрала террасу позади имперского зала аудиенций, не только потому что оттуда открывался превосходный вид на осажденный город, но и потому, что каждый вызванный человек был вынужден почтить святой престол ее мужа, трон Круговраспятия, прежде чем преклонять колена перед нею самой. И на балюстраде уже собралось малое множество — торговцы, офицеры, шпионы и советники; они разглядывали окрестные холмы, указывали на что-то и обменивались вопросами и наблюдениями. Вестники уже сновали туда и обратно в тенях и блеске имперского зала аудиенций. Тревожные взгляды сменялись резкими словами. Наготове стояли трое трубачей-кидрухилей с длинными бронзовыми горнами, один солдат был без своего шлема из конского волоса, рука другого покоилась в окровавленном лубке. Только что, совсем недавно, явились и первые носильщики с питьем и едой.

Блудница-судьба была милостива к ней — во всяком случае, пока. Впрочем, о положении дел в городе знали немногое кроме того, что Момемн все еще остается неприступным. Улицы были запружены народом, однако кмиральский и кампозейский лагеря казались чуть ли не заброшенными. Возле Малых Анкиллинских ворот поднимался столб дыма, но Эсменет доложили, что пожар произошел из-за несчастного случая.

Фанайал, похоже, не имел никакого отношения к кровопролитной смуте, охватившей весь город. Получалось, что Майтанет увел со стен едва ли не всех солдат, чтобы иметь возможность утихомирить толпу — нетрудно было понять, что весть о пленении императрицы вызовет волнения. И если бы Фанайал пошел на штурм Момемна, весь раскинувшийся под ее ногами ковер зданий и улиц уже превратился бы в поле боя. Но падираджа-разбойник предпочел занять Джаруту в качестве собственной базы и закрепить за собой сельскую местность вокруг имперской столицы, предоставив Эсменет то самое время, в котором она отчаянно нуждалась. При всей ирреальности и жути происходящего вид диких шаек вражеских всадников, обшаривавших окрестности, наполнял ее душу облегчением, граничившим с подлинным блаженством. Пока языческая грязь оставалась за стенами, Телли и Кельмомасу ничего не грозило.

Она обратила внимание, как нариндар посмотрел на свои очищенные руки, а потом наклонил голову, как бы прислушиваясь... ожидая какого-то знамения? Он казался столь же странным и зловещим, как в тот судьбоносный день, когда она наняла его. В день майтанетова переворота.

Нариндар наконец повернулся и посмотрел ей в глаза.

— То, что ты сделал... — начала она, однако не договорила.

Он ответил ей безмятежным детским взглядом.

— То, что я сделал, — отозвался он, вовсе не смущаясь тем, что подразумевала она. Голос его оставался столь же незаметным, как и его внешность, и все же...

— Но как? — спросила она. — Как это возможно?

Как мог простой человек убить дунианина?

Он не стал пожимать плечами, но поджал губы:

— Я всего лишь сосуд.

От такого ответа по коже Эсменет побежали мурашки. Если бы она происходила из благородной касты, то могла бы не обращать внимания на эти слова. Только душа, взращенная в трущобах и подворотнях, в касте лакеев и слуг или вообще среди рабов, могла понять жуткий смысл этой фразы, только такие души способны были понять ужасы Четырехрогого Брата... Айокли.

Только самые отчаянные обращались к Князю Ненависти.

И благословенная императрица Трех Морей осенила себя знаком, известным только сумнийским шлюхам. По случайному совпадению в этот момент перед ней прошел раб с неглубокой корзинкой, полной персиков. Протянув руку, Эсменет достала из корзинки персик, то ли для того чтобы скрыть снедавшее ее напряжение, то ли чтобы его облегчить.

Глава третья. Момемн

— Лови, — сказала она, бросая плоднариндару. Тот подхватил персик в полете. А затем обеими руками поднял над открытым ртом и впился в мякоть зубами, словно желая выпить из нее весь сок, как поступают неотесанные шайгекцы.

Эсменет наблюдала за ним со смесью ужаса и любопытства.

— Я хочу, чтобы ты остался во дворце, — сказала она, когда он опустил голову. В солнечном свете блеснули струйки сока на бритом подбородке.

Сначала ей показалось, что он смотрит на нее, но потом она поняла, что он глядит сквозь нее, словно заметив нечто на далеких холмах.

— При мне, — уточнила благословенная императрица Трех Морей, с горечью закусив нижнюю губу.

Взгляд наемника остался прежним. В имперском тронном зале послышался шум, разрываемый перекатами эха. Его наконец нашли, Саксиса Антирула, экзальт-генерала метрополии, капитулировавшего перед Майтанетом, — человека, который обрек бы ее на печальный конец, если бы не милость Блудницы.

Нариндар Иссирал опустил голову в знак загадочного повиновения и сказал:

— Я испрошу совета у моего Бога.

Дыша, как подобает спящему ребенку, Кельмомас неподвижно лежал, скрестив ноги, на мятых простынях, глаза его были закрыты, но уши внимали беспорядочной тьме, а по коже бегали мурашки, предвещая ее прикосновение.

Она бродила по покоям, утомленная, однако еще не успокоившаяся после дневных тревог. Он слышал, как она взяла графин с сеолианского серванта, тот самый, со сплетенными, как змеи, драконами, что время от времени привлекал к себе ее внимание. И услышал, что она вздохнула в благодарности — благодарности! — за то, что графин оказался полон.

Затем послышалось шелковистое бульканье наполняемой чаши. И вздохи между глотками.

А потом он слушал, как она глядит в кружащееся пространство, как падает из ее рук, звякнув об пол, чаша.

Внутренне он курлыкал от удовольствия, воображая резкий запах ее тела и ее объятья, сперва порывистые, затем настойчивые, по мере того как ослабевает отчаяние. Он чист, кожу его отскребли добела, умастили мылом с корицей, омыли водой, растворившей в себе настои мирры и лаванды. Она будет прижимать его к себе все крепче и крепче, а потом рыдать, рыдать от страха и от потери, и все-таки более всего от благодарности. Она будет сжимать его в объятьях и рыдать, безмолвно, стиснув зубы, не издавая ни единого звука, и будет ликовать оттого, что жив ее сын... она будет трепетать, и будет торжествовать, и будет думать, пока он есть у меня...

Пока он есть у меня.

Она будет ликовать, как никогда не ликовала, будет дивиться невероятной запутанности собственной судьбы. А когда пройдет приступ страстей, замрет, не говоря ни слова, внимая, прислушиваясь к дальнему рокоту вражеских барабанов, терзающему ночной воздух. Потом рассеянным движением взлохматит его волосы, следуя обычаю всех матерей-одиночек, брошенных своими мужьями. Ей придется пересматривать все перенесенные ею несправедливости, придавать им сколько-нибудь упорядоченный облик. А потом она начнет прикидывать, как можно обезопасить его, не имея уверенности и не мечтая...

И будет видеть в себе героиню, не столько в том, что будет сделано, сколько в том, что необходимо сделать. Она будет пытать всех, кого нужно пытать. Она прикажет убить всех, кого нужно убить. Она станет всем тем, в чем нуждается ее милый маленький мальчик.

Защитником. Подателем. Утешителем.

Рабыней.

А он будет лежать как в дурмане, и дышать, дышать, дышать...

Прикидываться спящим.

Андиаминские высоты вновь лязгали и гудели своей подземной машинерией, вновь ожившей... воскрешенной.

Глава третья. Момемн

Благословенная императрица направилась в опочивальню, извлекая длинные шпильки из своих волос.

— *Какой-то частью себя она будет следить,* — прошептал его проклятый брат.

— *Тихо!*

— *Святейший дядя что-то рассказал ей.*

Пять золотых келликов блестят на темной ладони Нареи. Имхайлас исчезает, унося жар собственной крови.

Коллегианин со смехом говорит девушке: «И вот тебе серебряный грош, помяни ее...»

Эсменет поднималась по мраморной лестнице, и ее сопровождали отчаянные образы из прошлого. У нее голова шла кругом от мрака тех дней, скорби по Айнрилатасу, беспокойства о Кельмомасе и Телли, страха перед священным шрайей Тысячи Храмов. Солдаты разбегались при ее появлении, и кованые железные фонари, выставленные ради ее же удобства, раскачивались, словно на прутиках лозоходца. Она шла по ступенькам, и тени ее колебались, расщеплялись и соединялись.

По улицам градом гремели копыта. Офицеры рявкали на свои подразделения. Никто не ожидал неприятностей, однако посреди всего беспорядка последних дней она предпочитала ошибиться, проявив излишнюю бдительность. Довольно было и одного мятежа, едва не унесшего ее жизнь.

Было важно появиться здесь в собственном обличье, подобающем Анасуримбор Эсменет, благословенной императрице Трех Морей. Она впивала всю радость триумфального явления, вздорного и пустого наслаждения вернуться хозяйкой туда, где прежде была рабыней. Вместе с ней поднималась по лестнице сама империя!

Эсменет остановилась наверху, удивленная тем, что почти не узнает это место. Однако Имхайлас привел ее сюда ночью, растерянную и полную смятения, и потом она не переступала порога Нареи до того дня, когда по прошествии нескольких недель шрайские рыцари выволокли ее отсюда, не обращая внимания на слезы и крики. Она огляделась по сторонам, осознавая, что, по сути дела, и не бывала на этой лестнице или в этом зале. Солдатские фонари подчеркивали неровность штукатурки. Изумрудная краска шелушилась в одном направлении, напоминая змеиную шкуру.

Эсменет увидела, что дочь ждет ее возле двери, лицо ее казалось бледным пятном во мраке. Платье Телиопы (тоже ее собственного пошива) состояло из черных и белых кружевных плиссе, таких мелких, что временами они напоминали захлопнутый манускрипт, расшитый повсюду крошечными черными жемчужинами. Льняные волосы Телли были высоко зачесаны и спрятаны под подходящим головным убором. Эсменет улыбнулась, увидев пред собой собственное дитя, которому доверяла. Она понимала, что в жизни тирана доверие нередко сходит на нет, оставляя слышным лишь голос крови.

— Ты сделала все очень хорошо, Телли. Спасибо тебе.

Девушка моргнула на свой странный лад.

— Мать. Я вижу, что ты... что ты намереваешься сделать.

Эсменет сглотнула. Честности она не ожидала. Во всяком случае, здесь.

— И что с того?

Она не была уверена, что сумеет переварить ответ.

— Молю тебя передумать, — сказала Телиопа. — Не делай этого, мать.

Эсменет шагнула к дочери.

— И что, по-твоему, скажет твой отец?

Мрачная тень заползла в чистый и неподвижный взгляд Телиопы.

— Не решаюсь сказать, мать.

— Почему же?

— Потому что это ожесточит тебя... настроит против того, что должно, должно быть сделано.

Эсменет наигранно усмехнулась.

— Такова причина моего недовольства собственным мужем?

Телиопа моргнула, обдумывая ответ.

— Да, мать. Такова причина.

Глава третья. Момемн

Эсменет вдруг показалось, что она подвешена на крюке.

— Телли, ты не имеешь ни малейшего представления о том, что мне пришлось выстрадать здесь.

— Отчасти это заметно по твоему лицу, мать.

— Тогда чего же ты хочешь от меня? Как поступил бы твой отец?

— Да! — воскликнула девушка удивительно ядовитым тоном. — Ты должна убить ее, мать.

Эсменет с укоризной, если не с недоверием посмотрела на свою любимую дочь. Собственные необыкновенные дети давно перестали удивлять ее.

— Убить ее? Но за что? За то, что она поступила именно так, как поступила бы и я сама? Ты видишь только последствия прожитой мною жизни, дочь. И ты ничего не знаешь о смешанной со смолой крови, что переполняет эту растрескавшуюся посудину, которую ты называешь своей матерью! Тебе неизвестен этот ужас! Когда ты цепляешься и цепляешься за жизнь, за хлеб, за лекарства, за золото, необходимое для того, чтобы получить все нужное достойным путем. Убить ее для меня — все равно что убить себя!

— Но почему же ты-ты отождествляешь себя с этой женщиной? Разде-разделенная судьба не отменяет того факта, что ты — императрица, а она-она всего лишь шлюха, которая предала тебя, которая об-обрекла Имхайласа на сме!..

— Заткнись!

— Нет, мать. Момемн осажден. Ты — сосуд власти отца, ты помазана пра-править в его отсутствие. Очи всех обращены на тебя, мать. И ты до-должна оправдать общие ожидания. Показать, что обладаешь той силой, которую они хотят в тебе увидеть. Ты до-должна быть свирепой.

Эсменет тупо посмотрела на дочь, ошеломленная этим словом... «свирепой».

— Подумай о Кельмомасе, мать. Что, если бы он погиб из-за нее?

О, ярости ей было не занимать, конечно, она хотела заставить страдать, насладиться чужими муками, сладостью отмщения. Душа ее несчетное количество раз представляла себе смерть Нареи за все содеянное ею — и уже привыкла к этому кровавому зрелищу. Эта девка предала ее, предала и продала за серебро ее жизнь и жизни дорогих и любимых ею людей. Память в мгновение ока вернулась унизительным и отвратительным приливом, заново напомнившим мелочные издевательства этой капризной распутницы, желавшей еще больше унизить низложенную императрицу, скорбящую мать...

Эсменет посмотрела на свою любимую и бесчеловечную дочь, заметила, как та прочла и одобрила поворот ее мыслей к жестокости, заметила стиснутые зубы и уже не вялые глаза.

— Если ты хочешь, я сделаю это за тебя, мать.

Эсменет качнула головой, поймала дочь за обе руки, чтобы удержать ее на месте. Губы ее ощущали слова, произнесенные много месяцев назад, клятву, которая в них содержалась: «Это значит, что твоя жизнь — твоя жизнь, Нарея — принадлежит мне...»

— Она — мое бремя. Ты сама так сказала.

Телиопа протянула ей нож, словно чудом возникший из сложных переплетений ее юбки.

Эсменет ощутила этот предмет с первого вдоха, во всяком случае так ей показалось. Она стиснула рукоятку ножа, впитала исходящую от него уверенность, почувствовала смертоносную твердость. Глаза мужа следили за ней с угловатого лица дочери. И Эсменет потупилась, не выдержав их взгляда, повинуясь какому-то не имеющему имени инстинкту. После чего, глубоко вздохнув, молча вошла внутрь.

Облупленные, выкрашенные желтым цветом стены. Дешевая и безвкусная имитация благоденствия. Слишком много тел и мало постелей.

Инкаусти обошлись с Нареей и с комнатой не мягче, чем шрайские рыцари до них. Шкафы взломаны, мебель разбита и разбросана по углам.

Эсменет возвратилась, на сей раз войдя в той силе, от которой бежала прежде. Казалось чистым безумием, что не трещат половицы, не стонут стены от присутствия той, что способна испепелить все вокруг.

Глава третья. Момемн

Нарея лежала в углу нагая, если не считать тряпок, которые прижимала к груди. Девка немедленно заголосила от ужаса, но не от того что увидела свою благословенную императрицу — понимание этого придет позже, — а потому что знала: когда уходят насильники, всегда приходит палач.

Один из гонцов Нгарау обнаружил его тело на заре седьмого дня осады внизу подсобной лестницы. Убитый избрал на сей раз неброское облачение, однако его слишком хорошо знали на Андиаминских высотах, чтобы не определить с первого взгляда: это лорд Санкас, консул Нансурии, глава дома Биакси, наперсник благословенной императрицы.

Эсменет все надеялась, что он объявится сам собой, как и прочие, привлеченный слухом о ее возвращении на престол. И он объявился, лежа в чернеющей луже под галереей Аппаратория — на пути, который она сама рекомендовала ему, казалось, целую жизнь назад.

— Наверно-верно он просто споткнулся, — предположила Телиопа, на которой сейчас не было ничего, кроме рубашки, — скандальный наряд для любой принцессы императорского дома, кроме нее. Она была похожа на одного из безумных аскетов, адептов культа, принимавших умерщвление плоти за воспитание духа, костлявого и жилистого.

— Но что тогда произошло с его мечом? — кротко заметил Финерса. — Неужели он сам собой выскочил из ножен?

Благословенной императрице Трех Морей оставалось только взирать на неподвижное тело.

Санкас...

Он был одет для путешествия инкогнито, без каких-либо знаков своего положения: в простую белую полотняную рубаху и синий суконный кафтан, соскользнувший при падении на одну руку и теперь валявшийся рядом с телом. Рубаха впитала кровь, края ее побагровели и посинели как перевязочные бинты, так что казалось, будто убитый разрисован чернилами согласно художественным представлениям о трупе...

Санкас мертв!

В день своей реставрации она обязала Финерсу найти его. Она нуждалась в главе дома Биакси не только благодаря его престижу и огромному влиянию среди домов Объединения, но и потому, что он представлял собой одну из тех независимых сил, которым она могла доверять. Санкас нашел для нее этого нариндара, что означало, что он рисковал своей душой, выступая против Святейшего шрайи Тысячи Храмов — ради нее!

Отчет Финерсы показался ей менее чем удовлетворительным. Подобно многим прочим, после переворота лорд Санкас ушел на дно. Однако если большей части ее сторонников приходилось искать убежище в городе, Биакси покинул его и в качестве капитана одного из принадлежащих его дому зерновых кораблей отплыл неведомо куда — за Три Моря, учитывая колоссальную величину его собственных владений (не говоря уже о том, насколько удачно он пристроил семерых своих дочерей).

Она взглянула на своего экзальт-капитана Саксилласа, все еще носившего регалии инкаусти вопреки ее прямому запрету:

— Как это могло произойти?

Шрайский рыцарь осмелился посмотреть ей в глаза скорее обеспокоенным, чем встревоженным взором, более озадаченным, чем возмущенным.

Неужели и он сделается неудобным?

— Ошибки, упущения... — проговорила она. — Они неизбежны, Саксиллас. И поэтому мне нужны люди, умеющие ошибаться, знающие, как надо справляться с неприятностями и несчастьями, и, что самое главное, способные исправить любую ситуацию.

— Прошу прощения, благословенная, — сказал он, падая на колени.

Она повела разъяренным взглядом в сторону Телиопы и Финерсы.

«Итак, все начинается снова, — прошептала предательская часть ее души».

— Ах, да встань! — бросила она рыцарю.

Глава третья. Момемн

Эсменет посмотрела на верх лестницы, щурясь в лучах утреннего солнца. И у нее перехватило дыхание. Она уже нутром чувствовала... снова ощущала липкий ужас интриг и заговоров. Уверенность, что Санкас шел к ней, что у него были жизненно важные вести, клубами дыма пронизывала ее тело, казавшееся пустой скорлупой из одежды и кожи.

Наполненное императорской пустотой.

— Найди того, кто это сделал, Саксиллас, — сказала она. — Верни себе честь. Оправдай доверие твоего господина и пророка.

Благородный нансурец стоял, словно потеряв дар речи, как будто осознал, что ему угрожает проклятье, или не представлял, что нужно делать дальше. Этот бестолков, поняла Эсменет, бестолков и некомпетентен, как многие вполне достопочтенные люди. Ей хотелось визжать и царапаться. Но почему? Почему доверие всегда покупается хитростью?

— Мать? — сказала Телиопа.

Привычный уже барабанный бой казался извечным. Язычники кружили на горизонте, точили мечи, обдумывали, как погубить ее. Язычники всегда подсматривали за ней из-за угла.

— Оденься, — велела она своей любимой нескладной дочери. — А то смотришься прямо как обычная шлюха.

— Что... — закашлялся на ходу Вем-Митрити, ее древний годами великий визирь, поспешивший к ним по коридору. Неловкая походка его внушала откровенную жалость. — Что такое... — выдохнул он, — я слышал... говорят про какое-то убийство...

— Пойдем лучше отсюда, старичок, — проговорила Эсменет, заступая ему дорогу и поворачивая в обратную сторону. — Здесь нам уже нечего делать.

И тут без предупреждения глас дальних труб примешался к свету зари... труб собрания...

Труб войны.

Едва оказавшись в священной резиденции, Телиопа направилась к Кельмомасу, оставив яркий солнечный свет и погрузившись в прохладные тени зеленых дворов. И, найдя его, замерла в нескольких шагах, словно на воображаемом пороге занимаемой им воображаемой комнаты. Юный принц империи повернулся к сестре с вопросительной улыбкой, внимая зрелищу, которое представляло собой ее явление. Верх — лакированный фетр, отороченный идеальными жемчужинами, по три на плечо. Корсаж из вышитой серебром ткани, жестоким образом зауженный в талии. Юбка под якш, бирюзовый шелк, натянутый на обручи и ребра.

— *Рехнувшаяся старуха,* — подумал Кельмомас. — *Телиопа разоделась, как рехнувшаяся старуха.*

Поднявшись на ноги, он отряхнул грязь с коленок. Ветерок шевельнул листву гибискуса над их головами. Прожужжало осеннее насекомое.

— *Что-то пошло не так,* — прошептал голос.

Он кивнул, обращаясь к небу, к ритмичному, едва слышному дальнему гулу, катившемуся по нему.

— Фаним ведь на самом деле не могут достать нас?

Телиопа шагнула вперед, восприняв эту фразу как разрешение войти в его воображаемую комнату. Она остановилась как раз слева от того места, где он закопал третьего стражника, убитого им...

И съеденного.

— Они-они строят осадные машины, — пояснила она. — А когда построят, увидим.

Сестра пристально смотрела на него — так внимательно, как никогда еще не смотрела.

Быть может, она ощущает запах разлагающихся в земле тел...

У нее нет Силы для этого!

— Кто это был, Телли, тот человек, одетый как раб?

Она все смотрела на него — со столь очевидным подозрением, что это было просто смешно.

— Нариндар, которого мать наняла, чтобы он убил нашего дядю.

— Так и знал! — воскликнул он, удивляясь искренности своего восторга. — Нариндар... тот самый! Тот самый, что спас нас!

Анасуримбор Телиопа по-прежнему смотрела на него.

— Что не так, Телли? — наконец проговорил он, всплеснув руками, в точности как это часто делала мать, ошеломленная странными поступками дочери.

Она заторопилась с ответом, как если бы его вопрос открыл ту самую дверь, к которой она прислонялась.

— Так ты думаешь-думаешь, что-что отцовская кровь совсем-совсем разжижилась в моих жилах?

Имперский принц нахмурился и расхохотался — как положено бестолковому восьмилетке.

— Что ты...

— Святейший дядя рассказал мне, Кел.

Грохот вражеских барабанов все катился по небесам.

— Что он рассказал тебе?

Она казалась изваянием, богиней какого-то ничтожного племени.

— Я знаю, что произошло с Айнрилатасом, с Шарасинтой и-и... — Она остановилась на вдохе, словно дыхание ее отсекло какой-то бритвой. — И Самар-мармасом.

Страх. Он предпочел бы увидеть на ее лице страх, признак опасности, любой отзвук его власти, однако видел лишь то, в чем нуждался сам, — бездумную уверенность.

Молчи. Прикинься слабым.

Она удивила мальчика тем, что сумела, хоть и неловко, но все же опуститься на колени возле его ног, несмотря на сложный каркас ее юбки. Кельмомас впервые понял, сколько хитроумия вложила она в эту конструкцию со всеми ее пружинками и зажимами. Мужской запах ее тела коснулся его ноздрей.

— А скажи-ка мне, Кел... — начала она.

При желании он мог бы легко заколоть ее.

Она выглядела каким-то бледным чудовищем. Чуть выкаченные глаза, веки с розовыми ободками, что-то трупное в очертаниях тела — буквально все в ней вселяло отвращение. И ее кожа, при всей своей бледности, казалась такой тонкой, что ее можно порвать ногтями... если он пожелает.

— Я должна-должна знать...

Ужас вселяло только бездонное безразличие ее взгляда.

— Это ты убил лорда Санкаса?

Он был неподдельно изумлен.

Она взирала на него со щучьей безжалостностью, мертвыми, лишенными выражения голубыми глазами. И он впервые почувствовал страх перед ее нечеловеческим умом.

Пусть себе смотрит... — пробормотал его близнец.

— Вчера вечером ты выходил на улицу? — спросила она.

— Нет.

Пусть посмотрит...

— Ты спал?

— Да.

— И даже не знал о возвращении лорда Санкаса?

— Нисколько!

Взгляд ее вновь сделался невозмутимым, движения — ходульными и безжалостными движениями автомата, лицо столь же невыразительным, как открывающийся под солнцем цветок подсолнуха.

— Так что же?! — воскликнул он.

Телиопа без дальнейших слов вскочила на ноги и повернулась к нему спиной, прошелестев нелепой юбкой.

— Ну а если бы это я убил его? — окликнул мальчик сестру.

Она помедлила, остановленная каким-то крючком в его голосе, а потом снова повернулась лицом к нему.

— Я сказала бы матери, — ответила Телиопа ровным голосом.

Он постарался смотреть вниз, на большие пальцы. Грязь въелась в завитки на подушечках, в складки на костяшках. Интересно, сколько времени потребуется, чтобы закопать ее здесь? Сколько времени еще ему отпущено?

— А почему ты уже не сказала ей?

Он ощущал на себе ее внимательный взгляд — и удивился, что все эти годы полностью игнорировал ее. Насколько

Глава третья. Момемн

он помнил, она всегда слишком старалась, чтобы ее не забыли, а теперь...

А теперь она становилась следующим глазом, который следует выколоть.

Кровь на белой коже всегда кажется как-то ярче...

— Потому что столица нуждается в своей императрице, — проговорила она голосом, исходящим из ее собственной тени, — а ты, младший брат, сделал ее слишком слабой... слишком надломленной, чтобы услышать про твои преступления.

При всей деланой тревоге и раскаянии, в которые он постарался облачить собственные манеры и выражение лица, Анасуримбор Кельмомас усмехнулся в душе. Его близнец панически вскрикнул.

Истина.

Всегда становится таким бременем...

Небольшой столик, крытый белой шелковой скатертью, стоял посреди дороги шагах в тридцати от Эсменет, смотревшей с Маумуринских ворот. В центре красовался синий стеклянный кувшин, лебединую шею и тулово которого окутывала золотая сетка, украшенная семнадцатью сапфирами. Рядом с ним была оставлена пустая золотая чаша.

Фаним потребовали начать переговоры сразу же после рассвета. Посольство возглавил ни много ни мало сам Сарксакер, младший сын Пиласаканды, бесстрашно подъехавший к тому месту, где его уже могли достать стрелой, и забросивший копье с посланием как раз туда, где теперь стоял столик. Известие оказалось простым и лаконичным: в четвертую стражу после полудня падираджа Киана встретится с благословенной императрицей Трех Морей у Маумуринских ворот, чтобы обсудить условия взаимного мира.

Конечно же, это военная хитрость — решил единогласно ее военный совет. Все его члены сочли безумным ее намерение принять предложение за чистую монету, что она поняла не столько по высказанным мнениям, сколько по интонации их голосов. Никто более не смел оспаривать ее власть, даже когда это, возможно, и следовало бы сделать.

И в итоге она в окружении свиты оказалась на бастионе, над воротами между двух колоссальных маумуринских башен, посрамленная их каменным величием.

— Так какую же цель вы преследуете? — негромко осведомился стоявший рядом с ней экзальт-генерал Саксис Антирул.

— Хочу послушать, что он скажет, — ответила она, вздрогнув от того, как громко прозвучал ее собственный голос. Здесь, за городской оградой, бой барабанов казался более громким, более грубым и не столь ирреальным. — Взвесить его.

— Но если он хочет просто выманить вас из города?

Будучи изгнанницей, она ненавидела Саксиса Антирула, проклинала его за то, что он встал на сторону ее деверя. В то время его переход на сторону Тысячи Храмов погубил все ее надежды одолеть Майтанета и спасти своих детей. Она даже вспомнила перечень всех мучений, которым собиралась предать его, после того как вернется ее муж и восстановит должный порядок. Но теперь благодаря изменчивости обстоятельств испытывала в его обществе сентиментальное утешение. Блудница-судьба — не столько шлюха, сколько создательница шлюх, она переламывает благочестивых, как сухие ветки, согревая себя на кострах былого величия.

Даже облачившись во все регалии, Саксис Антирул ничем не напоминал того героя, каким рисовала его репутация. Он посматривал по сторонам тусклыми глазками, будучи из тех, кто прячет собственное хитроумие за мутным взглядом. Сочетание объемистого животика с пухлыми, чисто выбритыми щеками скорее соответствовало облику дворцового евнуха, нежели прославленного героя войн за Объединение. Тем не менее он принадлежал к той достойной солдатской породе, которая четко понимает роль армии как инструмента власти. Дом Саксисов происходил из южной Нансурии и имел обширные интересы в самом Гиелгате и окружающем его крае. И подобно многим семьям, не имевшим фамильной или коммерческой опоры в столице, Саксисы отличались искренней преданностью — тому, кто в данный момент находился у власти.

Глава третья. Момемн

— Мне говорили, что мой долг как императрицы — бежать, — наконец промолвила Эсменет.

Возможно, она предпочла бы общество шлюх. В конце-то концов, до замужества она была одной из них.

— Долг военного в любом случае побеждать, благословенная императрица... Все прочее — расчеты.

— Это сказал вам мой муж, не так ли?

Полководец затрясся в беззвучном смехе, на доспехе его заиграл свет.

— Ага, — согласился он и подмигнул. — И не один раз.

— Лорд Антирул? Вы хотите сказать, что согласны с этим тезисом?

— Соучастие в судьбах своих людей дает благой результат, — проговорил Антирул. — Их преданность будет только отражать ту долю вашей преданности, которую они сумеют увидеть, благословенная императрица. Ваша отвага не произведет впечатления на забаррикадировавшихся во дворце, но здесь... — Он коротко глянул на сотни колумнариев, стоящих вокруг и над ними. — Это станет известно.

Она нахмурилась.

— Вы сами сказали это в Ксотее, — заметил он с особой серьезностью во взгляде. — Он сам выбрал вас.

Ее всегда смущала их уверенность в том, что Келлхус не может ошибиться.

— И рассказы о сегодняшнем эпизоде, — продолжил он, бросив со стены мутный взгляд в сторону врага, — будут служить им напоминанием.

Или обманывать их.

Бойницы ради ее безопасности прикрыли толстыми тесаными досками, однако ей все равно приходилось приподниматься на цыпочки, чтобы с какой-то долей достоинства выглядывать из-за зубцов. Теперь все до единого следили за конным отрядом фаним, пробиравшимся по соседним полям и порубленным садам. Тысячи еретиков комарами усеивали отдаленные холмы, где они, блестя обнаженными торсами, собирали машины, с помощью которых надеялись обрушить темные стены Момемна. Насколько могла видеть Эсменет, многие и многие из них бросали пилы и топоры, чтобы посмотреть на происходящее у ворот.

Солнце светило ярко, однако воздух уже нес в себе торопливый холодок, принадлежащий более позднему времени года. С Андиаминских высот ей могло казаться, что все следует знакомым по прежним временам путем. Но здесь было не так. Она успела забыть то чувство, когда смотришь на полные опасностей дали, когда стоишь на самой границе действия своей власти. Здесь кое-кого казнили за пренебрежение, проявленное к ее роду; а там, за стенами, другого убили за неправильное произнесение ее имени.

Оценки по-разному определяли численность войска Фанайала. Финерса утверждал, что падираджа-разбойник привел с собой не больше двадцати — двадцати пяти тысяч кианцев и еще пятнадцать тысяч всякого сброда, начиная от изгнанных фаним некианцев до пустынных разбойников — по большей части кхиргви, интересующихся только грабежом. Если бы Момемн располагался на обращенной к морю стороне равнины, посчитать их число было бы несложно, а здесь, быстро перемещаясь среди окрестных холмов, фаним могли осаждать город, не особо раскрывая численность войска и его диспозицию. Имперским математикам приходилось действовать, опираясь лишь на слухи и число далеких костров. Пользуясь старинной методикой, постоянно усреднявшей самые свежие оценки с результатами прежних подсчетов, они заключили, что фаним насчитывается около тридцати тысяч, что существенно меньше сорока пяти тысяч, на которых настаивал начальник тайной службы.

С учетом того, что сама Эсменет располагала для защиты столицы всего восемью тысячами обученных воинскому делу душ, обе оценки не вселяли в нее надежды — особенно если учесть слухи о том, что стены Иотии обрушил кишаурим. Ее доверенный визирь, Вем-Митрити, стоявший в своем объемистом черном шелковом облачении в нескольких

Глава третья. Момемн

шагах от нее, брызгая слюной, клялся и божился, что ей нечего опасаться. Сами брызги, впрочем, свидетельствовали об обратном. Пылкие страсти всегда были грехом дураков, а война, как и азартная игра, дураков любит.

Вид приближающегося отряда фаним зацепил ее, а потом она увидела стяг — белый конь на золотом фоне под двумя скрещенными ятаганами Фаминрии. Прославленный штандарт койяури.

— Какая опрометчивая отвага, — заметил экзальт-генерал. И владыку фаним, Фанайала аб Каскамандри.

— Сам падираджа! — донесся до ее слуха чей-то голос с парапета башни над головой.

Это меняло все.

— Так, значит, он действительно хочет переговоров? — спросила Эсменет.

Слева раздался голос Финерсы:

— Бог в том и другом случае даровал нам сказочную возможность, благословенная.

Она повернулась к Антирулу, при всем своем боевом опыте задумчиво смотревшему за стены, выпятив губы так, словно собирался лузгать семечки передними зубами.

— Согласен, — произнес он, — хотя сердце мое протестует.

— Вы хотите убить его, — сказала она.

Экзальт-генерал метрополии наконец перевел взгляд на нее. Эсменет видела, что он одобряет ее нерешительность, — почти в той же мере, как возражал против нее Финерса. Не потому ли, что она женщина, сосуд, созданный для того, чтобы давать то, что берут мужчины?

— Представь себе, сколько жизней ты сбережешь тем, что снимешь с него шкуру! — воскликнул Финерса, обращаясь, как часто случалось, к ее затылку, что свойственно людям, принимающим обиду за проявление разума.

Так или иначе он становится слишком фамильярным.

Вместо ответа она повернулась к своей дочери, покорно — слишком покорно, вдруг подумала Эсменет, — стоявшей в шаге от обступивших ее мать мужчин.

Тряхнув льняными волосами, девушка невозмутимо посмотрела на мать. К ровному рокоту барабанов добавился грохот копыт.

— Я поступила бы так, как поступил бы отец.

— Да! — вскричал Финерса, почти полностью забыв про сдержанность.

Глава ее шпионов страшится, поняла Эсменет. Он по-настоящему испуган...

И отметила, что сама она ничего не боится.

Это приглашение на переговоры было не чем иным, как ловушкой, из тех, на успех которых не рассчитывали сами фаним, во всяком случае ее имперские последователи хотели бы, чтобы она поверила в это. У войны свой джнан, свой этикет, в котором неумение дать врагу возможность выставить себя дураком само по себе уже неудача. Фанайал просто забросил ей, как говорится, «пустой крючок», рассчитывая, что она вдруг сглотнет его.

В конце концов, она же женщина.

Однако теперь получалось, что Фанайал предоставляет ей возможность сделать то же самое. А это означало, что приглашение не рассчитано на то, чтобы убить ее. И в свой черед указывало, что сам он едет не для того, чтобы погибнуть, то есть Фанайал аб Каскамандри, прославленный падираджа-разбойник, действительно хочет о чем-то договориться.

Но зачем?

— Приготовьтесь, — сказал она Антирулу. — Мы убьем его после того, как выслушаем.

Мысль о необходимости убийства смутила ее на мгновение — не более того. Дым все еще поднимался столбами над горизонтом со стороны холмов. Пока еще никто не знал, какого рода разрушения там творятся, но понятно было, что разрушения эти мерзки и огромны. Она убьет Фанайала, убьет здесь, а потом изгонит его презренный народ за пределы всего и вся. Она утопит Каратай в крови его собственных сыновей, чтобы ее сыну никогда не пришлось снова страдать от них...

Глава третья. Момемн

Она сделает это. Эсменет ощущала это с беспощадной уверенностью. После стольких лет кровопролитий, устроенных ее мужем, она имела право на собственную меру чужой крови.

Эсменет вспомнила о Нарее, и веки ее затрепетали.

— Когда я скажу два слова: истина сверкает... — обратилась она к своему блистательному экзальт-генералу метрополии. И посмотрела на фаним, как бы ожидая с их стороны некоего мистического подтверждения. Дыхание ее, все это время чудесным образом остававшееся непринужденным, напряглось, так как пустынные всадники уже почти завершили свой путь... — тогда убейте его.

Примерно три десятка всадников врассыпную преодолели последнюю берму, а потом пустили коней рысью по дороге. В соответствии с обычаем своего народа они отращивали длинные усы и носили конические шлемы. Внешне они казались дикарями — едва ли не скюльвендами — в своих собранных из разных краев доспехах. Некоторые могли похвастать блестящими сворованными хауберками, панцири других были выкрашены темной краской перед трудной дорогой. Жилистые кони явно изголодались, ребра тигриными полосами проступали на их боках. Они гнали коней, сказал Антирул, это означало, что животные были утомлены, по словам того же Антирула. Неудача... неспособность взять штурмом Момемн, когда существовала такая возможность, ясно читалась на их лицах.

Фаним разъехались пошире, насколько это позволяли рвы, а потом перешли на полный галоп — несомненно, рассчитанная бравада, тем не менее производившая впечатление.

Трепет воспоминаний о Шайме пронзил ее обликом кидрухиля, сраженного в ослепительной каллиграфии Напевов Акхеймиона. Разбойники прогрохотали к маленькому столику, превратившись в тени башен в темную продолговатую массу. Поднятая копытами пыль закружилась вокруг лошадиных ног. Эсменет была настолько уверена, что всадники опрокинут столик, что начала бранить их еще до того, как они осадили коней и несколько хаотично, но одновременно остановились. Огромное, но неплотное облако пыли поднялось перед всадниками, угрожая перехлестнуть через бойницы, у которых она стояла, однако вечный ветер, дующий от Менеанора, немедленно утащил его в глубь суши.

Расстроенная, она наблюдала за пустынными всадниками, превратившимися из тонких силуэтов в живых людей. Эсменет планировала поприветствовать их согласно джнанским приличиям, обезоружить женственным соблазном. Но вместо этого обнаружила, что вглядывается во всадников, разыскивая *его*...

Найти Фанайала оказалось несложно: он был очень похож на своего брата Массара, Обращенного, вместе с ее мужем ушедшего в поход на Голготтерат. Причудливая козлиная бородка, узкое, мужественное, горбоносое лицо, внимательные, глубоко посаженные глаза: все эти черты изобличали в нем сына Каскамандри. Только он один был одет в соответствии с отблесками славы своего отца: голову его венчал золотой шлем, украшенный пятью перьями, грудь прикрывала блестящая нимилевая кираса, надетая поверх желтой шелковой рубахи койяури.

Покорившись припадку ярости, Эсменет завопила:

— Возмутители спокойствия! Убирайтесь в свои нищие дома! Или я засыплю пустыню костями ваших соплеменников!

Настало мгновение полной изумления тишины.

Фаним звонко расхохотались.

— Ты должна простить моих людей, — громко произнес падираджа, преодолевая нахлынувший и на него самого приступ веселья. — Мы, фаним, позволяем своим женщинам властвовать в наших сердцах и... — он с насмешкой покрутил головой, подбирая слова, — и в наших постелях.

Вокруг и позади него послышались новые хохотки. Он огляделся по сторонам с лукавой и по-мальчишески открытой улыбкой.

— И твои слова... смешны для нас.

Эсменет ощутила, что ее свита подобралась в смятении и ярости, однако она была слишком старой шлюхой для

Глава третья. Момемн

того, чтобы подобное презрение и насмешка могли подействовать на нее. В конце концов, ее позор был их собственным позором. Если жены только догадываются, шлюхи знают: чем сильней смех, тем горше слезы.

— А что говорил Фан? — сказала она. — Прокляты те, кто осмеивает собственных матерей?

В наступившей тишине какой-то дурак заржал с высоты на восточной башне, пока под рокот собственных боевых барабанов падираджа обдумывал ответ.

— Ты мне не мать, — наконец проговорил он.

— Но ты, тем не менее, ведешь себя как мой сын, — вдохновенно продолжила она, — непослушный и приносящий несчастья.

На лице Фанайала появилась настороженность.

— Подозреваю, что ты привыкла к несчастьям, — ответил он. — Ты — крепкая и стойкая мать. Но не для моего народа, императрица. Наш дом не покорится никакому идолопоклоннику.

Если прежнее возмущение не оставило на ней следа, эти слова потребовали ответа.

— Тогда зачем тебе переговоры?

Воздетые к небу глаза, словно проявленное по отношению к ней терпение уже утомило его.

— Этот сифранг, императрица-мать. Иначе кусифра, демон, который возлежит с тобой в ангельском обличье и зачинает чудовищ в твоем чреве — твой муж! Да... Он воздействовал на меня с таким хитроумием, в которое ты не поверишь. Я и сам едва могу измерить его! Унижения, которые я претерпел, достойные проклятья поступки, которые я видел собственными глазами! Боюсь, что твой муж был недугом моей души...

Произнося эти слова, он направил своего великолепного белого скакуна к другой стороне столика с золотыми предметами, однако коротким движением поводьев развернул коня обратно.

— Каждый его урок, увы, причинял нам боль! Но мы научились, императрица, научились прятать уловки в уловки, всегда думать о том, как это воспримут, прежде чем вообще начинать думать!

Эсменет нахмурилась. Посмотрела на Финерсу, совет которого читался в полном напряжения взгляде.

— Но ты еще не ответил на мой вопрос, — сказала она.

Фанайал усмехнулся в усы.

— Напротив, ответил, императрица.

И Анасуримбор Эсменет обнаружила, что видит перед собой лицо, более не принадлежащее падирадже... превратившееся в нечто совершенно другое, в лицо существа, чьи щеки, подбородок и скальп были полностью выбриты. А глаза покрыты резным серебряным обручем...

Шпион-оборотень?

Аспид, изогнувшийся черным крюком. Ослепительный синий свет. Она прикрыла глаза руками.

— Вода! — завопил кто-то. — У него Во!..

Защелкали взбесившиеся тетивы.

Кишаурим?

Саксис Антирул обхватил ее огромными лапищами, заставил пригнуться.

Оси движения и света, лысое небо, раскачивающиеся поверхности черного камня, озаренные ослепительным сиянием. Звуки слишком порывистые, слишком короткие, чтобы быть криками, свист выходящего из плоти воздуха.

Укрывавшее ее тело экзальт-генерала истекало кровью, словно потоптанное быком. Вем-Митрити пел старым дребезжащим фаготом. Телиопа выползала из-под искореженных и изувеченных тел, огонь капюшоном поднимался по ее платью, подбираясь к волосам.

— Убейте его! — истошно вопил кто-то. — Убейте этого дьявола!

Колумнарий с плащом в руках повалил загоравшуюся девушку на пол. Эсменет перекатилась на освобожденное дочерью место и больно ударилась головой. Опираясь на колени и руки, приподнялась, заметила хлынувшие наружу стрелы.

Вем-Митрити отошел от порушенных бойниц на свободное место, призрачные Обереги висели в воздухе перед ним.

Глава третья. Момемн

Хрупкий, как палочка, прикрытая огромным облаком, в которое превратилось его черное шелковое одеяние, хрупкий и непобедимый, ибо, шагнув вперед, он чуть повернулся, и она заметила, как молния зреет в его ладонях, на лбу и в сердце. Невзирая на все отягощавшие старика годы, слова его звучали подлинной силой, черпая из эфира великие и жуткие Аналогии.

— Убейте демона!

Она увидела тело Саксиса Антирула на краю стены, среди обломков.

Она увидела ошеломленного Финерсу, с трудом осознававшего, что у него осталась только одна рука.

Она увидела безымянного Водоноса — кишаурим! — восстающего навстречу дряхлому великому визирю.

Она увидела, как черный аспид, бывший его оком, поднимается из его капюшона, блестя, как намасленное железо.

Она поскользнулась на крови, но все-таки устояла на ногах.

Страшно ей не было.

Молния проскочила между чародеем и кишаурим, озарив стены ослепительным блеском. Волосы у Эсменет встали дыбом.

Кишаурим бесстрастно висел в воздухе, наблюдая за сверкнувшим разрядом словно из окна... а затем подпрыгнул к небу, будто его вздернули, развернулся...

Это не простой кишаурим, вдруг поняла она. Это примарий.

Это означало, что Вем-Митрити погиб.

Ее упрямство погубило их всех!

Она извлекла церемониальный нож и начала вспарывать слои своего корсажа. И только спустя несколько сердцебиений осознала, что именно делает. Один из прятавшихся за ней офицеров метнулся вперед, чтобы остановить ее руку, однако она вырвалась, перехватила нож и принялась снова пилить и резать проклятую ткань, то и дело в панической спешке кромсая собственное тело.

Бросив взгляд на Эсменет, дряхлый волшебник шагнул вперед, заслоняя ее от кишаурим. Старый дурак! Его пение превратилось в хриплый кашель...

Над руками его возникла огромная Драконья голова, эфирные чешуи блеснули под солнцем...

Эсменет ничего не видела, но не сомневалась, что Водонос нападает на старика сверху. И когда она наконец зацепила пальцем кожаный шнурок, который носила на голое тело, то вскрикнула от облегчения.

Их безымянный противник маячил теперь над плечом Вем-Митрити. Солнечный свет играл на серебряном изгибе его обруча. Аспид его казался темным, как чернильный, проклятый росчерк писчего пера. Дождь стрел немедленно обрушился на него. Он даже не шевельнулся, когда Драконья голова склонилась к нему...

Водопад, ослепительный, как само солнце.

Она перерезала шнурок, рванула его, рассекая кожу, и ощутила, как жар оставил ее пупок.

Теперь он раскачивался, словно камень в праще... Хора. Немного их осталось в Трех Морях. И Эсменет, едва не вскрикнув от осознания, что должна бросить ее, посмотрела вверх...

Кишаурим просто прошел насквозь учиненное старым волшебником пекло, лишь на обруче его заиграли алые и золотые отблески...

Эсменет ткнула пальцем в кость. Хора упала на камень.

Водонос приблизился к вопящему анагогическому чародею, поднял руки, чтобы обхватить его...

Благословенная императрица нагнулась, взяла Безделушку в руку...

Снова посмотрела вверх.

И увидела, что ее дряхлый великий визирь висит перед ней в пустоте, Обереги его сползают в небытие, завывающая песнь умолкает, острия раскаленной добела Воды пронзают его череп и одеяния... наконец он поник, словно гнилой труп, слишком слабый, чтобы устоять, и повалился перед загадочным кишаурим, просто переступившим через все, чем

Глава третья. Момемн

был этот старик, и поставившим ногу на разбитый парапет перед нею...

Она бросила хору.

Увидела свое отражение в серебряном обруче, заигравшее на знаках Воды. Увидела, как железная сфера проплыла мимо его щеки и провалилась в пустоту за его правым плечом.

И улыбнулась, осознав, что сейчас умрет. Что ж, разгром за разгромом.

Однако кишаурим вздрогнул — древко с имперским оперением вдруг материализовалось в левой стороне его груди. Аспид затрепетал, как черная веревка.

Еще две стрелы одна за другой пронзили золотой хауберк.

Еще одна стрела проткнула его правую руку.

Сила удара отбросила его назад. Споткнувшись о битый камень, он исчез за краем стены...

И прочертив в воздухе дугу, рухнул на землю, уже усыпанную телами фаним, не успевших вывести своих лошадей за пределы досягаемости стрел ее лучников.

Благословенная императрица Трех Морей проводила его падение взглядом, опустошенная и изумленная.

— Наша мать! — возопила Телиопа тонким и пронзительным голоском. — Наша мать спасла нас!

Столик, как и прежде, стоял нетронутым в тридцати шагах под нею. Ветер теребил кисти и бахрому, загибал их внутрь — в сторону степей и пустыни, подальше от вечного моря.

Барабаны ее врагов рокотали вдоль всего горизонта.

ГЛАВА ЧЕТВЕРТАЯ

Аорси

> Вор носит одну маску, убийца носит другую; лицо же, сокрытое ими, забыто.
>
> *Айнонская пословица*

> Вера — вот имя, что даем мы своим намерениям, но, взыскуя Небес, должно пребывать нам в слезах, а не тщиться надеждой постичь их.
>
> *Козлиное Сердце, Протат*

Начало осени, 20 год Новой империи (4132 год Бивня), северное побережье моря Нелеост

Приходили сны, темными тоннелями под усталой землей...

Горный хребет на фоне ночного неба, плавный, похожий на бедро спящей женщины.

И два силуэта на нем, черные на фоне невозможно яркого облака звезд.

Мужчины, сидящего скрестив ноги, подобно жрецу, и по-обезьяньи склонившегося вперед.

И дерева, распространяющего свои ветви вверх и в сторону — словно прожилки на поверхности чаши ночного небосвода.

Звезды, обращающиеся вокруг Гвоздя Небес: снежные облака, гонимые зимним ветром.

Глава четвертая. Аорси

И святой аспект-император Трех Морей смотрит на мужской силуэт, но не может пошевелиться. Вращается сама твердь — как колесо свалившейся набок телеги.

Мужская фигура как будто все время оседает, ибо созвездия восходят над нею. Слышится голос, но лицо остается незримым.

— *Я воюю не с людьми, но с Богом,* — молвит оно.

— Однако погибают одни только люди, — отвечает аспект-император.

— *Поля должны гореть, чтобы оторвать Его от земли.*

— Но я возделываю эти поля.

Темная фигура под деревом поднимается на ноги, начинает приближаться к нему. Кажется, будто восходящие звезды подхватят идущего и унесут с собой в пустоту, однако он подобен сути железа — непроницаем и неподвижен.

Оно останавливается перед ним, созерцает его — как случалось не раз — его собственными глазами с его собственного лица, хоть и без золотящего львиную гриву его волос ореола.

— *Тогда кому, как не тебе, и сжигать их?*

Для шранков пищей служила земля, и потому страна была полностью опустошена. Нелеост погрузился в неестественную тишину, море с болотной усталостью лизало серые пляжи. Оно уползало в тусклые и призрачные дали, линия горизонта стиралась из бытия, так что само сущее без видимой грани сворачивалось в колоссальный свиток неба.

Не опасаясь за свой левый фланг, люди Кругораспятия пересекли южные болота края, прежде именовавшегося Аорси, — отчизны самой воинственной народности высоких норсираев. Эта провинция называлась Иллавор, и в древние времена она была покрыта лоскутными полями, на которых выращивалось сорго и другие неприхотливые злаки. Люди Ордалии постоянно замечали руины маленьких крепостей, рассыпанных по погубленной земле, которые в древности были лишь скотными дворами. До Первого Апокалипсиса в Аорси каждый дом служил укреплением. Здесь мужчины не расставались с мечами, женщины спали, положив рядом с собой лук. Здесь с малых лет учили способам лишить себя жизни. Народ этот звал себя скулсираями: стражами.

И теперь Великая Ордалия, поедая убитых на марше шранков, гнала Орду по пустоши, в которую шранки превратили землю. Нужны были новые названия, ибо отвращение и омерзение наполняли собой существующие. Есть шранков, иначе «свежатину» или «потроха», было все равно что есть помет, блевотину или даже что-то еще худшее. Айнонцы стали называть шранкскую мертвечину каракатицами — за гладкую кожу и бледность, а еще потому что, по их словам, от тварей пахло черными реками, протекающими по Сешарибской равнине. Впрочем, название это скоро попало в немилость. Невзирая на все преимущества, оно оказалось слишком мягким для того, чтобы передать все безумие поедания этих тварей.

Общеупотребительным в итоге сделалось «мясо», слово одновременно и функциональное, и разговорное, соединявшее в себе смыслы непристойности и назначения этого занятия. Есть — значит доминировать абсолютно, побеждать, как они хотели, без всяких условий. Однако в этом слове присутствовал и ужас, ибо ночные пиры Ордалии воистину были воплощением ужаса... дымящие яркие костры, грязные липкие тени, разделанные тела шранков, целые их туши, раскачивающиеся на веревках или сваленные в кровоточащие груды, кучи внутренностей посреди сальных чернолиловых луж.

Никто не мог сказать точно, когда именно это случилось: когда пиршество превратилось в вакханалию, когда обед перестал быть простой последовательностью жевания и глотания и сделался занятием куда более темным и зловещим. Сперва только самые чувствительные души среди людей замечали разницу, слышали это рычание, постоянно исходившее из глубин собственных глоток, видели одичание, овладевавшее душами, — свирепый намек на то, чему все более и более подчинялись окружающие. Только они ощущали, что мясо изменяет и их самих, и их братьев — причем

Глава четвертая. Аорси

не в лучшую сторону. То, что прежде делалось с опаской, стало вершиться бездумно и беззаботно. Умеренность незаметно превращалась в свою противоположность.

Быть может, никакое другое событие не могло более наглядно проиллюстрировать эту постепенную трансформацию, чем случай с Сибавулем те Нурвулем. После воссоединения Великой Ордалии кепалорский князь-вождь обнаружил, что позерство его соперника, Халаса Сиройона, генерала фамирских ауксилариев, все больше угнетает его. За предшествующие недели фамирцы заслужили жуткую славу. За счет свойственного им пренебрежения доспехами они стали самыми быстрыми конниками Ордалии, и во главе с Сиройоном, восседавшим на спине легендарного Фьолоса, они показали себя безупречными поставщиками мяса. Лорд Сибавуль завидовал даже этому ничтожному успеху. Люди время от времени слышали от него гневные речи: дескать, то самое, что делает фамирцев успешными загонщиками в охоте на тварей — а именно отсутствие брони, — бесполезно в настоящей битве.

Прослышав про эти сетования, Сиройон обратился к своему сопернику-норсираю и предложил пари о том, что он заведет своих фамирцев в тень Орды дальше, чем посмеет светловолосый кепалорец. Сибавуль пари принял, хотя и не имел привычки рисковать жизнями своих людей по столь очевидно ничтожным поводам. Согласился он, собственно, потому, что в предшествующий день заметил начало разрыва в кружении Орды, усмотрев в этом средство превзойти задиристого Сиройона. К этому времени спина его зажила, однако порка, которой он подвергся несколько недель назад, изрядно подточила его гордость.

И в самом деле, Блудница улыбнулась ему. В занимающей весь горизонт линии Орды открылась брешь, точка, в которой охряно-черное облако Пелены рассеялось в дымку. Тем, кто ежедневно патрулировал галдящие края Орды, разрыв был очевиден, однако Сибавуль и его кепалорцы выехали еще до рассвета. И к тому времени, когда Сиройон понял, чем занят его соперник, Сибавуль уже влетал в недра Пелены далекой точкой, увлекавшей за собой тысячи. Возопив, генерал повел своих фамирцев в погоню с такой скоростью, что многие погибли, просто вылетев из седла. Местность была неровной, пересеченной ручьями и буграми голого камня, кое-где торчали остатки старинных кэрнов. После прохода Орды от кустарника оставались бесконечные ковры пыли и поломаных веток. Сиройон видел Сибавуля и его кепалорцев с редких холмов — и этого было достаточно, чтобы понять, что он безнадежно проиграл свое опрометчивое пари. Он мог бы сдаться, но гордость гнала его вперед в порыве, не отличимом от ужаса перед позором. Даже уступив славу Сибавулю, он мог, во всяком случае, затмить своего противника рассказом о том, что видел вместе со своими воинами. Сибавуль никогда не имел склонности эксплуатировать собственную славу, но Сиройон подобными соображениями не терзался.

Лорд Сибавуль провел своих улюлюкающих кепалорцев в самое чрево Орды. Казалось безумием идти туда, где до сих пор бывали одни лишь адепты школ. Вой оглушал. Пелена всей своей высотой поглотила их. Утоптанная земля уступала место иссохшим травам и кустарникам. Мертвые шранки усыпали не столь утрамбованные места — торчащие конечности, открытые рты. Это само по себе потрясало, поскольку твари обычно пожирали своих мертвецов. Всадники вскоре заметили впереди растворяющиеся в охряном сумраке руины, похожие на челюсти, торчащие из земли, одна за другой. Миновав остатки древних стен, они ощутили новый ужас. Таны возвысили голоса с тщетным сомнением, даже протестом, осознавая, что Орда разделилась, огибая такое место, куда шранк не ступит даже под страхом смерти, место, прославленное в Священных Сагах...

Вреолет... город, известный в древних преданиях как Человечий Амбар.

Однако лорд Сибавуль никак не мог услышать своих витязей, и посему скакал вперед с видом мужа, уверенного в абсолютной преданности своей возлюбленной. Конные таны Кепалора последовали за господином и вождем

Глава четвертая. Аорси

в проклятый город, щерившийся гнилыми зубами черных стен, под взглядами иссохших черепов его башен. Кустарник покрывал землю, коням приходилось проламываться через залежи птичьих костей. Черный мох затягивал уцелевшие стены и сооружения, придавая чередующимся руинам вид какой-то зловещей процессии. Город казался разграбленным некрополем, памятником людям, не столько жившим, сколько обитавшим в нем.

Светловолосые всадники колоннами проезжали через руины, с немым изумлением оглядываясь по сторонам. Пелена вознеслась на головокружительные высоты вокруг, проползая языками в туман, расплываясь по небу, как чернила в воде. Визгливый вой Орды щипал их губы. Многие припадали щекой к шее своего коня, отплевываясь или блюя, — такую крепкую вонь приносил ветер. Некоторые прятали лица, стесняясь собственных слез.

Ничем не объяснив такое решение, Сибавуль повернул обратно и повел своих всадников к зубастой линии южных укреплений города. Они остановились возле стены, затопленной тысячелетним наплывом земли, и всадники выстроились длинной линией на вершине, словно перед атакой.

Перед ними простирались кишащие, извращенные мили, туго набитые несчетными, сливающимися в оргиастической близости фигурами, бледными, как черви, и к тому же визжащими. Можно было видеть, что эта невероятная толпа, колыхавшаяся в своем бессмысленном движении без всякого порядка, этот мир развращенных червей, взбесившихся личинок размазан по всей площади мертвой, опустошенной ими равнины. Приглядевшись, люди приходили в ужас от этого непристойного кишения... шранки шипели и выли, как безволосые кошки, прыгали, скреблись, совокуплялись, впивались в землю, превращая ее в помет.

Они ощутили это, закованные в железо, жестокие сыны Кепалора. Все они видели натиск Орды — видели и пережили его. Все они видели кошмарные, воющие мили, освещенные противоестественными огнями. Однако никто из них никогда не видывал Орду такой, какая она есть. Месяц за месяцем заползали они в тень незримого зверя, полагая сперва, что преследуют его, потом — что охотятся на него, на тварь, затаившуюся за дальними горами. И теперь они постигли всю безмерную глубину тщеславия своего господина и ту участь, на которую он обрек их всех. Вот почему Сибавуль те Нурвуль, прославленный своей выдержкой и хитростью, подъехал к южной стене Вреолета. Именно это хотел он бросить в лицо своим командирам, самому святому аспект-императору...

Свидетельство Зверя.

Это поняли все до единого человека. Они более не преследовали и не охотились. Они просто следовали — так голодные дети бредут за телегами, перегруженными провиантом, в надежде на то, что судьба улыбнется им. Даже когда они увидели, что шранки следят за ними. Это было заметно, чувствовалось, как ветерок, пробегавший по далеким пшеничным полям — понимаемое людьми искушение. Громовой кошачий концерт, по крайней мере, его визгливый передовой фронт, ослабел, дрогнул, а потом возобновился с удвоенной силой, когда бесчисленные твари рванулись к кепалорцам.

Всадники с трудом удерживали испуганных коней. Из глоток исторгались никому не слышные вопли, полные ужаса и мольбы. Некоторые даже проклинали глупую наглость своего блистательного господина. Однако Сибавуль, хотя и замечал, насколько сильный страх овладел ими, не обращал на подчиненных внимания. В полной невозмутимости он взирал на напиравшую Орду — с видом человека, подтвердившего справедливость своих убеждений.

Шранки выглядели единым целым, многоногой шкурой, топорщащейся щетинами конечностей, усыпанной воющими ртами, чешуями черных панцирей. Они бросились вперед как один, в числе настолько огромном, что двадцать три сотни кепалорцев казались брошенной в поток веткой. В потопе этом вот-вот поплывет и сама почва под ногами людей Ордалии; и сам Вреолет, отнюдь не скала, ожидающая волну, уже представлялся плотом, устремившимся навстре-

Глава четвертая. Аорси

чу погибели. Сибавуль ждал, не изменив выражения лица, не произнося ни слова. Несколько конных танов уже кричали на него. Несколько дюжин виндаугаменов — позорная горстка — бежали. Остальные кружили верхом на конях, готовые удариться в бегство. Нимбриканцы уперлись спинами в задние луки седел, опустили пики. Однако на их глазах шранки, мчавшиеся в первых рядах, остановились, повинуясь вдруг охватившему их необъяснимому ужасу. Многие из кепалорцев даже возвели глаза к небу, заподозрив, что это на выручку к ним явился сам святой аспект-император. Все больше и больше тварей отползали с визгом назад, стремясь удалиться от невидимой границы мертвого города. Однако сзади на них напирал мир, полный голода, в своем бесконечном повторении, полный непристойного желания убивать своих извечных врагов и совокупляться с ними. Ужаснувшихся затаптывали и отбрасывали в сторону, — некоторых даже рубили — такова была охватившая их ярость. Шранки лезли на упавших собратьев, некоторые для того чтобы броситься на всадников, замерших на возвышенности, другие затем, чтобы убраться подальше от них... несчетное количество мерзких тварей пало в этом столкновении. Низменное безумие охватило переднюю часть наступающей массы, погрузившейся в каннибалистическое опьянение. Прилив остановился, только когда вал жрущих тел докатился до подножия стен древней твердыни.

Священные саги не лгали. Память о Врсолстс была врсзана в самое существо каждого шранка, причем так, что она могла пересилить любую присущую им плотскую похоть. Они предпочитали умереть, пасть под ноги своим безумным собратьям, чем ступить на эту страшную для них землю. Здесь в кажущейся безопасности собирались последние из высоких норсираев, число их сокращалось, так как Консульт время от времени устраивал набеги на них, нуждаясь в новых пленниках. Здесь они вели свое горестное, полное ожиданий бытие, служа поставщиками живого скота, нужного для удовлетворения прихотей и потребностей Нечестивого Консульта.

Полные ужаса кепалорцы взирали на умопомрачительное зрелище, на несчетные бледные лица, нечеловеческая красота которых была извращена ненавистью, снова и снова подступавшие и откатывавшиеся назад, превращавшиеся в акварельные отпечатки в облаке фекальной пыли. Зрелые мужи рыдали, не понимая, какая судьба привела их так близко к концу всего сущего. Другие, наоборот, приободрились и смеялись, преодолевая ужас, ибо было счастьем стоять неуязвимым перед воистину невероятным количеством врагов.

Пребывавшие на восточном фланге неслышно кричали, указывая на огни, возникшие в охряных вертикалях. Это Жнецы, понимали они — явились адепты школ! И осознавали, что представшее перед ними зрелище ежедневно открывается этим адептам тайных наук, их товарищам по оружию. Обладатели острого зрения различили в небесах тройку темнокожих чародеев, одетых облаками, каждый верхом на призрачном драконе. Это были Вокалати в белых и фиолетовых одеждах, плакальщики Солнца, как их называли, пережившие Ирсулор и безумие Кариндасы, великого магистра их школы.

По рассказам, это случилось, когда князь-вождь впервые заметил, что вся масса шранков хлынула на юго-восток, и осознал новую опасность.

Тайный ропот колдовства червем проник в нутро грохочущей Орды. И если кепалорцы обрадовались, Орда взволновалась, полыхнула из щелей пылью. Всадники даже видели, как шранки горстями подбрасывали к небу землю и гравий, образуя облако, в котором растворилось все, кроме ослепительных огненных струй, поливавших дергающиеся силуэты. Среди всадников многие радостно возопили, посчитав, что Вокалаты явились для того, чтобы спасти их.

Однако Сибавуль понимал ситуацию лучше: он знал, что колдуны, скорее всего, окончательно обрекли их на смерть. Оказавшись под нападением сверху, шранки инстинктивно бросились врассыпную, — словно лучники, очутившиеся под градом вражеских стрел. Но если человеческий строй мог рассыпаться на пространство, измеряемое в ярдах, Орда

Глава четвертая. Аорси

разбегалась на мили. Она растекалась по унылой пустоши, а адепты сеяли среди шранков смерть. Много раз Сибавулю и его всадникам приходилось отступать, видя, как Жнецы исчезают среди Пелены.

Орда окружала Вреолет.

Сибавуль скакал позади своих воинов, подгоняющих коней ударами плоской частью клинка по крупам и словами, услышать которые, несмотря на насущную необходимость, не позволял вой Орды. И кепалорцы неслись, пригибаясь к седлам, лишь ветер трепал за спинами воинов льняные, заплетенные в косы волосы. Всадники мчались меж руин, проламывали заросли чертополоха, мелового можжевельника, равнинного папоротника. И с ужасом наблюдали за двумя облаками пыли, словно ладони в молитве, смыкавшимися перед ними, превращая солнце в бледный диск. Тысячи воющих шранков закрывали проход, которым проехали люди не далее стражи назад. Холодный, зловонный сумрак лег на Вреолет, и даже гордые всадники Кепалора кричали, охваченные ужасом и отчаянием.

Халас Сиройон, добравшийся до входа в разрыв только для того, чтобы заметить, как смыкается его горловина, видел Сибавуля и его кепалорцев лишь издалека, так, словно смотрел на них через несколько миров, из мира, наделенного плотностью, в мир, погруженный в непрозрачную дымку — некое сонное видение. Ему пришлось отступить, и его полуобнаженные наездники понесли серьезный урон от дротиков и стрел набегающих шранков. Потом летописцы напишут, что Фьолос, величайший среди жеребцов, получил рану в плечо и вторую — в круп, в то время как его куда менее прославленный господин отделался лишь одной — в левое бедро.

Пелена сомкнулась над участью лорда Сибавуля и его родичей. Вреолет остался лежать нарывом в недрах Орды.

День и ночь миновали, и только тогда Орда оставила проклятый Амбар. В Палате об Одиннадцати Шестах прозвучали обвинения. Короли-верующие обратились с прошением к своему святому аспект-императору, который успокоил их следующим словам: «Сибавуль, возможно, самый свирепый среди вас, однако душевные качества отступают на второй план, когда опасность имеет сверхъестественную природу. Слабых щадят, а самые отважные лишаются мужества. Молитесь Богу Богов, мои братья. Только сам лютый Вреолет может открыть, что именно натворил».

Убитый горем Сиройон первым воспользовался открытием промежутка на следующее утро. И обрел своего соперника и выживших с ним девять из двадцати трех сотен кепалорцев — лишившимися ума и рассудка. Об участи остальных так ничего и не узнали, ибо уцелевшие отказывались обсуждать любую тему, не говоря уже о том, что им пришлось вынести. И если они отзывались на обращения, то смотрели сквозь вопрошавшего в те неведомые глубины и дали, что поглотили их разум и души.

К этому времени вся Ордалия подтянулась к легендарным руинам, поэтому известие о том, что Сибавуль уцелел, молнией пронеслось над священным воинством воинств. Клич громогласного одобрения прокатился над войском, застревая лишь в глотках тех, кто хотя бы мельком видел измученных кепалорцев. Восклицания всегда оказываются мерой радости или горя. И одного взгляда подчас бывает достаточно, чтобы измерить масштаб произошедшего — того, что претерпела чужая душа, — чтобы понять, победила она или выжила, просто дрогнула или сдалась без остатка. И облик кепалорцев яснее ясного говорил о том, что на их долю выпало нечто более ужасное, нежели просто страдание, нечто такое, для чего нет слов в языке.

В ту ночь, когда Сибавуль явился в Совет на зов своего святого аспект-императора, собравшиеся короли-верующие были потрясены преображением этого человека. Пройас обнял его, но тут же отшатнулся, словно услышав нечто отвратное. По повелению Анасуримбора Келлхуса, Саккаре напомнил собравшимся легенду о Вреолете, какой она изложена в предании Завета. Великий магистр рассказал о том, как Мог-Фарау поставил на своих владениях печать ужаса, чтобы обитатели их были избавлены: «яко зерно избавлено от жернова». Вреолет, как объяснил он обеспокоенному со-

Глава четвертая. Аорси

бранию, был житницей Консульта, и сыны его претерпели столько ужаса и страданий, сколько не довелось вытерпеть никому из прочих сынов человеческих.

— Что скажешь? — наконец обратился Сиройон к своему сопернику.

Сибавуль посмотрел на него взглядом, который можно назвать разве что мертвым.

— Преисподняя... — ответил он, роняя слова, как влажный гравий с лопаты. — Преисподняя уберегла нас.

Молчание легло на Умбилику. Обрамленный чародейскими сплетениями эккину, святой аспект-император смотрел на Сибавуля пять долгих сердцебиений. Его одного не смущала пустота, сквозившая теперь в манерах полководца.

Анасуримбор Келлхус кивнул в знак какого-то сокровенного свидетельства — скорее понимания, а не утверждения того, что увидел.

— Отныне, — промолвил он, — ты будешь поступать в военных делах так, как тебе угодно, лорд Сибавуль.

Именно так и повел себя далее князь-вождь Кепалора, каждый день, перед тем как прозвонит Интервал, выводивший отряды своих родичей, возвращавшиеся затем с мешками, полными белой кожи, которую кепалорцы поедали сырой и во тьме. Они не разводили костров и как будто держались подальше от огней своих соседей. Они более не спали, так, во всяком случае, утверждали слухи. Весть об их неестественной жестокости разлетелась по всему полю, и шранки теперь бежали в панике от кепалорцев, вне зависимости от того, сколько было последних. О том, где собирались Сибавуль и его бледные всадники, люди Ордалии помалкивали. Самые суеверные чертили в воздухе охранные знаки — некоторые даже закрывали ладонями лица, убежденные в том, что мертвые глаза способны видеть лишь мертвецов.

И все стали бояться сыновей Кепалора.

За его спиной голова на шесте.

Чтобы перековать людей, как понял Келлхус, следует исцелить самое простое, самое основное из того, что есть в них. Величайшие из поэтов пели хвалу детству, превозносили тех, кто сохранил невинность в сердце своем. Однако все они без исключения обращали внимание лишь на утешительную и лестную простоту, игнорируя те аспекты, в которых дети уподобляются зверям. Впрочем, точнее сказать, животным. Люди не столько остаются детьми в сердце своем, сколько остаются животными, собранием рефлексов, бурных, прямых, слепых, не видящих ни одного из тех нюансов, которые делают людей людьми.

Чтобы перековать людей, нужно уничтожить их веру в сложность, заставить их найти убежище в инстинктах и рефлексах, свести их к животной основе.

У Пройаса были все причины казаться затравленным.

— Ты говоришь что... что...

Келлхус выдохнул, напомнив своему экзальт-генералу сделать то же самое. На сей раз он велел Пройасу сесть рядом с ним, а не на другой стороне очага: чтобы лучше использовать телесную близость.

— Проклятье поразило Сибавуля и его родичей.

— Но они ведь живы!

— В самом деле? А не застряли ли они где-нибудь посередине между жизнью и смертью?

Пройас недоумевал и ужасался.

— Но к-как... как подобное может случиться?

— Потому что страх вскрывает сердце. Они претерпели слишком сильный ужас на земле, чересчур пропитанной страданием. Ад всегда ищет, всегда тянется к пределам живущих. И во Вреолете он обрел и объял их.

За его спиной голова на шесте. И если он не мог обернуться и увидеть ее, то только потому, что находилась она за пределами доступного его взгляду... за пределами всякого взгляда.

— Но-но... ты, конечно же...

Разум ученика лежал на ладони его интеллекта.

— ...конечно же, мог спасти их?

Пауза для более глубокого постижения смысла.

— Так, как я спас Серве?

Глава четвертая. Аорси

Нечто среднее между смятением и восторгом исказило лицо его экзальт-генерала. Чтобы раздеть душу до самой ее сути, нужно показать сложность самой сложности — в чем и заключается великая ирония подобных занятий. Нет ничего более простого, чем сложность, сделавшаяся привычкой. Тому, что давалось без труда, без усилия мысли, следовало предстать обремененным сомнением и трудом.

Как и дóлжно.

— Я... я не понимаю.

Он ощущал ее даже теперь, эту голову на шесте у себя за спиной.

— Я не сумел спасти очень многих.

Нельзя было отрицать снисходительности в этом упражнении. Как только Келлхус овладел людскими множествами, как только государство стало видеть в нем источник собственной силы, он перестал нуждаться в столь тонких манипуляциях. Годы миновали с тех пор, когда он позволял себе занятие столь непосредственное, как исследование души одного человека.

И при всем невозмутимом спокойствии его дунианской души в ней зашевелились воспоминания Первой Священной войны, бурного времени, когда подобные исследования образовывали суть его миссии. После падения Шайме ни одна душа (даже Эсменет) не давала оснований для такого внимания.

Инстинктивная склонность к нетерпимости, едва не погубившая его в Карасканде, быстро успокоилась, научилась служить, уговаривая несогласных, затыкая рты критикам, даже убивая врагов. Все прошедшие годы он боролся с огромным зверем, которого представляли собой Три Моря, прижал его к земле, а потом подарками и жестокостью обучил его произносить лишь его имя... чтобы его тирания сделалась неотличимой от самого бытия Трех Морей. Это позволило ему перейти от наций к истинам, направить весь свой интеллект на безумные абстракции Даймоса, Метагнозиса и Тысячекратной Мысли.

Он пронзил взглядом смутные вуали, познал метафизику сущего, преобразил смыслы в чудо. Он прошел дорогами ада и возвратился, обвешанный трофеями. Никто, даже легендарный Титирга, герой-маг древнего Умерау, не мог поравняться с его тайной мощью.

Он узнал о голове на шесте.

Господство. Над жизнями и народами. Над историей и невежеством. Над самим бытием, сквозь листы несчетных слоев реальности. Никто из смертных не достигал подобного могущества. Он обладал силой и властью, на которые не могут рассчитывать даже Боги, ибо им приходится распространять себя на все времена, так чтобы не исчерпать при этом себя и не превратиться в призраков...

Ни одна душа до сих пор не владела обстоятельствами в подобной мере. Он, и только он, представлял собой Место, точку максимального схождения. Народы зависели от его прихоти. Реальность отступала перед его песней. Та Сторона сетовала на него.

Но при всем том тьма по-прежнему окружала его, во мраке пребывало прошлое, таилось во мгле грядущее.

Для тех, кто не чтил его как бога, он оставался смертным человеком, наделенным одним разумом и двумя руками, — великим, быть может, по сравнению с его бесчисленными рабами, но все же незаметным пустяком на поверхности чего-то непостижимого. Не более пророком, чем любой архитектор, решивший внести собственную поправку в облик неподъемной для его сил реальности. Все намеченные им варианты будущего существовали, только пока он поддерживал их непрестанными усилиями.

Да, его мучили видения, но он давно перестал доверять им.

— Я был там, господин... — промолвил Пройас. — Я видел. Никто не сумел бы спасти Серве!

Келлхус не выпускал его из хватки своей воли, из продуманного им механизма.

— Ты имеешь в виду ее жизнь или ее душу?

Сети покрывающих его тело мышц сложились отпечатком ужаса.

— Это смущает тебя, Пройас?

Глава четвертая. Аорси

И он, его ученик, соткался игрой теней, отсветом невероятных мерзостей, преломившихся в поверхности малой слезинки. Дубовым листом, порхающим под дуновениями ветров, висящим над шепотком завихрений...

Взглядом сквозь отверстие, которое мы ошибочно считаем жизнью.

— Так что же... что смущает меня?

Но он прежде всего человек.

— Знание о том, что Серве горит в аду.

Рабы принесли им легкую закуску: небольшие, еще шипящие медальоны, нарезанные из мяса шранков, с гарниром из голубики и дикого порея, собранного на берегу моря. Мясо было невероятно мягким и сладким. Место, именуемое Анасуримбор Келлхус, за едой рассказало своему огорченному ученику о пророках, о том, как бутылочное горлышко смертности неизменно искажало видения, которые они принимали за волю и руководство небес. Бесконечное можно понять, только обкромсав его со всех сторон до понятных нам представлений и выразив посредством наглого обмана, сказал он.

— Люди любят пропорцию и ясность даже тогда, когда таковые отсутствуют, — пояснил он. — Они предпочитают осколки видений, Пройас, и называют их целыми и совершенными. — Горестная улыбка любящего и умного дедушки. — Но что еще могут увидеть люди такими маленькими глазами?

Вызовы налетели порывом буйного гнева.

— Но тогда... тогда Бог должен сообщать нам... сообщать нам все, что необходимо?

Снисходительная печаль и долгий вздох: с таким выражением обычно рассказывают о войне, не вполне еще пережитой.

— Не правда ли, с нашей стороны самонадеянно предполагать, что пророки несут людям слово Божье?

Пройас застыл в неподвижности на три удара сердца.

— Каково же тогда их предназначение?

— Разве это не ясно? Нести Богу слова людей.

Люди сотворены, люди рождаются, но пропорции всегда ускользают от них. Они могут только догадываться, но никогда не видят, они могут предполагать линии своей жизни, следуя тем крючкам, которые замечают в других. Пройас был проклят самим фактом своего рождения, а затем обречен на еще горшее тем, что сделала из него жизнь. Ему принадлежала блуждающая душа, душа философа, если говорить в терминах Ближней Древности. Но притом душа эта была взыскующей, она требовала ясности и твердости. Младенцем он спал на руках своей матери, не обращая внимания на домашние или дворцовые шумы. Такие пустяки его не беспокоили, пока любящие руки обнимали его, пока ему улыбалось любимое лицо.

Живые не должны докучать мертвым...

И вот все, что он получил от Келлхуса за двадцать лет: мутный сон убежденности.

— Но почему? — возопил Пройас.

Настало время будить его, выпускать к ужасам реальности.

— Твой вопрос сам отвечает на себя.

Голготтерат не терпит спящих.

— Нет! — отрезал экзальт-генерал. — Никаких больше загадок! Прошу тебя! Умоляю!

Улыбку Келлхуса наполняло сухое и смертельно искреннее ободрение — так благородный и бесстрашный отец укрепляет своих сыновей перед собственной смертью. Он отвернулся, как бы для того чтобы не быть свидетелем той постыдной вспышки, которой поддался его ученик, и взял в руку стоявший рядом графин, чтобы налить собеседнику энпоя.

— Ты спрашиваешь, потому что ищешь причины, — проговорил он, передавая пьянящий пенистый напиток королю-верующему. — Ты ищешь причины, потому что не полон...

Пройас посмотрел на него над краем чаши взглядом обиженного ребенка. Келлхус ощутил сладость и теплоту напитка собственным языком и горлом.

Глава четвертая. Аорси

— Причина — всего лишь шнурок для мысли, — продолжил он, — способ, которым мы увязываем малые фрагменты во фрагменты большие, наделяем дыханием то вечное, что не имеет дыхания, не имеет и не нуждается в нем. Богу нет нужды дышать.

Логос.

Пройас по-прежнему не понимал, но был умиротворен этим утешительным тоном. Гнев еще возбуждал его — гнев той разновидности, что лишает страха мальчишек, выведенных из себя старшими братьями. Однако вопреки всему его надежда — давно отрицаемое стремление знать — все еще занимала заложенные кирпичами высоты его духа...

Ожидавшие ниспровержения.

— Чтобы стать всем, Пройас, Бог должен быть сразу и больше, и меньше себя.

— Меньше? Как это?

— Он должен сделаться конечным. Человеком. Подобным Айнри Сейену. Подобным мне... чтобы стать всем, оно должно познать невежество, претерпеть страдание, страх и смят...

— А любовь? — вскричал экзальт-генерал. — Как насчет любви?

Впервые за тот вечер Анасуримбор Келлхус удивился. Именно Любовь удерживала Жизнь в противоположности Истине... служила тем шнурком, который увязывает мириады отдельных людей в племена и народы.

— Да. Более всего.

Любовь в большей степени, чем разум, служила его оружием.

— Более всего... — тусклым голосом отозвался Пройас, проталкивая слова сквозь засыпавший его песок оцепенения, утомления обессилевшего разума, запыхавшегося сердца. — Но почему?

В действительности он не хочет это узнать.

Место, именуемое Анасуримбор Келлхус, вдохнуло все внутренние соображения, нацелив каждое произнесенное слово на душу, утопавшую перед ним в воздухе.

— Благодаря всем связанным с нею страстям нет ничего более чуждого Богу, чем любовь.

Голова на шесте за его спиной.

Как поступит Нерсей Пройас, первый среди королей-верующих, с открытой ему истиной?

Это и было предметом изучения.

Укрытая ковром почва не столько крутилась, сколько вворачивалась, скручивая предметы, слишком фундаментальные для того, чтобы кровоточить. Смятение. Вопросы, пожиравшие вопросы, уничтожая саму возможность вопроса. И инверсии, богохульные вовне и по сути и к тому же предельно губительные в своих последствиях.

Стоящие вверх ногами пророки, доставляющие на Небеса людское слово?

И вывернутый наизнанку Бог?

Мятежные откровения редко являются сразу в целостности. Они подобны тем проволокам, которые айнонцы вталкивают в глотки бежавших и пойманных рабов. Извивающиеся и пронзающие, еще более перепутывающиеся в результате движений обычного пищеварения предметы, удушающие изнутри, убивающие один изнемогающий орган за другим.

Двадцать лет раболепной преданности перевернуты и рассыпаны. Двадцать лет веры, истинной, глубокой, способной объявить убийство святым деянием.

Как? Как воспримут заудуньяни ниспровержение своих самых искренних верований?

Глаза человека дергались, выдавая внутренний жар.

— Н-но... но что ты сказал... К-как должен человек поклоняться?

Келлхус не стал отвечать сразу, дожидаясь неизбежного безмолвного вопроса.

— Сомневайся, — наконец произнес он, захватывая взгляд ученика железным кулаком собственного взгляда. — Вопрошай, но не так, как вопрошают коллегиане или патроны, а так, как вопрошают недоумевающие, как те, кто воистину взыскует пределы своего знания. Просить — значит прекло-

Глава четвертая. Аорси

нять колена, значит говорить: здесь да будет конец мой... Но разве может быть иначе? Бесконечное невозможно, Пройас, и поэтому люди имеют склонность скрывать этот факт за собственными отражениями — наделять Бога бородой и желаниями! И называть Оно — Он!

Изображая усталость, он поднес к челу обрамленную золотым сиянием руку.

— Но не так. Ужас. Ненависть к себе самому. Страдание, неведение и смятение. Лишь эти пути образуют честную дорогу к Богу.

Король-верующий поник лицом, подавил короткое рыдание.

— Это место... где ты сейчас находишься, Пройас. Вот тебе откровение. Бог не есть утешение. Бог не есть закон, не есть любовь, не есть разум, не есть любой другой инструмент нашей увечной конечности. У Бога нет голоса, нет облика, нет сердца или разума.

Человек зашелся рыданием... кашлем.

— Бог есть оно, не имеющее формы и абсолютное.

Тихое стенание, одновременно вопросительное и обвиняющее.

Как?

Место, именуемое Келлхус, наблюдало за тем, как король-верующий исчез в собственной сущности и сама суть его человечности растворилась, словно комок песка в быстрой воде. Отмечены отклонения. Предположения исправлены. И над всем расцвела вероятность, во всем разнообразии своих ветвей, новых возможностей, готовых пасть под твердым ножом реальности.

Изолированы причины.

— И что нам дастся за это? — выкашлял человек губами в слюнях и соплях.

Да, мой друг. Как насчет спасения?

— Никаких компенсаций, — ответило Место, — кроме знания.

— Знания того, что мы ничего не знаем!

— Именно.

— И значит?..

Печаль... испытующая печаль.

— Ты видишь? После всех этих лет ты наконец понял.

Мгновение ошеломлённого взгляда, опухшее лицо качается, словно на палубе тонущего корабля. Человеку нет необходимости говорить, ибо Место слышит имя.

Ахкеймион.

Место улыбнулось, ибо вещи, катастрофические по своей сути, способны одновременно вмещать и тихую иронию.

— Учитель, которого ты отверг...

Лицо человека исказила гримаса обиды и недоверия. Челюсть отвисла. Губы сложились в беззвучный крик. Слюна паучьим серебром протянулась над пустотой рта...

— Он и есть тот пророк, которого ты всегда искал.

Место обнимало своего рыдающего раба, укачивало его на руках. Запах палёной баранины ниточкой сочился в затворённой палате.

— Так вот кто ты есть.

С горечью, без нотки вопроса. Так, как выносят покойного родича из места плача.

— Обманщик, — промолвило Место. — Лживый...

— Нет...

— Я дунианин, сын Ишуали. Плод чудовищного решения, принятого две тысячи лет назад... чудовищного решения... решения вывести новую породу человека — подобно тому, как люди размножают скотину и собак. Переделать так, как показалось разумным.

Он привлёк к себе человека, опустил его вниз, так чтобы бородатое лицо тарелкой лежало на его коленях.

— Меня отправили выследить и убить собственного отца, — рекло Место, — которого отослали в мир передо мной... — Келлхус умолк, чтобы смахнуть прядку седеющих волос с чела человека. — Обнаружив слабость людей, я понял, что отец мой не может не обладать колоссальным могуществом и что мне необходима сила целых народов, чтобы одолеть его.

Глава четвертая. Аорси

Конфликт представлений. Во что бы то ни стало опровергнуть те, что властвуют над душами людей. Истина столь же объективно и просто, как и удача, выделяет мертвецов среди побежденных.

— Посему я начал действовать как пророк, всегда отрицая, что являюсь им, зная, что разум мой потрясет тебя и твоих братьев и в конечном итоге вы сами провозгласите меня вашим пророком.

— Нет! Это...

— Так я овладел своим народом и Первой Священной войной...

Место провело длинными пальцами по щеке короля-верующего, от виска к челюсти. Оно знало, что те свирепые и беззаконные дни уже казались нереальными этому человеку. Внутри него остался осадок, оттиск свидетельства вспыхивал время от времени в снах и воспоминаниях. Галька с берега океана, и ничего более. Подобно всем прочим, кто выжил, его непрестанно бросало на берег и затягивало обратно.

— Отец предвидел это, он знал, что испытания, вставшие на моем пути, преобразуют меня, знал, что убийца, посланный Ишуалью, явится как его ученик.

Вздорная ярость. Детский гнев.

— Нет! Этого не мо!..

— Однако было и кое-что, чего он понять не сумел...

Недопустимая нерешительность. Надежда, пробивающаяся сквозь муку, сквозь удушье... мечтающая все обратить вспять, вернуть назад, сделать таким, каким оно было.

— Что? Что?

— Что испытание это доведет меня до безумия.

— Но ты же мой Господь! М-мое спасение!

— Карасканд... Кругораспятие...

— Нет, прекрати! Прекрати наконец! Я... Я умоляю тебя! Пожа...

— Я начал видеть... призраки, начал слышать голоса... Со мной что-то начало говорить.

— Прошу тебя... я-я...

— И пребывая в расстройстве, я слушал... и исполнял распоряжения.

Рыдания сотрясали человека, конвульсии осиротевшего ребенка. Однако слова эти произвели в Пройасе какое-то действо, словно его закрутили воротом и отпустили. Место ослабило хватку, опустило его к себе на колени. Налитые кровью глаза взирали на него, не зная ни позора, ни ярости.

— Я убил своего отца, — молвило Место.

— Бог! Это должен быть Бог! Бог...

— Нет, Пройас. Соберись с духом. Узри сей ужас!

Я возделываю поля...

Липкое дыхание. Взгляд искоса: душа пытается с подозрением отмахнуться от собственных предчувствий.

— Ты думаешь, ч-что этот голос... был твоим собственным?

И сжигаю их.

Место улыбнулось небрежной улыбкой, свойственной тем, кого не интересуют столь мелкие раздоры.

— Суть вещи кроется в ее происхождении, Пройас. Я не знаю, откуда приходит этот голос.

Надежда, просиявшая в своей неотложной необходимости.

— Небо! Он исходит с Неба! Разве ты не видишь?

Место снисходительно воззрилось на самого прекрасного из своих рабов.

— Тогда Небо сошло с ума.

Место приказало человеку раздеться, и он разделся.

Даже после стольких лет лишений тело человека оставалось прямым и стройным. Он был худощав, как худощавы все люди Ордалии; тени вычерчивали линии и соединения его плоти. Черные волосы покрывали бледно-оливковую кожу на груди. Спускаясь по животу, они сужались в полоску, вновь расширявшуюся внизу живота. Фаллос оставался скучным и вялым.

Глава четвертая. Аорси

Ученик повесил голову, сминая бороду... водил по сторонам угрюмым и непонимающим взглядом.

Место подобрало вверх и отодвинуло вбок свою мантию, приветствуя прикосновение чистого воздуха. Оно подошло к человеку сзади, протянуло руку к горлу, нащупывая торопящийся пульс.

— Суть вещи... — пробормотало оно.

Провело членом по ягодицам человека...

Ощутило трепет кончиками пальцев...

И ввело. Запах фекалий и шипящей на огне баранины. Кашель, на самом деле бывший рыданием...

Глубоко... пока не слилось соединением Высших Душ.

Оно схватило человека, подняло его в воздух. И использовало так, как никто и никогда его не использовал.

И была голова на шесте за его спиной.

Все души скитаются. Но каким бы путем они ни шли, выбор не принадлежит им.

Вера навязывается всем нам. Даже самоубийце, творящему фетиш из непослушания и кичливость из жалобы, дана своя вера. Даже насмешнику, готовому осмеять все мироздание и посрамить солнце. Даже если он верит...

Вера столь же неизбежна, сколь мал человек. Дуновение за дуновением уносит людей мыльными пузырями в топь забвения. Нет другого предела, столь же крохотного, как наше сейчас, но таково владение человека, его эфемерная империя. Вера. Одна только вера связывает его с тем, что было, и тем, что будет, — с тем, что превосходит. Только вера соединяет руки с тем, иным, и не выпускает *его*. Она неизбежна, как страдание, и столь же естественна, как дыхание.

Меняется только объект веры...

Во что.

Пройас верил в Анасуримбора Келлхуса, верил, что он обитает в мире без горизонтов, где все сокровенное сосчитано и порабощено. Он пребывал здесь и теперь, в подобающем человеку смирении, одновременно повсюду в вечности — пока он верил. Какой ужас мог мир припасти для него, стоящего одесную святого аспект-императора? И куда бы его ни заносило, какие бы зверства он ни творил, Бог всегда пребывал с ним.

Но теперь оставил его.

Земля накренилась, все вокруг откатилось к горизонту. Пройас не столько вылетел, сколько выпал из Умбилики, не столько прошел, сколько провалился под холстиной ходов, — столь крутым, отвесным сделался его мир... каким был всегда.

Этот Бог был не для него. Паук... бесконечный и бесчеловечный.

И Келлхус не Его пророк.

Вера — обман, нечто низменное и подлое, стремящееся стать эпичным и славным — доказательством, отрицающим идиотскую незначительность, отрицающим истину.

И он всегда зависел от биений одинокого, бестолкового сердца. Он всегда был сором на поверхности безумного потока событий, снова побитым, снова тянущимся, пытающимся вцепиться в уверенность, которой не существует.

Им всегда пользовались, его эксплуатировали! И он всегда был дураком! Дураком!

И всегда падал...

Он повалился на колени среди лохматых нангаэльских шатров, грозя кулаками образам мужеложства, переполнявшим его память. И съежился на месте сём, рыдая от утраты и бесчестья.

Вера... малость, передразнивающая величие, вид издали на ближнем фоне, победа тщеславия над ужасом.

Благословеннейшее невежество.

И ее больше не было.

Ужас пьянил, когда Пройас был молод.

В юности он всегда был героем, ослепленным блеском великих и легендарных душ, он доказывал собственную отвагу — не кому-то другому, но себе самому. Матушка подчас рыдала, представляя все ужасы, которым он подвергал себя: преодолевая пазы Аттикороса, дразня быков, с которыми

Глава четвертая. Аорси

играли акробаты Инвити, взбираясь на каждое попадавшееся на пути дерево, не просто в крону, но на самую жидкую макушку, где ветер качал его, словно железный слиток на стебле молочая.

Любимцем его был величественный дуб, прозванный Скрипуном за характерный хруст, который издавало дерево, когда ветер набирал соответствующую силу. Макушка дуба давно обломилась, осталась лишь меньшая часть прежней развилины, изгибающаяся дугой ветвь, которой Пройас пользовался для того, чтобы оседлать Скрипуна. Он забирался на дуб так часто, как ни на никакое другое дерево. Он повисал на ветви, раскачиваясь под грохот собственного сердца, ощущая головокружение и утомление в руках. Аокнисс тянул к нему суровые и корявые лапы своих окраин... весь мир лежал у него под ногами и принадлежал ему — ему одному! Пройас залезал на старую ветвь никак не меньше сотни раз без всяких неприятностей. И вот однажды, скучным осенним днем, она вдруг треснула. Он до сих пор помнил это мгновение смертного ужаса, этот холодный пот, выступивший на коже. Он помнил, как перехватило дыхание...

Отброшенный от ствола и упавший вниз, обреченный на смерть... Но полог нижних ветвей чудесным образом подхватил обломавшийся сук, и Пройас обнаружил, что висит в воздухе, толкаясь ногами в пустоту. Вопль его слышал весь дворец (последующие три месяца он потратил на ненависть к своему старшему брату Тируммасу, без конца дразнившему его, подражая этому воплю). Пройас помнил, как в первые короткие мгновения не мог понять, что хуже: свалиться на землю и разбиться или болтаться вот так под взглядами собиравшегося внизу все большего количества взволнованных и хмурых людей.

— Ты совсем умом оскудел, мальчишка? Я же сказал: возьми меня за руку.

И тут рядом с ним, словно из ниоткуда, появился Ахкеймион, будто стоявший на невидимой почве, плывущий, протягивавший руку с перепачканными чернилами пальцами.

— Никогда!

— Ты предпочитаешь сломать себе шею?

— А иначе я положу в лубок свою душу!

Даже в таком крайнем положении взгляд упитанного адепта был полон того же самого изумления, которое этот мальчик вызывал на земле.

— Боюсь, что тебе еще рано умирать за моральные принципы, Пройас. Мужчина обязан сделать свою жену вдовой, а детей сиротами.

— Ты проклят! Проклят, как все адепты школ!

— И по этой причине твой отец опустошает собственную казну, чтобы платить нам. А теперь бери мою руку. Живо!

— Нет!

Повзрослев, Пройас неоднократно обращался мыслями к этому случаю. Быть может, кто-то другой нашел бы повод для гордости в проявленной отваге, но только не Пройас. В мальчишеские годы ужас был для него игрушкой, зверушкой, которую можно дразнить и тискать только из-за невежества, нелепой уверенности в том, что уж с ним-то никак не может приключиться нечто истинно неблагоприятное. Гибель Тируммаса в воде зажжет погребальный костер под этой уверенностью, научит, что ужас не игрушка.

— Что ж... — молвил лукавый чародей, — можешь в таком случае ждать, пока Бог Богов лично низойдет, чтобы спасти тебя.

— Что ты хочешь сказать? — возопил Пройас, уже плохо соображавший от страха. Под ногами его лязгали челюстями двадцать локтей высоты, кора начинала жалить ладони.

— Или... — начал Акка, делая эффектную паузу.

— Что или?

Друз Ахкеймион пошире развел перепачканные чернилами пальцы, и Пройас заметил, что ногти свои он оттрызал, а не стриг.

— Ты можешь принять протянутую Им руку.

Взгляд чародея был полон любви, отцовской, разлитой по бутылям и закупоренной. Пройас никогда не признал бы, что ощутил пламя любви в то мгновение, и всегда стре-

Глава четвертая. Аорси

мился забыть его, как старался забыть свои плотские позорища.

И он осмелился поднять руку, перенести весь свой вес на другую, обламывая ветвь...

Он не помнил, как удар о землю лишил его сознания. Однако лубок свой получил — если не на душу, то на левую ногу. Все говорили, что выжил он чудом. Мать рассказала ему, что, когда он упал, Ахкеймион кричал громче, чем она сама. В последующие годы многие из благородных подражали этому крику, когда чародей проплывал мимо...

Но ни он, ни Ахкеймион никогда не упоминали об этом разговоре.

И теперь он снова упал.

Пройас брел, оступаясь, через мешанину шайгекских палаток, мимо балдахинов антанамеранцев, мимо острых деревянных каркасов шатров куригальдеров. Вокруг почти никого не было, поэтому он мог не скрывать своих чувств. Тем не менее осознание непотребства и паскудства собственного вида всякий раз возникало, когда он приближался к потрепанному шатру какого-нибудь лорда. Стыд и... злорадство. Что произошло? Что происходило? Он захихикал. Ему казалось, что сердце его загорится, вспыхнет открытым пламенем при малейшем упоминании о том, что случилось!

Блудница-судьба улыбнулась экзальт-генералу, ибо ни одна душа не попалась ему навстречу.

Звезды усыпали пылью черное нутро пустоты. Ордалия простиралась на весь видимый мир под небом, мозаикой, вписанной в контуры местности, каждое ополчение кубиком смальты ложилось в лабиринт троп. Все вокруг теперь казалось Пройасу безумием: груды частей тел шранков, особенно их кривые ладони и мозолистые ступни, а также несчетные варианты Кругораспятия: золотые, алые, черные как смола. Все это выглядело... хрупким, ненастоящим, скроенным из бурлящего блуда, как если бы за той Ордалией, которую он видел собственными глазами, располагалась бо́льшая и подлинная. Он ощущал, что на этих ночных просторах рассыпаны остатки воинства более коренного, глубинного, не воспринимающего благочестивых указов и праведных заявлений, связанного воедино не более чем общими низменными потребностями.

Я...

Звериное нетерпение.

Он съёжился в овражке и немного поплакал, ощущая тошноту от воспоминаний и запаха человеческих испражнений.

Я брошен и одинок.

Вера лежит в основе всего, и истиной этой Пройас скорее жил, чем промерял её глубины. В ней основа бытия человека, предмет слишком многотрудный, чтобы не ломать его и не делить на части под разными именами: «любовь» как союз разлучённых душ, «логика» как союз несогласованных претензий, «истина» как союз желания и обстоятельств...

«Желания», когда оно тянется и ищет.

Всё, что я знал...

Он привалился спиной к каменистой почве, в крохотном уголке, в одиночестве, в темноте, хрипя, сокрушённый горем, терзаемый страхом и воспоминаниями.

Ложь.

С восходом, подумал он, налетят мухи.

Энатпанейская часть лагеря представляла собой людный хаос, рассыпавшийся по ложбинам и пригоркам, выделяющийся разве что смесью грубых и прочных галеотских шатров с павильонами настоящих энатпанейцев, разбросанными кхиргви в беспорядке. Он нашёл шатёр Саубона раньше, чем понял, что ищет его. Красные львы на парусиновых стенках казались чёрными в бездушном свете Гвоздя Небес. Отблеск золотого света на пологе входа ободрил экзальт-генерала, хотя ему ещё надлежало понять, что именно привело его к этому шатру.

Учитывая общую нехватку топлива, жечь костры после обеденной стражи было запрещено. Тем не менее трое людей, рыцарей Льва Пустыни, если судить по грязным сюрко, склонялись к небольшому костерку, разложенному в несколь-

Глава четвертая. Аорси

ких шагах от входа в шатер, прямо как мальчишки, капающие воском на муравьев. Пройас немедленно узнал в этой троице капитанов Саубона: его меченосца, Типиля Мепиро, крохотного амотийца, известного своей чрезвычайной удачливостью в поединках; его могучего щитоносца, куригалдера Юстера Скраула, тощего заику, прозванного Бардом за прорезающееся на поле брани красноречие, и его же прославленного копьеносца, Турхига Богуяра, рыжеволосого воителя холька, самым очевидным образом происходящего никак не меньше чем от самого Эрьелка Разорителя.

Нечто в их поведении — косые взгляды, согнутые спины — встревожило Пройаса.

— Что здесь происходит?

Даже их реакция на его вопрос была подозрительной — то, как они переглянулись, словно за пределами их небольшого кружка не могло существовать никакой другой власти.

Голова шранка поблескивала на коленях огромного воина-холька.

— Я спросил, — с внезапным остервенением проговорил Пройас, — что здесь происходит?

Все трое повернулись к нему, словно на каком-то шарнире. Закон требовал, чтобы капитаны пали «на лице свое»; однако они вперили в него дышащие убийством взгляды. Богуяр прикрыл тряпкой свой неаппетитный трофей. Рыцари Льва Пустыни были известны отсутствием хороших манер: некоторые называли их «бандитами Саубона». Если все короли-верующие строили свои дворы из камней, рожденных в благородной касте, Саубон, так и не простивший Блудницу за то, что она сделала его седьмым сыном старого ублюдка Эрьеата, был вынужден копать в канаве.

— Закон ждет вашего отв...

Из палатки прогудел могучий и знакомый голос, принадлежащий самому Льву Пустыни.

— Пройас? Что ты делаешь здесь?

Саубон появился из-за полога: седеющие волосы примяты шлемом, голый торс, нижняя часть тела в исподнем.

— Я пришел совещаться с тобою, брат мой, — сказал Пройас, едва взглянув на Саубона. — Однако эти псы...

— Ответят передо мной, — отрезал Саубон, подцепляя длинной рукой полог своего шатра. — Каждый из нас идет по жизни собственным путем.

— И они предпочли избрать путь кнута, — ровным тоном проговорил Пройас, глядя на Саубона, в жесткой, присущей Новой империи манере. Не допускающей исключений. Во всяком случае, привычка командовать еще не оставила его.

Король Карасканда пробормотал какое-то галеотское ругательство. Мепиро, Скраул и Богуяр наблюдали за происходящим как обнаглевшие сыновья слишком заботливого и беспринципного папаши. Однако в своей заносчивости — или, точнее, в нежелании скрыть ее — они переступили грань допустимого, и этого уже было довольно. Хмурое выражение на лице Саубона сменилось отстраненным. Они преувеличили собственные возможности, и Пройас с известным удовлетворением отметил, как скисли все три физиономии.

Забыв о прикрытой тряпочкой голове, трое оруженосцев уткнулись лбами в плотно утрамбованную землю. Костерок их заморгал, якобы из-за отсутствия внимания, затрещал...

Пройас впервые удивился, как хорошо видит теперь в темноте.

Откуда явилась такая способность?

— Входи, — позвал его Саубон, приглашая к откинутому пологу. — С законом они познакомятся завтра. Уверяю тебя, брат.

В отношениях с подчиненными благородные кетьянцы держались более отстраненно по сравнению с равными им по рангу норсираями. Вассалы, обретшие видимость в результате какого-нибудь правонарушения, становились невидимыми сразу после наказания. Никаких просьб, никаких проявлений покаяния или доказательств невиновности. И если дело не имело общественного или церемониального значения, никакого злорадства, никаких издевательских заявлений.

Глава четвертая. Аорси

Тем не менее Пройас остановился над распростершимися на земле рыцарями, одновременно смущенный и дрожащий от ярости.

Саубон хмуро взирал на его нерешительность, однако ничего не сказал.

Взволнованный и недовольный собой, Пройас миновал собрата и оказался в ярко освещенном шатре, полностью лишившись той уверенности, которую ощущал всего за несколько мгновений до этого. Бледный свет карабкался вверх по полотнищам парусины, запятнанным жизнью и изношенным непогодой настолько, что теперь они напоминали карты, с которых соскребли названия, а потом еще и постирали. Нечто похожее на Зеум нависало над светильником, оставленным возле простой постели. Нильнамеш был пронзен центральным столбом. Полом служила мертвая утоптанная земля, в золотистом сумраке обитали только самые необходимые вещи. Застоявшийся воздух пах потом, бараниной и гнилым сеном. Под двумя висячими светильниками кротко замер светловолосый юноша, не бородатый и не безбородый.

Пройдя мимо Пройаса, Саубон рявкнул: «Уйди!» — и юноша немедленно ретировался. Коротко простонав, воинственный галеот тяжело опустился на ложе, бросил беглый взгляд на Пройаса, опустил лицо к широкому тазу, стоявшему между ног, и плеснул воды себе на щеки и лоб.

— Значит, ты снова был у него, — проговорил он моргая. — Это заметно.

Пройас стоял, не произнося ни слова, не зная, почему он пришел в этот шатер.

Саубон хмуро посмотрел на гостя. Рассеянным движением взял лежащую рядом тряпку и принялся растирать грудь и бороду. А потом кивнул в сторону блюда с серым мясом, стоявшего на походном столике справа от Пройаса.

— Т-ты... — запинаясь, проговорил король Конрии, — т-ты говорил мне, что он сказал тебе правду.

Внимательный взгляд.

— Ну да.

— Значит, он сказал тебе, что он не... э...

Саубон провел полотенцем по лицу.

— Он сказал мне, что он какой-то там дунианин.

— И что все это было результатом огромного... расчета.

— Ну да. Тысячекратная Мысль.

Казалось, что фонари должны вот-вот погаснуть из-за отсутствия воздуха.

— Значит, ты знал! — воскликнул Пройас. — Но как? Как ты можешь в таком случае оставаться настолько...

— Спокойным? — подсказал Саубон, бросая тряпку на землю. Уперев локти в колени, он внимательно разглядывал Пройаса. — Я не из породы верующих, к которой принадлежишь ты, Пройас. У меня нет желания обязательно докапываться до корней.

Оба натужно дышали.

— Даже для того чтобы спасти мир?

Усмешка не прогнала мрачное выражение с лица Саубона.

— Разве мы не заняты именно этим?

Пройас подавил внезапно нахлынувшее желание заорать. Что происходит?

Что в самом деле происходит?

— Чт-что он делает? — вскричал он, вздрогнув оттого, что услышал в своем голосе немужественную нотку, и попутно обнаружив, что ударяется в мятеж и измену потоком слов, похожих на белые, окатанные морем камни. — Я-я до-должен... Я должен знать, что именно он делает!

Долгий, непроницаемый взгляд.

— Что он творит? — уже едва ли не взвизгнул Пройас.

Саубон повел плечами, откинулся назад.

— Я думаю, что он испытывает нас... готовит к чему-то...

— Так значит он — пророк!

При всем уме и своего рода варварской нескромности Коифуса Саубона ему было присуще стремление доминировать над равными. Он позволял себе ухмыляться даже в присутствии своего святого аспект-императора. Однако теперь первое облако неподдельной тревоги затуманило его взгляд.

Глава четвертая. Аорси

— Ты жил в его тени не меньше меня. — Короткий смешок должен был изобразить уверенность. — Чем еще он может быть?

Дунианином.

— Да... — отозвался Пройас, ощущая, как его одолевает дурнота. — Чем еще он может быть?

Таковы некоторые люди. Они будут смеяться, будут отвергать просьбу, которую слышат в чужом голосе, чтобы лучше спрятать собственную нищету. Им необходимо время, чтобы отложить эфемерное оружие и панцирь двора. Два десятка лет обитали они с Саубоном в свете откровения Келлхуса Анасуримбора. Двадцать лет они исполняли его приказания с бездумным повиновением, предавая мечу немыслимое количество ортодоксов, воспламеняя плотские вместилища обитателей Трех Морей. Вместе они творили все это, правая и левая рука святого аспект-императора. Оставив жен и детей. Нарушая все прежние законы. И все это время их смущало только трагическое безрассудство убитых ими. Как? Как могут люди отводить взгляд, когда свет Господень настолько очевиден?

Да, они вляпались в это дело совместно, и даже гордый и порывистый Коифус Саубон не может отрицать очевидного.

— Я понимаю это так, — неторопливо обдумывая слова, проговорил король галеотов и экзальт-генерал, — он готовит нас к какому-то кризису... Кризису веры.

Святотатственно и даже богохульно приписывать тактические соображения своему господину и пророку. И тем не менее это казалось разумнее, трезвее, чем заледеневший поток его собственных мыслей.

— Почему ты так говоришь?

Саубон поднялся на ноги и рассеянным движением провел пальцами по голове.

— Потому что мы — живое писание, для начала. А писание, если ты не заметил, основывается на горестях и несчастьях... — Снова догадка, снова проникновение в суть того, что означают слова, для чего они предназначены. — И еще потому что он сам говорит это. Он редко говорит что-либо, не сославшись на Кельмомаса и участь древнего аналога Великой Ордалии. Да... что-то грядет... Что-то такое, о чем знает только он сам.

Пройас, не смея дохнуть, глядел на него. Казалось, что он не может шевельнуться, не разбередив память о собственных синяках.

— Но...

— И спустя столько времени ты все еще не до конца понимаешь его?

— А ты понимаешь?

Саубон взмахнул рукой, как делают раздраженные вопросами галеоты.

— Ты считаешь меня упрямым. Наемником. Не ровней тебе. Я знаю это — и он тоже знает! Но я не обижаюсь, потому что считаю тебя упрямым и нестерпимо благочестивым. И мы постоянно соперничаем между собой, каждый тянет веревку совета в свою сторону...

— И что же?

— А то что это театр! — воскликнул Саубон, широко разводя перебинтованные руки. — Разве ты сам не видишь? Все мы здесь марионетки! Все до единого! Пророк он там или нет, но наш святой аспект-император должен управлять тем, что видят люди. Каждый из нас исполняет свою роль, Пройас, и никто не вправе выбирать, какую именно.

— Что ты говоришь?

— Что наши роли еще следует написать. Быть может, тебе суждено быть дураком... или предателем, или страдальцем-скептиком. — Тусклый взгляд, полный веселья и слезливого пренебрежения. — Ведомо это только ему!

Пройас мог только смотреть на него.

Саубон ухмыльнулся.

— Быть может, ты сумеешь перенести грядущую катастрофу, только став слабым.

Пройас поежился — по материальной сущности его ходили волны, как в полной воды сковороде. Он шумно дышал, сотрясаемый бурей чувств. Огоньки светильников

Глава четвертая. Аорси

кололи глаза. Слезы струились по щекам. Он бросил сердитый взгляд на Саубона, понимая, что того донельзя смущает его внешний вид.

— Итак... — начал он, но тут же осекся, ибо голос его дрогнул. — Итак, какова же в этом твоя роль?

Саубон внимательно смотрел на него. В первый и последний раз в своей жизни Пройас увидел на его лице жалость. Взгляд голубых глаз Саубона, сделавшихся еще более свирепыми из-за окружающих их морщин и седеющих бровей, переместился к пальцам собственных ног, словно вцепившимся в землю.

— Та же, что у тебя, надо думать.

Пройас уставился на собственный пояс.

— Почему ты так считаешь?

Саубон пожал плечами:

— Потому что он говорит нам одно и то же.

Слова эти пронзили его стыдом... каждое дыхание и движение пронзали стыдом короля Конрии.

Некоторые секреты слишком громадны, чтобы их можно было нести. Надо расчистить под них пространство.

— А он...

Безумие. Этого не может быть.

Саубон нахмурился.

— Он... — Отрывистый хохоток. — Случалось ли ему поиметь тебя?

Весь воздух вокруг... высосан и непригоден для дыхания.

Взгляд, только что встревоженный и недоверчивый, сделался совершенно ошеломленным. Король Галеота зашелся в приступе кашля. Вода полилась у него из носа.

— Нет... — выдохнул он.

Пройас только что полагал, что смотрит на своего двойника, но, когда Саубон шевельнулся, шагнул к порогу, заложив руки за голову, обнаружил, что смотрит на то место, которое тот занимал.

— Он говорил, что он безумен, Саубон?

— Он так тебе и сказал?

Вечное соперничество, каким бы оно ни было, внезапно оказалось самой прочной из связей, соединявших обоих полководцев. В мгновение ока они сделались братьями, попавшими в край неведомый и опасный. И Пройасу вдруг подумалось, что, возможно, именно этого и добивался их господин и пророк: чтобы они наконец забыли о своих мелочных раздорах.

— Так, значит, он оттрахал тебя? — вскричал Саубон.

Попользоваться мужчиной как женщиной считается преступлением среди галеотов. Это позор, не знающий себе равных. И окруженный со всех сторон визгливыми ужасами, Пройас понял, что навек запятнал себя в глазах Коифуса Саубона тем, что в известной мере сделался женоподобным. Слабым. Ненадежным в делах мужества и войны.

Странное безумие опутало черты Саубона клубком, в котором переплелись безрассудство и ярость.

— Ты лжешь! — взорвался он. — Он велел тебе сказать это!

Пройас невозмутимо выдержал его взгляд и заметил много больше, чем рассыпавшаяся перед его хладнокровием ярость собеседника. А заодно понял, что если претерпеть насильственные объятия их аспект-императора выпало на его долю, то самому страшному испытанию все же подвергается Саубон...

Тот из них двоих, кто в наибольшей степени ополчился против ханжества его души.

Статный норсираец расхаживал, напрягая каждое сухожилие в своем теле, тысячи жилок бугрили его белую кожу. Он огляделся по сторонам, хмурясь, как отпетый пьяница или седой старик, обнаруживший какой-то непорядок.

— Это все Мясо, — коротко всхлипнул он. И вдруг метнулся к блюду и отшвырнул его к темной стенке. — Это проклятое Мясо!

Внезапный его поступок удивил обоих.

— Чем больше ты его ешь, — проговорил Саубон, разглядывая стиснутые кулаки. — Чем больше ешь... тем больше хочешь.

Глава четвертая. Аорси

В признании есть свой покой, своя сила. Лишь невежество столь же неподвижно, как покорность. Пройас полагал, что эта сила принадлежит ему, особенно с учетом предшествовавших волнений и слабости. Однако охватившее его горе мешало заговорить, и читавшееся на лице отчаяние сдавило его горло.

— Саубон... что происходит?

Бессловесный ужас. Одна лампада погасла; свет дрогнул на континентах и архипелагах, сложившихся из пятен на холщовых стенах.

— Никому не рассказывай об этом, — приказал Коифус Саубон.

— Неужели ты думаешь, что я этого не понимаю! — внезапно вспыхнул Пройас. — Я спрашиваю тебя о том, что нам теперь делать?

Саубон кивнул, буйство в соединении с мудростью наполняли его взгляд, казалось, по очереди одолевая друг друга, не позволяя главенствовать ни той, ни другой стороне — словно два зверя, катающихся клубком в поисках какого ни на есть равновесия.

— То, что мы делали всегда.

— Но ведь он приказывает нам... не верить!

И это было самым невероятным и непростительным из всего происходящего.

— Это испытание, — молвил Саубон. — Проверка... Иначе не может быть!

— Испытание? Проверка?

Взгляд, слишком полный мольбы для того, чтобы стать убедительным.

— Чтобы поверить, будем ли мы как и прежде действовать, когда... — Сделав паузу, Саубон продолжил: — Когда перестанем верить.

Оба дружно выдохнули.

— Но...

Они оба чувствовали это, искушение Мясом, злую и коварную пружину, пронизывающую каждую их мысль и каждый вздох. Мясо. МЯСО.

Да-а-а.

— Подумай сам, брат, — проговорил Саубон. — Чем еще это может быть?

У них не оставалось другого выхода, кроме веры. Вера неизбежна... и еще более неизбежна в совершении любого большого греха.

— Мы уже так близко, — пробормотал Пройас.

Меняется только предмет веры... то самое «во что».

— Налегай на весло, брат, — посоветовал Саубон голосом, в котором ужас смешивался со свирепостью. — Голготтерат рассудит.

Будь то Бог или человек.

— Да, — вздрогнул Пройас. — Голготтерат.

Или ничто.

ГЛАВА ПЯТАЯ

Ишуаль

> Отец, который не лжет, — не отец.
>
> *Конрийская пословица*

> Выбирая между истиной, стремящейся к неопределенности, и ложью, желающей стать истиной, люди ученые, как и короли, предпочитают последнюю. Лишь безумцы и чародеи рискуют обращаться к Истине.
>
> *Киррическая (или «Четвертая») Экономия,*
> *Олекарос*

Ранняя осень, 20 год Новой империи
(4132 год Бивня), горы Дэмуа

— Нау-Кайюти... — проскрипел один из уродцев.

— Нау-Кайюти... — проскрежетал второй, раскачиваясь, как червь.

— Какой с-сюрприз-с-с...

Ахкеймион встал на колени, закашлялся. Железные обручи на шее, запястьях, лодыжках. Вокруг тесный кружок темных, загадочных силуэтов. А за ними мир, играющий золотом и тенями. Тошнотворное дуновение лизнуло его обнаженную спину, стиснуло в комок внутренности, едва не вывернуло наизнанку.

Его замутило в чужом теле, он поперхнулся жгучей блевотиной. Воспоминания о схватке в темноте еще туманили его глаза, когти цепляли конечности, крылья терзали жесткий воздух, опустошенный ландшафт уходил к горизонту.

— Какой-какой с-сюрприз-с-с...

— Ни-хи-хи-и-и...

Вернулись другие воспоминания, словно лед оттаивал вокруг его сердца и легких. Его жена Иэва, в полном самозабвении выжимающая соки из его тела. Инхорой Ауранг, выхватывающий его из саркофага и возносящий в небеса. Золотые башни, возвышающиеся над сложенными из тяжелого камня бастионами, по фасам которых вьется бесконечная и бесконечно чуждая филигрань...

Голготтерат, понял великий князь. Он находится в Мин-Уройкасе, жутком Небесном Ковчеге.

И это значило, что он хуже чем мертв.

— От отца!.. — воскликнул он, бессмысленно озираясь. — От отца за мое возвращение вы ничего не получите!

— Возвращение... — заклохтал один из уродцев.

— Возвращения нет... — добавил другой.

— И спасения тоже...

Чародей повел диким взглядом по сторонам. Его обступали десятеро старцев, кожа туго обтягивала их лица, на него смотрели тусклые бельма глаз. Старики качали головами — лысыми, поросшими клочками белых как снег волос, — словно явившись из какого-то длинного, полного кошмаров сна. Один из них успел прокусить себе губу, по подбородку стекала кровь.

Сперва показалось, что они просто сидят вокруг него — но уже скоро он понял, что у них нет конечностей, что они, будучи подобиями каких-то личинок, привязаны к своего рода каменным колыбелям. И еще он осознал, что все десятеро — не столько люди, сколько колесики в каком-то устройстве, тайном и отвратительном.

Еще великий князь, уразумев, где он оказался и кого видит, немедленно понял и то, кто и как именно предал его.

— Моя жена, — простонал он, впервые взвешивая тяжесть собственных цепей. — Иэва!

— Совершила... — прочирикали уста одного из старцев.

Глава пятая. Ишуаль

— Такие преступления...
— За какую цену вы купили ее?.. — прокашлялся он. — Говорите!
— Ей лишь бы... — булькнул окровавленный.
— Спасти свою душу...

Смешок, жидкий и призрачный, пробежал по кругу уродцев, начинавших хихикать и умолкавших один за другим, словно повинуясь удару кнута.

Великий князь посмотрел им за спины, в сторону стен под золочеными балками. Неяркий свет ложился на далекие сооружения, поверхности которых светились в полумраке всеми своими бесконечными деталями, втиснутыми в неописуемые формы. Осознание размеров и расстояний вдруг озарило его.

Невероятные, разверзшиеся пространства.

Неожиданное головокружение заставило его припасть на правый локоть. Они плывут, понял он. Древние старцы, безрукие и безногие, были расставлены на какой-то платформе, сделанной из того же неземного металла, что и Ковчег. Из согманта, мерзкого и неподдающегося никакому воздействию. Сквозь прорехи в грязи под собой он видел золотые рельефы, сражающиеся фигуры, злобные, плотоядные и нечеловеческие. И знак — два противопоставленных символа, напоминающих изогнутые, подобно змеям Гиерры, буквы, цепляющиеся за литеру в виде бычьих рогов.

Знак, который смог бы узнать любой из отпрысков дома Анасуримборов: Щит Силя.

Они плыли вверх по какой-то невероятно огромной шахте, способной вместить в себя весь Храм Королей. Рога, понял Нау-Кайюти.

— Чудо... — проскрипело одно из этих убогих созданий, свет на мгновение вспыхнул и погас в его глазах.
— Разве не так?

Они возносились к месту, которое сику именовали Могилой без дна.

— *Ииску*...
— Они создали это место...

— Чтобы оно было их...
— Суррогатным миром...

Огромный колодец, расположенный в Воздетом Роге Голготтерата.

— И теперь... теперь...
— Оно принадлежит мне...

Они восходили к злейшей из злейших вершин мира, на которую ступали лишь мертвые и проклятые.

— Се...
— Твердыня...
— С-с-спасения!

Ярость, лихорадочная, самозабвенная, титаническая, овладела членами и голосом старого чародея. Он взвыл, напрягся всем телом, всей мощью, делавшей его непобедимым на стольких полях сражений.

Но уродцы только пускали слюни и хихикали по очереди, один за другим.

— Нау-Кайюти...

Он подобрал под себя ноги, сел, умерил голос, напрягся, члены его раскраснелись и затрепетали... рванулся всем своим существом...

— Вор...

Железо трещало, но не поддавалось.

— Ты вернулся...
— В дом...
— Который обокрал...

Он осел в смятении на пол, с насмешкой посмотрел на уродцев. Различные лица, сведенные бессилием и немощью к одному. Разные голоса, втиснутые в один-единственный голос старостью и вековой ненавистью. Десять убожеств, но одна древняя и злобная душа.

— Проклятье ждет тебя! — взревел великий князь. — Вечное мучение!

— Твоя гордость...
— Твоя сила...
— Суть ничто, кроме искры для...
— Похоти...

Глава пятая. Ишуаль

— Моих созданий...

Мысли великого князя промчались сквозь душу старого колдуна.

— Они процветут...

— В твоих горестях...

Они поднимались... поднимались посреди вони и тьмы. Огромная, с золотыми ребрами горловина рога проплыла мимо и вниз.

— Проклятье! — возопил Нау-Кайюти. — Как долго ты еще сможешь продлевать уловками эту отсрочку, старый нечестивый дурак?

— Твои глаза...

— Вынут...

— Мужское естество...

— Отрежут...

— И я предам тебя...

— Своим детям...

— На потеху и поругание...

И Нау-Кайюти расхохотался, ибо страх был вовсе неведом ему:

— Пока свое слово не изречет Преисподняя?

— Ты будешь сокрушен...

— Побит и унижен...

— Раны твои изойдут кровью...

— Черным семенем детей моих...

— Честь твоя будет брошена...

— Пеплом...

— На горние ветры...

— Где Боги соберут ее! — прогудел великий князь. — Те самые Боги, от которых спасаешься ты!

— И ты будешь рыдать...

— Тогда...

Платформа со знаком Силя возносилась в окружающей тьме, прямо к сверкающему золотом просвету. Прикованный к прочному остову, старый колдун вскричал со всей безумной непокорностью, взревел с не принадлежащей ему силой:

— И когда все это будет сделано...

— Ты расскажешь мне...
— Где твой проклятый наставник...
— Сокрыл...
— Копье Ца...

А потом пришел ослепительный свет, мерцающий и холодный.

Кашель... словно он вдруг поперхнулся студеным воздухом.

Ночь обрушилась сразу, как только они спустились с противоположной стороны ледника, и пришлось разбить лагерь чуть пониже помёрзлых высот. Они устроились на безжизненном карнизе, на камнях которого, на южной стороне, солнце накололо узоры лишайника. А потом уснули, прижавшись друг к другу — в надежде выжить, согреться.

Теперь, протирая глаза, старый колдун увидел, что Мимара, обняв колени, сидит на приподнятом краю карниза и вглядывается вдаль, в сторону разрушенного талисмана — Ишуали. На ней, как и на нем самом, были подопревшие меха, однако если он предпочел упрятать под шкуры краденый нимилевый панцирь, Мимара натянула золоченый хауберк прямо поверх одежды. Она посмотрела на Акхеймиона с любопытством, не более того. Прямо как мальчишка — при такой-то прическе, подумал он.

— Я видел сон... — проговорил он, обнимая себя руками для тепла. — Я видел *его*.

— Кого?

— Шауриатаса.

Объяснений не требовалось. Шауриатас — таким было оскорбительное прозвище Шеонанры, хитроумного великого магистра Мангаэкки, своим гением сумевшего обнаружить последних живых инхороев и воскресившего их план разрушения мира. Шауриатас. Глава Нечестивого Консульта.

В ее глазах промелькнуло удивление.

— И как у него идут дела?

Старый колдун заставил себя нахмуриться, а потом расхохотался.

Глава пятая. Ишуаль

— Не сказал бы, что он в своем уме.

В освещенной утренним солнцем дали долина громоздилась и рушилась, овраги и рытвины соединялись друг с другом под немыслимыми углами, откосы щетинились елями, подпирая обрывы, вонзавшиеся в облака.

Ишуаль вырастала перед ними на невысоких складках местности, башни и стены ее были повержены... оправа, из которой вырвали самоцветный камень.

Ишуаль... Древняя твердыня Верховных королей Куниюрии, на целую эпоху сокрытая от людей.

Когда вчера они с Мимарой пересекали ледник, он не знал, чего ожидать. Он имел какое-то представление о времени, о той безумной и невидимой кожуре, которой прошлое окружило настоящее. Когда жизнь была монотонной и безопасной, когда то, что случалось и случилось, образовало нечто вроде жижи, парадоксы времени казались всего лишь прихотью. Но с тех пор как жизнь вновь сделалась весомой... настоящее никогда еще не выглядело более абсурдным, более ненадежным, чем сейчас. Надо было есть, есть, как всегда, любить, надеяться и ненавидеть, так же как и прежде, — но это представлялось невозможным.

На двадцать лет он затворился внутри своих Снов, отмечая, как неторопливо копится груз ночных вариаций и перестановок. Единственным календарем ему служило взросление детей его рабыни. Прежние горести, конечно же, испарились, но все же каждый день казался тем днем, когда он проклял Анасуримбора Келлхуса и с окровавленными ступнями начал свой путь в изгнание — так мало случилось с той поры.

Затем была Мимара с давно забытой мукой и новостями о Великой Ордалии...

Затем были шкуродеры со своим злобным и кровожадным капитаном...

Затем Кил-Ауджас и первый шранк, загнавший их в преддверие ада...

Затем безумие Великих Косм и долгий, напоенный подлинным помешательством путь через равнины Иштиули...

Затем библиотека Сауглиша и Отец Драконов...

Затем Ниль'гиккас, смерть последнего короля нелюдей...

И теперь Акхеймион сопел и пыхтел, поднимаясь к вершине ледника в гибельной тени всего произошедшего, не зная, что думать, слишком отупев и перегорев, чтобы возликовать. Пока еще сам мир лежал горой меж ними, и подъем заставлял трепетать члены и сердце его...

И вот перед ним Ишуаль, — итог отданных труду лет и множества жизней; Ишуаль, место рождения святого аспект-императора.

Разрушенная до основания.

Какое-то мгновение он просто пытался проморгаться: слишком холоден воздух, а глаза его слишком стары. Слишком ярко сияет солнце, слишком ослепительно искрятся ледяные вершины. Но как он ни щурился, ничего разглядеть не мог.

А потом он ощутил, как маленькие и теплые ладошки Мимары сомкнулись на его ладонях. Она остановилась перед ним, заглянула в глаза.

— Для слез совсем нет причин, — сказала она.

Причины были.

И более чем достаточно.

Забыв о смехе, он смотрел на разрушенную крепость, взгляд его перескакивал с детали на деталь. Огромные блоки, опаленные и побитые, рассыпались по всем склонам вокруг крепости. Груды обломков.

Рассветная тишина грохотала в его ушах. Он глотнул, ощутив пронзившую горло пустоту. «Вот как...» — думал он, но что при этом имел в виду — труд, страдание или жертву, сказать не мог.

Отчаяние, явившись, рухнуло на него, забурлило в его чреве. Он отвернулся, попытавшись подчинить глаза собственной воле. И обругал себя: «Дурак!» — встревоженный тем, что преодолел свои прежние слабости для того лишь, чтобы сдаться старческим немощам. Как можно позволить себе оступиться в подобное время?

— Я знаю, — прохрипел он, надеясь взять себя в руки рассказом о своем Сне.

Глава пятая. Ишуаль

— Что ты знаешь?
— Как Шауриатас выживал все эти годы. Как ему удалось избежать смерти...
И Проклятия.

Он объяснил, что чародей Консульта был ветхим и дряхлым еще в дни Дальней Древности, и Сесватха, вместе со школой Сохонк, считали его скорее жуткой легендой. Он описал гнилую, источенную ненавистью душу, вечно ниспадавшую в ад, вечно не пропускаемую в пекло древними и таинственными чарами, удерживаемую мешковиной иных душ, слишком близких к смерти, напрочь лишенных одухотворяющей страсти, чтобы суметь воспротивиться яростной хватке.

Яма, скрученная в кольцо, — так точнее всего можно описать сохраняющие образы...

— Но ведь искусство уловления душ известно издревле? — возразила Мимара.

— Известно, — согласился Ахкеймион, вспомнив о прежде принадлежавшей ему куколке Вати, которой он воспользовался для того, чтобы спастись от Багряных Шпилей, когда все вокруг, включая Эсменет, считали его мертвым. Тогда ему не хотелось даже думать о подменыше, уловленном внутри этого предмета. Страдал ли он? И не следует ли причислить этот поступок к скопищу своих многочисленных грехов?

Или это еще одно пятно сродни тем, что Мимара узрела в его душе Оком Судии?

— Однако души чрезвычайно сложно устроены, — продолжил он. — Они намного сложнее тех примитивных заклинаний, которыми их пытаются уловить. Особенности личности всегда отсекаются. Память. Способности. Характер. Все они идут в яму... Подменыши сохраняют лишь самые основные потребности.

Что и делает их такими полезными рабами.

— То есть позволить, чтобы душу твою уловили... — попыталась продолжить она, нахмурившись.

— Означает оказаться дважды проклятым... — произнес он неспешно, подчиняясь странной нерешительности —

немногие понимали всю чудовищность чародейства лучше него, — ...когда твои устремления порабощаются в мире, а мысли терзаемы на Той Стороне.

Это, похоже, смутило ее. Она повернулась к раскинувшейся перед ними панораме, по лбу побежали морщины. Он последовал за ее взглядом, и снова сердце его упало при виде растрескавшихся фундаментов Ишуали, торчащих из черного ковра сосен и елей.

— И что это значит? — спросила она, повернувшись спиной к ветру.

— Сон?

— Нет. — Она посмотрела на него через плечо. — Время, когда он явился.

Теперь настала его очередь молчать.

Он вспомнил о квирри, как случалось всегда, когда он приходил в волнение. Недоверчивая часть его существа роптала, не зная, почему Мимара должна нести кисет с пеплом короля нелюдей, хотя это он возглавляет их жалкую шайку — этот тяжкий поход. Однако, словно опять попавший под дождь старый пес, он стряхнул с себя эти вздорные мысли. За месяцы употребления наркотического пепла он научился понимать шепоток зелья, во всяком случае отличать навеянные им мысли от своих собственных.

Мимара была права. Увидеть такую мысль во сне именно теперь...

К чему бы это?

Чтобы пережить этот Сон прямо сегодня, он должен был наконец ступить ногой на камни Ишуали. Не только увидеть Шауриатаса, но узнать подлинную участь Нау-Кайюти или хотя бы часть ее. И что означает такое знание... знание истины о смерти одного великого Анасуримбора перед открытием правды о рождении другого, еще более великого носителя этого имени?

Что происходит?

Он сел и неподвижно застыл, своим дыханием ощущая схождение вещей...

Начал, сворачивающихся к концу.

Глава пятая. Ишуаль

Пришедшего позже, возвращающегося к тому, что было прежде.

— Пойдем, — позвала Мимара, поднимаясь на ноги и отрясая грязь со своих поношенных штанов. Серпик ее живота блеснул под случайным лучиком солнца... У старого чародея на миг перехватило дыхание.

Стая гусей уголком полетела над головой, направляясь на юг.

— Мы должны узнать, что говорят кости, — сказала Мимара с усталостью и решимостью исстрадавшейся матери.

Они спускаются по остаткам древней морены, пролезая между валунами, которые случай нагромоздил в нисходящие баррикады. Мимара следует за старым колдуном, не упуская возможности прощупать древнюю твердыню взглядом через очередную открывшуюся между деревьями прореху. Ишуаль была воздвигнута на невысоком отроге, уходящем на юго-запад, что заставило путников спуститься на самое дно долины, прежде чем возобновить подъем. Время от времени Мимара замечает между черными кронами обезглавленные башни и обрубленные сверху стены. Расшатанный камень кажется ветхим, обветренным, выбеленным несчетными веками воздействия стихий. Зловещее безмолвие пропитывает окружающий лес.

— Что мы теперь будем делать? — спрашивает она с легким недоумением. Из за квирри ее слова лишь на малую йоту отстают от мыслей. Она снова и снова обнаруживает, что произносит все более необдуманные фразы.

— То, что уже делаем! — отрезает старый колдун, даже не посмотрев на нее.

Все в порядке, малыш...

Она понимает его разочарование. Для него найденная в разрушенной библиотеке карта послужила неопровержимым знаком, божественным указанием на то, что труды его не были напрасны. Однако когда он наконец поднялся на гребень ледника, когда бросил взгляд на ту сторону долины и узрел разрушенным то место, в которое двадцать лет стремился в своих Снах, новообретенная уверенность отлетела, унесенная порывом горного ветра.

Папе приснился страшный сон.

Друзу Акхеймиону было ведомо коварство судьбы — и куда глубже, чем ей. Возможно, их заманили сюда, чтобы сломить — наказать за тщеславие или просто так, ни за что. Священные саги полны преданий, рассказывающих о коварстве богов. «Блудница-судьба, — однажды прочла она у Касида, — со славой пронесет тебя через войны и голод для того лишь, чтобы утопить в канаве за недомыслие». Она помнила, как улыбалась, читая этот отрывок, радуясь ниспровержению знатных и могучих, словно наказание, выпавшее на долю высоких, было одновременно отмщением за слабых.

Что, если дуниане вымерли? Что, если они с Аккой прошли такой путь, загнали насмерть всех шкуродеров просто ни за что?

Мысль эта едва не заставляет ее расхохотаться, не по бессердечию, но от утомления. Труд, суровый и безжалостный, зачастую преобразует надежду в кольцо, что замыкается само на себя и само себя пожирает. Сражайся подольше с опасностями, знала она, и всегда найдешь, как спастись.

Они приближаются к руинам, и безмолвие как будто обретает все бо́льшую силу. Звон сочится в уши. Повинуясь какому-то рефлексу, путники теснее сближаются и то и дело натыкаются и задевают друг друга. Они начинают вымерять шаг, вытягиваясь и ныряя, то ли чтобы уклониться от сухой ветви, то ли чтобы укрыться от чужого взгляда. Они идут крадучись, словно приближаются к вражьему стану, шаги их неслышны, лишь иногда глухо треснет сучок под ковром сосновых игл. Они вглядываются в сумрак между ветвей.

После преодоленных утесов, ледников и гор пологие склоны и впадины возле крепости должны были показаться им пустяковыми. Однако склоны возвышаются, вздымаются под углами, которые могут воспринять только души. Прищурясь, в неглубокой лощине Мимара видит мертвый камень, озаренный солнечными лучами. Ветерок, которого она

Глава пятая. Ишуаль

не чувствует, ерошит травы и молодые деревца. Кажется, что они поднимаются на могильный курган.

Она думает о квирри, о щепотке, несущей горькое блаженство, и уста ее наполняются влагой.

Путники подходят к грудам щебня, скрывающим основания стен. Сумрак поросшего лесом склона уступает место сверканию горных вершин. Их блеск ослепляет.

И они ощущают ветер, стоя на развалинах, смотрят и не верят собственным глазам.

Ишуаль... дыхание в ее груди замирает.

Ишуаль... пустое имя, произнесенное на той стороне мира.

Ишуаль... Здесь. Сейчас. Перед ее глазами. У ее ног.

Место рождения аспект-императора.

Обиталище дуниан.

Она поворачивается к старому колдуну и видит Друза Ахкеймиона, посвященного наставника, горестного изгнанника, одетого в гнилые меха, одичавшего, покрытого грязью бесконечного бегства. Солнце играет на чешуйках принадлежавшего Ниль'гиккасу нимилевого хауберка. Лучики света рассыпаются искрами на влажных щеках.

Страх пронзает ее грудь, настолько колдун слаб и несчастен.

Он — пророк прошлого. Мимара теперь знает это, знает и страшится.

Когда она поняла это много месяцев назад — немыслимых месяцев, — то говорила с неискренностью человека, стремящегося умиротворить. Чтобы, повинуясь необъяснимому, общему для всех людей инстинкту, поддержать мятущуюся душу тщеславным видением того, что может быть. Она говорила в спешке, преследуя своекорыстные цели, и все же сказала правду. Сны призвали Ахкеймиона в Ишуаль. Сны послали его в Сауглиш за средствами, нужными, чтобы найти крепость. Сны прошлого, но не видения будущего.

Ибо старый колдун не просто ничего не знал о будущем, но боялся его.

Когда она позволяла себе заново вспоминать их многострадальное путешествие, оказывалось, что оно запечатлелось в двух разновидностях памяти: одной плотской, сердцем и членами отдававшей ее миру, и другой, бестелесной, где все происходило не от отчаяния, не от героического усилия, но по необходимости. Ее удивляло, что один и тот же поход мог восприниматься столь противоречивым образом. И с некоторым разочарованием она отмечала, что среди двух вариантов опыт борьбы и побед выглядит более лживым.

Судьба владела ею — владела ими. Ананке, Блудница, будет ее повитухой...

Эта мысль заставляет ее разрыдаться.

Вне зависимости от того, какими бы отчаянными, хитроумными или целенаправленными ни были ее усилия, вне зависимости от того, насколько самостоятельными казались ее действия, она следует по пути, проложенному для нее при сотворении мира. Этого нельзя отрицать.

Скорее ты поднимешься туда, где нечем дышать, чем избегнешь предначертаний Судьбы.

И с пониманием этого приходит особая разновидность меланхолии, отрешенность, с которой Мимаре ранее уже приходилось сталкиваться, готовность отдаться, смущающая ее воспоминаниями о борделе. Все вокруг: колючка в глубине ее легких, жвалы гор, преграждавшие путь, даже сам характер света — дышит немым прикосновением вечности. Мимара будет бороться. Она будет шипеть, напрягаться, сражаться, понимая, что все это — не что иное, как угодливая иллюзия. Она сама бросится в чрево своей собственной неизбежности.

Что же еще?

Сражайся, малыш, шепчет она чуду, находящемуся в ее животе. *Борись за меня*.

Задыхаясь, не произнося ни слова, они преодолевают разрушенную часть стены. И останавливаются, взволнованные предметами более глубокими, нежели скорбь или утомление. Старый волшебник падает на колени.

Глава пятая. Ишуаль

Сокрытая обитель уничтожена. Груды щебня — вот все, что осталось от стен. Повсюду обломки кладки — торчат, расстилаются ковром, словно мусор, выброшенный на берег нахлынувшей волной. Но даже и сейчас Мимара способна узреть все сооружение: циклопическую ширину его фундаментов, мастерство отделки полированных стен, их облик, сохранившийся в грудах обломков.

Цитадель. Общий двор. Опочивальни. Даже какая-то рощица.

Битый камень бледен, почти бел, он превращает сажу и следы пламени в резкий рельеф. Впадины полны пепла. Поверхности разрисованы углем. Чесотка чародейского прикосновения марает все вокруг незримыми тонами — красками, одновременно невозможными и мерзкими.

— Но как? — наконец осмеливается она спросить. — Ты думаешь...

Она осаживает себя, внезапно не желая произносить вслух то, что ее смущает. Она не доверяет не столько самому Ахкеймиону, сколько его горю.

Твой отец безрассуден...

Ветер заметает руины, колет пылью щеки.

Старый волшебник поднимается на ноги, делает несколько шагов и скрипит:

— Какой я дурак...

Он произносит эти слова слишком часто для того, чтобы им можно было верить. Привыкай.

Ахкеймион ругается и протирает глаза, тянет себя за бороду — скорее в гневе, чем в задумчивости, — и кричит:

— Он все время на шаг опережал меня! Келлхус! — Он ударяет себя по голове, в неверии трясет бородой. — Он хотел, чтобы я пришел сюда... он хотел, чтобы я увидел это!

Она хмурится.

— Ну, подумай, — скрежещет он. — Косотер. Шкуродеры. Он должен был знать, Мимара! Он все время водит меня за нос!

— Акка, не надо, — говорит она. — Разве это возможно?

И впервые слышит в собственном голосе материнские интонации — скоро ей предстоит стать матерью.

— Мои записи! — кричит он, охваченный зарождающимся ужасом. — Моя башня! Он пришел в мою башню! Он прочел мои записи, он узнал, что в своих снах я разыскивал Ишуаль!

Она отворачивается, чтобы не видеть той силы, с которой он жалеет себя, и возобновляет свой путь между грудами щебня. Она рассматривает растения, торчащие из каждой щели этих руин: травы, сухие по времени года, прутья кустарника, даже маленькие, корявые сосенки. Сколько же лет миновало после разгрома. Три? Или больше?

— Ты хочешь сказать, что он был здесь? — обращается она к наблюдающему за ней волшебнику. — И уничтожил место своего рожд...

— Конечно, был! — рявкает он. — Конечно-конечно-конечно! Заметал следы. Возможно, для того чтобы не позволить мне узнать, кто он такой и откуда. Но подумай. Разве мог он править в предельной безопасности, пока существовали дуниане? Он должен был уничтожить Ишуаль, детка. Он должен был разрушить лестницу, которая вознесла его на такую высоту!

Она не стала бы проявлять такую уверенность. Однако разве она бывает в чем-то уверена?

— Так, значит, это дело рук Келлхуса?

Старый колдун скорее ругается, чем отвечает — пользуясь языками, недоступными ей и оттого звучащими все более и более зловеще. Он кричит, размахивает руками и ходит взад и вперед.

Она крутится на месте, пытаясь охватить разрушенную крепость единым взглядом.

Во всем, что говорит Акхеймион, угадывается прикосновение истины... так почему же она не согласна с ним?

Она поворачивается к кругу обступивших их гор, пытается понять, как все это выглядит со стороны, на что похож ее отчим, мечущийся по выбеленным небесам, посреди света и ярости. Она почти уже слышит, как его голос сотрясает твердь, призывая братьев своих, дуниан...

И она вновь обращается к сокрушенным фундаментам — к Ишуали.

Злоба, понимает она. Жестокая ненависть погубила эту крепость.

Старый волшебник умолк. Она поворачивается и видит, что он сидит, припав спиной к внушительному каменному блоку, и смотрит в никуда, вцепившись в собственный лоб, терзая пальцами кожу. И каким-то образом понимает: Анасуримбор Келлхус давно перестал быть человеком для Друза Ахкеймиона — или даже демоном, если на то пошло. Он сделался лабиринтом, обманчивым в каждом дыхании, в каждом повороте. Лабиринтом, из которого нет спасения.

Но существуют и другие силы. Злые силы.

Она улавливает этот запах... душок гниения. Он доносится из-за доходящего ей до груди участка стены, хотя она понимает, что видит его источник. Стена скрывает его, но она зрит его мерзость, дугой перехлёстывающую через край. Странное удивление овладевает ею... как будто она обнаружила жуткий шрам на коже очередного любовника.

— Акка... — зовёт она ослабевшим голосом.

Старый колдун смотрит на неё в тревоге. Она ждёт, что он не обратит на неё внимания либо же укорит, однако нечто в её тоне останавливает его.

— В чём дело?
— Иди сюда... посмотри...

Он быстро подходит к ней — пожалуй, чересчур быстро. Она так и не смогла привыкнуть к той лёгкости и проворству, которыми квиври наделяет его старые кости. Все подобные напоминания смущают её... непонятно почему.

Так опрометчиво обходиться с собственным сердцем, малыш.

Они стоят бок о бок, заглядывая в жерло огромной ямы.

Она уходит вниз под углом, но не вертикально: спереди рухнувшие с потолка обломки, пол языком спускается вглубь. Яма похожа на гигантскую нору вроде той, что ведёт к хранилищам в библиотеке. Жерло её заливает чернота, едва ли не осязаемая посреди окружающего света, пропитанная вязкой угрозой.

Ахкеймион застыл, словно оцепенев. Мимара не знает, что заставляет ее перейти на противоположную сторону. Возможно, ей просто надоели темные глубины. Однако она поднимается на гребень, за которым начинается низина, доходящая до дальнего края крепости, и обнаруживает, что вся она полна ветвей... Только это не ветви.

Кости, понимает она.

Кости шранков.

Им нет числа. Их так много, что общее количество их превысило число предметов рукотворных, сделавшись одним из оснований гор. Колоссальный уклон, широкий и достаточно мелкий для того, чтобы возле верхнего края могла проехать телега, опускающийся на десятки и десятки футов, расширяющийся подолом, уходящий в леса.

Лишившись дара речи, она поворачивается к старому волшебнику, карабкающемуся, чтобы присоединиться к ней на вершине.

Он смотрит таким же взглядом, как и она, пытаясь понять.

Горный ветер теребит его волосы и бороду, сплетая и расплетая седые, как сталь, пряди.

— Консульт, — бормочет он, стоя рядом, голос его пропитан ужасом. — Это сделал Консульт.

Что происходит?

— Сюда они побросали павших, — продолжает он.

Оком души своей она видит Ишуаль такой, какой она должна быть: холодные стены, восстающие над грудами мертвых. Но, еще внимая этому образу, она отвергает его как невозможный. Они не обнаружили никаких костей среди разрушенных укреплений, из чего следует, что стены были уничтожены еще до массового нападения.

Она пристально смотрит на колдуна.

— А как насчет битвы? — и пока она произносит эти слова, пальцы ее сами собой отвязывают кисет с пояса.

Квирри... да-да.

Колдун обращает взгляд к огромной яме, пожимает плечами без особой уверенности.

Глава пятая. Ишуаль

— Под нашими ногами.

Приходит ощущение прогнившей земли под ними, и ужас наполняет Мимару. Разрушенная крепость лишь кожурой прикасается к поверхности земли, понимает она. Под их ногами проложены дороги и коридоры, змеящиеся жилами, прожилками и кавернами, словно изъеденный термитами пень.

Дыра эта уходит в глубокие недра, осознает она. В бездну Кил-Ауджаса.

Мимара нервно вздрагивает и теряет равновесие, оступается и вновь обретает опору.

— Ишуаль... — начинает она, но тут же умолкает в нерешительности.

— Это всего лишь ворота, — говорит волшебник, прытью опережая понимание.

Она поворачивается к нему. Смотрит с надеждой, но он уже спускается назад по собственным следам, в глазах светится возрожденное упование.

— Конечно... — бормочет он. — Конечно! Это же крепость дуниан!

— И что с того?

— А то, что ничто здесь не есть то, чем кажется! Ничто! Конечно.

Он быстро обошел груду битого камня и вернулся к черному жерлу ямы.

Колдун останавливается, смотрит вверх на Мимару, хмурясь и щурясь. Окружающие их руины блещут, сверкают под лучами горного солнца. Путники смотрят друг на друга через разделяющее их расстояние, обмениваясь не прозвучавшими вопросами.

Наконец глаза Акки обращаются к ее поясу, где пальцы правой руки задумчиво теребят мешочек.

— Да-да, — произносит он нетерпеливо. — Конечно.

Обновленные, они спускаются в темноту.

Она еще ощущает панику, холодные иглы страха, однако ход мыслей замедлился, как будто ей выпал отдых по окончании трудного дела. Похоже, что квирри всегда пробуждает неуместные чувства, ведет ее душу под углом к обстоятельствам. Пройденные тоннели совершенно не похожи на древние обсидиановые чудеса, которые они исследовали в Кил-Ауджасе, но тем не менее они такие же. Залы, спасающиеся от солнца. Шахты, погружающиеся в черноту. Могилы.

И вопреки терзающему ее ужасу, она ощущает, что не взволнована.

Благословен будь, король нелюдей... и останки его...

Они спускаются. Уклон невелик. Сурилическая точка высвечивает окружающее пространство до мелких подробностей. Обломки и всякий сор загромождают пол. Стены настолько изглоданы, что Мимара не может не представлять себе визгливые легионы некогда проходивших здесь шранков. Во всем прочем кладка надежна и лишена украшений.

Они просачиваются в недра земли белой бусиной во тьме подземелья. Воздух остается зловонным, разит мертвечиной, старой, засохшей, окостеневшей. Оба молчат. Одинаковые вопросы снедают их души, вопросы, на которые может ответить одна лишь черная бездна. Разговаривать громко, похоже, значит, только тратить попусту драгоценное дыхание. Кто знает, какой воздух будет внизу? С какой мерзостью перемешанный?

Свет беззвучно оттесняет тьму, открывая изъязвленное и опаленное пространство, буквально сочащееся следами колдовства. Что-то вроде ворот, соображает она, замечая железку, некогда бывшую частью портала. Они приблизились к своего рода подземному бастиону.

— Они обрушили потолки, — говорит старый волшебник, измеряя взглядом пустоты над их головами. — Но затем все это было раскопано.

— Что, по-твоему, здесь произошло?

— Дуниане, — начинает он в несколько возвышенной манере, присущей человеку, описывающему видения, явленные его душе. — Они бежали сюда с верхних стен, когда поняли, что их одолевают. Они заперлись в тоннелях под крепостью.

Глава пятая. Ишуаль

Думаю, они обрушили потолки, когда Консульт подступил к этим воротам.

Взгляд ее обращается к рытвинам, свидетельствует.

— Безуспешно, — говорит она.

Мрачный кивок сминает бороду.

— Безуспешно.

Позади разрушенных ворот тоннели усложняются, помещения становятся скрещениями дорог, открывающимися в новые коридоры. Мимара обнаруживает, что владевшее ею прежде ощущение чего-то колоссального усиливается. Она каким-то образом знает, что тоннели тянутся дальше и дальше, разделяются и вновь сходятся, пронизывают корни горы во всей сложности переплетений. Каким-то образом она понимает, что сплетениям этим назначено преодолевать понимание и отвагу...

Они стоят на пороге лабиринта.

— Мы должны помечать наш путь, — говорит она старому волшебнику.

Он смотрит на нее, хмурится.

— Это место принадлежит дунианам, — поясняет она.

Они бредут по замусоренным коридорам, бусинка света ударяется о тьму и протискивается сквозь нее... старый колдун и беременная женщина.

Кил-Ауджас воет из какой-то глубокой ямы в ее памяти, терзая безмолвие, все более ощутимо, стискивает грудь той же тяжестью, что и любая гора. Мимара пытается понять предназначение палат, через которые они проходят: келья за кельей, стены опалены, полы покрыты запекшейся кровью. Пространства сдаются безжалостному свету, прямые уверенные линии расположены с геометрическим совершенством. Чаще всего палаты разгромлены, содержимое их разбито вдребезги, разбросано по углам. Однако в одной из них обнаруживаются железные стеллажи, какие-то устройства для удержания человеческих тел, выложенные полукругом. Другая оказывается неким подобием кухни.

Волшебник помечает пройденные помещения обугленной кромкой найденного факела. Неровные, скошенные набок уголки всегда указывают в затаившуюся перед ними неизвестность.

Путники проходят еще несколько палат. Застоявшийся воздух оплетен паутиной. Спускаются по полуобвалившейся лестнице, входят в длинный коридор. Полы усыпаны обломками костей и битым камнем.

Мимара пытается представить себе дуниан. Она слышала рассказы о боевом мастерстве своего приемного отца, о том, что против него беспомощны даже шпионы-оборотни, и потому видит Оком своей души Сому в обличье дунианина, пробивающегося сквозь заполненную толпами шранков темноту, вычерчивая мечом невозможные линии в визжащей тьме. Когда образы меркнут, она обращается к образу Колла — последнему лику, который носила тварь, звавшая себя Сомой, вспоминает безумие Сауглиша.

Она удивляется: неужели мерзкое создание Консульта могло спасти ее тогда?

— Ничего... — бормочет возле нее старый волшебник.

Она поворачивается к нему — на лице ее лишь удивление.

— Ни орнаментов, — поясняет он, указывая корявой рукой на ближайшую стену. — Ни символов. Ничего...

Она смотрит на стены и потолок, изумляясь тому, что видела, но не могла ранее осмыслить. Колдовской свет, яркая точка возле них, постепенно тускнеет, когда глаза Мимары обращаются к предметам более удаленным. Все вокруг обнажено и... совершенно. Лишь случайные следы сражения обнаруживаются на стенах — безумная роспись раздора.

Контраст смущает ее. Спуск в Кил-Ауджас был спуском в хаос смыслов, словно борьба, утрата и повествование составляли в сумме своей сердце горы.

Здесь не было повести. Не было памяти. Не было надежд, сожалений или пустых деклараций.

Одно лишь тупое утверждение. Проникновение плотности в спутанное пространство.

Глава пятая. Ишуаль

И она понимает...

Они исследуют недра совершенно иного дома. Менее человеческого.

Ишуаль.

Еще перед тем как они входят, ей кажется, что она узнает эту комнату. Она — дитя борделя.

Он застыл в ожидании: квадрат чистой черноты в конце коридора. Отсутствие сопротивления удивляет Мимару, когда она переступает через порог, словно волоски на руках и щеках предупредили ее о какой-то невидимой мембране.

Светящаяся точка непринужденно скользит впереди, выхватывая углубления из темноты. Путники, тяжело дыша, останавливаются, смотрят. Потолок здесь настолько низок и простирается так широко, что кажется еще одним ярусом. Какие-то подобия лишенных крышки саркофагов выстраиваются вдоль дуги стен, дюжины больших пьедесталов, вырубленных из живой скалы, отступают в недра тьмы. Но если погребенных обычно укладывают на покой со связанными лодыжками, нога к ноге, останки в этих саркофагах лежат с раздвинутыми ногами.

Открывая...

Она сглатывает, пытаясь изгнать гвоздь, пронзивший горло. Переступив через зазубренный меч, она направляется к ближайшему пьедесталу. Кости и пыль сморщенным неровным покровом укрывают все остальное. Черепа без челюстей, улегшиеся набок. Ребра, как половинки обруча, остатки торсов настолько огромных, что человеку их невозможно обнять. Бедренные кости, словно дубинки, сохранившие на себе стянувшие их некогда оковы. Тазовые кости, торчащие, словно рога, из тлена.

Кости китов, невольно приходит мысль...

Однажды, на втором году ее работы в борделе, на нее запал айнонец из кастовой знати по имени Мифарсис — запал в той естественной мере, в которой мужчина может запасть на девочку-шлюху. Всякий раз он снимал ее на целый день, что давало ей возможность помечтать — невзирая на удушающую скуку его ложа — о возможности оставить бордель и сделаться чьей-то женой. Однажды он даже свозил ее покататься на прогулочной барке по реке Кийут, по идиллическим протокам дельты к бухточке, полной существ, которых он называл нарвалами, рыбами, что не были рыбами. Белыми призраками они скользили под неровной поверхностью воды. Мимара была испугана и заворожена в равной мере: животные эти то и дело выпрыгивали из воды, описывали дугу и рушились вниз, разбивая синие окна моря.

— Они приплывают сюда, чтобы спариться, — сказал Мифарсис, прижимая ее к себе, удерживая на своих чреслах. — И умереть... — добавил он, указывая на болотистый берег под густыми зарослями.

И тогда она увидела трупы, одни раздувшиеся как сосиски и почерневшие, другие же не более чем кучки костей, которые буря выбрасывает на берег.

Кости были такими же, как эти.

— Значит, потом море выбрасывает их сюда? — спросила она. Ей до сих пор стыдно вспоминать свой нежный взгляд и тогдашние манеры. Она никогда не перестает проклинать свою мать.

— Море? — отозвался Мифарсис, ухмыляясь в той манере, что свойственна некоторым любителям поделиться мерзкой правдой с нежной женщиной. Она никогда не забудет его желтые зубы, противоречившие, отрицавшие нелепое совершенство напомаженной и заплетенной в косу бородки. — Нет. Они сами плывут сюда, чтобы умереть... звери предчувствуют свою смерть, малышка. И потому они благороднее людей.

Поглядев на него, она согласилась. Куда благороднее.

За спиной ее по полу шаркают сапоги волшебника.

— Что это за место? — ворчливо вопрошает он.

Острый укол страха мешает ей ответить.

— Эти кости... — продолжает он. — Они не такие, как черепа, и не принадлежат людям.

Вспыхивает сам воздух. Ей кажется, что ее качает, хотя она стоит неподвижно, как покаянный столб.

Глава пятая. Ишуаль

— Да, — слышит она собственный голос. — Они...

Похожи на людей не более чем дуниане.

В войне света и тени, где-то на краю поля зрения, она видит старого волшебника, с немой тревогой глядящего на нее.

Она поворачивается к нему спиной, подхватывает руками живот.

Око открывается...

Головокружительное мгновение. Видение спорит с видением, мир резкий — грани, песок. И другой мир — молочный, противоборство углов, пробуждение предметов, давно скрываемых.

И она видит это — Суждение, неоспоримое и абсолютное, кровоточащее, словно краска просачивается сквозь мешковину мироздания. Она видит, и мир становится свитком законника, и ей остается только читать...

Проклятье.

Тот зазубренный меч, что у входа: она видит движения рук, прежде сжимавших его гарду, видит, как разваливается плоть под его ударом, видит стремительный выпад острия, слышит визгливый мяв бездушных жертв этого оружия, видит блистающее совершенство линий, вычерчиваемых им в подземном мраке.

Незримая ладонь ложится на ее щеку, поворачивает ее голову, заставляет смотреть на то, чего она видеть не хочет...

Мучения матерей-китис.

Если сравнивать мужчин и женщин, последние наделены меньшей душой. Всякий раз, когда раскрывается Око, она видит как факт то, что женщинам подобает подчиняться требованиям мужчин, пока требования эти остаются праведными. Рождать сыновей. Не подымать глаз. Оказывать помощь. Дело женщины — давать. Так было всегда, с тех пор как Омраин нагой восстала из пыли и окунулась в ветер. С тех пор как Эсменет стала опорой сурового Ангешраэля.

Но тот ужас, который открывает перед ней Око...

Поза девственницы перед соитием, приданная им с непристойным равнодушием насекомого. Клубневидная плоть, что была для них не более чем трепещущей клеткой. Женщины, превращенные в чудовищные орудия деторождения, в оболочку матки.

Горе. Охи и стоны. Визг и мяуканье. Лишенные человечности мужчины, предельно бессердечные и бесчувственные, являющиеся к ним. Движения бедер и гениталий. Животное совокупление, сведенное к своей предельной основе — сдаиванию семени...

Садизм без намерения. Жестокость — предельная жестокость — без малейшего желания причинить страдания.

Зло, превзойти которое могут только инхорои.

И уже отводя глаза, она видит, что преступление это — не отклонение, но скорее неизбежное и предельное следствие того, что правит целым. Повсюду, куда она смотрит с ранящей сердце болью, видно одно и то же... словно кровоподтеки на нежной коже мира. Мастерство. Лукавство. Изобретательный ум. Властный, лишенный сочувствия или смирения.

И воля — нечестивая в сути своей. Безумное стремление сделаться Богом.

В трепете она слышит собственный вздох:

— Акка... ты-ты-ы-ы...

Она умолкает, пытаясь вернуть влагу пересохшему рту. Слезы текут по ее щекам.

— Ты был прав.

И когда она говорит это, часть ее все еще упирается — часть, которая знает, насколько отчаянно стремился он услышать эти слова.

Святость не имеет ничего общего с устремлениями людей. А их потребности она отрицает начисто. Святость в любой ситуации требует от смертных отречения от своих замыслов, возлагает на них бремя трудное, даже губительное. Святость есть путь обходов и объездов, даже тупиков. Путь, карающий последовавших по нему.

— Что ты там говоришь? — скрипит старик.

Она моргает, моргает снова, однако Око отказывается закрываться. Она видит катящиеся головы, жующие рты.

Глава пятая. Ишуаль

Матери-китихи, безъязыкие, вопиющие... И тощие мужчины, сгорбившиеся, как испражняющиеся псы.

Она видит невыразимую мерзость, которая и составляет Кратчайший Путь.

— Это место... дуниане... о-они... Они зло...

Она поворачивается к нему, замечает ужас, рождающийся за потемневшим лицом.

— Ты-ты... — спрашивает он тоненьким голоском, — ты видишь это?

Грохот сотрясает ее, гром, слышимый не ушами. Внешняя часть ее чернеет, загоняя остальное внутрь себя. Ощущения съеживаются... а потом расцветают в пропорции титанической и абсурдной. И вдруг она видит его, своего отчима, Анасуримбора Келлхуса I, святого аспект-императора, на высоком престоле, облаченного в ярость и тьму, — раковую опухоль, поразившую дальние уголки мира...

Воплощение Рока.

Тут она постигает суть ужаса, поразившего старого волшебника. Дунианин правит миром — дунианин!

Она отшатывается, как от удара, такой внезапной, такой абсолютной становится отдача этого понимания. Шеорская кольчуга, всегда удивлявшая ее своей таинственной легкостью, вдруг свинцовой тяжестью давит на плечи.

Ибо доселе Момемн оставался лучезарной вершиной, средоточием, изливавшим свет на сумрачные окраины империи. Невзирая на всю ее ненависть, он всегда казался Мимаре и источником власти, и самой властью — ибо сердцу всегда присуща потребность делать своим домом собственную меру мер. Но теперь он пульсировал жутким смыслом, полным липкой мерзкой черноты, прокаженным отражением Голготтерата, еще одним пятном, легшим на карту мира.

— Моя́ мать! — вскрикивает она, увидев ее мерцающей свечой посреди опускающейся тьмы. — Акка! Мы должны отыскать ее! И предупредить!

Старый колдун застыл на месте с открытым ртом, ошеломленный — как будто потрясенный видением расплаты —

своим проклятием, отразившимся в Оке Судии. Повсюду, куда ни глянь, мучения и терзания, разлетающиеся как камни, выброшенные из пекла. Неужели весь мир обречен стать преисподней?

Она пытается сморгнуть Око со своих глаз — безрезультатно, и обнаруживает, что лезет в кисет. Так давно в последний раз что-то абстрактное могло пронзить умиротворяющую пелену квирри.

Волшебник прав. Весь мир... Весь мир уже болтается на виселице.

Еще один взмах, и переломится его шея.

— Чт-что? — мямлит перед ней проклятая душа. — Что ты говоришь?

Тут Око закрывается, и суждение о вещах убегает за пределы зрения, исчезает в небытии. Реальность Друза Ахкеймиона затмевает ценности, и она видит его — взволнованного, согбенного годами, разбитого жизнью, отданной чародейскому бунту. Он держит ее за плечи, прижимает к себе, невзирая на близость ее хоры к собственной груди. Слезы текут по его морщинистым щекам.

— Око... — она задыхается.

— Да? Да?

И тут она видит за его потертым плечом тень, пробирающуюся между наваленных камней. Бледную. Маленькую.

Шранк?

Она шикает в тревоге. Старый волшебник встревоженно взирает из-под кустистых бровей.

— Там... — шепчет она, указывая на щель между полными костей саркофагами.

Волшебник вглядывается в грозящий опасностью мрак. Ловким движением пальцев посылает суриллическую точку поглубже в недра подземного покоя. От пляски теней у Мимары кружится голова.

Оба они замечают эту фигуру, сердца их покоряются одному и тому же ужасу. Они видят: блеснули глаза, на лице отразилось легкое удивление.

Это не шранк.

Глава пятая. Ишуаль

Мальчик... мальчик, из-за обритой наголо головы похожий на Ниль'гиккаса.

— Хиера? — спрашивает он, абсолютно не смущаясь неожиданной встречей. — Слаус та хейра'ас?

Слова терзают слух старого колдуна, насколько давно приходилось ему слышать этот язык вне собственных Снов.

— Где? — спросил мальчик. — Где твой фонарь?

Ахкеймион даже узнал эту особую интонацию — пришедшую из прошлого, отделенного от настоящего двадцатью годами, а не двумя тысячами лет. Ребенок говорил по-куниюрски... Но не в древней манере, а так, как говорил когда-то Анасуримбор Келлхус.

Этот ребенок — дунианин.

Ахкеймион сглотнул.

— И-иди сюда, — позвал он, пытаясь преодолеть разящий ужас и смятение, сжавшие его горло. — Мы тебе ничем не угрожаем.

Ребенок распрямился, оставив бесполезную позу, вышел из-за саркофага, прикрывавшего его от глаз незваных гостей. На нем была шерстяная мужская рубаха из серой ткани, подогнанная по фигуре и перепоясанная. Стройный паренек, судя по всему, высокий не по годам. Он с интересом воззрился на суриллическую точку над головой, протянул к ней ладони, словно проверяя, не станет ли свет осыпаться капельками. На правой руке у него не хватало трех пальцев, большой и указательный выглядели как крабья клешня.

Он повернулся, оценивая пришельцев.

— Вы говорите на нашем языке, — кротко сказал ребенок.

Ахкеймион смотрел на него не моргая.

— Нет, дитя. Это ты говоришь на моем языке.

Сесть. Вот что нужно старикам, когда мир докучает им. Оставить в стороне всякую суету, воспринимать его по частям и частицам, а не стараться ухватить целиком. Сесть. И отдышаться, пока думаешь.

Мимара нашла для него жуткий ответ. За несколько ударов сердца она подтвердила страхи всей его жизни. Однако взамен он мог предложить лишь бездумное непонимание. Запинающуюся нерешительность, подчиняющуюся ужасу и смятению.

Этот мальчик воплощал в себе другой род подтверждения — и загадки.

Итак, пока Мимара оставалась прикованной к тому месту, где стояла, Ахкеймион сел на каменный блок, так что лицо его оказалось на ладонь ниже лица ребенка.

— Ты — дунианин?

Мальчик испытующе посмотрел на старика.

— Да.

— И сколько же вас здесь?

— Только я и еще один. Выживший.

— И где же он сейчас находится?

— Где-нибудь в нижних чертогах.

Пол под сапогами старого волшебника уже дрожал и звенел.

— Расскажи мне о том, что здесь произошло, — попросил Ахкеймион, хотя и знал, что и как тут случилось, хотя и мог восстановить в уме всю последовательность событий. Однако сейчас он как ничто другое ощущал собственную старость, он был в ужасе, а расспросы возвращали отвагу — или хотя бы ее подобие.

— Пришли Визжащие, — ответил мальчик кротко и невозмутимо. — Я был тогда слишком мал, чтобы помнить... многое...

— Тогда откуда ты знаешь?

— Выживший рассказал мне.

Старый колдун прикусил губу.

— И что же он тебе рассказал?

В глазах смелых детей всегда теплится задорный огонек, признак самоуверенности, ибо у них нет слабостей, присущих более озабоченным взрослым. Мальчик с ладонью-клешней, однако, был чужд всякой выспренности.

— Они шли и шли, пока не заполнили собой всю долину. Визжащие полезли на наши стены, и началось великое

Глава пятая. Ишуаль

побоище. Груды трупов поднимались до парапетов. Мы отбросили их!

Мимара наблюдала за происходящим, как бы и не внимая, но, судя по проницательному взгляду, все осознавая. Все горестные повести одинаковы.

— А потом пришли Поющие, — продолжал ребенок, — они шагали по воздуху и пели голосами, превращавшими их рты в фонари. Они обрушили стены и бастионы, и уцелевшие братья отступили в Тысячу Тысяч Залов... Они не могли сражаться с Поющими.

«Визжащими», очевидно, он называл шранков. «Поющие» же, понял Ахкеймион, — это, должно быть, нелюди квуйя, эрратики, служащие Консульту ради убийств и воспоминаний. Он видел, что битва разворачивалась именно так, как рассказывал мальчик: безумные квуйя, вопя светом и яростью, шагали над верхушками сосен, а бесконечное множество шранков кишело внизу. Кошмарно, странно, трагично, что подобная война так и осталась неведомой людям. Казалось невозможным, чтобы столь немыслимое количество душ могло расстаться с жизнью, а никто даже не узнал об этом.

Не располагая волшебством или хорами, дуниане при всех своих сверхъестественных способностях были беспомощны перед эрратиками. И потому они укрылись в лабиринте, постройка которого продолжалась сотню поколений, лабиринте, названном чертогом Тысячи Тысяч Залов. Квуйя, по словам мальчика, преследовали их, пробивались сквозь баррикады, затопляя коридоры убийственным светом. Но братья лишь отступали и отступали, погружаясь все глубже в сложную сеть лабиринта.

— При всем их могуществе, — продолжал мальчик свое повествование тягучим и монотонным голосом, — Поющих можно было легко одурачить. Они сбивались с пути и бродили, воя, по коридорам. Некоторые погибали от жажды. Другие сходили с ума и рушили потолок себе на головы в отчаянной попытке вырваться на свободу...

Ахкеймион, казалось, ощущал их, эти древние жизни, заканчивающиеся в слепоте и удушье...

Взрывы в глубинах земли.

С безупречной дикцией мальчик объяснял, как захватчики собирали легионы и легионы шранков, безумных, визжащих, и вливали их в лабиринт — так, как крестьяне топят водой кротов в их норах.

— Мы заманивали их вниз, — продолжал он тоном, полностью лишенным страстей и колебаний, подобающих юности. — Оставляли умирать от голода и жажды. Мы убивали их, убивали, но этого всегда оказывалось мало. Всегда откуда-то появлялись новые. Вопящие. Оскаленные...

— Мы сражались с ними год за годом.

Консульт превратил Тысячу Тысяч Залов в бочку, залитую визгом и воплями, добавляя новых и новых шранков, пока лабиринт не сдался смерти. Мальчик и в самом деле помнил последние этапы подземной осады: коридоры, наполненные безумием и умирающими шранками, где оставалось только ступать и разить; шахты и лестницы, забитые трупами; вылазки и отступления; враги, накатывавшие волна за волной, свирепые и безжалостные, приходящие в таком числе, что брат за братом ослабевали и сдавались судьбе.

— Так мы погибли — один за другим.

Старый волшебник кивнул — с сочувствием, в котором, как он знал, мальчик не нуждался.

— Все, кроме тебя и Выжившего.

— Выживший унес меня глубоко внутрь, — сказал мальчик. — А потом вывел оттуда. Логос всегда сиял в нем ярче, чем во всех остальных. Никто из братии не подступал так близко к Абсолюту, как он.

Все это время Мимара стояла, не сходя с места, с бесстрастным лицом попеременно изучая мальчика и вглядываясь в окружающую тьму.

— Акка... — наконец прошептала она.

— И как же зовут его? — спросил Ахкеймион, не обращая на нее внимания. Последняя подробность о Выжившем почему-то встревожила его.

Глава пятая. Ишуаль

— Анасуримбор, — ответил мальчик. — Анасуримбор Корингхус.

Имя это немедленно захватило все внимание Мимары с той же властностью, что и сердце старого волшебника.

— Акка! — уже выкрикнула она.

— В чем дело? — вяло поинтересовался он, не имея сил осознать все следствия изменившейся ситуации. Ишуаль разрушена. Дуниане — зло. А теперь еще... еще один Анасуримбор?

— Он отвлекает твое внимание! — воскликнула она вдруг севшим голосом.

— Что? — переспросил он, вскакивая на ноги. — Что ты говоришь?

Глаза ее округлились от страха, она указала в черноту, скрывавшую глубины пещеры:

— За нами следят!

Старый колдун прищурился, но ничего не увидел.

— Да, — отозвался из-под его локтя мальчик, никак не способный понять шейский язык, на котором говорила Мимара. И как он позволил этому ребенку оказаться рядом с ним?

Достаточно близко для того, чтобы нанести удар...

— Выживший пришел.

Иссякает надежда.

Вчера Ахкеймион был всего лишь сыном, съежившимся в тени гневного отца. Вчера он был ребенком, рыдавшим на руках встревоженной матери, заглядывая в ее глаза и видя в них любовь — и беспомощность. Обреченным быть слабым дитятей — проклятым стремлением к невозможному, к глубинам мудрости и красоты. Обреченным постоянно напоминать собственному отцу о том, что он презирал в себе самом. Обреченным вечно оказываться объектом отеческой укоризны.

Вчера он был адептом, молящим и лукавым, пробуждающимся для того, чтобы обнаружить себя раздавленным, а собственные глаза — залепленными двухтысячелетним горем. Вчера он был мужем шлюхи, любящим ее вопреки обстоятельствам и фанатическому ужасу... слабаком, осужденным проклятьем на то, чтобы разделять убеждения, настолько непонятные другим, что они не станут даже задумываться над ними... посмешищем, рогоносцем, известным своим коварством среди собственной братии.

Вчера он был волшебником, отмеряющим свои дни обидами и размышлениями, корябающим вздорные послания, которых не станут читать даже глупцы. Вчера он был безумным отшельником, пророком в пустыне, не имеющим решимости поступать согласно собственным безумным утверждениям. Ибо вопрос — все равно что ненависть... А любовь — все равно что утрата... и крик, призывающий к отмщению.

Вчера он обрел Ишуаль.

Тень пришельца приближалась к ним, с каждым шагом обретая все бо́льшую материальность и являя подробности.

Никогда еще он не ощущал себя столь сокрушенным... таким старым.

Слишком...

Мальчишка с рукой-клешней оставался на грозящем смертью расстоянии подле него.

Слишком...

Дыхание металось в грудной клетке, билось в стенки легких, молило о спасении.

Свет как бы выхватывал приближающуюся фигуру, извлекал ее жуткие очертания из мрака, лежащего на Тысяче Тысяч Залов. И очертания эти оказались не такими, какими им следовало быть при гладкой коже и мышцах. Свет спотыкался на сплетении жил, огибал яму на месте отсутствующей щеки, поблескивал на выглядывавших наружу деснах и обломках зубов. Тени очерчивали бесчисленные контуры крючков и загогулин, путаные каракули ребенка, у которого времени больше, чем чистого папируса.

След, оставленный тысячью смертных схваток оказавшегося на краю гибели дунианина, прошедшего неведомыми путями выживания и победы, сквозь тучу рубящих мечей, забывая о собственной плоти, обращая внимание только на самые серьезные раны, чтобы убивать, убивать и победить... выстоять.

Но они зло... так сказало Око.

Выживший являл собой живой абсурд. Однако Ахкеймион умел видеть под сеткой ужасных шрамов происхождение, кости и кровь древних королей.

— Ты знаешь моего отца, — проговорил дунианин, голосом столь же сильным и мелодичным, как сама истина. — Его имя — Анасуримбор Келлхус.

Друз Ахкеймион отступил, ноги сделали этот шаг сами собой. Он споткнулся и в буквальном смысле рухнул на собственную задницу.

— Скажи мне... — молвил абсурд.

Вчера старый волшебник стремился спасти мир от погибели.

— Сумел ли он постичь Абсолют?

ГЛАВА ШЕСТАЯ

Момемн

> Там нашел его нариндар и убил уколом отравленной иглы в шею за ухом. Весть об этом разошлась по всей империи, и населявшие ее народы с великим удивлением узнали, что аспект-императора можно лишить жизни в его собственном саду. За какую-то пару недель гнусное убийство сделалось исполнением пророчества, и никаких действий против культа Четырехрогого Брата предпринято не было. Весь мир хотел, чтобы об истории этой было забыто.
>
> *Кенейские анналы, Касид*

> О нансурцах сказано, что они боятся своих отцов, любят своих матерей и доверяют собственным отпрыскам, но только пока боятся своих отцов.
>
> *Династия Десяти Тысяч Дней, Хомирр*

Начало осени, 20 год Новой империи (4132 год Бивня), Момемн

– Не-е-ет!.. — взвыл падираджа.

Маловеби застыл, вглядываясь в тесное сумрачное нутро большого шатра, сделав лишь три шага внутрь, как того требовал протокол. Фанайал стоял возле собственного ложа, взирая на предсмертные

Глава шестая. Момемн

судороги своего кишаурим, Меппы — или Камнедробителя, ибо таким именем называли его люди. Падираджа, всегда казавшийся стройным и моложавым, перешагнув за полсотни лет, несколько разжирел. Псатма Наннафери устроилась неподалеку на обитом парчой диванчике, ее темные глаза поблескивали ртутью на самом краю полумрака. Взгляд ее не разлучался со скорбящим падираджей, отвернувшимся от нее, — похоже, что преднамеренно. Она смотрела и смотрела, сохраняя на лице выражение неподдельного ожидания и наполненного лукавством пренебрежения, с каким ждут продолжения прекрасно известного сказания о самом презренном из негодяев. Выражение это помогало ей выглядеть молодой, какой она и должна была казаться.

Блестящие края и поверхности проступали сквозь всеохватывающие тени, напоминая о доле добычи, награбленной падираджей в Иотии. Обожженная в огне посуда. Груды одеяний. Крытая парчой мебель. Начинавшееся от ног адепта школы Мбимайю пространство казалось будто бы замощенным этими частями целых предметов, сором, вмурованным в ткань Творения...

Такова была сцена, посреди которой прославленный Фанайал аб Каскамандри обозревал собственную судьбу.

— Не-е-ет! — кричал он, обращаясь к распростертому на ложе телу.

Два ятагана Фаминрии на черно-золотом знамени его народа и его веры были сброшены на пол и в полном пренебрежении стелились под ноги еще одним ковром. Белый конь на золотой ткани, знаменитый стяг койаури, которым Фанайал пользовался как личным штандартом, свисал с древка потрепанным и обгоревшим — в той самой битве, где пал Меппа.

Маловеби уже слышал негромкие голоса диких фанайаловых пустынных кочевников, бормотавших и перешептывавшихся между собой. Они говорили, что дело это совершила шлюха-императрица. Женщина кусифры сразила последнего кишаурим.

— Что они скажут? — со своего дивана проворковала ятверская ведьма, не отводившая глаз от падираджи. — Насколько ты можешь доверять им?

— Придержи свой язык, — буркнул Фанайал, неловко, словно повиснув на каких-то крюках, склонившийся над павшим кишаурим. Падираджа поставил все на человека, умиравшего сейчас на шелковых покрывалах, — все милости, которые даровал ему его Бог.

Неясным пока оставалось лишь то, что случится потом.

Маловеби был знаком в Зеуме с подобными Фанайалу душами, полагавшимися скорее на предметы незримые, чем на видимые, творившими идолов по своему невежеству, дабы возжелать и назвать своими те пустяки, которыми почему-то стремились обладать. С самого начала своего восстания — уже больше двух десятков лет! — Фанайал аб Каскамандри противостоял Анасуримбору Келлхусу. Муж не может не мерить себя мерой своего врага, и аспект-император в любом случае был соперником никак не менее чем... внушительным. И Фанайал подавал себя в качестве священного противника, избранного героя, назначенного судьбой стать убийцей жуткого кусифры, Света Ослепительного, демона, переломившего хребет собственной веры и собственного народа. Фанайал поставил перед собой цель, которой можно было добиться только с помощью удивительной силы его Водоноса.

Невзирая на его тщеславие, старший сын Каскамандри и в самом деле оказался вдохновенным вождем. Однако Меппа был его чудом, Второй Негоциант понимал это. Последний кишаурим. Без него Фанайал и его пустынное воинство едва ли было способно на нечто большее, чем осыпать ругательствами циклопические стены, защищавшие его врагов, императорских заудуньяни. Это Меппа покорил Иотию, а не Фанайал. Воинственный сын Каскамандри мог взять штурмом лишь не защищенные стенами город.

Оставшись без Меппы, Фанайал не мог надеяться, что ему удастся захватить столицу империи. И теперь попал в западню, расставленную ему фактами и честолюбием. Чудовищ-

Глава шестая. Момемн

ные черные стены Момемна были неприступны. Он мог торчать возле них, однако прибрежный город нельзя принудить голодом к капитуляции. А сельский край становился все более и более враждебным. При всех своих горестях нансурцы не забыли выпестованную поколениями ненависть к кианцам. Даже пропитание его пестрой армии давалось Фанайалу трудом все бо́льшим и кровавым. Неизбежно росло число дезертиров, особенно среди кхиргви. И если императрица созывала колонны и перемещала их, войско фаним неумолимо сокращалось. Возможно, Фанайал еще мог одержать в открытом поле победу над армией императорских заудуньяни. Впрочем, самопожертвование Меппы стало причиной смерти внушающего почтение Саксиса Антирула; однако всегда найдется какой-нибудь дурак, который возглавит имперские силы вместо экзальт-генерала. Так что падираджа-разбойник еще мог сотворить вместе с остатками своего пустынного воинства очередную чудесную победу из тех, что прославили его предков.

Но к чему она, если великие города Нансурии останутся закрытыми для него?

Ситуация просто не могла оказаться худшей, и Маловеби про себя хмыкал, оценивая ее. Польза от фаним заключалась только в их способности бросить вызов империи. То есть без Меппы Высокий и Священный Зеум более не нуждался в Фанайале аб Каскамандри.

Без Меппы Маловеби мог отправляться домой.

Он был свободен. Он долго приглядывал за ростом этой раковой опухоли. Настало время забыть об этих надменных и жалких дурнях — и начать обдумывать свою месть Ликаро!

— Твои гранды считают тебя отважным... — проворковала Псатма Наннафери. С присущей опийному хмелю непринужденностью она раскинулась на диване, одна только шелковая накидка укрывала ее нижнюю рубашку, и ничего более. — Но теперь они увидят.

Фанайал мозолистой рукой стер с лица грязь своей скорби.

— Заткнись!

Скрежет, от которого стыла кровь, по коже шли мурашки, сулящие увечья.

Ятверская ведьма зашлась в хохоте.

«Да... — решил Маловеби. — Пора уходить».

Ибо явилась Жуткая Матерь!

Однако он не пошевелился. Порог шатра был не более чем в трех шагах за его спиной — он не сомневался, что сумеет ускользнуть незамеченным. Люди, подобные Фанайалу, редко прощают наглецов, посмевших стать свидетелями их слабости или ханжества. Они также имеют склонность карать за мелкие проступки как за смертные грехи. И как сын жестокого отца, Маловеби владел умением присутствовать, но оставаться как бы невидимым.

— Да-а-а... — ворковала ятверианка с ленивым пренебрежением в голосе. — Добрая Удача прячет многие вещи... многие слабости...

Она была права. Теперь, когда счетные палочки наконец предали его, то, что раньше казалось вдохновенной отвагой, соединенной с тонким расчетом, превратилось в откровенное безрассудство. Но зачем ей говорить подобные вещи? Да, зачем вообще говорить правду тогда, когда она может оказаться всего лишь провокацией?

Однако подобное было неразрывно связано со всеми махинациями Сотни: выгода никогда не оказывалась очевидной.

В отличие от безумия.

Да! Пора уходить.

Он мог бы воспользоваться одним из своих Напевов, чтобы исчезнуть в ночи, начав долгий путь домой.

— Идолопоклонница! Шлюха! — завопил Фанайал, брызгая слюной на неподвижного Меппу, выдавая тем самым, как понял Маловеби, степень охватившего его ужаса, потому что падираджа предпочел изливать ярость в пространство перед собой, не рискуя обратиться лицом к злобной искусительнице. — Твоих рук дело! Твоих, ведьма! Единый Бог наказывает меня! Карает за то, что я впустил тебя на свое ложе!

Маловеби от неожиданности вздрогнул: таким сильным было противоречие между соблазнительным видом и жест-

Глава шестая. Момемн

ким, старушечьим смехом. Даже в окутанном сумраком шатре Фанайала она казалась освещенной, извлеченной из ледяных вод, пресной и безвкусной для бытия... и такой чистой.

— Тогда прикажи сжечь меня! — воскликнула она. — Этот обычай фаним хотя бы разделяют с айнрити! Они вечно сжигают Дающих!

Падираджа наконец повернулся, лицо его исказилось.

— Огнем все только кончится, ведьма! Сначала я брошу тебя, подстилку, своим воинам, чтобы они поизгалялись над тобой, втоптали тебя в грязь! А уже потом прикажу подвесить тебя повыше над терновым костром, посмотрю, как ты будешь дергаться и визжать! И только в самом конце ты вспыхнешь пламенем, отгоняя все злое и нечистое!

Старушечий хохоток смолк.

— Да! — скрипнула она. — Дай... мне... все... их... семя! Всю их ярость, направленную на безжалостное чрево Матери! Пусть весь твой народ елозит по мне! И хрипит, как ощерившиеся псы! Пусть все они познают меня так, как знал меня ты!

Падираджа рванулся к ней, но словно повис на кистях, будто бы привязанных незримыми нитями к противоположным стенам шатра. Он мотал головой, стеная и плача. Наконец взгляд его круглых, ищущих глаз остановился на Маловеби, укрывшемся в густых тенях. Какое-то мгновение казалось, что падираджа молит его — но молит о чем-то слишком великом, слишком невозможном для смертного.

Взгляд покорился забвению. Фанайал рухнул на колени перед злобной соблазнительницей.

Псатма Наннафери застонала от удивления. Ногти ее растворявшегося в темноте взгляда царапнули по облику адепта Мбимайю — на долю мгновения, но и этой доли ему хватило, чтобы заметить филигрань темно-красных вен, утробных пелен, которыми она впилась как корнями в окружавшую их реальность.

Спасайся! Беги, старый идиот!

Однако он уже понимал, что бежать слишком поздно.

— Раздели меня между своими людьми! — крикнула она. — Сожги ме-е-еня-я! Ну же! — Звук, подобный собачьему вою, продирая кожу зеумца, пробирался под его грязные одеяния. — Приказывай же! И смотри, как умирает твой драгоценный змееглав!

Льдом пронзило сердцевину его костей. Маловеби понял истинную причину ее адского веселья — и истинную суть того, что сопутствовало ему. Жуткая Матерь неотлучно присутствовала среди них. И в тот злополучный день, в Иотии, это они были преданы Псатме Наннафери, а не наоборот.

Время бежать давно ускользнуло в прошлое.

— О чем ты говоришь? — широко расставив колени на ковре, выдохнул Фанайал, на лице которого не осталось даже намека на достоинство.

— О том, о чем знает этот черный нечестивец! — Она фыркнула, указывая подбородком в сторону Маловеби.

Будь ты проклят, Ликаро!

— Говори, отвечай мне! — вскричал падираджа голосом еще более жалким из-за стараний казаться властным.

Черная, недобрая ухмылка.

— Д-а-а-а. Всеми своими амбициями, всей жалкой империей твоего самомнения ты обязан мне, сын Каскамандри. То, что ты отбираешь у меня, ты отбираешь у себя. То, что ты даришь мне, ты даришь себе... — Взгляд ее вонзался в темную пустоту над его головой. — И твоей Матери... — прошипела она тихим голосом, превратившимся в хрип.

— Но ты можешь спасти его?

Полный соблазна смешок — как у юной девушки, обнаружившей слабость своего любовника.

— Ну конечно, — проговорила она, наклонившись вперед, чтобы погладить его по опухшей щеке. — Ведь мое Божество существует...

Маловеби бежал в ту ночь из шатра, в конечном итоге.

На его глазах она велела Фанайалу засунуть два пальца между ее ног. Дыхание покинуло Маловеби. Само сердце замерло, покорившись восторженной силе, отозвавшейся

Глава шестая. Момемн

в ней... Он видел, как падираджа извлек свои пальцы, как уставился на обагрившие их сгустки крови. Псатма Наннафери свернулась, как избалованная кошка, на своей кушетке, глаза ее наполнились дремотой.

— Вложи их в его раны... — проговорила она, томно вздохнув. Глаза ее уже закрывались.

— Дай.

Фанайал стоял, как стоит человек, лишившийся опоры на вершине горы... ненадежный, потрясенный; наконец он повернулся к последнему кишаурим.

И Маловеби бежал... бежал, забрызгав свои одежды ниже пояса. Он мчался по стану, прячась в тенях, стыдясь всего, что могло попасться ему на пути. Оказавшись в укромном сумраке собственного шатра, он сбросил свои причудливые облачения и остался стоять, обнаженный, окруженный облаком собственной вони. А потом даже не заметил, как лег и заснул.

Проснувшись, он обнаружил, что его указательный и средний пальцы окрашены в яркий вишневый цвет.

Дураком он не был. Он немногое знал про Жуткую Матерь Рождения, но прекрасно понимал, какие опасности ждут впереди. Он был из тех, кого в его народе звали «вайро», взятые Богами. Согласно Кубюру, древнейшему преданию его народа, бедствия, что окружали вайро, были лишь следствием прихотей Сотни. Однако Мбимайю располагали более тонким и страшным объяснением. Если люди обречены вечно трудиться, вечно копить результаты собственного труда в надежде на молитвы потомков, Боги находятся за гранью самой возможности индивидуального поступка. Сущность их плоти образовывало ничто иное, как прохождение самих событий. Они правили миром, даруя награды, но в куда большей степени подгоняя его катастрофами — войнами, голодом, землетрясениями, потопами.

Вайро были их руками, священными и ужасными одновременно.

Вот почему тех, в ком узнавали вайро, часто изгоняли в глушь. Когда ему было всего девять лет, Маловеби наткнулся в лесу возле дедова поместья на труп женщины, прижавшейся к стволу высокого кипариса. Останки ее высохли — в том году свирепствовала жара, — однако связки трупа не распались, что вкупе с одеждой придавало усопшей жуткий облик. Ее окружала трава, ростки пробивались и сквозь высохшую плоть. Дед тогда велел не касаться ее, указал ему на труп и молвил:

— Смотри: ни один зверь не тронул ее. — И поделился мудрым знанием: — Она вайро.

А теперь он и сам сделался вайро, проклятым.

И если он и вернулся без приглашения в шатер падираджи, то потому лишь, что, по сути дела, никогда и не оставлял его...

Шли дни. Меппа поправлялся. Фанайал без вреда для себя — в той же мере, как и он сам, — пережил ту жуткую ночь. Маловеби скрывался в своей палатке, разыскивая в недрах души какое-то решение, проклиная Блудницу-судьбу и Ликаро, — причем последнего много больше, чем первую. Позы Ликаро, раболепство Ликаро и более всего его обман, навлекшие на Маловеби это несчастье!

Однако подобные раны нельзя ковырять слишком долго, наступала пора искать повязку. Будучи почитателем Мемговы, он прекрасно знал, что отыскать исцеление можно, только владея тем, чего у него как раз не было, а именно знанием. И так как шлюха им обладала, источником этого знания являлась она — Псатма Наннафери. Только она одна могла объяснить ему, что случилось. Только она могла сказать ему, что он должен дать.

Проникнуть в шатер Фанайала было просто: теперь его никто не охранял.

И она таилась в его недрах, словно какая-то священная паучиха.

Маловеби всегда был самым отважным среди своих братьев, он первым нырял в холодные и неведомые воды. Он понимал, что ныне может умереть, потеряв разум, как та вайро, которую он нашел мальчишкой, или же умереть, даже не понимая, что именно уловило его и, что более важно,

Глава шестая. Момемн

есть ли пути к спасению. И посему, подобно ныряльщику набрав воздуха в грудь, он выбрался из шатра и направился в сторону штандарта падираджи — двух скрещенных ятаганов на черном фоне, — недвижно повисшего над павильонами. «Умру, узнавши», — буркнул он себе под нос, словно не ощущая еще полной уверенности. Сразу же ему пришлось ненадолго остановиться и пропустить бурный поток, образованный примерно полусотней пропыленных всадников. Момемн прятался за холмом, хотя осадные работы и недоделанные штурмовые башни, выстроившиеся на высотах, свидетельствовали о присутствии грозной имперской столицы. Маловеби не переставал дивиться, как далеко занесло его это посольство — к самим Андиаминским Высотам! Безумием казалось даже помыслить о том, что имперская блудница ночует сейчас в считаных лигах от него.

Он представил себе, как передает Нганка'куллу закованную в цепи Анасуримбор Эсменет — не потому что считал такое возможным, но потому что предпочел бы видеть, как скрежещет зубами Ликаро, чем узреть то, что ожидало его внутри фанайялова шатра. Краткость пути его воистину казалась чудесной. Отмахиваясь от поднятой всадниками пыли, он решительно шагал мимо застывших в недоумении фаним, направляясь к свернутому пологу и шитым золотом отворотам... и потом самым невероятным образом оказался там, на том самом месте, где стоял в ту ночь, когда должен был умереть проклятый Водонос.

В павильоне было душно, воздух наполнял запах ночного горшка. Солнечный свет золотил широкие швы над головой, проливал серые тени на мебель и сундуки с добром. Несколько взволнованных мгновений Маловеби изучал сумятицу. Как и в ту ночь, внутри шатра господствовала огромная дубовая кровать, но теперь на ней воцарился беспорядок. На ложе, среди хаоса подушек и скомканных покрывал, никого не было. Как и на соседствующим с ним диване.

Маловеби обругал себя за глупость. Почему, собственно, люди считают, что вещи должны оставаться на своих местах, когда они их не видят?

И тут он заметил ее.

Так близко от себя, что даже охнул.

— Чего ты хочешь, нечестивец?

Она сидела слева, спиной к нему, не более чем в каких-то четырех шагах, и вглядывалась в зеркало над туалетным столиком. Не понимая зачем, он шагнул к ней. Она вполне могла бы услышать его с того места, где он стоял.

— Сколько же тебе лет? — Слова сами сорвались с его губ.

Тонкое смуглое лицо в зеркале улыбнулось.

— Люди не сеют семени осенью, — ответила она.

Пышные черные волосы рассыпались по ее плечам. Как всегда, одежда ее обостряла, а не притупляла желание, наготу ее прикрывала прозрачная ткань на бедрах и бирюзовая кофточка без застежек. Даже один взгляд на нее наводил на мысли о негах.

— Но...

— Еще ребенком я чувствовала отвращение к похотливым взглядам мужчин, — проговорила она, быть может, глядя на него в зеркало, а может быть, нет. — Я узнала, выучила, понимаешь, что берут они. Я видела девушек, таких же как та, что смотрит на меня сейчас, и нашла, что они представляют собой не более чем жалких сук, забитых настолько, что начинают обожать палку. — Она подставила щеку под ожидающие румяна, промакнув золотую пыльцу вокруг колючих глаз. — Но есть знание, а есть знание, как и во всем живом. Теперь я понимаю, как земля поднимается к семени. Теперь я знаю, что дается, когда мужчины берут...

Ее нечеткое изображение в зеркале надуло губки.

— И я благодарна.

— Н-но... — пробормотал Маловеби. — Она... то есть Она... — Он умолк, пронзенный ужасом от того, что перед внутренним взором его возникли полные влаги вены, занимавшие все видимое пространство в ту ночь, когда следовало умереть последнему кишаурим. — Жуткая Матерь... Ятвер совершила все это!

Псатма Наннафери прекратила свои действия и внимательно посмотрела на него через зеркало.

Глава шестая. Момемн

— И никто из вас не упал на колени, — сказала она, кокетливо пожимая плечами.

Она играла с ним как какая-нибудь танцовщица, которой нужен только набитый кошель. Струйка пота скользнула по его виску из-под взлохмаченной шевелюры.

— Она наделила тебя Зрением, — настаивал чародей Мбимайю. — Тебе ведомо то, что случится... — Он облизал губы, изо всех сил стараясь не выглядеть испуганным настолько, насколько на самом деле был испуган. — Пока оно еще не произошло.

Первоматерь принялась чернить сажей веки.

— Ты так считаешь?

Маловеби настороженно кивнул.

— Зеум чтит древние пути. Только мы почитаем Богов такими, какие они есть.

Кривая ухмылка, на какую способно лишь древнее и злобное сердце.

— И теперь ты хочешь узнать свою роль в происходящем?

Сердце его застучало в ребра.

— Да!

Сажа и древнее зеркало превратили глаза ее в пустые глазницы. Теперь на него смотрел смуглый череп с девичьими полными губами.

— Тебе назначено, — произнесла пустота, — быть свидетелем.

— Б-быть? Свидетелем? Вот этого? Того, что происходит?

Девичье движение плеч:

— Всего.

— Всего?

Не вставая, на одной ягодице она повернулась к нему, и, невзирая на разделявший их шаг, ее манящие изгибы распаляли его желание, будили похоть, подталкивали его к обрыву.

Жрица Ятвер жеманно улыбнулась.

— Ты ведь знаешь, что он убьет тебя.

Ужас и желание. От нее исходил жар вспаханной земли под горячим солнцем.

Маловеби забормотал:
— Убьет... убьет меня? За что?
— За то, что ты возьмешь то, что я тебе дам, — проговорила она, словно перекатывая языком конфету.

Он отшатнулся, пытаясь высвободиться из ее притяжения, захватившего его, словно надушенная благовониями вуаль...

Посланец Высокого Священного Зеума бежал.

Смех песком посыпался на его обожженную солнцем кожу, обдирая ее, заставляя натыкаться бедром и лодыжкой на разные предметы.

— Свидетелем! — взвизгнула вслед ему старуха. — С-с-свидетелем!

Пульс его замедлялся, уподобляясь биениям чужого сердца. Дыхание углублялось, следуя ритму других легких. С упорством мертвеца Анасуримбор Кельмомас устраивался в рощах чужой души...

Если к ним подходит это слово.

Человек, которого мать звала Иссиралом, стража за стражей стоял посреди отведенной ему палаты, неподвижный, темные глаза устремлены в блеклую пустоту. Тем временем имперский принц вершил над ним свое тайное бдение, наблюдая через зарешеченное окошко. Он умерил свою птичью живость до такого же совершенства, превращавшего небольшое движение в полуденную тень.

Он ждал.

Кельмомас наблюдал за многими людьми, пользуясь тайными окошками Аппараториума, и комическое разнообразие их не переставало удивлять его. Любовники, нудные одиночки, плаксы, несносные остряки проходили перед ним бесконечным парадом вновь обретенных уродств. Наблюдать за тем, как они шествуют от собственных дверей, дабы соединиться с имперским двором, было все равно что смотреть, как рабы увязывают колючки в снопы. Лишь теперь он заметил, как ошибался прежде, считая, что разнообразие это только кажущееся и представляет собой иллюзию невежест-

Глава шестая. Момемн

ва. Разве мог он не считать людей странными и различными, если они являлись лишь его собственной мерой?

Теперь мальчишка знал лучше. Теперь он знал, что каждый присущий людскому роду эксцесс, любой бутон страсти или манеры отрастают от одного и того же слепого стебля. Ибо человек этот — убийца, которому каким-то образом удалось застать врасплох Святейшего дядюшку, — прошел подлинным путем возможных и невозможных действий.

Нечеловеческим путем...

Совершенно нечеловеческим.

Подглядывание родилось из игры — невинной шалости. Матушка по причине своей занятости и недомыслия полагала, что Кельмомас уже достаточно набегался по дворцу. Смутные подозрения, время от времени затуманивавшие ее взгляд, означали, что он не мог более рисковать и мучить рабов или слуг. Но чем еще можно заняться? Играть в песочек и куклы в Священном Пределе? Слежка за нариндаром, решил мальчишка, станет его любимым занятием, отвлекающим общее внимание, пока он будет планировать убийство своей старшей сестры.

Уже первая стража убедила его в том, что с человеком этим что-то неладно, даже если забыть о красных мочках ушей, аккуратной бородке, короткой стрижке. Ко второму дню игра превратилась в состязание, в стремление доказать, что он способен поравняться со сверхъестественной неподвижностью этого человека.

После третьего дня даже речи о том, чтобы не шпионить, уже не было.

Взаимоотношения с сестрицей превратились в открытую рану. Если Телиопа рассказала матери, тогда...

Никто из них не мог вынести мысль о том, что может тогда случиться!

Анасуримбор Телиопа представляла собой угрозу, которую он просто не мог игнорировать. Нариндар, с другой стороны, был не кем иным, как его спасителем, человеком, избавившим его от дяди. И тем не менее день за днем Кельмомас обнаруживал, что всякий раз, когда возникает возможность, он бродит по полым костям Андиаминских высот, разыскивая нариндара, сплетая этому все новые и новые разумные объяснения.

Она, Телли, не сумела еще измерить подлинную глубину его интеллекта. Она и не подозревала о грозящей ей опасности. И пока положение дел не менялось, у нее не было никаких оснований выполнять свою подлую угрозу. Подобно всем кретинам, она слишком ценила свой короткий девичий ум. Момемн же нуждался в сильной императрице, особенно после смерти этого экзальт-тупицы, Антирула. Так что, пока продолжалась осада, им с братом ничто не грозило.

К тому же, спаситель он или нет, с человеком этим что-то неладно.

Все соображения в полной ясности шествовали, как на параде, перед оком его души, шерсть на его загривке разглаживалась, и он потаенной луной обращался вокруг планеты этого невозможного человека.

Пройдет какое-то время, быть может, стража-другая, и тогда какой-то бродячий ужас выкрикнет: Телли знает!

И он отмахнется от лиц съеденных им людей.

Безумная шлюха!

Поначалу он воспринимал тот вызов, который она представляла собой, со спокойствием и даже с восторгом, как мальчишка, собирающийся залезть на опасное, но прекрасно знакомое и любимое дерево. Сучья и ветви имперской интриги были достаточно хорошо знакомы ему. Двое его братьев и дядя уже приняли смерть от его руки — два имперских принца и Святейший шрайя Тысячи Храмов! Много ли трудностей может создать ему эта тощая заика — Анасуримбор Телиопа?

Шранка, звал ее Айнрилатас. Только он один умел довести ее до слез.

Однако восторг скоро сменился разочарованием, ибо Телли отнюдь не была обыкновенным деревом. Днем она никогда не разлучалась с матерью — никогда! — и это означало, что облако инкаусти, защищавших императрицу,

Глава шестая. Момемн

облекало также и ее. И все ночи без исключения она проводила, затворившись в собственных апартаментах, причем, насколько он мог судить, без сна.

Но в первую очередь он начал беспокоиться насчет собственной силы. Чем дольше Кельмомас обдумывал события предыдущих месяцев, тем больше он сомневался в ней, тем более очевидным становилось его бессилие. Он съеживался, вспоминая ленивую манеру, с которой играл с ним Айнрилатас, для развлечения, чтобы избавиться от скуки, или мысленно возвращаясь к тому, как Святейший дядя легко познал его сущность по одному лишь намеку. Факт в том, что Айнрилатаса убил именно дядя, но никак не Кельмомас. И каким образом он мог приписать себе честь убийства дяди, если подлинный убийца замер, как камень, в тенях под его ногами?

При всех его дарованиях юному имперскому принцу еще только предстояло познать болезнь, состоящую в размышлениях о том, насколько часто лишь неспособность увидеть альтернативу заставляла смелых совершать отважные деяния. Он следил за нариндаром, равняясь с ним в неподвижности, втискивая все уголки своего существа в ту прямую линию, какую представляла собой душа ассасина — все уголки, что есть, кроме разума, который с безжалостностью насекомого то и дело задавал ему вопрос: как мне покончить с ней? Кельмомас лежал, не моргая, ощущая нёбом вкус пыли, едва дыша, вглядываясь в щели между полосками железа, злясь на своего близнеца, покрикивая на него, иногда даже рыдая от немыслимой несправедливости. Так он крутился в своей неподвижности, раздумывая и раздумывая, пока это не отравило само его мышление до такой степени, что он вообще не мог более думать!

Потом он будет удивляться, как само обдумывание убийства Телли позволило ему сохранить свою жизнь. Как все сценарии, все самозабвенные диспуты и возвышенные декламации сделались простым предлогом того странного состязания в неподвижности, на которое он вызвал нариндара... Иссирала.

Лишь он, он один имел значение здесь и сейчас, вне зависимости от осаждавших город фаним. Мальчишка каким-то образом знал это.

После бесконечно длительных размышлений, после полной неподвижности нариндар просто... что-то делал. Мочился. Ел. Омывал тело, а иногда уходил. Кельмомас наблюдал, лежал неподвижно, не ощущая своего тела от долгого бездействия, и вдруг этот человек... шевелился. Это было столь же неожиданно, как если бы вдруг ожил камень, ибо ничто не указывало заранее на желание или намерение пошевелиться, никаких признаков нетерпения или беспокойства, рожденных предвкушением, ничего. Нариндар просто приходил в движение: открывал дверь, шел по расписанным фресками коридорам, а Кельмомас еще только поднимался на ноги, проклиная онемевшие конечности. Он был готов лететь за нариндаром даже сквозь стены.

А потом, без видимых причин, ассасин замирал на месте.

Странная непредсказуемость пьянила. Так прошло несколько дней, и только тогда Кельмомас осознал, что никто, вообще никто, никогда не был свидетелем столь необычного поведения, не видел еще такого человека. В присутствии других людей нариндар держался отстраненно, больше молчал, вел себя так, как и положено жуткому убийце, всегда старающемуся убедить окружающих хотя бы в собственной человечности. Несколько раз навстречу ему попадалась мама, появившаяся из-за угла или вошедшая в дверь. И что бы она ни говорила ему, если говорила (ибо, находясь в обществе некоторых людей, предпочла бы вообще не встречаться с ним), он безмолвно кивал, возвращался в свою комнату и замирал.

В полной неподвижности.

Иссирал ел. Спал. Срал. Дерьмо его воняло. Следовало считаться со всеобщим ужасом, с каким слуги обращались с ним, как и с ненавистью многих сторонников Святейшего дядюшки, пребывающих при имперском дворе. Однако куда более удивительной была его способность оставаться не-

Глава шестая. Момемн

замеченным. Подчас он, незримый, замирал на одном месте для того лишь, чтобы, делая пять шагов направо или налево, стать как бы невидимым для пролетавших мимо стаек кухонной прислуги, перешептывавшихся и поддевавших друг друга.

Загадка эта скоро затмила все помыслы в голове имперского принца. Он начал мечтать о своих бдениях, отдаваясь жесткой дисциплине, властвовавшей над его днями, кроме тех мгновений, когда тело его снова втягивалось в лабиринт тоннелей, но душа каким-то образом оставалась прикованной к решетке, и он одновременно следил и уползал прочь, раздираемый ужасом, разбиравшим его плоть по жилке, под визг мира, пока высеченное в кремне лицо медленно-медленно поворачивалось, чтобы поравняться с его бестелесным взглядом.

Эта игра стала еще одной темой, подлежащей взволнованному обсуждению в академии его черепа. Быть может, сны о чем-то предупреждали его? Или же нариндар каким-то образом узнал о его слежке? Если так, он ничем не показывал этого. Впрочем, когда он показывал что-либо вообще?

Наблюдение за этим человеком лишь оттачивало лезвие тревоги, особенно когда Кельмомасу пришлось задуматься, насколько много знал ассасин. Как? Как мог он настолько безошибочно попадаться на пути его матери, как мог он не просто знать, куда она направляется, не имея об этом никаких сведений, но выбирать именно тот маршрут, которым она пойдет?

Как такое возможно?

Однако он — нариндар, рассудил мальчик. Знаменитый посланник жестокого Четырехрогого Брата. Возможно, знание его имеет божественный источник. Быть может, благодаря этому нариндар и сумел победить Святейшего дядю!

Последняя мысль привела его к маминому библиотекарю, чудаковатому рабу-айнонцу, носившему имя Никусс. Тощему, смуглому, не уступающему в худобе Телиопе и наделенному какой-то нечистой способностью чуять неискренность. Он, один из немногих мирских душ, неким образом умел проникать сквозь окружавший мальчика слой шутовского обаяния. Никусс всегда относился к Кельмомасу со сдержанной подозрительностью. Во время одного из припадков отчаяния имперский принц по этой самой причине уже было собрался убить библиотекаря и так до конца и не сумел избавиться от желания опробовать на нем кое-какие яды.

— Говорят, что он бродит по этим самым залам, мой принц. Почему бы и не спросить его самого?

— Он не говорит мне, — мрачно солгал мальчишка.

Одобрительный прищур.

— Да, и это не удивляет меня.

— Он сказал мне, что Боги и люди ходят разными путями.

Губы цвета натертого маслом красного дерева сложились в улыбку, мечтающую о противоположности. Досада никогда еще не бывала такой радостной.

— Да-да... — проговорил Никусс звучным голосом мудреца, просвещающего молодого собеседника. — Он сказал правду.

— А я ответил, что пути моего отца — пути Бога.

Страх еще никогда не казался столь восхитительным.

— И... э... — не совсем удачная попытка сглотнуть. — И что же он ответил?

Ужас, мальчишка уже давно понял это. Страх был подлинным достоянием его отца, — не поклонение, не унижение, не восторг. Люди делали то, что приказывал им он, маленький Анасуримбор Кельмомас, из ужаса перед его отцом. И вся болтовня насчет всеобщей любви и преданности была просто ватой, прячущей лезвие бритвы.

Его ответ заставил библиотекаря побледнеть.

— Убийца сказал: тогда пусть спросит твой отец.

Глаза тощих людей выкатываются от испуга, подумал Кельмомас, наблюдая за Никуссом. Интересно, и Телли тоже? Она вообще способна испугаться?

— И тогда я вскричал: мятеж!

Последнее слово он произнес со скрежетом в голосе и был вознагражден паникой, охватившей старого библиотекаря, — дурак едва не выскочил из собственных сандалий!

Глава шестая. Момемн

— И ч-ч-что он тогда сказал? — пролепетал Никусс.

Юный принц империи покачал головой, изображая недоверие к собственным словам.

— Он пожал плечами.

— Пожал плечами?

— Пожал.

— Ну что ж, тогда отлично, что ты пришел ко мне, молодой принц.

И после этого изможденный голодом идиот выложил ему все, что знал о нариндарах. Он рассказывал об огромных трущобах, в которых царили алчность и зависть, ненависть и злоба, о том, как убийцы и воры марали собой всякое общество людей, обладая душами столь же порочными, сколь благородна душа самого Кельмомаса, столь же грязными, сколь чиста его душа. «Согласно Бивню, Боги отвечают любой природе, человеческой или нет. Нет человека, спасенного за добродетель, нет человека, осужденного за грех, все определяет Око их Бога. И если есть нечестивые целители, то есть и благие убийцы...» Он захихикал, наслаждаясь собственным красноречием, — и Кельмомас немедленно понял, почему его мать обожала этого старика.

— И не существует людей столь злых, но притом и святых, как нариндары.

— Ну и? — спросил имперский принц.

— То есть?

— Я уже знаю всю эту белиберду! — не скрывая гнева, выпалил мальчишка. Почему этот дурак ничего не понимает?

— Чт-чт-что ты сказал?..

— Откуда берется их сила, дурак! Их власть! Как могут они убивать так, как они убивают?

Каждый человек — трус, таков был великий урок, почерпнутый им из пребывания среди костей на Андиаминских высотах. И каждый человек — герой. Каждый нормальный человек когда-либо покорялся страху — вопрос лишь в том, в какой степени. Некоторые люди завидовали крохам, дрались как львы из-за какого-то пустяка. Однако бо́льшую часть душ — таких, как Никусса, — приходилось ранить, чтобы выпустить наружу отчаянного героя. Большинство таких людей обретало отвагу слишком поздно, когда оставалось только кричать и метаться.

— Рас-рассказывают, что их выбирает сам Че-четырехрогий Брат... среди сирот, уличных мальчишек, когда они еще не достигли даже твоего возраста! Они проводят свою жизнь в упра...

— Упражняются все мальчишки! Все кжинета, рожденные для войны! Но что делает особенными этих ребят?

Люди, подобные Никуссу, — книжные душонки, в лучшем случае обладают скорлупкой надменности и упрямства. А под ней скрывается мякоть. Этого можно было запугивать безнаказанно — пока шкура его остается целой.

— Б-боюсь, я-я н-не пони...

— Что позволяет простому смертному... — он умолк, чтобы попытаться изгнать убийственную нотку из своего голоса. — Что позволяет простому смертному войти в Ксотею и заколоть Анасуримбора Майтанета, Святейшего шрайю Тысячи Храмов ударом в грудь? Как подобный... поступок... может... оказаться... возможным?

Жавшиеся друг к другу на полках свитки глушили его голос, делали его более низким и мягким. Библиотекарь взирал на Кельмомаса с ложным пониманием, кивая так, словно вдруг осознал: принц переживает утрату. Мальчик, конечно же, любил своего дядю!

Никусс, безусловно, не верил в это, однако человеку нужна какая-то басня, за которой можно спрятать факт собственной капитуляции перед ребенком. Кельмомас фыркнул, осознавая, что отныне библиотекарь будет любить его — или, по крайней мере, уверять в том себя — просто для того, чтобы сохранить в душе ощущение собственного достоинства.

— Ты и-имеешь в виду Безупречную Благодать.
— Что?

Глаза на смуглом лице моргнули.

— Н-ну... э... удачу...

Хмурое лицо имперского принца потемнело от гнева.

Глава шестая. Момемн

— Ты слышал о том... — нерешительно начал Никусс. — Давние слухи... — выдохнул он. — Россказни о... о Воине Доброй Удачи, подстерегающем твоего отца?

— И что с того?

Веки библиотекаря опустились вместе с подбородком.

— Величайшие из нариндаров, обладатели самых черных сердец... говорят, что они становятся неотличимыми от своего дела, неотличимыми от смерти. Они действуют не по желанию, но по необходимости, не размышляя, но всегда делая именно то, что необходимо сделать.

Наконец! Наконец-то этот гороховый шут выдал кое-что интересное.

— То есть ты хочешь сказать, что удача их совершенна?

— Да-да.

— При любом броске палочек?

— Да.

— И значит, человек, убивший моего дядю... он...

Глаза библиотекаря, сузившись, приняли прежнее выражение. Настал его черёд пожимать плечами.

— Сосуд Айокли.

Библиотекарь мог ничего не рассказывать ему об Айокли. Боге-Воре. Боге-Убийце.

Ухмыляющемся Боге.

Анасуримбор Кельмомас нырнул в привычный сумрак и шел в нем незримо, менее чем тенью на границе всех позолоченных пространств, возвращаясь к покоям императрицы-матери. Дышалось легко.

Ты помнишь.

Он замирал. Он крался, перебегал по укромным залам и поднимался, и поднимался. Казалось, что никогда еще он не принадлежал в такой мере к этой плоской пустоте, разделяющей живых и тупых тварей. Никогда еще не позволял так разыграться своей фантазии.

— Почему же ты отказываешься вспоминать?

Мальчишка помедлил во мраке.

— Что вспоминать?

— *Твое погружение.*

Он продолжал свой путь вверх по расщелинам своего священного дома.

— *Я помню.*

— *Значит, ты помнишь того жучка...*

Он отбился от матери, последовав за жучком, спешившим по полу в тенистые пределы форума Аллозиум. Он до сих пор помнил, как меркли отражения свечного канделябра на жестких крылышках мелкой твари, уводившей его все глубже и глубже.

К изваянию Четырехрогого Брата, вырезанному из диорита и отполированному.

И что же?

Совершая свой темный путь к небу, Кельмомас видел Его, жирного и злого, сидевшего, скрестив ноги, в своей ячейке Дома Богов — и тоже наблюдавшего за жучком. Оба они ухмылялись!

— *Это было твое приношение,* — произнес проклятый голос.

Кельмомас обратился к одутловатой фигуре, а затем, скрючившись у ее подножия, оторвал ногтями две ножки жучка, и тот забегал кругами.

Вот так шутка!

Отец его был сосудом Бога Богов! А он сам, при желании, может обмениваться шутками с Ухмыляющимся Богом! И при желании может ущипнуть Ятвер за грудь!

И как же Он хохотал.

Мальчишка застыл во тьме — на сей раз уже абсолютной — и снова...

Злобный Айокли смеялся.

Они смеялись вместе, он и Ухмыляющийся Бог. Кельмомас улыбнулся этому воспоминанию.

Итак, боги ищут нашего расположения...

Он обладал Силой! И имел божественную природу!

Имперский принц возобновил подъем, улыбка блекнущим синяком осеняла его лицо. Близнец его умолк, быть может, погрузившись в то самое жужжание, превратившее

Глава шестая. Момемн

его члены в пустые пузыри. И только выбравшись из лабиринта и очутившись в маминой спальне, осознал он степень владевшего им ужаса.

Об Айокли в храме всегда рассказывали одно и то же. Он — хитрец, шут, обманщик, ловкач, он берет без сопротивления, не испытывая угрызений. Эскапады его увлекали молодежь, более всего любившую обманывать и дурачить своих отцов. Каждая выходка всегда казалась безвредной, всегда казалась смешной, так что Кельмомас и другие дети только хихикали, а иногда и приветствовали Ухмыляющегося Бога.

Но в этом крылась и ловушка, урок — в моменте, когда жуткая истина Четырехрогого Брата разверзала свое бездонное жерло, в моменте, когда начинались смерти и погибель любимых и ни в чем не повинных и когда дети вдруг понимали, что их тоже уже совратили, одурачили, заставили одобрять зло и порок. И все ласковое, все льстивое, все жуликоватое и оттого человечное, как одежда, ниспадало на пол, открывая изначального, полного яда Бога, выросшего в гору за бесконечные века поглощения горя и ненависти.

И они смеялись, Кельмомас и его бестелесный брат, смеялись, замечая полные ужаса взгляды, слезливые протесты, отчаянные молитвы. Они смеялись, потому что всегда происходило одно и то же и недоумки всегда оказывались одураченными одной и той же историей или похожими на нее. Братья удивлялись этому абсурду, когда приветствия спустя один удар сердца сменялись жалобами — и тому, что души могут стремиться к покаянию, к суждению дураков, старших годами. Какая разница, кто и когда умрет? Старинные сказания — и все участники их уже умерли. Зачем же крючиться на коленях, если можно повеселиться?

Айокли, рассудил мальчишка, много более умен, чем прочие из Сотни. Быть может, Он не столько зол... сколько не понят.

Только теперь имперский принц осознал. Только теперь он мог измерить их ужас, режущее дыхание внезапного, катастрофического понимания. Если тебя одурачили россказни, значит, ты вооружен в жизни.

Кельмомас часто думал о себе как о герое, как о душе, обреченной властвовать. Смерть братьев и дяди самым непосредственным образом подтвердила его предположения. Все указывало на то, что он будет наследником престола! Однако россказни, как ему было известно, столь же ненадежны, как сестры, они завлекают мысль в дымные лабиринты, заманивают ее в надушенный коридор, при этом накрепко закрывая незримые врата. По причине простого невежества каждая жертва видит в себе героя, и без всякого исключения смерть становится их просвещением, а проклятие — их наградой.

Боги всегда съедают тех, кто неспособен их покормить.

И уже другой мальчишка, выкликая мамочку, стоял в роскошной опочивальне императрицы, мальчишка, уши которого наконец открылись для далекого гула предметов более ужасных, повисших над горизонтом ураганов, створоживших его кровь.

Мерцающий фонарь бросал свет на прозрачный полог, освещал пустую постель, на которой змеями копошились тени. Из прихожей и расположенной за нею гостиной лился золотой свет. Кельмомас понял, что, не замечая того, пошел на звук голоса матери.

— Любой ценой... — пробормотала она, обращаясь к какой-то неведомой душе.

Но к кому именно? Она принимала в своих покоях только тогда, когда требовалась полная тайна.

— Так... — продолжила она голосом напряженным, связанным туго, как жертвенная коза. — А что говорит Четырехрогий Брат?

Кельмомас замер.

Он просочился мимо мраморного столба в укромный альков. Он видел мать в ее вечернем наряде, свободно откинувшуюся на спинку шитого золотом инвитского дивана, умащенную благовониями, вглядывающуюся в какую-то точку посреди комнаты. От такой красоты у него перехватило дыхание. Острые вспышки алмазов из Кутнарму на головном уборе, уложенные блестящие кудри,

Глава шестая. Момемн

безупречная карамель кожи, шелковые складки розового платья, вышивка...

Идеальный облик.

Он стоял, как призрак, в темном алькове, бледный скорее от безутешного одиночества, чем от кровного родства с древними королями севера. Он вступил в дом Ненависти; он искалечил жучка, дабы преподать урок. И теперь Ненависть вступила в его собственный дом, чтобы проучить его самого.

— Он здесь... — негромко произнес голос. — Мы поручили Его Матери.

Иссирал. Четырехрогий Брат топчет полы покоев Андиаминских высот.

И оком души он видел стоящую напротив извечную злобу, курящуюся струйками первотворения...

Резким движением мать обернулась к нему — внезапность ее взгляда едва не выбросила мальчишку из собственной кожи. Однако мать смотрела сквозь него — и на мгновение ему показалось, что ужас из его сна обрел реальность, что он сделался всего лишь видением, чем-то бестелесным, иллюзорным. Однако она прищурилась — свет лампы мешал ей, — и он понял, что она не видит ничего за пределами, поставленными собою.

И Кельмомас нырнул обратно во тьму, скользнул за угол.

— Сквозняк, — рассеянным тоном заметила мать.

Мальчишка бежал обратно в недра дворца. Укрылся в самой глубокой его сердцевине, где плакал и стенал, осаждаемый образами, визжавшими под оком его души, жаркими видениями сцен насилия над матерью, повторяемыми снова и снова... красота покинула ее лицо, кожа потрескалась, уподобилась кровавым жабрам, и кровь брызжет на драгоценные фрески...

Что же делать ему? Маленькому еще мальчику!

Но только она одна!

Зат-кнись-зат-кнись-зат-кнись!

Обхватив себя руками и раскачиваясь. Сопя и хлюпая носом.

— Только она! И никто другой!
— Не-е-ет!
Цепляясь, цепляясь, хватаясь за пустоту...
— Кто же теперь будет нас любить?

Но когда он наконец возвратился назад, мать, как всегда, спала в своей постели, свернувшись клубком, на боку, костяшка указательного пальца почти прикасалась к губам. Он смотрел на нее большую часть стражи, восьмилетний призрак, клочок сумрака, взглядом более внимательным, чем положено человеку.

А потом он ввинтился в ее объятья. Она была более чем тепла.

Мать вздохнула и улыбнулась.

— Это неправильно... — пробормотала она из глубины сна, — ...позволять тебе бегать вольно, как дикому зверю...

Он вцепился в ее левую руку обеими своими руками, стиснул с подлинным отчаянием. И застыл в ее объятьях, словно личинка. Каждый отсчитанный вздох приближал его к забвению, голова оставалась мутной после недавних рыданий, глаза казались двумя царапинами. Благодарность охватила его...

Его собственная Безупречная Благодать.

В ту ночь ему снова приснился нариндар. На сей раз он сделал два шага, остановился под решеткой, подпрыгнул и проткнул ему глаз.

ГЛАВА СЕДЬМАЯ
Иштеребинт

> Ложь подобна облакам — гигантам, вырастающим до самых небес и ярящимся под ними для того лишь, чтобы проходить мимо, всегда проходить мимо. Однако Истина — это небо, вечное и изменчивое, укрытие днем и бездна ночью.
>
> *Хромой Паломник, Асансиус*

Конец лета, 20 год Новой империи (4132 год Бивня), Иштеребинт

Анасуримбор Серве было всего лишь три года, когда она осознала, что мир, как и все вокруг нее, зыбок. Она смотрела на пучки белых нитей, расходящиеся от всех освещенных предметов, и понимала: они нереальны. И поскольку воспоминания ее начинались с трехлетнего возраста, так было всегда. Нереальность, так называла ее Серва, вечно портила все вокруг. «Неужели ты этого не видишь, мама? — вопрошала она. — Смотри, смотри же! Здесь все нереально!» Иногда она плясала, а потом в растерянности бродила, напевая: «Все вокруг ложь! Все! Только! Кажется!»

Подобные выходки ужасали ее мать: она завидовала детям, получившим от отца свои опасные дарования. И тот факт, что эти страхи очень мало беспокоили ее дочь, означал, что девочка унаследовала заодно и сердце своего отца.

Тогда она, Нереальность, более всего напоминала призрачное скопление намеков и подозрений, не имеющее в себе ничего объяснимого — с достоверностью головоломного полета над плоской равниной. И обещанием перспектив, скрывающихся в доступных зрению расщелинах этой равнины. Глубинная неполнота, незавершенность ткани Творения, несовершенство нитей утка́ и основы сущности, превращающее в дым землю, в бумагу — небо со всеми его распростершимися от горизонта до горизонта покровами. Она поражала девочку, к примеру, мерцанием самих предметов — белыми проволоками, петлями своими, окружавшими все освещенное: блестящие мрамором лужицы под озаренными лучами солнца люками в потолках; полуденное сияние, слепившее ребенка во время летних обедов на задней террасе. Пляшущие отражения волн на стенах купальни.

Ей было шесть, когда неполнота эта начала заражать и других людей. Первой жертвой пала ее мать, но только потому что оказалась ближайшей и потерпевшей наибольший ущерб. Отпрыски императрицы прекрасно знали о периодически овладевавших ею приступах гнева. Родной отец повергал их в подлинный ужас, но скорее как Бог, чье постоянное отсутствие облегчало ситуацию, позволяя забыть о подобающем положению трепете. Мать, с другой стороны, всегда беспокоилась за них. По ее собственному выражению, она не намеревалась терпеть возле себя никаких «маленьких икуреев» — этими словами она называла детей, избалованных роскошью и раболепием окружающих. Короче говоря, она постоянно отчитывала их за мелкие проступки в высказываниях или поведении, которые умела замечать только она сама. «Разве так говорят хорошие дети?» — можно было постоянно слышать от Эсменет.

Поэтому они учились с самых малых лет быть именно такими сыновьями и дочками, какими она хотела их видеть, и, конечно же, безуспешно. И именно во время одной из таких материнских проповедей Серва вдруг обнаружила, что поняла. От головокружительной ясности озарения она расхохоталась — чем заработала полный опаски шлепок,

Глава седьмая. Иштеребинт

один из тех, что прежде заставил бы ее удариться в рев, но сейчас послужил всего лишь свидетельством. Их бесчисленные поступки, требовавшие, по мнению матери, наказания, представляли не что иное, как предлог или повод. Благословенная императрица желала, чтобы ее дети чувствовали себя так, как она сама, — то есть несчастными и беззащитными, ибо ей было необходимо, чтобы они нуждались в ней. Рыдающий ребенок прижимается к матери с высшей степенью отчаяния, любит ее с неумолимым пылом...

Мать наказывала не в целях воспитания и не в качестве воздаяния за неисчислимые предположительные грехи, но для того чтобы обнаружить часть себя в своих детях, какую-то долю, не принадлежащую ненавистному мужу.

Мать не была реальной. Она следовала неведомым ей самой правилам, произносила слова, которых не понимала, стремилась к целям, неясным и непосильным. Той матери, которую девочка любила (в той мере, насколько она вообще могла испытывать подобное чувство), просто не существовало. Но императрица, как поняла Серва, была марионеткой в руках чего-то более крупного и мрачного, чего-то, изображавшего угрызения совести ради достижения своих низменных целей.

Императрица не изменялась, потому что и не могла измениться: она перенесла слишком много ударов судьбы, и очередное злосчастие уже не могло научить ее хоть чему-то. Она по прежнему донимала и распекала своих детей. Однако Серва — как и ее братья и сестры (ибо они делились всем) — никогда более не страдала от норова матери. Они знали ее так, как старый мельник знает свою еще более старую мельницу — как механизм, одним и тем же образом перетирающий одни и те же зерна. И понимание этой конкретной Нереальности позволяло им править матерью столь же абсолютно, как делал отец, — даже в еще большей степени!

Осознав присутствие Нереальности в собственной матери, Серва начала замечать ее и в прочих душах — а точнее, во всех душах, окружавших ее, как рабов, так и властелинов, без разницы. И вскоре все вокруг превратились в пестрые клубки оборванных нитей, в окутанные неопределенностью обрывки, в какое-то подобие тряпья, что нищие выпрашивают или выменивают друг у друга на выпивку. Более всех Мимара. Конечно же, Моэнгхус. Телли, и даже Кайютас, в моменты усталости. Серва равным образом могла при желании вытащить на обозрение их слова, решения, их ненависти и дружбы, исследовать их, связать с подобными же обрывками или выбросить прочь.

Скоро Нереальность стала властвовать над всем и над всеми. За исключением, конечно же, Айнрилатаса (который, по правде сказать, и реальным-то никогда не был). И еще отца.

Во всем мире реальным был только он.

Та история с мамой приключилась, когда отец находился в походе на Се Тидонн, однако, явившись домой через два месяца, он немедленно все понял.

— Привет, моя маленькая чародейка, — проговорил он, приглашая ее в свои объятья. — Как случилось, что ты переросла своих братьев?

— Но у меня же мамина кость! — возразила она.

— Нет, Серва. Я не о том.

Так она узнала, что обладает лучшим зрением, воспринимающим более широкую перспективу. Она могла видеть предметы вокруг, превосходя тем самым возможности меньших душ. А видеть вещь — значит обладать властью над нею, такая истина пряталась за всей Нереальностью. Мир оставался реальным только в той степени, в которой он сопротивлялся желанию, и она, как и ее отец-дунианин, могла преодолеть это сопротивление. Но, что более важно, она желала того, что в действительности хотела, — и ничего более.

— Ты переросла Андиаминские высоты, маленькая колдунья.

— Но куда же мне теперь идти?

— В Оровелай, чтобы ты смогла перерасти и Свайали.

— А потом, папа?

— Тогда ты сумеешь найти собственное место и жить там, где никто не сможет тронуть тебя.

Глава седьмая. Иштеребинт

— Где же?

— А вот здесь, — улыбнулся отец, ради ее же блага, как она понимала теперь. И приложил подушечку своего указательного пальца к ее лбу, как раз между бровей. Она до сего дня помнила это сверлящее прикосновение. — Только в Реальности.

Так что поэтому нелюди смотрели-смотрели, но так и не сумели увидеть ее.

Так что поэтому она пела им во мраке мирские песни — ибо Ошейник Боли кольцом охватывал ее шею, — производившие не менее колдовское воздействие. Песни, возникшие в душах нелюдей, вознесенные на языках нелюдей, повествующие о грехах нелюдей, рассказывающие об их утратах. И чем более чудовищной становилась пытка, тем более неистовой, мягкой, любящей делалась песня.

И это в равной мере отталкивало и ужасало ее мучителей: сам факт того, что простая смертная, хрупкая дочь рода людского, способна настолько превзойти их вековечное хитроумие и мастерство.

И еще то, что она могла простить нелюдям их преступления, не говоря уже о их древней ненависти к человечеству.

Сорвил потерял счет дням.

Сперва было много воплей и животного ужаса, ходьбы по тоннелям, тоннелям, бесконечным тоннелям, иногда проходящим через заброшенные руины, иногда совершенно темным, и мимо пялящихся нелюдей, сменявших друг друга в карнавале болезненного любопытства. Он помнил, что засыпал от духоты.

Сколько же времени это продлилось? Несколько страж? Или месяцев?

А потом, внезапно, он исполнился какой-то относительной бодрости — почти что пришел в сознание.

Призрачные, напевные заклинания наполняли воздух холодом, и он становился едва ли не материальным и осязаемым. Мрак укрывал все неведомое Сорвилу пространство, гнездился в кавернах, полных отголосков криков и муки. Дышать было тяжело. Нечто... какое-то железо охватывало его щеки. Руки его были связаны за спиной, локоть к запястью, да так крепко, что ныли плечи. Он слышал, как Серва поет... где-то. Темноту заполняли собой столбы, быть может, на пядь превышавшие человеческий рост, поверхность их блестела черным обсидианом. Их соединяли поперечины, замыкавшиеся в решетку пустых квадратов над головой, и на каждом втором шагу образовавшие пороги на растрескавшемся полу. Все видимое пространство занимали ритуальные поперечины, создававшие некое помещение, в которое всегда входили, из которого всегда выходили... и которое, как Сорвил потом узнал, никогда не было по-настоящему населенным.

— Ниом попран, — обвинял доносящийся из ниоткуда голос.

Преддверие, так называли нелюди это место, местом не являющееся, где они, насельники Иштеребинта, пытались сокрыть от Сотни свои самые отвратительные преступления.

Юноша не имел ни малейшего представления о том, откуда ему это известно.

— Ты не враг аспект-императора.

На фоне черноты перед его глазами повисла физиономия шранка, наблюдавшего за ним с ослепляющей напряженностью. Бескровные губы приоткрылись, и прежде чем свет ослепил Сорвила, он успел увидеть слитые воедино шранчьи зубы. Внимательные глаза превратились в надрезы на диске солнца. Третья череда колдовских песнопений захватила слух Сорвила изнутри его тела.

— Ты любишь его отродье, — продолжал обвинитель, Вопрошающий, как мысленно стал его называть юноша. — Ты томишься по ведьме, по Анасуримбор Серве.

Этот был выше прочих нелюдей, изящен, как женщина, разве что бедра у него уже, а плечи шире. Он один стоял так, как подобает, сложив руки за спиной (хотя откуда Сорвилу знать это, при том что поза Вопрошающего оставалась за пределами его взгляда). Только он один был ишроем.

— *Я ненавижу их*, — каким-то образом ответил молодой человек, не ощущая дыхания или губ.

Глава седьмая. Иштеребинт

Где-то неподалеку рыдал Моэнгхус. Сорвил понял, что слышит лишь то, что ему позволено слышать.

— И тем не менее ты боишься за них.

— *Да...*

И после этого ответа наступило блаженство. Насколько Сорвил мог вспомнить, он впервые почувствовал себя не связанным, свободным!

Шранколикий смотрел на него, испуская свет, и Сорвилу еще не приходилось видеть более разумного взгляда. То, что хотел забрать этот шранк, непохожий на шранка, полностью соответствовало тому, что ему нужно было отдать. Разве не разумен подобный обмен?

— Потому что ты любишь их?

— *Нет.*

— Тогда почему?

— *Потому что их прокляла Жуткая Матерь.*

Случались подобные паузы, когда Вопрошающий умолкал, а шранколикий певец молча наблюдал за происходящим, и глаза его сияли, как солнце.

— Та, которую люди зовут Ятвер?

— *Будь осторожен,* — предостерег он нелюдя, озадаченный тем, что способен с такой невозможной легкостью произнести столь мерзкие слова. — *Она не числит вас среди своих детей.*

Шранколикий певец немедленно повернулся к Вопрошающему, а потом снова к Сорвилу. Шея его выглядела вполне человеческой и оттого казалась непристойной.

— Жуткая Матерь говорит с тобой?

— *Так, как я говорю с собой.*

Лицо Вопрошающего появилось над плечом Певца. Его черные глаза переполнились неким подобием слез, и одним движением век он смахнул их, а Сорвил ощутил извращенную порочность самого факта, что подобные твари вообще способны плакать.

— И что же Она говорит?

Колдовской голос возвысился до стенания; Сорвил ощутил, что в глазах его как бы двоится, будто в них сумела заглянуть еще одна душа и узрела его падение. В ответившем голосе слышалось шарканье босых ног, старушечье шамканье...

— *Что вы — ложные люди.*

Оба бледных лика склонились поближе.

— А аспект-император? Что она говорит о нем?

— *Что приготовила для него два налитых доверху сосуда — душу наполненную и душу помазанную.*

На орлином лице Вопрошающего любопытство мешалось с ужасом.

Ойнарал... молодой человек каким-то образом вспомнил имя этого нелюдя, или понял, что его зовут именно так, или... он ни в чем не мог быть уверен. Он знал только, что ведущего допрос нелюдя зовут Ойнарал.

И что он узнал Ойнарала.

— Так кто же ты есть: Наполненный или Помазанный?

— *Я тот, который помазан.*

— Помазан, чтобы убить аспект-император?

Шранком овладело смятение. Внезапное возмущение заставило померкнуть сверкающую волю.

Шранчье лицо восстенало в своем лучистом шаре, словно бы стараясь изгнать препятствие, оставаясь при этом недвижным и невозмутимым.

Перед Сорвилом появилось отверстие, затмевая все темное и умирающее. И он увидел ее, свою возлюбленную матушку, сидевшую у западного окна Обзорной палаты, погрузившись в какую-то глубокую думу. Закат красил алым плоское блюдо равнин, придавая блеск земле, которую годы спустя Великая Ордалия изроет выгребными ямами.

Сорвил застыл на пороге. Ее задумчивое одиночество принадлежало к числу тех присущих взрослым мгновений, на которые дети не обращают внимания. Однако угловатая ладонь с носовым платком, которым она зажимала свой кашель, свободно лежала на едва прикрытых юбкой коленях. Было почти греховно видеть эти колени расставленными. Ему даже показалось, что он заметил нечто вроде лепестков розы.

Глава седьмая. Иштеребинт

Увидев его, она вздрогнула. Платок исчез между рук. Заметив ужас на ее лице, он не отвел взгляда, осознав в это мгновение правду о розовых лепестках.

Первый ужас излился в тревогу, затем просиял в полном обожания ободрении — матери ничем так часто не жертвуют, как собственными печалями и страхом. Руки ее свили платок в подкову.

— Передай этому мерзавцу... — скрипнула она сквозь все луковичные слои бытия, — чтобы он отдал то, что ему было дано.

Слов он не помнил.

Он моргал, очутившись между мирами. Шранчье лицо теперь было удручено, искажено этими неслыханными увещеваниями, блистающими словесами.

— Расскажи нам! — завопил Вопрошающий.

Сорвил впервые заметил разницу между тем, что произносили уста, и тем, что слышали его уши.

Серва пела что-то ласковое, успокаивающее... где-то.

— Тебе незачем принуждать меня, — выдохнул юный король Сакарпа. — Ниом соблюден.

— Знай, я — Харапиор, — проговорил нелюдь.

Серва знала его как по Верхнему Ярусу под Соггомантовыми вратами, так и по своим Снам. Кто не слышал о владыке-истязателе, жившем во времена Сесватхи?

— Они говорили, что я буду среди тех, кто покорится раньше остальных... — сказал он, — говорили тогда, когда этот век был еще молод. Они решили, что вселяющее страх в них самих испугает и всех прочих. Они не могли понять, как честь, гордость, посылающая души на наковальню, питает собою Скорбь. — Тень смеялась, смеялась шепотом. — Собственные понятия о чести ослепили их.

Он заставил ее посмотреть вверх, с силой дернув за волосы.

— И они умаляются, смертная девка, а... я... пребываю...

Жаркой ладонью он схватил ее за подбородок. Он не подозревал, что Серва может видеть его — такова была тьма вокруг. Он считал, что привел ее в ужас, как сущность, прячущуюся во тьме... как зло, таящееся в глубинах.

Он не понимал ее отца.

Он пригнулся к ее лицу, приблизил губы к ее губам — так чтобы она ощущала исходящий от них нечеловеческий жар. И проворковал в них словно в ухо — или во вход, ведущий к тому месту, где, свернувшись клубком, укрывалась она.

— Я пребываю, дитя... и теперь мы посмотрим, какую песню ты мне споешь.

Крики сочились сквозь тьму над каменными сотами, бесчисленными и глубокими, хоры голосов соединялись в несчетные жалобные мотивы, кровоточащие гневом и неверием, растворяющиеся в самой горестной из усталостей. Стенания древнейших душ, проживающих жизнь за жизнью, вновь и вновь, навеки застрявших на погубившей их отмели.

Иштеребинт, понял Сорвил в темной волне накатившего на него ужаса. Иштеребинт поглотил их.

И они потерялись среди потерянных душ.

Четверо нелюдей влекли его сквозь таинственную бездну: двое держали шест, к которому были привязаны его руки, еще двое шли впереди. Более всего они напоминали собой жестокие, неуловимые тени — дым для глаз, но камень для рук. Ритм их шагов не изменялся, пытался ли Сорвил угнаться за ними или же повисал на шесте, а его обмякшие ноги скребли по каменному полу. Огоньки ниточкой бусин убегали в выстроившуюся вдоль их линии тьму — *глазки*, понял он, волшебные фонари нелюдей. Залы и галереи стискивали его грудную клетку, указывая на чудовищную глубину. Резные изображения отталкивали, каждый случайный взгляд открывал мертвое шествие за мертвым шествием, застывшие в древней манере фигуры, лики злобные и бесстрастные.

Что-то было не так. Ноги его сделались чем-то второстепенным, предметы слишком скользкими, чтобы их можно было удержать. Глаза его более не моргали. И бо́льшую часть стражи он потратил на то, чтобы понять, дышит ли он.

Дышит ли?

Глава седьмая. Иштеребинт

Он как будто бы многое знал теперь, хотя не мог даже начать думать без того, чтобы мысли его немедленно не перепутались. Он знал, что, как и опасалась Серва, солнце нелюдей окончательно закатилось, знал, что они изжили всю отпущенную им долю здравомыслия. Он знал, что они поставили свои судьбы против дома Анасуримборов.

Знал, что где-то там, в недрах, они истязают Серву и Моэнгхуса.

Громкий и надломленный голос воззвал из черноты оставшегося по правую руку портала.

— П-проснись... прошу, проснись!

Они свернули на еще одну подземную дорогу — в колоссальную парадную галерею, своды которой подпирали колонны. Сорвил впервые осознал полное отсутствие запахов. Впереди поднимался портал, монументальные врата были окружены резным бестиарием. У подножия ближайшей колонны расположился страж, подобно всем прочим, облаченный в длинную, сложного плетения кольчугу из нимиля; неподвижный, только голова его поворачивалась из стороны в сторону, когда, касаясь подбородком доспеха, он бормотал, а по скальпу его перебегали огоньки.

— *Скажи мне, о любовь моя... как может быть, чтобы цветок...*

Они миновали мрачный и узкий оборонительный коридор. Тьма переходов отступила, и они оказались на балконе, кованном из черного железа и охватывающем поперечник колоссальной шарообразной каверны, чертога достаточно просторного, чтобы вместить целиком Цитадель Черных Стен.

Сорвил понял, что стоит в Ораториуме, или Чашевидном Чертоге, легендарном приемном зале, ставшем бастионом, который Ниль'гиккас воздвиг, сражаясь с безумием и забвением. Дюжина глазков светила, расположившись в различных точках внутреннего экватора, распространяя призрачные, отчасти перекрывающиеся сферы освещенности. Железная платформа, длинная и широкая, словно палуба боевого корабля, была подвешена на узорчатом кронштейне. Стоя на ее решетчатом полу, несколько дюжин ишроев, бледных и безволосых, как мраморные шары, нагих под великолепными нимилевыми кольчугами, наблюдали за Сорвилом. Однако все внимание ошеломленного юноши захватил приблизившийся Высокий Челн, знаменитый парящий престол короля нелюдей.

На его глазах корабль пересек пустынную сердцевину Чашевидного Чертога, чуть поворачиваясь, словно под легким ветерком. Размером он был примерно с речной ял, позолоченный двойник платформы Ораториума. Герб Горы, священная Печать Вечности, разделяла его пополам огромной монетой, усыпанной образами и изображениями покоившегося над Чернокованным Престолом легендарного трона Иштеребинта.

Высокий Челн спускался, как бы разворачиваясь на невидимом винте, открывая взгляду фигуру, окруженную целым извержением рогов и перьев, образующих Чернокованый Престол. И молодой король Уединенного города узрел Ниль'гиккаса, великого короля Горы, облаченного в буквально стекавшие с него золотые чешуи и рассматривавшего его, Сорвила, с неподвижностью мраморного изваяния.

Юноша отвечал столь же пристальным взглядом, онемев от внезапного понимания...

Сокращая расстояние меж собой и Ораториумом, Челн замедлял ход. Воздух царапнул короткий лязг незаметных стыковочных устройств. Решетчатый пол дрогнул под ногами.

Нелюдь на Чернокованом Престоле... Сорвил непонятным для себя самого образом понял, что перед ним не Ниль'гиккас. Но каким путем пришло к нему подобное знание, если все окружавшие его нелюди полностью неотличимы друг от друга — да и от шранков тоже?

Ишрои и его конвоиры единым движением поклонились, коснувшись лицами колен. Оставленный стоять сам по себе, Сорвил невольно затрепетал, обнаружив, что узнает многих из числа блистательных придворных. Сиятельного Килкуликкаса, прозванного за свою удивительную удачу Владыкой Лебедей. Облаченного в алую броню Суйяра-нина,

Глава седьмая. Иштеребинт

Изгнанника, лишенного подобающего сыну Сиоля наследия. Ку'мимирала, Обагренного Драконом, также именуемого Хромым Господином...

Но как? Как может он знать эти души, души нечеловеческие и вовсе не известные ему?

Он повернулся, чтобы посмотреть на короля нелюдей, стоявшего теперь перед Печатью и троном, словно омытого блистающим золотом, и понял, что знает и его.

Нин'килджирас, сын Нинара, сына Нин'джанджина.

Откуда вообще он мог знать этого нелюдя?

Не говоря уже о том, чтобы ненавидеть его.

— Мы — меркнущий свет, — начал король нелюдей ритуальное приветствие, — темнеющей души...

Взволнованный чувствами, навеянными узнаванием Нин'килджираса, Сорвил взглянул на тексты и изображения, врезанные в стены Чашевидного Чертога... и испытал потрясение. Он мог читать текст и узнавал образы.

— Идущие путями подземными...

Нин'килджирас взял черную чашу, установленную на пьедестале справа от Чернокованого Престола. Высоко поднял ее, проливая струйки жидкости, слишком вязкой, чтобы быть водой, и, обратившись к согнувшимся в поклоне придворным, окатил себя сверкающим маслом. Переливающаяся жидкость закрыла его лицо, потекла струями вдоль швов золотого хауберка.

— Взыскующие мудрости...

Тут Сорвил впервые заметил у подножия безумного трона съежившегося под грозными металлическими шипами, маленького и голенького ребенка-эмвама, озирающегося вокруг тем самым, исполненным ужаса взглядом, который пробудил в душе юноши такое отвращение у врат Иштеребинта.

— Ненавидящие Небеса...

Голос его возвысился, на один удар сердца оставаясь в одиночестве, но тут же к нему присоединились голоса ишроев.

— СЫНЫ ПЕРВОГО УТРА...

В раскатистом унисоне:

— СИРОТЫ ПОСЛЕДНЕГО СВЕТА.

Король нелюдей рассеянно взмахнул рукой, разбрызгивая веером капли, и возвратился на Чернокованый Престол, контраст с которым преобразил его в нечто ирреальное. Нелюди, увлекшие Сорвила в недра Горы, теперь заставили юношу принять вертикальное положение, а потом толкнули к ногам блистающей золотом фигуры. Дитя-эмвама отскочило испуганной кошкой и съёжилось неподалёку.

Король взирал на Сорвила с каким-то ожесточённым презрением. Нелюдь, облачённый в целое бурное облако чёрных шелков, припал справа к Престолу и что-то зашептал на ухо короля. Это Харапиор, невольно ужаснулся молодой человек: ожерелье из человеческих скальпов топорщилось на груди у существа, едва не касаясь щёк. Выслушивая его, Нин'килджирас обратил взгляд к одетому подобным же образом нелюдю, стоявшему справа от Сорвила: к Вопрошающему, тому, кто допрашивал его в Преддверии...

К Ойнаралу, Последнему Сыну.

— Взвешен ли он? — с медью в голосе вопросил Нин'килджирас.

Нелюдь потупился.

— Ниом почтен, Тсонос. Человечек дал клятву убить аспект-императора.

На блистательном челе короля проступили морщины.

— Однако Харапиор видит в нём нечто большее. Он не просто враг.

Короткая пауза отяготила сердца.

— Да... через него действует один из Сотни.

Шелест восклицаний обежал собравшихся ишроев.

С деланым безразличием король нелюдей опрокинул ещё один ковш масла на собственный скальп.

— Принцип Плодородия, — проговорил он, наклоняя голову под сверкающие прозрачные струи.

— Да, — ответил Ойнарал. — Та, которую Бивень именует Ятвер.

Сияющий лик повернулся.

— Знаешь ли ты, что это значит, Ойнарал Ойрунариг?

Глава седьмая. Иштеребинт

Молчание.

— Да.

Король нелюдей открыто посмотрел на Сорвила, впрочем, избегая ответного взгляда.

— Не кажется ли тебе, что Анасуримбор послал его к нам именно по этой причине? Наверняка он знает, что Плодоносящая восстала против него. А возможно, подозревает, что Она заинтересована вот в этом существе.

Смятение поразило Лошадиного Короля, еще только зарождающееся, но уже острое, как наконечник копья. Так что же именно он представляет собой? Нечто подручное, вроде топора или мотыги? Немое орудие?

Нариндаром нарек его Цоронга. Священным ассасином.

— Юнец провел не один месяц под ярмом аспект-императора, — пояснил Ойнарал жестким тоном, открывающим степень враждебности, не позволяющую смягчиться. — Зачем отсылать от себя опасного человека, если проще его убить?

Король нелюдей взирал на Последнего Сына с тревогой и хмурой нерешительностью. Как странно видеть человеческое чувство на шранчьем лице. Как это естественно и как непристойно.

— Так, значит, путь Ее пролег через нас... — проговорил Нин'килджирас.

Сорвил услышал, как зашевелилось за его спиной явившееся из легенд сборище, как негромко заговорили между собой души слишком древние для того, чтобы удивляться, но тем не менее удивленные.

— И теперь мы связаны с этим, — Ойнарал возвысил голос над общим ропотом. — Безвозвратно и неизменно.

Король нелюдей снова повернулся к чаше и снова окатил себя, пока голоса ишроев стихали и меркли, уносясь в пространство железного Ораториума.

— Владыка Килкуликкас! — наконец обратился он через голову Сорвила. — Что говорят квуйя?

Владыка Лебедей шагнул из толпы собратьев. Перевязь инджорского шелка, перекинутая через плечо и крест-накрест охватывавшая его торс, была настолько тонка, что казалась алой краской, выплеснутой на длинный нимилевый доспех.

— Ойнарал Ойрунариг говорит правду, Тсонос, — ответил он.

Король нелюдей с откровенным неудовольствием посмотрел на легендарного квуйя, а потом обратил взгляд на того, кто стерег Сорвила:

— Что скажешь о брате и сестре?

Сорвила вновь окатила волна смятения, похожая на стаю игл, еще глубже вонзившихся в до полной немоты заледеневшую кожу.

— Сын ничего не знает, — промолвил Ойнарал. — Тсонос.
— А дочь?

Отпрыск прославленного Ойрунаса не торопился с ответом.

— Конечно, Харапиор уже сообщил тебе...
Масляная улыбка.
— Я готов выслушать и твои мысли, Рожденный Последним.
Ойнарал пожал плечами.
— Как поведали тебе твои союзники...
— Наши союзники, ты хотел сказать! — Нин'килджирас нахмурился.

Нелюдь позволил себе три удара сердца испытывать терпение своего властелина.

— Никакие чары и заклинания не действуют на нее, — наконец ответил он. — Никакие. Более того, она оказалась совершенно нечувствительной к другим методам воздействия, находящимся в распоряжении Харапиора. Более того, она сама мучает его.

— Это ложь! — возопил Харапиор со своего места возле Чернокованого Престола.

— Тебя должна обеспокоить та легкость, с которой Богиня прошла за этим мальчишкой в Преддверие, в то самое место, где якобы нельзя заметить твои грехи, — проговорил Ойнарал. — Ты трепещешь, владыка-истязатель, зная что твой подземный ад ничего не сокрыл от их глаз... и что были сочтены все твои преступления?

Глава седьмая. Иштеребинт

Охваченный ужасом Харапиор замер на месте, не зная, что сказать.

Ойнарал с презрением отвернулся от него к собранию владык Иштеребинта и выкрикнул:

— Она и есть доказательство! Доказательство происхождения ее отца! Того, что...

— Довольно! — проскрежетал Нин'килджирас.

Ропот тревоги облаком повис над платформой. Сорвила охватил животный ужас. Другие методы воздействия? Недели? Что здесь происходит?

И откуда он может знать всех этих нелюдей?

— Мы все принадлежим к одному дому! — вскричал Нин'килджирас, возбужденно озираясь по сторонам, и опять облился своим успокоительным маслом. — Одному! — Он поднял лицо, чтобы в большей степени насладиться принесенной прохладой, а затем замер, устремив взгляд на кареглазого малыша-эмваму, немедленно попытавшегося сделаться незаметным.

— И что ты советуешь? — из толпы собравшихся спросил владыка Килкуликкас.

— Предлагаю почтить Ниом, — начал Ойнарал, — как делали мы в течение всех и каждого прошедших ве...

— И что дальше? — проскрипел король нелюдей. — Советуешь заключить союз с людьми? С тварями, сжегшими священный Сиоль, отправившими в рассеяние его сыновей! Перерезавшими горло Гин'юрсису! Неужели ты хочешь заставить нас полагаться только на слова, когда все мы, пусть эрратики, но эрратики, оставшиеся в живых, — он победоносно огляделся, — можем избежать Преисподней?

Ойнарал Последний Сын промолчал.

Сын Нинара скривился, словно ощутив непорядок в кишечнике.

— Как я устал от всего этого, Ойнарал Ойрунариг. Мне надоело вечно взывать к твоей душе, ограждать тебя от ужаса... как ты его именуешь.

Слова эти он произносил, обратив взгляд к собравшимся ишроям — своей подлинной аудитории, сообразил Сорвил. Струйка масла, рассыпавшаяся на капельки, в каждой из которых отражалось нелюдское собрание, никак не могла стечь с чела короля.

— Мне надоело выслушивать твои деликатные словеса в то время когда мы — мы! — живем в таком страхе перед Адом, что готовы сами впустить его в себя, будучи скорлупками — скорлупками! — в море бушующего безумия. Мы! Мы — оплот! И поэтому мы рушимся! Почему же ты стал таким изнеженным? Освобожден от военных обязанностей своей родни? Своего племени? Избавлен, насколько это вообще возможно, от нашего общего проклятия?

Мгновение тишины, отягощенной нечеловеческими размышлениями.

— Я лишен твоей славы и твоего уважения, — кротким тоном ответил Ойнарал Последний Сын. — Это верно. Однако никто не может быть избавлен от твоей предательской крови, сын Вири.

Некая доля решительности появилась в глазах Нин'килджираса, и Сорвил понял не просто оскорбительность этих слов, но и связанные с ними тонкости. Король нелюдей был внуком Нин'джанджина.

Ниль'гиккаса уже нет среди живых. И остатки Иштеребинта поделены надвое.

— Подобные речи еще недавно карались смертью, — произнес Нин'килджирас голосом, подобным удавке.

Ойнарал только фыркнул.

— Похоже, мы стареем быстрее своих намерений.

— Ты будешь соглашаться со мной так, как соглашался с моим кузеном! — завопил охваченный яростью Нин'килджирас. — Ты! Будешь! Соглашаться! Ты будешь считаться с моим священным саном, ибо он восходит к крови рода высочайшего и глубочайшего, рода королей! Я! Я в этом доме последний сын Тсоноса, и только потомки Тсоноса имеют право властвовать! — Он взмахнул рукой в жесте одновременно чуждом и знакомом, разбрызгивая масло по решетчатому полу. — Только я потомок Имиморула!

Глава седьмая. Иштеребинт

— Тогда, наверное, — кротко промолвил Ойнарал, — Каноны Усопших полезны лишь мертвецам.

— Святотатство! — зашелся в крике король нелюдей. — Святотатство!

Голос его со скрежетом ударял в словно подвешенные в воздухе стены Чашевидного Чертога. Сорвил сперва решил, что этот приступ ярости сулит скорую кончину нелюдю по имени Ойнарал Последний Сын, однако возбужденное, затравленное выражение на лице короля немедленно уверило его в обратном. Его конвоир не столько рисковал, сколько провоцировал короля, понял Сорвил. Ойнарал не оскорблял, но демонстрировал...

И Скорбь пожирала Нин'килджираса прямо перед их глазами.

— Никто не оспаривает твоих прав, Тсонос, — заявил владыка Килкуликкас, делая шаг вперед и одновременно бросая хмурый взгляд на Ойнарала — хмурый, но лишенный гнева. Возвысившись над Сорвилом, он стал перед Последним Сыном, блистая нимилевым хауберком, великолепным рядом с нечестивым золотом Нин'килджираса — согмантовым хауберком, вдруг понял молодой человек. Многое, ох, многое промелькнуло в этом коротком, разделенном обоими взгляде. Квуйя опустил белую ладонь на плечо Ойнаралу, буквально заставив того пасть на колени.

И все, кто был в железном Ораториуме, присоединились к этому поклону, соединив за спиной пальцы рук.

— Д-да, — промолвил Нин'килджирас, смущенно хмурясь. — Все мы — один дом! И не лучше ли закончить на этом высоком чувстве?

— Однако вопрос об этом смертном и о Плодородии так и остался нерешенным, — напомнил ему Килкуликкас.

Нин'килджирас искоса глянул на Владыку Лебедей, нахмурился, словно речь шла о каких-то пустяках. И с нетерпением отмахнулся от попытавшегося вмешаться Харапиора.

— Ах, ну да, да, да... — отозвался король с легким раздражением.

И Сорвил понял, что король нелюдей не может вспомнить и пытается скрыть этот факт за пренебрежением к деталям.

— Так, значит, мы договорились? — уточнил Килкуликкас.
— Да... конечно.

Блистательный квуйя выпрямился, кивнув как бы в знак согласия:

— О Тсонос, мудрость твоя всегда служит нам путеводной звездой. Если война отменяет Ниом, как следует нам обойтись с этим сыном рода людского? Как защитить нам свою Гору от гнева Сотни?

Все это время Ойнарал упорно рассматривал пол под своими ногами. Сорвил не мог не заметить, что тяжелая, белая ладонь Килкуликкаса на его плече явно свидетельствует о поддержке и одобрении.

— Да! Да! Благословен он, гость Иштеребинта, — объявил Нин'килджирас. — Человеческий король, избранный Богом враг нашего врага! Не будем чинить ему никаких неудобств.

Сорвил едва не фыркнул, учитывая то, что руки его оставались привязанными к шесту за его спиной.

Владыка Лебедей просиял в деланом восхищении; шелковая перевязь кровавым перекрестьем охватывала его кольчугу. Огоньки заиграли на нимилевой броне, распадаясь на тысячи мелких лебяжьих фигурок.

— Как ты мудр, Тсонос. Но ему, конечно же, потребуется сику...

Почему же ему кажется, что он горит в каком-то незримом и неведомом месте?

Что сделали с ним эти твари?

Сорвил следил за тем, как алебастровые уста Харапиора вкладывали в ухо Нин'килджираса один за другим неслышные — и зловещие, в этом невозможно было усомниться, — факты. Впрочем, понятно, что Чашевидный Чертог не так уж отличается от дворов человеческих королей и его раздирают конфликты и интриги подземного королевства, борьба за влияние и власть. Ойнарал не посчитался с необходимостью

Глава седьмая. Иштеребинт

поддержать и так преувеличенный авторитет, но постарался подчеркнуть некомпетентность своего короля — как раб ставки, много превосходящей ту единственную монету, которой можно считать его жизнь. Поддержка со стороны владыки Килкуликкаса подтверждала наличие заговора.

И вся его надежда спасти Серву, осознал молодой человек, может исполниться только с помощью этих двоих нелюдей.

Бескровный, как гриб, король нелюдей восседал на Чернокованом Престоле, глядя, как перерезают путы Сорвила. Молодой человек поднялся на ноги с прежним ощущением потери ориентации, опробуя суставы, приводя в чувство ладони. Собравшиеся ишрои и квуйя без всякого стеснения наблюдали за ним, черные глаза их поблескивали, непристойные доспехи искрились в магическом свете. Нотку безумия зрелищу добавляла полная схожесть их лиц. Тем не менее Сорвил обнаружил, что сумел узнать и остальных: Вииполя Старшего, еще одного из числа бежавших из Сиоля и самого одаренного среди живущих куйя; Моймориккаса, долгое время именовавшегося Пожирателем Земли благодаря своей зачарованной дубине, что звалась Гмимира, прославленной Могильщице, выбивавшей саму почву из-под ног врага. Узнал он и других, причем с уверенностью, хотя из-за бледности и красоты они выглядели совершенно одинаковыми, а не просто похожими друг на друга. И в то самое время, когда одна часть его души распознавала отдельные личности, другая настаивала на том, что он имеет дело всего лишь с неведомой ему прежде породой шранков — созданной не по подобию обезьян или псов, но как здоровые и крепкие, хоть и искаженные люди.

С точки зрения сына Сакарпа — никак не менее чем подлинного сына Приграничья, — они не могли быть никем иным.

Блистательное собрание без малейшего предупреждения опустилось на одно колено.

— Наш дом обнимает тебя, Сорвил, сын Харвила, — провозгласил в унисон хор голосов.

Молодой человек обнаружил, что попросту знает ритуальный ответ... каким-то образом.

— Да снизойдет на вас... благодать...

Он закашлялся, ощутив, как его рот и горло пытаются произнести чуждые и незнакомые звуки... ощутив, как оскверняет он собственный речевой аппарат словами этого святотатственного языка. Ужас стиснул удушьем его гортань.

— Да обретете вы... все возможные почести?..

Что здесь происходит?

Он повернулся к Ойнаралу, своему сику, отчаянно нуждаясь в руководстве теперь, когда подневольность и принуждение покинули место сего безумного действа. Однако Владыка Лебедей уже отвлек внимание Ойнарала, возложив свои ладони на его женственные щеки и обеими руками повернув голову, как может мужчина повернуть к себе голову любимого ребенка. И хотя подобная снисходительность отталкивала младшего, глубинное чувство его одобряло жест, зная, как много подобных интимных подробностей хранит священная иерархия.

— Запомни случившееся, — шепнул Килкуликкас Ойнаралу.

Тот ответил высокому квуйя долгим взглядом, после чего, схватив Сорвила за руку, торопливо повлек его прочь от нелюдского короля и его подземного двора. Тонкая цепочка обращений последовала за ними, подчас резких и скрипучих, подчас жалобных, произнесенных тонкими голосами.

— Ку'кирриурн!

— Гангини!

— Аурили!

Имена, понял он. Они выкрикивали свои имена как приглашения.

— Не говори ничего, — пробормотал Ойнарал, подталкивая его к темному выходу. — Любые слова только разожгут их.

Недавнее колоссальное пространство сменилось низким и тесным проходом, потолок которого был испещрен сценами любви и насилия.

Глава седьмая. Иштеребинт

— Разожгут? — удивился юноша.

— Да, — без нотки тревоги ответил шедший быстрым шагом Ойнарал, взгляд его был устремлен вперед. — Особенно тех, кто погрузился в Скорбь. Тебе не следует разговаривать с моими братьями.

— Почему?

— Потому что они полюбят тебя, если сумеют.

Сорвилу представился жалкий малыш-эмвама, съежившийся у подножия Чернокованого Престола.

— Полюбят меня?

Ойнарал Последний Сын сделал еще три шага, прежде чем повернуться к нему, и посмотрел вниз, но так, чтобы не соприкоснуться с его взглядом — как делал это и король нелюдей.

— Тебе не стоит ощущать себя здесь в безопасности, сын Харвила. В объятьях Иштеребинта ты найдешь лишь безумие.

Смятение появилось во взгляде Сорвила.

— Так, значит, клятва Иштеребинта не значит ничего? — спросил он.

Ойнарал Последний Сын не ответил. Они прошли под зеркальным блеском врат Чашевидного Чертога, и Сорвил невольно пригнулся, устрашившись нависших над ним каменных плит. Врезанные в камень глазки разбегались во всех направлениях, преобразуя подземные дороги в ожерелье сумеречных миров и первобытных времен. Внутренним Светочем именовалась эта палата, и ее название после сооружения Чашевидного Чертога стало прозвищем, которым величали Ниль'гиккаса.

— Я знаю, что... — начал Сорвил и тут же смутился от звука собственного голоса.

Ойнарал вел его в сторону, противоположную той, откуда они пришли, и Сорвил каким-то образом понял, что они углубляются в недра Плачущей горы.

— Откуда я знаю то, чего знать не могу?

Ойнарал, не отвечая, шагал вперед.

Сорвил старался не отстать от него, дивясь на ходу проплывавшим над головой панелям. Триумфы и трагедии сменяли друг друга на сводах потолка: перекрывающиеся слои воспоминаний обреченного племени. Прежде сценки казались ему бессмысленными, оскорбительными, соблазнительными и скандальными. Теперь же все они взрывались узнаванием, каждая открывала времена и миры. Млеющие в непозволительных позах любовники (груди женщины обнажены) на пиру в честь праздника Чистоты. Ежегодный обмен посольствами между Ниль'гиккасом и Гин'юрсисом, великое собрание инджорских ишроев в Высоких Чертогах Мурминиля...

Как же он ненавидел угрюмые пепельные залы Кил-Ауджаса!

Впервые Сорвил понял, что чудеса здешних увечных мудрецов были знанием, сгустившимся отражением его сущности. Он знал все это, и, помимо откровенной невозможности подобного знания, оно ничем не отличалось от любого другого, столь неясными были движения его души. Эти воспоминания принадлежали ему самому, возникали в нем самом, хотя могли принадлежать лишь миру этого подземелья.

Что же происходит?

Сами стены эти были сплетены мелочами, словно веревками, связаны властью, изображенная на них слава затмевала славу... похоть, нежность и размышление присутствовали повсюду. Он читал все это столь же непринужденно, как воспринимал фрески своего родного дома.

— И все это сделано вашими руками... — обратился он к Ойнаралу, своему сику, уже забежавшему на несколько шагов вперед.

И получил скудный ответ нелюдя, даже не удостоившись его взгляда:

— Не понимаю.

— Вы потратили на них тысячи лет! На эти рельефы...

Удивительное свершение. Казалось, он мог видеть его оком своей души, как нечто одновременно большее и меньшее, нежели образы — резец, молоток и тысячи трудолюбивых рук, — эту словно зараза распространяющуюся среди вымирающих домов потребность изобразить какую-то часть себя живого на мертвом камне.

Глава седьмая. Иштеребинт

— Да, — согласился Ойнарал. — Целая эпоха. Мы не настолько беспокойны, как люди. Мы проживаем свои жизни как долг, но не как награду.

— Но какой труд, — промолвил Сорвил, ошеломленный грандиозностью подобной работы.

— Мы делали это для того, чтобы сохранить ту жизнь, что еще оставалась в нас, — ответил Ойнарал. — Если крепость воздвигается из камня, то мы воздвигли твердыню из своей памяти — памяти о том, что навсегда потеряли. Мы подчинились властной потребности, грубой уверенности в том, что несокрушимо только великое.

— Это безумие! — вскричал Сорвил с неведомой ему самому страстностью.

Ойнарал остановился перед Сорвилом, грудь его возвышалась над головой юноши, черный шелковый плащ распахнулся, открывая нимилевую броню под ним.

— Все великие свершения противоречивы, — нахмурившись, проговорил он и повернулся к череде панелей, на которую указывал Сорвил. — Вот смотри. Видишь, между ликами славы присутствуют совсем иные мгновения... Видишь их? Отцы играют с детьми, воркуют влюбленные, несут мир жены...

Он был прав. Сцены, незначительные по смыслу, вплетались в возвышенную процессию, однако получалось, что взгляду приходится напрягаться, чтобы найти их, — не из недостатка выразительности, но потому лишь, что они были внеисторичны, узнаваемы только по форме. Как знаки неизбежного, неотвратимого.

— Мы теряли все это, — продолжил нелюдь. — Все восторги, которые украшают суровую жизнь, удовольствия плотские и родительские... все, что вносит счастье в повседневное бытие, медленно уходило в забвение. Не спеши осуждать нас, сын Харвила. Часто безумие служит лишь мерою оставшегося ума, когда живые могут положиться на одну лишь надежду.

Руки Сорвила более не чесались, они тряслись от ярости и неверия.

— Вы расточили свой разум! — В гневе он топнул ногой. — Безрассудно растратили целую эпоху!

Ойнарал невозмутимо взирал на него... шранк, наделенный мудрой человечной душой. Отсветы ближайших глазков припорашивали белыми точками его очи.

— Это говоришь не ты.

— Дурачье! Вы отложили меч и свиток ради всего этого? Как вы могли это сделать?

Сила увещевания заставила сику вздрогнуть, однако прежнее спокойствие тут же вернулось к нему.

— Подними руки, сын Харвила... Прикоснись к своему лицу.

Легкая щекотка, словно перышком, перехватила горло юноши. Он кашлянул, а потом кашлянул снова, так и не ощутив ни своего лица, ни рта.

— Я... — беспомощно вырвалось у него. Где же его лицо?

Ойнарал или кивнул, или просто опустил свой овальный подбородок.

— Желание коснуться лица даже не приходило к тебе только потому, что оно само не хочет этого. Соединение происходит быстрее, когда принимающая душа остается в неве...

— Оно? — На Сорвила накатила волна паники. — Лицо... чего-то не хочет от меня?

— Прикоснись к своему лицу, сын Харвила.

Неужели все они здесь в его отсутствие посходили с ума?

— Что здесь происходит, кузен? — воскликнул он. — Что сталось со Священной Родней? И как ты можешь без стыда разговаривать о подобных вещах?

— Я все объясню, — чтобы подбодрить его, Ойнарал улыбнулся. — Тебе нужно только прикоснуться к своему лицу.

Охваченный смятением Сорвил наконец поднял руки, нахмурился...

И понял, что лицо у него отсутствует.

То есть не отсутствует... но его заменили.

Полное страха сердцебиение. Пальцы ощутили гладкую поверхность нимиля, всегда казавшегося более теплым, чем

Глава седьмая. Иштеребинт

воздух. Сорвил лихорадочно ощупал впадины и выступы металла: на всей поверхности были вытеснены сложные символы.

Какой-то гладкий и безликий шлем?

Чисто животная паника. Удушье. Он схватил обеими руками эту вещь, дернул, но тщетно. Она, казалось, сливалась воедино с его черепом!

— Сними ее! — крикнул Сорвил ожидавшему рядом нелюдю. — Сними эту вещь! Сними ее!

— Успокойся, — как бы с высшей уверенностью посоветовал Ойнарал. Резные стены качались вокруг него.

— Убери ее прочь!

Одной рукой он зацепил горстку колец нимилевой кольчуги на груди Ойнарала, тем временем вторая в панике ощупывала шлем, каждый изгиб, каждую складку, разыскивая какой-нибудь шов, застежку или пряжку... хоть что-нибудь!

— Сними немедленно! — кричал он. — Вспомни про ваше Объятие!

Ойнарал схватил его за руку, задержал ее.

— Успокойся, — проговорил он. — Приди в себя, Сорвил, сын Харвила.

— Я не могу дышать!

Сорвил задергался, как утопающий. Нелюдь оскалился от напряжения, обнажив влажный ряд слитых вместе зубов. Взгляд и хватка — этому сочетанию, с учетом его печсловеческой решимости, невозможно было воспротивиться.

— Я чту Объятие моей Горы, — с напряжением проговорил он. — Нет существ более верных своему слову, чем мы, ложные люди, пока это ничем не угрожает нам. Но если я сниму с тебя шлем...

Невзирая на владевшее им отчаяние, юноша увидел тень, промелькнувшую во взгляде нелюдя.

— Что? Что?

— Анасуримбор Серва умрет.

Хлесткие слова подломили его колени, словно сухие ветви.

Сорвил осел на землю.

И сдался. То реальное, что было здесь, стало поворачиваться вокруг глазков: виньетки на стенах, рельефы внутри них, детские выходки, печали смертного — все разлетелось в прах, мусором рассыпавшись посреди жизни куда более жуткой. Образы истощившейся славы, эпической дикости, терзающих небо золотых рогов — все закружилось вихрем...

Но облаченный в черное упырь единым движением поднял его на ноги и крикнул:

— Иди! Иди вперед, сын Харвила!

И он, шатаясь, побрел между столпов торжественной дороги, замечая лишь плиты пола, сменявшие друг друга под его поношенными сапогами.

— Рвение и бдительность, — проговорил Ойнарал, шагая во мрак между двумя большими фонарями. — Только они спасут тебя. Рвение к жизни, которая принадлежит тебе, и бдительность к жизни, которая тебе не принадлежит.

Сорвил вновь принялся ощупывать шлем, проводя пальцами по сложной, впечатанной в металл филиграни. Голова его была погребена в этой железке, и тем не менее он мог видеть! Казалось, что он касается поверхности стекла, идеально прозрачного, но каким-то образом искаженного, словно душа его не была согласна с тем, что способна видеть сквозь металл, и он как бы заходил сзади того, что существовало, рассматривал близкое издали.

— Сыновья Трайсе называли этот шлем Котлом, — пояснил сику. — Сыны Умерау — Бальзамическим черепом...

Опустив руки, Сорвил увидел впереди, за тремя фонарями, как будто конец Внутренней Луминали.

— Мы же всегда называли его именем Амиолас, — продолжил высокий упырь. — Многие носили его, но, боюсь, целые эпохи минули с той поры, когда он в последний раз втягивал в себя жизнь.

— Так, значит, у него есть душа! — охнул снова перепугавшийся юноша.

— Тень души, душа, лишенная глубины, засыпающая и видящая сны.

Глава седьмая. Иштеребинт

— Ты хо... хочешь сказать, помещенная в кого-то живого!
— Да.
— Значит, я одержим? И моя душа более не моя собственная?

Ойнарал в задумчивости сделал три шага и только потом ответил:

— Одержимость — неточная метафора. Если говорить об Амиоласе, то у него один плюс один — будет один. Ты более не являешься той душой, которой был прежде. Ты стал чем-то новым.

Лошадиный Король, двигаясь на ощупь, брел рядом со своим сику, одновременно пытаясь понять. Он был обязан оставаться собой. Иначе его можно уже считать мертвым. Он должен быть тем, кем был! Но как? Разве может душа сидеть, давая суждение о себе, и говорить: я есть то, а не это? Где находится точка обзора? Точка, предшествовавшая всякому указанию? Как поймать ловящую руку?

— Чтобы добиться выгоды, нужно понять, — объяснял нелюдь. — Чтобы понять, нужно быть. И Амиолас соединяет душу, носящую его, с древней тенью заточенного в нем ишроя.

Сорвил стал не тем, кем был!

— И поэтому ты говоришь на моем языке, знаешь мой дом и мой народ.

Быть может, причиной было утомление. Или же общая сумма перенесенных им утрат. И все же ребенок, обитавший в его груди, толкался в его легкие, в его сердце. Подкатило рыдание, полное всесокрушающего горя... и где-то застряло, не найдя пути для выхода, — где-то возле губ, которых он не чувствовал. Грудь сжималась без воздуха.

Удушье. Расшитые памятью веков стены поплыли в непроглядную тьму. Он смутно ощутил, что снова падает на колени...

Ойнарал Последний Сын стоял перед ним, глаза его были полны сочувствия.

— Ты не должен плакать, сын Харвила. Амиолас скорее умрет, чем заплачет.

Но... но...

— На твоей голове тюрьма, человечек, хитрая тюрьма, созданная для одной из самых гордых, самых безрассудных душ, известных истории моего народа. Иммириккас, сын Синиал'джина, прозванный Подстрекателем, Мятежником и Всепрезирающим, великий муж среди инджорских ишроев. Куйяра Кинмои приговорил его к смерти во время нашей усобицы с Подлыми — но Ниль'гиккас смягчил приговор. Не было среди нас никого безрассуднее, чем он, сын Харвила. И если не считать инхороев, никого не наказывал он с такой жестокостью, как себя самого.

Волчок головокружения вернулся, вовлекая его в свое жуткое вращение. Оглянувшись из поглощающей его тьмы, юноша увидел, что и Ойнарал Последний Сын, как пролитое молоко, втягивается в нее.

— Я!.. — выкрикнул Сорвил.

Я должен...

Харапиор не мог заставить себя заткнуть ей рот кляпом. Она пела так, как однажды пела его жена, лежа среди раскиданных подушек, пела о любви и печали голосом, подобным облаченному в свет дыханию, похожим на щекотку и даже не собирающимся изображать сон.

Она пела ему, нагому и слабому.

Анасуримбор Серва была слишком реальна, чтобы страдать, как он. Тень его маячила на горизонте того, чего она желала, и трудилась напрасно, ибо он полагал ее тело своим орудием, тем рычагом, которым можно будет перевернуть ее душу. Однако он не мог обнаружить кожу этой девушки, дабы пронзить ее, не мог обнаружить ее потребности, дабы заставить нуждаться, не мог найти даже взгляда, дабы затмить его. Он не мог нащупать даже пути, ведущего к ней! Тело ее, скованное цепями, находилось перед ним, но ее саму он нигде не мог найти.

Слова ее песен едкой капелью падали на его сердце.

Певучим было ее сердце,
Бурной была душа ее,

Глава седьмая. Иштеребинт

Луной над шелком и над морем...

Песнь ее обращалась не к нему, но к тому, из чего он был сложен. Она пела о мечущихся глазах, о дрожащей руке, о стиснутых губах. Она обращалась к ним. И они внимали, извиваясь, как ленивые водоросли.

И расцветали.

Он разжег ее, как огон,
Низвел, словно снег,
Лег щекою к ее щеке,
Рядом, но не прикасаясь губами,

Ибо даже самый окаменевший среди нелюдей давно рассыпался известью и песком.

Соединяя два дыхания во вдохе,

Она отмеряла свой голос кувшинами, обращаясь к уже размокшему.

Выдыхая одним дыханием.

Она вскопала своей мотыгой его землю и глубоко посадила в нее свое семя.

ГЛАВА ВОСЬМАЯ

Ишуаль

> Каким бы ни было сегодняшнее безумие, завтрашний день обязательно подаст ему руку.
>
> *Нильнамешская поговорка*

> Лучше ослепнуть в аду, чем быть безголосым на Небесах.
>
> *Заратин, Оправдание Тайных Наук*

Начало осени, 20 год Новой империи (4132 год Бивня), руины Ишуали

Еще один сон, извлеченный из ножен.

Море поднимается, душит, лишает сознания. Трескается земля, сокрушая наши кости. Горят леса, запирая дымом крик в наших гортанях.

Люди рождаются только для мелких дел, и когда случается великое, исключительное, запредельное, они впадают в ступор и трепещут, являя свое ничтожество. Даже желание молиться покидает их, оставляя с раскрытым ртом взирать на убийственное величие.

Нет-нет-нет-нет-нет...

Друз Ахкеймион стоял, вглядываясь вдаль, глаза его жгло от невозможности моргнуть. Стыд приковывал его к месту, ужас, которому не было равных. Он стоял, пригвожденный к себе самому, к совершенным им предательствам, к невы-

Глава восьмая. Ишуаль

полненным обетам. Эленеотские поля уходили вдаль под черными небесами, нависшими над морем разящих рук, полным блеска бронзовых мечей и брони. Адепты Сохонка, милостью своей даруя спасение, ограждали войско от извилистого полета драконов. Гностические огни прочерчивали высоты под облачным пологом. Враку с визгом падали из черноты, исторгая ослепительные огненные гейзеры. Шранки кишащей толпой напирали на стену щитов куниюрцев, не следуя, однако, прежней равнодушной природе, а с новой изобретательностью, расставаясь со своими жизнями с присущим насекомым безразличием, возводя из собственных трупов скаты и выступы и пытаясь проникнуть по ним в редеющие ряды людей. Башраги метали тела, как тряпье и лохмотья.

Куда бы ни глянул старый волшебник, повсюду несчастье жалило его очи. Люди падали, старались зажать вспоротые животы, собирались группами, кричали, обороняясь. Паникуя, бежали целыми рядами, толпами, зачастую валясь лицами прямо в дерн, уступая преследующему их белокожему натиску, ощетинившемуся мечами и копьями. Падали штандарты, хоругви, выделявшие кланы среди племен и племена среди народов. Гибли рыцари-вожди: гордый владыка Амакунир, мудрый князь Веодва. Мощь и слава высоких норсираев, их надменная роскошь повсюду рушилась, оттеснялась и обращалась в бегство.

А над горизонтом черными, жирными клубами поднимался ревущий Вихрь... Мог-Фарау. Цурумах.

Возглашавший, гремящий тысячью тысяч глоток, связывающий крики единою волею во всеобщий хор, еще более непристойный в своей необъяснимости.

— **СКАЖИ МНЕ...**

Рыдание протиснулось сквозь зубы короля королей. Происходило именно то,

— **ЧТО ТЫ ВИДИШЬ?**

Что предрекал Сесватха.

Анасуримбор Кельмомас II, Белый владыка Трайсе, последний король королей куниюрских, пошатнулся, словно от тяжести нанесенного ему удара.

Ахкеймион пал на колени.

— **ЧТО Я ЕСТЬ?**

Окруженный шумом битвы, он слышал за своей спиной злобные выкрики, ошеломленные возгласы, призывы к бегству ради спасения короля королей.

— Мы потеряли Эленеотские поля! — прогремел за его спиной чей-то голос. — Потеряли! Все потеряно!

Кто-то схватил его за плечо, попытался увести назад, прочь от жуткой судьбы. Сбросив чужую ладонь, он рванулся в сторону побоища.

Сделать что-либо уже нельзя, оставалось только умереть.

Он был наделен душой героя. И много раз он скакал впереди своей королевской дружины, заметив слабое место в рядах противника, намереваясь опрокинуть дрогнувшего врага.

Но в свершавшемся ныне не было ничего героического.

Потоки ударившихся в бегство людей невозможно было развернуть в обратную сторону, столь великая паника охватила их. Они представляли собой лишь человеческий гребень, венчавший волну всякой нелюди, натиск неисчислимых рыбокожих тварей, на чьих лицах лежала печать восторга и ярости. Первый из его собственных родичей промчался мимо короля королей без щита и оружия, пытаясь на бегу избавиться от пластинчатого хауберка. Бегущие позади него исчезали под рубящим и колющим валом.

Не останавливаясь, Анасуримбор Кельмомас метнул первый дротик в злобный поток, обнажил свой великий зачарованный меч Глимир и в одиночестве встал перед набегавшей волной.

И там, куда ударял, прославленный клинок не столько разрубал плоть, сколько пронзал ее, рассекая мясо и блестящие шкуры, словно облачка дыма. Снова и снова выкрикивал король королей имя своего возлюбленного сына. Снова и снова вкладывал свое сердце в замах Глимира. Шранки падали как скошенные, разливая лужи нечистот, и разваливались на груды дергающихся членов. Земля вокруг дрожала и ходила ходуном. И какое-то мгновение даже казалось,

Глава восьмая. Ишуаль

что он остановил нечеловеческий натиск, развернул хотя бы собственную судьбу, если не судьбы своих людей. Шранки замирали, валились на землю, распадались на части, словно гнилые плоды. Последний король королей усмехнулся простоте, чистоте и тщетности собственного поступка.

Так он и умер. Так! Так! До последнего мгновения оставаясь благочестивым сыном Гильгаоала.

Это произошло, как всегда, слишком быстро, чтобы можно было что-то понять. Из-за спин павших появился вождь шранков, над Глимиром вознесся молот, обрушился, и подогнулись колени...

Шлем слетел с его головы. Анасуримбор Кельмомас рухнул среди мертвецов, еще не лишившись чувств, но ощущая все вокруг с некоторым опозданием. Он замечал устремленным к краю небытия взглядом, как росчерки пылающего света перехватили второй удар вождя шранков, превратив эту тварь в дергающуюся визжащую тень. Король королей услышал бормотание гностических заклинаний и вновь зазвучавший боевой клич рыцарей Трайсе: «Жизнь и Свет!»

И Вихрь.

— ЧТО...

Игра линий и пятен, тени людей, раскаленный цвет глубин.

— Я...

Руки подхватили его под мышки, и он вознесся над грязью и суетой.

— ЕСТЬ...

Вкус золы и крови на губах.

Лик Сесватхи заплясал в уголках неба, суровый, полный ужаса, осунувшийся, утомленный.

Его уносили в безопасное место — он понимал это и скорбел.

— Оставь меня, — выдохнул Ахкеймион, и хотя глаза его смотрели вверх, на старого друга, они каким-то образом видели то, что окружало его, что находилось позади.

— Нет, — ответил Сесватха. — Если ты умрешь, Кельмомас, все будет потеряно.

Как странны они, последние мгновения, проведенные в этом мире. Такие тривиальные, такие мелкие... Даже его друг, прославленный великий магистр Сохонка, нелепо курносый при длинном лице и бороде юнца, редкой, но белой, как у отшельника, казался обманщиком, дураком-бардом, разодевшимся, дабы посмеяться над могуществом и чопорностью своих покровителей.

СКАЖИ МНЕ.

Далекий стон труб присоединился к грому Вихря.

Кельмомас улыбнулся сквозь кровь:

— Ты видишь солнце? Ты видишь его свет, Сесватха?

— Солнце садится, — ответил великий магистр.

— Да! Да. Тьма Не-Бога невсеобъемлюща. Боги еще видят нас, дорогой друг. Они далеки, но я слышу топот их коней по тверди небесной. Я слышу, как они обращаются ко мне.

— *Ты не можешь умереть, Кельмомас! Ты не должен умирать!*

Ахкеймион внимал этим словам, слышал неслышимое... дыхание непроизнесенных слов.

Отважный король...

— Они обращаются ко мне. Они говорят, что мой конец не станет концом всего мира. Они говорят, что это бремя ляжет на другие плечи. На твои плечи, Сесватха.

— Нет, — прошептал великий магистр.

И с треском разомкнулись небеса, облака пали к земле и унеслись прочь, словно дымок над чашей с благовониями. Свет пролился на землю, выбеляющий, ослепительный, оставляющий за своей гранью окружающий хаос битвы.

Проливающийся сквозь...

— Солнце! Ты видишь солнце? Ощущаешь его прикосновение к своей щеке? Какие откровения таятся в простых вещах. Я вижу! Я четко и ясно вижу, каким бестолковым и упрямым дураком был...

Ибо перед ним разворачивался столь же очевидный, как солнце, список совершенных им глупостей, тысяча оставшихся незамеченными прозрений, откровений, воспринятых как заблуждение. Прочтя его, Кельмомас схватился за тень руки великого магистра.

Глава восьмая. Ишуаль

— И более всех я был несправедлив к тебе. Способен ли ты простить меня? Можешь ли извинить старого дурака?

Сесватха склонил чело к королевским перстам, поцеловал бесчувственные пальцы.

— Мне нечего прощать, Кельмомас. Ты многое потерял, многое выстрадал.

Слезы выплеснулись в светлый мир.

— Мой сын... Как, по-твоему, он там, Сесватха? Будет ли он приветствовать меня, своего отца?

— Да, — охрипшим голосом ответил Сесватха. — Как своего отца и своего короля.

И было в сей лжи такое утешение, такой полный забвения отдых, такая волна яростной отцовской гордости...

— Не рассказывал ли я тебе, — проговорил Ахкеймион, — о том, что сын мой однажды пробрался в глубочайшие недра Голготтерата?

— Да, — ответил, моргая, великий магистр школы Сохонк. — Рассказывал много раз, мой старый друг.

— Как мне не хватает его, Сесватха! — вскричал Ахкеймион, глаза его закатывались ко лбу. — Как хотелось бы мне вновь встать рядом с ним.

От парившего над головой блистающего облака отделился силуэт, фигура, полная величия и божественной славы.

— Я вижу его, вижу ясно, — воскликнул король королей. — Он выбрал солнце, чтобы служило ему боевым конем, и едет сейчас среди нас. Я вижу его! Он мчится галопом по сердцам наших людей, пробуждая в них чудо и ярость!

— *Гильгаоала, Царь Войны, приди к нему и забери... Приди и спаси, вопреки всему.*

— Тише... Береги свои силы, мой король. Лекари уже близко.

Глаза явившегося Бога наполняла ярость, кудри его были, что воинствующие народы, и зубы блистали, как отточенные клинки. Корона сверкала на его высоком челе, четыре золотых рога в руках четырех прекрасных девиц — трофеев войны. Кости и трупы скрывались в морщинах его сурового лика. А плащ его курился дымом подожженных полей.

Гильгаоал, Жуткий Отец Смерти, Берущий без возврата. Отважный, увечный король.

Он не столько летел к королю королей, сколько рос, становясь все больше и больше, увеличиваясь, и наконец закрыл собою Вихрь, заслонил все. Пламя гасло и вспыхивало на четырех рогах его венца, струи огня взметались к небу и растворялись в нем. Он распростер руки, и вот... Человек возник между раздвинутых ладоней, новый человек, сияющий, как церемониальный нож. Норсирай, хотя борода его была подстрижена и заплетена по обычаю Шира и Киранеи. Странными были его одеяния, оружие его и броня поблескивали металлами нелюдей. Две отрубленные головы свисали с его пояса.

Узри сына сотни отцов...

Узри окончание мира...

— Он говорит... говорит такие приятные вещи, чтобы утешить меня. Он говорит, что один от моего семени вернется, Сесватха — Анасуримбор вернется...

Конвульсивный кашель сотряс тело короля королей, и старый волшебник ощутил освободившиеся в его теле сгустки. Кровавая пена прихлынула к небу. Следующий вздох показался ему дымом горящей травы. А потом наконец явилась из своего укрытия тьма и хлынула со всех сторон в его жизнь, в его глаза.

— И в конце...

Друз Ахкеймион пробудился от собственного крика.

Друз Ахкеймион — существо нежное. Хотя Мимара и любит его за это, она все равно отшатывается, когда он просыпается в слезах. Если тяжелая жизнь пробуждает в некоторых склонность расплакаться от обычных воспоминаний других она наделяет любопытной способностью противостоять всякому страданию. Так у рабов, работающих углежогами, кожа перестает ощущать прикосновения огня и углей не чувствует более касания пламени.

— Я видел та... — начинает он, но умолкает, поперхнувшись утренней мокротой. И смотрит на Мимару, ощущая дурацкую потребность поделиться.

Глава восьмая. Ишуаль

Она отворачивается, бесстрастная. Она знакома с жестокостью его снов — и знает их не хуже любого из тех, кто не является адептом Завета. И все равно не может заставить себя спросить, в чем дело, не говоря уже о том, чтобы утешить колдуна.

Часть ее души забыла, как это делается. Часть, вершащая суд.

И посему, пока он берет себя в руки, она рассматривает горные склоны, с деланым любопытством изучая высокие каменные обрывы. Дуниане следят за ними из укрытий в ближайших руинах, два лица на периферии взгляда лишают ее покоя своим безмолвным присутствием.

Она наконец поверила в то, на чем всегда настаивал Ахкеймион. Она знает, что дуниане видят душу человека за выражением лица точно так же, как архитектор видит душу величественного строения за его фасадом. Она знает, что они различают ее ненависть, ее убийственные намерения и что каждое произнесенное ею слово на какую-то малость подвигает их к власти над ней.

Это ее не смущает и даже не беспокоит. Всякая хитрость нечестива: они не могут ничего сделать, кроме как обнажить свои души перед Оком Судии. Но и когда молчало Око, она обмерла при виде зла, нависающего над матерями-китихами. Ничто не могло рассеять лютую тень, оставившую свой отпечаток на ее сердце. И пусть она не видит, ненависть все равно остается.

Вопрос заключался в Ахкеймионе. Что сделает с ним это безмолвное присутствие? Настолько ли ожесточилось его сердце?

Или же долгие труды подточили его силы?

Не слишком ли жестко я обращаюсь с ним, малыш?

Небо за вершинами гор на востоке уже превратилось в светоносное серебряное блюдо, однако мир остается мрачным и холодным. Старый волшебник сидит еще какое-то время, голова его свешивается на грудь, волосы неровными прядями опускаются на колени. Он то и дело всхлипывает — значит, плачет. Ей стыдно за него. А какая-то обитающая в ее душе мелкая дрянь еще и насмешничает. Никогда раньше он не приходил в себя так долго.

Она ждет, пытаясь стереть с лица раздражение и нетерпение. И не замечает, что ладони ее сами собой охватывают низ живота — оставаясь там, где им и следует быть.

Как? — пытается понять она. Как может она убедить его оставаться таким жестким, каким он обязан быть? Таким сильным, каким он нужен ей.

— Я видел сон... — наконец начинает он хриплым от мокроты голосом. Вздрагивает, словно она взглядом швырнула в него что-то острое, затем умолкает, даже не посмотрев в сторону дуниан. — Мне приснились... древние времена, — продолжает он с еще большей решимостью. Взгляд его обращается внутрь, становится еще более изнуренным, еще более отягощенным. — Я почти забыл все это. Видения, запахи, звуки... все, что исчезает после пробуждения... — Облизну губы, он уставился на тыльную сторону своей корявой старческой ладони. Это еще одна его слабость: потребность объяснять свои слабости. — Все, кроме страстей.

Наконец она отвечает:

— Тебе опять снился Первый Апокалипсис?

— Да, — соглашается он, переходя на шепот.

— И ты снова видел себя Сесватхой?

При этих словах он задирает подбородок.

— Нет... нет... Я был Кельмомасом! Мне снилось его пророчество.

Она смотрит на него ровным, выжидающим взглядом.

Нет. Твой отец не безумен. Просто его речи кажутся безумными — даже ему самому!

— Знаю... — начинает он и умолкает, чтобы протереть глаза, несмотря на то что пальцы его грязны. — Я *знаю*. Знаю, что мы должны сделать...

— Что же это такое?

Он оттопыривает губу.

— Око...

Почему-то это не пугает ее.

— И что же?

Глава восьмая. Ишуаль

Какое-то время он внимательно изучает ее, или скорее себя самого.

— Мы должны продолжать свой путь на север, добраться до Великой Ордалии... — Он умолкает, чтобы вздохнуть. — Ты должна посмотреть на него. — Ты должна... должна посмотреть на Келлхуса Оком.

Он говорит просительным тоном, словно умоляет ее принести еще одну безумную жертву. Но в голосе его присутствует и окончательная усталость, свидетельствующая о том, что, невзирая на упрямство и глупость, он наконец пришел к очевидному решению.

— Чего ради? — спрашивает она тоном более отрывистым, чем ей хотелось бы. — Чтобы увидеть то, что я и так знаю?

Хмурый взгляд изумленных глаз.

— Знаешь что?

Самонадеянность не ускользает от ее внимания. Так долго сомневаться в собственных словах, в собственной миссии, а потом вдруг разом увидеть ее с такой ясностью, на какую он даже не мог надеяться — для того лишь, чтобы обнаружить, что она не верит в него.

Она вздыхает.

— Знаю, что аспект-император есть зло.

Идиллический горный ветерок подхватил эти слова. Старый колдун открыл рот от изумления.

— Но как ты могла... как ты могла узнать подобное?

Она поворачивается к сидящим над ними дунианам, смело смотрит на них. Оба отвечают ей таким же взглядом, сохраняя полную неподвижность.

— Потому что он — дунианин.

Она видит, что старый волшебник глядит на нее, озадаченный и встревоженный.

— Нет, Мимара, — говорит он, основательно помолчав. — Нет. Он был дунианином.

Эти слова внезапно рождают в ней удивительный гнев. Почему? Почему он всегда — всегда! — расстается с монетой своих сомнений? А их у него столько, что Акка мог бы озолотить весь мир, при этом не обеднев.

Она поворачивается к нему с притворным гневом.

— Нам не обогнать их — таких, какие они есть, Акка.

— Мимара, — говорит он тоном наставника и учителя. — Ты путаешь действия и сущности.

— Грех использовать других!

Они уже спорят. Он подбирает слова осторожно и со снисхождением.

— Вспомни Айенсиса. Использовать — это просто способ читать... Все «используют» всех, Мимара, все и всегда. Нужно только смотреть уверенными глазами.

Уверенными глазами.

— Ты цитируешь Айенсиса? — издевательским тоном говорит она. — Ты приводишь аргументы? Старый дурень! Это ты затащил нас в такую даль. Ты! Сам говорил: хочешь узнать человека, расспроси о его предках. И теперь, когда я рассмотрела этих предков — самим Оком Бога, никак не меньше! — ты начинаешь утверждать, что происхождение ничего не значит?

Молчание.

— Ты всегда был прав насчет него! — настаивает она, сразу и упрекая, и заискивая. — Ты, Акка! В боли и гневе ты обратился к своему сердцу, и *твое сердце сказало правду* Аспект-император — зло.

— Но...

— Разве ты не видишь? Этот зал с костями матерей-китих Именно это Келлхус сотворил с моей матерью — с твоей же ной! Он превратил ее чрево в инструмент, а сердце в погре мушку! Какое большее преступление, какое более чудовищ ное злодеяние можно совершить?

И она впервые понимает глубинный ход своей ярости укол и муку ее собственных дурных поступков, совершенны по отношению к матери.

Эсменет, вымотанной собственной матерью-гадалкой истерзанной голодом, вынудившим ее продать дочь, внов обессиленной мужской жестокостью имперского двора и по верженной своим ложным мужем.

Своим ложным Богом.

Глава восьмая. Ишуаль

А Мимара стремилась лишь наказать ее — наказать свою собственную кровь!

Нечто перехватило в этот миг ее дыхание — должно быть, ужас от внезапного, глубинного осознания всех совершенных ею злодеяний. Как мать пыталась научить ее каким-то основам садоводства, а Мимара намеренно уколола палец. Как она подробно рассказывала маме то, как ее домогались, чтобы Эсменет мучилась от стыда и горя. Как она цеплялась за страхи и ошибки матери, обвиняя ее в слабости, нечистоте, неспособности соответствовать императорскому сану. «Императрица! Императрица? Куда тебе... да ты и своим лицом-то владеть не умеешь, не говоря уж об империи!»

И как она хохотала, когда мать удалялась в слезах...

Ты и своим лицом-то владеть не умеешь...

Оком своей души она и сейчас видит мать плачущей, обнимающей шелковые подушки в поисках любви и доверия. Засыпанную укорами и упреками, посрамленную снова и снова. И одну, всегда одну, вне зависимости от того, к кому она обращалась...

И только этот человек, Друз Ахкеймион, действительно любил ее, действительно шел ради нее на жертвы. Только он обходился с ней с тем достоинством, которого она заслуживала, а ее интригами заставили предать его...

И превратили в подобие этих самых китис.

Мимара не способна глотнуть, не может дышать, такой тяжестью чувство обязанности обрушилось на нее, тяжестью вещей трагических и неотвратимых. Она сама прозревала Оком это непостижимое видение в Космах и потому знает, что она спасена. Вот только знание это теперь неотделимо от разъедающего кожу, выдирающего волосы стыда. Ее следовало осудить, бросить в вечный огонь...

Корабль скрипит на волнах винноцветного моря, корабль работорговцев. «Мамочка...» — рыдает маленькая девочка, внимая тяжелым шагам на палубе.

— Анасуримбор Келлхус — дунианин, — говорит женщина старому волшебнику, стараясь угомонить бурю, разыгравшуюся в ее сердце.

— *Ма-а-амочка, ну пожалуйста!*
— В той же мере, как эти двое.
— *Пожалуйста, пусть они остановятся.*

Старый волшебник видит причину ее гнева, замечает бурю, губящую всякую надежду. Она понимает это, потому что он колеблется.

— Что ты сказала? — наконец спрашивает он.

Собственный голос ошеломляет ее, столько в нем расчета и холода:

— Что ты должен убить их.

Он знал. Он наперед знал, что она потребует именно этого. Она смогла сказать это — словно дунианин.

— Убийство.

Она поворачивается к двоим соглядатаям, зная, что они могут узреть ее мрачные намерения, но нимало не беспокоясь об этом. Она отрывисто хохочет, и старый волшебник бросает на нее хмурый и полный тревоги взгляд.

Она смотрит на него, на мужа и отца, в глазах ее злоба и торжество.

— Убить дунианина — не убийство.

Они сидели бок о бок на останках северо-западного бастиона, наблюдая за спорящими внизу стариком и беременной женщиной. Солнце выглянуло меж вершин гор на востоке, холодное в этой продутой ветром пустыне, неспешно и неотвратимо выбираясь из-за пазухи ночи. Вздохнули ели. Восход обрисовал контуры хребтов и ветвящихся ущелий, очертив острые углы контрастными тенями.

— О чем они говорят? — спросил мальчик.

Выживший ответил, не отрываясь от собственного исследования. Их язык не поддался ему, однако иной, бессловесный язык душ этих пришельцев говорил с едва ли не болезненной ясностью — как у Визжащих, только более сложно. Словами грохочущих сердец и стиснутых рук. Движениями мышц в уголках глаз и рта. Частотой морганий...

— Женщина хочет уничтожить нас.

Мальчик не удивился:

Глава восьмая. Ишуаль

— Потому что она боится нас.
— Они оба боятся нас — и мужчина больше, чем женщина. Только она еще и ненавидит нас так, как не способен ненавидеть старик.
— Она сильнее?
Бросив короткий взгляд, Выживший кивнул:
— Она сильнее.
Что из этого следовало, понять было легко. Раз она сильнее, победит ее мнение.
— Нам надо бежать? — спросил мальчик.
Выживший сомкнул глаза, перед внутренним взором его предстали тела гибнувших в пещерах собратьев — как воспоминания, но не как возможность.
— Нет.
— Нам надо убить их?
При всех сложностях подобного неожиданного поворота событий Выжившему не нужно было входить в вероятностный транс, чтобы отвергнуть эту линию действий.
— Старик — Поющий. Он сильнее нас.
Он как раз находился на стенах, когда захватчики выплыли из леса, приблизились к бастионам, возвышавшимся над открытым полем, а их глаза и рты исторгали огонь. Ему не нужно было зажмуриваться, чтобы видеть, как падали со стен его братья, охваченные ореолами испепеляющего пламени.
— Тогда мы должны бежать, — заключил мальчик.
— Нет.
Невежество. Именно на этом камне воздвигли братья свою великую крепость, твердыню, ограждавшую их от того, что было прежде. Тьме они противопоставили тьму, и это стало их катастрофической ошибкой. Лишь до тех пор пока мир оставался в неведении о них, они могли пребывать в безопасности, не говоря уже об изоляции и чистоте.
История. История явилась к ним в облике легионов нечеловеческих тварей, столь же скованных своими безумными страстями, сколь свободными были Братья. История пришла к ним в виде погибели и разрушения.

Ишуаль пала задолго до того, как были разрушены ее стены, Выживший знал это. Дуниане погибли задолго до того, как попытались укрыться в глубочайших безднах Тысячи Тысяч Залов. Мир каким-то образом узнал о них и счел смертельной опасностью для себя.

Наступило время узнать причину.

— Что же тогда?

— Мы должны отправиться с ними. И оставить Ишуаль.

Обучение мальчика ограничивалось самыми элементарными вещами, так уж сложились для них эти годы. Он мог легко проследить эмоции этой женщины и старика, однако мысли и смыслы оставались полностью недоступными ему. Он едва мог достичь состояния Дивеституры или Разоблачения, — первого этапа входа в вероятностный транс. Он был дунианином по крови, но не по выучке.

Однако достаточно и этого.

— Почему? — спросил ребенок.

— Мы должны найти моего отца.

— Но зачем?

Выживший возвратился к невозмутимому созерцанию пришельцев: старика и беременной женщины.

— Абсолют оставил это место.

Чертог Тысячи Тысяч Залов уходил в самые недра земли, глубоко забираясь в громаду окружающих гор: неисчислимые мили коридоров, вырубленных в живой скале. Целых две тысячи лет трудились дуниане, погружались в каменную плоть, вписывая математические головоломки в самый фундамент земли. Труд они использовали для укрепления тела, для того чтобы научить душу мыслить независимо от усилий. А затем они с помощью лабиринта отделяли тех, кто будет жить, от тех, кто умрет, и тех, кто будет работать, от тех, кому суждено учить потомство и порождать его. Они переделывали сильных и хоронили слабых. Чертог Тысячи Тысяч Залов был их первым и самым жестоким судией, великим ситом, просеивавшим поколения, отбиравшим лучших и отвергавшим худших.

Глава восьмая. Ишуаль

Откуда они могли знать, что он послужит и их спасению? Визжащие напали без малейшего предупреждения. В предшествующие их появлению годы происходили всякие странности: посланные вовне братья исчезали без следа, других обнаруживали мертвыми в кельях — совершившими самоубийство. Неведомое бродило среди них тенью не до конца вытравленного яда. Уединение их оказалось нарушенным — они знали только это, и ничего более. Они не утруждали себя следствиями, полагая, что умершие отказались от жизни ради чистоты. Любое расследование обстоятельств их смерти только отменит жертву — и, быть может, создаст необходимость повторить ее. Обращаться к неведению, даже столь священному, как их собственное, значило рисковать. А никакой сад садом не будет, если нет возможности рожать семя.

Визжащие обрушились на Ишуаль со всей своей силой и неистовством. Всех, находившихся в долине, отправили за стены, ворота заперли, и впервые среди дуниан воцарились смятение и раздор. Привычная им жизнь в мире, прирученном вплоть до самых элементарных его оснований, в котором споры и обсуждения могли возникнуть из-за того, в каком направлении осыпается листва, ослабила их так, как они даже представить себе не могли. Наблюдая за потоком свирепых орд, хлынувшим с перевала, они ощущали ее, эту свою уязвимость перед лицом бурного хаоса. Жизнь, прожитая в соответствии с ожиданиями, без подлинных трудностей, без внезапности, ломает душу, в смятении отбрасывает ее назад. И тут они поняли, что сделались изнеженными в своем тысячелетнем стремлении к Абсолюту.

Некоторые, немногие, бесхитростно пали под мечами врага, таков был беспорядок, воцарившийся в их душах. Но другие начали сопротивляться — и открыли, что обрушившийся на них мир тоже изнежен, только на собственный манер.

Светит солнце. Ласковый ветерок дует с вершин. На стенах кровавое, буйное столпотворение. Помосты залиты кровью. Склоны, как ковер, завалены трупами павших тварей...

Увертываясь от стрел и копий, Выживший метался по чудесной дороге, проводившей его между разящих наконечников и клинков, попутно забирая жизни сотен врагов. Подрезанные жилы. Рассечённые гортани. Отрубленные конечности. Басовитый и звучный стон рогов, перекрывающий вопли... в то время как сам он и его братья сражались, сохраняя изысканное молчание, нанося удары, прыгая, пригибаясь, почти без устали, почти неуязвимые, почти...

Почти.

И в самом деле, мир обезумел, забыл о Причине, однако его можно было победить. Но как такой горсточке свершить сей труд? Свирепость необъяснимого нападения стала убывать, потом и вовсе сошла на нет. Визжащие, угомонившись, с воем растворились в лесах. И Выживший решил, что дуниане, несмотря ни на что, выстояли: благодаря дисциплине, подготовке и своему учению — и даже благодаря собственному фанатичному уединению.

Но тут явились Поющие, вопящие голосами из света и пламени, и он понял, насколько сильно заблуждался.

Предшествующее определяет последующее: таково священное правило правил, всеобъемлющая максима, основание, на коем было воздвигнуто общество дуниан — сама их плоть, не говоря уже об учении.

И оно было сметено в мгновение ока.

Выживший наблюдал... наблюдал, не столько оцепенев, как онемев. В отличие от Визжащих, спустившихся вдоль восточного ледника, Поющие явились с запада. Фигуры в кольчужных доспехах чередой шествовали прямо по воздуху. У каждого во рту сияло круглое пятнышко света — такое яркое, что казалось крохотным солнцем. Они пели, и голоса их гремели, как грохот водопада. Неразделимый на отдельные звуки единый вопль этот повисал в воздухе, обрушивался на крепость со всех сторон, словно голоса их доносились из-за далёких пределов мира.

Никакое чудо не могло бы воздействовать сильнее. Слова несли смерть и силу из пустоты. Выживший увидел, как последующее определяет предшествующее. Он увидел, как явная не-

Глава восьмая. Ишуаль

возможность, которую в манускриптах называют колдовством, ниспровергает все его представления. И более того, казалось, что он видит след этого действа, словно оно каким-то образом пятнало, бросало тени на сам свет тварного мира.

Поющие приблизились к священным бастионам, голоса грохотали в чистейшем унисоне, возвышались в невозможном резонансе, гуляя между пространствами и поверхностями, просто не существовавшими. И братия взирала на Поющих, не смея дышать и не умея понять.

Это Выживший осознает уже потом. То мгновение было мгновением их гибели. То самое, предшествовавшее мигу, когда пламенные ореолы увенчали высоты Ишуали погибелью и разрушением. Временное затишье перед тем, когда каждый из братьев понял, что они обмануты, что само течение их жизней, не говоря уже об убеждениях, оказалось немногим больше, нежели ошибочной фантазией...

Башни Ишуали горели. А братья бежали по своим кущам и садам, отступая в недра чертога Тысячи Тысяч Залов. Пытаясь найти спасение в лапах их главного судьи, ранее погубившего многих из них.

Осада и падение Ишуали...

Утрата — всего лишь место. Что значит оно рядом с откровением, сопутствовавшим этой утрате?

Гласящим, что последующее может определить предшествующее... невозможное, сделавшееся проявленным. Прежде мир был стрелой с одним и только одним направлением — так, во всяком случае, они полагали. Только Логос, только причина и ее отражение могли изменить непоколебимое шествие безжалостного мира. Так дуниане воспринимали свою священную миссию: совершенствовать Логос, познать происхождение мысли, согнуть стрелу в круг и таким образом достичь Абсолюта.

Стать самодвижущей душой.

И свободной.

Однако Визжащим и Поющим не было дела до их учения — они добивались только их смерти.

— Почему они ненавидят нас? — не в первый уже раз спросил мальчик. — Почему все вокруг стремятся погубить нас?

— Потому что в своем заблуждении, — ответил Выживший, — мы сделались истиной, слишком ужасной для того, чтобы мир мог ее вынести.

Еще несколько лет братия сражалась в коридорах чертога Тысячи Тысяч Залов, погребенная во тьме и кровопролитии, руководствуясь слухом и осязанием, маскируя свой запах шкурами убитых врагов. Убивая. Словно на бойне...

— Но в чем истина? — настаивал мальчик.

— В том, что свобода определяется мерой предшествующей тьмы.

Он пал на них, как клыки дикого зверя, он бросил их истекать кровью на пыльном полу. Члены его, словно цепи, раздирали плоть невидимого врага. Ладони были как полные местью зубы. Он шагал меж их ярости, израненный и разящий. Кровь их была жиже крови его братьев, но сворачивалась быстрее. И на вкус отдавала скорее оловом, нежели медью.

— Они почитают себя свободными?

Вонь. Неразборчивые вопли. Конвульсии. Год за годом сражался он во чреве земли. Не было счета ранам. И вот цель его расточилась, превратившись в отчаяние.

— Лишь когда мы мертвы.

Он надломился — Выживший понимал это.

И сошел с ума, чтобы выжить.

Чертог Тысячи Тысяч Залов постепенно поглотил всех братьев, по одному отдавая их самоубийственной ненависти врагов. Все они, как один, сражались, полагаясь на умение и хитрость, накопленные за две тысячи лет. Однако никто не сомневался в печальном для них исходе сражения.

Дуниане были обречены.

Первыми пали юные и старые: достаточно было одной ошибки — столь незаметной стала грань между жизнью и смертью. Одни погибали в бою, обретая последний покой

Глава восьмая. Ишуаль

под грудами мертвецов. Бо́льшая часть умирала от заражения ран. Кое-кто даже не находил пути назад в лабиринте, несмотря на то что в молодые дни без труда справлялся с ним. Чудовищное колдовство Поющих, к примеру, сворачивало с установленных с математической точностью опор целые галереи. Братья не могли выйти к жизни и свету.

И умирали заживо погребенными.

Так уменьшалось число дуниан.

Однако Выжившему каким-то образом удалось уцелеть. Как бы ни заливала его кровь, он всегда сохранял силы. Какие бы разрушения ни окружали его, он всегда находил дорогу — и что более важно, никогда не оказывался закупоренным в какой-нибудь пещере. Он всегда одолевал, всегда возвращался и всегда заботился о ребенке, которого укрыл в глубинах.

Кормил его. Учил его. Прятал его. Вынюхивал тысячи опасностей, чтобы сохранить его жизнь. Он рисковал: позволял себе говорить с ним, чтобы уши мальчика не отвыкали слышать и понимать. Он даже завел светильник, чтобы глаза мальчика не забыли про свет.

Ему, наиболее обремененному, суждено было стать единственным выжившим.

Какое-то время поток Визжащих не иссякал, не прекращался натиск этих безумных и никчемных жизней. Новые и новые враги во все большем количестве наваливались на чертог, своим множеством преодолевая самые хитрые ловушки: скрытые ямы, подпертые потолки, обрывы над бездной.

Но потом столь же необъяснимо, как и любой поворот в этой войне, количество их резко пошло на убыль. На остатки можно было не обращать внимания, последние враги тупо скитались по лабиринту, пока голод и жажда не убивали их. Их становилось все меньше и меньше, и наконец стали попадаться только полуживые, едва пыхтевшие на полу.

Крик последнего из них показался Выжившему очень жалобным, в полном муки голосе звучали человеческие нотки.

А потом в чертоге Тысячи Тысяч Залов воцарилась тишина. Полная тишина.

После этого Выживший и его мальчик бродили во тьме безо всякой опасности. Однако они не смели подниматься на поверхность даже по тем восходящим ходам, которые как будто остались незамеченными врагом. Слишком многие дуниане погибли подобным образом.

Они скитались, и мальчик рос здоровым, невзирая на подземную бледность.

Только когда исчерпалось последнее известное им хранилище припасов, они осмелились предпринять долгий подъём к поверхности и оставили свой подземный храм, свою освященную тюрьму.

Выбравшись, Выживший обнаружил, что все известное ему уничтожено, голая плешь Ишуали морщилась под чуждым солнцем. Впервые в своей жизни он стоял обнаженным, совершенно безоружным перед лицом неопределенного будущего. Он едва понимал, кто он такой, не говоря уже о том, что следует делать.

Мальчишка, с глупым видом уставившийся на мир, которого помнить не мог, споткнулся и пошатнулся от головокружения, настолько чуждо было ему открытое пространство.

— А это потолок? — воскликнул он, прищуриваясь на небо.

— Нет, — возразил Выживший, начиная понимать, что именно очевидное было величайшим врагом дуниан. — У мира нет потолка.

И опустив взгляд к своим обутым в сандалии ногам, наклонился, чтобы поднять зернышко, затерявшееся среди мусора. Семечко какого-то неизвестного ему дерева.

— Здесь только полы... такие огромные-огромные.

Земля для корней. Небо росткам, ветвящимся, длинным. Цепляющимся.

Черным железным топором он повалил дерево, бывшее совсем тоненьким перед приходом Визжащих, чтобы сосчитать число лет их подземного заточения.

И узнать возраст своего сына.

Глава восьмая. Ишуаль

Он, Выживший, был уже не таким, как прежде. Слишком многое у него отняли.

— И что мы будем делать теперь? — спросил мальчик после первого проведенного под солнцем дня.

— Ждать, — ответил он.

То, что случится потом, как он теперь знал, определяет то, что произошло раньше. Цель не иллюзия. Смысл — вот что реально.

— Ждать?

— Мир еще не закончил с Ишуалью.

И мальчик кивнул — с верой и пониманием. Он никогда не сомневался в Выжившем, хотя считался с тем, что в душе его обитает легкое безумие. Он не мог поступить иначе, ибо таков был визг, такова была беспощадная бойня.

Однажды он приказал мальчику не дышать, чтобы облака не напомнили о них врагам. В другой день, подобрав сотню камней, он прошелся по лесу и убил девяносто девять птиц.

Таких дней было много — ибо он не мог остановиться... не мог не убивать.

Он не был прежним.

Он стал семенем.

А теперь еще эти люди.

Они походили на дуниан, но не были ими.

Мальчик примчался к нему сразу же, как только заметил в долине старика с беременной женщиной. Вместе они наблюдали за их продвижением к Ишуали, следуя за облачком тишины, которую порождало в лесу их присутствие. Они смотрели, как пришельцы в растерянности бродили среди руин. И когда странная пара вошла в Верхние галереи, они приблизились, оставаясь на самом краю досягаемости их необъяснимого света. Не производя никакого шума, они тенью следовали за этой парой, украдкой подсматривая то, что им удавалось увидеть.

— Кто они? — прошептал мальчик.

— Это мы... — ответил Выживший, — такие, какими были прежде.

И хотя он не понимал ни слова из того, что говорили эти люди, цель их предприятия понять было несложно: они разыскивали Ишуаль, рассчитывали найти дуниан, но обрели лишь картину опустошения.

Потрясенный, старик впал в уныние, но о беременной этого сказать было нельзя. Она пришла, рассудил Выживший, ради неизвестной ей самой цели. И раздражало ее не столько разрушение Ишуали, сколько упадочное настроение старика.

Отца ребенка, которого она несла в себе.

Эти откровения рождали сценарии дальнейшего развития событий, возможности, мелькавшие перед его внутренним оком. И когда они с мальчиком явили бы себя незваным гостям, именно ей назначено было стать заступницей, умягчать страхи и подозрительность старика.

Однако Выживший заметил также облегчение в душе старца. Ленивый прищур, рассеянный взгляд, замедленные сердцебиения, ибо исчез ужас.

Ужас перед дунианами.

Этой женщине суждено было распахнуть врата доверия меж ними — так, по крайней мере, казалось.

А потом они вошли в Родительскую.

Выживший следил за женщиной из черноты, слишком далекой, чтобы заметить что-то большее, нежели мотивы ее действий. Он увидел, как она пошатнулась, словно внезапно ослепнув, когда взгляд ее коснулся каменных постелей, костей дунианских женщин. Непонимание... Ужас...

Ненависть.

Глубокая, знакомая ему ненависть овладела ею, явившись из ниоткуда.

Она тоже была безумна.

Но старик не знал этого. Он пришел, чтобы поверить в ее безумие, чтобы воспринять ее суждение как свое собственное. И когда она заговорила, Выживший понял, что время для наблюдения закончилось. У них не оставалось другого выбора: следовало вмешаться, чтобы справиться с необычайным поворотом событий.

Глава восьмая. Ишуаль

Она высказывала суждение, которого старик не разделял — пока что.

И Выживший послал к ним мальчика.

Владевшее им безумие принялось оспаривать принятое решение насчет мальчика. С внутренним протестом наблюдал Выживший за его приближением к двоим незнакомцам. Ребенок казался ему более хрупким, чем был на самом деле, более одиноким. Из какой-то тьмы наползала холодная и неосознанная уверенность в том, что он послал мальчика на смерть.

Однако перед ним теперь были не Визжащие, а люди, заляпанный холст, который дуниане отскребли добела. Они добивались понимания, а не крови и боли. Им нужно было знать, что произошло в этом месте, что именно случилось с Ишуалью.

Когда мальчик окликнул их, они прислушались к его голосу, замерли, стараясь скрыть тревогу.

Но когда старик ответил ему на его же родном языке, Выживший понял, что с дунианами этих путешественников связывает нечто глубокое. Древнее. Нечто из того, что было прежде.

Когда мальчик назвался перед стариком своим собственным именем — Анасуримбор, — Выживший понял, что их связывает и нечто живое. Нечто, рождавшее безграничный ужас.

Это мог быть только его отец.

— Мимара... — хрипит старый волшебник. — То, о чем ты просишь...

Она понимает, что переступила черту. Она сознает иронию судьбы. Столько лет она подшучивала над заудуньяни, высмеивая их бесконечные поклоны и чистоплюйство, их низкопоклонство и более всего их голубоглазую искренность. И только сейчас она понимает истину, к которой восходят их заблуждения.

Месяц за месяцем она размышляла над Оком Судии, ощупывая его, как язык во рту пересчитывает отсутствующие зубы. Не проклятье ли оно? Или дар? Не погубит ли оно ее? Или, может быть, возвысит? Она пыталась постичь его и не осознавала, что оно само постигает. Она потерялась в лабиринте намеков и следствий, задавая вопросы, на которые ни одна душа, столь легкая, столь смертная, не могла даже надеяться найти ответы.

Эти вопросы, как она теперь понимала, так и оставались вопросами, словами, брошенными в лицо людскому невежеству. В облике искренности...

Но теперь — теперь-то она понимает: фанатизм невозможно отличить от подлинного постижения добра и зла.

Обладать Оком означает знать, кто будет жить, а кто умрет, столь же определенно, как знаешь собственную ладонь! А знать — значит стоять бестрепетно и легко, быть упорным, неподатливым, столь же не ведающим усталости, как предметы неодушевленные. Быть неподвижным, непобедимым даже в смерти.

— У тебя нет выхода, Акка, — говорит она голосом, пропитанным сочувствием и печалью. — Они же дуниане...

Она берет его за вялую, как у паралитика, руку, и это кажется необходимым и неизбежным, ужас и нерешительность искажают его лицо, заставляют прятать глаза.

— Тебе известно, какую опасность они представляют. Лучше, чем кому бы то ни было.

Выживший, бесстрастный и неподвижный, молча наблюдал за ними с постепенно теплеющего блока каменной кладки. Он открывал рот только для того, чтобы отвечать на вопросы мальчика, продолжавшего бороться с мыслями, укрывающимися под хаотической вспышкой человеческих страстей.

— Он давно с подозрительностью относится к нам, — отметил мальчик.

— Десятилетия.

— Из-за твоего отца.

— Да, из-за моего отца.

— Однако ее подозрительность родилась недавно.

Глава восьмая. Ишуаль

— Да. Однако это нечто большее, чем подозрительность.
— Она презирает нас. Из-за того, что увидела здесь?
— Да. В Верхних галереях.
— В Родительской?

Образ: она стоит в облачке голубоватого света, растрепанная и несчастная, глаза ее полны гнева и осуждения.

— Она считает нас непотребной грязью.
— Но почему?
— Потому что братья использовали в качестве инструментов все — даже женское чрево.

Мальчик повернулся к нему. Солнце осветило отдельные волоски пушка, покрывавшего его голову.

— Ты не говорил мне об этом.
— Потому что наши женщины мертвы.

И Выживший объяснил, как случилось, что во время первого Великого Анализа древние дуниане отвергли все обычаи, препятствующие им созерцать Кратчайший Путь без всяких предрассудков и ограничений. Обнаружившееся различие между отдельными дунианами в области интеллекта заставило их заметить то препятствие, которым на этом пути становится отцовство и внешность. Одного обучения недостаточно. Сама идея, что Абсолют можно познать путем простого размышления, что люди от рождения обладают природной способностью постичь бесконечное, была отвергнута как праздное заблуждение. Заблуждение плоти, решили они. Души их опирались на свою плоть, и плоть эта была не способна понести Абсолют. И они сочли, что только направленное размножение может помочь им, и было решено, что мужчины и женщины должны размножаться только в том случае, если дают качественное потомство.

— За прошедшие века облик полов изменился согласно их функции, — подвел он итог.

Мальчик смотрел на него... такой открытый, такой слабый по сравнению с тем, каким мог бы быть, но и непроницаемый, словно камень, по сравнению с парой пришедших извне людей.

— Так, значит, она похожа на первых матерей?

Единое, неторопливое движение век. Образ ветвей. И затихающий звук чавканья в темноте.

— Да.

Визжащие в конечном итоге стали отгрызать свои конечности и, пытаясь собственной плотью восполнить утрату жизненных сил, умирали в темных глубоких недрах чертога Тысячи Тысяч Залов.

Мимара пылает гневом. И откуда берется это желание спорить — то есть противоречить?

Многие годы она спорила не кулаками, но от кулаков. Каким бы пустячным ни было противостояние, она всегда сжимала кулаки так, что на ладонях оставались отпечатки ногтей. Издевка распространялась вверх от груди и шеи: первая каменела от негодования, вторая напрягалась от волнения. Насмешничали ее подбородок и губы — под глазами, готовыми пролиться потоком слез.

Но протест никогда не исходил, как теперь, от ее чрева.

От самой значимой основы.

— Скюльвенд... — начинает старый волшебник с таким видом, будто размышления позволили ему обнаружить какую-то умозрительную жемчужину. — Найюр урс Скиоата... настоящий отец Моэнгхуса. Он прошел вместе с Келлхусом половину Эарвы, однако не покорился ему. Но нам это не нужно! Не нужно, поскольку мы знаем, что имеем дело с дунианами!

— Скюльвенд, — фыркает она. Жалость проталкивается в первый ряд ее разбушевавшихся страстей. — И где он теперь, этот Найюр урс Скиоата?

Потрясенный взгляд. Ахкеймион привык видеть ее расторопной, проворной языком и быстрой умом. Да и как бы мог он не привыкнуть, отражая ее наскоки на всем их пути по просторам Эарвы? Однако, при всем своем уме, она никогда не обладала подлинной силой, не говоря уже о способности убеждать — руководствуясь одним только гневом.

— Мертв, — признает бывший адепт.

Глава восьмая. Ишуаль

— Значит, знание природы этих существ не способно надежно помочь нам против них? — Она пользуется его же собственными аргументами, высказанными во время их первой встречи в Хунореале, когда он попытался убедить ее, что, понимает Мимара это или нет, она все равно шпион своего приемного отца.

— Нет, — соглашается старик.

— Тогда у нас не остается иного выбора!

Проклятая баба!

— Нет, Мимара... Нет!

Она замечает, что стискивает свой живот, насколько велик ее гнев.

— Но я видела их! Видела Оком, Акка! — Презрение, ярость, праведное негодование не принадлежат ей. Теперь истина правит всем.

Истина ее чрева.

— Я видела их Оком!

Какой выпад! Безжалостный. Столь же умный, сколь и жестокий. А теперь еще и кровожадный. Она кажется не ведающей угрызений совести девой-воительницей — в шеорском доспехе, поблескивающем под солнцем чешуйками.

Какая-то часть его, насмешливая и уязвленная, спросила: что же так исказило твое восприятие добра и зла? Однако мысли эти трудно было назвать искренними, они всего лишь прятали от него...

Ее правоту.

Это дуниане. И если оставить их в покое, какую религию они создадут? Каким завладеют народом? А если взять их с собой — узниками или спутниками, — разве смогут они с Мимарой не сделаться их рабами?

И только теперь как будто сумел он оценить всю опасность карликового умишка. Разве можно ощущать себя свободным рядом с подобными созданиями? Как можно позволять себе оказываться ребенком, которого подталкивают в нужную сторону на каждом повороте?

Над этими вопросами он подолгу размышлял в истекшие годы. Даже по прошествии лет в абстрактном виде они казались затруднительными. Да и разве могло быть иначе, если их постоянно поливала из своего колодца Эсменет.

Он, муж, отказавшийся от своей жены!

Однако задавать себе такие вопросы в присутствии живых дуниан значило показаться им еще более смертными.

Потому что они все еще существуют, понял он. От его ответа зависело нечто большее, чем просто жизнь.

Он заставил себя противопоставить эту пару, мальчика и мужчину, зернышку отвращения, внезапно проклюнувшемуся в его груди. Всегда лучше, подсказала ему часть души, обозреть со всех сторон тех, кого тебе нужно убить.

Тени отступали, прижимаясь к рождавшему их солнцу. Поскольку дуниане устроились выше, старый колдун видел, как линия, разделяющая тени и свет, наползает на них обоих. И если раньше они казались частью фундамента разрушенной башни, то теперь как бы разделились. Мальчик обнимал колени в позе слишком беззаботной, чтобы не оказаться заранее продуманной. Выживший уселся на манер возницы, утомленного долгой дорогой, — склонившись вперед, упершись локтями в колени. Его шерстяная туника, казалось, поглощала падавший на нее свет без остатка. Лицо его было исчерчено прямыми и изогнутыми шрамами, создававшими на коже случайную игру теней, подобную картине некого художника.

Оба они ответили на его взгляд с преданностью, приличествовавшей собакам, ожидающим подачки. Два таких заброшенных и жалких существа, изборожденная шрамами жуть и юный калека, выброшенные жизнью на отмель на самой окраине мира... Достаточно, чтобы вызвать в душе наблюдателя легкое сочувствие.

— *Он говорит... он говорит такие добрые вещи, чтобы утешить меня...*

Спектакль, старый волшебник понимал это. Их позы и поведение не могли не оказаться наигранными, выбран-

Глава восьмая. Ишуаль

ными для того, чтобы увеличить шансы на сохранение жизни — и на овладение ситуацией.

— *Он говорит, что вернется один от моего семени, Сесватха — Анасуримбор вернется...*

Может ли это оказаться случайным совпадением? Связанный с пророчеством сон, посетивший его на пороге Ишуали, конечно, намекает на многое, тем более увиденный глазами короля королей утром того дня, когда ему предстоит решить участь Анасуримбора — чистокровного дунианина и сына самого Келлхуса!

— Да какая разница? — вскричала изумленная Мимара. — Когда речь идет о самой судьбе мира, что может значить пара — всего пара! — жалких сердец? И не все ли равно, если это именно ты отправишь их на смерть?

Старый колдун повернулся к спутнице и бросил на нее гневный взгляд.

Ему уже доводилось слышать эти слова. Потупившись, он сжал переносицу большим и указательным пальцами. Он буквально видел перед собой Наутцеру, сурового, хрупкого, едкого, вещавшего ему во тьме Атьерса: «Полагаю, в таком случае ты скажешь: возможность того, что мы наблюдаем первые признаки возвращения Не-Бога, перевешивается реальностью — жизнью этого перебежчика. Заявишь, что возможность управлять Апокалипсисом не стоит дыхания глупца».

Теперь казалось, что все началось именно с этого мгновения, с давнего, произошедшего годы и годы назад события, когда Завет поручил ему шпионить за Майтанетом — еще одним Анасуримбором. И с тех пор он постоянно жил в мире загадок, умопомрачительных и фатальных, предвещающих, в грубом приближении, гибель цивилизации.

Стоит ли удивляться, что многие прорицатели впали в безумие?

— Мимара, смилуйся... Прошу, умоляю тебя! Я не могу убивать так, мимоходом.

— Убивать он не может! — вскричала та с деланым весельем.

Вся фигура ее, вся целиком, лучилась неодобрением. Пока он спал, в ней пробудилось нечто мрачное, безжалостное и далекое.

Нечто почти дунианское.

Невзирая на резкость ее манер, он никогда не замечал в ней жестокости — до сего дня. В чем причина? В Оке, как она сказала? Или в опасении за весь мир? Или за ребенка, которого она носит?

— В конечном счете убивают всех! — проговорила она. — И скольких ты уже лишил жизни, гм-м-м, добрый волшебник? Несколько дюжин? Или все-таки сотен? И где были тогда твои угрызения совести? Нангаэльцы, что застали нас на равнине и за которыми ты погнался... почему ты убил их?

Видение улепетывающих всадников, подгонявших своих лошадей в клубах пыли.

— Ну... — начал он и осекся.

— Чтобы они не помешали нашей миссии?

— Да, — вынужденно признался он и глянул на собственные ладони, попытавшись представить себе все эти жизни.

— И ты еще колеблешься?

— Нет.

Он понял, что никогда не останавливал собственную руку. И никогда не затруднял себя оценкой. Не говоря уже о подсчете убитых им. Как может мир быть таким жестоким? Как?

— Акка... — произнесла она, обращаясь скорее к его взгляду, чем к нему самому. — Акка...

Он заглянул ей в лицо и вздрогнул от сходства Мимары с Эсменет. И в порядке очередного безумного откровения понял, что именно она была той причиной, что заставила его принять миссию Наутцеры многие годы назад. Эсменет. Именно она вынудила его рискнуть жизнью и душой Инрау — и проиграть.

— Такая... — говорила Мимара, — такая жизнь... это просто убожество. Предай их в руки судьбы, которой они избежали!

Глава восьмая. Ишуаль

Эти губы. Он и представить себе не мог, чтобы эти губы предлагали убийство.

Квирри. Он нуждается в порции квирри.

Нетвердой рукой он потер лицо и бороду.

— Я не имею на это права.

— Но они уже прокляты! — вскричала она. — Безвозвратно!

Наконец терпение отказало ему. Он обнаружил, что стоит на ногах и кричит:

— Как! И! Я! Сам!

Какое-то мгновение ему казалось, что эта выходка остановит ее, заставит ее прикусить язык, с учетом последствий того, о чем она просит. Но если она и помедлила, то лишь по собственным причинам.

— В таком случае, — промолвила она, беззаботно пожав плечами, — тебе нечего терять.

Ради того, чтобы спасти мир.

И ребенка.

— Эмпитири аска! — закричала беременная, бросая взгляды, полные ужаса и ярости, то на Выжившего, то на мальчика. — Эмпитиру паллос аска!

Спор, начавшийся в возбужденном тоне, переходил на пронзительные нотки. Выживший не мог понять слов, но чувства от него не укрылись. Она уговаривала старика вспомнить собственную миссию. Оба путника много претерпели, как в их совместном путешествии, так и поодиночке раньше. Достаточно для того, чтобы требовать некоей платы — или уж по самой меньшей мере верности идее, приведшей их в такую даль.

Дуниан необходимо уничтожить, требовала она, только так можно почтить все то, чем они со стариком пожертвовали...

И тех, кого убили по дороге.

Старик начал ругаться и топать ногами. Сердце заколотилось быстрее. Слезы затуманили глаза. Наконец, копя внутри себя волю к убийству, он повернулся к груде обломков, среди которых сидели Выживший и мальчик.

— Не следует ли тебе вмешаться? — спросил мальчик.

— Нет.

— Но ты сам говорил, что она сильнее.

— Да. Но при всем том, что она претерпела, милосердие остается самым главным ее инстинктом.

Седобородый колдун, кожа которого потемнела от грязи, кутался в плащ из потрепанных шкур, глядя на них обоих с откровенной нерешительностью.

— Значит, в конечном счете она слаба.

— Она рождена в миру.

Нечто, какая-то увечная свирепость, вызревала в груди старика.

После того как братья отразили первый натиск Визжащих, они вскрыли черепа этих тварей. Дуниане постарались захватить пленников для допроса и исследования. Нейропункторы скоро поняли, что Визжащие — неестественные создания природы. Как и у самих дуниан, их нейроанатомия несла на себе все отпечатки искусственного вмешательства: некоторые доли мозга были увеличены за счет соседних, ветви мириадов соединений Причины образовывали конфигурации, чуждые другим земным тварям. Структуры, рождавшие боль у всех животных, от ящериц до волков, в психике Визжащих рождали лишь похоть. Они не знали сочувствия, совести, стыда, желания общаться...

Опять же, как и дуниане.

Однако существовали и различия, во всем столь же драматические, как и сходство, только более сложные для обнаружения из-за структурных тонкостей. Среди областей мозга, известных нейропунктуре, труднее всего было исследовать и картографировать участки внешней коры, особенно те, которые теснились друг к другу за лбом. Спустя столетия, ушедшие на создание карт мозгов дефективных индивидуумов, братья осознали, что области эти представляют собой лишь внешнее проявление куда более крупного механизма, огромной сети, наброшенной поверх глубоких примитив-

Глава восьмая. Ишуаль

ных трактов. Причина. Причина пропитывала череп через органы чувств, стекала водопадами, а те распадались на притоки, вновь соединялись и распутывались. По каналам поверхностным и глубинным Причина перетекала и вливалась в сплетение, которое можно было уподобить только болоту, расщеплялась на незаметные вихри и водовороты, течения, струящиеся по внутренней поверхности черепа, прежде чем вновь слиться вместе, образуя целые каскады.

Первые нейропункторы называли эту структуру Слиянием. Она была — с их точки зрения — основным источником и величайшим вызовом, ибо представляла собой не что иное, как душу, свет, которому они придавали все более и более ослепительное сверкание с каждым следующим поколением. Слияние образовывало структуру, отличавшую самых отсталых дегенератов от животных. У Визжащих ее не было. Причина циркулировала в них ручьями, притоками и реками, не касаясь света души.

И братья поняли, что твари эти были порождениями тьмы. Предельной тьмы. Никакое Небо не обитало внутри их черепов. Ни одна мысль не посещала эти недра.

И в чем-то повторяя дуниан, Визжащие на самом деле представляли собой их противоположность: расу, идеально соответствующую тьме, бывшей прежде. Если дуниане стремились к бесконечности, Визжащие воплощали собою ноль.

Старик, который собирался убить их, Выживший знал это, обитал в каком-то промежуточном сумраке. Женщина вливала свою Причину в чашу его черепа, где она бурлила и кружила, прежде чем истечь в болото его души. Которое в данный момент готовилось излиться наружу, превратившись в деяние.

Старик уронил подбородок на грудь, сминая неопрятную белую бороду. И заговорил так же, как говорили Поющие: слова его сверкали светом, голос исходил не изо рта, но как будто отовсюду вокруг. Он на мгновение зажмурился, чтобы не слезились глаза. Но теперь, уже открытые, они полыхали, как два Гвоздя Небес.

Ирсиуррима таси киллию плюир...

— Прижмись ко мне, — приказал ребенку Выживший. — Изобрази любовь и ужас.

Мальчик исполнил приказ.

Так стояли они: покрытый шрамами урод и ребенок с рукой-клешней, скрученные магией и беспомощные. Старик медлил, неопрятный и неухоженный... кожура, обернутая вокруг сияющей мощи.

Выживший удивился, что этот свет может отбрасывать тени даже при полном сиянии солнца. Мальчик изобразил испуганный крик.

Беременная женщина ждала, поддерживая живот правой рукой. Глядя на нее, Выживший слышал сердцебиения — и уже рожденного и еще не родившегося.

Наконец она вскрикнула.

ГЛАВА ДЕВЯТАЯ
Иштеребинт

> Но что может быть существеннее живота и кнута? В том месте, где я живу, они откровенно правят нашими душами; слова представляют собой нечто едва ли большее, нежели украшение. Поэтому я говорю, что, дабы не умереть, люди должны страдать так, как не могут они выразить словами. Такова простая истина.
>
> Айенсис, письмо Никкюменесу

Конец лета, 20 год Новой империи (4132 год Бивня), Иштеребинт

Он не мог ощутить подушку.

Сорвил лежал в постели — просторной, вырезанной в украшенном изображсниями камне, — и все же не мог ощутить подушку.

Однако в покои его проникал солнечный свет, бледный этих глубинах, и дуновение прохладного свежего воздуха.

Они находились в Пчельнике, понял он, самом высоком ертоге Иштеребинта. Отбросив тонкие, как паутина, одеяла, орвил подвинулся к краю постели и поднял руки к гладому шлему, который, как он прекрасно знал, оставался на есте — но тело умеет надеяться само по себе. Увы, Амиолас, ак и прежде, полностью охватывал его голову.

Взгляд прикрытых шлемом глаз, тем не менее, пронил в самые темные уголки комнаты, а лившийся из шахты в потолке яркий свет слепил юношу. Постель располагалась в приподнятом на три ступеньки углу тесного библиотечного помещения, занятого полками с кодексами и железными стеллажами грубой, по всей видимости, человеческой работы, на которые были навалены свитки самого разного вида — от откровенного тряпья до рукописей, блиставших нимилем, серебром или золотом.

Наконец он обнаружил нелюдя и едва не подскочил, потому что Ойнарал находился совсем рядом — за драпировкой кровати. Он стоял недвижно, словно мраморное изваяние, каковое и напоминал оттенком кожи, подставив длинный нимилевый клинок лучам света, и чуть поворачивал его, следуя отблеску, игравшему на лезвии.

Холол, понял Сорвил. Меч носил имя Холол — Отбирающий дыхание.

— Что ты делаешь?

— Облачаюсь к войне, — ответил нелюдь, не глядя на него.

Сорвил заметил, что на Ойнарале был второй, более тяжелый хауберк, одетый поверх нимилевой кольчуги, в которой он ходил прежде. Рядом стоял овальный щит, прислоненный за спиной нелюдя к чему-то вроде рабочего стола и казавшийся абсурдным из-за множества вырезанных на нем изображений.

— К войне?

С быстротой, воистину нереальной, нелюдь воздвигся перед ним, выставленный клинок уперся в поверхность Амиоласа там, где точно ослепил бы Сорвила, не будь лицо его прикрыто. Тем не менее Сорвил не шелохнулся. Почему-то он не чувствовал тревоги, обладая отвагой, ему самому не принадлежащей.

— Боюсь, что ты посетил нас в неудачное время, сын Харвила, — проговорил Ойнарал Последний Сын голосом грозным и ровным.

— Почему же?

— Наше время прошло. Даже я, рожденный последним, даже я ощущаю начало конца.

Мрачный взгляд еще более потускнел, обратившись внутрь

Глава девятая. Иштеребинт

— Ты имеешь в виду Скорбь.

Ойнарал хмуро свел брови; рука его дрогнула самую малость. Свет пролился на всю длину пришедшего из неведомой древности кунорайского меча.

— Уцелевшие сбиваются вместе, — произнес он скорее голосом, только что освободившимся от страстей, чем бесстрастным, — чтобы с течением лет погрузиться в то самое смятение, которого они так боятся. Но упрямцы пускаются в путь и гребут, пока не потеряют из виду все знакомые им берега... чтобы заново обрести себя посреди позора и ужаса.

Ойнарал даже не шевельнулся, однако как будто поник.

— Многие... — произнес он с почти человеческой интонацией. — Многие нашли дорогу в Мин-Уройкас.

Неверие и явно не принадлежащий ему самому гнев перехватили горло юноши.

— О чем ты говоришь?

Ойнарал потупился. Но клинок Холола, злобно отливающий белизной, не шевельнулся.

— Кузен! — вскричал Сорвил не своим голосом. — Скажи, что ты шутишь!

Потрясение. Гнев. И стыд — стыд прежде всего.

Бежать в Мин-Уройкас?

А потом ярость. Он считал свои основания для ненависти безупречными: погибший отец, уязвленная честь, угнетенный народ. Но то, что ощущал он теперь, сжигало его изнутри, словно разведенный под сердцем костер. И ярость этого огня могла спалить кости и испепелить зубы, размолотить в месиво кулаки о бесчувственный камень.

Бежать в Мин-Уройкас? Зачем? Зачем общаться с Ненавистными? С Подлыми? Да как такое вообще возможно?

— Ты лжешь! Подобного быть не...

— Слушай же! — воскликнул Ойнарал, отделенный от Сорвила клинком меча. — Тысячи нашли свой путь в Мин-Уройкас! Тысячи! — Какое-то отдаленное подобие гнева заставило его скривиться и на мимолетное мгновение, казалось, превратило в настоящего шранка. — И только один нашел дорогу назад!

Нин'килджирас, понял Сорвил. И звенящая ясность этого факта освободила его от ярости.

Иштеребинт покорился Голготтерату!

Он знал это, но...

Внезапная волна холода, принесшая с собой решимость мрачную и неизмеримую, окатила его. Вместо того чтобы пытаться наугад избавиться от ярма чужой, более сильной сущности, пытаться собрать себя воедино, он должен был научиться владеть новой личностью, которой стал. Иначе Серву и Моэнгхуса ему не спасти.

— Тогда почему ты грозишь мне мечом?

Ойнарал бросил на него яростный взгляд.

— Килкуликкас требует, чтобы я убил тебя.

— Владыка Лебедей? Почему?

— Потому что ты предназначен Мин-Уройкасу, сын Харвила, хотя и не знаешь этого.

Сорвил наклонился и прижал Амиолас к острию Холола.

— Тогда почему ты медлишь?

Ойнарал взирал на него сверху вниз, сдерживая ужас. Сорвил ощущал одновременно тревогу и восторг. Блистающий обоюдоострый клинок, светоносное острие, нимилевое само и нимилем точенное, замерло, едва не касаясь его лба.

Резкий удар крыльев. Оба вздрогнули. Холол скользнул вдоль кованой личины шлема, когда Сорвил приподнял голову, чтобы посмотреть в уходящий к небу канал. Нестерпимо яркий свет показался ему как будто жидким, но Сорвил тем не менее, увидел ужасный силуэт — острый разящий клюв и длинную, как у лебедя, шею.

Аист несколько раз взмахнул крыльями в жерле световой шахты, а потом исчез.

— Потому что только покорность судьбе, — промолвил Ойнарал Последний сын, — может спасти истерзанную душу моего народа.

— Я не собираюсь служить Голготтерату!

Сорвил спешил следом за Ойнаралом в холодок пышно украшенного Пчельника. Он не имел ни малейших представ

Глава девятая. Иштеребинт

...ений о намерениях нелюдя — тот увлек его за собой из ...одземной палаты без каких-либо объяснений.

— И кому же ты собираешься служить? — спросил упырь.
— Своей родне, своему народу!

Ойнарал имел впечатляющий вид: щит заброшен за спи-...у, хауберк надет поверх кольчужной рубахи, стеганка из ка-...анной в войлок шерсти на плечах и груди. Холол в ножнах ...висал с пояса, рукоять его почти касалась правой ладони ...елюдя. Он казался устрашающим из-за схожести со шран-...ом, но и подлинным — по причине, которую Сорвил мог ...риписать лишь Амиоласу. Подлинный инджорский ишрой ...ылых времен.

— Значит, будешь служить Анасуримбору, — объявил он.
— Нет! Мне предопределено убить его!
— Но тогда ты погубишь свою родню и свой народ.
— Как... Откуда это может быть известно тебе?

Ответом на его вопрос стал недобрый взгляд.

— Как я могу не знать этого, человечишко? Я был там. ...был сику еще до горестного Эленеота. Я видел приближа-...ющийся Вихрь собственными глазами — видел, как шран-...ы повинуются единой жуткой воле! Я видел на горизонте ...ымы Сауглиша, видел, как пляшут в водах Аумрис отра-...ения пламени, объявшего могучую Трайсе. Я видел все... ...ысячи людей, вопящих от ужаса на причалах, видел этот ...ешеный натиск, видел, как матери разбивают своих мла-...енцев о камень.

Голос его тускнел с каждым словом; описание меркло пе-...ед смыслом.

— Все знают о Великом Разрушителе, — возразил Со-...вил. — Я спрашивал о другом: откуда тебе знать, что он ...озвращается? И о том, что только Анасуримбор может оста-...овить его?

— Это было предска...
— Я был предсказан!

Нотка понимания ослабила жесткость взгляда неживого.

— Подобные предметы сложны для всякого человека, ...е говоря уже о таком юном, как ты.

— Ты забываешь, что, пока на моей голове остается эта проклятая штуковина, душу мою нельзя назвать ни молодой, ни человеческой.

Ойнарал шагал, погрузившись в раздумья, однако при всем своем боевом снаряжении он казался тем педантичным книжником, каким обрекли его быть собственные собратья. Сорвил осознал, насколько может доверять сыну Ойрунаса. Наши манеры всегда провозвещают нас. Всегда наше поведение выдает нашу душу. Последний Сын не управлял и не мошенничал, он предлагал трагические альтернативы, им самим связанные воедино. С различной степенью неведения.

Ощущения Сорвила утратили остроту, позволяющую ощутить надежду. Ойнарал не изучал древних — он был одним из них. Вопросы Сорвила громоздились друг на друг и требовали бессчетных ответов.

Да, подумал юноша, именно ответами нелюди всегда наделяли людей, будучи их наставниками...

Отцами.

— Эмилидис не признавал собственные удивительные работы, — наконец проговорил нелюдь, — но ни одной из них он не сторонился так сильно, как Амиоласа. Он приложил усилия, чтобы никто не забывал природу шлема.

— Но почему? — вскричал Сорвил. — Почему я должен предпочитать ваш миф живому свидетельству Ятвер? Почему должен я усомниться во Всемогущей Богине, которая ежедневно приглядывает за мной, возвышает меня, укрывает от зла? Ты слышал мое признание: ее плевок затуманил его взгляд, позволил мне посеять ложь там, где беспомощными стоят другие! И все же ты утверждаешь, что он, убийца моего отца, прозревает то, чего не видит Богиня?

Ойнарал не отрывал от него недовольного взгляда.

— А если я скажу тебе, — начал он, — что у твоей матери некогда был любовник и он-то и есть твой подлинный отец?

— Невозможно! — закашлялся в недоверии Сорвил. — Немыслимо!

— Именно, — проговорил Ойнарал с уверенностью прозрения. — Сама возможность этого немыслима.

Глава девятая. Иштеребинт

— Я прошу у тебя объяснений, а ты порочишь мой род?

— Я говорю это потому, что Не-Бог настолько же невозможен для твоей Богини, твоей Матери Рождения. Не-Бог представляет собой явление, которое она не способна помыслить, которое не может познать, не может различить, вне зависимости от того, как бурно он переделывает мир. Существовать во все времена — значит забыть про эсхатон, предел этих времен, и Мог-Фарау как раз и является этим пределом. Эсхатоном.

Он посмотрел на хмурого молодого короля, а потом указал на одно из сменявших друг друга на стенах панно, на котором ишрой повергал башрага и шранка перед Рогами Голготтерата — но где это происходило, при Пир-Пахаль или при Пир-Мингинниаль?

— Не-Бог находится не внутри и не вовне, — продолжил Ойнарал. — Боги, которых воплощают твои идолы, не могли предвидеть его явление две тысячи лет назад. Когда Оно шествовало по миру, они видели лишь разрушения, лишь его тень — разрушения, в которых они винили другие обстоятельства! Человеческие жрецы надрывали глотки, но безуспешно. Толпы вопили и набивались в храмы, но их Боги — твои Боги! — слышали только безумие и насмешку.

Сорвил внимал всем своим безликим лицом. Лишь Амилас, только что представлявший собой нестерпимое бремя, удерживал его теперь на ногах.

— О чем ты говоришь? Что Ятвер обманута?

— Не только. Я говорю, что по природе своей Она не может не обмануться.

— Немыслимо!

Ойнарал только пожал плечами:

— Неизбежность всегда производит подобное впечатление на невежественных.

Сорвил пошатнулся, подавляя порыв, побуждавший его излить свое потрясение криком. Как? Как можно проснуться однажды утром и обнаружить перед собой подобные извращения? Пророков, пророками не являющихся, но тем не менее оказывающихся спасителями? И Богов, правящих столь же слепо, как короли?

Повсюду! Всякий раз, когда он обретал зернышко решимости, всякий раз, когда ему казалось, что он заметил истину в течениях его, мир немедленно отрицал это. Как? Каким образом ему удалось сделаться подобным магнитом, притягивающим к себе безумие и противоречия?

— На твоей голове находится Амиолас, сын Харвила. Знание обитает в тебе самом, с той же уверенностью, как и страдание. Нечестивый Консульт хочет погубить мир.

Ему не надо было задумываться, чтобы понять: хитрый нелюдь говорил правду. Воспоминания действительно находились в его голове, со всей своей силой и следствиями, неизбывным горем и ненавистью, но, подобно колесам сломанной мельницы, они оставались инертными, неподвижными, чем-то таким, к чему можно только прикоснуться пальцем, но не взять.

— И ты несешь в себе благо, так же как и мы.

И он просто понял… понял, что Ойнарал Последний Сын говорил правду. Инку-Холойнас явился, чтобы истребить все души, и Боги не видели этого.

Жуткая Матерь была слепа.

Они спустились в Ритуальный Чертог, один из наиболее древних в Иштеребинте. Сорвил заметил еще одно панно, изображавшее Мин-Уройкас — Голготтерат, — на сей раз вырезанное из камня, словно обточенного бурными водами. Гора окружала их всей своей навсегда застывшей каменной мощью. Думы Сорвила подскакивали и порхали, словно бабочки, абсурдные своей легковесностью в приданной столь тяжкими сводами подземелье.

Иштеребинт.

— Они намереваются нас уничтожить, — проговорил молодой человек.

— Да, — ответил Ойнарал Последний Сын голосом, привыкшим к слишком многим страстям.

— Но почему? Зачем кому бы то ни было затевать войну, имеющую столь безумный итог?

Глава девятая. Иштеребинт

Они пересекли еще один пышно украшенный перекресток. Близкие звуки рыданий отразились от стен.

— Ради собственного спасения, — ответил нелюдь. — Совершенным ими грехам нет искупления.

Не знающая пощады ярость пробежала волной по членам Сорвила — потребность душить, бить! И тут же рассеялась за неимением цели, из побуждения превратившись всего лишь в желание.

— Они хотят... — проговорил он ровным голосом, дабы успокоиться и прийти в себя. — Они хотят таким способом избавить себя от осуждения и проклятия?

— Ты знаешь и это, — сказал Ойнарал. — Однако сдерживаешь себя из-за единственного следствия...

— Следствия? Какого следствия?

Ситуация была настолько немыслима, что ему хотелось кричать.

— Ибо это означает, что Анасуримбор почти наверняка твой спаситель.

Вот оно. Амиолас мог и и не лишать его дыхания.

Матерь Рождения обрекла его убить живого пророка, подлинного спасителя.

Образ отца часто являлся ей во время слепых бдений, взглядов и эпизодов. Она приветствовала эти видения и, чтобы не слышать безумных воплей своего брата, заново переживала собственное прошлое, как и прошлое Сесватхи. И иногда, когда тяготы плена несколько ослабевали, она обнаруживала, что слышит несуществовавшие разговоры. Отец приходил к ней с водой и хлебом. Он обтирал кожу, которой она не чувствовала, спрашивал, каково ей в заточении, столь безжалостном и темном месте.

— Ненависть не приходила, — говорила она ему. — Его любовь ко мне была... была...

— Так, значит, это конец, моя ведьмочка? И ты уже готова забыть?

— Забыть... что ты хочешь этим сказать?

— Забыть, что ты — моя дочь.

В углу следующего попавшегося на пути зала ежился нагой нелюдь, уткнувший лицо в переплетение рук и колен. Свет из ближайшего глазка лился на макушку несчастного, превращая его в восковую и неподвижную тень. Он казался частью Горы. И если бы не пульсация одинокой вены, Сорвил поклялся бы, что нелюдь мертв.

Ойнарал не обратил на него внимания.

— Однажды человек сказал мне, что надежда с возрастом тает, — проговорил сику, сделав еще несколько шагов. — И поэтому, утверждал он, древние были счастливы.

Сорвил сумел ответить, лишь повинуясь тупой привычке.

— И что же ты на это сказал?

— Что тогда действительно существовала надежда, надежда на что-то, и именно она делала древних счастливыми, надежда и связанное с ней ожидание.

Оглушительное молчание.

Сорвил просто шагал, очередное откровение лишило его дара речи.

— Ты понял меня или нет, сын Харвила?

— Я едва ли способен осознать даже собственное бремя. Мне ли рассуждать о вашем?

Ойнарал кивнул.

— Те из нас, кто давным-давно сделались сику, поступили так, потому что мы знали, что день придет... этот вот день, день нашего исчезновения. И мы сделали это для того, чтобы наконец освободиться от бремени надежды и переложить ее на наших детей.

Удивление, последовавшее за его словами, требовало изучения в той же мере, как и почтения. Ибо таков был мир, в котором вдруг оказался Сорвил: полный сгустившейся тьмы, печали и истины.

— Дети... ты говоришь про людей.

От коридора, по которому они шли, в черноту уходили пустынные ответвления, где тысячелетия не бывала ни одна живая душа, — Сорвил каким-то образом понял это.

— Я скажу тебе то, чего Иммириккас не мог знать, — проговорил древний сику, вглядываясь в глубины Ритуального

Глава девятая. Иштеребинт

...ертога. — Наступает такой момент, когда старые пути по...тижения сходят, как змеиная кожа. Ты совершаешь свои ...жедневные омовения, творишь нужные обряды, занимаешь...я повседневным трудом, но тобой овладевает раздражение, ...ы начинаешь подозревать, что окружающие составили заго...ор для того, чтобы запутать тебя и ввести в смятение. И не ...увствуешь ничего другого.

Они шли мимо вырезанных на стенах сцен побоищ, тяж...ого труда умерщвления себе подобных.

— Скорбь невидима сама по себе, заметны лишь трещины ...траха и непонимания, появляющиеся там, где прежде была ...езупречная гладь, беспечная, не допускающая сомнений. ...И скоро ты покоряешься не оставляющему тебя гневу, но ...ебе страшно обнаружить его, потому что хотя ты и знаешь, ...то все осталось без изменения, но вдруг замечаешь, что ...е можешь более доверять, соглашаться с теми, с кем прежде ...сегда с удовольствием ладил, такими надменными они сде...ались ныне! Их внимание превращается в снисхождение. ...х осторожность превращается в умысел. И тогда благо ста...овится скорбью, и бывшие целостными становятся эррати...ами. Подумай об этом, смертный король, о том, как тоска ...жесточает тебя, делает нетерпимым к слабости. Твоя душа ...едленно распадается, дробится на разобщенные раны, утра...ы, горести. Трусливое слово. Измена любимых. Последний, ...ессильный вдох младенца. И величайшими среди нас овла...евает горе, соизмеримое с их головокружительной славой.

Ойнарал склонил голову, как бы наконец покоряясь ка...ой-то безжалостной тяжести.

— И слыша это, ты должен понять, что ныне имеешь дело ...малейшим из моего народа. Мной, стоящим во свете и це...остности перед тобой.

Топот их ног отдавался в открывавшихся коридорах.

— И поэтому умер и ушел Ниль'гиккас, — продолжил Ой...арал полным боли голосом. — Он мужественно боролся — ...знаю это, потому что долгие века был его Книгой. Это он ...ридумал Челн и Чертог, это он сделал герб Горы в виде ...лавающего самоцвета. Никто не сражался со скорбью столь решительно — и безуспешно, — как он. И чем больше он распадался на части, тем строже требовал, чтобы его окружение собирало его воедино. Но от растворения в самом себе не было средства.

Он помолчал.

— Порок, сын Харвила. Один только порок удерживает изменчивую душу. Никто не знает причины, но только ужасы и жестокость могут сохранить ее целостность. Ты обретаешь себя на короткий срок, впадаешь в отчаяние, мучаешься стыдом, понимая, какой безобразной тварью стал и ликуешь. Ты жив! Жажда жизни пылает в нас сильнее, чем в людях, сын Харвила. Самоубийцы среди нас невозможны, немного таковых можно насчитать в великой бездне былого. И Ниль'гиккас — величайший среди наших древних героев — впал в порок...

Ойнарал умолк и даже замедлил шаг, словно горестные воспоминания влачились за ним по каменному полу.

— И что же он сделал? — спросил Сорвил.

Короткий взгляд на замусоренный пол — каменную крошку, осыпавшуюся с пористых стен.

— Он занялся эмвама — и Нин'килджирас следует его примеру. Масло, которым он поливает свою голову и лицо, вытоплено из жира убитых эмвама. Злодеяние! Совершаемое для того лишь, чтобы утвердить свою претензию на целостность!

Сику ткнул правой рукой вниз, жестом ишроев, выражающим неодобрение, требующим ритуального очищения.

— Этого можно было ждать от сына Вири, от рода нин'джанджинова. Но от Ниль'гиккаса? От благословенного наставника людей?

— И что же тогда сделал ты? — спросил молодой человек, понимая, что Ойнарал под видом объяснения наделил его признанием.

— Я боялся. Я скорбел. Я предостерегал. Наконец, угрожал. И когда он стал упорствовать, я покинул его.

Шаг сику сделался неровным, он сжимал кулаки, шея его торчала из ворота нимилевой рубашки.

Глава девятая. Иштеребинт

— И лишь это ему было суждено запомнить... мое предательство.

Юный король ощутил, как дрогнуло его сердце.

— Второй отец! — гремел Ойнарал, голос его разносился по темным тоннелям, врезаясь в стены, прорывая пелену теней. — Возлюбленный! Открывающий тайны! Я покинул тебя!

Нелюдь рухнул на колени, и Сорвил заметил, как его собственное отражение скользнуло по нимилевому щиту Ойнарала, в душевном смятении преклонявшего колена.

У него перехватило горло.

Голова его скрывалась внутри жуткого шлема, какого-то котелка, испещренного надписями. И проступало лицо — там, где лица не могло быть: оно словно просвечивало сквозь путаницу нимилевых знаков.

Лицо нелюдя.

— Из-за меня он мог умереть тысячью смертей! — кричал ику. — И в самый его черный час я оставил его!

Сорвил посмотрел на него несчастными глазами.

— Но если он покорился пороку, что еще ты мог сделать?

— Дряхлый муж не сможет усвоить урок! — взревел Ойнарал. И в какое-то мгновение снова оказался на ногах, всей воинской мощью нависая над ошеломленным юношей. — Бессмертному положено это знать! Старика нельзя наказывать как ребенка! Делая так, ты просто ублажаешь собственное самолюбие! Тешишь свою злобу!

Он возвел глаза к потолку. Лицо его сделалось совершенно подобным лицу шранка, и Сорвил сообразил, что тощие твари были вылеплены в точном подобии нелюдей, что они представляли собой наиболее жуткую часть стоявшего перед ним древнего существа — безумную насмешку!

Такой пагубой были инхорои.

— Я оказался слаб! — вскричал Ойнарал. — Я наказал его за то, что он не мог оставаться таким, каким был всегда! Я наказал его за то, что он несправедливо обошелся со мной! — Схватив Сорвила за грязную рубаху, он развернул молодого короля к себе лицом. — Разве ты ничего не понял, человечишко? Во всем этом виноват я! Я был последней нитью, привязывающей его к дому, последней его связью!

Смятение Сорвила умерило его гнев. Выпустив из рук его рубаху, сику уперся взглядом в землю, моргая, сотрясаясь всем телом.

— И что же с ним сталось? — спросил юноша. — Что он сделал?

Ойнарал отвернулся, охваченный порывом, напоминавшим — на человеческий взгляд — детский стыд. Отвернулся и Сорвил, но скорее для того, чтобы не видеть своего отражения в щите Ойнарала.

— Он бежал, — простонал нелюдь, обращаясь к резным стенам, сгорбившись, словно подстригая ногти. — Исчез через пару недель. Я покинул нашего возлюбленного короля, и он оставил свой священный чертог, последний уцелевший потомок Тсоноса... до возвращения Нин'килджираса.

— Но он все равно бежал бы.

— Из Горы бегут немногие. Некоторые уходят в Священную Бездну и обитают там в безликой тьме, не способной причинить им боль. А другие, тысячи несчастных, живут под нами, просто живут, бродят, подчиняясь самым примитивным привычкам, скитаются вокруг забытых ими очагов, безустанно вопиют, безустанно собирают и теряют разбитые черепки собственных душ...

Юноша не мог не подумать, не случится ли такое и с ним или Сервой, когда завершится этот последний кошмар.

— Виноват я один, — объявил древний сику, обращаясь к миниатюрам былых побед.

— Но ты только что сам сказал: чтобы бежать, незачем оставлять Гору. Важно ли, где скитается Ниль'гиккас, в подземелье или в мире? Он ведь уже бежал, кузен. Нин'килджирас так и так должен был сменить его.

Текли слезы. Черные глаза обвели розовые ободки. Му Сыы Ойрунаса наконец повернулся к нему. По щекам его мудрая душа, подумал юноша, мудрая, но ревнивая к собственному безумию.

— И сколько же из вас сохраняет целостность? — спросил Сорвил.

Глава девятая. Иштеребинт

Нелюдь помедлил мгновение, как бы опасаясь возвращаться к причине своего срыва. Обновленная решимость заставила померкнуть его лицо.

— Едва ли дюжина. Еще несколько сотен, подобно Нин'килджирасу, обитают в промежутке, в сумраке.

— Так мало.

Ойнарал Последний Сын кивнул:

— Рана, которую нанесли нам Подлые, оказалась смертельной, но потребовалось три эпохи, чтобы яд подействовал. Наше бессмертие и стало причиной нашей гибели. — Нечто, возможно ирония, согнуло его губы в усмешку. — Мы боролись с Апокалипсисом с Дальней Древности, сын Харила. И боюсь, что он наконец одолел нас.

Свет был настолько ярок, что в его лучах все светлое казалось соломой, а смутное — мелом. Люди Ордалии брели по равнине, и за каждой душой влачилась своя тень. Поднимаемая переступающими ногами пыль словно по собственному умыслу складывалась во вторую Пелену, разреженную и неглубокую.

— А если Иштеребинт уже сдался Консульту? Что тогда, отец?

Серьезный взгляд.

— Серва, ты — моя дочь, — ответил Анасуримбор Келхус. — Яви им мое наследие.

Нин'килджирас появился без каких бы то ни было объяснений, по словам Ойнарала, извергнутый тем же горизонтом, что в предыдущую эпоху поглотил его вместе с прочими лишенными наследия сынами Вири, устрашившимися решения суда Печати. Сын Нинара вернулся со всем подобающим случаю смирением и, обратившись к канону Имиморула, потребовал, чтобы его выслушали старейшие. Некоторые пытались убить его, приведя в исполнение приговор, вынесенный Иль'гиккасом. Однако столь скорое его возвращение после исчезновения короля не было случайным. Нин'килджирас нашел Иштеребинт охваченным волнением, ибо никогда еще не случалось, чтобы потомок Тсоноса не возглавлял дом сей! И тогда старейшие, несомые буйным потоком скорби, ухватились за этого приблудного пса и немедленно провозгласили его королем, опасаясь борьбы и восстания — гор рестей, несомненно ввергнувших бы их в безумие. Но что же тогда могли сделать младшие? В вопросах канона у них не было голоса. Они оставались целостными исключительно потому, что не имели славы, каковая есть не что иное, как вершина жизни, а они еще и не жили вовсе. Что могли они обрести в присутствии героев, кроме насмешек?

— Я был ребенком, когда распустили Вторую Стражу, — объяснил Ойнарал. — И собственными глазами видел его, Нин'джанджина, самого проклятого из сыновей, стоящего, как брат, возле Куйяра Кинмои во славе Сиоля. Только я один помню условия нашей нечестивой капитуляции!

Ойнарал мог лишь в ужасе наблюдать, как отворил кровь Нин'килджирасу, отпрыску Нин'джанджина, излив е на священную печать Ишариола, так же как источал когда-то кровь Ниль'гиккас, становясь королем Высокого Оплот И он знал наверняка, как ныло его сердце потом, когда Мин Уройкас все более явно проступал в словах и заявления узурпатора, когда упомянутые возможности по прошестви полноты месяцев и лет превращались в обетования.

Как Иштеребинт однажды, проснувшись, обнаружил себ уделом Голготтерата.

Внимая этому рассказу своей составной душой, Сорви едва не терял сознание. Какое несчастье, какая катастроф могла бы еще привести к столь жуткому падению? Вымали вать крохи из руки Подлых! Лизать пальцы, пытавшие и уби вавшие их жен! Их дочерей! Пожирать, как каннибалы, соб ственную честь и славу!

— Надругательство! — вскричал он, не поднимая голо вы. — Это же Подлые!

Схватив молодого человека за плечо, Ойнарал застави его остановиться.

— Дай им другое имя, сын Харвила. Овладей своими мы слями.

Глава девятая. Иштеребинт

— Они Подлые, — провозгласил Лошадиный Король. — Но как?.. Как может забвение оказаться настолько глубоким?

— Всякое забвение глубоко, — отозвался сику.

Оставив церемониальную область, они вышли к самому сердцу Иштеребинта, где над просторными коридорами простирались высокие потолки. Глазков здесь было немного, они далеко отстояли друг от друга, и мрак властвовал над большей частью пути. Гортанные песнопения доносились с верхних галерей, торжественный хор возглашал Священный Джуюрл. Камень казался светлым, как зубы, и гладким — так отполировали его мимолетные прикосновения рук. Стены украшал подлинный бестиарий, древние тотемы, пришедшие из времен, канувших в великую бездну лет. Здесь рельеф сделался мельче, а фигуры подросли, заняв всю доступную поверхность, радуя глаз после постоянного потока мелких деталей. Сорвил без труда распознавал образы — медведя, мастодонта, орла, льва, — однако каждый из них был изображен так, словно одновременно принимал все возможные позы — готовился к прыжку, прыгал, бежал, летел, — так что изображения превращались в своеобразные солнца, торсы животных преображались в диски, из которых, словно лучи, во все стороны устремлялись конечности.

— Серва... Моэнгхус... что станет с ними?

Он сам испугался того, как ее имя застряло в горле, прежде чем вылететь на свободу.

— Они будут распределены.

Каким-то образом он понял, что значит это слово.

— Разделены как трофеи...

— Да.

— Чтобы их любили, — проговорил юноша в ужасе, но почему-то без удивления. — А потом убили.

— Да.

— Ты должен что-нибудь сделать!

— Старейшие опекают меня, — сказал Ойранал, — и даже возвышают в знак всей той борьбы, от которой меня освободили. Они считают, что в моем лице хоть какой-то оставшийся от них уголек будет и далее тлеть в черноте. Но при всех своих дурацких восхвалениях они, как и прежде, презирают меня. В этом и есть горькая ирония моего проклятья, сын Харвила. Я — величайший позор в своем роду, писец-отшельник, затесавшийся среди отважных героев, и лишь я один помню разницу между честью и порчей.

Ишрой покрутил головой, словно названные факты застряли у него в горле.

— Лишь я один помню, что такое позор!

Сорвила удивляло, насколько жизнь в этом подземелье напоминает его собственную. Люди вечно украшали свои слова еще бо́льшим количеством слов, утверждая, что делают так ради сочувствия, красоты или по трезвому размышлению, когда, по сути дела, их интересовал только статус говорящего. И если что-то делало нелюдей «ложными», решил он, так это их благородство, их единение, их упорное нежелание противоречить заветам отцов.

И высшее их презрение к предметам удобным.

— И поэтому ты нуждаешься во мне, чтобы низложить Нин'килджираса? — спросил юный король-верующий. — Из-за ханжества старейших?

Ойнарал смотрел вперед, мраморный профиль его оставался невозмутимым.

— Да.

— Но если никто не считается с твоим словом, что может значить слово человека?

— Мне нужны от тебя не слова, сын Харвила.

— Так зачем же тогда я тебе нужен?

Не глядя на него, сику указал на широкую лестницу, уходившую справа от них в живой камень и тьму, — Внутреннюю лестницу, понял Сорвил. Освещено было лишь ее начало, но далее все тонуло во тьме.

— Чтобы выжить, — ответил Ойнарал.

— Не понимаю, — проговорил Сорвил, спускаясь во мрак.

Удивительный бестиарий, украшавший стены оставшихся наверху коридоров, уступил место теснящимся друг к другу историческим сценкам. Но если знаменательные панно ранее выступали из стены на целый локоть и повсюду

Глава девятая. Иштеребинт

сохраняли параллельность полу, здесь они торчали под углом, терзая потолок сценами славы и эпической борьбы.

— Ты соединен с Богом.

Сорвил едва сумел ощутить, что хмурится.

— Боюсь, что судьба ведет меня в ином направлении, Ойнарал.

— У судьбы нет направления, сын Харвила. Время и место твоей смерти назначено заранее и не зависит от того, где и когда ты пребываешь.

Мысль эта встревожила юношу, несмотря на долгие месяцы, которые он потратил, чтобы приглушить ее.

— И что? — спросил он тонким голосом.

— Быть обреченным — это значит также быть оракулом.

— То есть прозревать будущее?

Одобряющий взгляд темных глаз.

— В известной мере да. Я знаю только то, что ты не можешь умереть внутри Плачущей горы.

Юноша нахмурился. Так ли он понимал свою судьбу прежде?

— Ты хочешь воспользоваться мной как амулетом! Средством оградить себя от смерти!

Рослый сику спустился на десять ступенек и только потом ответил. Искусно сделанная кольчуга на нем переливалась в близком свете. Тень ползла по ступенькам позади.

— Там, куда мы идем... — начал он и умолк, повинуясь какой-то непонятной причине. — Я смогу выжить там, куда мы идем, — продолжил он, — если только буду идти в твоей тени — твоей судьбе.

— Так куда же мы идем? — спросил Сорвил, заслоняясь рукой от яркого света, ибо, хотя лестница уходила вниз, ее крытая часть — тяжелый потолок — закончилась.

Если умолчание было задумано загодя, сику в точности выбрал момент для своего признания. Даже при всей памяти Амиоласа, открывшееся зрелище лишило юношу дара речи. Сотни глазков сверкали созвездием ослепительно ярких крохотных солнц, проливавших свет на всю так называемую Расселину Илкулку, широкий клин пустого пространства, прорезавший по диагонали сердце Горы. Внутренняя лестница, расширяясь, сбегала вниз по склону, приобретая совершенно монументальную ширину и спускаясь к самому низу расселины. Однако истинное чудо располагалось наверху, оттиснутое в противоположном фасе Илкулку: знаменитые висячие цитадели Иштеребинта.

— Мы вырождаемся, — заметил Ойнарал, — но дело рук наших живет.

Сорвил обнаружил, что невольно открыл от изумления рот, несмотря на то что Иммириккас отвергал подобную несдержанность. Противолежащая часть недр Горы, как знал Сорвил, была источена помещениями дворцового комплекса инджорских ишроев, лабиринтом подземных палат, открывавшихся в обрыв Илкулку и создававших огромный и разнородный свод, усыпанный бесчисленными окнами, дюжинами колоннад и террас — целый горный уступ, образованный резными и позолоченными сооружениями! Лабиринт железных помостов прилегал к скале, свисая подобием сети, прикрепленной к потолку рыбацкого дома, спускаясь ступенями, соединяющими все твердыни. Некоторые помосты были окружены балюстрадами, но большинство тарелками висели в воздухе, где-то пышно украшенные, где-то скудно, составляя при этом какую-то ирреальную композицию. Король-верующий заметил на решетчатых полах дюжины фигур — компаниями парами, но больше всего стоящих в одиночестве.

Отголоски разговоров висели в воздухе тонким облачком, которое время от времени пронзали горестные вскрики.

— Узри же, — проговорил Ойнарал с горечью и унынием. — Знаменитое Сокровенное небо Ми'пуниаля.

— Небо под Горой, — полным трепета голосом ответил Сорвил. — Помню...

Он посмотрел на своего сику, не доверяя собственной уверенности.

— Помню пение... — проговорил он, перебирая не принадлежащие ему воспоминания и образы. — Помню, как сияли глазки, как трубы возвещали утренний свет и как надо всей расселиной гремел священный гимн!

Глава девятая. Иштеребинт

— Да, — сказал Ойнарал, отворачиваясь.

— Ишрои и ученики собирались под Сокровенным небом, — продолжил Сорвил, — и пели. В основном что-нибудь из Иппины. Да... это любили дети и жены.

Казалось, что он слышит этот священный хор, и громогласный, и сладостный, волшебный в своем безупречном сочетании сердец и голосов, высекающий страсть из расслабленной плоти, возвышенной до мистической чистоты экстаза. Он обнаружил, что оглядывается по сторонам и видит небольшие кучки сора на всей ширине Внутренней лестницы.

— Мы растворялись в чистоте наших песен, — вспоминал он, взирая на вещи, видимые не только ему, — а эмавама... они собирались на этих самых ступенях и плакали, постигая красоту своих господ!

Сорвил обернулся к древнему сику.

— Тогда они поклонялись нам... обожали секущую их руку.

— Как и теперь, — мрачно произнес Ойнарал. — Как им и положено.

— Но что случилось с песней? — спросила душа, прежде бывшая Сорвилом. — Неужели песня покинула Гору, брат мой?

Сику остановился возле небольшой кучки странного мусора. Ковырнув носком волокнистую массу, он извлек из нее какой-то предмст, со стуком покатившийся вниз по ступеням чуть в стороне от Сорвила.

Человеческий череп.

— Песня покинула Гору, — молвил нелюдь.

Кругом простирался такой мрак, что на любом расстоянии от нее угадывались лишь силуэты. Анасуримбор Серва узнавала владыку-истязателя по осторожной походке, по тому, что он никогда не приближался одним и тем же путем к месту, где она висела. Преддверие было создано для того, чтобы запутать Богов, здесь нелюди могли раствориться, как вор в толпе, и Харапиор, более чем кто-либо другой, жил в ужасе перед тем, какие еще грехи смогут найти его. И потому его более чем кого-либо другого повергала в ужас и мучения ее песня.

Слава всегда опьяняла их — так сказал ей отец. Серва могла не опасаться их, пока оставалась несравненной.

Она пела, как пела всегда, очередной древний гимн кунороев.

— Эту песню пела моя жена Миринку, — проговорил владыка-истязатель, — когда готовила мое снаряжение к бою. — Он остановился как раз перед предпоследним порогом и скривился, собираясь переступить его. — Именно эту песню поешь ты и именно так, как пела она.

Он поднял и опустил левую руку, смахнув слезинки, появившиеся под глазами.

— Ее голосом...

Гнев исказил его лицо.

— Но раньше, в самом начале, ты пела не так точно... Нет, совсем не так.

Он понурился, склонив в задумчивости белое восковое лицо.

— Я знаю, что ты делаешь, ведьма Анасуримбор. Я знаю, что ты поешь для того, чтобы мучить своих мучителей. Чтобы пролить новую горечь на наши испепеленные сердца.

Он оставался на месте, абсолютно недвижимый, и тем не менее вся фигура его дышала насилием.

— Но как ты это делаешь — вот какой вопрос смущает моих братьев. — Он возвел к потолку черные глаза. — Как может смертная девка, пленница, скрытая от солнца, от неба — даже от Богов! — вселять ужас в ишроев, повергать в смятение весь Иштеребинт?

Он оскалился, обнажив соединенную полоску зубов.

— Но я-то знаю. Я-то знаю, кто ты такая. Мне известен секрет твоего непотребного рода.

Он знает о дунианах, поняла она.

— И поэтому ты поешь песни Миринку. И поешь ее голосом, каким я его помню! Ты в плену, однако свидетельствую я — и я предаю!

Глава девятая. Иштеребинт

Сомнений в том, кто правит ныне в Иштеребинте, более не оставалось.

Он снова протянул руку — и снова воля оставила его, и он не смог прикоснуться к Серве. Он сжал пальцы в трясущийся кулак, поднес к ее виску. Припадок чудовищной страсти исказил его лицо.

— А вот если сейчас обнажу свой клинок! — проскрежетал он. — Тогда-то ты у меня по-настоящему запоешь, уверяю тебя!

Сражаясь с собой, владыка Харапиор пошатнулся и застонал, оказавшись под натиском противоположных страстей. Он вновь потупился и замер, тяжело дыша, сжимая и разжимая кулаки, прислушиваясь к сладостным голосам давно умерших дочерей и жен.

— Но слух о тебе разошелся слишком далеко, — произнес он надломленным, скрипучим голосом. — Теперь по всей Горе разговаривают только о тебе. О человеческой дочери, истязающей истязателя.

Он пытался отдышаться, ощущая последний приступ чистейшей и бессмертной ненависти.

Похожий на большой палец, проверяющий злое лезвие.

— У тебя не останется голоса, Анасуримбор, к тому моменту, когда ты наконец упокоишься в Плачущей горе.

Меркли глазки, превращаясь в огарки в ледяном сиянии Холола, который Ойнарал выставил перед собой. Они спускались в Хтоник, потаенное сердце Плачущей горы. Они проходили мимо крупных жил кварца, и меч освещал ряды прозрачных изваяний, видений, потрясавших юношу, но одновременно и пугавших его. Вся империя нелюдей представляла собой не что иное, как время, — века, сложенные стопкой в тумане. Но что могут дать украшенные изображениями стены такого, что не в состоянии увидеть взгляд?

Нелюди врезали свои души в стены этого подземелья, но зачем? Они перекроили Гору по своему подобию, но зачем? Они решили, что можно передать дух материей, плотным камнем, но зачем? И чем глубже уводил Сорвила Ойнарал Последний Сын, тем ярче разворачивавшийся на стенах спектакль повествовал о трагическом тщеславии нелюдей.

Если человеческая часть Сорвила была потрясена, то нечеловеческая ощущала ужас и смятение, которые вызывала сама мысль о том, что братья его превратились в горьких нищих, живущих скудеющим запасом воспоминаний. Это была кара ослепленных душ, погрузившихся в оправдание страдания, в доказательство гонений, обрушившихся на них за брошенный судьбе вызов. Они были осуждены безрассудством, своим и только своим, и потому совершили самый человечный из присущих человечеству грехов.

Возложили свою вину на Небо.

Сорвилу нужно было лишь прислушаться к мраку, чтобы узнать цену этого безрассудства. Ибо там, где некогда с песней на устах трудились нелюди, теперь из тьмы доносились их безумные стенания. Ойнарал сказал ему правду: песня давным-давно бежала из подземных покоев. Только пэаны да панихиды звучали теперь в недрах Горы.

Прежде эти уровни населяли тысячи душ, здесь жила основная масса ишроев. Располагавшийся под Висячими Цитаделями, но простиравшийся на куда бо́льшие пространства и глубины, Хтоник был жилищем Связанных Договором, тех, кого произвели на свет в Родах Присягнувших, и негласным, но подлинным сердцем Иштеребинта. Толпы расхаживали под глазками его, толпы теснились на перекрестках Малых Ущелий. Сорвил помнил постоянный шум, подобный дождю, не перестук капель воды, конечно, но шум мастерских, проникавший сквозь изукрашенные изображениями стены, приглушенный ими настолько, что ушей достигали лишь тени звуков.

Однако от былого великолепия остались только темные и заброшенные коридоры, со всеми поворотами, стенами, украшенными бессмысленным шествием миниатюрных фигур, и полы, усыпанные мусором, скрывавшим в себе кости. Свет иссяк — Ойнарал старательно избегал тех коридоров, где еще мерцали отдельные глазки. Не стало усердной дея-

Глава девятая. Иштеребинт

тельности. Исчез шум всеочищающего дождя, от которого и получила свое имя Плачущая гора.

Сакарп рыдал ночь и день после триумфа аспект-императора, и, хотя общий хор поглотил его, Сорвил не слышал ничего другого, кроме своих горестных причитаний. И из какой бы дали ни прилетел с ветром этот стон, он мог быть лишь его собственным, ибо вызвала его личная утрата. Утраты нелюдей, однако, находились за пределами его понимания. От неестественного тенора по коже бежали мурашки. Слух отвергал этот безумный вопль. В каждом полном мучений покое он слышал боль тысячелетней кары, сошедшейся, как грани ножа, в острие настоящего; огромную жизнь, превратившуюся в жидкую глину — ужасы, рожденные барабанным боем, смолкшим тысячелетия назад. Смерть жены. Измена любовницы. Трагическое бегство. Утраты эти не могли принадлежать Сорвилу — да и кто мог бы приписать их себе, учитывая до безумия личный характер каждой из них? Само время рассыпалось на части в недрах Плачущей горы. И он внимал не имеющим смысла обрывкам, доносящимся из хора безумных преувеличений, мук и надрыва.

— Сломана левая нога! — деловито уверял один из доносящихся из тьмы голосов. — Мое колено какое-то не такое!

— Не смотри! — вдруг приказал ему чей-то голос. — Обрати в сторону свои очи!

И чем глубже они спускались, тем громче становилась какофония, превращаясь в оглушительный рев. Пустая болтовня тысяч голосов билась в воздухе, как попавшаяся на зуб вилам змея. Ни Сорвил, ни Ойнарал не пытались заговорить. Сику вел. Сорвил следовал за ним, одеревенев от недоброго предчувствия, внимая всякому полному муки вою, доносящемуся из-за рожденного Хололом облачка света. Стенания сделались громче, с ними сгущалось безумие, доводя до такого смятения, что он уже начинал страдать от собственной тоски, словно умножение жалоб, приносимых извне, делало их неотличимыми от владевшей нутром печали.

Сорвил стиснул кулаки, чтоб не дрожали руки, слепил из голоса пылающий комок.

— Этому погребальному плачу нет конца. — Не сознавая того, он охнул. — Проклятая могила! Как могли мои предки жить в подобном месте?

— Препояшься, сын Харвила. Истинная буря еще в пути.

Сорвил поглядел на Ойнарала и светлую точку, заставлявшую его спешить за ней.

— Довольно! — воскликнул он. — Оставим игры! Скажи мне! Скажи, куда ты меня ведешь? Каковы твои намерения?

Нелюдь остановился и пристально — слишком пристально — посмотрел на него.

— Я не дурак, — продолжил Сорвил. — Не один месяц я прожил среди сторонников Анасуримбора, вынашивая в своем сердце убийство! Ты не хочешь лгать мне — и потому я понимаю, что ты не утратил чести, и благодаря воспоминаниям я могу не сомневаться в этом. Я знал тебя еще ребенком! — Он бросил на нелюдя полный ярости взгляд. — Ты не способен лгать, Ойнарал Последний Сын, и потому медлишь, уклоняешься... зачем? Не затем ли, чтобы завести меня слишком глубоко, откуда уже не будет возврата?

Мрачный взгляд блеснувших глаз.

— Ты действительно так думаешь?

— Я думаю так, но пока иду за тобой. И, по-моему, настало время объясниться!

Смущение, пожалуй, даже болезненное, краешком своим коснулось фарфорового лика.

— Даже если это будет стоить жизни девушке и...

— Довольно! — взорвался король-верующий. — Довольно! О чем ты боишься поведать мне? Что ожидает нас в здешней тьме?

Ойнарал в смятении огляделся.

— Мы ищем моего отца, — в голосе его не было ни выражения, ни надежды.

Слова эти застали Сорвила врасплох. Стенания нелюдей пульсировали в наступившей тишине. Безмолвствовал и пустой Котел, как если бы череп юноши уже сросся с ним.

— Ойрунаса? — невольно переспросил он, зная это имя с такой же уверенностью, как имена Ниехиррена Полуру-

Глава девятая. Иштеребинт

кого, или Орсулииса Быстрейшего, или любого другого из героических владык равнин. Ойрунас, сумевший уцелеть в Первой Страже и командовавший Второй. Наряду со своим братом-близнецом Ойринасом числящийся среди наиболее прославленных ишроев Сиоля.

— Он еще жив?

Угрюмая пауза.

— Да.

— Но ведь он, конечно же... — начал Сорвил, но немедленно остановился.

Он знал боль подобной утраты. Тяжесть потери отца.

Однако нелюдь не смутился.

— Да, — повторил он. — Скорбь целиком поглотила его.

Стоя в пустом зале, они смотрели друг на друга: человек и нелюдь.

— Так вот зачем я нужен тебе? Чтобы вернуть к жизни твоего отца?

— Да, — сказал древний сику, отводя помрачневший взгляд. — Чтобы умолить его на последнее легендарное деяние.

Так они шли, человек и нелюдь.

Погребенные в недрах земли, шли они коридорами подземного сердца Иштеребинта, Плачущей горы. Шли как в гробнице. Окруженные напоминаниями о славе и оргиастических излишествах. По утоптанным ногами нагим смыслам, лежащим слоями бесплодных надежд. Суровой реальности уже хватало, чтобы дрогнуть, однако нематериальная часть подземного пути была еще хуже. Все эти утраты...

Как? Как могли мы пасть так низко?

Сику объяснил все, сказал, что целью их пути через Хтоник был Великий Колодец — огромная шахта, проходившая через бо́льшую часть Плачущей горы. Ойнарал не видел своего отца с тех пор, как в предшествующем тысячелетии великий герой оставил ишройские цитадели, но, судя по слухам, тот был еще жив, и Ойнарал полагал, что его отец бродит по берегам озера — Священной Бездны. При всем владевшем их душами беспорядке эрратики остаются связанными животными потребностями. И поэтому Сорвил и Ойнарал пока только слышали их, поэтому жалобы доносились откуда-то спереди. За исключением немногих, упрямцы собирались возле Великого Колодца, где подбирали всю пищу, которую были способны там раздобыть.

Кошачий концерт стихал. Ойнарал вздрогнул при первом стуке камня, ударяющего о камень. Он остановился, белый и неподвижный, освещенный Хололом, прислушиваясь к звуку, повторявшемуся столь же безжалостно и непреклонно, дробному перестуку колеса, катящегося по камням.

Клак... Клак... Клак...

— Времени мало, — наконец проговорил он. — Надо бежать!

Схватив Сорвила за руку, он повлек его за собой в темный коридор — прямо к заточенной там какофонии ударов и стонов.

— Что такое? — воскликнул на бегу, спотыкаясь, король-верующий. — В чем дело?

— Перевозчик уже близко! — ответил Ойнарал, переходя на рысь и выставляя светящееся острие Холола перед собой.

Клак... Клак... Клак...

Рельефы на стенах улетали назад. Человек и нелюдь пересекли приемный зал, превращенный в развалины, опаленные огнем или колдовством. В окруживших их тенях Сорвил заметил скрючившуюся посреди мусора нагую фигуру.

— Значит, нам нужна переправа? — спросил он, не вполне понимая происходящее.

В сумраке возникла еще одна нагая фигура, колотившаяся лицом о кукольные статуэтки рельефа. Свет вырвал из тьмы все панно, остатки образов торчали из стены, запятнанные кровью и обломками зубов.

— Беги! — крикнул ему нелюдь через плечо.

Визг, от которого волосы встали дыбом. Меч осветил две грязные фигуры, катавшиеся по замусоренному полу и старавшиеся то ли убить, то ли изнасиловать друг друга. Под обувью Сорвила хрустнули чьи-то ребра, и он рухнул на пол,

Глава девятая. Иштеребинт

осознавая попутно: то, что он принимал за тлен и пыль, на самом деле экскременты. Во тьме что-то шевельнулось, блеснули шранчьи макушки. Мрак взвыл.

Ойнарал нагнулся, чтобы помочь Сорвилу. Свет меча наугад выхватывал из темноты жуткие сцены.

— Кузен! — возопил Сорвил, крик этот вырвали из его души ужас и неверие собственным глазам. — Этого не может быть!

Вой достиг немыслимой силы. Сорвил понял, что они находятся в Гусеничной палате, где производились знаменитые шелка Инджор-Нийаса — предмет вожделения королей таких далеких земель, как Шир и Киранея. Великий Колодец уже был рядом... Совсем рядом!

Из воющего мрака выпал какой-то несчастный и повалился к защищенным нимилем ногам Ойнарала, ребра его вычерчивались тенями, худобой и всем обликом своим он напоминал шранка. Охваченный ужасом и отвращением, сику отбросил в сторону ничтожную душу клинком Холола.

Клак... Клак... Клак...

Густой мрак перед ними кишел силуэтами.

Они обежали кругом огромную груду развалин какого-то сооружения из кирпичей. Над кучей рассыпавшихся блоков поднимался портик, где высились десять кованных из черного железа пик, и на каждой торчала отрубленная голова нелюдя в разной степени разложения.

Оглядевшись, Ойнарал жестом указал Сорвилу подниматься. Король-верующий последовал за сику к вершине развалин, визг жуткой орды отдавался внутри нечестивого Котла. Ослепительно сиявшее острие Холола бросало яркие отблески им под ноги. Бледные фигуры обретали жизнь в промежутках между полосами света, превращаясь в подобие личинок, горюющих, стенающих и вопиющих, раскачивающихся, посыпающих свои головы и лица калом. Дергающиеся руки. Сплошные полоски зубов в воющих пастях. Кожа, черная от грязи и фекалий. Рты, нет, какие-то измученные щели... Сотни безволосых голов, бледных, как грибы, раскачивающихся, как поплавки на мутном просторе. Зрелище это заставило юношу пасть на колени, пронзило душу. В тлен превратились кости его, пеплом сделалось его сердце.

Такой! Такой стала их награда! Плод их безумного самомнения, богомерзкого заблуждения!

Немыслимое свершилось. Народ Зари действительно умер.

Нелюдской свет распространялся, выхватывая из тьмы туши колонн и опор, гигантских, целых и полуразрушенных, украшенных изваяниями, словно надгробья, возвышающиеся над кишащими нежитью полами.

Клак... Клак... Клак...

Несколько успокоившись, Ойнарал спустился по склону руин и повел Сорвила далее по поверхности, покрытой сотнями мусорных куч, по которым ползали изголодавшиеся эрратики. Сорвил старательно избегал любого соприкосновения с ними, так, как избегают прокаженных, но все равно споткнулся об изможденного нелюдя, глодавшего посиневший труп, с собачьим усердием стараясь оторвать почерневший сосок. Некоторые как будто не замечали их, других охватывал какой-то давний ужас. Один из них на глазах Сорвила нянчил пустоту, как младенца, другой ласкал камень, словно любовницу. И все же многие обращали на них внимание, иные с тусклой миной сдавшихся неизмеримому и неподвижному горю, другие же тянулись к свету Холола, как рыба к наживке, в черных глазах появлялся блеск.

Многие из них начинали подниматься.

Клак... Клак... Клак...

Озираясь по сторонам и спотыкаясь, Сорвил пытался успеть за сику. Тот на ходу обернулся к нему. Крик его можно было бы и не слышать:

— Беги!

Чародейский шепоток каким-то образом сочился сквозь безумное причитание...

И Сорвил помчался во всю прыть, стараясь не отстать от блистающего доспехом воина-нелюдя и оступаясь на склонах мусорных куч. Однажды он снова заметил отражение Амиоласа в овальном щите Ойнарала. И снова ему явил-

Глава девятая. Иштеребинт

ся сей ужас — взирающий на него призрачный лик Иммирикасса. И король-верующий в страхе остановился посреди ползущих и тянущих к нему руки несчастных.

Жив ли он?

И что здесь творится?

Ойнарал удалялся в глубины, озаряя несчетные множества страдальцев. Сотканная, казалось, из пустоты череда восходящих арок возникала перед сику. Кольчуги его сверкали, словно нечто, явившееся прямиком из легенд.

Тень пала на юного короля-верующего.

Что произошло?

Кровавая искра вспыхнула за его спиной — и он развернулся, вспомнив о несущей чары песне. Дюжины эрратиков, нагих и прикрывавших тело лохмотьями, по-обезьяньи переползли через своих собратьев, приближаясь к нему. Поодаль он заметил облаченную в тряпье фигуру, чьи рот и глаза полыхали белым огнем, а между поднятыми ладонями вызревал пронзительный шар алого пламени. Прогремел взрыв. И произошло нечто, чего он не мог даже постичь, не говоря уж о том, чтобы описать, — некое подобие света словно выдуло кровь из всех находившихся между ними тел. Визгливый хор прозвенел трелью.

Горячая жидкость окатила Сорвила.

Но Ойнарал каким-то образом удержал его своей железной хваткой, увлекая назад.

Клак... Клак... Клак...

— Ад! — крикнул он в лицо сику. — Я в аду!

Но нелюдь не мог услышать его.

ГЛАВА ДЕСЯТАЯ

Даглиаш

> Песнь Истины есть по сути своей треск Желания.
> Люди понимают это лишь тогда, когда плачут.
>
> *Псалмы, 6:6, Хроники Бивня*

> Дай им одну лишь грязь, и они умножатся.
>
> *Аорсийская поговорка*

Конец лета, 20 год Новой империи (4132 год Бивня), Верхний Иллавор

Харсунк. Рыбный Нож.

Так аорсийские рыцари-вожди называли реку Сурса, ибо именно этот тип клинка напоминало ее русло, особенно если смотреть на него с высокого берега, со стороны бастионов Даглиаша, в лучах заходящего солнца: длинное и тонкое серебрящееся лезвие, рассекавшее безжизненные пустоши Агонгореи, начиная от унылых равнин Эренго; восточный берег почти прямой, а западный, подверженный наводнениям, изогнут, словно после многолетнего тесного знакомства с точилом.

Рыбками древние аорсийцы называли шранков — тощих, как зовут их в иных краях.

— Рыба, — говаривали пострадавшие от войны, — сперва должна на ноже попрыгать.

Глава десятая. Даглиаш

Они изрекали, как это и положено воинственным людям, полным коварства и ненависти, слова, уничижительные для своих врагов, осмеивая (как и следует) все смертельно опасное и подлинное, что было в них. В простых и суровых сердцах этих людей река Сурса всегда оставалась своей, всегда служила людям.

Однако на деле Харсунк обладал двумя смертоносными лезвиями. Со дней Нанор-Уккерджи неисчислимые множества людей пролили кровь на его берегах; души эти пали в сражениях, память о которых сохранилась запечатленной лишь на потрескавшихся и ушедших в землю камнях. Летописи повествовали о раздутых гниением трупах, запиравших своей массой устье реки, об огромных скоплениях мертвечины, которые несло сверху днями, а то и неделями, прежде чем тление и безжалостное течение не отправляли их в глотку Туманного моря.

Харсунк помогал и тем, кто хотел через него переправиться, и тем, кто оборонялся на его берегах, — и их кровь в равной мере обагряла воды. «Если эта река — наш Нож, — спрашивает Нау-Кайюти своих самоуверенных генералов в «Кайютиаде», — то почему мы поставили Даглиаш сторожить ее?»

Однако в конечном итоге обух клинка оказался острее лезвия. Не-Богу выпало закончить тысячелетний спор. Даглиашу суждено было оказаться в руинах. Всем поэтическим метафорам, всем словесам века, полуночным, славным и жутким повестям суждено было сгореть вместе с городами Высоких норсираев. Река Сурса, когда ее вообще упоминали, превратилась в «Чогайз» — так ее называли шранки на своем мерзком языке. Два тысячелетия минуло, прежде чем людям удалось вдохнуть смысл в неопределенный Аспект. Две тысячи лет суждено было Ножу ждать, чтобы Великая Ордалия обагрила своей кровью оба его древних и убийственных лезвия.

Люди Ордалии брели вперед, пересекая широкое болото, в которое Орда превратила реку Мигмарсу, переходя при этом из Верхнего Иллавора в Йинваул — из земли, редко упоминавшейся в Священных сагах, в землю, упоминавшуюся ничуть не чаще. Орда продолжала отступать под напором блистающего воинства, то собираясь перед его наступающим фронтом, то вновь отходя. Скрывавшая ее густая пелена, пыль, поднятая миллионом топающих ног, поредела, когда почва сделалась более каменистой, так что для глаз преследующих Орду всадников над горизонтом теперь вместо густого облака курилась легкая дымка. Подчас они могли даже видеть сборища тварей, скопища бледных тел, умножавшихся, покрывая собою всю землю, холмы и пригорки, заливая долины, поглощая и охватывая дали. Повсюду перемещались и смешивались друг с другом огромные толпы. Казалось, что плавится сам мир. Ошеломленные люди взирали на невероятное движение, не страшась и не удивляясь, ибо многим просто не хватало способностей до конца понять, что за зрелище разворачивалось перед ними. Они понимали только одно — что оказались карликами, ничего не значащей мошкарой перед лицом чудовищной гнусности. Они понимали, что собственные их жизни имели смысл только в своей сумме. И поскольку факт сей является суровой правдой человеческого бытия, постижение его имело характер откровения.

И потребление в пищу шранков казалось им святым делом. Разновидностью истребления Орды.

Поглощением смысла.

Так они ехали и шли вперед, с утра до ночи, преодолевая мили за милями утоптанной и безжизненной земли, промеряя своего неисчислимого врага шагами и умом. Они видели, как идут по низкому небу адепты — ожерельем переливающихся огней, подвешенным над горизонтом. Глаза людей обращались от вспышки к вспышке, от точки к зажегшейся точке. Некоторые следили, как огни погружались в облачные вуали и расцвечивали их собой. Другие наблюдали, как гибнут внизу непотребные тысячи, комары, захваченные прокатившимся валом огня. Время от времени и те и другие оборачивались, чтобы бросить взгляд на колонны Великой Ордалии, блиставшие оружием под лучами высоко стоящего солнца. Зрелище это превращало всех в фанатиков.

Глава десятая. Даглиаш

Они добрались до края земли. Они вышли на бой, чтобы спасти мир.

Нельзя было усомниться в полутенях, создававших этот безумный спектакль...

В справедливости их дела. В божественной природе святого аспект-императора.

Сомнению подлежала только их сила.

Постепенно и неторопливо, словно чтобы притупить проницательность людей Ордалии, другая нотка начала вползать в громогласный вой Орды — жалобная, скорее паническая, чем безумная, будто бы шранки знали, что их едят. Адепты, в своей жатве шествовавшие по низкому небу, обнаружили, что способны видеть залитые кровью поля, которые сами же гладили, чистили и вспахивали. Если предыдущие недели и месяцы твари, казалось, избегали столкновений с всадниками, уклонялись от них, теперь они явно обратились в бегство.

— Они боятся нас! — объявил в Совете обрадованный Сиройон.

— Нет, — возразил святой аспект-император, всегда стремившийся немедленно отреагировать на попытки своих людей отнестись к врагу с пренебрежением. — Они визжат согласно собственному голоду и утомлению, не более того. Теперь, когда мы набили свои животы, наше продвижение ускорилось. Мы посильнее натянули струны лютни.

Однако многие не могли не заметить растущего ожесточения противника. Время от времени аспект-император предостерегал своих королей-верующих, напоминая им о том, что шранки — не люди, что обстоятельства озлобили их, что голод лишь сделал их еще более свирепыми. Но, несмотря на эти увещевания, новая дерзость зародилась среди самых бестолковых из преследователей. Они решили, что знают своего врага не хуже любого рыцаря-вождя прежних времен: его приливы, отливы и самые коварные его уловки. И как бывает всегда, подобное псевдознание привело к возрастанию общей беспечности.

Но, что еще хуже, в думы их просочилась мрачная и губительная мысль: все их сознание пропитала потребность, жгучая жажда истребить врага окончательно, скосить, как зрелую пшеницу, увязать в бесконечное число снопов, расстелить снопы на земле и предаться пиршеству.

«Ты только подумай! — говорили они друг другу с глазу на глаз. — Представь себе, какой это будет пир!»

Обнаруживая столь темные мысли, святой аспект-император красноречиво осуждал их в Совете, разоблачал как проявление беспечности. В некоторых случаях ему пришлось даже обратиться к походному уставу и приговорить нескольких нобилей к кнуту. Время от времени он напоминал своим людям о том, как далеко они зашли.

— Кто? — гремел его голос в Палате об Одиннадцати Шестах. — Кто среди вас готов, зайдя в такую даль, первым сгинуть по собственной глупости? Кто готов стать персонажем столь глупой песни?

А потом, когда Ордалия добралась до восточной границы Иллавора, он ткнул пальцем в большую красочную карту, над которой так часто препирались его короли-верующие, и провел сияющим перстом вдоль жирной черной линии, изображавшей русло Рыбного Ножа, славного Харсунка. Река была слишком глубока, чтобы перейти ее вброд, и слишком широка, чтобы шранки могли ее переплыть; это знали даже те, кто не читал отчетов имперской разведки.

Скоро Орда будет вынуждена остановиться перед ними. И будет защищать Даглиаш, не считаясь ни с чем.

— И какой же пир, — обратился святой аспект-император к своим королям-верующим, — закатим мы после этого?

Бревно накренилось. Сердце Пройаса ушло в пятки и вернулось обратно.

Два дня назад Ордалия наткнулась на тополиный лес — точнее, на то, что осталось от него после того, как здесь прошла Орда. Побережье окутали туманы, и стволы ободранных деревьев, призраками выступавшие из их покрова, казались скорее зловещим предзнаменованием, нежели счастливой находкой. Однако вечером благодетельная природа ее сделалась очевидной. Плотники занялись починкой фурго-

Глава десятая. Даглиаш

нов и прочего снаряжения. Их праздные собратья тем временем радостно возились возле настоящих костров, оглашая воплями стан. Агмундрмены приготовили огромные вертела, чтобы жарить шранков сразу целыми тушами. Капающий жир вздымал пламя на высоту момемнских стен. Весь походный стан, из-за недостатка топлива давно уже привыкший к холоду и темноте, веселился в свете бесчисленных костров, люди бродили, словно захмелевшие. Бороды их лоснились от обжорства, но в глазах полыхало чересчур много злобы, чтобы назвать их настроение праздничным.

Только адепты и шрайские рыцари уклонились от участия в пиршестве. Но если адепты оставались в привычных им пределах, рыцари рубили самую лучшую древесину, какую смогли найти. Под внимательным взглядом владыки Уссилиара они трудились весь вечер, обтесывая, подгоняя друг к другу и увязывая бревна в помост, настолько широкий, что на нем уместилась бы сиронжская боевая галера.

Они называли его плотом.

И теперь Пройас стоял на этом покачивавшемся над пустотой помосте, вместе со своими собратьями-королями тупо вглядываясь в окружающие бесконечные лиги. День выдался сухой и ясный — из тех, что свидетельствуют о близком окончании лета. Из всех чудес, которых он навидался за последние годы, это представлялось наиболее удивительным. Потрясены были великие магистры школ. Многие из присутствующих были свидетелями теперь уже легендарного метания кораблей, когда Келлхус опустошил гавань Инвиши, целиком поднимая из воды горящие суда и бросая их на вооруженных хорами лучников князя Акирапита. Хотя тот эпизод и выглядел куда более внушительно, они все же наблюдали за ним с куда большего расстояния. Настоящая же ситуация прямо-таки дышала отцовской и тем не менее безграничной лаской, с которой аспект-император вознес в небо не отдельную личность, но целое место. Пройас смотрел, как собратья его обмениваются удивленными взглядами, слышал восклицания восторга и радости.

Стоявший рядом с Пройасом Коурас Нантилла вцепился в его руку, словно желая сказать: «Смотри! Смотри!»

Однако Нерсей Пройас видел только чистую мощь, в которой не было никаких доказательств. Мелкие неудобства, такие как прикосновение Нантиллы, всего лишь напоминали об утраченном утешении и приобретенном сомнении в собственном статусе, о том, что он больше не заудуньяни, хотя и принадлежит к их числу. Окружавшие его люди, еще недавно бывшие его братьями, оказались ныне простофилями... чего там, дураками, страдавшими по собственной глупости!

Словом, разбитое сердце его, тем не менее, подпрыгивало и кружило на воздушной невидимой нити.

Следуя инстинкту, он избрал отсутствующий вид и манеру держаться, так помогающую заблудшим душам сохранять приличия на людях. Однако меланхолии свойственна собственная злоба, стремящаяся проявить себя вне зависимости от желания души. Келлхус развернул плот, берег Йинваула остался позади, и только Нелеост перед ним вздымал свои валы от самого горизонта. Солнечный свет падал теперь под другим углом, и Пройас, повернувшись, с удивлением обнаружил, что оказался в чьей-то тени. В тени Саубона. Рука того лежала на поручне, и галеот высился перед ним, как бы заслоняя от прочих.

— Жесткость подобает нашему прискорбному положению, — негромко пробормотал Саубон, — но никак не слезы.

Отвернувшись, Пройас стер с лица влагу. Глаза его вообще часто слезились, однако теперь они постоянно были на мокром месте. На мгновение он замер, страшась показаться встревоженному Саубону надломленным и малодушным. Но затем вновь вернулся к своей прежней надменной позе, выражению лица и осанке, подобающим великому государю обладающему сразу и временными, и божественными полномочиями — глубочайшей уверенностью, доступной человеку И долгим взглядом поблагодарил Саубона.

Что же происходит?

Лагерь превратился в подобие брусчатки под повозкой Тысячи людей теснились на вытоптанной земле, все они

Глава десятая. Даглиаш

кричали, гром голосов сливался с шумом полета. Орали все до единого, вопили, превознося и почитая своего ложного пророка. Смуглые, белые, загорелые лица. Открывающиеся и закрывающиеся рты, подобные ямам в бородах. Лес топоров, копий, мечей, уходящий в небытие.

А потом в мгновение ока все исчезло — шум и суета растворились в дымке позади. Пытавшаяся угнаться за ними земля отстала, и плот оказался над волнующейся равниной моря.

Келлхус, стоявший в передней части плота, смотрел на них, глаза его сверкали даже под яркими лучами солнца. Чуть расставив руки в стороны, словно пытаясь сохранить равновесие на бревне, он один не покачивался, не оступался, но, распрямившись во весь рост, стоял на тесаной палубе. Золотые диски вокруг его ладоней то появлялись, то исчезали, ореола вокруг головы вовсе не было видно. Ветер трепал его золотые волосы, прижимал шелковые одежды к коже аспект-императора, бесчисленные складки ткани трепетали под белыми лучами солнца.

Кто он? Кто этот человек, покоривший себе весь этот простор... чья власть распространилась столь широко и проникла в такие глубины?

Бревна застонали, когда плот развернули на запад. Новая даль воздвиглась и окружила божественный силуэт Келлхуса: лохматая туша Уроккаса — гор, которые люди могли видеть сквозь растрепанные хвосты Пелены.

Плот устремился к ним, в сторону Даглиаша.

Кто он, Анасуримбор Келлхус?

Или Ахкеймион всегда говорил о нем правду?

Проносясь над морем на высоте мачты каракки, они чувствовали Нелеост собственной кожей, губами ощущали соленую пену. Море уходило вдаль и, при всем своем буйстве, растворялось в безликом совершенстве геометрически правильного горизонта. Береговая линия осталась справа.

Как и Орда.

Пелена, унесенная на юг господствующими ветрами, зашла в глубь моря на несколько миль. Она казалась нарисованной колоссальными охряными и тускло-коричневыми мазками, прочерченными через весь северный горизонт. Перед Ордалией лежали пустынные берега. Сверху не было видно ничего, кроме обнаженной, раскорчеванной и вытоптанной земли и одинокого миниатюрного отряда кидрухилей на ней, приветствующего их чудесный полет, потрясая щитами и копьями. Пелена поднималась все выше, курясь дымками и полотнищами, заставляя до боли запрокидывать голову. Какое-то время святой аспект-император только сверкал и блистал под лучами восходящего солнца на фоне покрывающих небо мрачных облаков.

Вой, извергаемый миллионами глоток, заглушал и стон ветра, и рокот прибоя. Пройас заметил, что Сиройон закрыл платком рот и нос. Пелена поглотила их. Мрак. Кашель. Крики и визг бесчисленных глоток, сплетенные воедино в звук, подобно кипящей жидкости вливавшийся в уши. Вонь сделалась нестерпимой: смесь низменной и липкой гнили, испражнений, кислятины. Невзирая на эту мерзость, все до единого вожди Ордалии вглядывались в береговую линию. Даже Пройас чувствовал это, как если бы, заглянув за занавесы, монументальные и запретные, вдруг понял катастрофический факт: враги их неисчислимы.

Увлажнившимися глазами взирал он на кишащие шранками пространства, на тысячи тысяч отдельных воющих фигур. Дымом исходила сама земля, хотя вокруг ничего не горело, кроме гортаней и легких самих наблюдателей.

Кроме Келлхуса, открывшееся им зрелище не обеспокоило лишь Кайютаса и Сибавула. Последний даже бросил в сторону Пройаса мимолетный взгляд, и казалось чистейшим безумием, что можно смотреть столь безразличными глазами посреди испарений, язвящих всякого из живущих. В большинстве своем присутствующие терли уголки глаз. От громоподобного нечеловеческого хора ныли зубы, бежали мурашки по коже. Король Хогрим зашелся в конвульсивном кашле. Темус Энхорэ, великий магистр Сайка, упал на колени, его рвало. Владыка Сотер комично отпрыгнул, чтобы не вступить в блевоту, и по-айнонски сказал какую-то фразу

Глава десятая. Даглиаш

о том, что колдунам, по всей видимости, абсолютно противопоказано море.

Пелена понемногу редела и истончалась, как и лихорадочное крещендо вопля Орды. Недавно блестевшая на солнце броня сделалась тусклой и серой. Пыль осела на заплетенных в косы бородах князей империи. Чернота скопилась в уголках ртов.

Люди отхаркивались, сплевывали в бушующее море. Хребет Уроккас во всей своей ясности возник за спиной священного кормчего — скорее угрюмый и приземистый, нежели величественный.

— Внемлите! — воззвал Келлхус посреди ослепляющего света. — Узрите гибель Орды!

План его был столь же прост, сколь неуклюжей и нескладной в своей безмерности была сама Ордалия. В своем неотвратимом отступлении к реке Сурса Орда двинулась вокруг хребта Уроккас, а не через него. Идея заключалась в том, чтобы адепты ударили со стороны невысоких вершин, склоны которых им предстоит защищать на севере от основной массы Орды, затопив перевалы и ущелья огнем своих заклинаний. Тем временем мужи Ордалии должны будут наступать вдоль неровного побережья на запад, имея прикрытый фланг. Затем, в некий решительный момент, святой аспект-император воспользуется плотом, чтобы перебросить отряд воинов прямо в Даглиаш, где с помощью свайали превратит гору, которую нелюди называли Айрос, а норсираи — Антарег, в твердыню смерти.

— Когда рыбки хлынут туда искать спасения, то там, в Даглиаше, — сказал их господин и пророк, — их встретят лишь огонь и железо!

Они увидели осадочный шлейф Сурсы еще до того, как заметили саму реку — огромный черный синяк на аквамариновой поверхности моря. Дальше из воды поднимался колоссальный гранитный массив Антарега: утесы громоздились на утесы, начинавшиеся от самой линии прибоя. На вершине горы воздвигся Даглиаш, похожий на грозящий морю кулак: его циклопические стены были лишены зубцов, но во всем прочем сохраняли свою первозданную целостность, одним своим видом свидетельствуя о безыскусности древних создателей; лишь внушительных размеров прямоугольные каменные остовы остались от древних башен и бастионов. Руины эти нагляднее всего доказывали едкую природу времени, зализывавшего острые края и рассыпавшего песком всякую сложность.

Трудно было не восхититься этим элегантным до гениальности планом: как только люди Ордалии очистят прибрежную полосу, Орда на севере сама собой повалит в разведенную адептами топку. Гордые всадники Ордалии, вынужденные так долго ограничиваться мелкими стычками с врагами, получат наконец возможность сразиться с ними в открытом поле. Развязавшееся побоище и рожденный им ужас загонят шранков в беспощадные воды Сурсы.

— А наш господин и пророк — отменный мясник! — усмехнулся князь Нурбану Зе, известный своими шутками, но скупой на восторги.

За Мясом числились внушительные долги. И в какой-то момент похода жажда встречи с врагом возросла настолько, что сделалась скорее непристойной, нежели благородной. Пройас и сам ощущал, как она напрягает его голос и разжигает ярость: это биение плотской похоти, жажда совокупления, пронизывающая собой все тревожное и ненавистное. Чтобы познать ее, незачем было прибегать к словам. Совокупление и убийство были выброшены из тех мест, которые прежде занимали в душах людей, словно, поедая плоть своих врагов, они сами становились ими.

Рассматривая искоса своих собратьев, он видел эту тень непристойной страсти. Коифус Нарнол, старший брат Саубона и король Галеота, взирал на высоты с раскрытым ртом, словно безмозглый пес. Великий магистр школы Мисунсай, Обве Гёсвуран, вглядывался в Пелену, клубившуюся под изломанной и зубастой стеной Уроккаса, не то чтобы отвернувшись, скорее отодвинувшись от остальных. Святой аспект-император, понял Пройас, не столько предложил им тяжелое дело, сколько пригласил на нечестивое пиршество.

Глава десятая. Даглиаш

Оставалось только славным и достойным образом расплатиться.

— Господин и пророк! — выкрикнул Пройас, потрясенный тем, что в его голос едва не закралось рыдание. — Снизойди! Даруй мне славу Даглиаша!

Собравшиеся вожди и великие магистры не стали скрывать своего удивления. В прежние годы Пройас никогда не вступал с ними в борьбу за милости святого аспект-императора. Саубон открыто нахмурился.

Но Келлхус продолжал полет, не замечая просьбы. Приблизившись к древней крепости, плот замедлил ход и в несколько приемов поднялся к вершинам утесов. Под ними гремел и шипел прибой. Скалы, на фоне которых вырисовывалась фигура аспект-император, исчезали внизу, за краем плота, по мере подъема. Призрачное золотое свечение вокруг ладоней Келлхуса стало заметным на фоне мрачных скал.

— Доселе враги всего лишь беспокоили нас, — объявил тот, обратившись к королям-верующим и сверкая своим устремленным в вечность светоносным взглядом. — Даже Ирсулор был для них всего лишь уловкой, пустяком, организованным без особых ожиданий. И если бы не наша надменность, не наши раздоры, Умрапатур был бы и сейчас вместе с нами.

— Господин и пророк! — воскликнул Пройас. — Прошу тебя, снизойди!

На сей раз просьба вызвала вопросительные взгляды со стороны Кайютаса и Ашеренса Саккариса и толчок локтем со стороны Саубона. Прочие, как Нурбану Сотер и Хринга Вукъелт, отреагировали на нарушение приличий мрачными взглядами.

— Даглиаш — то место, где они будут сражаться, — продолжил Келлхус, не обращая внимания на помеху, — где нечестивый Консульт попытается пустить кровь нашей Великой Ордалии, а не оцарапать ей шкуру.

Интересно, насколько глубоко ошибочное действие может влиять на задумавшего его человека. Люди подчас вкладывают больше усилий в саму ошибку, чем в исправление ее. Если ошибку невозможно исправить, ее, во всяком случае, можно реализовать.

Что значит честь Даглиаша, если добыта она ценой позора? И все же за всю свою жизнь Пройас никогда еще не нуждался в чем-либо в такой степени — так ему, во всяком случае, казалось в этом небе, над исполинскими руинами.

— Именно здесь, — говорил Келлхус, — нелюди впервые увидели, как Инку-Холойнас вспорол небо. Здесь инхорои совершили первые из своих мерзких и бесчисленных преступлений.

Плот, кренясь, огибал крепость, оголенные останки оставались за спиной святого аспект-императора. Группы шранков в черных доспехах высыпали из различных отверстий на стены.

— Вири, великая Обитель нелюдей, лежит мертвой под основаниями этих стен — подземная цитадель Нин'джанджина. Сама скала здесь источена подземельями и подобна гнилому пню.

— Прошу тебя! — услышал король Конрии собственный голос, хриплый и жалобный. — После всего, чем я пожертвовал! Ты в долгу передо мной!

Святой аспект-император Трех Морей наконец обратил к нему свой лик, глаза его горели солнечным светом.

— Пока что Консульт не мог двинуть свои войска против нас, — продолжал он свою речь. — Они могли только ждать пытаться с помощью Орды и собственной хитрости измотать нас. Но теперь Великая Ордалия стоит у самого их порога. Вон там лежит *Агонгорея*, Поле Ужаса, а за нею и сам Голготтерат.

— Даруй мне эту честь! — выкрикнул Саубон, бросив на Пройаса испепеляющий взгляд.

— Нет! — взревел Пройас. — Нет!

Но все остальные уже присоединились к полной жадности какофонии. Прежняя жалость и неприязнь превратились в обиду, в желание превзойти. Внезапно Пройасу показалось что он чует доносящийся снизу сальный запах, словно пемза, ободравший его ноздри.

Даглиаш был полон Мяса.

— Если наш враг надеется не пропустить нас к своим мерзким вратам! — гремел, перекрывая общий шум, Келлхус. — Он нанесет свой удар здесь!

Глава десятая. Даглиаш

Теперь, казалось, поплыла уже сама крепость.

Пройас пал на колени перед Анасуримбором Келлхусом — первым среди прочих взволнованных и кричащих нобилей. И руководила им не преданность императору, даже не желание проявить фанатическую верность, ибо предметы эти более не имели для него значения. Остался лишь голод...

И необходимость.

— Прошу-у-у! Умоляю тебя!

Простая потребность.

Часто говорят, что усердие проявляется в делах, а не в словах человека.

Однако Пройас знал, что это неправильно, знал, что отделить слова от дел невозможно, хотя бы потому, что они и есть дела, совершенные действия, имеющие последствия столь же смертоносные, как удар кулаком или ножом. Но знать о чем-то еще не значит понимать: это не одно и то же. Можно знать всю силу слова, однако совсем иное — быть свидетелем проявления этой силы, сперва слышать произнесенное слово, а потом видеть, как пляшут под его действием человеческие души, видеть слово, бьющее словно молотом.

И все же наблюдать за чем-то еще не значит понимать это. Пройас видел, как Анасуримбор Келлхус погнал несчетное количество душ через все Три Моря, слышал тысячи его речей за все эти дюжины лет, битв и народов, ни в малейшей степени не понимая происходящего. Да и как могло быть иначе, если он сам стоял среди тех, к кому обращалась эта проповедь? Когда же его сердце попало на крючок возлюбленного голоса, уносимое от славы к надежде и далее к ярости? Не имея надежного пути, дабы измерить их силу, но повинуясь этим словам, он терял само осознание движения, считал себя неподвижным.

И теперь он впервые свидетельствовал то, что видел ранее тысячу раз: обращение Анасуримбора Келлхуса к воинству воинств не в качестве пророка и воина, не в качестве аспект-императора, но как дунианина, осуществившего самый удивительный обман из тех, что ведомы миру, и оттачивающего далее души, и так слишком острые, чтобы можно было счесть их пребывающими в здравом уме.

Ибо все они, люди Ордалии, пребывали в рабстве у Мяса. Валили за ним толпой, прыгали, выли и жестикулировали. Некоторых даже сдерживали собратья — так одолевала их ярость и желание преклониться. И вид этой толпы одновременно пугал, ободрял — и даже возбуждал.

Плот опустили на столбы и превратили в помост. На нем собрались все вожди Ордалии, украшенные регалиями, которые еще оставались у них. Собранные вокруг помоста мириады занимали все видимое пространство — головы становились бусинами, потом песчинками... Все они, охваченные похотью, кричали. Зажмурив глаза, Пройас едва мог отличить вопль людских голосов от шранчьего воя, разве что голоса людей гремели, а не скулили под сводом небес.

Орда людей, приветствующая нечеловеческое сияние.

Дунианина.

Анасуримбор Келлхус висел в воздухе высоко над плотом, ясно видимый, блистающий в переливах смутных водянистых огней. Когда он заговорил, голос его каким-то образом разделился между всеми душами, так что каждый услышал его как стоящего рядом приятеля, делящегося своим мнением.

— **Когда забыт человек...**

Стоя рядом с Саубоном у переднего края плота, Пройас глядел вдаль, на запруженное людьми пространство. Он часто удивлялся внутренней противоречивости этих речей, тому, что проповедовавшееся в них смирение всегда вызывало всплеск буйной и всеобъемлющей гордыни.

— **Когда кровоточат его раны, когда он оплакивает утрату...**

Однажды он даже осмелился спросить об этом у Келлхуса — в мрачные часы после поражения у Ирсулора. Святой аспект-император объяснил ему, что страдание по разному благодетельствует разных людей: дает мудрость душам, подобным его собственной, отрешенность — философам и прокаженным, а простым душам приносит праведность,

Глава десятая. Даглиаш

понимание, что они могут забрать у других то, что было отнято у них самих.

Но даже и это, как знал теперь Пройас, было еще одной лестной ложью, новым самообманом, новым приглашением к безумным поступкам.

— **Когда человек боится, теряет разум в смятении...**

Сам он добивался одной только праведности. Это Пройасу сказал Келлхус. Если бы он и в самом деле стремился к мудрости, то никогда не изгнал бы Ахкеймиона.

— **Когда он становится меньше малого... только тогда способен он осмыслить гармонию Бога!**

Пройас смотрел, как взволновался, напрягся и взревел пестрый ландшафт. Кричали краснолицые таны Нангаэля. Эумарнцы размахивали кривыми мечами в лучах утреннего солнца. Агмундрмены трещали тетивами кленовых луков. Он помнил могучую радость, которую прежде приносили ему подобные зрелища, слепую благодарность, кровожадную уверенность, свирепую и хищную, как будто смерть можно сеять одним лишь желанием...

Но теперь желчь прихлынула к его горлу.

— Но почему? — рявкнул он, не глядя в сторону Саубона.

Высокий галеот повернул к нему голову:

— Потому что я — могучий воин.

— Нет! Почему ты — ты! — вознесен надо мной?

Считаные недели назад сама возможность подобной перебранки была немыслима. Однако где-то и как-то случился некий перекос, изменивший всю привычную и не вызывавшую сомнений линию их взаимоотношений.

Мясо пролезло буквально во все.

— Потому что, — проскрипел собрат, экзальт-генерал, — люди бывают беспечны с тем, что ненавидят.

— И что же такое, скажи на милость, я ненавижу, брат?

Насмешливая ухмылка.

— Жизнь.

— **Роскошь не дает узреть ее!** — провозглашал с высоты святой аспект-император, и голос его разносился над бушующими толпами, одновременно и грохоча, и воркуя.

— **Уют заслоняет ее!**

Крохотные огоньки сверкали на каждой еще способной блестеть детали оружия и амуниции воинов Ордалии. Крик толпы дрогнул, осекся и чудесным образом стих. Южане пооткрывали рты, ибо святой аспект-император увещевал их с высоты и одновременно смотрел на каждого из всякой начищенной до блеска поверхности, как будто он на самом деле стоял повсюду, повернувшись под прямым углом к тому, что можно было увидеть. Будь то помятый щит на спине стоящего перед тобой собрата, ртутный блеск шлема или колеблющееся на весу лезвие — повсюду, к каждому человеку обращался бородатый лик возлюбленного воина-пророка, и тысяча тысяч образов провозглашали...

— **ДАРЫ ОБМАНЫВАЮТ!**

Воинство воинств взорвалось криками.

— Ты считаешь, что я ищу смерти? — крикнул Пройас Саубону.

— Думаю, что ты ищешь причину, позволившую бы тебе умереть.

Эти слова буквально завели короля Конрии.

— С чего бы вдруг?

— Потому что ты слаб.

— Слаб, говоришь? А ты, значит, силен?

— Ты прав. Я сильнее тебя.

Они уже стояли лицом к лицу, и поза эта привлекла внимание собратьев из числа королей-верующих.

— И почему ты так решил?

— Потому что мне никогда не было нужно верить в него, чтобы служить ему. — Галеот надменно фыркнул, обнаруживая тем самым недостаток манер, делавший его варваром в высшем обществе. — И потому что все это время я бросал вместе с ним счетные палочки.

Слова эти лишили Пройаса желания сопротивляться и последних остатков воли. Он отвернулся от высокого норсирайца. Молча он переводил отстраненный взгляд от точки к точке в толпе, от лица к возбужденному лицу, злобному ли, страдающему ли — все они скалились, как

Глава десятая. Даглиаш

принято у Спасенных. Сияющий лик их пророка отражался синевой на бородах и мокрых щеках. Многие плакали, другие разглагольствовали, выкрикивали обеты, но на лбах их отпечатывалась обыкновенная ненависть, ставшая платой за преданность.

— **Ты соединяешься с Богом, только когда страдаешь!** — вопил голос над их головами.

Пройас замечал бесчисленные голубые искорки — отражения Анасуримбора Келлхуса — в глазах людей Ордалии, стоявших рядом друг с другом, от шеренги к шеренге, от полка к полку — одинаковые яркие голубые точки...

Поблекшие, как только померкли перед ними ложные отражения.

— **КОГДА! ТЫ! ЖЕРТВУЕШЬ!**

Грохочущие валы льстивых голосов.

— Ты никогда не поймешь! — крикнул ему в ухо Саубон.

— Чего не пойму?

Как часто разногласия, возникшие между мужами, обращаются против более усталого и нуждающегося из них!

— Почему он сделал меня равным тебе?

Искренности в этих словах оказалось достаточно, чтобы захватить все его внимание.

Полным пренебрежения движением руки Саубон указал на разыгрывавшийся вокруг них безумный спектакль и одновременно отмахнулся от него.

— Все это время ты полагал, что он ведет войну ради того, чтобы в мире воцарилась праведность! И только теперь ты понял, насколько ошибался. — Норсираец сплюнул, увлажнив древесину между сапогами Пройаса. — Благочестие? Рвение? Ба! Это же просто инструменты, которыми он работает!

Недоверие, слишком болезненное для того, чтобы его можно было скрыть.

— Инструменты для че...

Пройас осекся, в наступившей вдруг тишине собственный голос показался ему слишком громким и гневным. Он посмотрел вверх, глаза его были обмануты тем, будто все вокруг поступили подобным же образом...

— Ты отчаялся, — скрипел ему на ухо Саубон, — потому что, словно дитя, считал, что Истина в одиночку может спасти мир.

...ибо на деле лишь он один смотрел вверх.

— Однако его спасает, брат мой, Сила, а не Истина.

Только он один видел господина и пророка, парящего над ними.

— И сила пылает ярче всего, сжигая ложь!

Воины Ордалии, все до единого, были захвачены голубыми с золотом образами, мерцавшими на каждой сколько-нибудь блестящей поверхности. Над ними парил святой аспект-император, всем видимый, но никем не зримый. Голова его была запрокинута назад, свет смысла пульсировал, исходя из его рта, выпевая слова, которых не могла понять ни одна душа...

Но все они слышали: **ВОТ ВАША ЖЕРТВА — ВАША ОРДАЛИЯ!**

И скакали в восторге, съеживались, преклоняясь.

Каждый образ проповедовал, гремел: **ВАША МЕРА ИЗВЕСТНА БОГУ!**

Люди Трех Морей вопили, в безумии ликовали.

Мясо, подумал Пройас слишком спокойно, чтобы суметь побороть удушающий ужас.

Мясо овладело и Анасуримбором Келлхусом.

Они сопели во тьме, гнусные легкие вдыхали и выдыхали мерзкий, отвратный воздух. Неуклюжие, зловещие мысли копошились в нескладных, разделенных на три части черепах. Их одолевали блохи. Они вглядывались во тьму липкими глазами, однако не могли увидеть ничего, кроме тьмы. Ощетинясь, они лязгали зубами, рявкали друг на друга на своем примитивном языке. Словно дряхлый пес, зализывающий старую рану, кто-нибудь из них время от времени щерился, цеплялся рукой за тьму, скрывавшую неисчислимое множество ему подобных.

Все дальше и дальше разбредались они по подземным коридорам, сопя во тьме, мотая нечесаными черными бизоньими гривами.

Ожидая.

ГЛАВА ОДИННАДЦАТАЯ

Момемн

> 1. Игра определяет форму Творения. Существовать — значит участвовать в Игре.
> 2. Части Игры равны Игре в целом, в рамках определяющих ее правил.
> Части и правила составляют Элементы Игры.
> 3. В Игре не существует ходов, она осуществляется посредством различных превращений Элементов.
>
> *Начальные Напевы Абенджукалы*

> Костры не дают дневного света.
>
> *Скюльвендская пословица*

Середина осени, 20 год Новой империи (4132 год Бивня), Момемн

Наблюдая, этот мальчишка рассуждал. Пока он продолжает шпионить за нариндаром, ему ничего не грозит.

Анасуримбор Кельмомас превратился в одинокого часового, поставленного на страже чего-то такого, что он не посмел бы объяснить никому, как не посмел бы и оставить свой пост. То, что началось как простая забава, позволявшая отвлечься от более насущных тревог, таких как собственная сестрица, сделалось ныне смертельно важным делом. Четырехрогий Брат бродил по коридорам дворца, занятый каким-то темным замыслом, которого мальчик не мог постичь, понимая лишь то, что замысел этот касается его напрямую.

Посему он продолжал свое тайное наблюдение, посвящая ему все больше времени. День за днем он лежал неподвижно, глядя на столь же неподвижно стоящего в темной келье мужчину, или же, в тех редких случаях, когда ассасин решал пройтись по дворцу, спешил следом за ним по каменному лабиринту Андиаминских Высот. И когда усталость наконец загоняла его в постель матери, он прятался там, раздираемый ужасом, убежденный, что нариндар каким-то образом тоже следит за ним. День за днем повторял он действия этого человека, равняясь с ним во всех подробностях и деталях; каждый шаг его соответствовал шагу ассасина, каждый вздох — его вздоху, и наконец они стали казаться двойной душой, единой тварью, разделенной между светом и тенью, меж добром и злом.

Однако почему наблюдение за ассасином должно сохранить его жизнь, Кельмомас не мог сказать. Несчетное множество раз он обманывал себя, пытаясь осознать обстоятельства, в которых оказался, и особенно тот факт, что их силой он был принужден всегда делать лишь то, что уже случилось, — то, что библиотекарь назвал Безупречной Благодатью. Учитывая, что произошло с ним, помимо всего прочего, какая ему разница, наблюдать за этим человеком тайно или открыто? Кельмомас обладал тонким ощущением безнаказанности, присущим тому, кто вершит деяния, неведомые прочим людям. Шпионить так, как шпионил он, странным и непонятным образом означало владеть тем, за кем он шпионит. Люди, за которыми он наблюдал, подчас казались ему жучками, столь слепо выполняющими свои рутинные обязанности, что их можно было посчитать механизмами. Следя за обитателями дворца, он часто думал, что они похожи на большие шестерни и каркасы мельницы Эмаунум, огромного сооружения, постоянно стенавшего и лязгавшего, сочетая зубья, впадины и бороздки, и остававшегося в полной слепоте относительно творящихся внутри него безобразий. Камня или, быть может, мешка с песком хватило бы, чтобы с треском остановить всю махину.

Глава одиннадцатая. Момемн

Но какова была его выгода? Ради чего он сам хотел следить за силой жизни и смерти, и всей добычей, что лежала меж ними? Будь нариндар обычным человеком, он оказался бы просто глупцом, уязвимым для любой хитрости или уловки, что мог бы учинить имперский принц. Следить за другим — значит выхватить слепое из незримых границ, заманить, одурачить... править.

Так, как он правил матерью.

Однако нариндар не был обычным человеком. По сути дела, он и вовсе не был человеком. Осознание этого время от времени посещало мальчишку, отчего по коже пробегали мурашки, становилось трудно дышать: в темной комнате под ним стоял сам Четырехрогий Брат, Отец Ненависти и Злобы.

Загадки едва не доводили его до безумия: как понять, какая расплата ждет того, кто посмел шпионить за Богом?

Ассасин обладал Безупречной Благодатью. Чем еще можно объяснить ту цепочку невероятных совпадений, свидетелем которых он был? Мальчишка хотел верить в то, что обладает собственной Благодатью, но тайный голос немедленно напоминал ему, что он обладает Силой, а это совсем другая штука, нежели Благодать. Внутри коробки его черепа они бесконечно препирались на эту тему.

Но если от Него невозможно укрыться, почему же тогда Он просто не убьет меня?

Потому что Он играет тобой!

Но как может Бог чем-то играть?

Потому что он питается твоими чувствами, пока ты еще не умер, зернами твоих переживаний.

Дурак! Я спрашивал как, а не почему!

Кто может сказать, как Боги делают свои дела?

Может быть, потому что они ничего и не делают!

Даже когда трясется земля, взрываются горы, вздымается море?

Пф. Ты считаешь, что Боги делают все это? Или, быть может, они просто знают заранее, что именно случится, еще до того как все произойдет?

Быть может, это неважно.

Именно здесь и заключалась вся трудность, понял он. Что такое действовать, не имея желания? Что это может означать? Когда Кельмомас размышлял о своих поступках, он всегда обнаруживал, что они направляют его к неопровержимому факту собственной души. Он порождал свои действия. Он являлся их первоисточником, неоспоримой причиной.

Проблема состояла в том, что так думали все вокруг, хотя и в различной степени. Даже рабы.

Даже мать.

Однажды днем нариндар вдруг резко повернул голову, как будто чтобы посмотреть на кого-то, остановившегося перед дверью его кельи, которую он никогда не запирал на засов. А потом он внезапно оказался у двери и, помедлив, оглянулся на то место, где стоял ранее. И пошел отмерять длинными шагами коридор, заставив юного имперского принца вскочить и, последовав его примеру, помчаться по темному коридору, всякий раз приникая к очередной железной решетке, чтобы проверить, где находится его загадочный подопечный. Ибо при всей своей дьявольской вышколенности ассасин был намного более легкой жертвой для шпионажа, чем все дворцовые душонки, за которыми мальчишке доводилось следить. Убийца шел с мерой бывалого солдата, отсчитывая шаги согласно какому-то постоянному и взятому не от мира сего темпу. Скопления народа он проходил с дымной легкостью привидения.

На сей раз он оставил геометрически правильную сеть коридоров Аппараториума и углубился в хаотичную архитектуру Нижнего дворца, в кладовые — одно из немногих мест, куда не заходила сеть потайных ходов. Запаниковавший имперский принц остался на пересечении переходов, наблюдая, как нариндар исчезал в невидимости, превращался в последовательность образов, возникавших в свете нечастых ламп.

И тут, когда ассасин оказался на самом краю поля зрения, Кельмомас заметил, что тот, за кем он следил, будто бы шагнул в сторону и, похоже, укрылся в какой-то нише. Мальчишка некоторое время полежал возле решетки, безуспешно вгля-

Глава одиннадцатая. Момемн

дываясь вниз и обдумывая, что делать дальше. После недель, отданных не вызвавшей никаких проблем слежке за этим человеком, можно ли упустить его из виду здесь и сейчас?

Неужели все это уже случилось?

Он знал это с самого начала! Я говорил тебе!

Неужели Ухмыляющийся Айокли будет таким образом мстить за его святотатство? Говорил же!

Неужели все уже случилось именно так?

Он еще трясся от ужаса, не имея сил пошевелиться, когда внизу появилась длинная цепочка носильщиков — судя по виду, из касты слуг. Пыхтя под тяжестью больших корзин с яблоками, они негромко переговаривались. Ароматная кислинка свежих плодов наполнила собой подземные коридоры. Ничто не свидетельствовало более ярко о бессилии фаним и их осады, чем потоки солдат и провизии, приходившие с моря. Слуги шли мимо, неясные в полутьме, смуглые люди несли яблоки, такие же налитые, как губы матери, румяные, алые или зеленые. Волоски на теле мальчишки удерживали его на месте столь же надежно, как гвозди. На его глазах голова вереницы приблизилась к тому месту, где укрылся ассасин. Караван корзин закрывал от имперского принца переднего носильщика, однако отсутствие всякой суеты указывало на то, что нариндар тоже просто наблюдает за происходящим. Движение столь многих тел заставило фонари вспыхнуть поярче, и Кельмомас явственно увидел, как последний из носильщиков приблизился к тому месту, где, по мнению мальчика, затаился ассасин. Носильщик шествовал, не встречая препятствий и ни на что не обращая внимания, и посему, наверное, и споткнулся, выронив из корзины яблоко. Плод, крутясь, на мгновение завис в воздухе, поблескивая то красным, то зеленым бочком, а потом покатился по коридору.

Протянувшаяся из тьмы рука схватила его.

И нариндар направился в обратный путь, вглядываясь в пустоту и рассеянно откусывая от яблока. Белизна плоти плода казалась ослепительной в окружающем сумраке. Кельмомас лежал неподвижно, словно дохлый кот. И даже не вздохнул, пока ассасин не миновал его.

И только в этот момент он полностью осознал весь ужас собственного положения.

Все уже произошло...

В тот вечер юный принц империи уже заламывал руки от страха. Даже мать, при всей ее занятости, сумела заметить волнение за той показной маской, которую он всегда натягивал на лицо в ее присутствии, чтобы добиться обожания.

— Причины для страха нет, — сказала она, опускаясь рядом с ним на постель и прижимая его голову к своей груди. — Я же говорила тебе, помнишь? Я убила их Водоноса. Своими руками!

Взяв сына за оба плеча, она развернула его лицом к себе, являя чудотворную улыбку.

— Твоя мама убила последнего кишаурим!

Она хотела, чтобы он захлопал в ладоши и рассмеялся: возможно, он так бы и поступил, если бы не внезапно возникшее желание откусить ей язык.

Ему придется научить ее еще очень многому!

— Теперь они не сумеют справиться с нашими стенами, мой милый. Мы едим досыта, нас кормит море, и целая империя спешит к нам со всех Трех Морей! Фанайал. Был. Большим. Дураком. Он считал, что сумеет воспользоваться нашей слабостью, однако на самом деле всего лишь показал своим дикарям, кому положено править!

Кельмомас, конечно, уже слышал все это, — как и то, что отец, при всей его требовательности к провинциям, «идолов не разбивал». Но мальчишка никогда не видел в фаним реальной угрозы. Если на то пошло, он привык считать их своими союзниками — и при том донельзя тупыми — в войне с сестрой. Он опасался одного: что они попросту улизнут, ибо тот день, когда они снимут осаду, станет днем, когда эта ведьма-дура-сестра предаст его — Телли! Даже если мать сперва не поверит ей, рано или поздно она все же сделает это. Невзирая на все сестрины странности, невзирая на ее неспособность ощущать какие-либо эмоции, не говоря уж о любви, Телиопе мать доверяла более всех остальных.

Глава одиннадцатая. Момемн

Кельмомас ощущал, что осознание возможных последствий заставляет его тело ударяться в рев. Это было чересчур... слишком уж чересчур.

Необходимость пронзала его насквозь. Необходимость, помноженная на еще более безумную необходимость.

Никогда еще, никогда, даже в самые страшные дни его каннибальского прошлого, после мятежа Святейшего дядюшки, он не чувствовал еще подобного угнетения, такой злой, можно сказать чудовищной, обиды. Огорчала даже мать! Верить Телли, а не ему! Не ему, надо же!

Словом, отец слишком многому не научил мать. И ей еще предстоит научиться.

Западная терраса опустела, Эсменет прислонилась к балюстраде, подставив закрытые глаза закатному свету и ощущая всем лицом ласковое тепло. Последний из ее экзальт-министров вместе со своими аппаратариями растворился среди городских улиц. Нгарау, быть может, ощущая ее настроение, удалился вместе со всеми рабами. Она даже стряхнула с ног шлепанцы, чтобы полнее ощутить этот закат босыми ступнями. Остались только ее инкаусти, стоявшие в одиночестве неподвижные часовые, мужи, готовые умереть, как умер Саксис Антирул, храня ее безопасность.

Собственные свершения казались ей чудесными.

Если бы только она понимала их.

Она обнаружила, что, заново перебирая события, понимает их все меньше. Однако известия о происшедших чудесах и кровопролитиях — о низвержении Майтанета, о гибели последнего кишаурим — разошлись повсюду, вызывая еще и удивление. Менестрели запели о ней, каста слуг отвергла ятверианские штучки и провозгласила ее своей. Заудуньяни Трех Морей объявили ее примером для себя и доказательством божественной природы своего дела. Пошли в оборот памфлеты. Оттискивались и обжигались несущие ее имя бесчисленные таблички с благословениями. Она сделалась Эсменет-арумот, Несломленной Эсменет, Матерью империи.

— «Псы досаждают нашей матушке!» — сообщил ей Финерса на следующее утро. — Вот что кричит на улице народ: «Наша мать в опасности! Наша мать!» — Они рвут волосы на головах и бьют себя в грудь!

Похоже, что Вода вместе с рукой сожгла все остатки его былой надменности. Начальник ее шпионов, поняла Эсменет, принадлежал к числу тех людей, которые отдавали в меру собственной потери — и, скорее всего, по этой причине Келлхус назначил его служить ей. Чем больше терял ради своей императрицы Финерса, тем больше вкладывал он в ее следующий ход. Тем вечером он прислал в ее апартаменты груду небольших, с ладонь, табличек с различными благословениями. Давно уже, обнаружив свое лицо на кружочках, которые верноподданные называли «серебряными императрицами», а отступники «блестящими шлюхами», она буквально онемела, не зная, стыдиться ей или гордиться. Однако она не смогла сдержать слез, увидев эти грубые таблички, на которых клинописью было вытеснено ее имя, как нечто дорогое, нечто священное...

Нечто непобедимое.

И разве она чужая для них, после того как была шлюхой в земле, проклинавшей их? Сумнийской шлюхой, никак не меньше, ярким свидетельством ханжества Тысячи Храмов.

Как вообще могла она не сломаться?

Во всех прочитанных ею историях авторы объясняли события чьей-то волей, верностью принципам или Сотне. Истории эти повествовали о власти: Эсменет всегда обнаруживала в описании чей-то каприз. Конечно же, исключением был лишь великий Касид. Побывав на галере рабом, он понимал обе стороны власти и умел тонко обличать кичливость могущественных. Его «Кенейские анналы» вечер за вечером заставляли ее сжиматься в комок по этой самой причине: Касидас понимал природу власти в смутные времена, знал, что история мечет кости вслепую. Он сам писал, что «в черноте вечной ночи разыгрывается постоянная битва, призрачные люди рубят наугад и слишком часто — она никак не могла забыть эту фразу — попадают по своим любимым».

Глава одиннадцатая. Момемн

Теперь Эсменет понимала и тот постыдный клубок, то переплетение невосприимчивости и ранимости, которое сопутствует власти, — достаточно хорошо, чтобы не заниматься бесконечно их разделением. Она не была дурой. Она уже потеряла слишком многое и не доверяла любым последствиям, не говоря уже о своей способности повелевать сердцами людей. Толпа могла называть ее любым именем, однако носящей его женщины попросту не существовало. Действительно, она сделала возможным такой поворот, но скорее не в качестве колесничего, а в качестве колеса. Она даже дала своей империи имя, на которое люди могли обратить свою веру, и кое-что еще.

Однако она даже не убила последнего кишаурим, по правде-то говоря.

Быть может, это и объясняло ее привычку стоять на веранде позади мужнина трона — именно там, где она находилась теперь, в этом самом месте. Останавливаясь здесь, она обретала способность отчасти понять ту легенду, которой стала, этот безумный миф о себе самой. Взирая отсюда на собственный город, она могла обратиться к фантазии, к величайшему из всех великих обманов, к повести о герое, о душе, способной каким-то образом выпутаться из тысячи мелких крючков, каким-то образом воспарить над сумятицей и править, никому не подчиняясь.

Она сомкнула веки, приветствуя мягкое и теплое прикосновение солнца к лицу, это ощущение оранжевого света. С каждым новым днем с кораблей высаживалось все больше и больше колумнариев, укреплявших силы гарнизона. Генерал Повта Искауль уже вышел в море с закаленной в боях Двадцать Девятой. Три Арконгские колонны, которые они с Антирулом отправили, чтобы отбить Шайгек, были отозваны и уже подошли как минимум к Асгилиоху. Лишившись своего Водоноса, Фанайал медлил, если вообще не потерял уверенность, хотя люди его ставили на южных холмах все больше и больше осадных машин. Просто для того чтобы обеспечить существование собственного войска, он был вынужден без конца тормошить окрестности города: тысячи отставных воинов-заудуньяни собирались в соседних провинциях, а по всем Трем Морям еще несколько десятков тысяч.

И теперь важно было не то, как сложилась ее судьба, но лишь то, что она вообще сложилась.

Благословенная императрица Трех Морей смотрела в сторону пламенеющего заката, разглядывала подробности путаной городской перспективы Момемна, прославленного чада темного Осбеуса, столицы Анасуримбора Келлхуса, величайшего завоевателя со времен Триамиса Великого. Река Фай образовывала с севера предел ее поля зрения — широкая бурая змея в чешуях вечернего света. Гилгальские врата отмечали западный предел, заходящее солнце обливало чернотой приземистые башни. Столь же многозначительными казались Маумуриновые ворота на южном пределе, возможно, благодаря деревянным лесам, которые пришлось воздвигнуть вокруг них после атаки кишаурим.

В сухом вечернем воздухе уже отсутствовала дымка, которая мешает оценить расстояние до растворяющихся в ней ориентиров. И если солнце не давало Эсменет рассмотреть западную часть города, прочие области оно обрисовывало лишь с большей четкостью. Очертания далеких осадных башен сливались с контурами черной щетины леса на спинах холмов. Некогда вселявшая страх башня Зиека погрузила в явившуюся до срока темноту пригороды, находящиеся к востоку от ее квадратной туши. Ее примеру следовали и три золоченых купола храма Ксотеи, тени которых понемногу наползали на весь Кмираль.

Перескакивая взглядом с места на место, Эсменет вдруг обратила внимание, как быстро меркнет дневной свет. Она поняла, что собственными глазами наблюдает явление ночи. Она еще видела на земле освещенные солнцем квадратики и полоски, несчетными тысячами разбросанные по всему ее городу. Оглядевшись по сторонам, она замечала, как меркнут они по мере того, как солнце опускалось ближе к горизонту. Края освещенных пятен ползли вверх по стенам, тьма становилась жидкой, потопом натекала из теней, поглощая

Глава одиннадцатая. Момемн

сперва малые сооружения и улочки, потом большие, карабкаясь вверх, в противовес неспешно опускавшемуся солнцу.

Ночь — основа всему, подумала она, состояние, не знающее смерти. Душа способна разве что языком прикоснуться ко всей сложности Творения. Она подумала о своем ассасине, о своем нариндаре, о том, что ему приходится жить в самой темной ночи. Поэтому ведь убийство Майтанета и казалось таким чудесным, таким легким делом: потому что оно ничем не отличалось от любого другого убийства — какая разница, дунианин он или нет? И неважно, кем там является ее муж.

Дышать становится легче, когда перестаешь думать.

И как часто случается, жаркий вечерний свет в одно мгновение превратился в прохладные сумерки. Напор солнечного тепла обернулся стылой ночной пустотой. Эсменет поежилась от холода и внезапного страха, ощутив себя блохой на спине бедствия. Она любила произведения Касидаса. Развалины древней Кенеи лежали выше по течению реки, поля руин за полями руин, останки столицы не менее великой, чем ее собственная. Еще дальше от моря рассыпались развалины Мехтсонка, превратившиеся не более чем в скопление поросших лесом курганов. Наследие легендарной славы Киранеи невозможно было отличить от земли, разве что по количеству битого камня.

Момемн располагался в устье Фая, возле темного и обширного Менеанорского моря. Ученые утверждали, что империи Запада рождены были этой рекой.

Эсменет вглядывалась в контуры распростертого перед нею Момемна, наблюдала, как свечи, факелы и светильники зажигались на индиговых просторах города, каждый раз порождая свой собственный золотой мирок, чаще всего за окнами, но иногда на перекрестках и кровлях или углах улиц. Рассыпанные жизнью драгоценности, думала она, тысячи бриллиантов. Сокровищница, полная душ.

Она и представить себе не могла, кому именно выпадет писать ее собственную историю и историю ее семьи. Оставалось лишь надеяться, что человек этот не будет наделен столь же четким и беспощадным зрением, как Касидас.

ГЛАВА ДВЕНАДЦАТАЯ
Иштеребинт

> Проиграть — значит прекратить свое существование в Игре, сделаться как бы мертвым. Но так как Игра всегда остается одной и той же, возродиться может только выживший. Мертвые возвращаются в качестве незнакомцев.
>
> *Пятый Напев Абенджукалы*

Начало осени, 20 год Новой империи (4132 год Бивня), Иштеребинт

Ишариол. О высокий оплот!

Как же славился ты! Своими шелками, своими кольчугами, своими песнями, своими ишроями, подбоченясь, верхом, а не на колесницах, выезжавшими на войну. Сыновья всех Обителей Эарвы съезжались к твоим сказочным вратам, дабы вымолить знание твоих ремесел. Лишь в Кил-Ауджасе насчитывалось больше жителей, и только Сиоль, дом Первородный, мог похвалиться более утонченными познаниями и большей боевой славой.

Как ярко горели твои глазки! Какие толпы собирались на перекрестках твоих! Как уносил воздух разговоры и музыку! И здесь, на Главной террасе, превращенной в колоссальный чертог, посреди которого проходил Великий колодец Ингресс — само нутро Хтоника, здесь было больше движения и жизни, чем в любом другом уголке Иштере-

Глава двенадцатая. Иштеребинт

бинта. Все стены покрывала белая эмаль, и блеск ее гнал прочь всякую тень, доносил сияние в каждый угол. Выкрашенные в черный цвет клети висели на нимилевых цепях, некоторые из них соединялись с причалами чугунными трапами, другие же, размером с речную баржу, поднимались и опускались. Подъемщики вели свою несмолкающую песнь, стоя каждый на корме своего судна. Небо, такое далекое, казалось булавочной головкой в головокружительной вышине, мерцая над Ингрессом как второй Гвоздь Небес, словно отражение Священной Бездны там — в поднебесье. Повсюду движение. Толпы заполняют Причальный ярус. Зеваки попивают ликеры, стоя на своих балконах. Вереницы эмвама снуют туда и сюда по транспортным коридорам, загружают и разгружают висящие корабли. Щелчки кнутов, беспечный хохот. Шмелиное жужжание инджорских лютней.

Женщины и дети смеются.

Клак... Клак... Клак...

Овдовевшие отцы кричат.

Но как? Взгляд короля-верующего метался вдоль и поперек опустошенной Главной террасы, по стенам ее, прежде гладким и увешанным гирляндами, но теперь изрытым неуместными изображениями. И это Иштеребинт! Прижимая Сорвила рукой к левому боку, Ойнарал влек его между мечущихся, изъеденных грибком теней. Как может быть явью подобный кошмар? Сорвил покрутил головой, заметив в ровном свете Холола толпу существ еще более ожесточенных, похожих на ощипанных птиц, устроившихся на мусорных кучах, усеивавших грязное болото, в которое превратился причал. Главная терраса над их головами еще комкала отдававшийся жуткими отголосками плач, жаркими пальцами втискивая его в уши юного короля.

Клак... Клак... Клак...

Что же сделал с ним Ниль'гиккас?

Внимание его привлекла преследовавшая их тень. Обернувшись, Сорвил заметил пригнувшуюся фигуру, увидел его...

Му'миорна.

Словно бы нехотя, он тащился не более чем в шаге позади. Обнаженный. Изможденный. Юный король и понятия не имел о том, каким образом нелюди различают друг друга, и тем не менее это лицо было более знакомо ему — более привычно, — чем собственное. Нежные прежде губы, ныне обезображенные язвами. Высокое прежде чело, ныне покрытое коростой грязи. Но вечно полнящиеся страданием глаза остались прежними, как и слезы, серебрящие его щеки. Му'миорн! Разрушенный, погасший до самых последних угольков, превратившийся в нечто едва ли большее, нежели измученная струйка дыма. Му'миорн, шатаясь, приближался к нему, и в напряженном мрачном взгляде его читалось узнавание.

От ужаса король-верующий издал звук, неслышимый в переполненном воплями воздухе, в месте, где крик одолевал крик, где еще можно было бы услышать могильную тишину Бездны. Нечто резануло его изнутри, рвануло какую-то внутреннюю кожуру.

Ибо когда-то он любил этого несчастного, ночь за ночью возлежал в его горячих объятьях. Он дразнил его. Он играл с ним. Он кричал в нем, когда крик покрывал мурашками его кожу. Из ревности он проклинал его, бил его за измены, рыдал, уткнувшись в его колени, вымаливая прощение. И, остановившийся на самом пороге мужской зрелости, многострадальный сын Харвила познал любовь, растянувшуюся на череду бурных веков, эпохальные циклы увлечения и охлаждения, возмущения и экстаза...

— Му'миорн! — выкрикнул он, покоряясь тщете.

Отвращение, память о том, что он был женщиной у мужчины. Омерзение. Надлом. И ужас.

Ужас и новый ужас.

Клак... Клак... Клак...

Му'миорн пошатнулся и залился слезами, сосулька слюны повисла на его губах. Он не мог поверить, понял Сорвил. Он не мог поверить!

— Это же я! — выкрикнул юноша, изгибаясь в безжалостной хватке Ойнарала и пытаясь потянуть нелюдя за коль-

Глава двенадцатая. Иштеребинт

чужный рукав. Но в этот самый миг Му'миорн споткнулся, пригнулся к непристойной грязи своих чресел, расстелился ковром под ногами напиравших сзади, исчез под ними.

Взвыв, Сорвил вырвался из хватки Последнего Сына и повис на его спине, беспомощный перед горестными фигурами преследователей. Жующие рты. Бледная, почерневшая от грязи кожа. Глаза, в которых застыли самые разные истории вырождения, ненависти и печали, — и нечеловеческое стремление отомстить! Ойнарал не оставил без внимания его бедственное положение. Холол взметнулся над головой короля-верующего, серебряный прут, заканчивающийся ослепительным острием. И все сразу же отшатнулись, ограждая себя руками, зажмуривая глаза, пытаясь защититься от колючего белого света. Сборище живых мертвецов.

Му'миорн!

Ойнарал Последний Сын сделал шаг назад, отгоняя несчастных светом. И Сорвил пополз, как краб, по мусорной куче, отчаянно пытаясь высмотреть среди болезненно белых и грязных лодыжек лицо своего былого любовника. Наконец левая рука его провалилась в пустоту. Он упал на спину, едва не последовав за своей рукой прямо в пропасть. Прокатился по краю, раня о него ребра, и обнаружил, что взирает в пустое чрево Горы, в чернильные недра Священной Бездны.

Они дошли до края Причального яруса.

Холол померк, сделавшись из ослепительного просто ярким, а может, так просто казалось, ибо Сорвил мог видеть бледные очертания Главной террасы, ее колоссальные балки, напоминавшие свод небес, бессильно повисшие цепи, заброшенные помосты и трапы, подчас похожие на застрявшие в паутине сучки. Костлявые порталы кранов отбрасывали тени на кривые, изрезанные образами стены. Несчетные согбенные фигуры голосили на забитых толпами участках Причального яруса, на высоких балконах, колоннадах, на ступенях винтовой лестницы, опускающейся в великую подземную тьму.

Клак... Клак... Клак...

Взгляд его остановился на Смещении, расселине, образовывавшей неровную петлю вокруг всей террасы, на рваной ране, расколовшей одну из костей мира. Едва не погубив Вири, Ковчег нанес невероятно огромную, страшную рану и Ишариолу, причинил увечье, заодно ставшее памятником демонам, произведшим подобную катастрофу и вызвавшим столько несчастий.

Жутким удушенным... Инхороям.

Гнев. Именно гнев всегда был его славой и опорой. Его слабостью и силой, стрекалом, делавшим его в равной мере безрассудным и славным, превращаясь во властную ненависть, бурную и несдержанную, хищную жажду обрушить горе и разрушение на головы врагов. Надменным звали его родные, Иммириккасом Мятежным, и только в мрачном и полном насилия веке подобное имя могло стяжать славу и гордость.

Ярость его была обращена на них — на Подлых! Они сами навлекли ее на себя. Это они украли все то, что было у него отнято!

Ярость, дикая и слепая, из тех, что обращает кости в прах, вздымалась в душе короля-верующего, расплавом втекала в его кости. И она обновила его. Сделала его целым. Ибо ненависть, как и любовь, благословляет души смыслом, наделяет жуткой благодатью.

Он заставил себя продвинуться вперед, заметил Ойнарала Последнего Сына, стоящего в нескольких локтях от края террасы, поводя мечом из стороны в сторону; нимилевые кольчуги его сверкали, фарфоровый скальп и лицо оставались белыми, словно снег. Пепельного цвета родичи кишели и скакали вокруг него, на каждом угрюмом лице лежала печать древнего ужаса. Эрратики оставались за пределом описываемой мечом дуги, устрашенные и ослепленные. Некоторые уже лежали — окровавленные или бездыханные — возле топающих ног.

Смятение превратило ярость в глину в душе юноши, ибо любые остатки славы выглядели здесь извращением. Облаченный в кольчугу сику казался посреди жуткой тол-

Глава двенадцатая. Иштеребинт

пы выходцем из легенды, блистающим осколком прошлого, отражающим натиск звероподобного и безрадостного будущего — доказательством исполнения предреченной судьбы.

Клак... Клак... Клак...

Глянув вверх, юноша заметил, что на Главной террасе вдруг появился второй свет, нисходящий свыше, более яркий, чем сверкание священного меча. Еще он заметил широкую клеть, черную, как и в минувшие дни, — свет расположенного над ней глазка достигал края Ингресса. Он шагнул, чтобы обратить на нее внимание Ойнарала, но увидел Му'миорна, выбравшегося из какого-то жалкого сборища и прыгнувшего вперед для того лишь, чтобы заработать царапину на щеке, нанесенную волшебным мечом сику.

Свет потускнел, и во вдруг наступившем сумраке Сорвил заметил, что голова его возлюбленного светится, словно колба, наполненная фиолетовыми и сиреневыми лучами. Му'миорн отшатнулся, отступив перед ослепительным сиянием Холола, рухнул бледной кучкой на замусоренный камень.

Сын Харвила пошатнулся на краю...

И погрузился в объявший его былого любовника плач как в свой собственный.

О, Ишариол, лишь сыны твои творили себе кумира из лета, отвергая подступавшую к ним бесконечную зиму. Словно ангелы, шествовали они промеж вонючих и волосатых смертных людей. «Обратитесь к детям дня, — первыми возгласили они. — Наставляйте народ лета, ибо ночь приближается к нам. Умер Имиморул! И Луна больше не слышит наши победные гимны!»

О, Иштеребинт, лишь твои сыновья верили в людей, ибо Кил-Ауджас видел в них вьючных животных, а Сиоль — родственные шранкам выродившиеся копии самих себя, нечистые и низменные. «Убьем их, — кричали они, — ибо плодоносно их семя, и множатся они, как блохи, в шкуре мира!»

Но твои сыновья знали, твои сыновья видели. Кто, кроме людей, какой другой сосуд может вместить нектар их знаний, воспеть песнь их обреченной расы?

— Учите их, — воззвал благословенный сику. — Или сама память о вас канет в небытие.

— Му'миорн! — возрыдала составная душа, некогда бывшая Сорвилом.

Клак... клак... клак...

Мрак венчал Главную террасу, и Му'миорн растворился в путанице теней. Холол вернулся в ножны. Жидкий свет проникал сверху. Сумрак кишел бледными тенями.

Ойнарал метнулся к нему: блистающая фигура перед жутким потопом — подскочил, обхватил за грудь. Юноша уже видел клеть, ее выпуклую тень, обрамленную жестким светом. Они проплыли за край поверхности, и пустота повлекла их прочь и долу.

Невесомые, они устремлялись вниз.

Рука Ойнарала обхватывала его с надежностью виселичной петли, удерживала его, пока они раскачивались над пустотой.

Священной Бездной.

Он задыхался, падение мешало дышать. Он попытался вскрикнуть, непонятно какого безумия ради. Ойнарал сумел каким-то образом ухватиться свободной рукой за красно-желтую нимилевую цепь. Теперь они описывали головокружительный эллипс.

Обезумевшие недра выли вокруг.

Клак... Клак... Клак...

Му'миорн...

О, Ишариол, что, если бы иначе сложилась судьба твоя? Стал бы другим сам мир, если бы Обители родичей твоих вняли тебе.

Ибо Подлые явились к людям в дебрях Эанны, принесли им то самое наставничество, о котором столь ревностно просили твои сыны. Подлые воссели на земле, кроя союзы

Глава двенадцатая. Иштеребинт

с нелепыми человеческими пророками, под видом секретов нашептывали им обман, вплетали нить собственных злых умыслов в ткань их обычаев и верований. Подлые, а не Возвышенные, научили их записывать свои словеса и тем начертали чуждый злой умысел на самом сердце всей людской расы.

Подлые снабдили их апориями, оказавшимися бесполезными в шранчьих руках.

Что думали они, оставшиеся в живых сыны Сиоля, когда ничтожные людишки буйствовали в славных чертогах дома Первородного? Что думали они, оставшиеся в живых сыны Кил-Ауджаса, вернувшиеся с полей Мир'джориля и затворившие врата своей Обители?

Что думали они об этом последнем великом оскорблении, об этом злодеянии, учиненном уже побежденным врагом?

Что видели они, ошибку или еще бо́льшую несправедливость?

И тогда страсть Наставничества заново вспыхнула среди твоих сыновей, о Ишариол, — второе их безрассудство! «Попечение мудрых, дабы устранить попечение Подлых!» Так объяснял первый сику вашему великому королю. И Кетьингира Прозорливец так лакировал свою измену, молвив Ниль'гиккасу: «Позволь мне послужить мудрости, которую заработали мы своей участью. Ибо среди них есть души, не уступающие мудростью нашим».

О да! Столь же глупые.

И столь же боящиеся осуждения.

Они раскачивались, скользя над Бездной, словно над пустотой самого небытия.

Клак... Клак... Клак...

Сорвил безвольно повис, рыдая, оплакивая своего любовника и свою погибшую расу. Кромка Котла врезалась ему в грудь. Внизу все было черно. Клеть спускалась с находящихся наверху и будто бы вне реальности ярусов тенью, падающей сумрачным ореолом на освещенные глубины Главной террасы. Она подплывала к исходящей воплями безумных эрратиков кромке Причального яруса. Без предупреждения Ойнарал прильнул к Сорвилу всем телом, и они закачались, словно маятник: человек и нелюдь.

Головокружение заставило его внутренности стиснуться в комок, выцарапав нотку сознания из грязи горя. Свет просиял из тьмы, прогнал по их телам очертания клети, и Сорвил заметил свою резкую тень на стенах Ингресса, раскачивавшуюся, скользящую по измазанным нечистотами образам. Глазок, пристроенный над судном, источал, словно нити, лучи, рождавшие слезы, которых он не мог ощутить. Он видел только потрепанные планширы, заляпанную палубу, груды свиных туш...

И фигуру в плаще с капюшоном, неподвижно застывшую под самым источником света.

Клак... Клак... Клак...

Клеть опускалась. Ойнарал напрягся еще больше — уже из последних, казалось, сил, — и они закачались на цепи все более и более размашисто. Сорвил ощущал, как слабеет нелюдь, и подумал, что, если все прочие звуки вокруг вдруг умолкнут, он услышит его тяжкие вдохи и выдохи. Он приник к животу Ойнарала, понимая, что ему даже не нужно ничего делать, ибо рука сику вскоре разожмется сама собой и отправит его в разверзшуюся внизу пропасть как дар Священной Бездне.

И понимание этого наделило его скорее надеждой, нежели ужасом.

— *Отпусти меня.*

Грудь его выскользнула из хватки Ойнарала.

— *Прими меня в свои объятья, Матерь.*

Однако сику умудрился поймать его за левую руку. Обмякнув, он описал в пространстве дугу, подвешенный на цепи.

— *Путь слишком тяжел.*

И он скорее ощутил, нежели услышал вскрик нелюдя над своей головой.

— *Твой сын слишком слаб.*

Глава двенадцатая. Иштеребинт

Он буквально видел то, что должно было вот-вот произойти, ощущал, как он кубарем летит в черную пустоту, бьется о стены, словно кукла, брошенная в колодец. Он даже почувствовал последний удар... освобождение...

Из черноты вдруг вылетела птица, хлопая огромными белыми крыльями, желтый клинок ее клюва метил в небо. Глазок осветил ее чистым светом: аист, чудесное видение жизни.

Сорвил вцепился в запястье Ойнарала, повинуясь скорее примитивному рефлексу, нежели осознанно. Он раскачивался из стороны в сторону и отчаянно брыкался в пустоте. Главная терраса отозвалась гулкими воплями.

Железная хватка нелюдя ослабела. Сорвил свалился и, едва не влетев в глазок, словно в солнце, миновал его на расстоянии протянутой руки, а затем рухнул на груду туш и, скатившись с нее на мокрые доски помоста, огляделся по сторонам диким взглядом.

Клак... Клак... Клак...

Здесь каждая поверхность, казалось, была озарена светом глазка. Ойнарал лежал, опрокинувшись на спину на куче забитых животных, раскинув дрожащие руки и ноги и пытаясь отдышаться, широко раскрыв рот. Две его нимилевые кольчуги казались водой, играющей под утренним солнцем. Веки его трепетали.

Иммириккас задумался: не стоит ли убить его за все, что он сделал с ним?

Смертный, ты носишь на голове собственную тюрьму...

Однако Сорвил обнаружил, что взгляд его притягивает к себе другая фигура, облаченная в плащ, отливавший самой черной ночью — ибо открытая часть капюшона теперь была обращена к ним. Перевозчик посмотрел на них, пожевал губами, словно вспоминая слова песни.

Клак... Клак... Клак...

Иссохшая рука откинула капюшон, и сын Харвила изумился. Глазок осветил белый безволосый скальп и глаза, взиравшие из-под столь же безволосых надбровий. Перевозчик не был человеком — и буквально источал это. И все же он был древен годами, щеки его бороздили морщины, мешки под глазами набухали наподобие грудей. Суровое и жесткое лицо его свидетельствовало о смертности.

Он взирал на них, словно пытаясь отыскать родню среди тех, кто ему ненавистен.

Клак... Клак... Клак...

И клеть пошла вниз.

Перевозчик, чья дубленая кожа поблескивала на свету, смотрел на них, не отводя глаз, и непрерывно пел. Плач незаметно для слуха затихал вдалеке, становился все менее и менее отличимым от бесконечного грохота падающей воды, все более и более призрачным, жутким фоном для ворчливой песни Перевозчика:

> О, Сиоль! Затмилась гавань чрева твоего,
> И лев восстал, и чада твои укрылись.
> Низшел дракон, и чада твои разбежались.
> О, Сиоль! Опустела Обитель Первородная!
> И мы сидели там на корточках,
> Омывали свои руки в черной воде,
> Клятвы ненависти к ним приносили.
> Мы презрели собственные молитвы,
> И ту пустоту, что пожрала их.

Древняя полузабытая песня пилила слух и сердце скорее присущим ей отпечатком меланхолии, нежели грустным раздумьем, но тем не менее увлекала такой же страстью.

Клак... Клак... Клак...

Все, находившееся внутри клети, слепило, заставляло жмуриться при каждом взгляде. Все предметы окружал ореол, будь то трухлявое дерево, железные скрепы или свиные туши. Ужас скорее рождал сам Перевозчик: эти резкие чернильные тени, так подчеркивавшие его старость. И потому Сорвил и Ойнарал вдруг обнаружили, что взгляды их обращены наружу, к стенам Ингресса, где расстояние и резные изображения скрадывали пронзительный свет. Стены ползли вверх мимо них, глубокие, по крайней мере с предплечье

Глава двенадцатая. Иштеребинт

рельефы фриз за фризом неторопливо уплывали в небытие над их головами, на недолгий срок появившись перед этим снизу из того же небытия. Сорвил и Ойнарал молчали и долгое время после того, как утихшие в вышине отголоски плача позволили им говорить. Оба смотрели наружу со своего места на корме клети, не веря тому, что только что произошло. Сорвил бессильно откинулся на помост, прислушиваясь к постукиванию механизмов, скрипу досок и сочленений, ограждавших отвратительный груз.

Клеть спускалась по толстой нимилевой цепи. Два огромных железных колеса вращались в ее середине, выпуская цепь вверх и втягивая ее снизу. Шестерни были соединены с колесами, заставлявшими крепкий молот ударять в железную наковальню, выбивая ритм, пронизывавший доносящийся сверху плач. Звук этот трудно было описать, резким тоном он терзал уши, однако каким-то образом оставлял при этом привкус железа на языке. При всей окутывавшей спуск жути звук этот тревожил и повергал в подлинный ужас, привлекая казалось, к себе все возможное внимание в таком месте, где надеяться выжить могло лишь существо беззвучное, словно тень.

Клак... Клак... Клак...

Железные стержни возносились вверх от носа и кормы, сходясь к чернокованому вороту, направлявшему цепь к двум малым колесикам сверху, каким-то образом стабилизировавшим движение. К вороту крепился и глазок, но свет его был слишком ярок, не позволяя различить детали.

Стоявший прямо под глазком крепкий, хотя и морщинистый нелюдь взирал на своих пассажиров и пел:

> О, Сиоль! Какую любовь сохранила ты?
> Какую ярость выпустила из себя? Что разрушила?
> Зная землю, мы строим планы в костях ее,
> Готовясь к схватке с бесконечным,
> Всепожирающим Небом!

— Перевозчик... — наконец обратился к Ойнаралу Сорвил. Он не имел ни малейшего желания говорить о том, что с ним происходило, однако и не хотел оставаться наедине с мыслями, ему не принадлежащими. — Я не помню его.

— Амиолас его знает, — ответил сику не поворачиваясь. На щеке его появилось лиловое пятно, засохшая капелька крови, похожая на цветочный лепесток.

Юноша постарался отодвинуть на второй план мысли о Му'миорне, забыть горе, ему не принадлежащее.

— Мы всегда были долгожителями, — продолжил сику, — и он состарился еще до возвращения Нин'джанджина, ему дивились еще до того, как Подлые впервые искушали его племянника, тирана Сиоля. Прививка не помогла никому из старцев, кроме него.

Моримхира... Прозвучавшее в душе Сорвила имя заставило его вздрогнуть. Легендарный создатель сирот, прославленный, как никто иной средь Высоких. Моримхира, гневливый дядя Куйяра Кинмои, пресекший течение несчетных жизней в те расточительные дни, которые предшествовали появлению Ковчега, когда Обители еще сражались между собой.

— Да, — молвил Ойнарал. — Древнейший Воитель.

Такой ветхий.

— Но как случилось, что он стал выглядеть подобным образом?

Так человечно.

— Прививка сработала, но не в полную силу. Поэтому никакая хворь не может одолеть его, он бессмертен...

— Но не вечно юн.

Сику уставился вниз, во тьму.

— Ну да.

— Но как сумел он... — голос юноши пресекся. Память его представлялась распавшейся книгой, нет, даже хуже — двумя такими книгами. И он располагал только сваленными в кучу отрывками, фактами и эпизодами. И это, казалось, еще более запутывало его, словно на каждую уцелевшую страницу приходилось по странице вырванной.

— Ты хочешь спросить, как ему удалось избежать Скорби? — догадался Ойнарал, поводя могучими плечами. — Этого не знает никто. Некоторые считают, что он переболел

Глава двенадцатая. Иштеребинт

ею первым, что поступки его были настолько неистовыми, а жизнь такой долгой, что он уже стал эрратиком ко времени окончания Второй Стражи и что это... природное расстройство... избавило его от последствий, от которых страдают все остальные. Он не разговаривает, однако понимает многое из того, что ему говорят. Он не горюет и не плачет — во всяком случае, извне этого не видно.

— И теперь он заботится о них? Об остальных? Кормит их?

Безволосая голова качнулась под неподвижным светом белого глазка, висящего над нею.

— Нет. Эмвама ухаживают за Хтоником. Перевозчик служит тем, кто скитается в Священной Бездне.

Клак... Клак... Клак...

— Подобно твоему отцу Ойрунасу.

Ойнарал на несколько ударов сердца запоздал с ответом.

— Моримхира совершает Погружение каждый день, каждый день... — повторил он. — То, что прежде, до Хтоника, было священным паломничеством, ныне отвергнуто. Некоторые утверждают, что он таким способом кается перед теми, кого убил до пришествия Подлых.

— О чем ты говоришь?

Сику повернулся к нему — обращаясь к призрачному образу Иммириккаса, Сорвил теперь знал это.

К его нынешнему лицу.

— Его окружает дикий лабиринт, — проговорил Последний Сын, обращая взор в черноту — словно бы невзначай, в действительности же питая отвращение к его облику. — И он придерживается единственной тропы, которая принимает его поступь.

Клеть опускалась под перестук молотков и скрипящий ржавым железом голос Перевозчика.

> Под солнечным ликом выкопал Имиморул глубокую шахту
> И ввел в нее детей своих.
> В недрах земли воздвиг он песню и свет,
> И дети его не страшились больше голодного Неба.
> Здесь! Здесь Имиморул поверг ниц лик горы,

Велел нам возвести палаты Чертога Первородного — здесь!
Здесь дом, над которым не властна буря,
Дом, преломляющий сверкающий луч зари.

Так пел Древнейший Воитель. И Сорвил узнал, что недра земли представляют собой лабиринт, они полны пещер и пустот. Было страшновато понимать, что основание всех оснований содержит в себе пустоты. Вокруг нас земля, осознал он, не веря себе самому — земля! — и они проходили сквозь нее, погружаясь в черную утробу. Он немедленно заметил изменение в характере рельефов, когда наконец обратил на них свое внимание, понимая при этом, что происходили эти изменения постепенно — от фигуры к фигуре. В какое-то мгновение, быть может, еще когда сверху доносились отголоски плача, каменное население стен начало замечать их. Одно за другим поворачивались небольшие, с кулак, лица, фигуры ростом в локоть начали выстраиваться на краю выжидающей пустоты. К тому времени, когда Сорвил обратил внимание на перемену, небольшие скульптурки скопились на переднем плане панелей и стояли, выжидая и глядя на них, поворачивая лицо за лицом.

Клак... Клак... Клак...

Разделенная между Сорвилом и Иммириккасом душа замерла в ужасе.

— Никому неведомо, как или почему пожиратели камня изобразили их подобным образом, — сказал Ойнарал со своего края, быть может, ощущая смятение Сорвила, а может и не замечая его. — Сами пожиратели говорили, что сделали так, дабы почтить Погружение как путь к самопознанию и постижению грехов. Чтобы понять внешнее, говорили они, надо отвергнуть внутреннее.

Сорвил поежился — такое воздействие произвели на него эти тысячи неподвижных ликов.

— И ты не доверяешь им?

— Их выражения, — произнес сику голосом столь же заискивающим, как и его взгляд. — В них слишком много ненависти.

Глава двенадцатая. Иштеребинт

Однако молодой человек не замечал ненависти ни на одном лице. Они просто следили, образуя кольцо за кольцом внимательных миниатюрных ликов, с которых смотрели глаза столь безразличные, что их можно было бы счесть мертвыми, и столь многочисленные, что сливались в одно. Плач еще пронзал собой воздух, образуя стоячее болото стенаний и воплей, шум, снабженный крючками, способными, как репьи, цепляться к душам. И от противоречия у Сорвила по коже побежали мурашки — от зрелища суда произведенного и звука суда принятого.

И он понял, что Погружение всегда страшило Иммириккаса, испытывавшего подлинное отвращение к размышлению. Достаточно одного действия!

Но, если он станет судить Иммириккаса, это значит, что Иммириккас станет судить его. И все, чем он был в предшествующие несчастные месяцы, нахлынуло вселяющим стыд потоком — образы сменяли друг друга, как пена. Он скулил, когда следовало пролить кровь. Оплакивал то, за что следовало отомстить. Вопросы стайкой воробьев ссорились в груди, заводя его. Сорвил постарался увернуться от древнего воспламененного взгляда, недвижимого ока ишроя, склоняясь при этом перед тысячами взглядов, кольцо за кольцом окружавших их на стенках Ингресса.

Клак... Клак... Клак...

Клеть опускалась, и Сорвил во второй раз пал в глубины не менее неотвратимые. Человечность была его почвой, присутствующим в нем определяющим каркасом, и, подобно столь многим человеческим свойствам, она могла править, лишь пока оставалась незримой. Так отвага и гордость представляют собой легкий пример бездумной веры: одно только незнание позволяет людям быть такими, какими качества эти требуют от них. И пока Сорвил пребывал в неведении относительно своих несчетных нравственных слабостей, они могли обеспечить ему бездумную основу. Но теперь, измерив с более высокой точки зрения, в более могущественной и благородной перспективе, он обнаружил себя всего лишь беспокойной и лживой, малодушной и смешной обезьяной, только передразнивающей подлинных владык — нелюдей.

*Львы бежали и упокоились в довольстве,
И они возложили ярмо на стенающих эмвама,
Переложивших это ярмо на зверей блеющих и мычащих,
И явилось изобилие сынам Сиоля.*

Судит всегда великий. И он увидел себя таким, каким ишрои видели людей в древние времена, — нетвердых ногами тварей, одновременно изобретательных и нелепых, гниющих заживо, выкрикивающих хвалу себе самим с вершин своих могильных курганов. Цвет ли, семя, это не значило ничего, ибо им было отведено слишком мало времени, чтобы на их долю досталось нечто большее, чем опивки славы. И поэтому жизнь его всегда останется низкой.

И последние мальчишечьи черты в сердце сына Харвила исчезли в Плачущей горе.

Черные стены Умбилики подчеркивали золотое свечение, создаваемое его головой и руками. Быть может, ни одна живая душа в империи, кроме нее самой и ее старших братьев, не знала этого.

— А если я не сумею? Что тогда, отец?

Его присутствие подавляло своей мощью более чем физической статью. Взгляд Келлхуса, как и всегда, пронизывал ее насквозь, двумя тросами, протянувшимися сквозь пустоту, которой была ее душа.

— Потрать свой последний вздох на молитву.

Она стала подлинной, преклонив перед ним колена, как делала еще маленькой девочкой. Всегда.

— За себя?
— За все.

Клак... Клак... Клак...

Плач постепенно растворился в грохоте низвергающихся вод. Они все тонули: пузырек света в вязкой тьме. Сорвил изменил позу и сел на палубе напротив груды туш, головой — или точнее Котлом — отгородившись от света. Если Ойнарал

Глава двенадцатая. Иштеребинт

и удивлялся его молчанию, то не подавал виду. Нелюдь, как и прежде, стоял на корме, опершись об ограду, — бледная тень, окутанная искрящимся облаком кольчуг. Быть может, и его посетило обманчивое и нежеланное прозрение. Может, и он ощутил, насколько грязны воды его ума.

Юноша откинулся на спину, не веря себе самому. Образ Сервы проплыл перед оком его души, и кровь в его жилах заледенела.

Перевозчик завел новый напев, тоже знакомый Амиоласу: эпическое повествование о любви на краю погибели. Сорвил повернулся к нему, вырисовывавшемуся силуэтом на фоне сияющего глазка. Существо, сотканное из дыма, растворяющегося в лучах солнца.

> И она раздела и вновь облачила его,
> Но не покормила его,
> И вместе с ее братом
> Они — беглецы под голодными очами Небес —
> Направились в дебри Тай,
> В которых исчезают без следа реки,
> В жестокой тени дома Первородного.

Слушая, Сорвил придремал, забыв о теле, одновременно прочесанном граблями и погребенном в глине. Наблюдая за Перевозчиком, он вдруг заметил, как закопошились у ног того тени. Он даже сперва решил, что видит кошку, ибо дома, на речных баржах, этих животных водилось без счета. Но тут первая фигура шагнула из тени Перевозчика в жуткую реальность.

Клак... Клак... Клак...

Не далее чем на расстоянии его удвоенного роста на палубе стояла живая каменная статуя высотой не больше локтя.

Она изображала одного из несчетных вырезанных на стенах ишроев, одетых как Ойнарал, в изумительно тонко проработанный наряд, за исключением мест, случайно поврежденных в неведомой древности. Щербатое личико внимательно изучало Сорвила.

Он не мог вскрикнуть, не мог шевельнуться и так и не понял, что ему отказало: конечности или воля.

К первой присоединилась вторая каменная куколка, на сей раз нагая и лишенная верхней трети головы.

За ней последовала третья, потом другие. Выстроившаяся на груде свиных туш перед ним миниатюрная каменная нежить взирала на него мертвыми незрячими глазами. Следом уже приближалось целое воинство, выбивая маршевый ритм каменными ногами, ступавшими по деревянной палубе.

Над головой беззвучно пылал ослепительно-белый глазок, рассыпавший гирлянду крохотных теней от топающих ног.

Клак... Клак... Клак...

Он не мог вскрикнуть, не мог предупредить...

Но кто-то схватил его за плечи, кто-то, выкрикивавший имя его отца! Сику Ойнарал...

— Просыпайся! Вставай на ноги, живо, сын Харвила!

Сорвил, шатаясь, поднялся, разыскивая взглядом ожившие каменные статуи. В смятении он поглядел на Последнего Сына, но увидел вдруг чуть ниже помоста бледную нагую фигуру, дрыгавшую руками и ногами на пути в бездну. Он в удивлении повернулся к сику, чтобы подтвердить, что глаза его не ошиблись. Но Ойнарал уже смотрел вверх, прикрывая рукою глаза. Сорвил последовал его примеру, так как свет глазка слепил. Вверху материализовалась еще одна бледная фигура и за какое-то биение сердца исчезла внизу — она пролетела настолько близко, что юноша вздрогнул. Казалось, он успел соприкоснуться взглядом с несчастным, успел заметить на его лице печать пробуждения.

Он остался стоять, внимая беспорядку в собственной душе.

Клак... Клак... Клак...

— Что случилось? — скорее булькнул, чем спросил он.

— Я не знаю.

Новая белая вспышка над головой. Сорвил заметил силуэт, скользнувший у дальнего края клети, ударившийся в борт лицом, перевернувшийся и отлетевший в сторону. Все сооружение зашаталось и закачалось на цепи. Ойнарал припа-

Глава двенадцатая. Иштеребинт

на одно колено. Сорвил попытался вцепиться руками в свиные туши, ухватился повыше раздвоенного копыта за ножку, оказавшуюся жесткой, как деревяшка. Перевозчик, напротив, лишь качнулся в обратную сторону, как сделал бы мореход древних времен, и продолжил свою песню.

> И услышал он, как рекла она своему брату,
> — Возляг со мной, вспаши мою увядшую ниву,
> Да процветет ее пустошь, милый Кет'мойоль
> Не потерпит наша линия поругания,
> Не примет чуждой земли иль семени.
> Да направим мы наших детей, словно копья!

Сорвил и Ойнарал стояли рядом в кормовой части клети и смотрели вверх, прикрывая глаза от света. Наконец последний ряд рельефов, полностью образованных внимательно всматривающимися ликами, поставленными на безволосые и столь же пристально смотрящие головы, исчез наверху во мраке. Далее царил грубый камень: хаотичные выступы и впадины. Снизу из неизвестности появился железный трап, прикрепленные к стене строительные леса, столбы, а за ними ниша.

Новая обнаженная фигура промелькнула мимо передней части клети.

Клак... Клак... Клак...

Ойнарал вскрикнул. Посмотрев вверх, Сорвил заметил по меньшей мере семь силуэтов, валившихся из тьмы в пронзительный свет. Существа размахивали конечностями, кувыркались в полете, яркий свет отражался в недоверчивых глазах. Ближайший из них рухнул на помост клети как раз позади сику. Помост дернуло вверх, Сорвила бросило на свиные туши. Второй камнем пролетел мимо, а третий нелюдь угодил на одну из железных скреп, находившихся за спиной Перевозчика, и торс его разлетелся лиловыми брызгами. Еще один упал на груду свиных туш прямо перед Сорвилом, которого откинуло в обратную сторону. Клеть закачалась и заколыхалась, выписывая рваную дугу. Остальные без последствий пролетели мимо. Сорвил припал к помосту клети, ощущая дурноту. Похоже было, что их лакированное суденышко в любой момент может сорваться с цепи и провалиться в черноту.

Однако Ойнарал стоял рядом и держал его за плечо, дожидаясь, когда успокоится движение клети, превратившееся в колебания маятника, затихавшие за счет натяжения цепи. Сорвил с ужасом и отвращением взирал на бесформенную кучу, в которую превратился несчастный, упавший на мертвых свиней. Ладонь этого нелюдя каким-то невероятным образом отлетела к его ногам, пальцы на ней были сложены словно для письма.

Все это время Перевозчик держался за цепь рядом с собой, раскачиваясь вместе с ней так, что казалось, будто он остается на месте, а палуба ходит ходуном под его ногами. Но при всей хаотичности движения его судна он ни разу не нарушил мелодию своей песни.

И тогда бежали они в жестокий Чертог,

В крепость, стены которой не подвластны временам года...

— Что происходит? — вскричал Сорвил. — Они прыгают сами?

— Нет, — возразил Ойнарал, снова внимательно вглядывавшийся в пустоту над ними. — Это не самоубийцы.

— Откуда ты знаешь?

— Потому что они — нелюди.

— То есть? Ты хочешь сказать, что нелюди способны отказаться от своего достоинства, но не от жизни?

— И от достоинства, и от всего остального! — воскликнул нелюдь, лицо его исказили отчаяние и горе. — Нас давно уже не было бы в живых — и Иштеребинт превратился бы в вонючий склеп! — если бы наша природа допускала самоубийство!

Клак... Клак... Клак...

Члены его словно превратились в солому, сердце отчаянно стучало. Сорвил мог лишь озираться по сторонам и сетовать на все это безумие, что с самого начала сопровождало весь его поход в обществе Сервы и Моэнгхуса!

Глава двенадцатая. Иштеребинт

— Если они не прыгают, тогда получается... — Он помедлил, обдумывая жуткую альтернативу. — Тогда получается, что их сталкивают?

Ойнарал строго посмотрел на него, а затем перевел взгляд наверх, низины и возвышенности его лица заливал пронзительный свет.

— Значит, их столкнули? — настаивал Сорвил. — А не мог ли Нин'килджирас каким-то образом проведать о нашем предприятии?

Ойнарал хранил молчание, как и прежде, стараясь не смотреть на Сорвила.

— Мы достигли Кьюлнимиля, — сказал он таким тоном, словно подводил какие-то итоги. — Великой копи Ишариольской... — Скульптурные черты его лица искривились. — Скоро доберемся до озера.

Ложный король-верующий в разочаровании отвернулся от нелюдя. Милость, так сказал сику. Он спасет себя, держась в благословенной тени своего спутника, последовав тем путем, что Ятвер назначила сыну Харвила, юноше, которому предначертано стать убийцей аспект-императора. Но разве же это милость — оказаться в глухой пропасти среди столь мерзких и отвратительных ужасов? И уж если на то пошло, он был обязан своей жизнью Ойнаралу, а не наоборот!

Стук молотка клети растворялся во мраке, отзвуки гуляли по шахте, отражаясь от неровных стен, отсчитывая не знающий устали ритм древней песни Перевозчика.

> И далече от Глада,
> В глубинах Бездны,
> Они произвели свое проклятое копье.
> Куйяра Кинмои, душой нацеленного
> На наше разорение,
> Ибо они возлежали вместе, брат и сестра,
> Подражая Тсоносу и Олисси.

То была песнь Кровосмешения Линкиру, отметил Сорвил. Та ее версия, которую он — или душа, ставшая им, — никогда не слышал. В вариации, где слова песни несли в себе зерна истерзанного, исковерканного будущего, погибели, ставшей их роком.

Апокалипсис нелюдей. Целая раса, запертая в лишенных света глубинах, оплакивающая утраты, яростно оспаривающая сделки, заключенные в давно минувшие времена; души, следующие от поражения к безрассудству, а от него к трагедии, всегда на бурных волнах, всегда все дальше и дальше от берегов настоящего. Скоро последние из здравомыслящих сдадутся Скорби, эмвама оставят их, погаснут последние из глазков, безмолвие и тьма воцарятся в опустевшем сердце Иштеребинта.

Гора перестанет плакать.

И Сорвил осознал, ухватил факт, ускользавший от прочих людей до тех самых пор, пока к ним не являлась смерть. Конец все равно настанет. Нелюди, при всем их ошеломляющем возрасте, были бессмертны не более чем их каменные рельефы. Невзирая на всю праведную мощь и изобретательность, время положило предел их власти, превратило в дым их головокружительное великолепие. Они были сильнее и мудрее людей, но судьба привела их к упадку. Если погибли волки, на что могут рассчитывать дворняги, беспородное людское племя?

И в один оставшийся незамеченным миг вдруг сошлись воедино древние обиды Амиоласа и удивительные факты Великой Ордалии. Он ощутил, что его взяли и нацелили заново, повернув к реальности столь же неприукрашенной и суровой, как сама истина. Обмана не было. Ойнарал ничего не скрывал. Иштеребинт нельзя было назвать дурацкой пантомимой. Гибель мира — вовсе не какая-то безумная фантазия или способ выдать нечестие за отвагу.

Она попросту неизбежна.

И случилось так, что, находясь в самых недрах Обители, сын Харвила ощутил горизонт нового и жуткого мира в котором действительно существовал Консульт, близилось уничтожение людей и Анасуримбор Келлхус был единственной их надеждой — единственным подлинным спасителем человечества и самого мира! Мира, где часть, которую могла

Глава двенадцатая. Иштеребинт

видеть Жуткая Матерь, оставляла ее слепой к той части, узреть которую Она была не способна.

Мира, в котором он мог бы любить Анасуримбор Серву. Но тогда он должен выжить и спастись из этого безумного и полного зла места. Бежать из него!

Ибо в Плачущей горе не осталось места надежде.

Если не считать владыки Харапиора, она не знала никого из тех, облаченных в нимилевые кольчуги нелюдей, что явились за ней. Однако их взгляды говорили ей, что они о ней слышали, знали, кто она такая и на что способна. На угрюмых лицах читалась похоть, смешанная с любопытством и смущением.

На голову ее они натянули тканный из инджорского шелка мешок, касавшийся ее лба и щек, словно нежные лепестки роз. Тело ее они оставили неприкрытым, за исключением кандалов на запястьях и лодыжках и квуйского варианта Ошейника Боли, охватывавшего ее шею.

Они молчали, и она не сопротивлялась.

Однако же ненависть, которую вид ее пробуждал во владыке-истязателе, была слишком глубока, чтобы он мог с нею справиться.

— Спой нам! — рыкнул Харапиор. — Спой нам, ведьма! Обожги наши сердца своими мерзкими подражаниями!

Она не стала ублажать его — не из презрения, хотя не ставила нелюдя ни в грош. Она не стала петь потому лишь, что время песен ушло так же, как до этого пришло.

И следующая ее песнь будет сеять лишь огонь и погибель.

Нелюди продели шест между ее спиной и локтями, и таким образом понесли ее в Преддверие.

— Не-е-ет! — хлюпнул носом ее давно сломавшийся старший брат и вдруг возопил: — Оставьте ее! — с внезапной, животной свирепостью. — Оставьте ее! Оставьте! Ей! Жизнь!

И эти слова ранили ее куда сильнее, чем все перенесенные унижения, в них звучала его преданность после всех издевательств, всех увечий. Сочтя ее тело неподатливым, владыка-истязатель попытался превратить Моэнгхуса в инструмент ее пытки. И пока они кромсали его, она пела песни благословения на ихримсу... пока они терзали этого темноволосого юношу, всегда обожавшего ее.

Она пела песни ликования, слыша его рыдания и стоны под пыткой.

А он все равно любил ее — как и Сорвил.

Анасуримбор Серва размышляла об этом все то время, пока группа нелюдей возносила ее, слепую, к вершине Плачущей горы: о любви заботливых братьев и осиротевших королей.

И о жестокости, которой требовало будущее.

Сорвил смотрел, как Перевозчик, не прерывая песни, стал хватать туши за ножки и с разворота бросать их на помост.

Влажный звук выманил их, словно червей из дыр в гнилых стенах. Урча и жестикулируя, они высыпали на шаткие карнизы и железные трапы, принюхиваясь к воздуху, как слепые щенки. Эти, столь же несчастные, как и те, другие, что оставались наверху, выглядели много хуже: изможденные, покрытые язвами, коростой, одетые в грязные тряпки, черные колени и ладони были достойны плеч Цоронги, а макушки походили на белую кость. Бледная кожа поблескивала в прорехах на покрывавшей их грязи, украшая хворобу каждого особенным узором. И все они разной поступью, но единым порывом повалили к клети и одинаковым образом яростно зачавкали.

Прежде эти копи были славой Иштеребинта, ради них посольства других Обителей поселялись внутри горы. Ибснимиль — прославленное серебро нелюдей, более крепкое чем сталь, но при этом лаской и теплом облегавшее кожу, — всегда был великим наваждением этой расы. Некогда весь огромный Ингресс переполняли клети, груженные рудой и направлявшиеся к печам и кузням Хтоника. Пылали глазки. Эмвама сновали по железным трапам и помостам, сгибаясь под резкими окриками и кнутами своих бессмертных надсмотрщиков.

Глава двенадцатая. Иштеребинт

И теперь это вот... это...

Извращение.

— Это Умалившиеся, — проговорил Ойнарал. — Чрез тысячу лет такими станут те, кто сумеет выжить в Хтонике наверху.

Постаравшись скрыть омерзение, юноша заметил:

— Они не плачут.

— На них снизошло то, что мы называем Мраком. За века, отданные переживанию своих воспоминаний, память их превратилась в пыль. Яркие переживания перенесенных ужасов тают, и наконец от них остается только непрозрачный темный туман, в который превращаются их души.

Ойнарал смолк, словно поразившись неким неизведанным знанием.

— Но ведь это же всего лишь еще один Ад — прямо здесь! — возмутился Сорвил. — Этот твой Перевозчик вовсе не творит добро, бросая им свои свиные туши. Допускать подобную низость непристойно! Человек на его месте позволил бы им умереть!

Сику замер возле борта. Потом отвернулся от сборища, бредущего по изъеденным временем камням, и глянул на призрачный образ, проступавший там, где следовало бы находиться лицу Сорвила.

— А что тебе известно об Аде? — спросил Ойнарал.

Вопрос удивил молодого человека.

— Как что?

Ойнарал пожал плечами.

— Мы отвергли твоих инфернальных Богов. Мы грешили.

— И что?! — возмутился юноша. — Что вам за дело до Богов?

— Однако Ад... нам есть до него дело. Дорог к забвению немного — они столь же узки, как прорезь под тетиву на конце стрелы, как выражался Эмилидис. Скажи мне, сын Харвила, кому решать, когда эти несчастные должны претерпеть проклятье?

Сорвил застыл онемев.

Ойнарал отвернулся, обвел освещенные глазком фигуры — от тех, что призрачными силуэтами находились сейчас перед ним, до тех, что рвали мясо и чавкали наверху.

— Наиболее грешны старейшие души, — продолжил он, — и печальнейшая из судеб ждет друзей и соперников того, кто их кормит. Перевозчик это знает, смертный, даже Мрак, — благословение в сравнении с тем, что ждет нас.

Сердце юноши дрогнуло от осознания, что мир вообще способен вынести подобную горесть, а тем более назвать ее меньшим злом. Мысль эта разила насмерть, кромсала еще одну часть его души.

Клак... Клак... Клак...

Спуск их не замедлялся, да и Перевозчик не оставлял своего труда. Чтобы сохранить равновесие своего судна, он равномерно брал туши, то спереди, то сзади, заставляя сику и его подопечного все дальше и дальше отступать на заляпанную кровью корму. Не меняя последовательность движений, Древнейший Воитель швырял одеревеневшие свиные телеса по совершенно невероятным траекториям, если учесть их вес. Столь же удивительной оставалась и точность его бросков: время от времени Сорвилу уже казалось, что очередная туша не долетит до края, но всякий раз бескровная белизна прерывала свое движение, останавливаясь на самом краю уступов.

Оба они, как зачарованные, следили за этими бросками и кормлением, прислушиваясь к ритму движений Перевозчика, отражавшемуся в его песне:

> Пусть моя песня прольется бальзамом,
> Солнечным светом на девственный снег,
> Пой же, душа моя, пой! О погибели нашей,
> О грубых ладонях наших врагов-людей,
> О том, как вышли мы с тысячью светоносных
> Мечей на бой с ними,
> О том, как рванулись наши герои на грохот битвы,
> Как мушиным голосом жужжала смерть в наших ушах.
> Пой! Пой о падении позлащенного Сиоля,
> О гибели священнейшей из гор,
> О долгом нашем изгнании под голодные очи Неба,

Глава двенадцатая. Иштеребинт

> О том, как наши братья обняли нас
> На железном плече Инджора.
> Лейся! Благовонием лейся, коль можешь,
> На руины и час...

И Сорвил вдруг понял, что смотрит на Ойнарала — последнего сику, — и попытался понять, насколько могучая нужна воля, чтобы суметь примириться с расой, столь прямолинейной и жадной, как люди. Перевозчик перешел к лэ «О мелких зубах», повествующем о падении Сиоля во время первого великого переселения людей из Эанны. Амиолас прекрасно помнил всю горечь тех лет, помнил, как тьма неспешно наползала на великую и пустынную империю Обителей, как умножались и умножались в числе люди, вечно подбиравшиеся и вторгавшиеся, осаждавшие Обитель за Обителью, выслеживавшие ложный народ и уничтожавшие его. По всему свету, за исключением этого уголка, последнего их убежища. Иштеребинта.

> И не было им конца,
> Не было конца эаннитам, несчетным и проклятым.
> Крепка была их ненависть, беспощадными были их герои —
> Чужая жизнь была пустяком для этих безумцев!
> И коварными были их желания,
> Ибо подобными их собственным зубам были их мысли,
> Мелкими и острыми.

Лязгая на ходу, клеть безостановочно опускалась. Умалившихся вокруг становилось меньше, и, наконец, никто из них более не вылезал из изрытых тоннелями стен. Перевозчик вернулся на свое место под самым глазком, глаза его тонули в тени бровей, белый лоб и щеки бороздили морщины, с губ сходили слова очередной древней песни. Избавившаяся от множества свиных туш клеть преобразилась. Высота груды теперь едва достигала колена, и палубу стало можно окинуть одним взглядом, от носа и до кормы: побитый светлый лак шелушился, доски были покрыты лиловыми, алыми и просто мокрыми пятнами. Все сооружение продолжало свой бесконечный спуск в инфернальную тьму.

Два из трех водопадов, орошавших наверху стены Главной террасы, исчезли, по всей видимости, отведенные для использования в других уголках подземного царства. Остался лишь третий, замурованный в трубу, подававшую воду в общинные водяные гроты, устроенные по всей глубине копей; стенки их были так же испещрены барельефами, как и те, что остались наверху галереи. Какой-то катаклизм расколол трубу в считаных саженях ниже области обитания Умалившихся, выпустив на свободу белый каскад, тут же еще более расплескавшийся и расширившийся. Все трое немедленно промокли. Влага липла к телу, как слизь. Ойнарал казался в своем нимилевом хауберке и кольчужной рубахе какой-то чешуйчатой рыбой. Скоро вокруг остался лишь искристый туман, который глазок превращал в радужную бесконечность, заимствуя цвета из окружающего пространства. Обратившись к созерцанию, чтобы изгнать досаду из своего сердца, Сорвил протянул вперед расставленную пятерню, стараясь уловить бесконечно малые искорки. Он подумал, что это одновременно и преступно, и естественно, что подобная красота обретается в предметах столь несущественных, находящихся на такой глубине. Искристая дымка вокруг редела, постепенно превращаясь в жидкий туман, и наконец растворилась в нем...

Головокружение заставило Сорвила вцепиться в поручни. Он огляделся по сторонам.

Тесно обступавших шахту стен Ингресса нигде не было видно.

— Ну вот мы и в Священной Бездне, — промолвил Ойнарал Последний Сын.

Подобно паукам, спускающимся по шелковой нити в недра горной каверны, они висели в абсолютной пустоте. Посмотрев вверх, Сорвил заметил, как отступает от них кромка Ингресса, и невольно пригнулся под колоссальной тяжестью свода. Стук механизма клети растворился в собственных отголосках.

Глава двенадцатая. Иштеребинт

— Значит, наше паломничество почти завершилось?

Сику, тоже вглядывавшийся во тьму, кивнул:

— Да. И молись своей Богине, смертный, ибо опасность поджидает нас.

— Уже помолился, — отозвался Сорвил, скорее безучастно, чем с тревогой. — Слепцу милости не дано.

Ойнарал посмотрел на него без облегчения, но озабоченным взглядом. Нелюдь заранее знал, что он сдастся, подумал Сорвил, знал, что Благо перевесит убийство Харвила. Но разве это чем-то смущало его?

— Все дело в Амиоласе, — пояснил Ойнарал. — Душа, которой ты стал, разрешает противоречия, возникающие при смешении ваших верований.

Это слово — «противоречия» — сосулькой вонзилось в грудь Сорвила.

— Но если я больше не верю в нее, — отметил он, — то могу ли рассчитывать на Ее милость?

Ойнарал ничего не сказал.

— Ты говорил, что надеешься пройти следом за мной, — настаивал Сорвил, — и найти убежище в милости Ятвер! Но если я больше не верю...

Ойнарал молчал, колеблясь, вглядываясь, как понимал юноша, в лицо заточенной души, в клочок тени преступника, которого его любимый король в стародавние дни подверг столь жестокому наказанию.

— Не бойся, — промолвил нелюдь. — Но не забывай о том, почему мы здесь оказались.

Юноша нахмурился.

— Так, значит, Скорбь делает еще и беспечным?

Клак... Клак... Клак...

И если в горловине Ингресса выщербленный и при этом близкий камень отвечал на стук глухим отзвуком, то здесь гремела сама пустота, каждый удар рушился в ее обширную полость. И спуск их вдруг сделался нелепым вторжением, в той же мере избавлением, в какой и проклятием. Они были пятнышком в не знающей света тьме, искоркой, исторгнутой небом, но явление их грозило пожаром.

Ойнарал Последний Сын вдруг вцепился в глотку Сорвила и, пока юноша удивлялся внезапному гневу, швырнул его на свиные туши.

— А ну говори! — рявкнул ишрой из-за собственной руки. — Говори, что мы делаем здесь!

— Ч-что?

— Чье преступление хотим мы изгладить?

— Н-Нин'килджираса, — выдавил юноша, борясь с подступающим гневом. — Он заключил союз между Горой и Голготт...

— Союз Горы с Подлыми, — поправил его Последний Сын. — Он подчинил Подлым Иштеребинт. Ты должен помнить об этом!

Клак... Клак... Клак...

Сорвил молча, с яростью смотрел на него.

Клак... Клак... Клак...

Выпустив его, Ойнарал в ужасе отшатнулся. Внезапно — в каком-то безумии — замолк Перевозчик. Молоток ударил еще раз, и клеть, дернувшись, остановилась. Посмотрев вверх, Сорвил заметил, что Моримхира словно сидит верхом на глазке, протягивая руки к расположенным над ним колесикам.

— Над водами озера нельзя говорить, — промолвил Ойнарал, все еще обдумывавший то, что ему придется сделать. — Если ты заговоришь там, Моримхира убьет тебя.

В последний раз звякнул металл. Палуба сперва ушла из-под ног Сорвила, а потом стукнула его по ступням. Они опустились на воду под свист воздуха. Сорвила бросило спиной на свиные туши. Клеть заходила на плаву из стороны в сторону.

Холодное дряблое мясо как бы окружало неподатливую сердцевину. Став на ноги на палубе, он огляделся и пришел в ужас.

При всей своей яркости глазок мог выхватить из тьмы только полосу шириной в несколько сотен локтей. Не далее как в паре локтей от правого борта клети под самой поверхностью покоился труп, бледностью своей кожи лишь под-

Глава двенадцатая. Иштеребинт

черкивавший ржавый цвет этой жижи, — бывшей некогда водой, прозрачной, как горный воздух! Мусор густым слоем покрывал озеро, полосы и узлы всякой гнили еще покачивались после вторжения клети. Ближе к корме Сорвил заметил другой труп, раздутый, словно мертвый вол, черты лица его уже невозможно было разглядеть.

Часть его, прежде бывшая Иммириккасом, онемела... или обмерла.

Озеро превратилась в сточную лужу! Бездна более не была священной.

Он воззрился на Ойнарала, но сику, сурово глянув на него, поднес три пальца к губам, призывая к молчанию жестом, принятым среди нелюдей.

Перевозчик перешел на нос, извлек из-под груды туш потрепанное весло. Упершись ногой в поручни и помогая себе коленом, он выставил весло вперед, опустил его в воду и начал грести. Цепь почти немедленно, звякнув, выпала из механизма над головами. Клеть неуклюже тронулась с места. Сорвилу пришлось пригнуться, чтобы нижние звенья цепи, болтавшейся над ними, не задели его. Уплывая, он посмотрел вверх, провожая взглядом цепь, иглой вонзавшуюся в пустоту.

А потом он бросил взгляд на погубленное озеро, черное как смола — там, где на поверхности не болтался сор, — и подошел к поручням.

Наклонившись, посмотрел на неподвижные воды.

Клеть плыла достаточно медленно, чтобы отражение ее не искажалось. Свет глазка очертил контуром его собственный силуэт: Амиолас трапецией торчал над плечами, оставаясь в отражении благословенно черным. Тем не менее в Котле что-то мерцало и вспыхнуло, как только он наклонился пониже. И Сорвил в полной растерянности смотрел, как изображение обрело яркость лунного диска, а затем с ужасом узрел в воде замогильный облик, который уже видел однажды.

Бледное лицо, как две капли воды похожее на лицо Ойнарала — или шранка, — отвечало взглядом тому, кто смотрел на него сверху.

И это вселяло ужас, ибо король Сакарпа нигде более не мог увидеть себя — таким, каким он был прежде! — в этом нечестивом круговороте отражений и обликов. То человеческое, что было в нем, скулило, моля о прекращении этого безумного кошмара. Доля Иммириккаса, однако, отшатнулась, поглощенная отвращением и твердым как камень презрением.

Глазок погас.

Никто не сказал ни слова.

Безмолвие было сродни напряженному дыханию, доносящемуся из-под одеяла, когда ты укрылся с головой, нарушали его лишь хрупкие строчки капель, падавших с весла Перевозчика. Черная тьма казалась абсолютной, столь же неподдающейся взгляду, как вода или камень. Сперва он попытался что-то увидеть, добиться какой-то податливости от этой непроницаемости, но добился лишь пробуждения следствия слепоты — ужаса. И теперь Сорвил глядел, не стараясь видеть, пялился в темноту, не веруя в зрение. Вода перестала капать с весла. Царила тишина не горных вершин, но корней гор. И в этой тишине он осознал, что тьма лежит в основе всякой вещи, тьма, лишенная света, тьма, для которой люди лишь маски, тьма, что всегда простирается вовне и никогда внутрь.

Небытие.

Его одолевала потребность взбрыкнуть, завопить, доказать себе, что эхо еще существует. Однако Сорвил помнил предупреждение своего сику, и только сильнее навалился на планшир.

Глазок вновь обрел полную яркость, и сточная канава, бывшая когда-то озером, явила взгляду свой сальный блеск. Накинув на плечи капюшон, Моримхира озирался по сторонам, хмурясь в ярком свете; он сиял, как ангел, на фоне черной жижи, а глаза его сверкали колдовской мощью.

Он тоже был удивлен.

Древний нелюдь возобновил свой труд, продвигая клеть вперед, каждый новый гребок превращал его спину в подобие широкого треугольника. Сорвил вновь погрузился

Глава двенадцатая. Иштеребинт

в изучение поверхности вод, ощущая странное желание не просто заново пережить этот ужас — не только снова увидеть этот кошмар, — но посмотреть на себя его глазами.

Одетый в кольчугу сику положил свою длинную руку на его плечо, развернул к себе. И тот укор, который стремился донести его взгляд, немедленно исчез, стоило ему увидеть лик Котла.

Перевозчик трудился как раз за его плечом, и, взглянув на него, Сорвил заметил серую полоску, выраставшую на пределе досягаемости лучей глазка, — берег. Из черноты выползала гнилая полоска суши, белый и серый песок, черный от вязкой слизи обрез воды. Свет распространялся все дальше, и, следуя за ним, Сорвил увидел новые ленты песка, тени, съеживающиеся в несчетные ямки. Он как раз заметил, как обретает смутную материальность какая-то груда, когда понял, что клеть вот-вот уткнется в берег. И потому вцепился в рукав сику, сжав в горсти нимилевые кольца.

И сам удержал своего пошатнувшегося спутника на ногах, когда клеть, вздрогнув, остановилась, наткнувшись на подводную отмель.

Но вместо того чтобы поблагодарить, Ойнарал отвел взгляд и, указав на нос, жестом поманил Сорвила за собой. Перевозчик прошествовал мимо них на корму, и Сорвил был потрясен его сосредоточенностью даже более чем избороженным морщинами лицом. Как будто внутри старика находилась какая-то взведенная боевая машина, столь же могучая, сколь стар он был. Прежде чем спрыгнуть с палубы клети следом за сику, юноша еще раз оглянулся.

Сорвил приземлился на краю отбрасываемой носом судна тени, умудрившись не задеть мерзкие воды. Песок здесь был не холоден и не тепл, но прикосновение его оказалось мягким, как касание шелка. Распрямляясь, Сорвил заметил, как вытягивается его тень на утоптанном песке. Свет глазка был здесь достаточно ярок, чтобы сделать мутную воду прозрачной и осветить жмущееся к берегу скопление трупов. То тут, то там некоторые из них выкатывались из воды — по всей видимости, принужденные к тому движением клети, если учесть полную, как в луже, неподвижность вод озера. Сохраняя в воде видимость целостности, на воздухе мертвые тела рассыпались на кучи костей и груды кожи.

Сорвил повернулся к Ойнаралу, стоявшему на суше несколькими шагами дальше и вглядывавшемуся во тьму.

Внезапно Перевозчик завозился на носу клети, и Сорвил, увидев, как Древнейший Воитель выбросил на берег тушу свиньи и та глухо шмякнулась неподалеку, поспешил присоединиться к сику.

Ойнарал пробормотал:
— Слушай.
Сорвил напрягся до шума в ушах.
— Ничего не слышу.
— Именно, — проговорил нелюдь. — Именно поэтому Бездна — наш единственный храм. Безмолвие — вот предмет, наиболее священный для моего народа.
Сорвил знал это, однако сама идея вызывала удивление.
— Безмолвие... но почему?
Лицо Ойнарала застыло.
— Забвение, — сказал он. — В нем мы укрылись бы, если бы смогли.

Серва висела на шесте, продетом между ее руками и спиной, покрытая мешком голова ее поникла, дыхание разогрело ткань. Глазки круглыми пятнами высвечивались на шелке, пока тюремщики влекли ее по лабиринтам переходов Иштеребинта.

Она задумалась, не без сожаления, о той краткой трагедии, которой была ее жизнь, о том, как обстоятельства могут притупить, раздробить и уничтожить самые искусные замыслы. И о том, как над всем властвуют счетные палочки, палочки жребия.

Над всем, кроме Кратчайшего Пути.

Ном был всего лишь уловкой для ее отца, как и для еще оставшихся в живых нелюдей — теперь она это понимала. Он был всего лишь сосудом, пустой формальностью; ничем не связанной со своим ужасным содержимым. Отец напра-

Глава двенадцатая. Иштеребинт

вил сюда Сорвила и Моэнгхуса для того лишь, чтобы явить миру собственную изобретательность. В качестве обыкновенных простофиль, безмозглых знаков куда более могучих амбиций...

А она сама? Она — шедевр, жуткое содержимое, знак руки мастера.

Анасуримбор Серва, гранд-дама Свайальского Договора, величайшая ведьма из всех, что ступали по берегам Трех Морей.

Владыка Харапиор наконец велел отряду нелюдей остановиться. С головы ее стащили мешок; яркий свет ослепил Серву. С тревогой она поняла, что они все еще находятся в коридоре, конечно, широком, но все-таки в коридоре. Верхняя Люминаль, решила она.

Владыка-истязатель наклонился к ней так, что она могла бы укусить его за восковой нос. Мучительный гнев разливался по его лицу. Единым движением он занес правую руку и ударил кулаком по левой ее щеке.

— Это тебе от Короля под Вершиной, — буркнул Харапиор. — Он попросил меня снизить твою цену.

Она бросила на него гневный взгляд, левый глаз ее заслезился.

Он поднес руку к ее горлу, однако лишь провел пальцем по охватывающему ее шею зачарованному металлу. По Ошейнику Боли.

— Его сработал сам Эмилидис, — сказал он. — Из всех, носивших этот предмет, никого не осталось в живых. — Взгляд его черных блестящих глаз на мгновение замутился, обратившись к вещам одновременно жутким и неисповедимым. — И ты умерла бы, если бы посмела пролить самую малую толику света Смыслов... Конечно! Подумать иначе значило бы оскорбить саму память ремесленника.

Он сглотнул, опуская взгляд к кончикам ее грудей и ниже. Огромные зрачки вновь заглянули в ее глаза.

— Но я-то знаю, что ты — дунианка... И даже в тупом твоем лезвии может скрываться отравленный шип.

Он вздохнул.

— По собственной глупости я посчитал, что это знание даст мне власть над тобой. И теперь я погрузился во всякие неоправданные подозрения. И, как в наваждении, стараюсь понять, где именно следует мне искать эту отравленную булавку. И я спрашиваю себя: что сделает мой король, когда наконец увидит тебя? Что может сделать любая душа, получив в подарок столь знаменитую певчую птицу?

Он усмехнулся.

— Ну конечно же, он велит ей спеть.

Запрокинув назад ее голову, он затолкал шелковый мешок ей в рот, в самое горло. Серва зашлась в кашле. Глаза Харпиора удовлетворенно блеснули.

— Нет голоса, — сказал он, — нет и ядовитых шипов.

Боги, алчные, всемогущие, словно голодные волки, воют за извечными вратами смерти. И нелюди, потомки Имиморула, решили отказать бессмертным в сочном мясе собственных душ, такова была их гордыня. И потому, если люди просили, чтобы им позволили жить так, дабы потом они стали чем-то вроде домашней скотины на небесах, нелюди просили, чтобы им было позволено умирать незаметно, уходить вовне и исчезать в глубочайшей из бездн.

— Так вот зачем спустился сюда твой отец, — проговорил юноша. — Чтобы найти забвение?

Они шли, следуя за своими тенями, туда, где мерк свет, к той груде, которую Сорвил заметил ранее.

— Все ищут его, — негромко отозвался Ойнарал. — Он здесь, потому что он из Высоких, а все Высокие, сдаваясь, приходят к озеру.

— Почему?

— Скорбь иначе действует на них: смятение их не столь глубоко, и буйный нрав полнее властвует над ними. Они приходят сюда потому, что только Высокий может надеяться пережить безумную ярость Высоких.

Оказавшись там, куда уже едва достигал свет глазка, они пересекли участок, покрытый, словно мусором, тысячами и тысячами костей, разбросанных или лежащих кучками

Глава двенадцатая. Иштеребинт

на песке. Поначалу Сорвил решил, что все они принадлежат свиньям, однако вид пары пустых глазниц, смотревших на него из песка, указал ему на ошибку. Глазницы смотрели из черепа размером с его грудную клетку.

— Но откуда тебе известно, что твой отец еще жив? — спросил он своего сику.

И впервые заметил на поверхности перед собой и Ойнаралом бледное свечение Амиоласа.

— Потому что один только Киогли Гора мог повалить его.

Нелюдь направился вперед, чтобы рассмотреть груду. Когда Последний Сын подошел к замеченному ранее Сорвилом черепу, тот снова ужаснулся: макушка доходила до закованного в нимиль колена нелюдя!

Постаравшись изгнать пробуждающуюся тревогу, Сорвил огляделся по сторонам, пытаясь что-либо различить во мраке.

Нелюдь обошел груду так, как мог бы обойти труп павшего на поле боя. Сорвил поторопился последовать за ним, и расплывчатые пятна стали приобретать четкие очертания. Погребальный свет Котла с каждым шагом открывал новые подробности. Огромный хауберк ложился своими складками на выпуклый щит величиной в половину палубы клети. К нему был приставлен шлем объемом с бочонок сагландерского, чеканный узор прятался под слоем пыли. Меч длиной во весь рост Сорвила — полный сиоланский локоть — отдельной грудой или погребальным холмом угадывался под песком рядом с доспехом. Юноша старательно обошел его, раздумывая над тем, какой бы увидел броню героя младенец или, скажем, кот.

Обернувшись, он снова посмотрел на ярко освещенную клеть и увидел, как Перевозчик бросает свинью, являя себя под таким углом, под которым выглядел лишь каким-то не знающим устали отблеском. Пролетев по воздуху, туша шлепнулась в общую груду, качнув рылом под светом глазка. Сорвил заметил параллельные, словно птичьи, следочки, оставленные им и Ойнаралом по пути от берега. И вдруг увидел чудовищной величины отпечатки ног. Оставленные этими слоновьими ногами ямы свидетельствовали о могучей стати прошедших здесь существ.

Окружающая тьма пульсировала грозящей бедой.

— И что будет теперь? — дрогнувшим голосом спросил Сорвил.

Он знал, что их ждет. Собственными глазами он видел Ойрунаса в битве при Пир-Мингинниал: от крика его закладывало уши, каждым своим ударом он разбрасывал шранков в разные стороны, одной рукой раздавил глотку башрагу!

Владыкой стражи — таким он видел его! И собственными ногами следовал за ним, в буйстве своем шествовавшим под колоссальными золотыми рогами!

— Он здесь, — сказал сику, напряженно вглядывавшийся во тьму. — Это его оружие.

Многие души окружали их, понял молодой человек. Души чудовищные, таящиеся во тьме и ждущие. Сюда-то и направлял свой путь Перевозчик — сюда доставлял он свиное мясо и другой провиант.

Так вот где Ойрунас установил свою власть.

— И что будет теперь? — повторил юноша.

Ойнарал застыл в позе человека, не желающего шевельнуться.

— А скажи мне, человечек, — проговорил он полным интереса голосом. — Скажи, если бы тебе предстояло увидеть тень своего отца, разлагающуюся в этом унылом месте, какие чувства ты бы испытывал? Если бы ты ждал здесь Харвила, стискивал бы твою грудь ужас? Наливались бы кости свинцом?

Сорвил посмотрел на профиль нелюдя.

— Именно так.

— И по какой, позволь спросить, причине? — осведомился темный силуэт.

Сорвилу казалось, что он ощущает нечто кислое и малоприятное.

— От стыда, — ответил юноша. — За то, что он не сумел быть таким, каким велит ему быть его слава.

Ойнарал очень долго обдумывал эти слова.

Глава двенадцатая. Иштеребинт

> Глубже, глубже ройте, сыны мои,
> Укрепляйте самые кости,
> Венчайте надежду с камнем,
> Верьте пространству созижденному,
> А не украденной пустоте...

Нелюдь наконец извлек из ножен Холол и взмахнул его пламенным откровением над серой пустошью. Рассыпавшиеся искорки света подчеркнули бесплодную белизну берега, разбросанных по блеклому песку ничем не прикрытых костей, костей и снова костей.

Выставив перед собой свое загадочное оружие, нелюдь устремился в серую пустоту. Полы его кольчуги сверкали серебряными искрами при каждом движении.

Сорвил заторопился следом, переставляя ноги, будто бы сплетенные из соломы. Действительно, что бы сделал он сам, если бы это его отец укрывался в лежащей перед ними черноте? Бросился бы навстречу, припал бы, рыдая, к его ногам, молил бы о незаслуженном прощении? Или бежал бы со всех ног, бежал как можно дальше от истины Священной Бездны?

Да и любил бы он, как и прежде, Харвила, мудрого и могучего короля Одинокого города? Или уже возненавидел бы его за свои долгие страдания в попытках подражать его примеру? За то, что оставил своего маленького сына в столь суровые дни в руках столь злобной и ненадежной судьбы.

Более того, любил бы ещё его сам Харвил?

От таких вопросов становилось трудно дышать.

Человек и нелюдь шли по песчаной, засеянной костями пустоши, песок временами отступал, прятался в огромных впадинах в сухой скале. Свет Холола озарял все более и более неровную местность: засыпанные щебнем котловины и насыпи; каменные полки ступенями поднимались в густеющей тьме, образуя что-то вроде лестницы; на пределе видимости просматривался как будто огромный каменный причал, он резко выделялся на фоне других каменных глыб.

Ойнарал Последний Сын остановил Сорвила рукой. Внимательно осмотревшись и поразмыслив, сику продолжил путь в одиночестве, осторожно ступая по восходящей осыпи, с почтением, подобающим храму пропащих душ. Где-то тридцать ударов сердца юноша не мог понять причин его осторожности. Камень, поднимавшийся у подножия ступеней, углом своим скрывал линию, отделявшую то, что дышало, от того, что не шевелилось. Прославленный владыка Второй Стражи казался продолжением одного из глубочайших корней Плачущей горы.

Древний герой лежал обнаженным, склонив голову на грудь. Казалось, он спал, однако поза его — свободная, с широкими плечами и спиной, опирающейся на незримую скалу, — предупреждала об обратном.

Обойдя кучу осыпавшегося щебня, Ойнарал по пологой каменной полке поднялся к гиганту. Десять тысяч теней разбежались от искры на острие Холола: одни похожие на крохотные ладошки, другие длинные, как сама ночь. Все сущее, казалось, менялось, словно становилось другим с каждым его шагом.

Умолкла каменная струна голоса Перевозчика.

Ойнарал остановился на самом верху скального уступа, сверкающим маяком посреди сора и угрюмой изглоданной пустоши. Тишина скрыла все намеки на расстояние. Собственный отец его лежал в тридцати шагах перед нелюдем на втором карнизе — прикрытое тенями огромное тело покоилось без движения на каменном ложе, на лице великана застыло непроницаемое выражение.

Страх опалил грудь Сорвила.

Набравшись отваги, сику воззвал:

— Могучий Ойрунас, владыка Стражи!..

Массивное тело не шевельнулось. И тут Сорвил впервые заметил стены, сложенные из черепов — стены! — зловеще возвышающиеся на восходящих карнизах. Тысячи свиных черепов, ободранных от кожи и как будто принадлежащих существам много более страшным.

Когда отцы становятся драконами?

— Это я, Ойнарал Последний Сын, рожденный от тебя прекрасной Уликарой.

Глава двенадцатая. Иштеребинт

Он повел Хололом из стороны в сторону, заставляя окружавшую их орду теней преклонять колени, вставать и снова опускаться. Сорвил едва мог стоять на ногах, он опасался, что вот-вот потеряет сознание.

— Знаю, — прогрохотало распростертое тело. — Я знаю, кто ты.

Ойнарал застыл.

— Ты в здравом уме?

Тишина — такая, от которой пот выступит даже на коже бестелесного духа и притупится лезвие тишайшего звука.

— Расстройство мое, — пророкотал силуэт тоном столь низким, что от него дрогнуло сердце, — вызвано исключительно недоумением.

Силуэт шевельнулся. Скрипнули камни в своих незримых гнездах. Холол высветил лицо, широкое, как плечи обычного человека. Избороздившие его морщины, шириной подобные корабельным снастям, искажал гнев.

— Скажи, почему ты ныне мараешь собою мой взор!

Сорвил отступил назад и сделал еще шаг, когда герой соскочил со своего ложа. Лицо его, пропорциями своими напоминавшее лица холька, пылало яростью. Кровь обагряла впалый рот, так что великан казался существом, челюсти которого находятся вне тела. Мышцы его оплели набухшие вены, от голода ребра проступили полосами. Рост его был столь велик, что собственный сын казался рядом с ним статуэткой.

— Ниль'гиккас! — выкрикнул Ойнарал Последний Сын перед ликом колосса. — Ниль'гиккас поки...

Быстрый удар, нанесенный с безумной силой. Ойнарал отлетел более чем на десять локтей, тело его, как засохший клубень, отскочило от каменной стенки и рухнуло на груду камней. Однако каким-то невероятным образом он ухитрился не выпустить из рук Холол, знаменитый «Отнимающий дыхание». Сорвил увидел светящееся острие меча, оно качнулось над правым бедром сику, превратив лицо его в дергающийся силуэт.

Свет подчеркнул белизну нагого тела ярившегося над ним колосса, его собственного отца.

— Слабак! — прогрохотало над озером.

Сын Харвила примерз к месту.

— Ну разве мог я не любить столь слабое и прекрасное существо!

Сверкающее острие Холола скользнуло вниз, за ногу сику, но успело перед этим пронзить его сердце.

— Ну как может отец не любить сына, которого должно убить?

Острие коротко пульсировало, каждая вспышка обрисовывала сику на фоне камней, освещала владыку Стражи, безволосого, раскачивавшегося в неутихающем гневе.

— Такого сына!..

Внезапная тьма удивила, хотя ее прихода и можно было ожидать. Отдаленная чернота метнулась вперед и поглотила буйный белокожий лик Ойрунаса, ярящегося над своим умирающим сыном.

Холол не выскользнул из руки Ойнарала — он сам словно выскользнул из его рукояти. Сын Харвила каким-то образом был непреклонно уверен в этом.

Яркий глазок пылал над клетью, однако Сорвил стоял за пределом проникновения его лучей, в сумеречном подземном мире среди стен, сложенных из свиных черепов. Значительная часть его существа — все человеческое, что осталось в нем, — трепетала от ужаса, стремилась бежать, однако какая-то иная доля заставила его не отступить.

Он не оставит Ойнарала Последнего Сына разлагаться здесь, среди свиных костей. Сорвил знал это с уверенностью такой же глубокой, как сама жизнь.

Он не бросит своего сику.

Стон гиганта, словно стенания огромного лося, прозвучал в полной тьме перед ним, а голос был подобен скрипу переломленного бревна:

— Мой-мой... мой сын...

Тишина.

Сорвил попытался хоть что-то увидеть, но все, что он мог разглядеть, теперь ограничивалось пятном от свечения его ложного лица, призрачной лужицей поверхности, в которой проступали хоть какие-то детали.

Глава двенадцатая. Иштеребинт

Тьму пронзило рыдание, грубое, хриплое, пропитанное слизью, столь близко, что юноша отступил на шаг.

— Мой сын-н-н! — вырвалось из огромных легких.

Глазок на клети поблескивал, как и прежде, и в какое-то безумное мгновение Сорвилу показалось, что вся полнота бытия вырисовывается на черноте, словно лучи на дымном пологе. А потом он оказался нигде, подвешенный в какой-то безбрежной пустоте.

Весь мир съежился до пятнышка, освещенного его проклятым лицом.

Тишина бушевала, как буря, способная пронзить недра земли.

Юноша осознал, что поворачивается на месте, стараясь не забыть направление на клеть. Спустя один-единственный удар сердца он понял, что полностью потерялся. Перспектива навсегда остаться внизу, застрять в Священной Бездне, волной паники обрушилась на него. Он пал на колени, разыскивая следы в свете своего таинственного шлема, однако песок был слишком утоптан, свиные кости слишком многочисленны.

Титанический вой заставил его на четвереньках отползти подальше.

— Айа-а-а-а!

Сорвил понял, что безнадежно пропал. Он находился в таком месте, куда Мать Рождения проникнуть не могла. Ибо именно за этим Имиморул укрыл своих детей в недрах гор: чтобы спрятать их от взора Богов!

Земля сотрясалась во тьме — под могучими ударами вокруг подскакивали камни. На карачках Сорвил повернулся спиной к этому вою, повернулся, чтобы встать и бежать. Он потерялся...

Он потерялся!

Препятствие возникло на его пути, словно огромная черная черепаха, столкновение с которой болью отозвалось в лодыжках и бедрах — оружие и доспех Ойрунаса. Соударение повалило Сорвила на кости и гальку.

Снова раздался вой.

— Я... я убил его, Брат... убил собственного сына!

Тьма рычала за спиной, гудела намеками на неотступную, неотвратимую, злосчастную судьбу. Свет Амиоласа, понял Сорвил, пробираясь по неровному песку, чтобы найти убежище за пустым, огромным шлемом нелюдского героя. Свет Амиоласа выдаст его! Призрачное лицо Иммириккаса было единственным видимым предметом на всем побережье! Во всей этой бездне можно разглядеть только его одного — старательно и лихорадочно мечущегося из стороны в сторону!

Сорвил скрючился за шлемом, и взгляд его сам собой опустился к блеснувшему под слоем пыли пятнышку. Вопреки собственному желанию Сорвил протер его рукавом и увидел свое отражение, призрачный лик, взиравший на него из сверкающего окошка Амиоласа. И, ошарашенный, уставился на него.

Мать. Он увидел собственную мать, в той ее убывающей красе, которой она обладала в самых светлых его воспоминаниях.

Он отшатнулся и продолжал пятиться до тех пор, пока образ этот не исчез во тьме, и обнаружил, что оказался неведомо где. Сердце его колотилось, мысли бегали наперегонки, тщетно пытаясь настичь друг друга.

— Брат, что происходит? — прогремел во тьме хриплый бас.

На унылом подземном берегу Перевозчик гортанно затянул новую песню:

>Высоко вознесли они голову Анарлу,
>Пролили кровь ее, вспыхнувшую огнем.
>И земля исторгла множество сыновей,
>Девяносто девять, что были как Боги,
>Повелевшие своим отцам стать как сыновья...

Сорвил осмелился встать. Повернулся на месте, до боли вслушиваясь, стараясь определить направление, но Амиолас обманывал слух точно так же, как дурачил все остальные чувства.

Великий Ойрунас, владыка Стражи, обрел вдруг плоть, вывалившись из тьмы прямо перед ним. Сорвил бросился

Глава двенадцатая. Иштеребинт

наутек к усыпанному костями песку — и колосс последовал за ним. Тяжелые кулаки молотили песок по обе стороны головы, руки, толстые, как ноги слона, поднимались и опускались.

— Не-е-ет! — доносилось сверху.

Громадное лицо заслонило собой саму тьму, бледное, широкое, как щит колумнария, истерзанное мукой, ноздри расширены, зубы стиснуты, словно тиски корабельного мастера, глаза полны какой-то сонной усталости, отчаяния от того, что от нее невозможно избавиться, и ужаса, только что рожденного им самим, ужаса преступления... немыслимого преступления.

— Не-е-ет!

Изменить уже ничего нельзя.

Сорвил съежился, прикрывая руками лицо. Огромные, как наковальня, кулаки выбивали пыль из земли. Мучительный образ Котла вставал отражением в чернеющей глубине зрачков устрашающих глаз великана.

— Почему? — прогремело жерло его рта.

— Почему?

Песок вздыбился.

— Почему?

Затрепетал крыльями голос над дрогнувшим сердцем Сорвила.

— Почему?

И вдруг титаническое стенание исчезло, растворилось во тьме.

Голос погас за отсутствием эха.

Где-то там, в чернильной тьме, пел Перевозчик, голос его пилил еще более древнюю древесину, выводил еще одну песнь об Имиморуле, на сей раз древнейшую из древних.

— Ниль'гиккас покинул Гору! — выпалил Сорвил, обращаясь ко тьме.

Ойнарал лежал, распростершись на собственных костях, как тряпка. Нелюдь, совершивший единственное доступное его расе самоубийство.

— Нин'килджирас! Проклятое семя нин'джанджиново, он правит...

Нет, Сорвил никогда не был счастливым талисманом для Ойнарала! Он был его гарантией, уверенностью в том, что правда будет услышана вопреки любым ужасным последствиям.

— Он сдал Иштеребинт Мин-Уройкасу — сдал Подлым!

Подлым — только теперь понял он всю суть и глубину скверны, что несло в себе это имя.

Он посмотрел вниз: лицо его отбрасывало призрачный свет на его собственные руки, перепачканные пылью и грязью. По левой ладони текла черная в призрачном свете кровь.

— Надежда и честь покинули Гору!

Гигант пригнулся к крошечному огоньку, стиснул его чудовищными пальцами. Владыка Стражи, давным-давно покорившийся Скорби, схватил обмякшего сына Харвила и разломил его надвое.

Небо под Горой.

Будучи Сесватхой, она как-то обедала в обществе Ниль'гиккаса на высшем из этих ярусов. И ее дыхание перехватило от ужаса, когда она услышала мрачный рассказ короля нелюдей.

Но Ниль'гиккас более не правил здесь. По приказу Харапиора они притянули ремнем ее голову к железной решетке пола.

Иначе она не поклонилась бы.

Воздух был пропитан холодком злобы. Краем правого глаза она видела позолоченные резные фасады Висящих Цитаделей, уходившие вверх и вниз от нее, а левым — рваную пустоту Расселины Илкулку, казалось, еще больше притягивавшую ее лицо к полу. Нин'килджираса она узнала по доспеху из золотых чешуй, блестевшему от какой-то влаги. Она видела, как он переговаривается с Харапиором, бросая на нее алчные взгляды. Ее выставили на обозрение на приступке к верхнему ярусу, так что она могла видеть и кресло короля нелюдей, и широкий балкон для просителей чуть ниже себя, чудесным образом парящие над головокружительным

Глава двенадцатая. Иштеребинт

обрывом. На балконе собралось около сотни или даже более ишроев и квуйя, блиставших упадочным великолепием и мужественным совершенством.

Она скорее ощутила, нежели увидела, как они привязали Моэнгхуса рядом с ней. Она еще в коридорах слышала, как он изливал на них все известные ему на ихримсу проклятия, и потому не удивилась, когда ему тоже заткнули рот, бросив на колени в нескольких шагах от нее, такого же нагого и связанного.

Ее удивило, даже ужаснуло его состояние и что он при этом мог еще просто дышать, не говоря о том, чтобы извиваться и пытаться высвободиться из пут. Изувеченное лицо было обращено к ней, он тяжело дышал, черные локоны липли к ранам. Взгляд остекленевших глаз казался и безумным, и сияющим.

И что же она возжелала поставить на этот безумный бросок счетных палочек? Своего брата?

Или этого возжелал отец.

Ударом молнии пришло осознание, что она потерпела неудачу.

Харапиор разгадал ее хитрость. И очень скоро они с Моэнгхусом окажутся игрушкой в руках чьей-то дряхлой и бесчеловечной воли, которой не грешно сопротивляться, таким образом добывая себе мгновения здравого рассудка.

Руки Моэнгхуса были связаны за спиной, он раскачивался всем огромным изувеченным телом и вглядывался в нее, будто пытался вспомнить.

Это ощущение возникло из тьмы, вцепившись в ее лицо изнутри. Стиснуло ее грудь стыдом за то, что есть, и ужасом за то, что было.

Наследием ее матери.

И впервые за всю ее короткую жизнь лицо Анасуримбор Сервы исказилось от объявшей ее тьмы, а не ради какой-то из дунианских уловок. Ее затрясло от рыданий, словно она просыпала зерно во время голода. На короткое мгновение звучный ропот голосов окружавших ее нелюдей смолк, и задушенный крик ее повис в пустоте Илкулку рваной нотой, более глубокой, чем те, которые она собиралась спеть, если не более прекрасной. Звуком, полным женственного отчаяния.

И он восхитил черные сердца, увлек их старческое воображение.

— Ее черноволосый брат! — выкрикнул ишрой из Сиоля в алом доспехе, отвлекая ее от горя. Суйяра-нин, отметила отстраненная часть ее существа. — Я хотел бы услышать, как и он рыдает, словно баба!

Железный помост дрогнул.

Все собрание нелюдей единым духом обернулось. Одетый в золото Нин'килджирас вскочил со своего королевского сиденья.

Серва окинула взглядом сборище, моргнула: золотистые нити света мешали смотреть.

И увидела одного из Высоких, распрямляющегося из полусогбенного положения во весь свой великанский рост, насколько это позволял источенный фигурами камень над его головой. Шаги гиганта заставили железный помост загудеть, пыль посыпалась из-под вбитых в камень железных крючьев. Движения его вселили в собравшихся страх. Титаническая фигура сверкала тем же самым блеском, что и прочие нелюди. Великан был в полном боевом доспехе, в огромном шлеме с прорезью для глаз и чудовищного размера хауберке, между колец которого виднелись кованые пластины, каковых не видывали на поле брани со времен Дальней Древности. Впрочем, местами на броне лежали толстые пласты пыли.

Однако все это было ничем рядом с четырьмя точками абсолютного небытия, с хорами, прикрепленными на его бедрах и плечах.

— Владыка Ойрунас! — вскричал Нин'килджирас с удивительной для него поспешностью. Бросив на Харапиора пристальный взгляд, он подошел к краю своей платформы. — Ты оказываешь нам честь!

Ойрунас...

Брат-близнец Ойринаса. Владыка Стражи. Легендарный герой первых войн с инхороями.

Глава двенадцатая. Иштеребинт

— Честь! — прогрохотал великан из-под шлема. — Лишь она и привела меня сюда.

Он сделал еще один шаг, и решетка пола, подпрыгнув, больно ударила Серву по щеке.

Нин'килджирас невольно отступил.

— Ско... — начал он, но тут же поскользнулся на пролитом им самим масле.

— И что же? — вопросил герой, крепостной башней возвышаясь над королем нелюдей.

— В порядке ли... — начал узурпатор, пытаясь подняться на ноги, но снова поскользнулся и упал теперь на Харапиора. — В порядке ли твои мысли? — спросил он, принимая наконец вертикальное положение.

Вокруг великана воцарилось молчание. Собрание ишроев и квуйя наблюдало за происходящим оцепенев; даже самые изменчивые из них почтительно моргали, ибо из общей могилы, которой была Гора, восстала сама ее память.

— Вижу, тут у вас беспорядок...

По какой-то причине эти слова слегка успокоили Нин'килджираса. Серва впервые заметила тело, обмякшее в могучей левой руке героя.

— Какой же именно?

— Латы, в которые ты облачен...

Король нелюдей посмотрел вверх и после недолгих колебаний выпалил:

— Это подарок!

— Золото, что сияет... — прогудел древний герой. — Оно мне знакомо...

Нин'килджирас промолчал.

— Я часто возвращаюсь к нему в своих воспоминаниях... часто.

В руке его лежал человек с льняными волосами... неужели?

— Оно гнетет меня, — прогрохотал владыка Стражи.

— После того как ты покинул Гору, время было неласково к нам, — выговорил Нин'килджирас ломающимся от напряжения голосом. — Я последний из рода Тсоноса, по...

— Рѐките мне, о братья мои! — тяжко обрушился голос. Герой повернулся к собравшимся. — Какое несчастье могло бы извинить бесчестье настолько предательское!

Нелюди Иштеребинта молчали, не находя слов.

— Поведайте же это тому, кто пожрал десять тысяч свиней!

Крик его переполняла темная страсть, интонации выдавали отвращение, боль и ощущение измены. Многие среди собравшихся осмелились положить ладони на рукояти мечей. Нин'килджирас отступил и оказался позади оцепеневшего Харапиора. Серва заметила стражников, пробиравшихся сквозь начинавшую редеть толпу.

— Скажите тому, кто расточил века, заново переживая золотой кошмар — золотую непристойность!

Без какого-либо предупреждения герой-великан шагнул прямо к ней и с легкостью существа гораздо меньших размеров опустил принесенного бездыханного человека между ней и ее братом. Затем, не обращая внимания на подступавших охранников, владыка Стражи указал толстой, с дубовый ствол, рукой на внука Нин'джанджина. Серве не нужно было видеть его лицо, скрытое шлемом, чтобы понимать, с какой яростью он сейчас усмехается.

— Скажи мне, — прогремел владыка Ойрунас, — как получилось, что Подлые стали править Горой?!

Обвинение прогремело над зияющим провалом Илкулку, а герой воспользовался этим мгновением, чтобы извлечь из ножен свой чудовищный меч Имирсиоль. Противоположная сторона помоста ощетинилась сверкающими клинками. В глазах Харапиора засияли чародейские Смыслы. Но великан ударил в потолок, разбив целый легион каменных фигур, вниз посыпались камни — а с ними на залитого маслом короля нелюдей обрушился дождь искр.

Показались первые огоньки, призрачные. Тем не менее Нин'килджирас взвыл и начал в панике гасить пламя обеими руками. Слой масла на золотых чешуях занялся.

Король нелюдей вспыхнул, как факел, завизжал, как недорезанная свинья. Харапиор бросился к нему на помощь,

Глава двенадцатая. Иштеребинт

однако пламя немедленно перескочило на украшавшие его шею скальпы. Он начал бить себя по груди, по шее... и оказался вдруг раскроен пополам легендарным Молотом Сиоля.

— Вот и конец! — прогудел владыка Стражи, заглушая общие вопли, смеясь и плача одновременно.

Нин'килджирас еще метался и визжал. Согломантовое золото чернело.

И тут, описывая дугу, непонятно откуда вылетела точка небытия — брошенная в нее хора, поняла Серва. Но она не могла даже пошевелиться! Она могла лишь проследить движение этой точки на фоне хаотичного перемещения разбегающейся толпы. Хора упала на решетку прямо перед ней и, стуча, прокатилась по кривой канавке к ее лицу — небытие, сулящее небытие. Удар пошатнул помост, где-то с хрустом лопнул металл, и все сооружение накренилось, завалилось налево. Хора остановилась в половине локтя от лица Сервы. Следуя взглядом за пальцами, обхватившими пустоту, она увидела Сорвила: лицо его было ободрано, из ссадин текла кровь, синие глаза напряженно разглядывали ее.

— Вот она! — уже лишь только смеясь, пророкотал владыка Стражи. — Вот она, наша участь, — пожирать самих себя.

И вдруг Лошадиный Король улыбнулся. Хаос воцарился под Небом, что под Горою — смерть, крики, — но она не отводила глаз от Сорвила, ибо он был реальным...

Как и грязная окровавленная ладонь, что он поднес к ее лицу.

Ладонь воина.

— Пой, — прохрипел он так, что она услышала это слово за всем шумным смятением, и вытащил черную шелковую тряпку изо рта ее и из горла. Она отдышалась, втянула в себя вкус дыма и войны. Пахло жареной бараниной.

И запела, явив жуткое наследие, полученное от своего отца.

ГЛАВА ТРИНАДЦАТАЯ

Даглиаш

> Даже Бог должен есть.
> *Конрийская пословица*

*Конец лета, 20 год Новой империи
(4132 год Бивня), Уроккас*

Ни во времена владычества Кенейской империи, именуемые Ближней Древностью, ни в эпоху Древности Дальней — во дни Трайсе, Священной Матери Городов, — никогда прежде не видывал мир подобного собрания, подобного сосредоточения мощи. Шранки были наконец оттеснены к отдаленным углам Инваула, и адепты Школ Трех Морей надвигались на них. Сама земля, курившаяся дымами под поступью магов, рассыпалась в прах. Они обернули свои лица тканью, пропитанной экстрактом шалфея и лошадиной мочой, дабы притупить вонь гнилостных испарений. При этом вздымающиеся валы идущих в бой колдунов полыхали овеществленным отторжением, исходящим от их призрачных Оберегов, сочетаний висящих в воздухе колдовских знаков и поэтичной каллиграфии устремленных к восходящему солнцу росчерков огня. Их возносящийся хор терзал слух, обращал взоры куда-то к невидимым сторонам света. Словно единая сущность, шли они с убийственным напором, *тысяча колдунов в своем сане*, похожие каждый по отдельности на плывущий в воздухе полевой цветок, распускающийся

Глава тринадцатая. Даглиаш

лепестками немыслимого цвета, но при этом взрывающий заступом чародейства поруганную и оскверненную землю.

Распростершаяся огромной пальмовой ветвью Пелена поглотила все, кроме тусклых вспышек и мелькающих огней.

Адепты исчезли из виду, но шранки продолжали сгорать.

Поднявшиеся ужасающей вереницей на оскаленные клыки Уроккаса колдуны скорее следовали вдоль хребта за отступающими массами Орды, нежели прочесывали местность, как поступали во время Жатвы. Возглавляя Завет, их вел сам экзальт-маг Саккарис, разрывавший в клочья возвышенности и потрошивший низины геометрическими сплетениями Гнозиса. Темус Энхору и его Сайк шествовали рядом, как и Обве Гёсвуран и его Мисунсай. Слепой некромант Херамари Ийок в своем паланкине следовал за ними, ведя в атаку рать Багряных Шпилей. Ничто не могло уцелеть на раскинувшихся перед ними склонах. Изгладились даже макушки гор, а склоны их превратились в каменную мешанину. Колдуны могли бы сделать свой путь ровнее, создав под собой фантомы тверди, но скалящиеся тут и там обрывы в этом случае грозили бы им смертью. Посему адепты сошли с небес, как только очистили от шранков местность внизу, обнаружив, что твердь настоящая чересчур вероломна.

Итак, колдуны великих южных школ сперва захватили вершины четырех гор, в своей невообразимой дряхлости давно превратившихся в дюжину. Первый и самый низкий в их череде джаврег казался подобием пандуса, поднимавшегося к остальным пикам, которые теснились друг к другу, словно сама земля сжала пальцы в грозящий небу кулак. Второй пик в череде, Мантигол, был самым высоким. Отсюда Саккарис узрел чудовищную величину всей Орды целиком: поднятая ею Пелена охряными клубами лежала на нижних путях и просторах мерзким, полным кишащих насекомых пятном, образованным исходящими яростью и ужасом бесчисленными кланами, простираясь до самого края мира. Третьим был Олорег, опущенные плечи и расколотая голова которого создавали настоящий лабиринт проходов между южными и северными склонами Уроккаса. За ним Ингол, чья выпиравшая в море громада венчалась горбатой вершиной, с которой открывался вид на неопрятную груду Антарега и Даглиаш.

Каждая школа удерживала свою, подвергавшуюся бесконечному штурму вершину, словно последнее пристанище, молотя и кромсая оскверненные лиги вокруг. Молнии выбеливали склоны — слепящие нити, пронзая и охватывая шранчьи тела, превращались в сияющие четки. Вздымались увенчанные гребнями драконьи головы, видения, извергавшие пламя, которое зажигало тощих, как свечи. Подчас зрелище казалось нелепым — шатающиеся от усталости старики бродили по венчающему склоны гребню, оступались, падали, проклинали свои ободранные голени и ладони. А подчас — достойным легенд: лик горного кряжа, целиком объятого пламенем и светом, низины, ущелья и склоны, пылавшие, будто политые смолой. Шранки сами собой валились в погребальные костры, местами уже образовавшие уступы — дюны из окровавленных тел, едва способных гореть. Сами твари были истощены: голые, с опухшими суставами, выступающими ребрами, изогнутыми фаллосами, упиравшимися во ввалившиеся животы, — они пребывали в безумии от ярости и голода, они казались наделенными истинно птичьим проворством, словно их тела потребляли содержимое их же костей. Многим адептам довелось испытать ни с чем не сравнимый ужас, когда целые банды шранков прорывались сквозь все низвергнутые на них гибельные бедствия и обрушивались на Обереги, взламывая их, словно стая помешавшихся обезьян. Но мертвенно-бледные твари всегда отступали, убегая в любую сторону, сулившую им безопасность. Орда, обладавшая лишь примитивным разумом, свойственным оравам и стадам, толпилась у подножия Уроккаса, все более и более уплотняясь, привлеченная надеждой на поругание и резню, но перепуганная таинственными проявлениями разрушительной мощи, обрушивающимися сверху. Адепты, обороняя проходы и тропы, угнездились на каждой вершине, устроив там временные лагеря, где колдуны могли

Глава тринадцатая. Даглиаш

заняться своими ранами и восстановить силы. Человеческого голоса здесь нельзя было услышать, даже если кричать прямо в ухо. Какофония колдовских завываний беспрестанно сливалась в единый причудливый гул, в котором не было слышно ни одного привычного слова.

Горы, одна за другой, были вырваны из лап Орды. Багряные адепты защищали напоминавшую бычью голову вершину Йаврега, с ужасом наблюдая, как омерзительные скопища отрезали им единственный путь к отступлению. Колдуны Мисунсай заняли величайшие из высот Мантигола, другая их группа отправилась на помощь своим собратьям из прочих анагогических школ. Имперский Сайк удерживал островки искрошенных разрозненных скал, именовавшихся Олорегом; им даже в большей степени, чем прочим школам, пришлось отбивать беспрестанные яростные атаки. Тем временем Завет очистил пологие уступы и вершины Ингола сверкающими бритвами Абстракций и набросил на склоны горы шаль, сотканную чародейскими тройками из искрящегося гностического света. Наконец, когда и день, и силы его людей подошли к концу, экзальт-маг остановил наступление и принял меры для удержания достигнутого.

Повсюду мир пятнала клубящаяся в воздухе грязь. Она возносилась вверх, поднятая переступающими ногами и царапающими когтями ярящихся миллионов. Но кое-где ее не было. Саккарис всматривался в огромный разрыв в Пелене, в прореху, уходящую столь же глубоко, сколь высоким было раскинувшееся над ними небо. Брешь, в которой виднелись море, скалы и каменистая земля. Ясность, прозрачность этой прорехи казалась неестественной, столь чист был в ней воздух в сравнении с теснящейся вокруг гнилостной Пеленой. Длинное, подобное изгибу клинка, русло реки Сурса едва угадывалось за мутью. Даглиаш, воздвигнутый поверх Антарега, казался разобранным до остова кораблем, плывущим по гребню приливного шранчьего моря.

Пространства меж Антарегом и захваченными колдунами вершинами переполняла шипящая густая ярость — растворяющаяся в покрове Пелены безумная мозаика, в каждом из неисчислимых кусочков которой визжала тысяча перекошенных лиц, свистела тысяча клинков, скалилась тысяча ощеренных пастей.

Избавляясь от страха, вызванного открывшимся зрелищем и сжигавшего его собственное сердце, Саккарис поднялся на самую высокую вершину Ингола, чтобы сплотить прочие школы. «Надеюсь, вы голодны», — послал он весть своим собратьям, великим магистрам.

Так много Мяса.

Затем он послал сообщение своему святому аспект-императору.

О том, что, как пожелал их владыка и Бог, школы захватили горы над Даглиашем и, не считая Антарега, весь Уроккас теперь за Великой Ордалией.

Обнадеженные, они остались ожидать следующего рассвета, который, вне всяких сомнений, обернется для них тяжким и кошмарным трудом, таким же как в этот день, когда на все четыре вершины бросались мельтешащие омерзительные толпы и попадали под потоки и струи убийственного света. После заката люди Ордалии, все как один, преклонили колени на опустошенной земле и, глядя на озаренные вспышками пламени вершины, молили Бога укрепить стойкость своих братьев-чародеев, дабы завтрашний день не принес им всем погибель.

В ту ночь они спали в доспехах.

Пусть даже он и лжив, но ведь все это реально...
Пройас и Кайютас ехали бок о бок, раскачиваясь в седлах, окруженные каждый своей свитой. Отряды и колонны пехотинцев быстрым походным шагом двигались окрест. До самой фиолетовой дымки, окутавшей южный горизонт, простиралось море — бесконечная вереница темных волн, на гребнях которых виднелись сияющие нити — отблески утра. С севера, по правую руку, проступали сквозь вуаль Пелены идущие чередой на запад вершины Уроккаса — они казались всего лишь тенями гробниц. Жутковатые огни увенчивали их — мерцающие вспышки далекого колдовства.

Глава тринадцатая. Даглиаш

Могучий поток из людей, знамен и оружия затопил полоску суши между горами и морем — слава Трех Морей топтала землю боевыми сапогами, спешила со всей живостью уродившихся Мясом прямиком в челюсти Мяса большего.

Это должно быть реальным!

— Что тебя тревожит, дядя?

Пройас оделил удивительного сына своего господина и пророка долгим, тяжелым взглядом, а затем, не сказав ни слова, отвернулся.

Доверие, понимал он теперь, было лишь разновидностью блаженной слепоты. Сколько раз он раньше вот так ехал верхом? Сколько раз вел наивные души к очередной хитро измысленной погибели? В те времена он неизменно и истово верил в величайшую искусность, величайшую славу и, самое главное, в величайшую праведность своего дела. Он попросту знал — знал, что дело его верно, как ничто иное, и исполнял повеления твердой рукой.

Ныне же, даже сжав свои руки в кулаки, он едва мог унять их дрожь.

— Я не вижу так глубоко, как отец, — не унимался юноша, — но вижу достаточно, дядя.

Гнев внезапно обуял Пройаса.

— Красноречив уже тот факт, что ты сопровождаешь меня, — резко произнес он в ответ.

Кайютас не столько смотрел на него, сколько внимательно изучал его взглядом.

— Ты считаешь, что отец утратил веру в тебя?

Экзальт-генерал отвел глаза.

И почувствовал на себе ясный, насмешливый взор Кайютаса.

— Ты боишься, что сам потерял веру в отца.

Пройас знал Кайютаса с младенчества. Он провел с мальчишкой больше времени, чем с собственной женой, не говоря уж о детях. Имперский принц обучался военному делу под его командованием, изучая даже то, что, как считал Пройас, не стоило бы знать в столь нежном возрасте. Было невозможно, во всяком случае для такого человека, как он, лишить душу ребенка присущей ей невинности и чистоты и при этом не полюбить его.

— Твой отец... — начал Пройас и ужаснулся тому, как сильно дрожит его голос.

Это так реально! Реально!

Должно быть реальным.

Ветер приносил вопли Орды, рев вопящих в унисон несчетных глоток заглушали более близкие крики. Пройас окинул взглядом свиту, убедившись, что ему не стоит опасаться чужих ушей. Впрочем, в противном случае Кайютас и сам не стал бы начинать подобный разговор.

— Мы без конца размышляли о нем, когда были детьми, — продолжал Кайютас, словно никуда не торопясь. — Я. Доди. Телли. Даже Серва, когда достаточно подросла. Как мы спорили! Да и как могло быть иначе, если он значил так много, а видели мы его так мало?

Отвечая исступленному взгляду Пройаса, взор его слегка затрепетал.

— Отец то, — сказал он, покачивая головой на манер напевающего мальчишки, — отец сё. Отец-отец-отец...

Пройас вдруг ощутил, как усмешка расколола его одеревеневшее лицо. В Кайютасе всегда чувствовалась некая легкость, разновидность ничем не пробиваемой самоуверенности. Ничто и никогда, казалось, не тревожило его. Именно это, с одной стороны, позволяло не прилагать ни малейших усилий, чтобы полюбить его, а с другой — во всяком случае, иногда — создавало иллюзию, что он исчезнет, словно лик, отчеканенный на монете, если посмотреть на него с ребра.

— И каковы же были ваши ученые умозаключения? — спросил Пройас.

Вздохнув, Кайютас пожал плечами:

— Мы ни разу не смогли ни в чем сойтись. Мы спорили много лет. Мы рассмотрели все, даже еретические варианты...

Его вытянутое лицо сморщилось от нахлынувших раздумий.

Дунианин.

Глава тринадцатая. Даглиаш

— А вам не приходило в голову спросить у него самого? — сказал Пройас. И вдруг осознал, что он, несущий цветок утраченной им веры в распахнутые челюсти битвы, которую поэты будут воспевать веками, затаив дыхание внимает рассказу о чьих-то детских годах.

Что же случилось с ним?

— Спросить у отца? — рассмеялся Кайютас. — Сейен милостивый, нет. В каком-то смысле нам и не нужно было: он видел в нас все эти споры. Всякий раз, когда нам доводилось обедать с ним, он непременно делал какое-нибудь заявление, которое опровергало любую теорию, что казалась нам в тот момент самой удачной. Как же это бесило Моэнгхуса!

С одной стороны, сходство юноши со своим отцом делало различия между ними более явными, но с другой... Пройас вздрогнул от внезапно пришедших воспоминаний о своей последней встрече с Келлхусом и поймал себя на том, что отводит взгляд от закованной в нимиль фигуры имперского принца.

Чтобы тот не заметил.

— Разумеется, во всем разобралась Телли, — продолжал Кайютас. — Она догадалась, что мы не можем понять, кем на самом деле является отец, потому что он не существовал вовсе — был, по сути, никем...

Мурашки пробежали по спине экзальт-генерала.

— О чем ты?

Кайютас, казалось, внимательно изучал вздымающийся покров Пелены.

— Это звучит словно какая-то кощунственная чепуха, я знаю. Но, уверяю тебя, все обстоит именно так. — Голубые глаза оценивающе изучали Пройаса, взмокшего и покрывшегося пятнами. — Тебе стоит уяснить это, дядя, и никогда не забывать, что отец всегда является именно тем — и только тем, — чем ему нужно быть. И нужда эта столь же непостоянна, как непостоянны люди, и настолько же изменчива, насколько изменчив мир. Отец является тем, что из него создают текущие обстоятельства, и только его конечная цель связывает все эти несчетные воплощения воедино. Лишь его миссия не дает ему раствориться в этой безумной пене сущностей.

Как говорить, когда не можешь даже дышать? Пройас молча цеплялся за луку седла. Их, окруженных тысячами воинов Ордалии, казалось, несло куда-то, как несет бурный поток обломки кораблекрушения. Громыхание колдовских Напевов пробилось сквозь все нарастающий вопль Орды. Оба они, воззрившись на мрачные очертания Уроккаса, увидели сквозь черновато-охристую утробу Пелены мерцание розоватых вспышек.

— А вам, дьяволятам, не случалось размышлять о том, кем в действительности являюсь я?

Имперский принц одарил его злой усмешкой.

— Боюсь, ты лишь сейчас сделался интересным.

Ну само собой. Нет никакого смысла размышлять о том, кому доверяешь.

— Ты зациклился на своих обидах, — добавил через мгновение Кайютас, являя бледное подобие своего отца. — Ты встревожен, ибо узнал, что отец не тот, за кого себя выдавал. Но ты лишь совершил то же открытие, что довелось совершить Телли, — только не получил от этого никакой выгоды, вроде ее безупречного стиля. Нет такого человека — Анасуримбора Келлхуса. Нет такого пророка. Только сложная сеть из обманов и уловок, связанная одним-единственным неумолимым и, как тебе довелось узнать, совершенно безжалостным принципом.

— И каким же?

Взгляд Кайютаса смягчился.

— Спасением.

Страна, которую сыны человеческие ныне называли Йинваулом, дышала в те времена жизнью яростной и суровой. Непроглядные леса темнели от северного побережья моря до самого горизонта, покрывая равнину Эренго и усеивая теснящимися, словно пятна сажи, рощами склоны Джималети. Львы выслеживали оленей на лугах и из засад бросались на овцебыков, приходивших на водопой к берегам

Глава тринадцатая. Даглиаш

заболоченных водоемов. Медведи выхватывали из бурных потоков лосося и щуку, а волки пели под сводами Пустоты свои вечные песни.

И Нин'джанджин правил Вири.

Хоть и густонаселенная, Вири не могла похвастаться монументальным величием или показной помпезностью, которыми отличались прочие Обители, такие как Сиоль, Ишариол или Кил-Ауджас. Йимурли, называл ее Куйяра Кинмои, такой муравейник. Сыновья Обители тоже отличались от прочих кунороев: их одновременно и высмеивали за провинциальную неотесанность и упрямую приверженность архаичным порядкам, и почитали за сдержанную глубину и благонравие их поэтов и философов. Они взращивали в себе ту разновидность скромности, что неотличима от заносчивости, ибо немедленно осуждает любое обилие, считая его потаканием себе и излишеством. Они отвергали украшательство, относились с брезгливостью к показной роскоши и презирали рабство, считая сам факт беспрекословного подчинения господину чем-то даже более постыдным, нежели собственно порабощение. Они часто горбились, привычные к тяжелому труду, их руки вечно были запачканы, а ногти настолько неухожены и грязны, что их собратья постоянно потешались над ними, изощряясь в разного рода насмешках. Они, единственные из всех кунороев, не отвергали и принимали Глад и Пекло — небеса и солнце, которые вся их раса почитала своим проклятием и погибелью. Куда бы их ни заносила судьба, сыновей Вири сразу узнавали по похожим на чашки широким плетеным шляпам, из-за которых корабелы визи, сыновья Иллисеру, называли их гвоздями.

Лишь на охоте и последующих пирах вирои вкушали дары элхусиоли — нелюдского даймоса изобилия. Их облавы и погони за дичью были достойны легенд и песен.

Поговаривали даже, что сам Хузъелт — Темный Охотник — иногда присоединяется к ним, а Седая Шкура — мантия, сшитая из меха огромного белого медведя и заменявшая владыкам Вири корону, — считалась даром этого ревнивого и переменчивого Бога.

Астрологи Нин'джанджина наблюдали за Имбарилом, звездой, которую люди называют Гвоздем Небес, задолго до того, как она, яростно засияв, вдруг разрослась. Но они не предсказали бедствия, что обрушились на Вири тремя годами спустя. Да и как бы могли они догадаться о чем-то подобном, если сами Боги оказались несведущими и посрамленными.

Падение Ковчега изменило все.

Те, кому довелось засвидетельствовать этот кошмар и повезло пережить его, утверждали, что принесший основные разрушения удар каким-то загадочным образом предшествовал низвержению самого Ковчега. Что огромный золотой корабль падал не быстрее чем обычное яблоко. Что он рухнул прямо в яркую вспышку и вздыбившиеся до неба скалы — результат первого, более сокрушительного удара. Грохот падения был слышен по всему миру. Летописцы повсюду, вплоть до самого Кил-Ауджаса, описывали раскаты ужасного грома, рокот и гул, вызвавшие рябь на недвижных прежде водах и смахнувшие пыль с резных каменных панно.

Ослепительная вспышка, оглушающий грохот землетрясения. Чудовищные толчки, убившие десятки тысяч нелюдей в недрах Обители. Остававшиеся на поверхности искали укрытия в глубинах Вири даже тогда, когда замурованные внутри изо всех сил боролись за свои жизни, пытаясь выйти наружу. Исполинский пожар распространялся, словно раздувающийся мыльный пузырь. Казалось, что сама преисподняя, поглощая небо и землю своим испепеляющим пламенем, шествует по несчастной стране, расширяясь идеальной дугой. Спастись сумели лишь те, кому удалось проникнуть в развалины подземелий своего сокрушенного дома.

Воздвиглись горы. Леса повсюду или испарились, или оказались повалены. Все, ранее живое и цветущее, ныне либо лежало мертвым, либо страдало. Десятки человеческих племен попросту исчезли. На тысячу лиг во всех направлениях мир дымился пожарами, охватившими даже Ишариол, а небеса полыхали алыми отсветами до самого Сиоля.

Глава тринадцатая. Даглиаш

Как сообщает Исуфирьяс, Нин'джанджин нашел в себе силы обратиться к ненавистному Куйяра Кинмои, столь отчаянным было положение сынов Вири:

> Небеса раскололись, подобно горшку,
> Огонь лижет пределы Небес,
> Звери бегут, сердца их обезумели,
> Деревья валятся, хребты их сломаны.
> Пепел окутал солнце и задушил все семена,
> Халарои жалко воют у Врат.
> Страшный голод бредет по моей Обители.
> Брат Сиоль, Вири молит тебя о милости.

Но Куйяра Кинмои, предпочтя чести сладость отмщения, затворил перед собратьями Вири и сердце свое, и свою Обитель. И так жестокость породила бесчестие и злобу, а предательство вскормило предательство. Нин'джанждин и уцелевшие вирои обратились душами своими к Ковчегу. Забушевали войны. Инхорои сотворили оружие из извращенной их руками жизни. Минула темнейшая из эпох, и само имя Вири стало ныне лишь синонимом безрассудства и скорби, лишь первой, хоть и глубочайшей, могилой, скрытой в простершейся на весь этот мир бескрайней тени Инку-Холойнаса.

Неужели когда вокруг так много безумия, оно становится чем-то дозволенным?

Плот, забитый ведьмами Свайали, которые кутались в свои развевающиеся золотистые одежды, и ближней дружиной Саубона, отяжеленной доспехами и ощетинившейся убийственной сталью, скользил над Туманным морем. Они казались каким-то разношерстным сбродом, эти рыцари Льва Пустыни, но на самом деле ни один из королей-верующих не смог бы похвастаться, что сумел собрать вокруг себя отряд людей более опасных и смертоносных.

Мир по курсу платформы то покачивался, то выравнивался вновь. Саубон поймал себя на том, что, подобно Пройасу днем ранее, столь же неотступно всматривается в фигуру своего господина и пророка, стремясь не столько увидеть его, сколько разгадать, словно образ его был неким шифром, за которым скрывались тайны менее заметные, но более ужасающие, нежели он сам. С некоторым усилием он оторвал от Келлхуса свой взгляд, заметив голую бледную тушу — то ли человечью, то ли шранчью, — покачивающуюся на черных волнах.

Что это еще за подростковый лунатизм?

Не стоит хвататься за ленточки, свисающие вдоль лестницы. Мужи держатся за то, что сильнее, — это просто их путь. Они цепляются за все неспешное и крупное, чтобы лучше противостоять сумасбродству всего мелкого и пыткого. Дух Пройаса был сокрушен по той же причине, по которой сам вид Орды оскорблял сердце: из-за потребности в чем-то большем, превосходящем ее безмерность и при этом не являющемся проявлением безумия.

Потребности в смысле, в некой сущности, настолько огромной, чтобы казаться самой пустотой, настолько неспешной, чтобы представляться мертвой.

В опоре.

Но абсолютно все было таким мелким и таким пытким, что лишь расстояния или заблуждения могли заставить помыслить иное. Чем была Орда, как не подтверждением этого, нагромождением непристойностей и мерзостей, продолжающим, тем не менее, желать и даже жаждать? Доказательством того, что и возможность просто жрать и срать может служить опорой.

В отличие от Пройаса, Саубон всегда ожидал от мира чего-то подобного. Противоестественным образом признания его господина и пророка не столько опровергли, сколько подтвердили его веру. То, что Келлхус тоже оказался мелким и пытким, не отменяло того факта, что он был намного сильнее. Сейчас он стоял спиной к суше, окутанный сияющим ореолом, опускался с небес прямиком в чудовищную, изглоданную тушу Антарега, — человек, который завоевал все Три Моря. Независимо от того, кем он там на самом деле был, он был больше, чем любой из смертных, топчущих эту зеленую твердь. Независимо от того, кем он там на самом

Глава тринадцатая. Даглиаш

деле был, он был Анасуримбором Келлхусом. Чем больше Саубон размышлял над этим, тем больше ему казалось, что он верил не столько в слова, сколько в силу и власть — в то, что отрицать попросту невозможно. Завоевания Анасуримбора Келлхуса были для него единственными значимыми откровениями, единственными истинами, которые смогут засвидетельствовать следующие поколения. Как он сказал Пройасу, кому же еще, как не ему, до́лжно вытесывать их будущее?

Десница Триамиса. Сердце Сейена. Разум Айенсиса. Келлхус затмевал собой все прочие души. Это же так просто.

Так отчего же внутри него вызревает ужас и приходит ощущение, что руки его стали слишком слабыми, чтобы сжаться в кулак?

Мир вдруг рухнул и покатился куда-то, прихватив украденный саубонов желудок.

И она была там, прежде пребывавшая ниже настила плота, а теперь взмывающая вверх вокруг недвижного лика Анасуримбора Келлхуса.

Крепость Даглиаш, еще один безжизненный уголок погибшей цивилизации.

Скалы Антарега, в которые бился прибой, скрылись под бревенчатым настилом плота. Свайали выстроились по периметру и хором запели. Странное ощущение — слышать вокруг себя женские голоса, словно исходящие неведомо откуда. Подобно черепице, свалившейся с крыши целым рядом, Лазоревки шагнули прочь с плота, ступив на отражения земной тверди. Их развевающиеся одеяния размотались, раскрылись, превратились в огромное полотно, лучезарно воссиявшее в лучах солнца.

Саубон вместе с остальными увлекся поразительным зрелищем, как земная красота ведьм превращалась в нечто редкостное и драгоценное. Вознесшиеся к небесам вершины Уроккаса вырывали из лап Пелены обширный кусок чистого неба, хотя разящие шранчьей вонью пласты пыли, растягиваясь и скручиваясь, как масляная пленка на поверхности воды, размывали все границы, скрывали все дали. Но пространства под этим клубящимся покровом возбужденно дрожали, словно песок на дне мчащейся колесницы. Шранки кишели повсюду шершавыми коврами, которые постоянно распадались и дробились, напоминая то раздвоенные уступы, то выдавливаемые кверху высоты, то обширные луга. Склоны гор пылали, словно покрытые битумом, но все же этих тварей можно было заметить и там — не поодиночке, так кучками пытающихся добраться до вершин. Сияние, подобное просверку рыболовной блесны, увенчало вдруг вершину, примыкавшую к Инголу. Бритвенно-белый росчерк, характерный для убийственных гностических заклинаний.

Вот... вот он — их оплот. Мир, наполненный ядовитыми иглами, ничтожный и порочный, как по своей сути, так и в протяженности.

Келлхус стоял спиной к чудовищному кишению, по-прежнему глядя в ту сторону, откуда они прибыли, его руки все еще были распростерты, словно приклеились к скрывавшим их из виду золотистым дискам. Он направлял плот и замедлял его, осторожно следуя за ширящимся клином ведьм. Истлевшие бастионы Даглиаша приближались. Саубон ясно видел защитников на стенах — шранков какой-то иной породы, теснившихся у бойниц, которые время превратило в подобие щербин на месте выбитых зубов. Укутанные золотыми змеевидными завитками Лазоревки, числом более восьми десятков, широко распахнув свои позолоченные лепестки, наступали на ветхие укрепления. Их голоса, высокие и женственные, пронзали удушающий грохот. Время от времени сверкали колдовские всполохи, исторгая линии, подобные раскаленным добела волосам. Моргая от ярких вспышек, Саубон видел, как стены и башни загораются, словно просмоленные факелы, разбрасывают вопящие и дергающиеся искры.

Погибая, даже шранки царапаются и хватаются за что-то.

Пытаясь дотянуться.

В эпоху, когда Мангаэкка, самая алчная из древних гностических школ, проникла в заброшенные чертоги Вири, Обитель представляла собой лишь древнюю могилу. Исполь-

Глава тринадцатая. Даглиаш

зуя развалины как источник камня, колдуны воздвигли цитадель над легендарным Колодцем Вири, огромной шахтой, пронзавшей Обитель до самого дна. Ногараль — назвали они свою новую твердыню: «Высокий Круг».

Собратья по колдовскому ремеслу насмехались над ними, издевательски называя «грабителями могил», — оскорбление, не имеющее равных среди кондов, не говоря уж об умери, которым последние стремились во всем подражать. Несмотря на демонстративное возмущение, Мангаэкка втайне была довольна этим прозвищем, поскольку оно скрывало тот факт, что за их действиями стояли амбиции гораздо более темные и нечестивые.

В действительности Вири была не более чем блестящей обманкой, ложной могилой, скрывающей истинную, предлогом для ухода Мангаэкки из Сауглиша. Это положение объясняло бесконечный поток рабов, материалов и снабжения, отправляемый на север. Вопреки своей необъятности, Ногараль была лишь уловкой, способом под видом разграбления Вири обрести сокровища Инку-Холойнаса, самого Небесного Ковчега.

После того как Ногараль разрушили, притворяться далее не было смысла и заменившая Мангаэкку опухоль на теле мира — Нечестивый Консульт Шеонанры, Кетъингиры и Ауранга — явил себя тем, кого намеревался уничтожить. И Вири вновь исчезла в тени, интересная лишь немногим ученым, могила, знаменующая новую потерю невинности — на сей раз невинности людского племени — и возрождение предвечного ужаса, Мин-Уройкаса, или, как стали называть его Высокие норсираи, Голготтерата.

Но в том же месте, где алчное желание обрести сокровища Ковчега заставило людей восстановить Вири впервые как подлог и притворство, страх и ненависть к Ковчегу заставили их восстановить ее вновь, на сей раз как бастион. После продолжавшихся веками, то затихавших, то вспыхивавших опять войн между Голготтератом и Высокими норсираями Анасуримбор Нанор-Михус, Верховный король Аорси, заложил основания Даглиаша, Крепкого Оплота, крепости, чья

Великая Ордалия

слава была столь безгранична, что стерла позор и бесчестье Вири из переменчивой человеческой истории.

Как писал безымянный кельмариадский поэт:

> Утвержденный поверх несчастия, высеченный из обмана,
> Занятый гарнизоном из упования и надежды,
> Наш Щит от Легионов Умирающего Солнца,
> Молитесь ей, нашей крепости, нашему Дому Тысяч,
> Заклинайте ее, как любого другого святого кумира!
> Ведь ее чудеса суть сочтенные жизни наших детей.

Но ни один из Богов никогда не был настолько щедр или надежен, как Даглиаш. Веками эта твердыня оставалась единственным бастионом человечества, одиноким маяком, чье яростное сияние рассеивало и гнало прочь кошмарную тьму Голготтерата. Норсираи древности называли Даглиаш многими именами: Упрямица, Необоримая и даже Фиалка — из-за ярких цветов, постоянно выраставших прямо на могучих стенах. Побережье, примыкавшее к горе Антарег, усеяно крошевом из костей вместо песка, столь неисчислимыми были тела, разбившиеся о скалы. Снова и снова Консульт посылал легионы своих отродий на штурм крепости. Снова и снова их отбрасывали назад. По мере того как бесчестие Вири истиралось из людской памяти, Даглиаш становился символом человеческой ярости и решимости, его гордое имя звучало на рисовых полях и в горных долинах, в храмовых процессиях и в бурлящих гаванях по всей Эарве.

И весть о падении Даглиаша широко разнеслась по дворам владык Мехтсонка, Иотии и Шира. Смуглые короли требовали тишины и внимали горестным известиям. И каким-то образом они поняли, эти жестокие и безыскусные люди, поняли то, чего понять не должны были, ибо тщеславие склонно умалять угрозу, исходящую от врагов столь отдаленных. Но каким-то образом они осознали, что ныне пали давным-давно осажденные врата не Аорси, но самого человечества. И хотя они ничего еще не знали о Не-Боге, по коже у них побежали мурашки, ибо его всесокрушающая тень уже простерлась над миром и коснулась их сердец.

Глава тринадцатая. Даглиаш

У экзальт-генерала потекли слюнки от запаха паленой ягнятины.

Келлхус опустил плот на покрытые пятнами лишайников камни, и, пошатываясь, дружинники Саубона попрыгали вниз с бревенчатой платформы, исполненные неверия, так же как и сам Саубон. Ведьмы штурмовали укрепления в манере чересчур методичной, чтобы ее можно было описать как яростную, но тем более яростной она представлялась. Выстроившись длинной шеренгой, они атаковали выщербленную каменную кладку циклопических стен, каждая ведьма взяла на себя участок примерно в пятьдесят локтей и выжигала валы с бастионами раскаленными добела дугами и рассекающими плоть и твердь линиями. Ничто, способное им воспрепятствовать, не уцелело на курящихся дымами башнях и стенах, и ведьмы просто переступили через них, чтобы излить, уже внутри крепости, свой всеистребляющий свет.

И теперь Саубон стоял и вместе с дружинниками пораженно смотрел вверх, разглядывая вознесшиеся к небесам выжженные стены. Ладонь опустилась на его одоспешенное плечо, и он узрел своего господина и пророка: тот ухмыльнулся, слегка сжал его руку и прошествовал мимо еще дымящихся тел, устилавших внутренний двор. Благодаря Свайали Даглиаш пал в один миг, но ропот и гул Орды все возрастали с каждым следующим ударом сердца.

Саубон взмахом руки приказал своему отряду прикрыть святого аспект-императора с флангов. Они были здесь, понимал Саубон, с единственной целью — защитить от хор своего господина и пророка, а также Лазоревок. Рыцари Льва Пустыни числом насчитывали лишь сорок восемь воинов, некоторые из них были неуклюжими, другие тонкими, как тростинки, немногие же (подобно его удивительно ловкому скюльвендскому разведчику Сканксе) до смешного пухлыми. Саубону потребовалось больше пятнадцати лет, чтобы собрать их, выискивая среди всех, служивших ему в горниле войн за Объединение, самые свирепые души. Опытным воинам было достаточно взглянуть на его свиту, чтобы понять, что именно заслуги, а не родословная, могут возвысить их. Подари жизнь правильному человеку, давно осознал Саубон, и он поставит эту жизнь на кон, независимо от того, как лягут счетные палочки.

Они приземлились в Риббарале, той части крепости, где когда-то размещались ее знаменитые мастерские, но теперь остались лишь груды мусора и щебня. Руины Циворала, внутренней цитадели Даглиаша, возносились темной массой над сияющей фигурой аспект-императора. Подобно самым отдаленным бастионам, циклопические строения лежали сгорбившись, словно укрытые простынями — высоты и вершины, со всех сторон изглоданные веками. Саубон тронул носком сапога одно из защищавших крепость отродий — уршранка, что так часто упоминаются в Священных Сагах. Эта *штуковина* казалась неотличимой от любого другого шранка, если не обращать внимания на ее размеры и единообразие оружия и доспехов. Он всмотрелся в клеймо в виде Сдвоенных Рогов на щеке уршранка — метку его нечестивых господ — и задумался над тем, какова будет на вкус эта иссеченная плоть, если ее потушить на медленном огне.

Отбросив эту мысль, он пнул своего амотейского оруженосца Мепиро, который как раз подбирался к туше, намереваясь, похоже, измазать в шранчьем жире пальцы и облизать их, и жестом скомандовал оставшейся части дружины продвигаться вперед. Несмотря на предшествующее свое замешательство, он обнаружил вдруг, что ухмыляется какой-то уже почти забытой усмешкой, смакуя хорошо знакомое по былым годам трепетание. Слишком много времени минуло с тех пор как он в последний раз командовал воинами не с какого-то отдаленного, затуманивавшего взгляд расстояния, а подвергаясь непосредственной опасности, — в гуще сражения. Смерть была зверем, с которым он тесно сошелся еще в дни своей юности — выслеживающим добычу волком, принимавшим неисчислимые формы и готовым воспользоваться любой, даже допущенной на краткий миг слабиной, любой совершенной в спешке оплошностью. Этот зверь повергал

Глава тринадцатая. Даглиаш

одну за другой все неудачливые души, но за ним отчего-то всегда лишь следовал по пятам.

Да... Вот где его место. Вот его подлинный храм.

Естество его набухло в ожидании возможности калечить, рвать и терзать, он бросился туда, где среди дымящихся мертвецов стоял его господин и пророк.

Глава отряда Свайали, коренастая кепалорка по имени Гванве, торопливо собирая в золотистый пучок свои летящие одежды, шагнула вниз с высоты. Ее виски и щеки были перемазаны сажей.

— Никаких хор! — надсаживая горло, крикнула она, силясь преодолеть гомон Орды. Она вглядывалась в лик своего святого аспект-императора со странной смесью обожания и тревоги.

Саубон немедленно ухватил суть: если вам не хватает ресурсов, чтобы занять и удерживать укрепление, то вы повредите или уничтожите его, дабы оно не послужило вашим врагам.

Тот факт, что крепость Даглиаш продолжала стоять, свидетельствовал, что она продолжала служить.

— Зато хоры есть под нами, — произнес Келлхус, взглянув на чудовищные стены цитадели.

Саубон заметил, что декапитанты, висящие поверх белой шерстяной ткани на его бедре, гримасничают и кривятся, а черные провалы их ртов шевелятся. Гванве взглянула на землю меж своими обутыми в грубые пехотные сапоги ногами. Она не чувствовала Безделушек, понял экзальт-генерал.

— Неужели они вновь откопали чертоги Вири и пробрались туда?

— Ловушка! — рявкнул Саубон с возрастающим беспокойством. — Тебе нужно покинуть это место, Бог людей!

Аспект-император, казалось, бесцельно разглядывал окружающее пространство. Раскинув руки, он широко раскрыл пальцы, словно расплющив их о золотящиеся диски ореола. По ту сторону стен неисчислимые потоки шранков сливались воедино вокруг захваченных ими укреплений. Терзающий слух рев все усиливался, вселяя в сердце уверенность, что надвигается нечто исполинское. Чародейские Напевы звенели в воздухе, неразборчивые, но напоенные ужасающими душу смыслами, подобно таинственному шепотку, что внезапно достиг не предназначенных для него ушей. Лазоревки укрепляли колдовством дряхлые бастионы.

На них шла Орда.

Остававшийся беззаботным Келлхус опустил взгляд на землю. Саубон уже давно научился следовать примеру своего господина и пророка, когда речь шла о предчувствии угрозы, однако Гванве не смогла сдержать тревоги. Она закричала своим сестрам на парапете, чтобы они немедля поднимались вверх, а когда ее первый крик утонул во всепоглощающем реве, повторила еще более громким и пронзительным голосом.

— Легион, — произнес Келлхус, и голос его чудесным образом словно отодвинул в сторону оглушительный грохот. — Тысячи теснятся там, внизу, скрываясь в разрушенных чертогах Вири. Башраги, шранки. Они ждали здесь днями — даже неделями. Их зловоние пропитало Даглиаш, как замаранное белье.

Гванве и Саубон вместе со всем отрядом оцепенело уставились на землю у себя под ногами.

— Возможно, они ожидали от нас этой уловки, — предположил аспект-император, — возможно, рассчитывали застать нас врасплох, после того как мы одолеем Орду.

— В любом случае, — вскричал Саубон, — они нас перехитрили!

Возникшая откуда-то молния ударила в крепость. Казалось, все ведьмы теперь пели, как одна.

— Нам нужно лишь перекрыть им выход, — сказал Келлхус.

Гванве что-то прокричала, но ее голос не смог перекрыть хор адских завываний. Но Саубон и так знал, что за вопрос она задала.

— Как можно перекрыть саму земную твердь?

Святой аспект-император Трех Морей усмехнулся мрачной, но ободряющей ухмылкой.

Глава тринадцатая. Даглиаш

— Мы вспашем поле, — ответил он на ее неуслышанный вопрос. Грохот и вой поглотили все мирские звуки и голоса, кроме его собственного. — И создадим твердь заново.

Они хрипели и сипели во тьме, топали и шаркали ногами.

Они были сотворены из отжимков жизни, отбросов и требухи. В век, когда люди были еще не более чем рабами или дикарями, их извлекли из машин, чересчур замысловатых, чтобы счесть их неживыми. Создатели начали лепить их с нечестивой страсти, с бездонной ямы, лишенной души. Эту сердцевину они одели в плоть и кости, добавили слоновьи конечности и котлоподобные черепа. И возликовали от собственного отвращения, ибо лишь они могли видеть красоту в любых вещах. И они постигли мощь, что была их плотью, поняли, что, достаточно лишь выпустить ее, словно рыбу в чуждый поток, дабы она низвергла всю предшествующую жизнь к их коленям.

Хрип. Слизистое пощелкивание, подобное тому, какое исходит от натягивающихся струн лютни. Вонь бесчисленных испражнений.

Они таились там, где всегда таятся подобные им чудища — в глубочайших трещинах и разломах этого мира, ожидая неизбежного и ужасного мига, который придет однажды, дабы поглотить нас всех без остатка.

Башраги ждали с нетерпением бездушных, живым оставался лишь тусклый, полный коварства блеск их глаз...

И неутолимый голод.

Вакой стали звать мужи Ордалии кепалорского князя-вождя. Сибавул Вака.

Всадники-кидрухили прозвали его так из-за устаревшей формы его щита, название которого, в свою очередь, происходило от заостренных книзу устричных раковин. Прочие застрельщики практически сразу последовали их примеру, и в конце концов все, кто осмеливался ступать за гнилостную кромку Пелены, говоря о нем, называли именно это, ставшее уже привычным прозвище. Достаточно было лишь раз увидеть, как Сибавул и его таны скачут, преследуя тощих, чтобы понять — прижившаяся кличка бьет в самую суть. Пехотинцы же, хоть и слышали прозвище вкупе с сопутствующими рассказами и как один верили всему, что слышали, тем не менее не могли постичь смысл в достаточной мере.

Пока еще не могли.

Сразу же после того как адепты угнездились на вершинах Уроккаса, Великая Ордалия собралась в исполинскую колонну и отправилась вдоль побережья Туманного моря. Они двинулись в путь еще до рассвета, шествие раскинулось вширь, словно целый город, и протянулось на такие расстояния, будто в поход вышел целый народ до последнего человека. Вереница отрядов заполнила собой без остатка все северное побережье и все больше кренилась в одну сторону по мере того, как вздымалась земля между Уроккасом и Нелеостом.

Солнце вскипело на краешке моря, покрытого туманами, и, осветив простершиеся на многие лиги шеренги и колонны, превратило их в поток, в целую реку из серебристых осколков, в могучие плоты из брони и оружия, блистающие настолько же ярко, насколько тускло поблескивали колдовские короны, которыми адепты увенчали вершины гор. Вопли боевых рогов скребли небеса, с трудом превозмогая набирающий силу рев Орды. Мужи Ордалии все как один вдруг сбились на торопливый шаг — более полутора сотен тысяч добродетельных и неистовых душ.

Они смеялись над поспешностью взятого темпа, возжигая собственные сердца грозящими кулаками, гулом голосов и бряцанием стали. Пространства и дали сверкали сотрясающимся оружием.

Их нечеловеческие враги, отхлынув, уступили гору Джаврег — первую вершину хребта Уроккас. Пелена, простиравшаяся над ними, слегка поредела, и открылась широкая полоса ясного неба вдоль гор. Воинство Воинств вновь испустило триумфальный крик, зная, что Орда разделилась надвое и бо́льшую ее часть смертоносные адепты поймали

Глава тринадцатая. Даглиаш

в ловушку севернее Уроккаса, и лишь меньшая часть врагов осталась перед войском, упершись спинами в море и Даглиаш. И они смеялись, играя в чудовищ, загнавших в угол детей. Шедшие в первых рядах ясно видели своих врагов: словно шершавые белые ковры лежали на склонах Мантигола, кишащие существа откатывались под ударами сияющих алых нитей к основаниям горы, топали ногами и плевались у кромки прибоя в свойственной зверям нерешительности.

Мужи Ордалии продолжили свой натиск, обтекая внутренний фас Джаврега. Багряные Шпили, которые удерживали до этого восходящие ярусами скалы, присоединились к своим собратьям со стороны северных отрогов. Завыли рога — едва слышно, хотя их насчитывалось даже больше, чем раньше, ибо всеобщий визг Орды стучал ныне во все уши, словно заколачиваемый прямо в них гвоздь. Но ни один из спешащих вперед заудуньяни не обратил на этот вопль никакого внимания — их шаг даже ускорился. Люди тяжело дышали, но более от возбуждения, нежели от нехватки воздуха. Они кашляли и гоготали. Они следовали за облаченными в кольчуги спинами, которые качались во время ходьбы, пробирались сквозь грязное месиво, когда-то бывшее ручейками, соскальзывали в овраги, карабкаясь затем вверх по их склонам. Почвы было так мало, что она слезала с камней, будто оттнившая плоть. Здесь яснее, чем где-либо, еще мужи Ордалии могли узреть землю как мертвую тушу — останки чего-то съеденного.

Вновь и вновь завывали рога, силясь прорваться сквозь визгливый гвалт, но люди Кругораспятия в своем натиске не замечали препятствий. Кепалоры, оставив позади весь сверкающий, надвигающийся, словно оползень, поток, галопом поскакали вперед, ведомые одиноким всадником, никем иным, как Сибавулом Вакой.

Сперва это показалось каким-то ритуалом, скорее самоубийственной демонстрацией решимости, нежели настоящей атакой. Менее тысячи светловолосых всадников выжило во Вреолете. Они казались лишь длинными завитками на гребне бурного потока, струящимися нитями, слишком тонкими, чтобы представлять собой угрозу. Прямо перед ними простерлась чудовищная опухоль Орды, пронизавшая целиком всю землю — от гор до самого моря — и, куда ни глянь, кипящая бесчисленными мириадами, исходящая смертоносной яростью. Неподобающее ликование и воодушевление объяли души мужей Ордалии. Безумных всадников, со всей очевидностью, изрубят и разорвут в клочья, но огромные толпы лишь подбадривали их, горланя десятками тысяч глоток, празднуя не грядущее уничтожение своих одержимых братьев, но их жертвоприношение.

Никто из них не смог бы даже вообразить себе лучшего способа начать их священнодействие — или их пир?

Они скакали неровными рядами. Высоко, по правую руку, Сибавул и его обреченные всадники могли бы узреть гигантскую горловину, где расколотая челюсть Йаврега выпирала из песчаных склонов Мантигола, и сверкающие на скалах точки, которые извергали вспышки пламени, расцветающие в ущельях внизу. Но взгляд их не отрывался от беснующейся впереди непристойной мерзости.

В каждой битве есть момент, когда встречаются взгляды, когда «они» становятся тобою, а грани жизней истончаются до предела. Некоторые говорят, что именно тогда все и решается, что в этот миг, еще до того, как обрушится первый удар, противники определяют, кто будет жить, а кто умрет. Кое-кто даже считает этот момент подлинным храмом: самые последние удары сердца перед ужасающим душу криком Гильгаоала, безумным грохотом войны. От вознесшихся к небу склонов до длинного, вытянутого лезвия прибоя люди Кругораспятия вдруг затихли, ощутив этот миг, невзирая на дали и расстояния, и молча провожали взглядом кепалоров и их славный натиск, зная, что сейчас в мгновение ока они исчезнут, как пылинки, сдутые из ярко освещенного места в тени и тьму.

Но вот только этого не случилось.

Наблюдавшие за Сибавулом заметили, как нечеловеческие массы сперва как бы вдавились, а потом раскрылись перед ним, дюжины, если не сотни существ в безудержном ужасе

Глава тринадцатая. Даглиаш

бросились прочь от его вида, переползая, прыгая, взбираясь по своим мерзким собратьям в исступленном поиске спасения. То же самое случилось и с его танами-всадниками. Один за другим они въезжали в недра Орды, но оставались невредимыми, нетронутыми. Они повергали наземь отставших и продвигались в окружении мятущихся созданий, покорившихся ужасу, какой превращает толпу в охваченную паникой пустоту.

И на несколько удивительных мгновений Орда, во всяком случае южная часть ее, затихла. Кепалорцы длинным ожерельем разрывов, в сердце каждого из которых ярился, крушил врагов всадник, вооруженный копьем, вспахали клубящиеся массы, убив множество тварей, но не настолько много, чтобы толпы вновь не сомкнулись за ними, и посему казалось, что они пробираются вброд сквозь вопящее бурное море. Мужи Ордалии мчались следом, силясь догнать всадников, задыхаясь от изумления и усталости. Грута Пираг, инграульский мечник с гор Вернма, вырвался вперед, узрев крутящийся и вскипающий хаос в передних рядах врага. «Обе-е-еда-а-ать!» — возопил он громким заунывным голосом, подражая крику своей возлюбленной матушки. Едва ли дюжина душ поняла, не говоря уж о том, чтобы услышать его вопль, и все же наступающие ряды взорвались смехом, радостным ликованием, и смех прогнал прочь всякие колебания, последние остатки сдержанности — и тут же сменился ревом безумной ярости, охватившим целые народы.

Побоище началось так, как бывает всегда, — с немногих нетерпеливых душ, которые в своем буйстве и бешенстве вырвались из наступающих рядов и обогнали остальных. Один галеот даже срывал с себя на бегу доспехи и одежду и, когда он в конце концов набросился на врага со своим упершимся в живот, изогнувшимся фаллосом, на нем уже не было ничего, кроме сапог.

Прочие присоединялись к нему, словно мотыльки, привлеченные светом славы. Еще и еще — некоторые кидались спасать своих обезумевших братьев, другие же отвечали зову внезапно пробудившегося голода, вдруг разверзшегося в их чреве, словно древняя, раскрывшая пасть дыра.

Убивай! Лишь у немногих в мыслях билось это слово, но все они следовали ужасающему и нехитрому ходу событий. Убивай. Убивай! Передние ряды истончались, а затем исчезали. Командиры срывали глотки, силясь восстановить в своих отрядах хоть какое-то подобие порядка.

Но, отбросив последние остатки дисциплины, мужи Ордалии единым существом прянули на своих врагов. Их рты источали слюну.

Саубон проследовал за своим святым аспект-императором в исполинскую тень Циворала. В ушах у него звенело.

— По всей видимости, они долго готовились к моему прибытию, — объяснил Келлхус, голос его все так же пренебрегал окружающим грохотом. Чародейские гимны Лазоревок возносились в унисон, эхом отражаясь от горизонта. Однако лишь его слова были слышны сейчас, они без труда прорывались сквозь шум настолько чудовищный, что казалось, будто он становится основой, сутью любого слуха, непрекращающейся молотьбой, беспрестанными ударами, крушащими зубы и кости.

— До тех пор пока не явился Не-Бог, — продолжал Келлхус, — они не могут рассчитывать одолеть меня напрямую.

Врата, ведущие в цитадель, плотоядно скалились провалом черноты; давным-давно разбитые вдребезги, они превратились в зияющий в стене пролом. Северные бастионы поросли лишайником, а вьющиеся травы оплели мощное укрепление целиком, карабкаясь вверх и цепляясь за торчащие балки. Древние строители не признавали раствора, и вся крепость была просто-напросто сложена из громадных, подогнанных друг к другу каменных глыб. Стены вздымались концентрическими ярусами — три уровня, один над другим, каждый последующий у́же и выше предыдущего, а также сильнее разрушен. Могучие бастионы, несшие на своей спине выщербленные руины, были увенчаны, в свой черед, грудой развалин.

Глава тринадцатая. Даглиаш

Келлхус положил руку ему на плечо. Как всегда, это показалось Саубону странным, ибо всякий раз напоминало о том, что он высок ростом. Странно и приятно.

— Не бойся за мою безопасность, старый друг.

Саубон вытянул шею, стараясь разглядеть получше разрушенную, выщербленную вершину цитадели, темнеющую на фоне яркого неба, ибо утро уже разгоралось.

— Здесь, — произнес Келлхус, бросая взгляд на циклопическое укрепление. — Обитель огромна и пронизывает всю гору целиком, но ее ось, Великий Колодец Вири, находится прямо здесь, у нас под ногами.

Аспект-император резко перевел взгляд вниз, на лежащие в руинах врата. Из их пасти внезапно извергись дюжины шранков и, размахивая клинками, бросились вперед. Исступленное неистовство искажало и сминало их гладкие лица.

Саубон вздрогнул так, что его кости едва не вывернулись из суставов, столь велико было потрясение. Но Келлхус, шагнув навстречу, без каких-либо колебаний встретил натиск нечеловеческих тварей, бормоча заклинания, которые освещали землю под ногами и изжевывали душу. Враги рванулись к нему, их бледная рыбья кожа и убогие доспехи загадочно отсвечивали в полумраке. Но не успели они воздеть свои тесаки, как вровень со свистящими в воздухе лезвиями из их тел извергись фонтаны и струи, тут же разлетевшиеся облачками лилового тумана. Десятки тварей разом рухнули замертво, но сердца их еще продолжали выплевывать из тел жизнь, орошая землю фиолетовой кровью.

Саубон мог лишь отупело стоять, как, собственно, и Гванве, замершая рядом с ним.

— Препояшьтесь! — воззвал ко всему отряду Келлхус. — Ибо я собираюсь разворошить это осиное гнездо.

Он произнес слова, исторгнувшиеся светом, и чудесным образом переместился прямо в ярко-синее небо над древней цитаделью.

Саубон продолжал стоять, потрясенно моргая. Хоть он и испытывал отвращение к преклонению, презирая себя, принужденного прежде стоять на коленях, со столь же яростной убежденностью, с какой сам он требовал этого от остальных, ныне экзальт-генерал просто дрожал от струящегося по его венам благоговения, признательности за чудо, происходящее прямо здесь и сейчас. Он стоял здесь, король Карасканда, оказавшийся в стенах прославленной в древних легендах крепости, воздвигнутой на руинах подземного города из легенд еще более древних, стоял, взирая на живого Бога, поправшего небеса.

На Анасуримбора Келлхуса, святого аспект-императора.

И тут его поразили очевидные красота и значимость собственной жизни. А каждый низкий и порочный уголок его души, согнувшись, гоготал над этим мигом с нескрываемым ликованием скупца. Какое значение могла иметь чья-то там ложность, раз *это* было истинным? В свете подобной мощи...

В свете подобной мощи!

Обернувшись, он увидел, что Мепиро, Богуяр, Скраул и остальные смеются — смеются потому, понял Саубон, что смеется он. Разумеется, вопль Орды заглушал любые звуки, но их и не требовалось, чтобы суметь услышать всю радость и всю кровожадность посетившего их веселья. Они сумели узреть это — безумие осознания всех совершенных зверств, не только разделенных, но и жаждуемых, в единой мере и случайных, и содеянных по собственному желанию. Никогда прежде, казалось, мир не являл столь свирепого и при этом обращенного ко всем им знамения. Лицо Богуяра даже вспыхнуло алым — знак, который мгновением раньше встревожил бы Саубона, но теперь показался ему лишь еще одним поводом для веселья, добавленным к общей куче.

Экзальт-генерал взвыл, оставаясь чудесным образом неслышимым и безмолвным. Пелена висела над выщербленными стенами, словно чума, обретшая облик и плоть. Сладковатый аромат обугленных шранков витал в воздухе. Зной возбуждения натянул ткань саубоновых брюк, а взгляд его блуждал по телу Гванве, хохотавшей столь же плотоядно, как и мужчины.

Мясо...

Глава тринадцатая. Даглиаш

Грохот волшебства порождал эхо, подобное громыханию валунов, катящихся вниз по железным желобам. Это должно было бы умерить веселье прибывшего на плоту отряда, но люди лишь удивленно щурились и скалились, беззвучно улюлюкали и издавали одобрительные возгласы, наблюдая, как темные монолиты, кувыркаясь, устремляются вверх, в небеса.

В этих чудесах было нечто большее, чем какое-то там доказательство. В них была мощь.

Множества. Умопомрачительные множества.

Умопомрачительные вспышки света.

Озираясь с точки над вершиной горы Ингол, экзальт-маг Саккарис мог видеть эту мерзость почти целиком: раскинувшуюся подобно океану, сплетающуюся и закручивающуюся спиралями массу, производящую впечатление живого существа, громадного чудища, столь же невероятно огромного и ужасающего, как кошмары из его Снов о Первом Апокалипсисе, монстра, объявшего и терзающего щупальцами своей ярости весь горный хребет.

Орду.

Когда Великая Ордалия шла обширными истиульскими степями, шранки предпочитали как бы обтекать святое Воинство Воинств, расступаясь перед его фронтом и тревожа фланги. Но с тех пор как Ордалия миновала Сваранул, существа не столько избегали их фронта, сколько попросту отвернулись от него. Их продвижение, как выразился математик Тусиллиан, заставляло Орду тяжеловесно катиться вдоль побережья Нелеоста огромной круговертью из миллионов вопящих, ощетинившихся оружием тварей, которая смещалась на север, затем на запад до столкновения с побережьем, после чего вновь начинала сдвигаться на юг. Те, кто знал, как смотреть, могли увидеть механизм этого движения в перемещении Пелены. Некоторые считали, что явственные изменения в поведении просто отражают не менее очевидные изменения в характере местности, поскольку у тех шранков, которые оказывались на берегу, не было иной возможности, кроме как следовать за спинами своих бесноватых сородичей, а в глубине суши им открывалось больше вариантов для выбора направления. Другие же приписывали перемены распространившемуся среди врагов знанию о том, что их едят. Если степень скученности определяла направление движения шранков, то именно фланг Воинства предоставлял им больше всего возможностей. При всей своей низменности и злобе шранки все-таки умели общаться друг с другом. Быть может, именно эти слухи заставили существ показать спины — ужас перед возможностью стать смазкой для человеческих глоток!

Хотя это преображение и сделало путь Ордалии менее опасным, оно также послужило всем напоминанием о том, что простота и примитивность шранков ни в коей мере не означают их предсказуемости — не в большей степени, чем наличие разума делает непредсказуемым человека.

— Орда должна лечь своим брюхом прямо в огонь, — сказал Саккарису святой аспект-император прошлой ночью. — Если ее погонит какая-то другая угроза, если она вдруг двинется на восток — Ордалии предстоит тяжелый денек.

Посему экзальт-маг, стоявший на колдовском отражении высочайшей вершины Ингола, в большей степени занимался сейчас изучением битвы, нежели самой битвой. Годы еще не притупили его взора, и поэтому он просто всматривался в происходящее, создавая обзорные линзы лишь для устранения иногда возникавших неопределенностей. Он наблюдал, как копошатся и сливаются воедино массы Орды до самых пределов его зрения, ограниченного погребальной завесой Пелены. И, учитывая время, проведенное им за Жатвой, он мог даже представить, сколь необъятны множества кочующие за ее границей. Наполовину при помощи догадок, а наполовину за счет мельком увиденных деталей он сумел проследить за отдаленным северным рогом — выступом Орды, который, упершись в реку Сурса, начал, подобно медленно изгибающемуся гвоздю, выворачиваться назад. Что еще важнее, маг заметил, как массы, находящиеся на востоке, втянулись внутрь себя, сложились в нечто вроде огромного

Глава тринадцатая. Даглиаш

черного эллипса, замаравшего равнину Эренго безобразным пятном прямо у подножия гор.

И возрадовался, поняв, что хотя бы шранки ведут себя согласно повелениям его Спасителя.

В отличие от людей.

Они были словно жнецы на тучных полях, светловолосые сыны Кепалора. Плотные массы тощих расступались перед ними, оставляя лишь чересчур слабых или неудачливых, которых в своем продвижении всадники пронзали и били, как бьют острогой рыбу. Перед ними, а теперь уже и позади них ярились толпы, шранки визжали, сжимаясь в подобии ужаса, рвали сородичей когтями, силясь бежать прочь от пустого, безучастного взора кепалорцев.

Сам Вака первым потерял коня на этой коварной земле. Они оба рухнули наземь, растянувшись, словно упавшая на стол вялая ладонь, и на мгновение нечеловеческая паника, бурлящая по краям образовавшейся вокруг него пустоты, утихла. Перемазанный лиловой кровью князь-вождь поднялся с земли, без шлема, с опущенной головой; его льняные волосы покачивались перепутанными, сбившимися в колтуны прядями. Картина разрушения и разорения простиралась вдаль прямо от его ног. Изувеченная лошадь пиналась и брыкалась, катаясь по земле у него за спиной. Его неповрежденные и незапятнанные нимилевые латы мерцали, переливаясь в солнечном свете. Взгляд Сибавула, когда он открыл глаза, не столько сосредоточился на происходящем рядом, сколько, казалось, пронзал и поглощал дали. Его свалявшиеся волосы образовали подобие клетки, прутья которой, спускаясь вдоль лба, несуразно переплелись с бородой. С ничего не выражавшим лицом он вытянул из ножен палаш своего отца и бросился на бледнокожих созданий, которые тут же вздыбились волнами, пытаясь бежать прочь от укоренившегося в нем ужасающего Аспекта.

От тени Вреолета.

Находившимся высоко в горах адептам Мисунсай всадники казались каким-то странным разрушительным явлением, распространяющимся по шранчьему морю безо всякой на то причины — магией, но творимой безо всяких затрат и последствий. Их невозможный натиск казался таким же предостережением, как и их триумф. Но мужам Ордалии, затаившим дыхание в момент осознания, кепалорцы представлялись не кем иным, как орудиями Бога, а производимое ими опустошение — нисхождением давно ожидаемой Благодати, вознаграждением за все их страдания. Их чудесный натиск не мог быть не чем иным, кроме как гремящим гласом небес.

Сам Бог предоставил тощих их гневу!

Искрошенные отроги Уроккаса становились возле Мантигола все более крутыми и отвесными, кроме того, горный кряж возносился все выше и выше и все ближе придвигался к Туманному морю. Независимо от того, снизу смотреть или сверху, отовсюду можно было узреть колыхание Орды, простершейся вдоль сокращающейся, по мере движения на запад, береговой линии. Курились дымами вершины, скалы искрились сотнями колдовских устроений; блистая серебром клинков и доспехов, Великая Ордалия надвигалась с востока, словно высыпавшаяся из горы сокровищница дракона. И напор людей Кругораспятия был столь исступленным и неистовым, что некоторые из них вырывались далеко вперед из рядов своих братьев и поодиночке вламывались в шранчьи толпы, крутясь и размахивая оружием. Большинство этих душ были вырезаны в первые же мгновения, ибо шранки не мешкали, не колебались, как люди, между страхом и яростью. И все до одного они умерли, успев лишь изумиться, прежде чем быть изрубленными и низвергнутыми во тьму, задыхаясь от резаных или колотых ран.

Вихрем явилась смерть.

Сыны человеческие обрушились на палево-бледную нечисть сперва ревущими волнами, а затем всей своей массой, лица их пылали от усилий и жажды убийства, чресла же пылали жаждой иной. Шранки отвечали яростью на ярость, но блистающее воинство рычало, бушевало и било, словно оно целиком состояло из одержимых; из человеческих ртов клочьями вылетала пена. Полоску берега огромной лентой тес-

Глава тринадцатая. Даглиаш

нящихся и сплетающихся тел обуяла бешеная схватка, больше напоминавшая бойню, нежели битву. Хрип, рев и грохот. Раскалывающиеся щиты. Ломающиеся клинки. Вскинутые в попытке защититься паучьи руки. Мужи Ордалии кололи копьями в щели грубых доспехов, разбивали головы, опрокидывали вопящих шранков на землю и, ликующе рыча, заливали лиловыми потоками чистую лазурь ясного утра.

Вражьи ряды смешались, и люди Юга обрушились на них. Какая бы решимость прежде ни владела шранками, перед таким натиском она испарилась. Маслянистые глаза закатывались. Скрежетали сросшиеся пластинами зубы. Бешеное стремление убивать сменилось не менее бешеным желанием бежать и спасаться. Кланы бросались друг на друга, тупая паника охватила толпы, зажатые меж кепалорами и необоримыми тысячами, что следовали по их стопам. Люди торжествующе кричали, прорубая себе путь сквозь ярящееся месиво, резали, кололи, расплющивали нечестивых, лишенных душ тварей. Вспышки колдовского света сжигали тех тощих, что в попытке удрать от ярости Ордалии залезали на скалы и вершины Мантигола. Прибой забирал тех, что бросались в море, и создавал целые ковры из утопленников, разбивал шранков о скалы или выбрасывал обратно на берег.

Вака и его кепалоры продвигались сквозь вопящие пространства, сея смятение, которое мужи Ордалии, следовавшие за ними, пожинали, будто пшеницу или просо.

То тут, то там в проплешинах на поле битвы самые опустившиеся из людей терзали еще живые туши врагов, пожирая кусками сырое мясо и жадно лакая лиловую кровь, словно псы, пристроившиеся у канавы возле какой-нибудь бойни.

Но судьи предавали казни лишь тех, кого обнаруживали совокупляющимися со шранчьими телами.

Адепты охраняли сами небеса или то, что ими казалось. Никогда еще не видывал мир подобной битвы: растянувшийся тонкой нитью отряд из всего лишь тысячи человек, некогда проклинаемых Немногих, защищал горный кряж от безумного натиска тысячи тысяч шранков. Стоило существам на побережье поддаться напору мужей Ордалии, как все неисчислимые полчища тварей, от которых почернела равнина Эренго, немедленно хлынули на вершины и перевалы Уроккаса, с яростью, затмевавшей все, что доводилось до сих пор видеть адептам. Казалось, что существа каким-то образом знали о бедственном положении своих собратьев по южную сторону хребта, и понимали, какое разорение и погибель они могут обрушить на головы не ожидающей этого Ордалии.

Тройки колдунов, возглашая Напевы, повисли над перевалами, расположились на скальных выступах, сторожили удобные для подъема склоны, охраняли все горные тропы. Самые решительные из них заняли позиции, на которые без конца сыпались черные стрелы; окруженные, точно лепестками, потоками смертоносных заклинаний, чародеи эти казались цветами, выросшими прямо на вздыбившихся до неба утесах. Прочие же, устроившись на более отдаленных и более выгодных с точки зрения безопасности позиций, несли врагам истребление прямо оттуда, пользуясь преимуществами доступных им заклинаний. Снова и снова вздымались волнами толпы нечисти, шранки яростно визжали, подпрыгивали и карабкались, царапались и источали слюну.

Поначалу маги южных школ оставляли самые отвесные скалы и крутые обрывы неприкрытыми, но теперь они обнаружили, что мерзость взбирается на утесы и там, цепляясь за щели в камнях, повисает на обрывистых склонах, будто роящиеся зимой пчелы. Один из колдунов сломал себе шею, а двое сильно повредили спины в поспешных попытках прикрыть эти бреши, но в итоге ослабили прочие позиции. Еще два чародея погибли из-за внезапного головокружения, сделав неосторожный шаг вслед за ускользавшей из-под ног, как им показалось, поверхностью.

Шранки бросались на штурм, врывались в расселины и ущелья, пробирались через трещины и разломы, карабкались вверх по усыпанным каменной крошкой склонам. Но повсюду их охватывало всепожирающее пламя, били спу-

Глава тринадцатая. Даглиаш

танные цепи молний, обезглавливали росчерки света. Кланы за кланами устремлялись вверх, то пытаясь протиснуться меж громоздящихся утесов, то атакуя высоты, но тут же исчезали в вихре вспышек и потоках огня.

Экзальт-маг не тешил себя иллюзиями. Ряды Ордалии там, внизу, на побережье, смешались, а это означало, что последствия неудачи станут катастрофическими. Саккарису довелось поучаствовать в сражении у Ирсулора и даже пережить случившееся там трагическое несчастье, и посему он знал, что произойдет, если шранки все же пробьются.

Он направлял дополнительные силы на каждую вершину согласно постоянно меняющимся оценкам текущей угрозы. Экзальт-маг с самого начала прочно удерживал Ингол, по необходимости посылая тех адептов Завета, кого сумел сохранить в резерве, на сложные участки. Величайшим испытанием стал Олорег, представлявший собой скорее руины горы, нежели собственно гору. Саккарис даже перенес свою ставку на Мантигол, поскольку высота этой горы позволяла лучше оценивать обстановку в той части хребта, где возникали постоянные кризисы. Он собственными глазами узрел слепую хитрость Орды — то, как она, устремившись сквозь Эренго на запад, втискивала все новые и новые ярящиеся тысячи прямо в расколотую пасть Олорега — в их самое уязвимое место. И вскоре уже половина адептов Завета защищала обломанные зубья Олорега бок о бок с Энхору и Имперским Сайком. Алые волны вздымались ныне рядом с темными. Сверкающие гностические Абстракции ввинчивались в мрачные образы зловещих Аналогий. Драконьи головы изрыгали пламя меж росчерками Ткачей Сирро. Тучи стрел, бесполезных против Оберегов, со стуком бились о голые камни и усыпанные щебнем склоны. Рушились в пропасти целые утесы, осыпались вдоль склонов лавины из окровавленных камней и щебня. Устремлявшиеся вверх приливные волны мерзости встречал яростный свет, рассекая и поглощая их, пронзая и разрывая на части. Гомонящая нечисть погибала целыми полями, когда тела охватывало сияющее пламя.

Узревшие это адепты Трех Морей, не отрываясь от своего тяжкого труда, кричали и, хватаясь за животы, заходились гогочущим смехом, хоть усталость уже и давила им на плечи. Они вели себя словно дети, сжигающие лупами насекомых или, яростно хохоча, топчущие их ногами, эти старики, которые сперва выкашливали колдовские словеса, а затем, склонившись, разглядывали принесенное ими опустошение, будто кучка развратников, сгорбившихся над запретными картинками. Но нечто безумное и яростное все больше и больше проникало в их громыхающие песнопения — непристойное варварство, никак не сочетавшееся, казалось, с давно настигшим их изнеможением.

Наиболее утомившимся позволялось какое-то время отдохнуть в одной из ставок, смочить водой охрипшее горло и наложить целебный бальзам на ожоги. Отдыхая, колдуны рассматривали своих висящих над пустотой братьев — словно плюющиеся огнем пылинки, парили они над соседними вершинами. Тяжело дыша, адепты вдыхали оскверненный воздух и даже с закрытыми глазами видели на своих веках искры — следы ослепительных вспышек. Они слышали, даже сквозь оглушающий визг, слова знакомых Напевов — шипящий свист и грохот колдовства, столь же древнего, сколь и смертоносного. Изумленно таращя глаза, они, несмотря на все свои знания, поражались тому, что горы могут вдруг облачиться в одеяния из ожившего света, а тела их врагов могут громоздиться столь чудовищными грудами, что жмущиеся к утесам и пикам Уроккаса кучи трупов будут казаться почерневшими деснами, из которых торчат обуглившиеся в пламени зубы...

И они удивлялись, что сумели зайти так далеко.

Первым это заметил адепт Завета по имени Ным, находившийся в покинутой ставке Саккариса на Инголе. Еще мальчишкой Ным гордился остротой зрения — он даже мечтал стать когда-нибудь лучником, до тех самых пор, пока его не забрали в Атьерс. Он взмахнул рукой, привлекая внимание товарищей и убедившись, что они заметили его жест, указал куда-то за пределы всех забитых мертвечиной окрест-

Глава тринадцатая. Даглиаш

ностей и далей. Но адепты пока что видели лишь нечто, парящее высоко в небесах и кружащее над копошащимся пятном Орды.

Чародейские линзы заскрежетали у ног.

Зрелище чудовищной бойни опустошало сердце в той же мере, в какой и разум, но терзался он не по причине жалости или сострадания, а лишь из-за невероятных масштабов происходящего смертоубийства. Даже жизни, для тебя не имеющие никакого значения, могут выворачивать наизнанку душу, когда становятся холмами из трупов.

Это же шранки! Отчего он не чувствует радости — нет, нутряного восторга, — как все остальные?

Оттого, что ему известна истина?

Пройас и Кайютас во главе отряда, состоящего из штабных офицеров и ординарцев, находились высоко на южных склонах, откуда могли во всех подробностях рассмотреть сверкающую громаду Ордалии, которая надвигалась узловатым ковром на широкие пространства внизу. Люди шагали плечом к плечу, спаянные такой выучкой, что казались навязанными вдоль одной веревки узлами. «Линия! — без конца вопили во время тренировок имперские инструкторы. — Каре!» Только эти понятия считались в битве по-настоящему священными и стоящими любой принесенной жертвы. Удержи линию, сохрани каре, и все остальное, имеющее ценность и оставшееся за пределами битвы, тоже будет спасено: будь то твоя жена или твой король, твой сын или твой пророк. Умри, храня линию, — и будешь спасен, ибо Гильгаоал столь же щедр, сколь и безжалостен.

Попытка же оставить линию грозила проклятием.

В ходе каждого сражения с Ордой люди следовали этим правилам и верили в них. Даже во время ужаса Ирсулора врагам, во всяком случае по словам Саккариса, пришлось буквально завалить своими телами их упершиеся боевые порядки, поглотить и переварить их, словно куски жесткого, неподатливого мяса. Все минувшие годы, на всех советах, где генералы планировали эту кампанию, именно стойкость войск признавалась самым главным вопросом, наиважнейшей из всех прочих забот, кроме разве что снабжения. Военачальники читали и перечитывали Священные саги, штудировали уцелевшие фрагменты древних летописей, даже изучали отчеты Завета о Снах Сесватхи, пытаясь постичь, каковы были народы и государства, пришедшие на смену тем, что погибли под пятой Мог-Фарау во дни Дальней Древности.

Стойкость. Не хитрость. Не чародейская мощь. Не считая капризов Блудницы, не считая слепого везения, именно стойкость — дисциплина — отличала и отделяла выживших от погибших.

Та самая, что исчезала и растворялась сейчас прямо на глазах у Пройаса, с ужасом взирающего на происходящее.

Ему казалось, что он словно наблюдает за брошенной в огонь восковой картиной — огромным полотном с изображением идеально ровных, не считая изъянов местности, боевых порядков, которое вдруг прогибается, плывет, а потом растекается, будто растопленное масло. Вновь и вновь он ожесточенно жестикулировал — ибо никакой отдельный человеческий голос не мог быть услышан — приказывая, чтобы рога трубили сигнал прекратить атаку. Он махал руками, словно безумец, до тех пор пока Кайютас не схватил его за левое предплечье. Все это уязвило его: и подобие Келлхусу, что он увидел в увещевающем взгляде имперского принца, и его напоминание о том, что ничто не делает человека настолько слепым к будущему, чем возмущение по поводу уже оставшегося в прошлом, и пришедшее вдруг осознание, что он стал одним из тех, кому требуются подобные напоминания.

Они спешно двинулись вдоль одного из множества отрогов Мантигола, спотыкаясь о пласты искромсанных шранчьих трупов. В воздухе витал запах соли, хотя до моря было в любом случае далеко — неважно, собираешься ты осторожно спускаться или лететь вниз головой. Прямо под ними змея исполинской колонны, дрожа и пульсируя, ползла вперед без какого-либо порядка или строя — огромный эл-

Глава тринадцатая. Даглиаш

липс, состоящий из невообразимого множества потерявших даже подобие дисциплины людей. Поле битвы простиралось перед ними: насыпи перемежались с оврагами и низинами и тянулись вдоль изгибающегося побережья до самого горизонта. Мертвые шранки устилали все вокруг, кроме самых отвесных склонов. Колдовские огни озаряли горы, начиная от самых вершин. Там же виднелись миниатюрные фигурки, висящие, покачиваясь, над дрожащими тенями и струящимися потоками света. Впереди, на расколотой седловине Олорега, словно на поверхности накренившегося стола, бушевала битва — топтались огромные вздымающиеся массы, окутанные клубами пыли. Люди смешались с неисчислимыми множествами погани и в своей кровожадности стали от нее неотличимыми. Могучие звери, явившиеся, чтобы покончить со своими более мелкими сородичами.

Острая боль, терзавшая пройасово сердце, рванулась вверх, сжав ему глотку.

Кайютас положил руку ему на плечо и, вытянув свой длинный палец, указал куда-то в направлении окутавшей горизонт голубоватой дымки. И экзальт-генерал увидел крепость Даглиаш, скорчившуюся, будто дохлый паук, на обезглавленных плечах Антарега. Узрел сверкание далекого колдовства и длинный шлейф то ли дыма, то ли пыли, взметающийся вверх, словно опиумный дым, выдуваемый губами самой земли из ее собственного нутра.

Келлхус, понял он.

Он смахнул сдавившие его горло пальцы — эту мучительную хватку, лишавшую его остатков самообладания.

Этот миг не был для Пройаса внове, ибо он сталкивался с подобным почти в каждом своем сражении. Миг, заставляющий каждого генерала предпринимать все возможное, чтобы не допустить его.

Миг беспомощности. Когда события начинают происходить быстрее, чем успеваешь что-то сказать.

Древнюю крепость осыпа́ло обломками. Саубон и его дружинники в возбуждении толпились с внешней стороны

Циворала, величайшей из твердынь Даглиаша, и, запрокинув головы, взирали на своего спасителя. Келлхус парил высоко в небе, исторгая песнопениями мысли, которых никто из смертных не смог бы постичь. Его лоб, борода и щеки сияли белым пламенем невозможных смыслов, руки его распахнулись, словно аспект-император пытался поймать прыгнувшую в его объятия любимую. Они наблюдали, как древний черный бастион крошится под напором разъедающего светоносного вихря, а обломки, выписывая кривые, разлетаются по небу, дождем выпадая там, где повелел их всемогущий господин и пророк.

После стольких лет, проведенных в сражениях бок о бок с Келлхусом, Саубону было хорошо известно звучание его чародейского голоса: низкого, но поразительно звонкого, как если бы два разных человека одновременно пели одними устами, ведя друг с другом какую-то странную войну. Глас его звучал, как и все чародейские Напевы, словно ниоткуда, но казался при этом одновременно и отдаленным, и близким. Саубону достаточно было взглянуть на Гванве, чтобы увидеть благоговейный страх, который вызывал этот факт у Немногих, и понять, что, несмотря на все попытки отрицать это, Келлхус — нечто большее, чем они. Он — шаман стародавних дней, один из тех, кого столь яростно анафемствует Бивень. И колдун, и пророк.

Признательность и ликование двумя крыльями трепетали в его душе. Такая несравненная мощь! Мощь, способная выкорчевать и выбросить одно из самых грозных мест в этом мире — легендарную цитадель. Гордость обуревала его, яростное тщеславие, сделавшее его надменным, недвижимым и болящим.

Ибо сие действо, более чем что-либо другое, указывало на сущность, на значение того, что значит принадлежать ему, — это было подчинение, наделявшее силой и властью, низкопоклонство, возносящее в короли.

Келлхус творил Напевы не в одиночестве. Лазоревки, заняв позиции возле парапетов исполинских стен, вторили ему, колыхаясь в воздухе, подобно окруженным золотыми

Глава тринадцатая. Даглиаш

щупальцами морским анемонам. Хотя Саубон мог видеть лишь немногих из них, столь высоки были бастионы Рибаррала, он мог слышать их численность в пронзительном хоре песнопений и отзвуках учиняемой ими резни, перекрывающих даже оглушительный рев Орды. Келлхус гремел голосом глубоким, как сама земля, наделенным интонациями, подобными отдаленной драконьей схватке, а Свайали вплетали в этот всеразрушающий грохот свои причудливые мотивы, внося в него звонкие ноты.

Вот они — единственные подлинные псалмы, понял король Карасканда.

Так же как крепость Даглиаш была единственным подлинным храмом.

Он схватит Пройаса за руку, когда увидит его, схватит так крепко, что тот сморщится и не сможет даже разжать тиски его рук! Он не выпустит его и расскажет о том, чему становится свидетелем вот в этот самый миг — прямо сейчас, — и, что еще важнее, объяснит ему то, что ныне постиг. Он заставит этого дурачка увидеть всю суть той воистину бабской слабости, что осквернила его сердце, — этой его нелепой тоски по всему простому, чистому и ясному.

Да! Бог был пауком!

Но и люди, как они есть, — пауки тоже.

«Все вокруг, — крикнет он ему, — все жрет!»

Циворал, прославленное Сердце-в-Броне, твердыня твердынь, осыпалась в небо прямо у него на глазах. Как будто лезвие постепенно обрезало цитадель со всех сторон, но вот только булыжники и куски кладки вместо того, чтобы отвесно рухнуть вниз, взмывали вверх и вовне, прежде чем пролиться неслышимым в этом адском шуме каменным дождем на двор крепости. И он наблюдал, как ест его господин и пророк, наблюдал до тех самых пор, пока не исчезли, словно вырванные с корнями зубы, даже циклопические камни фундамента — кувыркаясь, они рухнули в небеса, — до тех самых пор, пока могучая цитадель Циворал попросту не перестала быть. Гванве схватила его рукой за окольчуженое запястье, но он не смог понять чувств, отразившхся на ее лице, не говоря уж о том, чтобы услышать ее слова.

Оглянувшись, он увидел это — огромную круглую яму в гранитной скале, легендарный колодец Вири. Циворал, при всей своей циклопической необъятности, была не более чем коркой, струпом, наросшим поверх глубочайшей раны... как и сами люди, возможно. Святой аспект-император не прекратил своих усилий; никакая пауза или уродливый стык не вкрались в его обволакивающую сущее песнь. Поток отшвыриваемых в сторону обломков, достигнув уровня земли, просто продолжился, так что теперь древний зев пролома, казалось, извергал наружу когда-то задушившие его руины, выплевывая в небо громадные черные гейзеры. Дыхание у Саубона перехватило от радостного возбуждения, от чувства, что он будто парит над стремительным и мощным речным потоком.

Головокружение. Им показалось, что земля поплыла у них под ногами, но затем она и в самом деле задрожала от гулких ударов. И король Саубон вдруг понял, что смеется, выставив наружу зубы на манер гиены. Мясо, грядет Мясо, — знал он с той разновидностью беспечного осознания, что свойственна пьяницам и свидетелям катастрофы. Гванве все еще держала его за руку. Неожиданное желание оттрахать ведьму переполнило его мятущиеся чувства. Он предпочитал избегать сильных женщин, но цвет ее волос был таким редким...

Вместе они наблюдали, как взметаются вверх огромные переломанные кости Ногараль и, словно тени, скользят меж потоков пыли и менее крупных обломков. Аспект-император плыл наверху в лучах утреннего солнца. Убежденность отчетливо пульсировала в крови короля-верующего.

Как может Бог, заслуживающий поклонения, быть слабым?

Сила. Сила — вот знак сверхъестественного превосходства. И какое имеет значение, дьявольское оно, божественное или даже смертное?

Пока оно превосходство.

Глава тринадцатая. Даглиаш

Могила, разграбленная, чтобы обустроить другую могилу. Дрожь, пробегающая по океанам камня.

Скользят и змеятся по стенам трещины — одна древнее другой. Дождь из пыли струится с потолков.

Некоторые чертоги рушатся, и скромные, и величавые, своды их обваливаются, а отчаянные вопли и мелкая бархатистая пыль, струясь, проникают во все бесконечно ветвящиеся подземные пустоты.

И звери били себя по щекам, чтобы заставить свои уродливые глаза слезиться. Заунывный лающий вой умирающих преследовал, давил на все их тысячи, тревожно толпящиеся в темной глубине разветвленных коридоров. Муки и ярость немного унимались, если из глаз текла жидкость и когда они мычали и ревели своими слоновьими легкими.

Где же Древние Отцы?

Оно плыло сквозь охряное марево, описывая круги над бурлящими предгорьями Эренго. Видение калечило разум и мысли, вызывало оцепенение, которое растекалось по внутренностям и членам, словно струящийся дым.

Саккарис, раздираемый противоречивыми чувствами, стоял возле созданной им колдовской линзы, пораженный, не в силах поверить представшему перед его глазами. Его охватил ужас, ибо все это уже являлось ему во Снах. Образ в линзе опустился чуть ниже и уменьшился в размерах, но затем, описав круг, вновь разросся и стал совершенно отчетливым: темные, рваные очертания, вялые, подергивающиеся когти, шершавые крылья, ловящие потоки ветра.

Образ, заставивший старые шрамы чесаться и ныть. Инхорой. Кости огромного черепа, проступающие сквозь кишечного цвета кожу, и еще один, меньший по размеру, череп, зажатый в раскрытых челюстях более крупного.

Нечестивый Ауранг, предводитель древнего полчища.

И никто иной.

Подобно всякому стервятнику, он тяжело парил в небесах, взмывая в порывах ветра. Он внушал эмоции более сильные, нежели просто отвращение. Сам вид его повергал в смятение, и не только потому что кожа его выглядела словно елозящие по телу кости, в нем было нечто — возможно, какое-то ощущение гниения или порчи, возникавшее при взгляде на эту палево-бледную кожу, или, быть может, какая-то странность в его движениях, — вызывавшее тошноту и некое тревожное, хоть и ускользающее от обыденного восприятия чувство. Чудовище летело на север и внимательно всматривалось в кишащую под ним бессчетную мерзость, а затем, развернувшись на юг, воззрилось на бастионы Уроккаса — на груды исходящих черным дымом трупов, вспышки смертоносного света и Саккариса, наблюдающего за ним с вершины Мантигола.

Рот инхороя явственно произнес какие-то глумливые слова.

Экзальт-маг был обязан сообщить о случившемся своему господину и пророку. Вместе с остальными предводителями Ордалии он провел не одну стражу, обсуждая возможность возникновения такого рода непредвиденных обстоятельств. Они сошлись на том, что самая серьезная угроза для воинства воинств в предстоящей битве заключается в характере развертывания школ. Единожды рассеявшись по вершинам и отрогам Уроккаса, они вынуждены будут там и оставаться до самого конца сражения, чтобы не дать Орде возможности обрушиться сверху на неприкрытый фланг Ордалии и сбросить ее в море. Это, в свою очередь, означало, что Консульт, который в иных обстоятельствах не мог и надеяться превозмочь колдовскую мощь школ, теперь мог игнорировать шанс их непосредственного вмешательства и обратить всю свою силу или коварство на какое-либо другое уязвимое место. А как довелось Саккарису убедиться в Ирсулоре, единственной бреши могло оказаться достаточно для полнейшего разгрома.

— Они явятся, — предупреждал Келлхус, — они не откажутся от той мощи, что собою представляет Орда, и той угрозы, которой она является для нашей миссии. Нечестивый Консульт вмешается. Наконец, братья, вы столкнетесь с нашим врагом во плоти, сразитесь с Причиной, что движет вами.

Глава тринадцатая. Даглиаш

Слова, обратившие их сердца в кулаки!

По крайней мере тогда. И сейчас Саккарису достаточно было повернуться, чтобы узреть Даглиаш и белое сияние, исходившее от его господина и пророка, обтачивающего темные руины. Он мог бы отправить весть ему или кому-то из своих собратьев — великих магистров, — но не сделал этого.

Несмотря на всю свою мощь и знания, он в той же мере был человеком Кругораспятия, как и все прочие. И подобно им, остро ощущал некие перемены в уместности, вытекавшие из смены места их пребывания и изменения господствующих сил. Память о доме истончалась в его сознании, становясь чем-то вроде тусклой искорки или замаравшей страницу кляксы. Долгое время они шли сумеречными областями, где не было иной власти, кроме жестокости. Но сейчас... *сейчас* они явились прямо к стану своего вечного, непримиримого врага. И здесь... *здесь* земля отзывалась воле более злобной, более чудовищной и ужасающей, нежели любая другая из известных этому миру. Великая Ордалия стояла на самом пороге Голготтерата — прямо у его внешних ворот.

И дикость разгоралась внутри экзальт-мага, так же как и в душах прочих мужей воинства. Пробудившаяся тьма.

Ибо он, как и все остальные, не избежал причащения Мясом.

На вершине Мантигола, глядя на беснующиеся равнины, Апперенс Саккарис хохотал, не заботясь о том, что соратники обеспокоенно поглядывают на него. Экзальт-маг заходился смехом, и в этом смехе звучал голос, которого этот мир не слышал уже два тысячелетия.

Ауранг... Ауранг! Мерзкая бестия. Старый враг.

Ну наконец-то.

Поначалу Пройас со своей свитой старался держаться повыше, чтобы иметь возможность обозревать все святое воинство целиком, но решение это оказалось ошибочным, особенно с учетом того, что склоны вздымались все круче, а трещины и разломы между ними становились все глубже. Катастрофа, которой так опасался Пройас, все не наступала. Даже изнуренные быстрым бегом, даже стиснутые в слепые толпы, мужи Ордалии были неудержимы. Всесокрушающий прилив охватывал бурлящие шранчьи массы, поглощая их и оставляя на своем пути целые поля растоптанных и залитых лиловой кровью тел. Как отдельные люди они ревели, кромсали и молотили врагов, но как множество они потребляли, не столько обращая врагов в бегство, сколько не позволяя им ускользнуть. Пройас потерял троих из своей свиты, пытаясь спешно продвигаться вперед, ибо единственное, что он мог сделать, — это оказаться в нужном месте в тот миг, когда стремительный напор в конце концов неизбежно угаснет. И тогда он направился вниз — к побережью, уводя лошадей прочь с переполненных толпами склонов.

Добравшись наконец до залитой кровью береговой линии, он погнал своего коня на запад, надеясь, что Кайютас и остальные поспеют за ним. Он едва не кричал от облегчения, столь свежим и чистым был морской бриз. Само же море оказалось загрязненным и замаранным, как и следовало ожидать. Бледные конечности колыхались в перекатывающихся бурунах, отступающие назад волны играли черными отблесками в лучах солнца, а остающиеся на линии прибоя лужицы являли взгляду свой лиловый цвет. Дохлые шранки качались на волнах, сталкиваясь друг с другом и превращая прибрежные воды в какую-то вязкую массу. Прибой швырял и закручивал туши в омерзительные водовороты, почти целиком состоящие из гладкой поблескивающей кожи и маслянистой пены. Зрелище было каким-то дурманящим: лица утопленников поднимались из мутных глубин, виднелись сквозь мерцающую на поверхности пленку, волны накатывали с плеском, отступали назад и вздымались, и снова накатывали...

Узкая прибрежная полоса благодаря прибою оказалась относительно чистой, и крепкая маленькая лошадка Пройаса беспрепятственно помчалась вдоль песчаных отмелей, лишь иногда перескакивая через лежащие тут и там тела.

Глава тринадцатая. Даглиаш

Касание ветра взъерошило его бороду, а внутри него что-то пустилось вдруг вскачь.

Рядом, на растрескавшихся склонахУроккаса, словно на вздымающихся стенках гигантской чаши, сыны человеческие забивали и свежевали сынов нин'джанджиновых.

Анасуримбор Келлхус выглядел отсюда отдаленной мерцающей искоркой, недвижимой, как путеводная звезда. Лезвием ножа, слишком тонкого, чтобы его можно было увидеть, он взрезал извергавшую черный шлейф глубину.

Экзальт-маг шел с одной вершины на другую, чувствуя, как желудок его подбирается к горлу, ибо путь великого магистра лежал к поверхности, простирающейся далеко внизу. Он спускался по лестнице из горных вершин, следуя колдовским отражениям утесов и пиков Мантигола, не обращая внимания на своих парящих в воздухе братьев, которые все еще пронизывали порученные им участки склонов нитями из света и смерти. Саккарис миновал их, покрывая дюжину локтей каждым шагом. Он шел мимо груд мертвецов и устилающих горные склоны ковров из лежащих вповалку дымящихся трупов, продвигался вперед, обходя целые ущелья, забитые обугленной плотью.

Так спускался с горы великий магистр Завета: озаренная собственным светом мраморная фигура шествовала над пространствами, полными тьмы и голодных тварей — их макушки были гладкими словно жемчуг, лапы жадно тянулись к нему, челюсти яростно клацали. Твари возмущенно визжали, царапая его недоступный их ярости лик когтями, осыпая его бесчисленными стрелами и дротиками, так что тем, кто в ужасе наблюдал за всем этим с гор, он казался магнитом, притягивающим к себе железную стружку черными, лохматыми облаками.

Саккарис не чувствовал тревоги. Но и не наслаждался ликующим весельем, обычно свойственным тем, кто сумел безнаказанным и невредимым миновать сборище корчащихся от ненависти врагов. Он самими костями ощущал своего рода успокоение, легкость дыхания, присущую человеку, который проснулся и не ощутил гнета хоть сколь-нибудь значимых тревог и забот. Однажды это случится именно так, осознала истончающаяся часть его души. Однажды один-единственный человек, единственный Выживший, будет блуждать в одиночестве по миру, полному дыма и бездушной яростью.

И он, умалившись, ступил в эту зараженную тлетворной пагубой безмерность. Шагнул в кишащие непристойностями глубины Орды.

Одинокая фигура. Драгоценный сияющий светоч.

Будь то сыновья жестокого старика Эрьеата или же его соратники — короли-верующие, Саубон всегда отличался от своих братьев. Сколько он себя помнил, ему никогда не удавалось кому-то принадлежать. По крайней мере, не в том смысле, в каком прочие люди — вроде Пройаса — казались на это способными. Его проклятие не было проклятием человека неуклюжего или испуганного, который уклоняется от товарищества из-за того, что остальные могут наказать его недостатком благосклонности. И не проклятием человека ученого, которому известно чересчур многое, чтобы позволить невежеству заполнить промежуток между несхожими сердцами. И уж тем более оно не было проклятием человека отчаявшегося, который раз за разом протягивал людям руку, но видел лишь обращенные к нему спины.

Нет. Его проклятие было проклятием гордыни и высокомерия.

Он не был напыщенным. И не вел себя подобно этому мерзавцу Икурею Конфасу, который и вздохнуть не мог, не поглумившись над кем-нибудь. Нет. Он был рожден, ощущая зов, жажду, не присущую прочим, но для него самого яростную и ненасытную, пронизывающую само его существо. Но предмет его желаний не отражался в начищенном серебре. Величие — вот то, чего он всегда жаждал добиться...

И он зарыдал, когда Келлхус сказал ему об этом на сечарибских равнинах. «Я вознес тебя над остальными, — произнес его господин и пророк, — потому что ты — это ты...»

Глава тринадцатая. Даглиаш

Человек, у которого никогда не получалось по-настоящему склониться перед кем-либо или чем-либо.

Все это время, склоняя голову в молитвах, он на самом деле не смог бы произнести ни одной из них, он выстаивал торжественные церемонии, хотя едва выносил их — не говоря уж о празднествах, и убивал сотни и тысячи людей ради веры, которую считал вещью скорее выгодной, нежели убедительной.

И лишь сейчас неподдельно упасть на колени? Здесь? Обглоданная временем крепость Даглиаш стала для него подлинным Храмом, а будто отдирающий мясо с костей вой Орды — жреческим хором. Он испытывал неистовое благоговение, задыхаясь от нахлынувших чувств. Что же это за отклонение?

Кто же начинает поклоняться пророку лишь после того, как тот сам объявил себя ложным?

Это Мясо — почти наверняка.

Но Саубона это не заботило. Да и не могло заботить, не тогда, когда Анасуримбор Келлхус, попирающий небеса и сияющий грохочущими смыслами, извергал вовне внутренности земли, потроша целую гору!

Создатель тверди!

Колодец Вири уже углубился настолько, насколько высоко возносился ранее Циворал, — или даже глубже. Его выщербленное устье напоминало кратер, но ниже края он превращался в цилиндрическую шахту: ее поверхности покрывали тотемические барельефы, которые казались слишком незатейливыми и недостаточно выпуклыми, чтобы быть творением нелюдей. Раскинув руки и запрокинув голову, святой аспект-император понуждал эту дыру, опорожняя ее глубины.

Руины Ногараль, кувыркаясь, взмывали ввысь, к самой вершине извергающегося из недр гейзера, а затем разлетались в стороны, словно скатываясь по невидимым желобам, и обрушивались всесокрушающим каменным ливнем на стены и башни Даглиаша. Обломки эти напоминали монетки, брошенные нищим, вызывая некоторое беспокойство лишь по поводу того, где они могут упасть, но их падение не было отдано на волю случая. Легион скрывался в этих источенных ходами глубинах, и их святой аспект-император погребал его там, запирал внутри! Создавал твердь заново!

Консульт. Какую уловку они теперь надеялись изобрести? Какую хитрость или обман?

Стремление разделить радость охватило Саубона, и он обернулся к своей дружине. Его копьеносец Богуяр из племени холька беззвучно ревел на остальных, лицо его алело ужасающим цветом Приступа. Отряд разбрелся по Риборралу, люди переглядывались между собой или возбужденно всматривались в своего господина и пророка, который стоял на вершине башни, созданной из кувыркающихся в небе руин. И только Саубонов костлявый щитоносец Юстер Скраул выбивался из этого правила. Как всегда, чудной, он стоял, развернувшись всем телом к торчавшему над северной стеной призраку Ингола, — и лишь голову повернул в сторону извергающегося шлейфа из земли и обломков. Однако и поза, и взгляд его выдавали душу откровенно пораженную, но не тем, что он видел и на чем должен был бы сосредоточиться его взор, а неким незримым, но сокрушительным итогом.

Побагровевший холька, кривясь и потрясая огромными кулаками, стоял перед возносящимся потоком, плечи его были широки настолько же, насколько Гванве вышла ростом. Он орал, лицо его смяла гримаса свирепого помешательства.

Тревога пронзила Саубона, словно арбалетный болт. Неистовая радость и благоговение отступили. Просто для того чтобы как-то повлиять на происходящее, он крепко хлопнул ладонью по плечу Богуяра — не столько чтобы унять гиганта, сколько чтобы получить хоть какое-то время на раздумье. Краснобородый холька яростно обернулся, роняя слюну. На мгновение он замер, громадный и ужасающий, глаза распахнуты слишком широко, чтобы увидеть что-либо, кроме убийства.

Услышать же можно было одну лишь Орду.

Глава тринадцатая. Даглиаш

— Возьми себя в руки! — проревел Саубон своему копьеносцу и тут же рухнул на спину. Обезумевший холька навис над ним, воздев свою огромную секиру. С неким недоумением Саубон понял, что сейчас умрет.

Краем глаза он увидел вспышку сверкающего света откуда-то снизу.

А затем башраги обрушились на них.

Богуяр перепрыгнул через растянувшегося Саубона, бросился навстречу атаке ублюдочных тварей и тем самым спас его, вместо того чтобы убить. Взмахнув секирой, словно легким копьецом, холька использовал силу своего прыжка, и лезвие его оружия, щелкнув как ударившая по железу плеть, практически перерубило шею одного из чудищ, оставив его голову болтаться на коже и нескольких сухожилиях. Но твари уже проникли в ряды людей. Волосы их торчали косматыми клочьями. Неуклюжие тела пошатывались, искаженные и в великом, и в малом. Зловонное дыхание разило гниющей рыбой и фекалиями. С трудом поднявшись на ноги, Саубон увидел, как Мепиро поднырывает под сокрушительный удар дубины. Экзальт-генерал, обнажив свой широкий меч, отпрянул в сторону, с ужасом глядя на яростный натиск исходящей гноем, неуклюже шатающейся, вздымающейся волнами мерзости, на взмахи грубо сделанных топоров и молотов, на источающие слюну рты каждого из вросших в их щеки безжизненных лиц. Он увидел Богуяра — безумным алым вихрем тот отражал сыплющиеся на него удары тошнотворных конечностей. Увидел Гванве — статую, выточенную из сверхъестественно-белой соли, и понял, что создания несут хоры. Увидел завесу всесокрушающего ливня из каменных глыб, падающих на мерзких тварей, пока те, дергаясь и шатаясь, спешили к Риборралу. Еще одна гнусная погань вырвалась из сутолоки боя и воздвиглась над Саубоном, воздев свою дубину на высоту его удвоенного роста; из-под доспехов, сделанных из железных пластин, доносилось воистину бычье пыхтение. На открытых участках кожи виднелись изъязвленные наросты плоти и испревшая, засаленная шерсть. Движения твари, странно старческие, выдавали всю непристойную порочность ее телосложения. Саубон танцующим пируэтом ушел от взмаха дубины и полоснул чудовище по верхней конечности — такой удар, безо всяких сомнений, отрубил бы человеческую руку...

Но лишь повредил одну из трех сросшихся костей башрага. Зловонный гигант заверещал, визг его перешел в утробный рев, и великан яростно ударил в ответ.

Саубон увернулся, услышав легкий звон, с которым ржавое железо скользнуло по его шлему, и вдруг обнаружил, что, заходясь смехом, вопит:

— Хорошо!

Он ткнул острием своего меча в уродливое колено создания и уклонился от второго бешеного удара. Очередным тычком он вколотил одно из сочащихся слизью лиц глубоко в щеку твари и, прянув вперед, поверг визжащего башрага наземь, насквозь проткнув его ублюдочную плоть.

— Мне как раз надоела цыплятина!

Он закружился и взревел от буйной нечестивости этой остроты. Рыцари Льва Пустыни кромсали вокруг него толпу тварей, что казалась рощей кошмарных деревьев. Саубон заметил, как Скраул замешкался, уворачиваясь от летящей на него дубины. Секира Богуяра тут же расколола на части котлоподобный череп его убийцы, а Скраул исчез из виду, буквально вколоченный в землю. Одна из тварей попятилась, споткнулась и, кувыркаясь, рухнула прямо в Колодец, но ее тут же поймал восходящий поток.

Яркий блеск привлек вдруг взгляд Саубона. И он первым увидел рухнувший в небо из кишки Колодца, сверкающий и даже не поцарапанный ворохом кружащихся обломков...

Золотой сундук.

Эренго кишела вскипающими множествами, словно равнину до самого горизонта посыпали каким-то отвратным порошком или покрыли копошащимся ковром. То, что раньше выглядело трясиной из смутных кошмаров, ныне терзало взор сверканием глаз и зубов, шевелением пальцев, видимых

Глава тринадцатая. Даглиаш

столь ясно, что их можно было даже сосчитать. Облака кувалд и тесаков сотрясались и дрожали над Ордой, словно ее бьющиеся в эпилептическом припадке отродья.

Над всем этим черным, рваным силуэтом реял Ауранг, будто клочок пепла, парящий в охряных порывах ветра.

Апперенс Саккарис распустил узел на своем поясе Менна, и его одежды волнами заколыхались на ветру, раскрылись, словно кроваво-красный цветок с загнутыми мясистыми лепестками, подобный так ценившимся в Шире ирисам. Владыка-Книжник вышел из своего добровольного заточения; сам Сесватха шествовал ныне по миру, объятый древними гибельными тотемами. Голосом, полным всесокрушающей ярости, он начертал дугу, пронзившую дали, раскаленную и сияющую серебристым светом. Девятая Меротика...

Алые волны его развевающихся одеяний напоминали витражное стекло, воссиявшее в солнечном свете. Но Обереги инхороя под воздействием Абстракции лишь слегка замерцали, и не более. Чуждая мерзость смеялась вместе с Ордой.

— Ауранг! — прогремел великий магистр Сохонка. — Я вызываю тебя на бой! Я требую спора меж нами, как в давние дни!

И чудовище, взмахнув крыльями, наконец осмелилось спуститься пониже.

— Пришли новые дни, Чигра...

Он скользил вдоль поверхности земли, и в шранчьих толпах поднялась буря восторга. Полет инхороя оставлял за собой кишащий след, который выглядел так же непотребно, как выплеснувшееся на грязную простыню семя.

— ...и стали намного короче.

И генерал полчища, коснувшись крыльями ветра, резко развернулся и направился на северо-запад, словно следуя изгибу огромного незримого колеса. Штандарты кланов дергались и вздымались над океанами искаженных разочарованием бледных лиц.

— Ауранг! — возопил Саккарис вслед. Муки из Снов теперь терзали его наяву.

Мерзкие толпы издевательски улюлюкали, море рук плескалось и бултыхалось, как густая грязь под проливным дождем.

Святой аспект-император прервал свою песнь. Парящие обломки на мгновение зависли в воздухе, а затем рухнули обратно в глотку Колодца, оставив вместо себя лишь дымный шлейф. Испещренная разломами и трещинами необъятность перестала дрожать. Кружащаяся завеса из пыли опустилась на Рибаррал, напоив воздух привкусом праха и гнили.

Изумленные дружинники Саубона, тяжело дыша, стояли среди гигантских туш. И хотя некоторые их братья корчились на земле, остальные смотрели только на своего господина и пророка, парящего на такой высоте, где обычно летают лишь гуси да чайки.

Удерживая золотой сундук подальше от светящегося ореола своих ладоней, он сошел на землю у западного края Колодца. Саубон развел руки в стороны, чтобы сдержать порыв своих рыцарей, поначалу устремившихся туда, а затем в одиночестве проследовал к своему господину и пророку. Соляная статуя, в которую превратилась Гванве, кольнула его сердце, когда он пробегал мимо, но вид Келлхуса, устанавливающего золотое вместилище на спину дохлого башрага, наполнил его куда более мрачными предчувствиями.

Никогда еще Саубону не приходилось видеть, чтобы Келлхус обращался с чем-либо со столь тщательной осторожностью.

Теперь Саубон понял, что сундук сделан не из золота. Извлеченный из немыслимых глубин, он был покрыт известковой пылью и мелкими осколками камня, но на нем не оказалось даже потертостей, не говоря уж о вмятинах, зазубринах или щербинах. Само вместилище размером было не более кукольного домика, но выглядело существенно крупнее из-за замкнутого каркаса из трубок, каким-то образом удерживавших, не касаясь, куб внутри. Еле заметная глазу филигрань отсвечивала на всех его поверхностях: геометрическое тиснение, которое странным образом коробило взгляд при

Глава тринадцатая. Даглиаш

попытке в подробностях рассмотреть его. Но ничто иное не было столь примечательным, как пластина из полированного обсидиана, образующая крышку вместилища. Мерцающие символы, надписи, словно начертанные светом, пробегали вдоль этой пластины, причем прямо внутри нее.

Келлхус не обратил на Саубона ни малейшего внимания. Утроба Колодца курилась слева, буквально в нескольких шагах. Полуденное солнце сотворило покров полупрозрачных теней от кружащихся в высоте клубов дыма и праха.

— Что это? — спросил экзальт-генерал, зная, что даже в окружающем их грохоте его непременно услышат.

Его господин и пророк взглянул на Саубона с полностью отсутствующим — и потому пугающим — выражением.

Минули три удара сердца.

— Инхоройская вещь, — все тем же чудесным, проскальзывающим сквозь любой шум голосом произнес наконец Келлхус, — артефакт Текне.

Саубону приходилось напоминать себе, что нужно дышать, чтобы суметь хоть о чем-то помыслить.

— А эти горящие письмена, о чем там говорится?

Вой Орды поглотил его слова.

Святой аспект-император Трех Морей отступил на шаг, словно чтобы получше разглядеть эту вещь. И хотя взгляд его оставался сосредоточенным на вместилище, Саубон знал, что на самом деле он сейчас не смотрит вообще ни на что поблизости.

— Что не всем суждено спастись, — сказал Келлхус.

Страх холодным тысяченогим пауком пробежал по коже короля-верующего.

— О чем ты? — спросил Саубон, слишком оцепеневший, чтобы по-настоящему изумиться.

Обрамленное львиной гривой лицо задумчиво склонилось, взгляд аспект-императора был сожалеющим, но жестким.

Лазоревки продолжали свои песнопения, паря над периметром древних стен и сплетая из нитей значений и смыслов сияющие смертоносные узоры. Черные фигуры, полыхавшие сальным огнем, пятнали теперь гребни стен Даглиаша — той самой горы, защищать которую досталось Свайали, самым опасным из всех чародейских станов.

Его спаситель повернулся к нему, одарив улыбкой, что сошла бы за извинение, играй они сейчас в счетные палочки.

— О том, что это, пожалуй, к лучшему.

Келлхус бросил взгляд на сундук и замысловатые письмена, что в очередной — последний — раз пробежали по верхней пластине. Свет вырвался из его уст, в очах, казалось, запылали яркие фонари.

Его крик, когда он явился, потряс и сбивал с ног. Саубон рухнул на спину, и, вскинув руки, прикрылся от изрекавшей зловещие словеса пылающей фигуры.

— Беги-и-и-те!

Саубон в ужасе таращил глаза. Богуяр уже поднимал его на ноги, что-то беззвучно крича. Святой аспект-император шагнул в пустое небо над Рибарралом, обрамленный бородой рот его казался сияющим провалом, голос его гремел из ниоткуда или, во всяком случае, не из какого-либо места или предела сущего:

— Сыны человеческие, внемлите!

Перекрывая вой Орды.

— Отриньте ярость!

Заставляя ее погрузиться в безмолвие.

— Беги-и-ите!

И не было эха, ибо голос кричал в каждую душу, словно в пустой карман. Саубону казалось, что он способен лишь выдыхать и что какая-то сила вытягивает и вырывает воздух из его легких.

Нет, промчалась мысль.

Нити света охватили поднимающегося в небеса Анасуримбора Келлхуса, заключили его в нечто вроде клетки, прутья которой свесились с его макушки, напоминая паучьи лапы, а затем фигуру аспект-императора затянуло в ничто.

Нет...

Глава тринадцатая. Даглиаш

— Тогда какое имеет значение, одобряю я твои действия или нет? Правда есть правда, вне зависимости от того, кто ее высказал...

— Я прошу лишь твоего совета. Скажи, что ты видишь... И ничего больше.

— Но я вижу многое...

— Ну так скажи мне!

— Я лишь изредка вижу проблески будущего. Сердца людей... то, чем они являются... Вот что я обычно вижу.

— Тогда скажи мне... Что ты видишь в моем сердце?

Пройас с Кайютасом и прочими спутниками мчались вдоль озаренных ярким осенним солнцем пляжей. Он попытается перехватить ушедшие далеко вперед отряды Ордалии, размышлял экзальт-генерал, сплотить их и восстановить порядок. Но глаза его души видели одно лишь смертоубийство. Его восставшее мужское естество болело от бесконечных тычков седла во время скачки. Справа от него, на побережье, заудуньяни тысячами карабкались вверх, обтекая словно ртуть запутанный лабиринт утесов Олорега. Поблескивавшие пятна парящих в воздухе колдунов окружали его покатые вершины, окутанные дымным покровом Пелены. Обширные пространства были залиты запекшейся, перемолотой тысячами сапогов темно-фиолетовой кровью. Месиво напоминало перезревшую измельченную свеклу и сплошь устилало перевалы на пути воинства, засохшей пастой пятная даже склоны окружающих гор. Яростная схватка кипела, сплетаясь с головными отрядами наступающих Колонн; образовались большие участки беспощадного истребления, где люди, разя копьями, кромсая клинками, прокладывали себе путь сквозь шранчьи толпы. Пустоты, возникшие в море Орды после безумной атаки Сибавула и его кепалорцев, почти все уже снова заполнились.

На какое-то время Пройас почти поверил, что смотрит вниз, — столь благоприятствовали подобному впечатлению круто забиравшие вверх склоны. Твердыня Даглиаш стояла на положенном ей месте, каменным наростом возвышаясь над Антарегом, макушка которого торчала за отрогами Инголы, все так же залитыми толпами шранков. Он заметил Келхуса: сияющим бриллиантом тот венчал черную струю, извергаемую горой. Тройки Свайали выстроились вдоль укреплений вдалеке и изливали на окружающие пространства Абстракции, подобные миниатюрным магическим знакам. При виде этого зрелища сердце Пройаса застучало, и воображение его разыгралось, являя оку его души образы столь же яркие, как пророчество: вот он прокладывает себе путь сквозь неисчислимые множества тощих, вот взбирается по грудам туш на парапеты древних стен, чтобы воззвать к Саубону: «Видишь!»

Видишь!

Но с каждым шагом как будто все больше и больше препятствий воздвигалось на их пути. Все ближе были черные скалы. Берег становился все более каменистым и обрывистым, плавающие в прибое трупы теперь все чаще лишь ударялись о прибрежные валуны и оставались болтаться в море. При попытке обогнуть полузатопленные ковры из шранчьих тел, Пройаса вместе с лошадью захлестывали волны. По мере сужения прибрежной полосы все больше воинов Ордалии пробирались рядом прямо сквозь фиолетовые от шранчьей крови воды. Пройас рискнул проложить себе путь сквозь эти разноязыкие и разноплеменные толпы, но эта попытка едва не стоила ему жизни. Когда его лошадь, споткнувшись, сломала себе ногу, Пройас вылетел из седла, а болтавшееся из стороны в сторону копье шедшего рядом шайгекца едва не воткнулось экзальт-генералу прямо в глаз, поранив щеку. Темные воды сомкнулись над ним, соль ущипнула губы, обожгла порез на лице. Тяжесть доспехов давила на спину, пригвоздив его к каменистому дну. Пузыри воздуха потоком струились из его рта — видимо, он кричал.

Затем чьи-то руки вытащили его, задыхающегося и плюющегося, на поверхность. Солнечный свет ужалил Пройаса сквозь слезы, разорвав мир на волокна теней и сияния. Сквозь стекающую по лицу отвратную жижу он увидел Келхуса и успел запаниковать еще до того, как понял, что в дей-

Глава тринадцатая. Даглиаш

ствительности перед ним Кайютас — Кайютас, взирающий на запад, в сторону Антарега. Воды пенились и бултыхались от шагов идущих вброд воинов Ордалии, и Пройас мог видеть бесчисленные бородатые лица, обращенные в ту же сторону.

Он вновь посмотрел на Кайютаса и вдруг понял, что ранее никогда не видел на его лице ничего, напоминающего страх или удивление.

До этого самого мига.

А затем он услышал это — невероятно отчетливо, учитывая стоявший вокруг оглушительный шум.

Возлюбленный некогда голос.

Антарег. Земля, расколотая и изломанная самым причудливым образом: склоны изрезаны трещинами и расселинами, скалы уступили напору бессчетных столетий, хлеставших их дождями и обтачивавших ветром. Громады утесов будто завалились на юго-запад — словно сокрушенная гора сама прислонилась к побережью и собралась там умереть. Море Нелеост. Безмятежные аквамариновые просторы полны косяками торчащих над волнами белесых спин, покрыты целыми коврами, сотканными из мертвых тел, и водоворотами мерзкой фиолетовой жижи. Даглиаш. Очертания башен и парапетов нависают над вздымающимися от моря отрогами. Орда. Ужасные, полинялые полчища простираются по предгорьям и склонам, словно чудовищное пятно на теле прокаженного — омерзительная сыпь из мириадов стиснутых фигур и лиц, палево-бледных, будто паучье брюхо.

Сибавул Вака в одиночестве прокладывал свой путь сквозь нечеловеческое кишение, с отталкивающей безучастностью взирая куда-то вперед. Ряды гнусных созданий один за другим расступались при его приближении, существа огромными массами начинали отпрыгивать, царапаться и суетиться, спасаясь бегством. Тех из них, кто, будучи опрокинутым, оказывался в непосредственной близости от него, охватывал паралич; в его тени они могли лишь слабо подергиваться, рыдать и хрипеть. Мимоходом он колол этих созданий копьем, протыкая сочленения их грубых доспехов, пронзая их шеи или лица, и равнодушно двигался дальше.

Примерно в миле позади него опрометчивая атака Ордалии увязла в рукопашной схватке вблизи ущелья, разграничивающего громады Ингола и Олорега. Тучи стрел призрачными сплетениями мелькали над сражением. Осознав уязвимость положения, в котором оказалась Ордалия, адепты Завета начали спускаться вниз по склонам Ингола, каждый словно плывущая в воздухе точка огня и света. Они буквально выжигали себе путь в шранчьих толпах, и те таяли перед ними, словно груды снега. При такой поддержке с фланга люди Кругораспятия вновь ринулись вперед, повергая по-кошачьи визжащих тощих в прах у своих ног. Некоторые крича, некоторые рыдая, они прорезали и пробивали себе путь к окровавленным склонам Ингола. Люди, молча стискивая зубы и кривясь, зажимали свои раны. Шранки, подыхая, дергались и сучили конечностями.

Грохочущий вопль раскалывал Сущее. Колебались в равной степени и люди, и шранки.

Уши заныли от внезапно нахлынувшего абсолютного безмолвия. Глаза закатились, обращая все взгляды к небесам. А затем надо всем этим буйством явился свет, словно из какого-то неописуемого и невыразимого места. Ослепительно-белое сияние исходило прямо из небесной лазури...

И оно стало вдруг человеком, святым аспект-императором, который в раздуваемых ветром одеяниях висел высоко в синей пустоте осеннего неба. Образ его исходил потусторонним сиянием.

— **Бегите прочь от Даглиаша!** — прогромыхал его голос.

Повсюду, от Эренго до оснований Уроккаса, сражающиеся изумленно взирали вверх.

— **Бегите. Скройтесь из самого вида его!**

Адепты немедленно развернулись и зашагали по небу, оставив бьющихся на земле в их бедственном положении. Мужи Ордалии заколебались и дрогнули, все больше и больше их сородичей позади устремлялись прочь. Твердые сердцем продолжали стоять на своих местах, понимая, что по-

Глава тринадцатая. Даглиаш

пытка отступить будет означать гибель. Они перестраивались в плотные каре, занимая круговую оборону, ибо боевые линии рядом с ними рассеивались, становясь разбегающимися и истребляемыми толпами.

Шранки кромсали и рыхлили землю, с визгливыми завываниями подбрасывая ее в небеса. И устремлялись вперед.

Кевочал — так на древнем аорсийском наречии звалась эта квадратная башня. Алтарь. После разрушения Циворала она оказалась самым могучим из оставшихся в крепости бастионов — или просто так привиделось мечущемуся в панике взгляду. Саубонова дружина растратила время, на которое утихла Орда, взывая к ведьмам над крепостью, сперва умоляя, а затем проклиная их увитое золотистыми лентами шествие. Горстка Свайали искоса взирала на то, как они бежали следом, возможно, ведьмы даже терзались от стыда и жалости, но и только. В сущности, они просто ушли.

Саубон меж тем уже разглядывал укрепления вокруг, пытаясь оценить тяжесть положения, в котором очутилась дружина. Он забрался на нагроможденные Келлхусом обломки и встал на внутренней стене Риборрала, обозревая помрачающие ум декорации настигшего их гибельного рока.

Хребет Уроккас громоздился перед ним, уже без диадем из призрачного колдовского света. Последние из Свайали, напоминая золотистые хлопья снега, брели над беснующимися скопищами. Зрелище заставило его пошатнуться — на целые скрежещущие мили простиралась Орда, ее титанический вой похитил всякую надежду на саму возможность услышать звуки человеческой речи. Север. Юг. Запад. Восток. Казалось, сама земля состоит из белесых, воющих лиц.

«Он вернется, — настаивала часть его. — Тебе нужно лишь суметь оставаться в живых достаточно долго».

Ему не нужно было говорить что-либо вслух, дабы направлять своих дружинников или отдавать им приказы. Рыцари Льва Пустыни воззрились на него, как только последняя Лазоревка исчезла за стенами, и теперь пристально вглядывались в его голубые глаза, считывая застывшую в них обреченность. Он указал им на Кевочал. И тогда, выбрав ее из всех укреплений, разбросанных по распотрошенному сердцу Даглиаша, они собрались на верхушке последней из по-настоящему могучих башен древней крепости.

Продержаться.

Саубон, вынужденный двигаться к башне вдоль внутренней стены, ожидаемо добрался до осыпавшейся боевой площадки последним. Немедля воины выстроились оборонительной линией вдоль парапетов, лишенных зубцов. На востоке до неба воздвигался Ингол, столь громадный, что весь мир на его фоне казался лишь шкурой, наброшенной поверх пня какой-то исполинской секвойи. Олорег был виден почти целиком, хоть и смутно, зато за ним титаническим силуэтом вырисовывалась туша Мантигола, склоны которого полыхали огнем. Блестящая гладь Нелеоста, слегка подернутая рябью на ветру, простиралась на юге. На севере равнина Эренго проступала из-под покрова Пелены. А от равнины до моря раскинулся придавленный и удушенный шранками мир — начиная от скопищ, визжащих и беснующихся прямо под стенами крепости, до клубящихся вдали толп, уродливыми снопами разбросанных по голым скалам и плодородной земле. Изобилующей личинками и изрытой червями...

Он придет!

Они обнаружили, что стоят теперь на другом плоту, плывущем по иным, намного более опасным морям. А еще этот плот тонул. С полуразрушенного парапета Саубон вместе с остальными наблюдал за скачущим, машущим когтистыми лапами приливом. Его дыхание превратилось в ветхую конопляную веревку, которая, дергаясь взад-вперед, пилила его сердце. Проворные и проникающие повсюду существа уже буквально затопили внешние укрепления и, прорвавшись сквозь разбитый створ внутренних ворот, словно растущим прямо на глазах побегом, проникли в замковый двор. Саубон чувствовал какой-то странный, непривычный ужас, ощущение, приходящее обычно к тем, кто издалека наблюдает за своей приближающейся погибелью — нутряное знание, понимание, засасывающее, словно яма.

Глава тринадцатая. Даглиаш

Он вернется!

Они видели, как ведьмы бредут прочь над заходящимися визгом просторами, в своих развевающихся одеждах подобные золотым цветам. Они видели его, как искру над горными пиками или над сияющими в солнечном свете песчинками побережья. Слышали его внушающие страх наставления.

Даглиаш был поглощен суетливым бурлением. Повсюду, куда ни глянь, шранки просачивались во все щели в изъеденном веками камне, словно проворные и гибкие мальчишки. Воины смотрели, как омерзительные массы мечутся по Риббаралу, видели, как соляная статуя Гванве исчезла под натиском скребущих пальцев, заметили даже, как башраги вырываются из выпотрошенной ямы на месте Циворала — из Колодца Вири. Этот поток едва не закрыл от их взора блеск неземного золота, исходящий от загадочного вместилища.

Сама земля, казалось, кишит паразитами и гниет.

Ну пожалуйста! Как мог я не верить в тебя?

Повернувшись, Саубон увидел Богуяра: тот опасно склонился над выступом парапета, яростно бил себя в грудь и извергал на головы врагов потоки какой-то неслышимой брани. Лицо его, налившееся кровью, алело столь же ярко, как и его борода, нити слюны в ее прядях блестели в солнечном свете.

Ты знаешь мое сердце лучше, чем я сам!

Словно к огрызку яблока, брошенному в муравейник, Даглиаш сползался к ним. Шранки сбивались в колонны, валили оравами и толпами, со всех сторон стекаясь к Кевочалу. Черные стрелы уже летели в людей, колотя по парапетам. Воины в ответ выламывали камни из искрошившейся кладки и швыряли их вниз, на головы существ, которые уже лезли наверх прямо по стенам башни.

Холька устроил целое представление, вытерев огромным булыжником свой окольчуженный зад, а затем яростно метнув камень в тощих и умудрившись добросить его до самой стены, вдоль которой Саубон чуть ранее бежал к башне. Сразу трое существ упали замертво от этого булыжника — и весь отряд тут же разразился ободрительными возгласами, словно приветствуя удачный бросок счетных палочек. И тут экзальт-генерал осознал со всей глубиной и очевидностью... Смерть, понял он. Смерть! Он постиг всю грандиозность врученного ему дара.

— Восславьте его! — смеясь, прокричал он не способным его услышать, но еще способным верить людям. — Хвала нашему святому аспект-императору!

Явилась смерть. Она всегда является. Но встретить ее можно по-разному...

И мало кому достается смерть столь славная, какая досталась им.

И его дружина, его люди узрели это, как и он сам. Невозможный свет их господина и пророка воссиял в их очах и сердцах. Они смеялись и ликовали, хотя весь мир щетинился железом и вопил, — и продолжали смеяться даже тогда, когда первые из них рухнули на колени со стрелами в глазницах.

— Слава! Слава ему!

Шранки вскарабкались на стены и уже перебирались через парапеты.

— Хвала Анасуримбору Келлхусу!

Смерть закружилась вихрем.

Саубон противостоял натиску, кромсая врагов, ломая свистящие в воздухе тесаки, круша черные шлемы. Сначала казалось, что это легко — рубить и резать рычащие морды, стоит только им показаться над краем башни. Люди сбрасывали шранков вниз, словно визжащих кошек, и казались неуязвимыми в своем бастионе. Дождь из черных стрел сразил омерзительных тварей не меньше, если не больше, чем воинов Саубона. Тридцать восемь душ оставалось в его отряде. Сообразуясь с возникавшей то тут, то там нуждой, они расположились по периметру боевой площадки Алтаря линией, становившейся все тоньше, ибо все больше и больше шранков взбирались на башню со всех сторон. Кевочал вскоре выглядел словно одетым в гротескную юбку из карабкающихся по его стенам тварей, башня казалась теперь лишь не слишком высоким восьмиугольным валом, почти

Глава тринадцатая. Даглиаш

погребенным в кипящем, словно суп, сборище гнусности. Создания уже перехлестывали через все парапеты. Защитники вынуждены были отступить, сомкнув ряды и образовав круг, в котором каждого человека отделяла от его задыхающегося от усталости брата лишь пара шагов. Саубон продолжал возглашать имя своего господина и пророка, хотя уже и сам не знал, делает ли он это ради воодушевления или ради мольбы. Никто не смог бы услышать его, поглощенного гниющей глоткой Орды, а имя аспект-императора стало чем-то пустым, лишенным значений и смыслов, только рефлексом, порожденным ужасом, насилием и прочими формами Тьмы, что была прежде. Да и воины его уже напоминали тени, сражающиеся с другими тенями — ползущими или же скачущими. Мир каким-то странным образом резко свернулся, сжался внутрь себя, став туго натянутым пузырем, жадно всасывающим последние мгновения жизни и смерти экзальт-генерала. Его нимилевый клинок вонзался и рубил, резал и кромсал бледную, как рыбье брюхо, кожу, прокалывал щеки, крушил зубы. Стрелы со звоном отскакивали от его шлема, бессильно стучали по его древнему кунорийскому хауберку. Он пнул обветшалую кладку парапета, обрушив целую секцию, и встретился взглядом с очередной цепляющейся за стену мерзостью. Глаза, подобные черным мраморным шарикам, утонувшим в наполненных маслом глазницах, искаженное яростью лицо, смятое как зажатый в кулаке отрез шелка, слюнявая, полная дикости, ухмылка, изгибающаяся все сильней и сильней — до каких-то совсем уж немыслимых пределов лишь затем, чтобы пропасть, исчезнуть, раствориться...

Судьба поскупилась даже на малейшую передышку или миг торжества. На скругленные временем губы парапетов вскарабкалось еще больше гнусных тварей, похожих на кишащих вшей с человечьими лицами. Клинок Саубона метался и разил, кромсая ржавое железо, выпуская из подевичьи бледных тел струи и целые потоки лиловой крови. «Келлхус! — вопил он. — Келлхус! Келлхус! Келлхус!» Но дышать становилось все тяжелее, в нижней части груди что-то жгло... нечто, что следовало бы выдернуть. Боль терзала левую руку, как будто ее чем-то сдавило. Он шатался. Неподалеку корчился на животе Мепиро, из спины его торчало короткое копье. Что-то, какое-то сотрясение отозвалось в костях — удар по голове. Земля, как ему показалось, вдруг встала вертикально, саданув Саубона по щеке.

Келлхус!

Несмотря на навалившуюся на его плечи гору, Саубон заставил себя подняться и встать на колени.

Он увидел стоящего на парапете Богуяра — алеющая кожей ожившая ярость: одна нога попирает искрошенный зубец, рот заливает кровь, в плече торчит вражье копье, пробившее кольчугу. Холька удерживал левую руку воздетой к небесам: голый шранк, насаженный челюстью на сломанный меч, содрогался над разверзшейся внизу бездной — фаллос существа торчал вверх даже перед смертью. Правой рукой Богуяр сжимал свою огромную секиру, сулящую бледным, толпящимся вокруг него тварям потоки крови и неисчислимые бедствия. Но тут откуда ни возьмись на спину холька с визгом прыгнул очередной шранк, полоснул его ржавым железом, и красноволосый воин, не удержавшись, рухнул вниз с парапета древней башни.

На его место с внешней стороны тут же взобрался еще один шранк, лицо его оставалось неподвижным, как фарфор, и прекрасным, словно у мраморной статуи, — до тех самых пор, пока исказившая черты ненависть не сокрушила эту красоту, превратив ее в нечто нечеловеческое.

Сильный удар опрокинул Саубона. Сползающий куда-то, словно слоящийся мир.

Ощущение чего-то, находящегося внутри него и текущего.

Келлхус...

Сквозь множество топчущихся ног и босых, искривленных ступней Саубон увидел лицо Мепиро, бледное до белизны, среди неистово мечущихся теней оно подергивалось от ритмичных толчков.

Нет.

Глава тринадцатая. Даглиаш

Что-то случилось. Что-то...

Столь громкие звуки. Столь яркий свет...

Образы, достаточно живые и полные, чтобы обмануть восприятие...

Даглиаш исчез — вместе с дыханием Саубона, вместе с биением его сердца.

Странное отсутствие ощущений и чувств можно было сравнить разве что с падением. Пустота простиралась вокруг того вращающегося места, где он сейчас находился, или — поскольку он вдруг осознал, что неподвижен, — это она вращалась вокруг него.

А затем последовало невероятное, катастрофически реальное столкновение, словно он рухнул в пропасть и, совершенно обездвиженный, ударился о ее дно. Он открыл глаза... внутри уже открытых глаз... Щека его покоилась на жестком ковре из стоптанных трав, вокруг него и над ним буйствовали и метались тени — лес переступающих лошадиных ног. Люди сражаются с другими людьми? Да. Галеотские рыцари схлестнулись с облаченными в позолоченные доспехи койяури.

Менгедда?

О Господи! По сравнению с землей его ярость казалась такой пустой, такой бренной!

Он взирал поверх стоптанных трав. Недвижимый, он увидел, как юноша в тяжелых, старомодных доспехах рухнул с коня и упал — так же как он. Его светло-русые волосы выбились из-под кольчужного капюшона. Юноша смотрел на него в ужасе и смятении и, вдруг потянувшись вперед, схватил Саубона за руку, сжав его огрубевшие пальцы, словно стеклянные гвозди, ибо они не чувствовали совершенно ничего...

Кошмарный момент узнавания, но слишком безумный, чтобы испугаться по-настоящему.

Это его собственное лицо! Его собственная рука сжимает его пальцы!

Он попытался вскрикнуть.

Ничего.

Великая Ордалия

Попытался пошевелиться, хотя бы дернуться...

Абсолютная неподвижность охватила его. Он лишь чувствовал некую пустоту — и не только внешней стороной своей кожи, но и внутренней. Казалось, что там, внутри, распахнулась или вот-вот распахнется какая-то дверь.

И он понял это так, как понимают все мертвецы, — с абсолютной убежденностью безвременья.

Ад вздыбился кипящим порывом. Воплощенные злоба и мука жадно бормотали в голодном ликовании...

Демоны явились, чтобы протащить его-внешнего сквозь его-внутреннего, вывернуть наизнанку, предоставив способное чувствовать и ощущать нутро опаляющему пламени и скрежещущим зубам...

Проклятие... несмотря ни на что.

Неописуемый ужас.

Он попытался уцепиться за руку юноши своими мертвыми пальцами... удержаться...

«Не надо! — хотел закричать он так громко, как только способен крикнуть мертвец. Но ребра его были лишенной дыхания клеткой, а губы — холодной землей. — Не отпускай...»

«Прошу тебя! — призывал он молодого себя, силясь поведать ему о всей своей жизни одним лишь взглядом мертвых очей... — Глупец! Неблагодарный!»

Не верь ем...

Вспышка.

Столь яркая, столь ослепительная, что сперва она кажется лишь каким-то мерцанием на периферии зрения.

Образ Даглиаша на мгновение замер тенью вокруг этого сияния, а затем занавес стен сдуло в небытие, словно дым.

Поток воздуха вознесся до головокружительных высот.

Уши надолго затворились для любого звука.

Распространяющиеся во все стороны толчки сбросили тысячи душ с вершин и гребней, разорвали в клочья облака, и те засверкали в небе цветком ириса.

Миг невозможного света.

Глава тринадцатая. Даглиаш

Свет был всепроникающим, сияющим, золотым. Он пронзал пустоту, озарял контражуром столбы обломков и пыли, ибо сама гора, разорванная на части, разлетелась вверх и вовне. Дымные шлейфы, черные, окруженные сиянием, подобные щупальцам осьминога, вздыбились, простерлись, охватывая опустевший купол небес. Края их постепенно выпятились наружу и, закручиваясь, устремились вниз, а в окутанных чадящими клубами высях разверзся сам Ад.

Кольцами и дугами распространялось всеуничтожение. Вихрился пепел. Обугленные склоны были усыпаны дымящимися останками. Умирающие хрипели, беспалые руки слепо шарили вокруг. Адепты пылали и, кувыркаясь, падали с небес.

А затем взвыли целые пространства и дали, забитые людьми и шранками. Поднимались к небу лица, покрытые жуткими волдырями, зияющие пустыми глазницами. Обожженные стряхивали кожу с собственных рук, словно пытаясь освободиться от каких-то лохмотьев. Множество ртов исходили жалобным криком.

И над всем этим царил запах подгоревшей ягнятины и жарящейся на костре свинины.

ГЛАВА ЧЕТЫРНАДЦАТАЯ

Горы Дэмуа

> Быть человеком означает принимать образ его подобно своду небес над головою. Постичь же человека как человека означает остаться слепым к сему образу, оказаться лишенным его постижения. И не знать об искаженности бытия. Итак, постичь, что значит быть человеком, значит перестать быть человеком.
>
> *Трактат о Разделении, автор неизвестен*

Начало осени, 20 год Новой империи (4132 год Бивня), горы Дэмуа

Ишуаль уничтожена. Получены известия об отце. Учение полностью опровергнуто.

Все это было опытом познания, стоящим дороже любого другого.

Горный ветер одновременно и пронизывал Выжившего насквозь, и скользил по его коже. Испещренной порезами. Рассеченной. Покрытой серповидными рубцами и сморщенной. Поверх старых шрамов на ней виднелись новые. Он мог бы использовать свое тело как карту или шифр, не будь его память абсолютной. Каждое безвыходное положение. Каждая жестокая схватка. Испытания были врезаны в саму его плоть наследием тысячи кратчайших путей. Принятых им бесчисленных решений.

Глава четырнадцатая. Горы Дэмуа

Он стал иероглифом, живым указанием на вещи одновременно незримые и глубинные. Не имело значения, насколько ярко светит солнце — тьма все равно клубилась вокруг. Не имели значения дали и расстояния — исходящие слюной твари все равно обступали его. Не имели значения умиротворенное щебетание птиц и спокойное безмолвие высоких, поросших соснами утесов — кромсающие лезвия по-прежнему свистели в темноте, а где-то неподалеку острия клинков вспарывали воздух.

Разрезы и разрезы, и разрезы, и снова разрезы, разрезы и разрезы...

Он стал живым текстом. Единственным, что имело значение теперь, когда сгинула Ишуаль...

Выжившим.

Вместе с мальчиком они следовали за стариком и женщиной, вслушиваясь в краткие реплики, которыми обменивались эти двое. Лексические системы ширились. Грамматические конструкции изучались и пересматривались. Дуниане сопоставляли тональности с выражениями лиц и теперь могли извлекать все больше и больше значений из прежде почти бессмысленных звуков.

Они взбирались по склонам, следуя извилистым тропам и с трудом продвигаясь в тени вздымающихся до неба скал.

По какой-то случайности солнце выглянуло из-за горы над линией ледника так, что весь мир, казалось, засиял ослепительным светом. Они поднимались к огромным сверкающим равнинам, словно подвешенным прямо в воздухе и обращенным к ним своими искрящимися гранями.

Визжащие пузырящимся потоком изливались сквозь темноту. Выживший, вздрогнув, моргнул.

Мальчик заметил это.

Разрезы, и разрезы, и разрезы...

Несмотря на свою очевидную немощь, пара рожденных в миру почти не останавливалась, чтобы передохнуть. Они карабкались вверх, полные живости, рысцой бежали вместе с неослабевающим ветром — и так споро, что мальчику иногда приходилось напрягать все свои силы. Это было возможно благодаря тому веществу, понял Выживший, наркотику, что они слизывали с кончиков пальцев. Он помогал им дышать в той же мере, в какой обострял их ум и придавал ногам прыти.

Еще одна загадка...

Обещающая даже больше открытий, чем прочие.

Чернила знания пятнали чистый лист. Пара понимала, кем были их спутники, но только в грубом приближении. Их представления и понятия давали им возможность лишь поверхностно описать дунианские принципы, но ни в коем случае не постичь их суть. Их суждениям недоставало четкости.

Но каким бы неполным и частичным ни было их понимание, они, тем не менее, полагали, что знают все, что им нужно знать, — и посему считали, что находятся в безопасности или, по крайней мере, в достаточной степени защищены от беженцев из Ишуали. Они не в большей мере способны были осознать всю сложность обстоятельств, в которых очутились, чем ворона способна научиться читать.

Они поддадутся. Выжившему стоит только сосредоточить свое сознание, и они поддадутся — рано или поздно. Безумие женщины лишь доставит некоторые дополнительные сложности. Ненависть и знания старика значат и того меньше.

Он быстро понял, что они поддадутся и уступят, как уступил и поддался его отцу весь этот мир. Они обретались в собственных вселенных — покрытых уродливыми оспинами, залитых грязью и разделенных, раздробленных тьмой и тенями, которых им не дано было даже увидеть. Единство всех вещей и событий, по их мнению, было чем-то скрытым, упрятанным где-то очень глубоко — неким простершимся на весь мир подобием ложного единства их собственных душ. То, что они считали собой, по меньшей мере стояло где-то в сторонке, полагая, что оно лишь принадлежит их душам, свешиваясь с них, словно волосы. Они не понимали, как Причина гнездится в Причине, как все то, что реально

Глава четырнадцатая. Горы Дэмуа

и обыденно, просачивается сквозь особую грань, что бывшее прежде всегда предшествует тому, что последует.

Посему они считали, что именно слова являются единственным способом завоевывать души. Что они, оградив эти ворота за счет бдительности и намеренного отказа верить речам, смогут обезопасить свои души. Они в принципе не были способны увидеть многих вещей и оставались слепы к тому, что в присутствии дунианина они — лишь шестеренки громадного механизма. Как осколки льда в теплой воде, растают их тайны, исчезнут правила и принципы, что они установили себе, и тогда они станут почти неразличимым, непрерывным продолжением целостного.

Они поддадутся.

— Откуда тебе это знать? — спросил мальчик в первую ночь после их исхода. Они встали лагерем на перевале в тени гигантской горы, достаточно высоко, чтобы бросить вызов холоду. Старик и его женщина лежали, свернувшись друг около друга, выше по склону, находя, как понимал Выживший, что-то вроде самоуспокоения в том, что расположились над своими спутниками.

— Я знаю, что они суть меньшее, — ответило что-то изнутри него, — а мы большее.

— Но как насчет колдовства? — снова спросил мальчик. — Ты сам говорил, что Поющие меняют все.

— Это так, — молвила Причина, пребывающая внутри. Она была мотивом, но также и следствием, выбранным из дребезжащей какофонии прочих мотивов. Когда этот мотив минул, был выбран другой, чтобы оказаться произнесенным. Одинокий выживший в оттремевшей внутри яростной схватке. Душа была не чем иным, как скопищем свирепейших выживших...

— Учение несовершенно.

— Так и откуда тебе тогда знать? — настаивала Причина, пребывающая рядом.

— Оттуда, что учение достаточно полно, чтобы повелевать плотью этого мира, — изрек еще один выживший. —

И оттуда, — добавил следующий, — что они поддались моему отцу.

Еще одна Причина контролировала весь процесс отбора, отделяя живых и произнесенных от мертвых и оставшихся безголосыми, будучи бдительной к любому проявлению безумия...
Ничто.
— И как ты поступишь?
Когда они поддадутся... добавил выживший.
— Это зависит от того, какой именно будет их капитуляция, — ответила Причина, пребывающая внутри.
— Что ты имеешь в виду? — спросила Причина, пребывающая рядом.

И надсмотрщик воздвигся над быстро умаляющимся стремлением утешить, безумным выжившим, укоренившимся где-то во мраке. Они — это странное место внутри него и сам мальчик — всегда оставались единственной побуждающей силой, с тех самых пор, как эти двое укрылись в Тысяче Тысяч Залов.
— Сумеют ли они возлюбить?

Разрезы, и разрезы, и разрезы...
Женщина, Мимара, двигалась впереди старика, Ахкеймиона, ведя за собой их небольшую группу с поспешностью, продиктованной терзающей ее яростью. Выживший какое-то время шел рядом с волшебником, рассчитывая, что тот рано или поздно что-нибудь скажет, что-то, с чего можно будет начать.

Молчание, заметил Выживший, тяжело давалось ему.

И все же он оставался безмолвным, хотя все его движения и поведение просто кричали о том, что Ахкеймион осознает близость Выжившего и она все сильнее давит на него, заставляя нервничать все больше и больше. Тени гор лежали на окружающих склонах, укутывая серым покровом рыжие поверхности скал.

— Она все еще хочет, чтобы ты уничтожил нас, — рискнул наконец подать голос Выживший. — Спалил нас своим светом.

Глава четырнадцатая. Горы Дэмуа

— Да... хочет.

Они были столь крохотными — лишь частичками самих себя. Выживший понимал, что множество побуждений таилось где-то во тьме, предшествуя их душам. «Они» начинались лишь в тот момент, когда что-либо говорили — и не раньше. И посему именно разговор казался им тем, в чем они нуждались просто для того, чтобы быть.

— Последуешь ли ты ее желаниям? — спросил он, провоцируя старика, ибо уже знал ответ.

Волшебник искоса взглянул на него. Он знал, что обманывал сам себя, что на самом деле он столкнулся с тем, чего был не в состоянии постичь в достаточной мере. Он осознавал даже свою неспособность предвидеть, но ему все равно не удавалось убедить себя в том, что он находится в опасности. Да и как бы он мог, если подобная слепота составляла для него саму основу, сущность того, что значило «быть»? О каком предвидении, о каком начале могла идти речь, если еще даже не начался ты сам?

— Возможно...

Неуверенный взгляд. Лицо, изо всех сил старающееся в своем выражении сохранить видимость решимости. Знание делало старика слабым — понимание того, сколь велика пролегающая меж ними пропасть.

— Мой отец что-то забрал у тебя.

Увидеть это было не слишком сложно.

Мимолетное дрожание собравшихся вокруг его глаз морщин. Набухание слезных протоков. А глубже запутанный, извивающийся, ищущий выхода клубок из страстей и мыслей.

— Да, — молвил волшебник, глядя в сторону вздымающихся крутыми откосами далей.

Первое признание истины. И чем больше подобных признаний Выживший сможет извлечь из смутной мешанины, которой являлась душа этого человека, тем в большей степени он сможет им овладеть.

Маленькие истины. Он должен собрать их одну за другой, подобно сотне камней.

Старик кашлянул, чтобы дать себе время поразмыслить, а вовсе не для того, чтобы прочистить горло.

— Да, именно так он и сделал.

Мать беременной женщины, Мимары. Келлхус забрал ее. В размышлениях Выжившего рождались ветвящиеся схемы из объяснений, каждое из которых тщательно оценивалось согласно имевшимся доказательствам.

С каждой выделенной и отобранной Причиной ее конкуренты растворялись во тьме, инициировались новые циклы предположений, шестеренки крутились внутри крутящихся шестеренок, крутившихся в других шестеренках...

Зачем Келлхус забрал ее? Чтобы принудить этого человека к чему-то? Чтобы произвести потомство? Основываясь на чем-то еще?

Была лишь одна возможность. Всегда лишь одна. Ибо так устроена сама суть постижения: оценка, отбор...

И бойня.

Второй ночью они встали лагерем на скале, торчавшей на склоне растянувшегося на многие мили гребня, вдоль которого они шли бо́льшую часть дня. Было особенно трудно удерживать равновесие. Воздух, и так сильно разреженный, к сумеркам, казалось, еще более истончился, и тела их то наливались тяжестью, то будто бы пытались воспарить. Пустота с вожделением вглядывалась в них, заставляя пошатываться от головокружения. Пронзавшие морозный ветер солнечные лучи с геометрической точностью упирались в сгрудившиеся вокруг вершины, вспыхивая на заснеженных пиках золотом и багрянцем. Скрип сапог о камни и щебень терзал слух.

Поскольку до темноты еще оставалось более стражи, Мимара через Ахкеймиона потребовала, чтобы Выживший спустился чуть ниже, где на раскрошенных солнцем и ветром склонах они заметили небольшое стадо горных козлов. Для нее уже сделалось привычным требовать чего-либо от двух дуниан.

Выживший убил козла единственным камнем.

Глава четырнадцатая. Горы Дэмуа

Вернувшись, он обнаружил, что мальчик засыпает старика вопросами, а женщина изумленно взирает на это. Выживший заметил, что ее обеспокоила та легкость, с которой мальчишка мог надевать и отбрасывать прочь маску ужаса, который якобы настиг его предыдущим днем. Оставшись с ним наедине, он напомнил, что не стоит столь явно раскрывать доступные ему инструменты.

Они сидели на выгнувшемся горбом хребте мира, наблюдая за пламенем, которое, шипя от капель жира, облизывало тушу. Старик и женщина чувствовали себя весьма неуютно, ибо видели некое безумие в том, что делили огонь и пищу с теми, кого недавно собирались убить. Их долгие поиски были чреваты многими лишениями и грозили смертью, но им еще предстояло осознать, как дорого они им обошлись, не говоря уже о том, чтобы суметь оценить значение своего нынешнего положения. Возможности и вероятности осаждали их. Выживший замечал, как они вздрагивали от посещавших их мыслей — опасений, предчувствий, кошмаров. Им не хватало проницательности, чтобы четко различать расходящиеся направления, в которых могут развиваться события, и чтобы составить схему, позволяющую предвидеть то, что должно случиться. Им недоставало дисциплины, чтобы противиться желанию хвататься за любые обрывки морока, что подсовывали им их вящие души. Выживший понял, что если у него будет достаточно времени, то он сможет принять за них все необходимые решения.

Какими же слабыми они были.

Но его изучение пока тоже было далеко от завершения. Он ничего не знал о подробностях, касающихся их жизней, за исключением самых основных, и тем более о мире, из которого они явились. Более того, Логос, что связывал воедино и сплетал их мысли, по-прежнему ускользал от него. Выживший пришел к выводу, что движения их душ определялись ассоциациями. Взаимосвязью подобий, а не отношением причин и следствий. До тех пор пока он не постиг их внутреннюю семантику, ту, что правила внешней — грамматику и лексику их душ, — он мог рассчитывать только на то, что сумеет направлять течение их мыслей лишь приблизительно.

Впрочем, возможно, пока и этого было достаточно.

Он обратился к старику:

— Ты обнаружил...

— Тивизо коу'фери, — прервала его беременная женщина. Она часто наблюдала за ним с хищным недоверием, и поэтому теперь он упустил из виду, как сильно вдруг преобразилось ее лицо.

Старик повернулся к ней, хмурое неодобрение, сквозившее в его чертах, сменилось тревожным узнаванием — выражением, которое он уже хорошо различал. Ахкеймион не столько опасался самой женщины, понял Выживший, сколько ее знания...

Или его источника?

Старый волшебник повернулся обратно, яростное биение его сердца не сочеталось с внезапной бледностью, нахлынувшей на лицо.

— Она говорит, что зрит Истину о тебе, — сказал он, нервно облизнув губы.

Выживший слышал, как по-воробьиному быстро колотится сердце старика, чуял запах внезапно сдавившего его постижения.

— И что она видит?

Онемели, понял Выживший. Его губы попросту онемели.

— Зло.

— Она просто обманывается моей кожей, — ответил Выживший, полагая, что столь примитивные души не отделяют уродство внешнее от внутреннего. Однако он увидел, что ошибся, еще до того, как старик покачал головой.

Колдун перевел женщине сказанное.

Веселье, мелькнувшее в ее глазах, было подлинным, хоть и мимолетным. Она не доверяла даже его невежеству, ибо ее подозрения в отношении обоих дуниан укоренились чересчур глубоко. Но было что-то еще, что-то, кравшее ее смех, душившее ее мысли... какая-то нутряная, глубинная реакция на то, что она действительно видела

Глава четырнадцатая. Горы Дэмуа

и что он ошибочно принял за обычное отвращение к его внешнему уродству.

— Спира, — произнесла она, — спира фагри'на.

Ему не нужен был перевод.

— *Взгляни. Взгляни мне в лицо.*

— Она хочет, чтобы ты посмотрел ей в лицо, — сказал старый волшебник, и в его голосе слышалась увлеченность. Выживший глядел на него... один удар сердца, два... и понял, что для Друза Ахкеймиона грядет великое испытание, столкновение принципов с принципами, ужаса с ужасом, доверия с надеждой.

Беременная женщина не столько посмотрела, сколько воззрилась на него, выражение ее лица стало совершенно необъяснимым. Сумерки укрыли пропасти и вершины за ее спиной, превратив все дали в завесу из пустоты и небытия, на фоне которой женщина казалась сидящей практически рядом — в какой-то угрожающей близости.

— Спира фагри'на.

И Выживший различал всю множественность, всю ту суматоху и путаницу, что являлись Причиной, пребывавшей внутри. Ту часть, что произносила слова, не будучи способной к их осмыслению. Ту часть, что слышала произнесенное и присваивала его. Части, которые порождали, и части, которые впитывали.

— Взгляни мне в лицо.

Но среди всего этого многообразия он нигде не мог разглядеть его: источник ее убежденности, Причину.

Безумие, как он и предполагал.

— Пилубра ка?

— *Видишь ли ты его? Оно отражается в моих глазах — видишь?*

Вопрос прошел насквозь, минуя Выжившего. Он лишь уловил его сетями своего лица.

Ее улыбка могла бы принадлежать дунианину, ибо лишена была любых наслоений, будучи лишь непосредственным проявлением наблюдаемого ею факта.

— Тау икрусет.

— *Твое проклятие.*

Она была неполноценной — но в каком-то глубинном, неочевидном смысле. Нечто, погребенное весьма основательно, часть, пораженная страхом, завладевшая частью, способной видеть и порождать галлюцинации, которые овладели частями, делающими выводы и произносящими речи, — все это в конечном итоге производило видения, не вызывавшие никаких сомнений. Выживший понял, что решить проблему, которую представляла собой Мимара, будет намного сложнее, чем ему виделось изначально. Трудно настолько, что он, пожалуй, вообще отложил бы эту задачу, если бы Мимара не обладала таким влиянием на Друза Ахкеймиона.

Ветер трепал языки пламени, разбрасывая искры. Ее лицо пульсировало багряными отсветами.

— Дихуку, — молвила она, улыбаясь, — варо сирму'тамна ал'абату со каман.

Старый волшебник насупился.

— Она говорит, что ты собрал сто камней...

Выживший невольно моргнул. Катастрофический провал.

Невозможность, и на сей раз без малейшего намека на странную искаженность, которая уродовала все вещи, связанные с колдовством.

Невозможность абсолютная...

— Йис'арапитри фар...

Разрезы, и разрезы, и разрезы...

— Она говорит, что тебе лишь кажется, что ты выжил в Тысяче Тысяч Залов.

Выживший снова моргнул и опрокинулся назад и за пределы себя, растворяясь в тех разделенных на части множествах, которыми, собственно, всегда и был, в тех кусочках мелькающих кусочков, осколках того, что может случиться, и каждый осколок претендовал на жизнь, стремился быть вознесенным — восторжествовать во плоти, овеществиться в реальности.

Выживший пристально всмотрелся в лицо Мимары, заново сочетавшись из своих частей у вновь обретенного вывода, собравшись воедино, подобно рою зимних пчел. И весь

Глава четырнадцатая. Горы Дэмуа

мир осыпался тряпьем и тенями вокруг точки, на которой сосредоточился взгляд беременной женщины.

Его усмешка была легкой и печальной, улыбкой человека, слишком хорошо знающего, как может ошибаться сердце, чтобы не суметь понять и простить чью-то ненависть.

— Ресирит ману коуса...

— Она говорит, — мрачно сказал старый волшебник, — что ты только что решил убить ее.

Разрезы, и разрезы, и разрезы.

Он наблюдал за своими спутниками сквозь завесу пламени, которая танцевала, пульсировала, раздуваемая ветром. Они сидели рядом друг с другом, глядя куда-то в ночь. Мимара, несмотря на то что была сильнее, втиснулась прямо в доспехах в объятия старого волшебника, и тот одной рукой обхватывал ее живот в золотых звеньях брони. Ахкеймион озадаченно взирал на грядущее трепетное чудо, что сотворялось под его ладонью, а по его бородатому лицу скользили оранжевые отсветы.

Волки скулили, препирались и завывали, какофонию визгов то и дело прерывали долгие одиночные вопли. Лишь хищники осмеливались взывать в ночной пустоте — звери, не рискующие быть сожранными. До сегодняшнего вечера он и не думал, что пустота может воззвать им в ответ, что в ней таятся алчущие сущности, плотоядные до последней своей мельчайшей частички, и даже более того.

— Откуда она узнала? — прошептал мальчишка из темноты.

Лишь Причина могла быть источником знания.

— У этого мира, — ответила часть, — есть указания, которые не дано постичь дуниянам.

Он был сочтен и измерен — он, кто когда-то сумел поразить даже Старших своими дарами. Она просто взглянула на него и пронзила до самого дна.

— Но как?

Тени блуждали во тьме.

Выживший отвернулся, прервав созерцание колеблющихся в жаре костра образов Мимары и Ахкеймиона, поместив мальчишку в пределы своей беспредельной машины постижения. Он потянулся вперед, коснулся ладошкой, сложенной лодочкой, изгиба детской щеки. Часть вгляделась в испещренную шрамами кожу, которая лежала поверх кожи гладкой.

— Душа — это Множество, — молвила еще одна часть.

— Но мир — одно, — недоуменно ответил мальчик, ибо этот катехизис стал ему известен одним из первых.

Выживший, позволив своей руке соскользнуть с его щеки, возобновил изучение пары спутников.

— Но я не понимаю, — настаивал тонкий голос где-то с краю.

Всегда такой открытый, такой доверчивый.

— Причина есть мера расстояния между вещами, — произнесла одна из частей, пока другая продолжала пристально наблюдать за парой, — вот почему сила дуниан зиждется на способности выбирать Кратчайший Путь.

— Но как она узнала о камнях? — спросил мальчик. — Каким из возможных путей к ней пришло это знание?

Часть, которая слышала звуки, кивнула.

— Никаким, — прошептала часть, произносящая речи.

Часть, которая надзирала за всеми прочими, контролируя их усилия, сопоставляя сценарии и возможные последствия, вовлекала в каждый из вариантов предстоящих событий условие гибели женщины. Но, просто объявив о его намерениях, та катастрофически усложнила их исполнение.

— И что это значит? — вновь спросил мальчик.

Разрезы, и разрезы, и разрезы...

— Что мир, — начал голос, — один во всех отношениях.

Части мяукали и вопили во тьме.

— О чем ты?

Что-то, возможно, какое-то отчаяние, таящееся в модуляциях детского голоса, заставило неисчислимые метания, раздирающие его душу, приостановиться. «Зачем? — спросила часть. — Зачем замышлять ее смерть, не сумев постичь основание, в котором коренится произошедшее?»

Глава четырнадцатая. Горы Дэмуа

Выживший перевел взгляд на мальчишку:
— О том, что все это в каком-то смысле уже случилось.

Старик стонал и кричал во сне.

Женщина, лежавшая бок о бок с ним, зашевелилась, а потом вдруг вскочила, взбудораженная какой-то смутной тревогой. Она не попыталась разбудить его, лишь села рядом, склонив голову. На лице ее читалось изнеможение. Она явно уже давно привыкла к этим кратким ночным бдениям, когда мысли путаются, навьюченные грузом медлительности и забытья. Она положила ладонь на грудь волшебника — движение, порожденное неосторожной близостью. Ладошка ее, словно ухо, прижалась к его сердцу.

Старик успокоился и утих.

Огонь зашипел и канул в небытие. Объявшая их ночь взвыла ветром, оскалилась поднебесьем и разверзлась пустотой беспределья. А над ночью простерлись сверкающие россыпью звезд небеса...

В том внезапном взгляде, какой женщина бросила в сторону дуниан, не читалось ничего осмысленного. Она снова была слепа, и заметные в ее гримасах и позах признаки нерешительности и страха делали этот факт совершенно очевидным. Обычный человек — целиком и полностью.

Она закрыла глаза вместе с той частью, что наблюдает.

«Мир — одно», — вспомнила часть другую часть, ту, что произносила речи.

Мальчик?

Она отвернулась от изучающего взгляда и снова угнездилась рядом с волшебником. Часть наблюдала за тем, как ее взгляд вонзился в распахнувшуюся над ними бесконечность. Затем, по прошествии семнадцати ударов сердца, женщина с какой-то мрачной яростью натянула до подбородка одеяло и перекатилась на бок.

«И это тоже, — прошептала одна часть остальным, — уже случилось».

Ветер бушевал и гремел, незримыми потоками обрушиваясь на высокие пики.

Выживший перекатился на спину. «Она сказала, — прошептала часть голосом старика, — что ты собрал сто камней». Как она могла узнать об этом? Колдовство, поняла еще одна часть, колдовство было наименьшим среди множества просчетов дуниан. Он долго размышлял о Поющих и их разрушительной песне: ни один из прочих братьев не был готов рисковать столь же сильно, как он, в бесплодной попытке захватить одного из них для допроса. Заблудшая часть озарила молнией и прогремела громом в лабиринтах черноты. Почему? Почему рожденные в миру дуниане-основатели отказали своим детям в знаниях о чем-то настолько важном, как колдовство? Чем руководствовались они, обрекая свое потомство на тысячелетия невежества?

Быть может, некоторые пути показались им слишком короткими. Быть может, они опасались, что их потомки откажутся от тяжких трудов по сбору урожая Причин, предпочтя ему сладкие плоды колдовства, свисающие так низко.

Несмотря на всю свою глубину, колдовство ничего не решало и не меняло, но усложняло при этом метафизику Причинности. Но это... знание, что постигло его без остатка через глаза беременной женщины.

Это меняло все.

Даже сейчас, когда он молча вглядывался в бездонность ночи, часть воспроизводила ее образ, и он вновь проживал невозможность, поселившуюся в ее взгляде, постижение, совершенно не связанное с кровосмесительными причудами, свойственными «здесь и сейчас». Взгляд, не привязанный ко времени и к месту. Взгляд отовсюду...

И из ниоткуда.

Он знал: там находилось место вообще без путей, без различий...

Абсолютное место.

Разрезы, и разрезы, и разрезы.

Они восходили все выше, их путь пролегал по самому лику небес. Склоны, усыпанные камнями, и обрывы в бездонные пропасти окружали их, куда ни взгляни. Ошеломля-

Глава четырнадцатая. Горы Дэмуа

ющие вершины терзали небо, вздымаясь вокруг; огромные, расколотые скалы воздвигались башнями, упираясь в лазурную высь. Разреженный воздух подвергал испытанию легкие и ноги.

— Она охотится на нас, — сказала часть старому волшебнику.

Боязливый взгляд искоса.

— Тьма, что была прежде мыслей и душ, — объяснила еще одна часть.

Лицо старика казалось участком окружающих гор, их темнеющим на фоне неба миниатюрным подобием.

— Я и в самом деле замышлял убить ее, — вновь изрекла часть.

Слова эти поразили старика — как и задумывалось. Начав с загадочного высказывания, Выживший привлек его внимание и любопытство, а также нагнал туману, противопоставив все это очевидной ясности следующей фразы.

— А сейчас ты все еще хочешь ее смерти?

Ему было необходимо, чтобы Друз Ахкеймион слушал его.

— Не имеет значения, что я отвечу, поскольку ты мне не веришь.

Доверие было для этих людей чем-то вроде привычки. Если бы уста его изрекли достаточно правды, то его голос стал бы для них голосом истины.

— Звучит как дилемма, — сказал старый волшебник.

Сияющий взгляд. Улыбка, призванная лишь привлечь внимание к его гротескному виду.

— Необязательно.

Ахкеймион окинул обеспокоенным взглядом беременную женщину, бредущую чуть выше по склону. Они тащились вверх по круче, следуя ложбине между огромных камней и валунов, обозначивших нечто вроде тропы на усыпанном каменной крошкой косогоре. Потревоженные их шагами камни осыпались, набирали скорость и, вылетев из ложбины, вызывали небольшие оползни, которые расходились по склонам, будто юбки, сотканные из бесчисленных нитей.

Выживший знал, что старик вновь решил его игнорировать.

— В той же мере, в которой ты не доверяешь мне, ты готов довериться ее взгляду.

Тень какой-то птицы прянула вниз по склону.

— И?

Истина.

— Попроси ее, — произнес изуродованный сын Анасуримбора Келлхуса, — взглянуть на меня, когда я буду объясняться.

Честность была способом достучаться до них.

— И зачем мне это делать?

Кратчайшим Путем.

— Затем, что мой отец украл твою жену.

Причина...

Причина была лишь оболочкой.

Клубком перепутанных нитей.

Корочка болячки, уже три дня заживающей на костяшке указательного пальца левой руки мальчишки.

Маленькая родинка на левой стороне подбородка беременной женщины, пропадающая из виду в те редкие моменты, когда та улыбается.

Распухшие суставы рук старого волшебника и боль, которую он чувствует, не сознавая того. Боль, заставляющая его постоянно сгибать и разгибать пальцы.

Сгибать и разгибать.

Каждая из этих особенностей имела свое происхождение и направление. Каждая проистекала из какой-то причины и сама была причиной чего-либо. Каждая была узелком, в котором сходились переплетенные нити прошлого, расходясь затем во все стороны и исчезая в пустоте будущего. Но Выживший имел о них представление лишь в той мере, в которой они коренились в его истоках, в его собственном прошлом. Он не знал, обо что мальчик поранил палец, что за изъян вызвал потемнение кожи у женщины и болезнь, поразившую руки старика.

Глава четырнадцатая. Горы Дэмуа

Он был лишь связан с оболочкой этих вещей и событий — с клубком нитей.

Все прочее было Тьмой.

После всех длившихся поколениями тренировок, после разведения детей, соприсущих Логосу, дуниане могли лишь пронзить эту оболочку, разрезать ее, разрезать и еще раз разрезать. Они слизывали кровь знания и не могли даже надеяться испить ее полной чашей, так, как это сделала женщина прошлым вечером. Да что там испить — они не сумели бы даже поднять эту чашу.

Дуниане видели только оболочку Причинности — пульсирующую паутину простершихся во всех направлениях нитей — и считали, что Причина является вообще всем, что она заполняет собою всю тьму без остатка. Но они были глупцами, думая, что Тьму, даже в столь незначительном отношении, можно прозреть. При всей своей проницательности они, погрузившись в неведение, были столь же жалкими, как звери, не говоря уж о мирских людях.

Совсем иная кровь, пульсируя, пробивалась сквозь извечную черноту, струясь сразу изо всех точек.

Ему достаточно было только взглянуть на беременную женщину, чтобы даже сейчас узреть эту кровь, пусть ощутимую едва-едва, подобно еле уловимому оттенку рассвета, окрасившему горизонт во время самого длинного из ночных бдений, или подобно первому трепыханию подступающей болезни.

Они спустились к обширному пастбищу, головы их болтались вверх-вниз, когда они опрометью неслись по склону. Она двигалась ниже остальных. Наброшенные на ее плечи шкуры придавали ей облик несколько диковатый и к тому же мальчишеский — из-за коротко обрезанных волос. В отличие от старого волшебника или даже мальчика, петлявших на своем пути, точно шмели, она шла с убежденностью человека, следующего стезею давней и привычной.

Каждым шагом своим держась Причинности.

Разумеется, она не владела этим знанием, и оттого происходящее казалось еще более удивительным и даже чудесным.

Она обладала убежденностью, которая ей самой не принадлежала: но как же это могло быть? Как можно вместить в себя нечто столь бездонное, не говоря уж о том, чтобы постичь его душою настолько слабой и ограниченной?

«Она говорит, — прошептала часть из темноты, — что ты намеревался убить ее».

«Попроси ее, — ответствовала другая, — взглянуть на меня, когда я буду объясняться».

Мальчик протянул свою крабью руку, коснувшись поросли золотарника, и Выживший ощутил вдруг, как раскрывшиеся лепестки щекочут его собственную ладонь...

А еще он ощутил нечто большее. Непостижимо большее. Абсолют.

Выберем любую точку — не имеет значения, какую именно.

Дунианин понимал, что единственный способ, которым эту точку можно сделать мерой окружающего пространства, заключался в том, чтобы обозначить ее как нулевую, назвать ее нулем, отсутствием какой-либо величины, что тем самым привязывает к себе бесчисленное множество всех величин. Ноль... Ноль, что был источником и центром каждой бесконечности.

И пребывал повсюду.

И поскольку ноль пребывал всюду, мера тоже пребывала всюду — как подсчет, арифметика. Стоит подчиниться чьему-то правилу, и ты сможешь мерить той мерой, которой меряет он сам. Ноль был не просто ничем; он был тождеством, отсутствием различий, а отсутствие различий есть единообразие.

Поэтому Выживший стал называть этот новый принцип Нулем, ибо питал недоверие к названию, которым для его обозначения пользовался старый волшебник...

Бог.

Величайшей ошибкой дуниан, понимал он теперь, было воспринимать Абсолют как нечто пассивное, думать о нем как о пустоте, немой и безучастной, поколениями ожидающей их прибытия. Величайшей ошибкой мирских людей, по-

Глава четырнадцатая. Горы Дэмуа

нимал он, было воспринимать Абсолют как нечто активное, думать о нем как о лестном подобии их собственных душ. Таково назначение Нуля — быть чем-то, чего нет, чем-то, что стягивает, сжимает все сущее, все источники и направления в единственную точку, в Одно. Чем-то, что повелевает всеми мерами не через своевольное распределение силы, но согласно устройству системы...

Логос.

Бог, что был Бытием. Бог, которым могла стать любая душа, хотя бы лишь для единственного прозрения.

Нулевой Бог. Отсутствие, являвшееся мерой всего Творения. Принцип, смотрящий глазами Мимары...

И собирающийся измерить его самого.

Разрезы, и разрезы, и разрезы...

Гора воздвиглась меж ними и заходящим солнцем, грубая основа, устремленная в небеса. Ниже потоки пенящейся воды прорывались сквозь теснину, змеясь в расселинах и трещинах, избороздивших сами корни гор. Мальчик, сидя, жался к огню, в его глазах плясали крохотные отражения языков пламени, лицо полыхало багрянцем, как и запятнанные закатными цветами вечерние дали за его спиной. Старый волшебник и беременная женщина, ссорясь, стояли выше, на гранитном выступе, выгнувшемся над лагерем подобно огромному дремлющему коту.

— Пит-пит арама с'арумнат! — доносился с каменного навеса ее резкий, пронзительный голос.

— И о чем они теперь спорят? — спросил мальчик, отрывая взгляд от огня.

Выживший не проявил ни скрытности, ни отсутствия интереса. Он стоял напротив, спиной к сумрачным теням поросшей еловым лесом долины, и взирал вверх с холодной неподвижностью.

— Я предложил покориться ее взгляду, — ответила часть мальчику, — и его суждению.

Еще одна часть отслеживала прихотливое сочетание гнева и недоверия, искажающее ее лицо, сквозящее в голосе, ясно видимое в позах и жестах. Ее Око, объясняла она старому волшебнику, уже вынесло суждение, уже выявило их желания...

— А она упирается? — спросил мальчик.

— Они слишком страдали, чтобы довериться хоть чему-то из того, что мы им предлагаем. Даже нашей капитуляции.

— Мрама капи! — закричала женщина, размашисто рубя воздух ладонью правой руки.

Вновь озадаченный неистовой изобретательностью ее аргументов, старый волшебник, запинаясь, что-то бормотал в ответ. Он проигрывал это состязание.

— Я слышу их! — крикнул Выживший, тон его голоса был подобран таким образом, чтобы вызвать у всех тревогу.

Миряне, окутанные лиловым мраком зарождающейся ночи, уставились на него. Где-то справа хлопнуло — это горящий валежник плюнул яркими искрами, и те поплыли по ветру.

— Я слышу их у тебя в утробе, — повторил Выживший, в этот раз на их языке. Хотя он еще далеко не полностью овладел им, но уже знал достаточно, чтобы сказать эти слова.

Она воззрилась на него, слишком пораженная, чтобы встревожиться... и чтобы не оказаться обезоруженной.

— Тау миркуи пал...

«Что значит «их»?»

Одна из частей констатировала успешность уловки. Другие части жадно впитывали знаки, источаемые ее лицом и фигурой. Третьи разыгрывали оставшиеся детали задуманного сюжета.

Выживший улыбнулся старому волшебнику самой доброй из доступных ему улыбок.

— Ты носишь близнецов... Сестра.

Ты боишься, и боишься оправданно.

Дуниане переступают границы любых установленных тобой правил. Мы превосходим любую доступную тебе меру.

Ты — лишь горлышко бутылки, мир по капельке просачивается в твою душу, мы же обитаем под бурным потоком.

Глава четырнадцатая. Горы Дэмуа

И, приближаясь к нам, ты сталкиваешься с водопадом.

Ты почитаешь себя единой и одинокой, хотя на самом деле ты — целая толпа слепцов, извергающих слова, которые ты не способна постичь, и кричащих голосом, который ты не способна услышать. Истина в том, что ты есть множество — и в этом секрет всех твоих неисчислимых противоречий.

Вот... вот где подвизаются дуниане — во тьме, воздвигшейся раньше самих ваших душ. Разговаривать с нами — значит подчиняться нам, для вас просто нет другого пути, когда мы пребываем рядом. И в соответствии с нашей собственной природой мы порабощаем вас и владеем вами. Ты права, раз хочешь убить нас...

Особенно меня — того, кто был сломан и разбит на части в глубочайшей из бездн.

Даже эта исповедь, простое изложение истины, соткана из знания, проникающего в такие глубины, что оно ужасает тебя. Даже мой голос служит ключом, его тональности и модуляции подобраны, словно бороздки отмычки, к переключателям механизмов твоей души. Ты заворожена им, ибо так тебе было предписано.

Несмотря на краткость нашего знакомства, несмотря на всю твою скрытность, я знаю о тебе уже многое. Я могу назвать Предназначение, которое ты считаешь своим, и могу назвать Предназначение, о котором ты не имеешь ни малейшего представления. Мне ведомы хитросплетения обстоятельств, которые создают и ограничивают тебя; мне известно, что над большей частью твоей жизни властвовало принуждение как единственный настоящий закон; я знаю, что под маской ожесточения ты прячешь нежность и что ты носишь в утробе детей своей матери...

Но мне не стоило бы перечислять все это, ибо я вижу и твои помыслы.

Я вижу, что ты терзаешься необходимостью действовать, ибо, изрекая все эти истины, я взращиваю семена своего уничтожения. И тем самым мои собственные пределы становятся очевидными. Хотя над нами и раскинулась беспредельность ночи, часть меня все еще блуждает лабиринтами Тысячи Тысяч Залов: кусочек мрака, смутный, ускользающий и заявляющий при этом, что именно смерть... смерть и есть Кратчайший Путь к Абсолюту.

Хотел бы я знать: не это ли ты называешь печалью?

И тем самым пределы дуниан стали зримыми, так же как ваши. Ибо желание, что в вас пылает так ярко, запечатлено и в наших собственных душах, пусть и в виде крохотных тлеющих угольков, низведенное по прошествии поколений до чего-то незаметного, ставшее единственным голодом, единственным языком пламени, единственной движущей силой, способной обуздать Легион, что внутри...

Единственным Предназначением.

Вот почему, Сестра, вот почему я готов подставить горло под клинок твоего суждения. Вот почему готов сделаться твоим рабом. Ибо, не считая смерти, ты, Анасуримбор Мимара, приемная дочь Анасуримбора Келлхуса, моего отца, ты, Сестра, и есть Кратчайший Путь.

Абсолют обретается в глубинах твоего взора. Ты, рожденное в миру недоразумение — слабая, беременная, преследуемая королями и народами, — ты и есть подлинный Гвоздь Бытия, крюк, на котором подвешено все сущее.

И поэтому я преклоняю колени, ожидающий и готовый принять смерть или озарение — не имеет значения, что именно...

Ибо я наконец узнаю.

Разрезы, и разрезы, и разрезы.

Часть, один из сотни камней, преклоняет колени перед нею, Анасуримбор Мимарой, и видит, как оно восстает, поднимается... словно жидкий свинец вливается в тряпичный сосуд смертной плоти, покой, столь же абсолютный, как само небытие.

Ноль.

Шранчий визг где-то во тьме, воздух, смердящий пóтом и гнилым дыханием, свист тесаков, повергающий братьев в безумный страх. Шлепки босых ног по камням.

Глава четырнадцатая. Горы Дэмуа

Ноль, разверзающийся Оком.

Чернота — вязкая и первобытная. Точка, скользящая внутри этой тьмы, рисует линии и описывает кривые. Крики распространяются, как огонь по склону высушенного солнцем холма.

Красота, состоящая не из животных или растительных форм, но из самой безмятежности, будто бы треск, грохот и скрип громадных механизмов утихли, вдруг умалившись до перестука столь же легкого, как поступь мышиных лапок.

Точка бурлит осознанием. Ведет речи, витиевато повествует о выкорчеванных кривыми тесаками ребрах, о выпущенных кишках и выбитых напрочь зубах, о конечностях, выброшенных за ненадобностью и, крутясь, улетающих в пустоту.

Выживший смотрит и видит ложь, ставшую зримой.

Разрезы, и разрезы, и разрезы.

«Суди нас», — шепчет часть.

Вознеси нас.

Или низвергни.

Анасуримбор Мимара стоит, возвышаясь над ним туманным ореолом из волос и плоти, объятым Оком Судии. Предлогом. Поводом...

Держа в руках, как замечает часть, колдовской клинок.

Скулит терзающая чернота. Выбор пути и следование ему. Сплетение линий, слишком смертоносных, чтобы быть реальными. Угрозы, отделенные, вырванные из общего потока, сжатые пальцами и погашенные, словно свечные фитили.

Так много разрезов.

Ноль трепещет и вибрирует в объятиях смертной плоти. Плоти женщины.

Слишком много.

— Ты сломлен, — всхлипывает она, — так же как я.

Часть вытягивается и охватывает тонкую руку с ножом.

«Суди нас, — шепчет часть, — заверши вековую войну меж нами».

Разрезы, и разрезы, и разрезы.

Нож звенит о камень. А она теперь стоит рядом с ним на коленях и обнимает его так крепко, что он чувствует, как ее раздутый живот вжимается в его ввалившееся чрево. Часть насчитывает четыре бьющихся сердца: одно, мужское, стучит редко и тяжко, другое, женское, быстро и поверхностно, еще два, нерожденных, трепещут в ее утробе. Она дышит ему прямо в шею, и часть отслеживает расползающееся по его коже теплое, влажное пятно. Женщина дрожит.

«Я потерян», — шепчет часть.

И хотя лицо ее уткнулось в его плечо прямо у шеи — взор недвижим. Он все так же изучает, разглядывая его с беспредельностью постижения, исходящей из памяти о том месте, где прежде были ее глаза.

— Да, — молвит она. — Как и мы.

Ноль, взирающий из ниоткуда, показывает ему его собственную меру и то, как сильно, гибельно заблуждались дуниане.

Всю меру безумия Кратчайшего Пути.

— *Я проклят.*

Ее маленькие кулачки узлами крутят его рубаху, едва не свивая веревки из ткани. Мальчик смотрит на них, оставаясь непроницаемым и безупречным.

— Я прощаю тебя, — выкрикивает она ему в плечо.

— *Я прощаю.*

У осознания нет кожи.

Нет кулаков или пальцев.

Нет рук.

Сколь многим приходится пренебречь.

Мальчик наблюдает за ним, разглядывающим беспредельную чашу ночи, — наблюдает, как он... течет.

— Итак, — шепчет он, — удалось ли тебе преуспеть?

Часть слышит. Часть отвечает:

— Все, чему я научил тебя, — ложь.

«И все, что ты знаешь, — безмолвно шепчет еще одна, — и все, что ты есть».

И еще одна...

И еще.

Глава четырнадцатая. Горы Дэмуа

Они уступили старому волшебнику выбор пути, проследовав на север вдоль огромной долины, избегая пока что покидать горы.

— Далее раскинулась Куниюрия, — объяснил он, — и полчища шранков.

Смысл был ясен...

И неразличим.

Злодеяние, — приняла часть, как аксиому, — злодеяние отделяет невинность от невежества.

Они — все четверо — сидели на скальном выступе, скрестив ноги и касаясь друг друга коленями, и взирали на черные бархатные складки очередной раскинувшейся перед ними долины. Небольшая сосенка жалась к голому камню утеса, подпирая его обломанными рогами своих ветвей. От холода дыхание путников вырывалось облачками пара, которые тут же смешивались друг с другом. Старый волшебник еще не сумел даже осознать, не говоря уж о том, чтобы принять произошедшее. Левой рукой он достал ревностно оберегаемый им небольшой мешочек. Жалкий всплеск алчности мелькнул в его взгляде, жадности почти что детской, но растущей и простирающейся так далеко, что казалось, вспышка эта готова озарить собою весь горизонт.

А еще на лице его читалось преклонение, старика пробирала дрожь напряженных воспоминаний и нежданных уроков.

Дунианский проект был задуман людьми, мирскими душами, в жажде постичь и раздвинуть свои пределы. Их порыв был величественным и грандиозным. Они узрели всеобъемлющую тьму, небытие, откуда вырастали все их мысли и побуждения, и сочли эту зависимость рабскими оковами, которые следует разбить, если это возможно.

Тем самым они превратили Абсолют в награду.

— Квирри, — произнесла беременная женщина, голос ее вознесся отрезом шелка, как будто всколыхнулось знамя ее дворняжьей стойкости. — Па меро, квирри...

Она коснулась языком кончиков своих пальцев, а затем сунула их в мешочек.

Мальчик наблюдал за ней бездумно — и доверчиво.

Невежество, заключила часть. В основе лежало невежество. Первый Принцип.

Свидетельство этого запечатлено в самой плоти дуниан, ибо их рождали и взращивали в стремлении к обману. Даже среди подкидышей нет места для осиротевшего разума. Все сыновья рождаются нанизанными на нить, уходящую в прошлое, ибо все отцы суть сыновья. Каждому дитяти сообщают, кто он есть, даже тем, кого вскармливают волки. Даже детям дуниан. Быть рожденным означает родиться на каком-то пути. Родиться на пути означает следовать ему — ибо какой человек смог бы переступить через горы? А следовать пути означает следовать правилу...

И считать все прочие пути ущербными.

Она достала кончик пальца из горловины мешочка, удерживая в сиянии Гвоздя Небес крупинки порошка — пепла столь легчайшего, что даже малейший ветерок немедля унес бы их прочь...

Но небо, казалось, забыло, как дышать.

Даже вообразив целый мир, переполненный безумцами, невозможно описать бесконечную причудливость существующих убеждений и совершаемых поступков. Помыслы подобны ногам, которые сходятся и соединяются в бедрах. Неважно, насколько длинными и извилистыми были пути и тропы, неважно, насколько безумным или, напротив, изобретательным являлся человек — только понятое и осознанное могло быть замечено им... Логос, назвали они этот принцип, шаг за шагом связывающий воедино прежде бывшее бесцельным и крупица за крупицей подчиняющий все некому конкретному предназначению. И это оказалось величайшим из дунианских сумасбродств — рабское преклонение перед разумом, ибо именно оно навсегда заточило их в темнице жалкого невежества их предков...

Логос.

— Что это? — поинтересовался мальчик.

Глава четырнадцатая. Горы Дэмуа

— Это не для тебя, — отрезал старый волшебник с большей горячностью, отметила часть, чем он собирался.

Разум был лишь нищим притворщиком, слишком робким для странствий или прыжка и посему обреченным рыться в отбросах посреди кучи *пришедшего раньше*. Логос... Они назвали его светом лишь для того, чтобы оказаться слепыми. Они взвалили его на себя тяжким, длящимся поколениями трудом, перепутав его немощи со своими собственными... Человеческое мышление, застланное пеленой.

Она ладонью вниз протянула к нему руку с выставленным указательным пальцем — так чтобы он смог взять кончик пальца губами. Но часть поразила ее, сжав запястье и вдохнув порошок ноздрей.

Понюшка была столь быстрой и резкой, что старый волшебник вздрогнул. Анасуримбор Мимара отдернула палец, удивленно нахмурившись.

— Если проглотить, то эффект наступает позже, — объяснила часть. — Этим путем...

Меньшая из частей моргнула.

Легион, что внутри, застонал, части заходили ходуном, ощупывая мир, который они, словно бремя, таскали у себя за спиной.

— Этим... Этим путем...

Этим путем, мальчик... Следуй за мной!

Разрезы, и разрезы, и разрезы. Жующие зубы щелкали, скрежетали где-то во тьме, демонический хор вошил, устремляясь вниз по проходам и коридорам, просачивался сквозь нисходящие уровни, вязкий, напоенный яростью и похотью — свирепыми и отчаянными. Все, сокрытое во тьме, сливается воедино. Тем самым они, Визжащие, словно стали одним существом, более подобным насекомому, нежели человеку.

— *Не оставляй меня.*

Дитя было неполноценным, как оценщик и предполагал. Но часть, тем не менее, злорадно торжествовала, ибо хотя Ишуаль и была уничтожена, ребенок уцелел для... для...

Для чего?

Нечеловеческие твари, фыркая, вприпрыжку рыскали сквозь черноту. Потерявшиеся и голодные, нескончаемые тысячи принюхивались и, едва уловив запах уязвимости, тут же поднимали яростный визг. В первые дни выжившие из Братии выставляли в качестве приманки горшки с собственной кровью и экскрементами, и эти существа устремлялись на вонь, слетаясь к своей погибели и не обращая внимания на то, сколь высока плата, ибо каждый дунианин разменивал свою жизнь на жизни тысячи Визжащих. Стоило одному-двоим унюхать что-нибудь, как они принимались скулить, и вой тут же охватывал все неисчислимые легионы, заполнившие собой изрытые коридорами и кельями глубины...

Поначалу отражать их натиск было довольно легко, и дуниане возводили из туш Визжащих целые баррикады. Но то, что казалось легким поначалу, позже сделалось невозможным. Тогда Братия отринула эту стратегию и выбрала иной путь — углубляться, бежать все дальше и дальше, следуя то по ветвящимся, то снова сливающимся коридорам Тысячи Тысяч Залов. Погружаясь в кромешную тьму, используя вместо зрения свой разум, вновь и вновь разделяя преследователей — до тех пор пока не останутся лишь небольшие группы. Мальчик был взращен, слыша эти звуки — протяжные крики бесконечной охоты, ведущейся у самых корней земли до полного истребления.

Они вскрыли бы ему череп, если б не пала Ишуаль. Мальчишку распластали бы и утыкали иглами, как происходило это с прочими неполноценными индивидуумами, и использовали бы его для исследования нюансов и подробностей какого-либо из запретных чувств. Он оказался бы живым экспонатом, пригвожденным к доске, словно чучело, демонстрирующее и позволяющее прочим дунианам изучить внешние проявления внутренних слабостей.

Поначалу всегда было легко.

— *Я не могу дышать.*

Он вел свой убийственный танец, скользя через вязкую, ослепляющую черноту, пробираясь сквозь рубящие тесаки, пробираясь и пробираясь, до тех пор пока не кончатся силы...

Глава четырнадцатая. Горы Дэмуа

— Это страх?

Иногда он мог остановиться и удерживать занятое место, возводя перед собой целые валы из плоти. А иногда мог бежать, но не прочь от этих созданий, а вместе с ними, ибо научился подражать им, имитируя ритм их подпрыгивающей походки, фырканье губами, их пронзительные вопли, подобные крикам существ, с которых заживо сдирают кожу, — все, кроме исходящего от них смрада. И это приводило их к самым вершинам неистовства — чувствуя меж себя нечто почти человеческое, они начинали кромсать саму темноту, пронзая когтями и лезвиями пустое пространство, убивая друг друга...

Да. Скажи мне, что ты чувствуешь?

Уже тогда он понимал.

Меня трясет. Я задыхаюсь.

Уже тогда он знал, что Причина не была дунианским Первым Принципом.

И что еще?

А Логос и того меньше.

Мои глаза плачут... плачут от того, что недостаточно света!

Они сосредоточились на этих вещах лишь потому, что смогли их увидеть. Уже тогда он понимал это.

Да... Это страх.

Тьма была их землей, их врагом, и их же основой.

Что это?

Визжащая тьма.

Простейшее правило.

Разрезы...

И разрезы...

И разрезы...

Высоко на горной круче мальчик, старик и беременная женщина, опустившись на колени, наблюдали, как еще один человек, с лицом и телом, испещренными шрамами, бьется в судорогах, опорожняя кишечник.

Быть может, это происходило в реальности — где-то в реальном месте, но метавшийся и бушевавший во тьме Легион это не заботило, да и не могло заботить.

Слишком много разрезов. Слишком много кусков кожи.

Бежать было правилом.

Искать укрытие было правилом.

Знать было правилом.

Желать что-либо было лишь следующим в списке.

Жизнь же была нагромождением.

Сотня камней, слишком гладких, чтобы цепляться друг за друга. Округлых, словно костяшки. Те, что повыше, — нагретые солнечным светом, как выпуклости или треугольники живой плоти меж пальцев. Те, что внизу, — холодные, словно губы мертвеца. Взгляд шарит в сумраке сосновых веток, отмечая чернильные пятна птичьих теней. Сотня бросков, цепкая ладонь, хлопающий рукав, резкий взмах... Жужжащий росчерк, скорее осмысливаемый впоследствии, нежели видимый глазом, и вонзающийся копьем во швы меж ветвями.

Девяносто девять птиц, пораженных насмерть. Множество воробьев, голубей и больше всего ворон. Два сокола, аист и три грифа.

— Убийства, — объяснила часть удивленному мальчишке, — убийства сочетали меня в то, что я теперь есть.

— *И что же ты?*

— Выживший, — откликнулась еще одна часть, а другая отметила сеть шрамов на его лице — схватку и напряжение противоестественных компромиссов.

— Громоздящий мертвецов.

Когда глаза его распахнулись, на их лицах читался скорее страх, чем участие. Особенно на лице мальчишки.

Выживший, прикрыв рукавом свое уродство, взглянул на него, своего сына. Легион, что внутри, выл и бормотал, топал и плевался. Только сейчас он понял...

Невежество. Одно лишь невежество заполняло промежуток, пролегавший меж ними. Лишь слепота, лишь добро-

Глава четырнадцатая. Горы Дэмуа

вольный идиотизм, что миряне называют любовью. Часть переживает заново отступление Братии перед громыхающим натиском Поющих. Дуниане отпрыгивают, спасаясь от вздымающихся геометрических росчерков света, удирают внутрь спутанной кишки мира, преследуемые крошащими даже камни словами, высказываниями, разрушающими все, что они прежде считали истиной. Но дуниане не паникуют. Даже сломленные и озадаченные, они не колеблются. И вот он уже без раздумий оказывается в Детской, без раздумий вытаскивает из колыбели младенца — того, что пахнет им, Анасуримбором. Забирает самый многообещающий из Двенадцати Ростков. Без раздумий прижимает к своей груди это препятствие, эту плачущую ношу. Прижимает так крепко, словно она не что иное, как заплутавший кусочек его собственной души...

Ноль. Различие, не являющееся различием. Ноль, создавший Одно.

И он выжил. Он — отягощенный, отказавшийся впустить свет Логоса в промежуток меж собой и своим сыном. Дунианские части оказались отброшенными, и он, наименее умелый, самый обремененный, оказался Избранным... Выжившим.

Он, отказавшийся постигать и принявший в объятия тьму, бывшую прежде.

Мальчик обеими ручками, здоровой и расщепленной, цепляется за его рубаху. Он не может о себе позаботиться. Он неполноценен.

Но дунианин ведет себя с ним словно с Абсолютом. Уступает. Жертвует. Теряет... Наконец он понял, что делало эти вещи святыми. Потеря была преимуществом. Слепота была прозрением и откровением. Наконец он узрел это — шаг в сторону, обманывающий Логос.

Ноль. Ноль, создавший Одно.

Око наблюдает. И одобряет.

Он жестом подзывает к себе мальчика, и тот послушно подходит к нему.

Какое-то время он ничего не говорит, вместо этого рассматривая холмы и равнины, темнеющие под серебристой аркой небес. Путники наконец достигли пределов гор, оставив позади пропасти и властно вздымающиеся склоны. Нехоженые леса, простершиеся внизу, были именно такими — не хожеными никем из них, требовавшими суждений и принятых решений, ибо позволяли свободу движения в любом направлении. Оставался один лишь уступ, последний опасный спуск.

Дул теплый ветер, напоенный духом влажной гнили, свидетельством жизни, вкусом колышущихся трав и листвы.

Там будет лучше.

— Что это?

— Вещи, — пробормотал он простору, раскинувшемуся перед ним, — просты.

— Безумие возрастает?

Обернувшись, он взглянул на мальчика.

— Да.

Он достал сотый камень из-под пояса, которым была подвязана его рубаха.

— Это теперь твое.

Мальчик, благословеннейшая из частей, с тревогой взирал на него. Он совсем отказался бы от промежутка меж ними, если бы мог.

Он не мог.

Выжившие стоят, а затем начинают бег. Он поражается волшебству, с помощью которого суставы сгибают конечности.

Крик, значение которого понятно даже животным.

Выжившему некуда бежать, ибо поверхность земли под его ногами кончается. Но он может прыгнуть... Да, это ему подходит.

Это по нему...

Как брошенный в зияющую пропасть свинцовый груз, падающий...

В самые пустые на свете руки.

Глава четырнадцатая. Горы Дэмуа

Так быстро...
Проносятся мимо события, преображающие нас...
Так быстро.
Лицо, разрезанное, рассеченное на все выражения, на все лица.
Измученный взор, увлажнившиеся глаза.
Взгляд, обращенный на кого-то бегущего, как бежит сейчас он. Место, куда он может бесконечно стремиться и никогда не достичь...
Если не прыгнет.
Око постигло это, даже если женщине не удалось.

Ахкеймион видел тело дунианина примерно тридцатью локтями ниже: недвижимый клочок пропитавшейся алым кожи и ткани, распростершийся на битых камнях. Он задыхался. Это казалось невозможным, что существо столь пугающее, столь беспокоящее может разбиться вот так вот запросто.

— Сейен милостивый! — вскричал он, отступая подальше от вызывающего дурноту края обрыва. — Я же говорил тебе. Я сказал тебе ничего ему не давать!

Мимара присела на колени рядом с краборуким мальчиком и, положив ладонь на его темя, прижала его ничего не выражавшее лицо к своей груди.

— Сказал кому? — огрызнулась она, яростно зыркнув на Ахкеймиона. Эта способность — сначала охаять и тут же продолжить утешать кого-либо, стала ныне проявлением ее раздражающего дарования.

Старый волшебник в гневе и бешенстве сгреб в кулак свою бороду. Что же случилось? Когда эта испорченная девчонка, эта бродяжка, успела стать Пророчицей Бивня?

Она стала раскачивать мальчика, который безучастно взирал из ниоткуда в никуда.

Ахкеймион, тихо ругнувшись, отвернулся от ее свирепого взора, понимая с каким-то ужасом и внутренней дрожью, что тщетные попытки спорить с нею странным образом стали теперь столь же тщетными попытками спорить с Богом. Ему сейчас ничего не хотелось сильнее, чем воззвать к явственному противоречию между ее нынешней скорбью по погибшему и тем, что она требовала от него всего несколько дней назад. Но все, что он в действительности мог делать сейчас, — только закипать от злости...

И трястись.

Здравый смысл, как обычно, появился позднее. И с ним пришло удивление.

Око всегда было для него источником беспокойства — с тех самых пор, как он узнал о нем. Но теперь...

Теперь оно ужасало.

Речь шла о присущем ей знании. Ахкеймион едва мог взглянуть на нее, чтобы не узреть в ее взгляде факт своего проклятия, вялую опустошенность некой сущности, сокрушенной чувством вины и жалости к другому. Сравнивая ее пренебрежение и смотрящую из ее глаз истину, он понимал, что именно последнее в наибольшей степени лишало его мужества.

И еще ее суждению присуща была каменная недвижимость, бездонная убежденность, которую он некогда приписал предстоящему материнству. Размышляя над этим, он пришел к выводу, что вместе с новообретенным страхом он обрел также и некоторое преимущество. До того как они добрались до Ишуали, у него не было возможности оценить ее поведение со стороны, и он, вынужденный опираться лишь на собственное раздражение, позволял себе роскошь относить ее непреклонность к обычному упрямству или иному изъяну характера. Но то, с чем ему довелось столкнуться в последние несколько дней... Свершившееся безумие — еще одно — дунианин, оказавшийся у них в попутчиках... лишь для того, чтобы расколоться, словно глиняный горшок, столкнувшийся со сталью Ока Судии... Дунианин! Сын самого Анасуримбора Келлхуса!

«Око, — сказал он ей в холодной обреченности Кил-Ауджаса, — взирающее с точки зрения Бога». Но он говорил все это, не понимая подлинного значения слов.

Глава четырнадцатая. Горы Дэмуа

Теперь же у него не было выбора. Он более не мог притворяться, будто не понимает, что каким-то непостижимым, безумным образом он — в буквальном смысле — путешествует рядом с Богом... с тем самым суждением, что зрит его проклятие. Отныне, знал он, его на каждом шагу будет преследовать тень определенной ему кары.

— Знаешь ли ты почему? — спросил он Мимару после того, как они вновь начали спускаться, ведя за собой спотыкающегося, безмолвного мальчика.

— Почему он убил себя? — переспросила она, то ли притворяясь, что подыскивает место, куда ступить, то ли на самом деле выбирая. Дитя, которое она носила, ныне действительно сделало ее огромной и неуклюжей, так что, невзирая даже на квирри, каждый шаг, особенно на спуске, давался ей нелегко.

Старый волшебник пробурчал что-то, долженствующее обозначать «да».

— Потому что этого потребовал Бог? — предположила она спустя несколько мгновений, наполненных не столько размышлениями, сколько пыхтящими попытками спуститься еще на один шаг.

— Нет. Какие у него самого были на то причины?

Мимара, мельком взглянув на него, пожала плечами.

— А это имеет значение?

— Куда мы идем? — прервал их мальчик откуда-то сверху и сзади. Его шейский был слегка искажен картавым айнонским выговором, вечно сквозившим в речах Мимары.

— Туда, — кивнув в сторону севера, ответил пораженный колдун, задаваясь вопросом — что же на самом деле чувствовал сейчас этот дунианский ребенок, всего несколько страж назад ставший свидетелем гибели своего отца?

— Мир идет прахом в той стороне, мальчик...

Последнее произнесенное слово повисло в воздухе, а старик пораженно уставился на что-то.

Мимара проследила за его хмурым взглядом до самой лазурной дымки, застилавшей горизонт.

Все трое застыли, осматриваясь в оцепенелом замешательстве. Леса Куниюрии вдруг отмело прочь от смятой, словно линия лишенных зубов десен, гряды Дэмуа — всю их зелень, намазанную поверх древней, нехоженой черноты. Минуло несколько ударов сердца, прежде чем Ахкеймион, чертыхаясь и проклиная подводящее его зрение, наворожил чародейскую Линзу. И тогда они увидели это — невозможность, проступающую сквозь невозможность. Огромный шлейф, извергающий свои косматые внутренности наружу и вверх — выше, чем доставали вершины гор или дерзали проплывать облака...

Столб дыма, подобный тени смертельно ядовитой поганки, вознесшийся до свода небес и заслонивший собою саму чашу мира.

ГЛАВА ПЯТНАДЦАТАЯ
Река Сурса

> Храбрость в Аду невозможна, а на Небесах не нужна.
> Лишь герои в полной мере принадлежат сему Миру.
>
> *Коракалес, Девять саг о героях*

*Позднее лето, 20 год Новой империи
(4132 год Бивня), Уроккас*

Чудовищный дымный шлейф, постепенно растворяясь в воздухе, стелился над морем.

Казалось, что сама Преисподняя объяла собой Даглиаш. Саккарис, озираясь пустыми и полными неверия глазами, встретил Пройаса на вершине Мантигола. Открывавшийся сверху вид напоминал сцену, вышитую на посвященном героическому деянию гобелене: выжившие, измолотые последствиями свершившейся катастрофы, сокрушенные души, которые могли бы ощутить себя увенчанными бессмертной славой, если бы не та цена, что им пришлось заплатить. Так всегда ведут себя люди после постигшего их бедствия, будь то проигранная битва, смерть близкого человека или любое другое событие, выбивающее течение их жизней из привычной, будничной колеи — они только пытаются общаться, если не словами, то взглядами или просто дыханием.

Отвернувшись от экзальт-мага, Пройас осмотрелся. Он увидел круги полного уничтожения, чудовищные кольца, выжженные на самих костях Уроккаса и раскинувшиеся по всей речной пойме. Там, где стоял ранее Даглиаш, пылала даже земля. Струи густого, вязкого дыма тянулись вверх, словно само Мироздание, перевернутое и выпотрошенное, висело в пепельном небе на собственных кишках. Земля вокруг клокочущей сердцевины бедствия была выжжена до такой степени, что превратилась в иссохшую известь и голый обсидиан. Первые из хотя бы частично сохранившихся тел виднелись на некотором расстоянии от этого жуткого места и казались лишь обугленными участками поверхности, отпечатками сгоревших трупов. Узнать в них чьи-то останки можно было только потому, что они оказались в укрытиях — оврагах или низинках, забитых мертвецами, словно водосточные желоба гниющими листьями. Далее, в относительной близости от искрошенного подножия Олорега, он заметил и первых выживших — те ползли или скатывались по склонам, на которых в остальном не было заметно каких-либо признаков жизни...

Нагих людей, простирающих руки к небесам.

Пустоши Агонгореи тлели на противоположном берегу, дымясь как оставленные возле огня мокрые тряпки. Река Сурса несла свои темные воды, вливаясь в море чернильным пятном. Огромные кучи шранков, сбившись в нечто вроде плотов, образованных сцепившимися тушами, скользили по ее поверхности, перекатываясь и сталкиваясь друг с другом, подобно грудам отбросов, плывущим по сточной канаве. Это зрелище, по крайней мере, способствовало тому, что мертвящая хватка кулаков, сжимавших Пройасову грудь, немного ослабла. Ордалия, конечно, сильно пострадала от чудовищной катастрофы, но полчищ шранков — всей их несметной Орды — более попросту не существовало.

Катаклизм.

Лучи света выжигали глаза. Грохот рвал в клочья барабанные перепонки. От ударов тела могучих мужей превращались в измятую плоть и кровавые брызги...

Катаклизм указал людям на их подлинную — жалкую долю, свидетельствовал о том, что само биение их жизней есть следствие молчаливого попустительства сущностей намного более могущественных.

Если у Голготтерата есть столь грозное оружие или союзники, то какое значение могут иметь усилия и рвение обычных людей?

Пройас повернулся к побелевшим лицам, что окружали его. Его собственные тревога и уныние были столь же очевидны.

Казалось, никто не способен задать вопрос, который следовало задать.

— Кто-нибудь видел Его? — воззвал он, оглядывая всех присутствующих по очереди.

Никто не отвечал.

— Кто-нибудь! — вскричал он надломившимся голосом.

— Я-я видела... — запинаясь, произнес женский голос. — Незадолго до того, — дрожащий, измученный взгляд, — как-как эт-то... это случилось.

Одна из свайальских ведьм, шатаясь, смотрела на него, одежды ее сгорели, оставив вместо себя лишь хрупкие, высушенные обрывки, а роскошные некогда волосы превратились в опаленные космы.

Откуда-то ему было известно, что она не доживет до утра.

— Он-он... предупредил нас! Сказал нам...

Кашель скрутил ее, алые, как маковый цвет, брызги оросили подбородок.

— А с тех пор? — рявкнул Пройас, переводя взгляд с одного лица на другое. — Видел ли Его кто-нибудь с тех... с тех пор... — Он поднял вялую руку, указывая на вздымающийся выше гор столб дыма за своей спиной.

Ни у кого не было слов, чтобы описать то, свидетелями чему они стали.

Тишина дышала ужасом. Кто-то на краю собравшейся вокруг Пройаса небольшой толпы вдруг разрыдался. Порыв ветра налетел на вершину и принес с собой вонь пепла и запах медной стружки.

«Нет», — прошептал внутри него тихий голос.

Пройас покачнулся и сделал неуверенный шаг в сторону, пытаясь восстановить равновесие, а затем и вовсе едва не упал в обморок от внезапного головокружения. Приходить в себя ему не слишком хотелось. Желание отмахнуться от удерживающих его рук и отправиться в недолгий полет было намного сильнее. Упования. Народы. Кто-то — Саккарис? — схватил его за локоть, и он почувствовал, как его собственная тяжесть настойчиво сопротивляется этой хватке, словно стремясь стать чем-то вроде мертвого груза. Но рука слишком крепко держала его — с невозможной и даже какой-то бездумной силой, как удерживает отец своего сына, уберегая от опасности.

— Я здесь, — прошелестел чудный голос.

Пройас поднял взгляд и уставился в возлюбленные очи своего святого аспект-императора.

Разрозненный хор голосов пронзил все пропасти и расстояния — благодарность и облегчение хлынули из утроб и легких. Краем глаза Пройас видел, как остальные падают ниц, и один, казалось, длящийся вечно удар сердца он страстно жаждал лишь того же — присоединиться к ним, упасть и возрыдать, выпустив наружу со слезами и плачем весь тот ужас, что безжалостными когтями сжимал его сердце.

Но Анасуримбор Келлхус повел речи лишь о пожравшем, казалось, весь мир колдовстве, не столько обнимая, сколько поглощая истерзанную душу своего ученика...

Пройас пришел в себя в каком-то ином месте, где вокруг виднелись иные камни и иная земля, и обнаружил, что, сгорбившись, стоит на коленях над собственной блевотиной — сероватыми лужицами полупереваренного Мяса. Дрожа, он уселся на корточки. Когда тошнота улеглась, он взглянул вверх, смахнув с глаз слезы. Его святой аспект-император стоял в нескольких шагах поодаль, спиной к нему, обозревая изничтоженные, искрошенные и почерневшие от огня уступы.

Глава пятнадцатая. Река Сурса

Пройас сплюнул, пытаясь избавиться от вкуса желчи во рту, и понял, что они находятся на одном из неустойчивых, осыпающихся отрогов Олорега.

— Великую и скорбную победу одержали мы в день сей, — провозгласил Келлхус, повернувшись к нему.

Пройас взирал на него без тени осмысленности.

— Но земля теперь загрязнена и заражена... — продолжил его господин и пророк, — проклята. Вири ответил наконец за вероломство своего короля, свершившееся в те незапамятные дни.

Опершись ладонями о колени, Пройас заставил себя встать прямо, пытаясь удержать равновесие и борясь с остаточными позывами желудка.

— Пусть никто не посещает то место, — приказал Келлхус, — пусть никто не дышит воздухом, что приносит оттуда ветер. Держись севера, старый друг.

Келлхус стоял перед ним, его белые одеяния каким-то невозможным образом оставались безупречно чистыми, его шевелюра шелковистыми прядями развевалась на ветру. Позади него омертвелой бездной разверзались просторы, курящиеся столбами смолистого дыма, покрытые пеплом, золой и бесчисленными трупами.

— Больных и ослепших необходимо отделить от прочих, как и тех, чья кожа изъязвлена. Тех, кого тошнит кровью. Тех, у кого выпали волосы. Все они тоже замараны.

Золотящийся пророческий ореол окутывал его руки.

— Ты понимаешь, Пройас?

Это казалось подлинным чудом.

— Минули месяцы с тех пор, как начались наши беседы. Ты меня понимаешь?

Они разделили общий, один на двоих, безжизненный взгляд. В нем явственно слышалось грохочущее предчувствие новых ужасов.

— Ты нас оставляешь, — прохрипел Пройас.

— *Оставляешь меня.*

Его господин и пророк кивнул, сминая бороду о грудь.

— Саубон мертв, — мягко сказал Келлхус. — Теперь только ты один знаешь правду о том, что здесь в действительности происходит. Ты. Один.

Лицо Пройаса исказилось, на какое-то мгновение предательски, хоть и не в полной мере, отразив все бушующие в его душе чувства. Это было так странно — рыдать без слез и гримас.

— Но...

Больных и ослепших необходимо отделить от прочих...

— Я знаю — ты слаб. Знаю, что ты нуждаешься в божественном руководстве и что твои муки будут длиться до тех пор, пока ты отрицаешь все сказанное между нами. Но, вне зависимости от твоих стенаний, Пройас Бо́льший остается сильным.

Ему хотелось разрыдаться, скинуть с себя тяжкий груз, терзающий душу, рухнуть к Его ногам и залить Его колени слезами, но вместо этого он стоял, распрямившийся и безучастный, каким-то образом и все понимающий, и не способный постичь ничего...

Экзальт-генерал Великой Ордалии.

— Овладей ими, Пройас. Покори воинство кнутом и мечом. Оседлай их страсти и вожделения, лепи и ваяй, как гончар ваяет из глины. Мясо шранков, съеденное ими, превратило их рвение в ожившее пламя, унять и задобрить которое способны лишь жестокости и расправы...

Что это? О чем он говорит?

— Что-то необходимо есть... Ты меня понимаешь?

— Я-я думаю, что...

— Ты, Пройас! Ты остаешься один! Тебе придется принимать решения, которые ни один из королей-верующих не смог бы принять.

В глазах короля Конрии сверкнули слезы, и он повернулся к своему господину и пророку, но обнаружил, что место, где тот стоял, уже опустело. Святого аспект-императора Трех Морей больше не было здесь.

Пройасу пришлось спускаться с горы в одиночестве... Еще одна нагая душа, бредущая куда-то волоча ноги и спотыкаясь.

Глава пятнадцатая. Река Сурса

Известие распространялось. Но того простого факта, что Пройас сумел захватить инициативу и, как всем казалось, действительно знал, что именно нужно делать, оказалось достаточно, чтобы обеспечить всеобщее повиновение. Он запретил даже приближаться к Антарегу. Он поручил организовать огромный лазарет со стороны южных склонов Уроккаса и издал приказ, запрещающий любому ослепшему, обгоревшему или пострадавшему каким-либо иным образом покидать его пределы. Оставшаяся часть Ордалии той же ночью походным порядком отправилась прочь, иногда обходя, а иногда перебираясь прямо через спаленные дочерна тела, запекшиеся на выбитых зубах Олорега. Он отправил вперед множество адептов Завета и свайальских ведьм, приказав им сотворить по ходу движения войска Стержни Небес, дабы осветить дорогу Ордалии. У тех болящих, что оставались в раскинувшемся вдоль побережья лагере, вид уходящего войска не вызвал поначалу ни малейшего страха: это их братья двигались колоннами у оснований разбросанных то тут, то там сверкающих столбов, их соратники заполняли своими рядами склоны горы, толпились и спешили присоединиться к всадникам Ордалии на равнинах Эренго.

«Они бросают нас!» Оказалось, однако, что достаточно единственному человеку поднять голос, чтобы страх немедленно стал всеобщим. Они видели, что те, кто пострадал от настигшей их хвори более остальных, по прошествии нескольких часов были поглощены ею без остатка — их волосы выпали, а кожа сгнила, обнажив внутренности, превратившиеся в малинового цвета мясной бульон. Они были прокляты. Им пришлось пережить многое, но теперь они отчаялись. Им довелось взглянуть в дьявольский лик самой Преисподней... и посему не дано жить далее.

Жижа, называли они свой недуг, ибо и в самом деле казалось, что плоть их гнила и внутри, и снаружи. Агония их была жалкой и мучительной, хотя над огромным лазаретом по большей части царила странная тишина. У них не было иной еды, кроме шранчьего мяса, которое они поглощали сырым. Не было укрытий или даже одеял, не было лекарей —

у них оставалась только их вера да ничтожные клочки выжженной земли, до предела забитые болящими душами.

Люди, чувствовавшие себя получше, озаботились тем, чтобы очистить место вокруг себя от бесчисленных дохлых шранков, в то время как многие из наиболее пострадавших просто заползали на сплетенные тела, создавая себе ложа из трупов. Болящие из кастовой знати старались держаться вместе, пораженные той же хворью адепты Школ подвешивали над собою колдовские огни. Ослепшие, но в остальном здоровые образовывали пары с больными, но зрячими, и вскоре мертвые шранки, сминаясь и кувыркаясь, настоящим дождем посыпались с уступов и склонов.

Так трудились они, в то время как их братья устремлялись прочь.

Хога Хогрим, король Се-Тидонна, счел деянием своевременным и добродетельным принять на себя командование импровизированным воинством и совершил захват власти, подобный всем прочим вплоть до приведения к присяге потенциальных соперников под угрозой меча. Недовольные — более дюжины — были убиты и сброшены со скал вместе со шранками. Большинство, тем не менее, приняло этот внезапный переворот, полагая, что все само собой разрешится с неизбежным возвращением их господина и пророка. Все оставшиеся в живых, и больные, и здоровые, к этому времени уже именовали случившееся Великим Ожогом. Зная, как может сплотить людей общая принадлежность, Хогрим предложил своим вассалам именовать единым словом также и все эти жмущиеся друг к другу и распростертые на земле толпы, и тогда десятки долгобородых тидонцев поплелись по стонущим склонам и безмолвным берегам, возглашая, что они суть Обожженные.

Той ночью родилась вторая Ордалия: воинство, состоявшее из тех, кто едва мог надеяться пережить следующий день, не говоря уж о том, чтобы спастись. Черные тучи, уступами громоздившиеся друг на друга, заполнили северо-западный горизонт, и наиболее хворые, те, кто харкал и блевал кровью, лежали, взирая в оцепенелом изумлении,

Глава пятнадцатая. Река Сурса

как темнеющие в небе гиганты одно за другим глотают созвездия. Облачный фронт вскоре навис над утесами Уроккаса низким, колышущимся пологом. Ливень не заставил себя долго ждать.

Люди исходили испариной и тряслись. Некоторые возопили и возрадовались, прочие лишь склонили головы, слишком изнемогшие под грузом своих многочисленных и тяжких скорбей. Некоторые из болящих, расположившихся вдоль берега моря, разрыдались от облегчения, думая, что дождь сможет очистить их, а потерявшие кожу визжали и выли, корчась в агонии. Дождевые капли жгли их, как кислота. Могучие потоки мчались по склонам, заливая ущелья и теснины, смывая вниз кувыркающиеся трупы, окрашивая неспокойное море в цвет черного пепла. На берегу царили грязь и страдания. Рты мертвецов полнились водой, будто чашки.

Следующим утром как на возвышенностях, так и в низинах воцарилось жуткое безмолвие. Даже плеск и шелест морских волн были едва слышны. Стылые утренние туманы опускались на вершины гор, стекали по склонам ущелий, повсеместно открывая взору чудовищное сочетание, безумный союз разрушения и смерти. Мертвецы торчали на гребнях скал, устилали склоны, скрючив свои оцепеневшие конечности и, будто живые, скалились застывшими на лицах ухмылками. Вороны и чайки устроили грандиозный пир, белые перья смешались с черными, давняя вражда была отброшена и забыта, ибо на сей раз им достался по-настоящему щедрый дар. Пустые перевалы Олорега чернели, укрытые глубокими утренними тенями. Безлюдные высоты и бесплодные вершины простерлись под пустыми небесами.

Лишь немногие из Обожженных удивились, ибо, подобно всем цивилизованным людям, они прожили всю свою жизнь бок о бок с многочисленными поветриями. Заболевших всегда бросали, предоставляя их собственной судьбе. Это было обычным решением.

Посему они просто сидели в исполненном достоинства смирении, слишком страдая от своих хворей, чтобы позволить себе еще и мучиться мыслями о бедственном положении, в котором очутились. Они старались дышать поглубже и пореже — чтобы не было слишком больно. Они выблевывали собственные внутренности. Они задыхались от мук. Некоторые препирались друг с другом, другие изрыгали изощренные злословия или проклятия, но большинство лишь молча взирало на море, дивясь тому, сколь необъятные дали простерлись ныне между ними и их близкими. Ослепленные Великим Ожогом принюхивались и вслушивались, поражаясь, что могут ощутить то, как напоен влагой воздух, и на вкус разобрать, чиста или грязна вода, которую они пьют, что простершиеся перед ними уступы и скалы можно услышать, уловив сквозь мерный рокот прибоя звук чьего-то падения. Они поднимали лица, обращая их к приходящему с востока теплу, и дивились тому, что могут видеть собственной кожей, ибо невозможно по-настоящему ослепнуть, если речь идет о солнце — до тех пор пока ты вообще способен хоть что-то чувствовать.

Некоторые рыдали.

И все до единого понимали, что их тяжкий труд подошел к концу.

Сибавул Вака просидел недвижимо всю ночь и все утро: его кожа сочилась кровью, свои льняные волосы он выдергивал из головы прядь за прядью, а ветер носил их над морем, как паутину. Когда Пройас со свитой появились вдруг на перевалах Олорега, он повернул голову, наблюдая за тем, как экзальт-генерал спускается с горы, чтобы встретиться с королем Хогримом, самопровозглашенным владыкой Обожженных. Не говоря ни слова, Сибавул встал и прошествовал вдоль скал, взгляд его был прикован к неопределенной точке где-то на западе. Его выжившие родичи пошли за ним, следом потянулись другие — чьи души вдруг освободились от гибельного оцепенения. Вскоре на ногах оказались толпы зачумленных, людские массы, поднявшиеся не из любопытства или тревоги или даже чувства долга, но лишь потому, что их братья тоже стояли, тоже куда-то шли, спотыкаясь...

Ибо они тоже были Обожженными.

Глава пятнадцатая. Река Сурса

Сибавул держал свой путь вниз, на заваленное телами побережье, по всей видимости, даже не осознавая, что за ним следуют тысячи. Если бы море сейчас хоть в малой степени, по своему обыкновению, бушевало, путь его оказался бы перекрытым, но оно оставалось необычайно безмятежным, достаточно спокойным для того, чтобы стала видимой поблескивающая фиолетовыми и желтыми разводами, расползающаяся по поверхности пленка жира, источаемого неисчислимыми трупами. Сибавул брел на восток прямо сквозь неглубокую воду, создавая на ней своим движением маслянистые узоры, образы, напоминающие карты каких-то еще непознанных миров, изменчивые береговые линии, которые, изгибаясь, исчезали в хаосе и небытии.

И все, кто был способен ходить — около двадцати тысяч истерзанных, измученных душ, — с трудом передвигая ноги, следовали за ним.

Плавающие в воде трупы поднимались и опускались в ритме дыхания безмятежно спящего ребенка. Накатывающие волны, плескаясь и чавкая, лизали подножия скал. Великий Ожог расколол выходящие к морю склоны Антарега, воздвиг поперек прибоя насыпи из обломков и щебня. Сибавул пробирался меж их раздробленными телами — карлик, крадущийся мимо каменных клыков, возвышающихся над ним, как башни Момемна. По-прежнему глядя на запад, он не отрывал взора от каменных стоп Уроккаса, крутыми обрывами упирающихся в устье реки Сурса.

И все, способные двигаться, брели за ним гигантской, запинающейся в волнах колонной.

На какое-то время он замер возле речного устья, взирая на медленно вращавшийся покров из шранчьих трупов, распростершийся до противоположного берега, где раскинулась Агонгорея... Поля Ужаса. Все больше и больше Обожженных выбирались позади него на усыпанный галькой берег: сборище призрачное и ужасающее, черное от ожогов, насквозь мокрое от морской воды, которая, стекая с тел, собиралась в алые лужицы. Никогда еще не видел мир воинства более жалкого: кожа свисала пластами, язвы и ожоги сочились гноем, голые зады были измазаны засохшим дерьмом и кровью. Выпадающие волосы уносил прочь ветерок, создавая над морем пелену из черных и золотистых нитей.

Никак не менее сотни человек умерло в пути. Никто из этих несчастных не имел ни малейшего понятия, зачем они здесь, они знали лишь, что поступают правильно — делают именно то, что требуется. Солнце уже опустилось со своей высшей точки и, приближаясь к горизонту, светило прямо в опустошенные очи кепалорского князя-вождя. И тут Обожженные удивленно воззрились на мертвецов, заметив, как только что вынесенные в море трупы тащит назад к устью реки, в то время как новые тела, плывущие по течению, все продолжают прибывать, проталкиваясь и устремляясь на юг. Начался прилив, пронеслось средь них невнятное бормотание. Приливы, благодаря которым Нелеост стал в свое время соленым, с незапамятных времен застопоривали течение Сурсы. Так произошло и сейчас. Речные воды сделались мутными и вязкими от разлагающейся плоти.

Все больше и больше шранчьих тел, скомканных и перепутанных, выкатывалось из морских глубин, образовав в итоге чудовищный затор, перекрывший все устье реки. Кое-где в этом изгибающемся, покачивающемся на волнах сплетении тел виднелись и светлые волосы. Сибавул Вака ступил на полузатопленные тела. Он шатался и спотыкался, словно только что начавший ходить карапуз, но тем не менее шел по этому огромному, мертвенно-бледному полю, каждым своим шагом поднимая тучи мух, разлетавшихся, словно ил и песок под ногами человека, ступающего по речному дну.

Люди рыдали, наблюдая это мрачное зрелище.

И следовали за ним.

ГЛАВА ШЕСТНАДЦАТАЯ

Момемн

> Говорят, что люди не случайно обращают свои молитвы лишь к Богам и мертвым, ибо лучше услышать в ответ молчание, нежели правду.
>
> *Айенсис, Теофизика*

> VI. Игра, будучи целостным воспроизведением целостного, жестока к случайным прохожим. Проиграть Игру — все равно что потерпеть неудачу в любви.
>
> *Шестой Напев Абенджукалы*

Середина осени, 20 год Новой империи (4132 год Бивня), Момемн

Честь пробудить ото сна благословенную императрицу Трех Морей досталась дряхлому Нгарау, великому сенешалю. Однако мамочка прогнала мешколицего евнуха, вместо этого решив понежиться в кроватке со своим маленьким мальчиком. И теперь он лежал в ее объятиях, притворяясь спящим, прижимаясь спинкой к нежному теплу ее груди, и исподтишка рассматривал пастельные пятна, разбегающиеся по украшенным фресками стенам, — отсветы утреннего солнца. Он не уставал удивляться тому, как его душа могла плыть и парить в ее объятиях — соединенная с ней, но невесомая и безмятежная.

Кельмомас знал, что она не считает себя хорошей матерью. Она вообще не считала себя хорошей в любом смысле — столь длинными и стылыми были тени ее прошлого. Но страх потерять своего, претерпевшего столько страданий сына (ибо как мог он не пострадать, после всего, что выпало на его долю) терзал ее как ничто другое. Он безошибочно определял все эти материнские страхи и опасения, всякий раз смягчал их и всегда обращал себе на пользу. Он частенько жаловался на голод, одиночество или грусть, рассчитывая вызвать у нее чувство вины и желание всячески потворствовать ему.

Она слишком слаба, чтобы быть хорошей матерью, слишком отвлечена другими заботами. Они оба знали это.

Она могла лишь приласкать его после... после всего.

Он настолько часто играл в брошенного ребенка, что теперь ему иногда приходилось прилагать усилия, чтобы не делать этого. Уже не раз он ловил себя на том, что, желая на самом деле удрать и заняться своими делами, он все равно продолжал играть на ее чувстве вины, рассчитывая, что обязанности в любом случае вынудят маму покинуть его. Но иногда страх за драгоценного сыночка вспыхивал в ней столь сильно, что отодвигал все прочие тревоги.

— Гори они все огнем, — однажды сказала она ему, как-то особенно свирепо сверкнув очами. Сегодня случилось как раз такое утро.

Ему нужно было вновь следить за нариндаром, не потому что он по-прежнему верил, что Четырехрогий Брат заботится о его безопасности, но просто потому что ему необходимо было видеть то, чего он не понимал.

«Что случилось, то случилось», — полагал он.

Раньше он легко добивался свободы, сделав вид, что случайно произнес злобные или язвительные слова, прекрасно зная при этом, что ее крики или шлепки, стоит грозе миновать, вознаградят его возможностью творить все, что ему вздумается, — удрать, куда ему будет угодно, терзать ее снова или насладиться комичной пропастью ее раскаяния. Полагая, что маленькие мальчики должны быть капризными и обидчивыми, он, играя в идеального сыночка, никогда

Глава шестнадцатая. Момемн

не упускал это из виду. Таков был главный урок, полученный им от Мимары, до того как он наконец оттолкнул ее: самые испорченные дети часто и самые любимые.

Но после того как Телли заявилась к нему со своими угрозами, налет учтивости отравлял все его слова. Теперь он не мог противоречить маме как раньше, опасаясь, что проклятая сестра раскроет его тайны. Ибо знание того, что возлюбленный сыночек, как и муж, обладает силой, которую она считала проклятой и бесчеловечной, вне всяких сомнений, сокрушило бы Эсменет.

Так что теперь ему приходилось играть, мирясь с ее порывами и делая с ними лишь то, что ему удавалось. Он лежал, погрузившись в ее тепло и суетное обожание, дремал в безмятежности, присущей скорее нерожденному дитяти, нежился в жаре двух тел, делящих одну и ту же постель. И все же ему все больше казалось, что он может ощущать присутствие Четырехрогого Брата где-то внизу — чуять его как копошение крысы на задворках сознания. Она поцеловала его в ушко, прошептав, что уже утро. Подняла обнявшую его руку, убрав ее в сторону, чтобы тщательнее рассмотреть его. Матери склонны оглядывать детей с тем же лишенным и тени сомнений собственническим чувством, с каким осматривают свое тело. Он наконец повернулся к ней, мельком удивившись бледности ее кожи, за исключением загорелых рук.

— Так вот как ты проводишь время, — прошептала она с притворным осуждением, — имперский принц, ковыряющийся в саду...

Тут и он заметил под своими ногтями темные полумесяцы, следы въевшейся грязи. Он не знал почему, но его беспокоила ее наблюдательность, и он регулярно натирался землей, дабы убедить ее в том, что играет в саду.

— Это же весело, мама.

— И ты, смотрю, вовсю веселишься... — возвысился ее голос, но тут же угас. Отзвуки унеслись папирусными листами, сметенными прочь все еще теплым менеанорским бризом. Она резко распрямилась, позвав своих личных рабынь.

Вскоре Кельмомас, надувшись, уже лежал в бронзовой ванне, выслушивая увещевания матери о бесчисленных достоинствах чистоты. Вода почти сразу посерела от покрывавшей его грязи, и все же он погрузился в нее поглубже, поскольку воздух был довольно прохладным. «Что за болваны додумались поставить ванну на площадке прямо перед открытой всем ветрам галереей?» — подумал он. Осень же. Мать, шутя и обхаживая его, опустилась рядом с ним на колени, подложив под них небольшую подушку. Она прогнала рабов, надеясь, как он знал, отыскать в ритуале купания некую видимость нормальных отношений между матерью и ребенком.

Телиопа заявилась сразу после того, как мать намочила его волосы. Ее невообразимый кружевной наряд противно мельтешил и противно шуршал. Она остановилась на пороге раздутым шаром серой и фиолетовой ткани, ее прическа, представлявшая собой запутанный ореол льняных волос, была хаотично заколота безвкусными брошами. Ее башка, подумал мальчик, сегодня выглядит как-то особенно буйно.

Если она и придала какое-то значение его присутствию, то ничем не показала этого.

— Генерал Искауль, — произнесла эта болезненная тень. — Он-он прибыл, мать.

Мама уже поднималась, вытирая руки.

— Хорошо, — отозвалась она, ее голос и манеры преобразились. — Я пока приготовлюсь, а Телли поможет тебе домыться, — сказала она в ответ на его вопрошающий взгляд.

— Не-е-ет! — запротестовал он, но мама уже стремительно шагала мимо его сестры, призывая рабов, спеша переодеться.

Весь мокрый, он неподвижно сидел, взирая на приближающуюся сестру сквозь облака пара.

— Искауль привел из Галеота Двадцать Девятую, — объяснила она, опускаясь коленями на мамину подушку. Ей пришлось смять обширный кринолин своего платья о поблескивающий край ванны, и хотя на то, чтобы сшить его, ей явно

Глава шестнадцатая. Момемн

потребовалось немало усилий, казалось, что ее это ничуть не обеспокоило.

Он мог лишь молча смотреть на нее.

— *Не здесь*, — предупреждающе молвил его тайный голос. — *Где угодно, только не здесь.*

— *Но однажды она должна сдохнуть!*

— Судя по всему, ты раздумываешь, как бы ловчее прикончить меня, — молвила его бледная сестра, тщательно осматривая баночки с мылом и ароматическими маслами, расставленные на полу рядом с ванной, — едва ли ты думаешь сейчас о чем-то еще.

— С чего ты взя?.. — запротестовал было он, но поперхнулся водой, безжалостно вылитой ему на голову.

— Мне нет-нет дела, — продолжала она, опрокидывая ему на темя плошку мыла с ароматом апельсина, — до того, о чем ты думаешь или чем занимаешься.

Она начала намыливать ему голову. Ее пальцы не были ни жестокими, ни ласковыми — они просто делали свое дело.

— А я и забыл, — ответил он, выражая негодование каждым кивком своей натираемой ароматной пеной головы, — что тебе ни до чего нет дела.

Ее пальцы прошлись от его лба через темя до затылка, пощипывая ногтями кожу.

— У меня много-много дел и забот. Но, как и у нашего отца, мои заботы скользят сквозь меня и не оставляют следов на снегу.

Она собрала его волосы на затылке, отжала их, а затем прошлась пальцами вперед, на этот раз двигаясь по бокам, вдоль висков.

— Айнрилатас мог заставить тебя плакать, — напомнил Кельмомас.

Ее пальцы остановились. Какая-то судорога прошла по ее вялому, апатичному лицу.

— Удивлена, что ты помнишь это.

Перестав заниматься его волосами, она повернулась к приготовленным мамой моющим принадлежностям.

— Я помню.

Она взяла и смочила водой небольшую розовую губку и, воспользовавшись пеной с его головы, начала намыливать его лицо нежными, даже ласковыми мазками.

— Айнрилатас был-был сильнейшим из нас, — произнесла она, — и самым-самым жестоким.

— Сильнее меня?

— Намного.

Лживая сучка!

— Как это?

— Он видел чересчур глубоко.

— Чересчур глубоко, — повторил мальчик, — это как?

Телиопа пожала плечами:

— Чем больше ты узнаешь чью-то душу-душу, тем меньше она для тебя становится. Для Айнрилатаса мы-мы все были едва ли более чем ползающими вокруг-вокруг него слепыми-слепыми букашками. До тех пор пока мы слепы — в этой слепоте и наша душа, и наш мир-мир остаются целостными. Невредимыми. Но, как только мы прозреваем, мы видим и то, что мы сами — не более чем букашки.

Кельмомас непонимающе посмотрел на нее.

— Чем больше узнаешь о чем-то, — сказал он, нахмурив брови, — тем реальнее оно становится.

— Лишь если оно с самого начала было реальным.

— Пф-ф, — насмешливо фыркнул он.

— И тем не менее ты занимаешься ровно тем же, чем занимался он.

— Это чем?

— Делаешь себе игрушки из человеческих душ.

От силы пришедшего вдруг прозрения у мальчика перехватило дыхание.

— Так вот что сделал Айнрилатас? Сделал из тебя свою игрушку?

— Даже сейчас-сейчас, — произнесла она со своим треклятым заиканием, — ты-ты пытаешься заниматься все тем же.

— Так ведь и я тоже букашка!

Она помолчала, водя губкой по его подбородку. Вода начала остывать.

— Букашка, поедающая других букашек.

Он обдумывал эти слова, пока она намыливала ему шею и горло, особенно усердно работая губкой между ключицами.

Ему показалось прекрасным и даже в чем-то эпическим, что брат и сестра могли вот так обсудить основания, по которым один собирался убить другую. Все это было похоже на какую-то притчу из Хроник Бивня.

— Почему он называл тебя шранка? — внезапно спросил он.

Ее лицо опять исказилось, будто сведенное судорогой. Кельмомас довольно ухмыльнулся, когда она промолчала. Тут была лишь одна букашка. Нет следов на снегу... ага?

— Потому что я всегда была-была слишком тощей.

— *Она лжет...* — сказал голос.

— *Да, братец, я знаю...*

Имперский принц отодвинул от себя ее запястье, чтобы всмотреться в глаза. Казалось удивительным находиться настолько близко от ее ненавистного лица, чтобы иметь возможность разглядеть брызги веснушек, розовую кромку век, прикус зубов. Он всегда полагал, что в те времена лишь открылось нечто, что с ней сделали. Что его брат как-то сломал ее... Но теперь ему казалось, что он может вспомнить все произошедшее гораздо яснее...

Ее рыдания.

— И сколько раз? — спросил он ее.

Вялое, отстраненное моргание.

— До тех пор пока отец не запер его.

Мертвящий холод проник в ее голос.

— А мама?

— Что мама?

— Она когда-нибудь узнала?

Щебетание капающей с его волос воды.

— Однажды она подслушала его. Она была-была в ярости...

Сестра подняла губку, но он раздраженно отстранился.

— Она... она была единственной, кто никогда-никогда не боялся Айнрилатаса, — произнесла Телиопа.

Но теперь он мог видеть все с абсолютной ясностью.

— Она так и не узнала, — заключил Кельмомас.

Ее голова качнулась так, словно она тихонько икнула. Три раза подряд.

— Айнрилатас... — продолжал он, наблюдая за тем, как белеет ее лицо.

— Что-что?

— Он соблазнил тебя? — усмехнулся он. Он видел, что делают взрослые, когда бурлит их кровь. — Или взял силой?

Теперь она казалась полностью опустошенной.

— Мы дуниане, — пробормотала она.

Юный имперский принц хихикнул, задрожав от восторга. Наклонившись вперед, он прижался своею влажной щекой к ее щеке и с тем же подхрюкиванием, что он слышал не так уж давно от своего старшего брата, прошептал ей на ушко:

— Шранка...

От нее пахло скисшим молоком.

— Шранка...

Внезапно вода и мыло потекли ему в глотку. Отплевываясь и протирая яростно пылающие глаза, он едва успел увидеть бегство Телиопы — лишь тени и мелькающий кринолин. Он не пытался окликнуть ее.

Она оставила на снегу целую уйму следов.

Кельмомас с головой погрузился в обволакивающее тепло, смывая мыло с лица и волос. Он знал, что почти наверняка приговорил себя, но все равно ликовал, безмолвно торжествуя.

Страх всегда медлил, проникая в его душу, туда, где его воля была слабее, а сердце сильнее всего.

А ведь нужно немалое искусство, чтобы заставить разрыдаться Анасуримбора.

Глава шестнадцатая. Момемн

Иссирала не было в его покоях.

Ликование оказалось кратким. Охваченный чудовищной паникой, Кельмомас выскочил из ванны, оделся, не вытираясь, и мокрым прокрался в ветвящиеся глубины укутанного тенями дворца, оставляя на своем пути влажные следы. Никогда раньше, казалось ему, он не испытывал подобного ужаса и не вел внутри себя столь злобных споров, наполненных взаимными обвинениями.

— *Болван! Ты же убил нас! Убил нас!*
— *Но ты ведь играл вместе со мной. Разделил все веселье!*

Однако, обнаружив покои нариндара опустевшими, он почувствовал, что его маленькое сердце буквально остановилось. Довольно долго он так и лежал ничком на железной вентиляционной решетке, опустошенный и изнуренный, не способный даже думать, и лишь молча взирал на затененный угол, где нариндару положено было... дышать. В эти первые мгновения мысль о том, что Ухмыляющийся Бог незримо движется где-то во тьме, просто переполнила чашу его сознания, парализовав все иные помыслы.

Какова вероятность того, что все это было лишь случайностью? Совпадение ли, что нариндар исчез сразу после того, как он вывел из себя и спровоцировал Телли — женщину, державшую в своих костлявых руках его погибель? Неужели этот невероятный человек просто слонялся по залам дворца по каким-то другим своим непостижимым делам? Или... или все это уже свершилось? И его вновь переиграли. Да и как бы мог он быть еще свободнее, будучи уже свободным, да еще и обреченным вторить воспоминаниям проклятого Бога! Решать что-либо само по себе было деянием — тянешь ли ты за ниточки, чтобы распутать клубок, или втыкаешь вертела в чьи-то слезные протоки! Но каждая его мысль, мельчайшее движение его души уже становились свершившимся фактом, а это означало, что на самом деле он сам никогда ничего не решал! Всякий раз! Что означало...

Он задохнулся от невыносимой безнадежности этой загадки, превратившейся в безнадежность его нынешнего положения, в невозможность найти выход из тупика, в котором оказался.

Какое-то время он тихонько плакал. Даже окажись кто-нибудь в покоях Иссирала, он услышал бы лишь неразборчивые причитания, прерываемые слабыми всхлипами.

Он лежал неподвижно, как куль.

— *Как?* — хныкал его брат-близнец. — *Как ты мог быть таким идиотом?*

— *Это все она виновата!*

— *Должно быть что-то...*

— *Ничего! Почему до тебя не доходит?*

— *Князь Ненависти! Айокли на нас охотится!*

Его скрутил ужас.

— *Тогда пусть он найдет нас!* — с разгорающейся свирепостью решил Кельмомас.

И он снова помчался сквозь наполненный тенями дворец, лицо его пылало, рубашка липла к телу, как вторая кожа. Беспримерная, ни с чем не сравнимая ярость оживляла его, заставляла нестись сквозь тени и тьму, искажала его лицо маской дикой свирепости.

Это был его дом!

Его дом!

Он скорее сдохнет, чем будет дрожать от страха в его стенах.

Он промчался сквозь узкие щели, высокие колодцы и изогнутые тоннели, как мартышка вскарабкался по стене Аппараториума обратно, на устремленную к небу твердыню Верхнего дворца. Он уже почти достиг своей спальни, когда всеохватывающие подозрения заставили его посмотреть на вещи более трезво. Ему потребовалось лишь спросить себя самого: а где юного имперского принца должны будут обнаружить мертвым? — чтобы начать догадываться и о том, где, скорее всего, должно свершиться его убийство. Ведь так много баллад и историй сложено о том, как отпрысков королей и императоров находили задушенными в их собственных кроватках. Или ему лишь казалось, что много...

Глава шестнадцатая. Момемн

И словно удар топором, эта мысль рассекла его надвое. Разъяренный бык внутри него продолжал рваться вперед, но маленький мальчик уже хныкал и сжимался от вернувшегося страха. Горловина тоннеля сузилась, заставив его встать на колени. Продвижение вперед, вновь овладевшее его непостоянными помыслами, стало настоящим кошмаром, испытанием для его ладоней. Он уже видел отблеск бронзовой решетки на кирпичной кладке там, впереди, и ему казалось одновременно и странным, и само собой разумеющимся, что его комната окажется пустой и наполненной солнечным светом. Его горло и легкие горели огнем. Страх заставил его осторожно ползти вперед, бормоча бессвязные, не обращенные к какому-либо конкретному Богу молитвы.

— *Ну пожалуйста*, — прошептал его брат-близнец.

— *Пожалуйста...*

Жизнь редко дарит нам роскошь шпионить за нашими ужасами. Обычно они застают нас врасплох, сбивают с толку, ошеломляют, а затем либо сокрушают нас в пыль, либо оставляют невредимыми, следуя велениям рока. Дыхание теснилось в его груди, ищущий выхода воздух острым ножом вонзался в горло. Анасуримбор Кельмомас подкрался к поблескивающей решетке... осторожно заглянул за ее край — наподобие того, как менее божественные, но тоже испуганные детишки обычно выглядывают из-под одеяла. Он был настолько убежден в том, что увидит нариндара в своей комнате, что тут же сумел в равной мере внушить себе, что никого там быть не может, что все это лишь дурацкое совпадение, а он лишь маленький, глупенький мальчик, навоображавший себе невесть что. Все привычные особенности и атрибуты его комнаты подверглись тщательному беззвучному осмотру, мраморные стены — белые с темными прожилками, розовый порфир отделки и украшений, роскошная кровать, скачущие тигры, вышитые на алом ковре, расставленная по углам мебель, незапертый балкон...

— *Нет.*

Имперский принц взирал затаив дыхание и совершенно оцепенев от ужаса...

Его глаза вылезли из орбит. Иссирал стоял посреди его комнаты, как всегда, недвижимый, какой-то дикий и примитивный в своей почти абсолютной наготе, смотрящий, не мигая, через просторный вестибюль в сторону закрытой двери. Мочки его ушей казались каплями крови — столь красными они были. Само Творение содрогнулось, громыхая, как близящаяся гроза.

— *Нет-нет-нет-нет!* — невнятно бормотал его брат-близнец.

Четырехрогий Брат. Ухмыляющийся Бог. Князь Ненависти.

Айокли стоял в кельмомасовой комнате, ожидая его возвращения...

Не считая того, что он как раз сейчас сам наблюдал за Ним.

Эта несуразность ограничила его ужас.

Все, что ему нужно, — просто уйти и никогда не возвращаться в свою комнату...

А еще лучше поднять тревогу и послать сюда Столпов и инкаусти, сказав им, что нариндар оказался без разрешения в его покоях... пробрался... проник...

Но как все может быть настолько просто? Как тогда быть с Безупречной Благодатью?

Как может ребенок противопоставить что-либо вторжению Бога?

Нет. Тут есть какая-то хитрость, какая-то уловка...

Должна быть!

Но... Но...

Он услышал щелчок дверного замка и скрип нижнего шарнира, говорящий о том, что створка распахнулась. Этот звук вырвал из его груди сердце.

Нариндар продолжал смотреть вперед, как и прежде, взгляд его, казалось, лишь случайно наткнулся на вошедшего — так же как рука случайно натыкается на катящееся

Глава шестнадцатая. Момемн

по столу яблоко. Мальчику достаточно было услышать шуршание кружев, чтобы понять, кого там принесло.

Телиопа.

Она появилась внизу сиянием шелка, сверкающим, особенно в сравнении с безмолвно наблюдающим за ней убийцей, видением. Его сестра смотрела на Иссирала без малейших признаков страха и вполне могла бы владеть ситуацией, не будь рядом с ней человека, источающего столь чудовищный ужас. Несмотря на мокрые пятна, по-прежнему видневшиеся на ее талии, не было заметно никаких признаков того, что не более стражи назад она бежала от него в слезах. Она просто разглядывала нариндара с явным любопытством...

И производила впечатление человека, достаточно опасного, чтобы позволить себе это.

Юный имперский принц, замерев без движения, наблюдал за ними.

— Я должна знать-знать о том, что ты меня ждешь? — поинтересовалась она своим обычным тоном.

— Да, — ответил нариндар.

Его голос был одновременно и обыденным, и сверхъестественным... как у отца.

— И что же, ты решил, что сумеешь, положившись на свои способности, одолеть Анасуримбора?

Почти обнаженный человек покачал головой:

— В том, что я делаю, нет никаких способностей.

Пауза краткая, но более чем достаточная. Мальчик видел, как потускнел, а потом вновь обрел ясность взор Телиопы, когда она скользнула в вероятностный транс, а затем вышла из него.

— Потому что способностей вообще не бывает, — молвила она.

Голубоватый свет, лившийся из-за двери, заострил черты нариндара, сделав его каменную недвижимость еще более непроницаемой.

— Я умру? — спросила Телли.
— Даже сейчас я вижу это.

Странный жест, которым он будто поместил что-то в точку, на которую указывал, напомнил Кельмомасу древние шайгекские гравюры.

Его сестра подобрала юбки и взглянула себе под ноги — туда, куда указал убийца. Сердце мальчика заколотилось.

— *Телли!*

— И что, я уже мертвец?

— *Отодвинься!*

— Кем же еще тебе быть?

— *Отодвинься, Телли! Сойди с этого места!*

— А ты-ты? Кто же ты?

— Просто тот, кто оказался рядом, когда это случилось.

Впоследствии он решил, что это началось мгновением раньше, когда они еще разговаривали. Нечто вроде надувшегося пузыря... поддавшегося острию ножа и лопнувшего.

Предвечный молот ударил из-под земли, казалось, сразу по всему лику Творения. Мальчика тряхнуло, он свернулся, как подброшенная в воздух змея. Все вокруг ревело и шаталось. Иссирал опустился, припав к лону подземной бури. Рядом с ним, словно упавшие занавески, рушились вниз пласты кирпичной кладки. Телиопа, беспокойно оглядываясь, запнулась, а затем исчезла в каменном крошеве и облаках пыли.

Обхвативший руками голову Кельмомас услышал громкий треск огромных балок.

А затем земля успокоилась.

Он держался за голову до тех пор, пока рев не утих, сменившись гулом и легким свистом.

Когда он наконец осмелился оглядеться, все вокруг заполнял сероватый, пыльный сумрак, и он увидел только, что и сама решетка, и та часть стены, где она была установлена, обрушились. Он закашлялся и взмахнул руками, осознав, что лежит на краю провала, в который упала его кровать, теперь оказавшаяся этажом ниже. Нариндара нигде не было видно, хотя та часть пола, где он стоял, осталась целой. Он слышал, как кто-то громко возглашал раз за разом то ли славословия,

Глава шестнадцатая. Момемн

то ли молитвы. Слышал в отдалении крики тех, кто пытался восстановить подобие порядка.

Отрывистый женский вопль пробился откуда-то снизу, пронзив Священный Предел.

Анасуримбор Кельмомас спустился на усыпанный обломками пол своей комнаты. Повернувшись, он уставился на искалеченные останки старшей сестры. Она лежала лицом вперед — так, как при падении вывернуло ее голову, — опершись безжизненной рукой на пол, словно пытающийся подняться пропойца. Ее волосы, зачесанные назад спутанными льняными прядями, были сплошь покрыты известью. Кельмомас приблизился к ней, с каждым шагом смаргивая с глаз все новые слезы. Он задумчиво рассматривал ее тело, не замечая никаких признаков того, перед чем стоило бы преклоняться, как это часто делали все прочие. Мертвой она казалась всего лишь сломанной куклой. На последнем шаге из его горла вырвался легкий всхлип. Он наклонился, подобрал с пола кирпич и, высоко подняв его своей детской рукой, изо всех сил бросил ей в голову. Брызнувшая кровь стала ему наградой.

На взгляд Телиопа была еще теплой.

— Она мертва, — со всей мочи заорал он, — Телли мертва. Мама! Ма-а-амо-очка!

Он положил себе на колени ее искалеченную голову, воззрившись в лицо, вдавившееся внутрь смявшимся бурдюком, и, слегка наклонив подбородок, позволил себе злорадную ухмылку.

— *Ты веришь в это?* — прошептал его брат-близнец.

— *О да, я верю.*

Четырехрогий Брат был ему другом.

— Ма-амо-о-очка-а!

Едва проснувшись, чародей Мбимаю подумал, что день, похоже, не задался. Кошмары, казалось, преследовали его всю ночь — напоенные неистовым буйством сны, столь беспокойные, что пинками сбрасываешь с себя одеяла. Сны, пытаясь вспомнить которые, вспоминаешь лишь неопределенный и необъяснимый ужас. Он даже достал свои кости киззи, рассчитывая погадать на эти видения, столь навязчивой и давящей была тень, которой они омрачили его пробуждение. Но Блудница, само собой, решила по-своему и сама бросила кости: стоило ему отыскать свои амулеты, как прибыл мрачный кианский гранд Саранджехой с приглашением от Фанайяла как можно быстрее явиться к нему и его наложнице.

Дальнейшая (и весьма постыдная) поспешность Маловеби явилась лишь следствием того, насколько отвратительным было настроение падираджи-разбойника в течение недель, прошедших с тех пор, как Меппа едва не погиб. Время работало против Фанайяла аб-Карасканди, и он об этом знал. Бесконечный поток кораблей, входящих в гавань имперской столицы и выходящих из нее, не заметил бы только слепой. Провоцируя и подстрекая его, имперцы даже начали пировать прямо на стенах! Окружающие области Нансурии тем временем все более наполнялись враждебными тенями — едва минул день с тех пор, как очередной отряд фуражиров был подчистую вырезан, попав в засаду. Там, где в начале осады фаним могли в одиночку проскакать мили и мили вокруг Момемна, не прихватив даже доспехов, теперь они вынуждены были перемещаться лишь во множестве и по острой необходимости. И что более всего уязвляло легендарного падираджу (едва не доводя до безумия, благодаря ятверской ведьме), так это тот факт, что идолопоклонники отказывались признавать поражение, что нечестивые заудуньяни неизменно проявляли такой героизм, что воинам пустыни оставалось лишь дивиться и страшиться. Фаним рассуждали об этом у своих костров, твердя о безумной решимости врагов, о невозможности покорить людей, которые приветствовали унижения и смерть.

— Что это за земля, — сокрушался старый каратайский вождь, которого Маловеби как-то подслушал, — где женщины готовы служить щитами для мужчин? Где де-

Глава шестнадцатая. Момемн

сять жизней, обмененных на одну, считаются выгодной сделкой!

Мера морали и духа, как прекрасно сумел описать Мемгова, заключена в сочетании и гармонии человеческих устремлений. Чем больше эти стремления умножаются и расходятся между собой, тем в меньшей степени войско способно оставаться войском. Всадники пустыни явились сюда, удерживая в своих душах одно-единственное стремление — срубить голову имперскому Дракону. Но дни шли за днями, их численность все уменьшалась, и постепенно их устремления стали множиться. Тень размышлений о возможностях, о вариантах легла на их лица, так же как и на лицо Маловеби. Предчувствие надвигающегося гибельного рока укоренялось в их сердцах — ровно так же, как и в сердце самого падираджи. И как у озлобленных мужей возникает зачастую побуждение терзать своих жен и детей, так и Фанайял начал демонстрировать всем свое могущество через проявления капризного своенравия. Теперь вдоль всех основных дорог, проложенных внутри лагеря, висели трупы фаним, казненных по поводам, которые всего несколько недель назад были бы сочтены пустяковыми.

Отчаяние сверкало во всех глазах, но, тлея в зеницах владыки, оно становилось пылающим сигнальным костром.

Призывом к ужасающей Матери Рождения.

Будь ты проклят, Ликаро! Будь проклят!

Воины пустыни теперь называли гарем шатром падираджи, и для Маловеби и его чуткого носа алхимика шатер смердел вонью бесчисленных совокуплений, настолько спертым — даже пропитанным — жарким дыханием, потом и семенем был воздух внутри него. Псатма Наннафери, само собой, находилась там: жизнь королевских наложниц ограничивали законы фаним и кианские обычаи. Она, как всегда, сидела одновременно и слишком близко, и чересчур далеко, как всегда, была и чересчур, и совершенно недостаточно одетой. Расположение ее духа, обычно колеблющееся между каменной холодностью и нервозностью, сегодня было столь же исполнено ликования, насколько его самого терзала тревога. Впервые Псатма откинула за плечи свои густые волосы, выставив напоказ непомерную чувственность.

Чародей Мбимаю изо всех сил старался не утонуть в ее огромных черных очах.

Он оценил изобилие пищи — дичь, сыр, хлеб и перец, великий дар Нильнамеша, — но опасался, что честь разделить с падираджей завтрак рискует быстро превратиться в честь быть снова выбраненным и подвергнутым издевательствам. Фанайял не так давно отказался от каких-либо попыток изображать из себя дипломата, вместо этого прибегнув к «более непосредственной тактике», как великодушно он называл свои несколько истеричные вспышки раздражения. Посланник Зеума старательно изучал разломленную краюху хлеба на тарелке перед собой, пока Фанайял, нависая над ним и тыкая куда-то в небо указательным пальцем, требовал, чтобы Священный Зеум по меньшей мере прислал ему корабли!

Псатма Наннафери рассматривала их обоих, как делала это всегда, развалясь с ленивой небрежностью, свойственной шлюхам и девственницам — тем, которым известно либо слишком много, либо слишком мало, чтобы о чем-либо беспокоиться. Разнообразие оттенков ликования оживляло ее лицо, но в ее глазах не было и тени насмешки.

Казалось, весь мир в этот день был для нее подлинным даром.

— И кого? Кого страшится великий сатахан? — вопил Фанайял.

Маловеби продолжал изучать хлеб у себя на тарелке. Чем глубже ужас проникал в фанайялову душу, тем чаще он отвечал на свои собственные вопросы — вплоть до того, что собеседники стали ему не нужны совершенно.

— Аспект-императора!

Он говорил как человек, чей разум своими острыми гранями постоянно терзает его самого.

Глава шестнадцатая. Момемн

Посланнику Зеума уже пришлось испытать на себе подобные «переговоры», и он знал, что сейчас ему нужно просто ждать, когда падираджа готов будет услышать ответ.

— А мы стоим здесь, прямо здесь! Перед вратами его столицы! Все, что нам нужно, — это корабли, слышишь меня, человек, корабли! И Сатахану, нет, всему могучему Зеуму, никогда больше не нужно будет бояться!

— Даже если бы я мог это сделать, — наконец резко возразил Маловеби, — понадобились бы месяцы для...

Земля начала вдруг разъезжаться, как брошенные на воду доски.

Фанайял упал к нему на колени, а потом посланник Зеума, на пару с падираджей, опрокинулись назад, рухнув на землю одной брыкающейся кучей.

Мир превратился в колышущееся безумие, и все же Псатма Наннафери каким-то образом умудрилась встать.

— Да-а-а! — завопила она, перекрикивая поднявшийся грохот. — Твои дети слышат твой голос, о Матерь!

Шатер шатался, повиснув на стонущей арке. Варварская коллекция награбленных трофеев и роскошной мебели кренилась и раскачивалась подобно пляшущим трясунам. Хрупкие вещи ломались со скрипом и треском.

Ятверская ведьма, заходясь хохотом, выла, издавая сладострастные вопли:

— Да! Да-а-а-а!

А затем все кончилось, сменившись сверхъестественной неподвижностью земли у них под ногами.

Падираджа позволил себе любезность встать с зеумского колдуна. Хор голосящих воплей поднимался снаружи — сотни мужских глоток ревели и орали все громче...

Фанайял успел вскочить и выбраться сквозь полы шатра наружу еще до того, как Маловеби разобрался, где у него руки, а где ноги. Посланник потратил еще несколько мгновений, чтобы окончательно прийти в себя и привести в порядок свои затейливые одеяния Эрзу. Наннафери, крутясь и выгибаясь, плясала на валяющейся грудами роскошной обстановке гарема.

— Узри же! — взывала она из сумрака разгромленного шатра. — Узри, что должно!

Маловеби устремился прочь от ее восторженного экстаза и выскочил, моргая и щурясь, прямо под лучи слепящего солнца. Сборище сбитых с толку фанимских воинов заполняло лагерь.

— Тихо! — орал Фанайял, расталкивая людей и пытаясь вслушаться в происходящее за гребнями северных холмов. Он вновь простер руку:

— Тихо!

Падираджа повернулся к стоявшему рядом кианскому гранду Омирджи:

— Что ты слышишь?

Он воззрился на Маловеби, а затем перевел бешеный взгляд на всех остальных:

— Что они кричат? Что?..

Само Творение, казалось, затаило дыхание, вслушиваясь. Маловеби слышал отдаленный хор голосов, но в ушах его все еще стоял звон от грохота землетрясения — не говоря уж о безумных воплях ведьмы ятверианского культа.

— Стены...— ахнул незнакомый юный воин, его хмурая сосредоточенность на глазах превращалась в радостное изумление. — Они кричат, что обрушились стены!

Маловеби наблюдал, как до многострадального сына Караскамандри дошел смысл этих слов и лицо его преобразилось, охваченное столь могучими страстями, что они сокрушили бы большинство прочих душ...

Увидел его беззвучный вопль...

— Бог! — дрожа всем телом, прохрипел он. — Одинокий Бог!

Но возглас его казался слишком явно наполненным чувством, напоенным чем-то чересчур человеческим, свидетельствующим о чем угодно, но не о святости.

Крики и возгласы, доносившиеся из-за гребня холма, пронзали наступившую благоговейную тишину. Ятаганы вспыхнули в сиянии утреннего солнца.

Глава шестнадцатая. Момемн

— К оружию! — с внезапной дикостью заревел падираджа. — К оружию! Сегодня мы станем бессмертными!

И весь мир превратился в крики и ощетинившийся смертоносным железом натиск.

Фанайял, обернувшись, схватил Маловеби за плечо и яростно крикнул ему:

— Оставь себе свои проклятые корабли, богохульник!

Затем он скрылся в недрах шатра, чтобы забрать оттуда свое оружие и доспехи.

Благословенная императрица Трех Морей обошлась без церемоний и предложила генералу Искаулу проследовать за ней в пределы Мантии, где они могли бы увидеть город и обсудить, как лучше организовать оборону столицы. Генерал выглядел именно так, как и должен был выглядеть знатный норсирайский дворянин, — фигура героя, длинные светлые волосы с благородной сединой, могучая челюсть и столь же могучий акцент. Но манеру его речи скорее можно было счесть свойственной ученому, а не галеотскому военному вождю: что и понятно, поскольку Искаул славился в армии империи как офицер, в равной мере способный и тщательно спланировать кампанию, и держать в уме все необходимые расчеты, всегда зная, какие именно ресурсы находятся в его распоряжении.

Он начал с бесконечных вопросов. С помощью Финерсы и Саксилласа императрица сумела пережить это тяжкое испытание. Но без Телиопы никто из присутствующих не сумел дать исчерпывающих ответов. Более того, некоторые вопросы, например о количестве бельевых веревок в городе (как выяснилось позже, для лошадиной упряжи), попросту вызвали недоверчивый смех. Беседа была наполнена легким весельем и взаимным уважением, и Эсменет, в конце концов, воскликнула:

— И как могло так случиться, что мой муж ни разу не вызывал тебя сюда?

— Это потому что я следую за полем битвы, ваше великолепие, — ответил генерал, — просто в этот раз само поле явилось сюда.

Его красноречие заставило ее обратить взор к сумрачным хитросплетениям и лабиринтам Момемна. И у нее, как это часто случалось, засосало под ложечкой от высот и далей, что лежали между ней и ее народом...

Земля заколыхалась, словно одеяло. Вновь и вновь. Все сущее приподнялось и содрогнулось.

Она оказалась единственной, кто устоял на ногах.

Задняя терраса ходила ходуном, как корабельная палуба во время шторма, только, в отличие от корабля, эти толчки не смягчались водой.

Она стояла, а весь мир вокруг нее сотрясался.

Земля, казалось, подпрыгнула, ударив ее по подошвам сандалий, но императрица продолжала стоять, словно привязанная и поддерживаемая какими-то незримыми нитями. Несмотря на все свое самообладание, генерал Искаул шлепнулся на зад, словно еще только учащийся ходить карапуз. Финерса рухнул на колени, а затем ударился лицом, попытавшись опереться на руку, которой у него больше не было. Саксиллас, ее экзальт-капитан, хотел поддержать свою императрицу, но промахнулся и свалился ей под ноги.

Она видела, что там, внизу, целые улицы ее города рушатся, объятые дымом; отдаленные здания и постройки, чьи очертания были ей так хорошо знакомы — вроде башни Зика, — складывались сами в себя, превращаясь в облака пыли и рассыпающиеся по склонам, круша городские кварталы, обломки. Впоследствии она едва сможет осознать, что все увиденное ею, вся монументальность свершившейся катастрофы, может быть отнесена на счет одного-единственного смертного. Ныне же, хотя Эсменет и довелось лицезреть наиболее ужасающий катаклизм из всех виденных ею когда-либо, внезапно пришло понимание, что он лишь предвещает куда бо́льшие бедствия...

Исполинские, квадратные плечи Мармуринских врат рухнули, обратившись в пыль.

Рев стихал, наступило затишье, умолк даже ненавистный пульс барабанов фаним. На какое-то мгновение остались

Глава шестнадцатая. Момемн

только грохот и скрежет последних падающих обломков. Сперва ей показалось, что стонет ветер, столь протяжным был поднявшийся вой. Но он все нарастал, усиливался, становясь одновременно и невнятным, и различимым, ужасающей симфонией человеческих рыданий и криков...

Ее возлюбленный город... Момемн.

Момемн захлебнулся единым воплем.

— Нам стоит покинуть дворец, — настоятельно предложил Саксиллас, — ваше великолепие!

Она посмотрела на него отсутствующим взглядом. Казалось невероятным, что он способен изъясняться с тем же небрежным хладнокровием, что и раньше.

— Ребенком я уже пережил землетрясение вроде этого, — напирал он. — Оно приходит волнами, ваше великолепие. Мы должны доставить вас в место более безопасное, чем Андиаминские Высоты, ибо весь дворец может рухнуть!

Она, щурясь в ярком солнечном свете, повернулась, глядя не столько на него, сколько на свое жилище, казавшееся удивительно целым и невредимым — по нему лишь змеились несколько трещин, да осыпалась с фасада мраморная облицовка. Императрица взглянула через террасу на своих придворных и свиту, встающих с покосившегося пола. Генерал Искаул пристально смотрел на нее. Финерса поднялся на одно колено, пустой рукав его рубахи свисал вниз, из разбитого носа ручьем лилась кровь. Она оглянулась на своего экзальт-капитана.

— Ваше великолепие... Прошу вас!

«Боги, — цепенея, осознала она. — Это сделала Сотня!»

— Собери всех, кого сможешь, Саксиллас.

Боги охотятся за ее семьей.

— Нам следует сначала доставить вас в лагерь скуариев...

— Если ты в самом деле заботишься о моей безопасности, — огрызнулась она, — то соберешь всех, кого только сможешь!

Она указала ему на картину чудовищного разгрома, простершуюся внизу, под террасой. Пыль клубами висела в воздухе, словно весь город был громадной трясущейся тарелкой, наполненной мелким песком. Огромные купола Ксотеи по-прежнему высились неподалеку, как и многие прочие строения — некоторые стояли в одиночестве, а некоторые жались друг к другу в окружении руин. Она вновь перевела взгляд на своего экзальт-капитана, всматривающегося в то, что осталось от имперской столицы, и увидела, как его благородное, холеное лицо покрылось мертвенной бледностью, когда он наконец понял. Осознал.

— Стены обвалились... — пробормотал генерал Искаул. Он собрал ладонью свои волосы и завязал их в воинский узел.

— Наши враги вскоре обрушатся на нас! — голос благословенной императрицы прокатился по перекошенной террасе. — Мы предвидели это и знаем, где наши посты. Делайте то, что должно! Будьте безжалостными. Будьте хитрыми. И превыше всего будьте храбрыми. Пылайте, как факел, ради своего святого аспект-императора! Будьте светочем для колеблющихся.

Ее голос гремел, но сердце полнилось скорбью доносившихся снизу причитаний и воплей. Руины, руины и снова руины.

Кел...

Высоченный агмундрмен пал перед ней на колени:

— Ваше великолепие...

— Поле битвы теперь твое, генерал, — молвила Эсменет. Она смотрела во множество устремленных на нее глаз; некоторые из них округлились от ужаса и неверия, но многие уже пылали кровавым заревом столь нужной всем им сейчас ненависти. — Прикончи же этих шакалов!

Ее люди разразились одобрительными возгласами — нестройными, но свирепыми, однако тут кто-то вдруг закричал, голосом столь громким и настойчивым, что не обратить на него внимание было решительно невозможно:

— Смотрите! Смотрите!

И по воле кого-то из придворных, кого она не могла видеть, все взоры обратились к южным холмам, покрытым вы-

Глава шестнадцатая. Момемн

сохшей осенней травой. Некоторые из присутствующих защищали глаза от слепящего солнца, что высоко стояло сейчас над Менеанором. Первые темнеющие потоки всадников устремились в город, перехлестывая через развалины стен...

Пока еще сотни, что вскоре станут тысячами.

— Искаул, — с нажимом сказала она.

— За мной! — рявкнул генерал голосом, привычным перекрикивать грохот любой, самой яростной битвы.

Все присутствующие воины устремились наружу, во главе с Искаулом исчезнув во мрачных устах имперского зала аудиенций. Аппаратарии бурлящим потоком блистающих кольчуг и церемониальных облачений последовали за ними, и в конце концов рядом с императрицей остались лишь около дюжины рабов: они двумя рядами стояли перед ней на коленях, лбами уткнувшись в украшенный керамическими изразцами пол. *Где же Телли?*

Императрица стояла, возвышаясь над кучкой слуг, и ждала, когда терраса наконец опустеет. Восходящее солнце отбрасывало тени на спины рабов, трое из которых были одеты, а один обнажен.

И тут она ощутила еще одну постигшую ее катастрофу — на сей раз пришедшую изнутри ее сердца. Она повернулась к своему городу, все больше ужасаясь его руинам, ощущая все бо́льшую скорбь, все бо́льшую тяжесть поступи, растаптывающей ее потроха. *Момемн!*

Свежий менеанорский бриз уже очищал воздух от пыли, окутавшей базальтовые высоты Ксотеи, обнажая разрушенные вереницы окруживших ее меньших храмов. *Телли? Что могло ее так задержать?* Порывы ветра отбросили завесу пыли с более отдаленных, но тоже развороченных стихией и расчерченных длинными утренними тенями городских кварталов. Открывающийся вид изумлял душу, словно ратное поле после яростной битвы, посреди безумного нагромождения поверженных зданий высились, без всякой системы или зримого смысла, и уцелевшие. *Момемн!*

И туча врагов клубилась на юге чудовищной стаей злобного воронья.

Великая Ордалия

В горле застыл ком, подступила тошнота. Над городом повис жуткий, невозможный плач. Тонкое пронзительное рыдание десятков тысяч сокрушенных душ возносилось к осенним небесам.

Момемн! Сердце империи! Твердыня Анасуримборов!

Ныне город стал местом стенаний. Разгромленным некрополем.

Всеобщей могилой.

Кровь застучала в ушах. Эсменет с шипением плюнула, процедив слюну меж стиснутых зубов. Сомнений нет, и притворяться далее невозможно. Землетрясения — удел Сотни. Это всем известно!

Кара настигла ее... и не были ложным тщеславием подобные мысли. Уже нет.

Боги сделали это. Боги охотятся за ней и ее детьми. Идет охота.

И благословенная императрица бросилась следом за своими министрами, взывая к возлюбленным душам.

— Это знак! — ревел Фанайял у входа в шатер. — Чудо!

Приближенные падираджи толпились у порога, понимая по тону беседы, что он разговаривает с *ней*. Тем не менее Маловеби последовал за ним в сумрак и духоту, разящую мускусом и воняющую простынями, замаранными бесчисленными совокуплениями.

Псатма Наннафери, рассевшаяся на своей кушетке, взглянула на него без интереса или удивления, а затем вновь обернулась к своему плененному похитителю.

— Нечто было начертано, — насмехалась она, — но начертано не для тебя!

— Посланник? — осведомился Фанайял голосом столь же безжизненным, как и выражение его лица.

— Я-а-а, — запинаясь, пробормотал Маловеби, — позабыл свой, э-э-э...— он моргнул, глотая слюну, — свой хлеб.

— Скажи ему, богохульник! — зашлась хохотом ятверская ведьма. — Поделись с ним знанием, как одна проклятая душа с другой.

Глава шестнадцатая. Момемн

Маловеби не имел ни малейшего понятия, что тут случилось, догадываясь лишь, что это как-то связано с ним.

— Я... э-э-э...

Но Фанайял лишь бросил на женщину еще один бешеный взгляд.

— Не это! Ты не сможешь забрать у меня это!

Она наклонилась вперед, опершись одной рукой на колено, и плюнула на награбленные падираджей бесценные ковры.

— Палец не может украсть у руки. Я стою слишком близко, одесную Матери, чтобы забрать то, чем она одарила.

Падираджа провел рукой по лицу и дважды быстро моргнул.

— Я знаю то, что знаю, — проскрежетал он, с натугой поднимая стойку со своей кольчугой из груды беспорядочно раскиданного в сумраке роскошного барахла. — Знаю, что нужно сделать!

— Ничего ты не знаешь! — прокаркала Псатма. — И чуешь это, словно гнойник в своем сердце!

— Заткнись, сумасшедшая баба!

— Скажи ему! — заклинала она ошеломленного чародея Мбимаю. — Поведай о том, что он знает и так!

— Заткнись! Замолчи!

Псатма Наннафери завизжала от смеха, наполненного омерзительным соблазном и напоенного древней гнилью.

— Скажи ему, что Матерь содеяла это! Что его чудо — работа языческого демона!

— Фан именует твою!..

— Фан? — неверие в ее голосе было столь очевидным, столь абсолютным, что ее чувственное контральто, казалось, оттеснило прочь все прочие звуки. — Фан просто обманщик. Фан — это то, что случается, когда философы начинают поклоняться собственным бредням!

Фанайял с искаженным яростью лицом навис над ней, его усы топорщились над ощеренными зубами, он занес готовую разить руку.

— Од-од-одинокий Бог! — выговорил падираджа. — Это его рук дело!

— Ага. Только слегка рас-рас-распиленного! — насмехалась она, издевательски хихикая.

— Я сейчас ударю тебя!

— Так ударь! — вскричала она, голос ее загремел так, что кожа посланника покрылась мурашками. — Ударь и услышишь, как я запою! Пусть все твои родичи узнают, что стены Момемна обрушил Бог Бивня! Бог идолопоклонников!

Она уже успела вскочить и теперь, буря гневом и выплескивая все свое нутряное отвращение к мерзостям, которые ей пришлось засвидетельствовать и вынести, мерила шагами шатер.

— И что же? Как вы, треклятые богохульники, Ее называете? Брюхатой? Ты зовешь Ее Брюхатой! Святотатство! И от кого? От такой порочной, ублюдочной твари, как ты, — грязного насильника, поганящего жен и детей! Убийцы и вора! Отравленного жаждой ненависти! Ты? Ты смеешь называть нашу Матерь демоном? Нечистым духом?

Ее глаза округлились от ярости, она простерла руки ко всем опрокинутым, раскиданным и разломанным свидетельствам грабежа. Рычание, казалось, прорвалось сквозь землю у них под ногами.

— Она! Поглотит! Тебя!

Даже Фанайял прикрылся ладонями от ее бешеной злобы, ибо эта свирепая ярость явно была не от мира сего.

— Ложь! — воскликнул он, но в голосе слышалось осознание горькой истины. — Чудо дано лишь мне! Мне!

Псатма Наннафери вновь зашлась приступом адского хохота.

— Твое чудо? — выла и бушевала она. — Ты и правда думаешь, что Матерь — Брюхатая! — поразила бы свою собственную землю ради кого-то вроде тебя или даже ради всего твоего ущербного народа? Гонимого в этой жизни и проклятого в следующей?

Древняя дева вновь харкнула на пол и топнула ногой.

Глава шестнадцатая. Момемн

— Ты ничтожен, и ты проклят. Ты лишь растопка для большего, намного большего пламени!

— Не-е-ет! — завопил падираджа. — Я Избран!

— Да-а-а! — вопила и топала ногами жрица. — Избран, чтобы валять дурака!

— Сын Каскамандри! — прогремел Маловеби, увидев, что Фанайял схватился за рукоять ятагана.

Падираджа, наполовину обнажив клинок, застыл, ссутулившись, как обезьяна, и бешено хрипя.

— Она неспроста подзуживает тебя, — сказал Маловеби, размеренно дыша.

— Ба! — рявкнула Наннафери, презрительно усмехаясь. — Дошло наконец. Да попросту все мы уже мертвы.

Слова, брошенные, как объедки с королевского стола жалким нищим.

Они оба застыли, пораженные гнетущим предчувствием, столь ужасающим был ее голос, прозвучавший так, словно все это уже не имело никакого значения...

Потому что они уже были мертвы?

Маловеби помедлил мгновение, осыпая проклятиями коварство и вероломство этого подлеца Ликаро. А затем, сглотнув, осторожно спросил:

— О чем это ты?

Ятверская ведьма безмятежно взирала на него сверкающими очами.

— Ты поразишься собственной слепоте, зеумец, — произнесли ее губы. — О, как ты будешь раскаиваться и бранить себя.

И тогда чародей Мбимаю ощутил это... жалость, сострадание Матери, ее любовь к слабой душе, которая так сильно сбилась с пути, так жестоко заблуждается. И осознал, что все это время считал злом (даже если не осмеливался напрямую об этом помыслить) лишь Ее ужасающий гнев, кошмарную тень Ее возмездия.

А затем Маловеби ощутил нечто иное... поступь подлинного Зла.

Оно явилось к ним из ниоткуда, пятно души, что сама прокляла себя. Колдовская Метка...

Более глубокая, пропитанная бо́льшими богохульствами, чем любая другая, что ему довелось чуять прежде.

— Она права, — прокричал Маловеби измученному терзаниями падирадже. — Мой господин! Твоя хора! Скорее!..

Слово, произнесенное где-то внутри его головы...

И дальняя от входа часть гарема, где Маловеби чувствовал лежащую в сундуке хору, взорвалась. Награбленные сокровища выдуло наружу как мусор. Толчок поверг и Фанайяла, и Наннафери на колени — и женщина, опрокинувшись на спину, покатилась в припадке радостного хохота. Шатер шатался и гремел. Невозможная Песнь, сокрытая от мирского взора, пронзала сущее.

Маловеби бездумно нашарил в своей мантии Эрзу амулет в виде железной чаши. Ледяной ужас рвал когтями его внутренности.

— Фанайял, — прокричал он, — скорее ко мне!

А затем его мысли сплелись запутанным узлом, и он уже возносил монотонный речитатив, заполняя сознание помышлениями, ему противоположными. Творил священную и кощунственную Песнь Извы. Он увидел, как падираджа отчаянно ринулся к нему, но споткнулся о выставленную Наннафери ногу. Фанайял тяжело рухнул, растянувшись на алых коврах, расшитых золотыми узорами в виде райских кущ. Маловеби был слишком хорошо обучен, чтобы колебаться: Чаша Муззи раскрылась над ним сияющим бастионом, призрачная Аналогия амулета, что он сжимал в своей левой руке...

Ведь он догадался, кто именно обрушился на них всей своей мощью.

Наннафери вскочила на ноги и принялась пинать простертого Фанайяла в голову, яростно визжа:

— Свинья! Свинья!

Она не остановилась даже тогда, когда колдовской голос начал разрывать шатер по дуге — сперва медленно, а затем

Глава шестнадцатая. Момемн

резко, словно вращающееся колесо стремительно мчащейся повозки — до тех пор, пока они не обнаружили, что стоят посреди вихря обломков, защищенные хорой, как смутно осознавал Маловеби. Небеса заходились криком. Войлочный купол шатра взмыл, унесенный ураганным ветром, и дневной свет хлынул внутрь, наполнив открывшееся внешнему миру безумие яркими красками и забрызгав его мечущимися тенями.

И Маловеби наконец увидел его...

Святого аспект-императора Трех Морей.

Его метка была какой-то неправильной и ужасающе тошнотворной. Нимилевые звенья его хауберка вскипали в хаотично мелькающих потоках света белыми и серебристыми отблесками. И в то же время в его облике заметны были следы дальнего и трудного пути — спутанная грива золотистых волос, неухоженная борода, заляпанные сапоги, измазанные в грязи пальцы. На нем был отороченный соболиным мехом плащ, который колыхался и хлопал за плечами. А на его боевом поясе висели, болтаясь вокруг левого бедра, знаменитые декапитанты, наружностью своей напоминавшие изменчивые ночные кошмары.

Не проявляя интереса к Маловеби, Анасуримбор Келлхус, словно видение из жесточайших саг, двинулся прямо к падирадже и первоматери. Глаза его сверкали, как отполированный ветром лед. И действительно, сияние окружало его голову и руки: призрачные золотые отсветы, круглые и незамаранные Меткой.

Пораженный чародей Мбимаю не мог сойти с места. Его мутило.

Чертов Ликаро!

Аспект-император толкнул Псатму Наннафери на землю и, схватив несчастного падираджу за глотку, поднял его, словно тот был ребенком! Старые враги воззрились друг на друга так, что казалось, будто сейчас они падут, рассыпавшись под этими взглядами грудой обломков. Ветер выл и ревел, воспроизводя звуки, подобные рвущейся ткани или воплям диких кошек. Меньшие завихрения пыли втягивались в большие, превращая то, что раньше было гаремом, в темный, мрачный тоннель, рассыпающийся клубящимся туманом при соприкосновении с призрачным панцирем Чаши Муззи. Полубессознательный Фанайял слегка трепыхался в солнечном свете.

Аспект-император вглядывался в него, словно желая убедиться, что тот понял, кто именно сокрушил его.

Столь потрясающая демонстрация мощи! Стоять в самом сердце вражеского войска, диктуя, кому жить, а кому умереть, оставаясь при этом неуязвимым...

Осознав свое положение, падираджа ощутил недостойный мужчины приступ ужаса.

— Ты сам затеял все это! — прогремел аспект-император.

Маловеби увидел, как губы падираджи шевелятся...

А затем он падает на землю, словно веревка. Маловеби покачнулся, осознав абсолютную окончательность свершившегося, и, лишь сделав шаг в сторону, сумел восстановить равновесие. Фанайял аб Каскамандри мертв...

Мертв!

Святой аспект-император Трех Морей повернулся к хохочущей первоматери: она распростерлась на расшитых коврах. Он заставил ее подняться на ноги, избавив меж тем от унижения, которому подверг Фанайяла.

Непокоренная, она стояла, хихикая, в тени его овеваемого ветрами облика.

— Матерь! — вскричала она в небеса за его плечами. Буря, обрушенная на них аспект-императором, разорвала ее одежды, словно свора собак, набросившихся на полотенца. — Приготовь же мои чертоги! Ибо я прихожу, *отдавши* — отдавши все без остатка. Умирая за то, что осталась верной Тебе!

— Моя сестра, — произнес Анасуримбор Келлхус, — больше не может спасти тебя.

— И все же ты явился сюда, — с восторгом взвыла она, — явился, чтобы обрести свою погибель!

Глава шестнадцатая. Момемн

— Сотня слепа и не замечает угрозы Не-Бога. И более всех Мать Рождения.

— Тогда почему, — взвизгнула от смеха она, — почему я помню это? Добрая Удача поглотит тебя еще до того, как кончится день.

Святой аспект-император Трех Морей выказал в ответ не более чем легкое любопытство.

— Можно быть всюду и оставаться слепым, — молвил он, — можно быть вечным, но ничего не помнить.

— Саг твердит освободившийся демон! Обретшие плоть мерзость и ужас! Бездонный голод!

— И даже бесконечность может вздрогнуть от изумления.

Анасуримбор схватил Псатму и обрушил на нее свою мощь единым движением, его правая рука сжала ее лоб, от звуков его голоса сама реальность затрещала по швам. Ослепительное сияние охватило ятверскую ведьму. Маловеби поднял руку, чтобы прикрыть глаза, но слишком поздно, и поэтому, когда аспект-император отвернулся от разверзшегося светопреставления, моргающий чародей узрел лишь подступившую к нему могучую тень.

Один из висевших у келлхусова бедра декапитантов, казалось, беспрерывно корчил какие-то бесноватые гримасы, словно пытаясь его о чем-то предупредить. Псатмы Наннафери нигде не было видно.

Как думаешь, Мбимаю? — обратился к нему аспект-император. Его голос каким-то сверхъестественным образом проскальзывал сквозь рев окружившей их бури, да и говорил он так, словно вел беседу за обеденным столом. — Как считаешь, Ятвер позволит ей увидеть это?

Чародей Мбимаю стоял, ошеломленный и парализованный, — ранее он не мог бы даже вообразить, что так бывает.

— Ч-ч-что? — пробормотал он.

Затем он услышал это — жуткий крик, пробивающийся меж порывами ветра:

— Ма-а-ате-е-ерь!

Отдаленный зов... или близящийся?

Маловеби нахмурил брови и затравленно глянул в небеса, успев увидеть кувыркающуюся и брыкающуюся Псатму Наннафери за мгновение до того, как она растеклась розовой плотью и разбрызгалась алой кровью по куполу Чаши Муззи.

— Ее падение, — сказал Танцующий в Мыслях.

Посланик Зеума отчего-то закашлялся, а затем пошатнулся и упал на колени.

Эсменет легонько поглаживала девичьи волосы, не касаясь того, что натекло под них.

— Нет-нет-нет-нет-нет, — рыдала и стенала она, нянча разбитую голову дочери.

Ее тело непроизвольно дрожало, мышцы тряслись, словно монеты на фарфоровом блюде. Она не могла более внимать плачу своей возлюбленной столицы, ибо теперь ее сотрясали собственные рыдания.

— Ма-а-ама-а-а! — кричал Кельмомас.

Боги совершили это.

— Ма-а-амочка-а-а! — голосил ее мальчик.

Кельмомас. Лишь он еще жив...

Единственный из всех, кто еще что-то значил для нее.

Она почувствовала, что разделяется надвое, — так же как случилось, когда она баюкала испускающего последний вздох Самармаса. Разделяется, раскалывается по той линии, по которой всегда бьется на части материнская душа, пытающаяся похоронить невозможное безумие горькой утраты под безумием иного рода — тем, что еще надлежит сделать ради безопасности. Она уставилась в покрытый трещинами потолок, стараясь не замечать текущие по лицу жгучие слезы, и собрала, склеила себя вокруг своего оцепеневшего сердца, вокруг омертвевшей души — ибо на скорбь, что обуревала ее, ныне не было времени!

— Ш-ш-ш... ш-ш... — сумела она успокаивающе прошептать своему дрожащему мальчику. Ей нужно доставить его в безопасное место — прочь от этого ужаса. Саксиллас!

Глава шестнадцатая. Момемн

О чем он там говорил? Она села прямо, яростно утерев рукавом свое лицо. Корабли! Ей нужно отвести его в гавань! Нужно быть сильной!

Но облик Телиопы, столь... плачевный, столь изувеченный, вновь приковал ее взгляд к груде битых кирпичей, где покоилась ее девочка.

— Не-е-ет! — застонала она, словно это случилось с Телли прямо сейчас. — Не может быть...

Она опустила взгляд, уставившись на свою ладонь, и смела усыпавшие лицо Телиопы песок и осколки.

— Этого не может быть...

Эсменет беспорядочно, точно пропойца, покачивала и мотала головой.

Кельмомас, яростно терший глаза и щеки, отстранился, пытаясь поймать ее взгляд.

— Мама?

— Вокруг так много чудовищ! — казалось, что рыдали ее кости, ее волосы, ее кожа. — Ну почему Телли? — сдавленно ахнула Эсменет. — Когда вокруг столько чудовищ.

Кельмомас попытался обнять ее, но она уже вскочила на ноги.

— Ему все равно, — взревела она в пустоту, сжимая грозящие небесам кулаки, — у него нет сердца, которое могло бы разбиться! Нет воли, что может ослабнуть! Нет ярости, чтобы впасть в нее! Неужели вы не видите? Забирая его детей, вы не отнимете у него ничего!

Она рухнула на колени, прикрыв запястьем перекошенный рыданиями рот.

— Вы отнимаете... отнимаете лишь у меня одной...

Дворец покачнулся, словно висел вокруг нее на крючках — круговерть сверкающего великолепия и усыпанных известью руин. Она задрожала, как рвущаяся струна, — от кожи до самого нутра и еще глубже. Все копья! Все копья нацелены в ее сердце. Злоба, что копилась веками!

Боги! Боги охотятся за ней и ее детьми! Взгляд хитрый, изворотливый, обжигающий, стыдящий. Наблюдающий за ней, а иногда и касающийся ее — с тех самых пор, как она еще была маленькой девочкой, всхлипывающей в объятьях своей испуганной матери. И шепчущей: «Глаза! Мамочка, я видела глаза!»

И тогда ее мама сказала: «Ш-ш-ш... Я тоже... Завтра мы убьем птицу».

Чудесные вещи валялись в окружающих ее руинах, словно отбросы. Ее взгляд блуждал по развалинам и обломкам, бездумно отмечая и исчисляя предмет за предметом. Ее маленький мальчик — ее младшенький — когда-то жил в этой комнате. Она замечала в пыли и мусоре памятные вещицы: кожаную лошадку-качалку, что вызвала столько споров и ссор с малышом Сэмми; шерибский шкафчик из вишневого дерева, засыпанный обвалом, что убил Телли; пять фарфоровых фигурок кидрухилей, подаренных когда-то ему Кайютасом и чудом уцелевших; а вон там, на скате, у кучи битого кирпича, его серебряная литая печать, в которой ясно виднеется отражение Кельмомаса, стоящего справа за ее спиной. Его лицо, обрамленное ореолом светлых волос. Какая-то выбоина в мсталле исказила его черты, смяв одну щеку едва ли не до брови... или же у него на лице написана... злоба и... радость?

Омертвевший взгляд Эсменет замер на отражении, ожидая, когда ее заблудившаяся душа возвратится обратно в тело.

— Кел!

Глаза отражения встретились с ее глазами — и ликование тут же сползло с детского личика, сменившись тяжким горем. От этого перевоплощения сердце ее сдавило так, словно на него вдруг взвалили огромный выщербленный камень. Она повернулась к Кельмомасу, чувствуя, как обжигающий жар вскипает в ее руках и ногах, и вновь вскрикнула:

— Кел!

Одержимая дикой, невозможной яростью, она потянулась, чтобы схватить его. Но он, взвившись в воздух, отпрыгнул назад и, слегка присев, ловко приземлился с противоположной стороны от тела своей мертвой сестры. Эсменет же,

Глава шестнадцатая. Момемн

споткнувшись, тяжко рухнула на колени, ободрав кожу на правой ладони.

Нет-нет-нет-нет-нет...

— Кел... — рыдая, взывала она. — Пожалуйста... нет.

Я смогу притвориться!

Но имперский принц повернулся и просто удрал.

Останки Псатмы Наннафери замарали изгиб Чаши Муззи дымящейся кровью.

— Выскажись! — прогремел аспект-император.

Чародей Мбимаю заставил себя подняться на ноги, встав напротив человека, сумевшего разбудить спящих Богов. Анасуримбор Келлхус — великий и жуткий аспект-император Трех Морей.

Но кто же он на самом деле? Пророк-избавитель или демон-тиран?

Или чуждый всему человеческому Танцующий в Мыслях, описанный Друзом Ахкеймионом?

— Выскажись, зеумец!

Дунианин воздвигся перед чародеем Мбимаю, могучий и свирепый, края его плаща под порывами колдовского вихря трепетали, как пламя пожара. Золотящиеся диски мерцали вокруг его головы и рук, умаляя и делая незримой богохульную Метку. Он стоял, пронзая взором призрачный контур Чаши, достаточно близко, чтобы выпрямившийся Маловеби ощутил исходящую от него враждебность.

— В соответствии... — прохрипел Второй Негоциант, кашляя от перехватившего его дыхание ужаса, — в соответствии с положениями соглашения Голубого Лотоса, заключенного между то-тобой и Великим Сатаханом Священного Зеума...

Он не мог надеяться уцелеть, попытавшись сразиться с этим человеком. Анагогическое колдовство Извази, основанное на использовании амулетов, не могло противопоставить Гнозису ничего существенного. Не говоря уж о Метагнозисе. Но на пределе своей чувствительности, доступной ему, как одному из Немногих, Маловеби даже сейчас ощущал, что фаним собирают хоры по ту сторону яростно крутящегося вихря. Его единственная надежда — тянуть время...

— Фанайял не представлял какое-либо государство или народ, — возразил ужасающий лик, в его голосе Маловеби услышал свой приговор — безусловный и однозначный, — само твое появление здесь говорит о неуважении к тому соглашению, на которое ты ссылаешься.

Время! Ему лишь нужно чуть больше времени...

Аспект-император зашелся лающим смехом и встал так, чтобы Маловеби очутился между ним и примерно двумя дюжинами хор, приблизившихся к вихрю. Казалось, что взвыли даже отрубленные головы демонов, висящие у келлхусова бедра.

Маловеби стоял, разинув рот, а его потроха бурлили от ужаса. Он знал, что обречен, и его терзала мысль о том, как захохочет, прознав об этом, Ликаро. Будь ты проклят, ублюдок!

Слова, непостижимые, невозможные, скользнули паучьими лапками по изнанке сущего. Череп аспект-императора превратился в топку, воспылавшую чуждыми смыслами.

Оглушающий треск. Пронзительное бирюзовое сияние, столь яркое, что в глазах у Маловеби поплыли темные пятна. Сияние, поразившее аспект-императора, а вовсе не Чашу — Оберег Извази!

Маловеби вытянул из своей мантии Эрзу вшитую в нее вуаль омба и прикрыл лицо. Черная полупрозрачная ткань умерила слепящий свет, и он увидел аспект-императора, разглядывающего яростное сияние, охватившее Обереги. Опаляющий поток, не запятнанный Меткой, изливался прямо сквозь чародейский вихрь. Сверкающее копье сперва разило параллельно земле, но затем, когда точка, из которой оно исходило, вознеслась в небеса, изогнулось сверху вниз...

«Вода, — понял Маловеби. — Псухе».

Меппа!

Последний кишаурим прорвался сквозь крутящийся хаос тенью, извергающей неистовый свет. Кипучие сполохи, слепящие даже сквозь омбу, поглотили все, что осталось от фи-

Глава шестнадцатая. Момемн

гуры аспект-императора. Иссиня-бледное пламя разило как молот. Пылающий прилив словно пил воздух, лишая дыхания. От могучего, оглушающего удара под ногами пошли трещины, достигшие, казалось, самих костей земли...

А затем все исчезло... как исчез и сам Анасуримбор Келлхус.

Маловеби увидел последнего кишаурим: тот висел в иссушающем солнечном свете, все еще облаченный в белые шелковые одежды выздоравливающего, босоногий, а на лице его отражалась чудовищная скорбь. Луч солнца скользнул, сверкнув ярким отблеском, по серебряной полоске на его глазах. Черный аспид воззрился куда-то вниз, покачиваясь из стороны в сторону, словно палочка лозоходца.

— Фанаяа-а-ал! — вскричал Меппа. — Не-е-ет!

— И все же какая могучая сила, — услышал Маловеби низкий, шепчущий голос, — подвластна ему.

Колдун Извази в панике оглянулся и узрел ужасающий лик аспект-императора внутри его Чаши. Келлхус сбил его с ног. Суть происходящего сокрылась в тенях и пыли.

— Лживая тварь! — яростно взвыл где-то вверху Меппа. Блестящий изгиб аспида вытянулся в сторону Оберега: примарий осознал, что случилось. — Трусливый мерзавец!

И словно само солнце обрушилось на Чашу Муззи. Маловеби ничего не слышал, но сквозь черную ткань своей омбы видел, что Анасуримбор Келлхус стоит, склонив набок голову, и испытующе взирает — более с любопытством, нежели с тревогой — на защищающий его Оберег. Маловеби знал, что в это мгновение он мог бы выпустить амулет из рук — достаточно было просто разжать ладонь и позволить миниатюрной железной чаше выскользнуть — и это адское пламя омыло бы и унесло прочь их обоих...

Но он не сделал этого. Не смог.

Кроме того, аспект-императора здесь уже не было.

Чаша раскололась.

Кельмомас бежал, спасаясь от протянувшейся следом за ним нити материнского зова. Он несся сквозь руины и пропасти, останки своего дома, морщась от дымного смрада, который разносили по дворцу сквозняки, иногда превращающиеся в завывающий ветер.

«Что-то где-то горит», — подумал он.

Он обнаружил, что оказался в материнских покоях, не понимая, когда вдруг успел повернуть назад. Он чуял ее теплый, нутряной запах, исчезающе-тонкий аромат жасминовых духов, которыми веяло от нее, когда она появилась в его комнате. Еще не ступив на порог ее спальни, он уже знал, что там все разрушено землетрясением. Декоративная башенка, надстроенная сверху, разбив потолок, обрушилась на пол, проломив его и оставив на этом месте внушительных размеров яму. Из груды обломков внизу, словно ветка из воды, торчала чья-то слегка шевелящаяся рука. Огромные участки противоположной от входа стены осыпались вдоль нее, прихватив с собой сокрытые внутри простенка мраморные плиты тайного хода. Сперва он просто глазел в эту разверзшуюся пустоту, разинув рот и остолбенев от ужаса.

Его наполненный тенями и укромными уголками дворец простерся перед ним, треснувший, как орех, обнаживший и выпятивший наружу все свои пустоты и лабиринты.

Айнрилатас, нагишом прикованный в какой-то из сохранившихся теней и измазанный собственным дерьмом, ухмылялся.

— *Ты полагаешь, что лишь добиваешься безраздельной любви нашей матери, маленький братец — Маленький Нож!*

Понимание приходило медленно.

— *Считаешь, что убиваешь от ее имени...*

Восьмилетний мальчик нервно сглотнул. Никаких тайн. Никакого веселья. Андиаминские Высоты лишились своих костей, словно поданная к столу дичь. Все потайные проходы, все тоннели, колодцы и желоба лежали в руинах, открывались взгляду в неисчислимом множестве мест. Огромное вскрытое легкое, исходящее криками, воплями и стонами, пронизанное сочащимися сквозь него страданиями, перемешанное и истертое, измененное и перевоплощенное, став-

Глава шестнадцатая. Момемн

шее единым, чудовищным голосом, звучащим нечеловечески от избытка человеческих скорбей.

Он стоял как вкопанный.

— *Все разрушено!* — вскричал из ниоткуда его брат-близнец. — *Ты все испортил!*

Он, как и всегда, оставался лишь охваченным паникой беспомощным малышом. Кельмомас же пребывал в оцепенении — любопытное ощущение, что он перерос не только чувства, испытываемые им к своей матери, или свою прежнюю жизнь, но и само Творение в целом.

— *В любом случае это была дурацкая игра.*

— *Это единственная стоящая игра, что есть на свете, болван!*

Он затрясся, стоя над провалом, такой крошечный в сравнении с этим необъятным хрипом, с этим ужасным ревом неисчислимого множества человеческих глоток. И, осознав собственную незначительность, он был настолько озадачен и поражен, что потерял дар речи. Невыносимое опустошение... чувство потери... чувство, что его обокрали!

Что-то! Что-то забрали у него!

Он мельком взглянул на покрытую известковой пылью руку, торчавшую и конвульсивно подергивающуюся там, внизу, между двумя огромными камнями. Тревожные, отрывистые напевы боевых рогов царапали слух...

И, стуча по полу ногами, словно барабанными палочками, он вновь помчался, стремительно минуя нагромождения руин и остатки прежнего дворцового великолепия. Дым витал в воздухе столь же густо, как и отчаяние. Некоторые залы были напрочь разрушены, мраморные плиты треснули или полностью провалились, полы вздыбились или оказались погребены под завалами. Министерская галерея стала непреодолимым препятствием, поскольку изрядный кусок адмиралтейского маяка обрушился на нее, уничтожив даже фундамент. Мимо бежали другие люди, но Кельмомасу не было до них дела, так же как и им до него. Некоторые из них тряслись от шока, окровавленные или бледные как мел, некоторые звали на помощь, придавленные грудами обломков и щебня, кое-кто раскачивался, завывая над неподвижными телами. Лишь мертвые блюли приличия.

Он задержался, пропуская вереницу рабов и слуг, несущих огромное тело, серое от пыли и почерневшее от потери крови. Когда они проходили мимо, он опознал эту кучу мяса как Нгарау. Из дряблых губ толстяка свисали, болтаясь, нитяные струйки наполовину свернувшейся крови. Юный имперский принц стоял, дрожа от напряженного ожидания, игнорируя носильщиков и проявления их беспокойства. Мальчишка-раб, не старше его самого, тащился за ними следом, глядя на него широко распахнутыми, вопрошающими глазами. Заметив какое-то движение за его окровавленной щекой, Кельмомас успел увидеть, как Иссирал пересек следующий, выходивший в зал коридор, — мелькнули призрачные очертания, смазанные и неясные не из-за скорости или какой-то особой одежды нариндара, но из-за его неестественной целеустремленности.

Кельмомас стоял, оцепенело взирая на теперь уже пустой коридор, в ушах у него звенело. Сердце успело ударить несколько раз, прежде чем он осмелился помыслить о том, что ему было явлено, — об Истине, сражающей наповал своей очевидностью...

Отягощенной ужасным предзнаменованием.

Четырехрогий Брат еще не закончил с Анасуримборами.

Неисповедимы пути, которыми устремляется наша душа. Как она мечется, когда ей стоит быть безмятежной.

Как отступает, когда стоит сражаться, орать и плеваться.

Чаша разбилась под свирепым напором блистающей Воды. Маловеби сплюнул кровь изо рта, лицо онемело от удара, которым аспект-император поверг его наземь. Амулет дергался в кулаке, пылая, словно подожженная селитра, но чародей так и не бросил его, ибо могущество этой магии заключалось в связи между амулетом и человеческой волей. Вместо этого он, продолжая удерживать в своей руке плюющуюся огнем чашу, поднялся на колени, пошатываясь

Глава шестнадцатая. Момемн

от тяжкого испытания, которым стала для него столь ужасающая демонстрация Псухе.

Ему послышалось, что Меппа кричит... где-то.

Или, быть может, это его собственный крик...

Метагностические Напевы вновь взошли жуткими побегами на лике сущего, и сверкающий водопад канул в небытие. Рев ветров Метагнозиса объял и поглотил грохочущие потоки Псухе. Маловеби устремился вперед, терзаясь от жуткой боли, пульсирующей в искалеченной руке. Странная решимость объяла и подхлестывала его с тех самых пор, как растворились остатки Чаши Муззи. Морщась и щурясь, он втиснулся в основание колдовского вихря. Декор и обстановка, как и обрывки самого фанайялова шатра, кружась, проносились над головой. Куски войлока, ковры и клочки тканей, описывая круги, яростно трепыхались, словно крылья летучих мышей, затмившие солнце. Он больше не чувствовал движения хор на внешней стороне воронки: воины пустыни, казалось, отступили, когда появился Меппа...

И когда они услышали весть о том, что Фанайял аб Каскамандри действительно мертв.

Черная вуаль обращала в тени все, бывшее плотью, и в плоть все, бывшее светом. Пригнувшись под яростным натиском бури, чародей Мбимаю с раскрытым ртом взирал на происходящее. Меппа все так же висел в небесах, извергая потоки испепеляющего света. Окутанный ослепительно сияющими Оберегами аспект-император стоял внизу — в двух шагах от белого как мел трупа падираджи. Геометрическая мозаика пересекающихся плоскостей пронзала каскады Воды не более чем в локте над ним, отражая и отводя вверх по дуге это всесокрушающее сияние.

— Тебе придется иметь со мной дело, демон! — неистовствовал с небес последний кишаурим. — Ибо я извергся из твоего треклятого колеса! Твоего горнила!

Маловеби сорвал омбу и взглянул на изливающуюся Воду незащищенным взором.

— Ибо я — изгнанный сын Шайме!

Его щеки, залитые слезами, струящимися из-под серебряного забрала, блестели отсветами закрученного спиралью сияющего потока. Обернувшийся вокруг его шеи аспид казался петлей, на которой кишаурим был повешен на небесах. Но в действительности там его удерживала лишь собственная мощь.

— Напев, лишивший жизни мою семью, ныне стал моим именем!

И по мере того как возрастала звучащая в его голосе исступленная ярость, набирало силу и неистовое сверкание Воды.

— И я поклялся, что когда-нибудь я гряну на тебя! Гряну, как потоп!

Блистающие Абстракции противостояли все выше и выше вздымающимся валам, способным, казалось, перехлестнуть и затопить даже горы.

— И низвергну такую Воду... — возопил Меппа.

Все сущее шипело, словно песок, сквозь который струятся приливные волны.

— ...что обратит тебя в пепел!

Меппа, чье бешенство уже достигло подлинного безумия, взвыл в каком-то остервенелом умоисступлении. Казалось, весь мир потемнел от ослепительного сверкания его страсти. Бьющие потоки света превратили его силуэт в подобие солнечной короны.

Все это время аспект-император, окруженный сиянием столь неистово-белым, что сам он казался лишь наброском, выполненным углем, продолжал творить свой Напев. Метагностические плоскости, разворачивающиеся над его головой, казалось, давно поглотил собой блистающий поток, но удивительным образом они по-прежнему отбрасывали накатывающие валы бирюзовой Воды. И в это мгновение чародей Мбимаю осознал, что сейчас он может вмешаться. Само грядущее явилось к нему сокрушительным бременем выбора. Он понял, что стал тем, кто может поколебать равновесие, крохотным зернышком, способным склонить чашу ве-

Глава шестнадцатая. Момемн

сов. Весов, на которые брошены империи и цивилизации. Ему нужно лишь спеть вместе с Меппой...

Обрушиться на аспект-императора!

Он застыл, пораженный значимостью этого мига.

Ему нужно лишь...

Водонос Индары взвыл от гнева и неверия.

И петь стало поздно, ибо Анасуримбор Келлхус вскинул руки, завершив свой Напев. Дыхание Маловеби перехватило, когда он узрел, как разворачиваются замысловатые Метагностические Абстракции в своей испепеляющей мощи. Одни геометрические узоры порождали другие, дюжины головоломных фракталов загибались вверх и, подобно оленьим рогам, смыкались вокруг Меппы и вспыхивали, поражая его всплесками огня. Тень последнего кишаурим дрогнула.

Маловеби изумленно моргнул, когда блистающие потоки Воды внезапно исчезли, сменившись обычным, унылым солнечным светом. А затем он увидел, как последний кишаурим в дымящихся одеждах тяжко падает на землю с небольшой высоты, а его черный аспид болтается как веревка. И колдун зашатался, осознав, что все, чему он был свидетелем — все! — рассеялось прахом, столкнувшись с самим фактом бытия стоящего перед ним невозможного человека! Устремления обездоленного народа. Последнее и ярчайшее пламя Псухе. Интриги Высокого и Священного Зеума, да что там — даже козни ужасающей Матери Рождения.

А затем святой аспект-император Трех Морей воздвигся с ним рядом и, схватив его, словно рыночного воришку, повлек за собой. Взгляд Маловеби зацепился сперва за лик одного из декапитантов, а затем за бессознательное тело Меппы, распростертое на темно-вишневом ковре. Келлхус воздел чародея над землей. Черные одеяния Маловеби гипнотически колыхались под безучастным взором небес...

Все, что теперь было доступно его взгляду, — окруженный мерцающим ореолом образ Анасуримбора Келлхуса, его леденящий, испытующий взор, воплощенная погибель, поступь которой ни один смертный не смог бы постичь...

Ставшая и его погибелью.

— Что? — прохрипел чародей Мбимаю. — Что... ты... такое?

Человек потянулся к рукояти, торчавшей у него за плечом. Клинок, что звался Эншойя, зарделся яростным всполохом...

— Нечто уставшее, — отозвался зловещий лик.

Прославленный меч обрушился вниз.

Отличие заключалось в том, что теперь он не мог скользить незримым меж стенами, и все же это была все та же безрассудная игра: мальчик преследует Бога в залах и переходах своего дома.

Стенания истончались, но карканье боевых рогов звучало все ближе и ближе. Кельмомас ощущал себя хитрым мышонком, никогда не приближающимся к опасности, но и не теряющим ее из виду. Стремительно скользя за нариндаром из одной тени в другую и всякий раз замирая, заметив его мелькнувшие плечи или спину, он тихонько шептал «Попался!», а затем вновь бесшумно продвигался вперед. Путь нариндара через полуразрушенный дворец оказался слишком извилистым, чтобы можно было предположить его заблаговременную продуманность, и все же в нем виделась некая логика, которую мальчик пока не сумел постичь. Движение это выглядело столь безумным лишь из-за чересчур явного противоречия между мрачной целеустремленностью ассасина и его бесконечным петлянием по переходам, лестницам и коридорам.

«Неужели Четырехрогий Брат, в свою очередь, играл с ним?» — в конце концов удивленно задумался Кельмомас. Не могло ли все это делаться ради него? Быть может, Преисподняя одарила его учителем... товарищем... защитником?

Это предположение привело его в восторг в той же мере, в какой и ужаснуло.

Глава шестнадцатая. Момемн

И он то крался, то перебегал из одного укрытия в другое, сквозь дворцовые залы — частью лежащие в руинах, частью уцелевшие. Пробирался вперед, погруженный в мысли о милости Ухмыляющегося Бога, о притягательной возможности оказаться любимцем самого Князя Ненависти! Он следил за подсказками, хлебными крошками, рассыпанными там и сям, не обращая никакого внимания на царивший разгром и разлившийся вокруг океан страданий, игнорируя даже внезапно вспыхнувшую панику, которая заставила множество людей броситься прочь с Андиаминских Высот, дико вопя: «Фаним! Фаним!» Его не заботило все это, единственным, к чему он питал интерес, была та игра, что разворачивалась сейчас перед его глазами, скользила под его босыми ступнями, трепетала в его руках. Молчание его неугомонного братца означало, что даже он понял, даже он согласился. Все прочее более не имело значения...

Кроме, быть может, еще одной забавной малости.

Момемн разрушен. А фаним собирались уложить тех, кто остался в живых, рядом с мертвецами. И его мама...

Мама, она...

— *Ты все испортил!* — вдруг вскричал Самармас, бросившись на него и успев глубоко укусить мальчика в шею, прежде чем вновь исчезнуть в его собственном Дворце Теней — в полых костях помышлений имперского принца. Кельмомас обхватил воротник своей рубашки — той, что натянул после того, как довел до слез Телиопу, — и прижал его к шее прямо под челюстью и подбородком, чтобы унять струящуюся кровь.

Ему нравилось время от времени напоминать о себе его брату-близнецу.

Напоминать, как он это делал раньше.

Иссирал наконец поднялся обратно в Верхний дворец, на сей раз воспользовавшись Ступенями процессий, величественной лестницей, предназначенной, чтобы заставить запыхаться сановников из тучных земель и внушить благоговение сановникам из земель победнее — или что-то вроде этого, как однажды объяснил ему Айнрилатас. Два грандиозных посеребренных зеркала, лучшие из когда-либо созданных, слегка наклонно висели над лестницей — так, чтобы те, кто по ней поднимался, могли видеть себя в окружении позлащенного великолепия и в полной мере осознать, куда именно занесла их судьба. Одно зеркало разбилось, но другое висело, как и прежде, целое и невредимое. Кельмомас увидел, что практически обнаженный ассасин остановился на площадке, замерев, будто человек, увлекшийся созерцанием собственного отражения, нависшего сверху. Имперский принц, пригнувшись, укрылся в какой-то паре перебежек позади, за опрокинутой каменной вазой, и осторожно выглянул из-за нее, слегка приподняв над коническим ободком одну лишь щеку и любопытный глаз.

Нариндар продолжал стоять с той самой неподвижностью, что когда-то так подолгу испытывала терпение мальчика. Кельмомас выругался, почувствовав отвращение к тому, что Ухмыляющегося Бога можно застать за чем-то столь тривиальным, за проявлением такой слабости, как разглядывание своего отражения. Это было какой-то частью игры. Обязано быть!

Внезапно нариндар возобновил движение так, словно и не задерживался. На третьем шаге Иссирала Кельмомас по большей части оставался укрытым вазой. На четвертом шаге Иссирала его мама вдруг появилась между ним и нариндаром, выйдя из примыкающего прохода. Она, почти тут же заметив Четырехрогого Брата, взбирающегося по Ступеням процессий, остановилась — хотя и не сразу, из-за своей чересчур скользкой обуви. Ее прекрасные пурпурные одежды, отяжелевшие от впитавшейся в них крови ее собственной мертвой дочери, заколыхались, когда она повернулась к монументальной лестнице. Ее образ жег его грудь, словно вонзенный в сердце осколок льда, столь хрупким и нежным и столь мрачным и прекрасным он был. Она хотела было окликнуть нариндара, но решила не делать этого, и ее маленький мальчик сжался, опустившись на корточки, зная, что она может заметить его, если вдруг обернется — а она

Глава шестнадцатая. Момемн

вечно оборачивалась, — перед тем как устремиться за тем, кто, как она считала, был ее ассасином.

— *Забери ее отсюда!* — внезапно прорезался голос братца. — *Беги вместе с ней прочь из этого места!*

Или что?

Сумасшедшее рычание.

— *Ты же помнишь, что даль...*

— *Да, и мне наплевать!*

Самармас исчез, не столько растворившись во тьме, сколько скрывшись за границами его чувств. Он всегда был пугливым, знал Кельмомас, и слабым. Бремя, взваленное ему на плечи, без всякой на то его вины. И тогда маленький мальчик бросился следом за своей матерью-императрицей, перебирая в голове множество мыслей, исполненных хитрости и коварства: он наконец сумел понять сущность игры во всех ее подробностях. И, считаясь с этим пониманием, он никак не мог продолжать ее, невзирая на то что играл он с самим Айокли, Богом трущоб.

Мать всегда была его ставкой. Единственным, что имело смысл.

Благословенная императрица Трех Морей поднялась по лестнице, помедлила, задержавшись на площадке, расположенной под уцелевшим Великим зеркалом, не в силах поверить, что она все еще похожа на ту юную девушку, которая десятилетия назад, в сумнийских трущобах, впервые пришла в восторг, увидев свое отражение, переливающееся в тусклом отблеске грубо отполированной медной пластины. Сколько унижений пришлось претерпеть ей с тех пор?

Сколько потерь?

Но оно по-прежнему оставалось с ней, это лицо, приводившее в бешенство прочих шлюх...

Все те же глубокие темные глаза, в которых все так же отражаются отблески света. Быть может, чуть отяжелели щеки и чуть больше насупились брови от бесконечных тревог и забот, но ее губы все такие же чувственные, шея все такая же тонкая, и в целом ее красота осталась нетронутой временем...

Нетронутой?

Нетронутой! Что это за безумие? Какой мир может наделить столь совершенной красотой особу настолько проклятую, нечистую и оскверненную, как она! Увидев, как лицо ее содрогается, искажаясь гримасами скорби и стыда, Эсменет бросилась без оглядки прочь от нависающего над нею собственного отражения и, опустив взгляд, взбежала по лестнице. Она гналась за Иссиралом до самых вершин своей надломившейся и готовой рухнуть империи, преследовала его, сама не зная зачем, возможно, чтобы освободить его от служения себе, хотя вряд ли он стал бы исполнять столь нелепое предписание. Или же, быть может, ей хотелось о чем-то его спросить, учитывая ту искушенную мудрость, что крылась во всех его речах и даже движениях, мудрость, совершенно непохожую на то, что ей когда-либо доводилось видеть в прочих душах. И учитывая также, что он, казалось, был лишен хоть каких-то обычных страстей и находился далеко за пределами животных побуждений, свойственных смертной природе. Возможно, он смог бы...

Возможно, он смог бы.

Ее город и дворец полнились плачем и криками. Она преодолела Ступени процессий, успев заметить, как нариндар исчезает меж огромных бронзовых створок портала, ведущего в имперский зал аудиенций. Она следовала за ним, забыв про дыхание. Ее, конечно, удивляло, что нариндар пробирается куда-то сквозь дворцовые покои, но, с другой стороны, вообще все, связанное с этим человеком, было словно окутано снежной пеленой, цепенящим покровом неизвестности. Она провела кончиками пальцев по шеренге киранейских львов, оттиснутых на бронзе входной двери, полузаваленной обрушившейся каменной кладкой, а затем тихо проскользнула сквозь приоткрытую створку.

Царящий внутри зала аудиенций сумрак сперва сбил ее с толку. Она всмотрелась в обширные, изысканно отделан-

Глава шестнадцатая. Момемн

ные пространства, пытаясь отыскать признаки присутствия нариндара, взгляд ее скользнул вдоль поблескивающих линий, образованных основаниями колонн — как небольших, так и по-настоящему грандиозных.

Его нигде не было видно.

Более не пытаясь скрываться, Эсменет шагнула в придел величественного зала. До ее чувств доносился запах менеанорского бриза, необъятного неба и даже остаточный душок ее утреннего совещания с министрами...

Аромат купаний ее сына...

Вонь внутренностей ее дочери...

Впереди нее разверзшаяся дыра на месте стены сверкающим, серебрящимся ореолом обрамляла силуэт трона Кругораспятия. Эсменет замерла в одноцветных лучах этого сияния, лишенная даже тени страха, несмотря на то что наконец поняла, зачем нариндар заманил ее сюда.

Ведь такова судьба, которую определила ей Блудница — всегда лишь пытаться править. Быть игрушкой в чьих-то руках.

Быть прокаженной мерзостью, облаченной в шелка и золото, — дохлой плотью, гниющей под ласкающей взгляды личиной!

Она стояла здесь, такая маленькая в сравнении с простершимся во всех направлениях полом огромного зала, такая крошечная под сенью воздвигнутых ее мужем громадных колонн. Она даже закрыла глаза и пожелала, чтобы смерть ее наконец явилась. Глазами своей души она видела, как этот человек, Иссирал, ее нариндар, ее священный ассасин, движется к ней без какой-либо спешки или опасения, не прилагая усилий, и его нож, увлажненный и бледный, плывет и скользит, выставленный вперед. Она стояла, ожидая пронзающего удара, и готовая, и противящаяся ему, каким-то образом прозревая, как содрогнется ее тело от вторгнувшейся стали, как постыдно растянется она, рухнув на жесткий каменный пол.

Но удара все не было. Огромные пространства зала аудиенций оставались тихими и пустынными, не считая заплутавшего воробья, бившегося о сети, что свисали со сводов, смыкавшихся выше отсутствующей стены. Ее горло пылало.

Она задержала свой взгляд на проеме, искрящемся серебристо-белым светом, и задумалась о ведущих к трону ступенях, столь священных, что людей убивали лишь за то, что они по ошибке пытались припасть к ним. Казалось, что хлопанье крыльев и буйство сражающегося с сетями воробья отдаются прямо в ее груди, скрежеща и царапая кости. Она остановилось на самой первой ступени величественного тронного возвышения, овеваемая ветрами Бытия.

И тогда святая императрица Трех Морей узрела его — силуэт, возникший на самом краю исчезнувшего простенка. Человека, будто бы пытающегося укрыться внутри от палящих лучей осеннего солнца. Она тотчас же узнала его, но упрямейшая часть ее души сперва решила уверовать в то, что это был Иссирал. Каждый сделанный им шаг, как и золотящиеся ореолы над его лицом и руками, и висящие возле его пояса головы демонов; как львиная грива его волос и борода или его мощная стать, калечили и гнали прочь от нее этот самообман и притворство...

— Чт-хо... кх... — закашлялась Эсменет от внезапно пронзившего ее ужаса. — Что ты здесь делаешь?

Ее муж, как всегда невозмутимый, взирал на нее.

— Пришел, чтобы спасти тебя, — молвил он, — и уберечь то, что еще могу.

— С-спасти меня?

— Фанайял мертв. Его стервятники разлетаются кто куда.

Перед ее глазами все потемнело, и она пала на колени — как и должно покорной жене.

— Эсме? — произнес Анасуримбор Келлхус, опустившись на колено, чтобы подхватить ее.

Он поддержал Эсменет, тут же излив малую плошку ее души в бездонную чашу своего постижения. Она наблюдала за тем, как на лицо его хлынула хмурая тень. Он отпустил ее руки, возвышаясь над ее испугом, словно башня.

— Что ты наделала?

Глава шестнадцатая. Момемн

Хватаясь за его шерстяные рейтузы, цепляясь пальцами за край его правого сапога, она вздрагивала от пощечин и ударов, которые так и не явились.

— Я... — начала она, чувствуя спазмы подступающей тошноты.

— *Лишь позволила...* — прошептала мятежная часть ее души.

— Я... я...

— *...этому произойти.*

И Дар Ятвер зрит себя, видящего, как он делает шаг из места, где стоял он всегда, извечно пребывая в ожидании. Мраморная громада колоннады отдергивается, словно занавес, являя имперского демона, стоящего там, где стоял он всегда, извечно пребывая в ожидании. И видит он Воина Доброй Удачи, вскидывающего свой сломанный меч...

И встряхивает Матерь ковер Творения...

Он восходит по лестнице к залу, столь огромному, что сквозь него можно протащить галеру вместе с веслами. Он поднимает взгляд и видит себя, стоящего перед громадными бронзовыми створками портала, ведущего в имперский зал аудиенций: одна завалена обломками, другая же, приоткрывшись, висит на надломившихся петлях. Он следит за собой, вглядывающимся в опоясанный каменными колоннами сумрак, в мерцающие мрамором выси, в темнеющие на полированном полу отражения. Он видит белесое сияние неба там, за пределами дворцовых сводов. Зрит место там, позади Мантии, где сражаются тени и свет и где проклятый аспект-император воздвигся подле своей съежившейся от страха жены. Она сокрыла сама от себя свою волю, но демон все еще видит прямо сквозь души.

Как он видел всегда.

Дар Ятвер прозревает себя, беззвучно вжимающегося в громадную колонну. Слышащего эхо, гремящее в сумраке изысканно украшенного зала:

— *Что ты наделала?..*

Матерь топчет стопою своею лик Творения.

Сама Жизнь спотыкается. Своды зала расцепляются и устремляются вниз.

Его меч вихрем прорывается сквозь завесу обломков.

Слеза бездонным колодцем зреет в зенице Матери. Творение будто молотком колотит по всему земному, что явлено.

Демон пляшет, избегая падающих сводов, дивным образом поддерживая свою шатающуюся жену.

— Эсме?

Его сломанный меч мечется из стороны в сторону, отводя, словно волшебным желобом, завесу падающих обломков.

Матерь роняет Слезу. Вся необъятная кровля зала оседает, а затем рушится осколками мраморного великолепия.

— Лови, — *взывает императрица.*

Он терзает плоть на своих ладонях, испивая полной чашей дар Матери.

— Эсме?

Слеза истекает впустую, оставляя лишь корку соли на его горле и левой щеке.

Матерь топчет стопою своею лик Творения. Селеукарская сталь рассекает пелену осколков, волшебным желобом отводя их в сторону, как отводила всегда. И погружается в горло его. Нечестивая мерзость хрипит, задыхаясь, как извечно хрипела и задыхалась...

Шлюха Момемнская издает крик, в котором слышится страсть, превосходящая просто радость или просто страдания.

Ее муж изумленно глядит, исчезая под опрокидывающимися опорами огромного зала.

Простерши руки, Дар Ятвер смотрит наверх, обозревая то, что осталось от сводов, и заключая в объятия уже случившееся.

Императрица взывает:

— Лови.

— *Видишь?* — *безмолвно верещал имперский принц своему близнецу.* — *Видишь!*

Глава шестнадцатая. Момемн

Игра. Все время это была игра!
Оставалось лишь только играть.
Игра была всем, что имело значение.

Он взбежал по Ступеням процессий вслед за своей матерью, мельком бросив взгляд в уцелевшее Великое зеркало и увидев там лишь ангелоподобного мальчугана, чумазого и перепачканного кровью, ухмыляющегося, как, возможно, решили бы многие, странно и неестественно. А затем пещерный сумрак имперского зала аудиенций окружил и объял его, и он увидел свою мать, стоящую в бледном, лишенном оттенков свете, исходящем от проема на месте отсутствующей стены. Мальчик беззвучно крался между колоннами и тенями меньшего придела, пробираясь к западной части огромного зала. Довольно быстро он обнаружил Ухмыляющегося Бога, стоящего у одного из поддерживающих своды столпов так, что его нельзя было заметить с того места, где остановилась она. Его охватил жар, столь очевидны были возможности... и уязвимости.

— *Пожалуйста...* — возрыдал Самармас из ниоткуда. — *Окликни ее...*

Их мать стояла на нижнем ярусе зала аудиенций. Ее руки распростерлись, она склонила голову, подставив лицо под потоки холодного света, словно ожидая чего-то...

— *Окликни ее!*

Миг этот показался ему мрачным и восхитительным.

— *Нет.*

И затем он ощутил ее, выворачивающую желудок, тошнотворную Метку, и понял, каков настоящий приз в той игре, в которую они тут играли.

Отец!

Да. Четырехрогий Брат охотится за отцом — тем, кто был для него человеком и наиболее устрашающим, и ненавистнейшим!

Кельмомас застыл от изумления и ужаса, а затем едва не вскричал от прилива свирепой убежденности. Он все это время был прав! Порывам его души присуща была их собственная Безупречная Благодать — их собственная Добрая

Удача! Теперь это виделось совершенно ясно — и то, что уже случилось, и то, что еще произойдет...

Мать в оцепенении преодолела пространство, где люди обычно передвигались лишь на коленях, ее одежды зашуршали, когда она приблизилась к участку пола под Мантией. Имперский принц следил за ее продвижением из сумрака колоннады, на лице его, сменяясь, корчились гримасы — то радостные, то злобные, то гневливые. Душа его дурачилась и отплясывала, пока тело продолжало подкрадываться все ближе.

Ну разумеется! Сегодня! Сегодня тот самый день!

Боевые рога металлическими переливами все еще гудели в отдалении. Мать остановилась на самой нижней ступени тронного возвышения. Сияние неба выбелило ее опустошенный лик.

Вот почему Момемн разорвало на части! Вот почему так щедро лилась кровь Анасуримборов!

Она увидела отца, но предпочла не узнать его, ожидая приближающееся видение так, как ждала бы обычного подданного, а потом... она просто осела пустым мешком у его ног. Отец подхватил ее и опустился рядом на колено, демонстрируя такую же сокровенную близость, какую мальчику приходилось видеть меж ними ранее. Ее образ поплыл в его глазах, искаженный отвратной близостью его Метки.

Вот! Вот почему явился Князь Ненависти! Чтобы посетить коронацию нового и гораздо более щедрого государя. Того, кто мог бы смеяться, сгребая воющие души в топки Преисподней! Размышляя так, мальчишка вовсю напевал и хихикал, и в душе своей он уже прозревал все это — величие, ожидающее его в грядущем, поступь истории, той, что уже свершилась! Кельмомас Первый, наисвятейший аспект-император Трех Морей!

Окруженный ореолами эфирного золота отец стоял на тронном возвышении, поддерживая почти что лишившуюся сознания мать и вглядываясь в разбитую чашу ее души...

Внезапно он выпустил маму из рук и воздвигся над ее стонами ликом, очерченным тенями и светом.

Глава шестнадцатая. Момемн

— Что ты наделала?

Краешком глаза Кельмомас заметил какое-то движение — Иссирал показался из-за колонны, скрывавшей Его: готовящегося разить Четырехрогого Брата.

Он мог бы помочь. Да! Он мог бы отвлечь отца. Точно! В этом его роль! Вот как именно все это *уже случилось!* Он чуял это всем своим существом, ощущая костями сгущающееся... предвестие.

Уверенность, твердую как кремень, тяжкую, как железо... Ему нужно всего лишь свидетельствовать, всего лишь быть частью событий, *что уже случились.*

— Ма-амо-очка-а-а! — плаксиво завопил он из своего укрытия.

И отец, и мать обернулись на крик. Отец сделал всего один шаг...

Имперский принц взглянул на нариндара, своего инфернального партнера по заговору, ожидая увидеть нечто иное, чем почти обнаженного человека, который отупело взирал на него...

Разумеется, выглядя при этом скорее боrоподобно.

Нариндар затряс головой, рассматривая собственные руки. Из ушей его хлынула кровь.

И это показалось Кельмомасу бедствием бо́льшим, чем всякое иное несчастье, когда-либо пережитое любым имперским принцем, ниспровержением самих основ, перевернувшим с ног на голову все содержимое его мира. Он просчитался, осознал мальчишка. Какая-то неправильность сдавила его нежное детское горло, словно леденящая сталь прижатого к глотке ножа...

Он перевел взгляд обратно на возвышение, увидев, как отец направляется к трону Круrораспятия, всматриваясь в своего теперь уже несостоявшегося убийцу, — и тут земля взорвалась.

Новое землетрясение, такое же мощное, как и первое. Предпоследний свод, тот, что обрамлял отсутствовавшую стену и поддерживал воздвигнутую над ней молитвенную башню, просто рухнул, подняв клубы пыли, как молот размером с крепостной бастион, обрушившись на то самое место, где только что стоял отец. Земля сбила мальчишку с ног. Сущее ревело и грохотало, низвергаясь, куда ни глянь, потоками обломков и щебня. Колонны валились, огромными цилиндрами громоздясь друг на друга, остатки крыши упали на пол, словно мокрое тряпье. Он узрел, как тот, кого он принимал за Айокли, пал на колени посреди опрокидывающихся необъятных громадин. И тогда он осознал весь ужас неведения, настоящего проклятия смертных; постиг отвратительную человеческую природу Иссирала, ибо мгновенно промелькнувшая каменная глыба отправила нариндара в небытие.

И он возопил, вскричал от ярости и ужаса, словно дитя, лишившееся всего, что оно знало и любило.

Дитя не вполне человеческое.

Еще мальчишкой Маловеби как-то раз был необычайно поражен, услышав о том, что на военном флоте сатахана тех, кого сочли виновными в непростительных преступлениях, зашивают в мешки и швыряют прямо в океан. «Отправиться в кошелек», — называли моряки свой обычай. Мысли о нем частенько преследовали Маловеби какими-то предощущениями — каково это, быть несвязанным, но не способным перемещаться, иметь возможность двигаться, но не иметь возможности плыть, каково это — рвать и царапать неподатливую мешковину, погружаясь в бесконечный холод? Годы спустя на борту галеры, перевозившей еще юного Маловеби к месту его первого служения, он имел неудовольствие узнать о такой казни не понаслышке. Поножовщина между гребцами привела к тому, что один из них истек за ночь кровью, а выживший был осужден как убийца и приговорен к «кошельку». Пока трое морских пехотинцев запихивали его в длинный джутовый мешок, осужденный умолял команду о пощаде, хотя и знал, что пощады не будет. Маловеби помнил, как несчастный бурчал свои мольбы, шепча их столь тихонечко, что ему показалось пронзительно громким и то, как скрипят палубные доски, и как плещется вода за бортом,

Глава шестнадцатая. Момемн

и как потрескивают хрустящими суставами узлы такелажа. Капитан вознес короткий псалом Мому Всемогущему, а затем пинком отправил голосящий и причитающий мешок за борт. Маловеби услышал приглушенный визг, наблюдая, как мешок, скрючившись, будто личинка, канул в зеленеющие глубины. А затем он, так незаметно, как только мог, бросился к противоположному борту, чтобы извергнуть в море содержимое собственного желудка. Его конечности потом неделями будет потрясывать от будоражащих душу воспоминаний, и минуют годы, прежде чем его перестанет тревожить призрачное эхо того приглушенного крика.

Кошмар, что преследовал его прямо сейчас, был подобен образу этой жуткой казни — куда-то утягивающая его темнота, нечто, что он мог яростно молотить и пинать изнутри, не имея возможности освободиться. Он словно «отправился в кошелек» — только тонущий чудовищно долго и погружающийся в какие-то совсем уж невероятные глубины.

Почему-то, и он не вполне понимал почему, с того места, откуда он сейчас смотрел, он мог видеть самого себя, висящего перед Анасуримбором Келлхусом, как и объявшую их обоих, расколовшую мир круговерть. Меч аспект-императора сверкнул, отсекая, казалось, кусочек от самого солнца, и Маловеби вскрикнул, ибо его голова свалилась с плеч, упав на устланную коврами землю.

Его собственная голова катилась, как кочан капусты!

Тело Маловеби задергалось в неодолимой хватке этого человека, истекая кровью, опустошая само себя. Бросив меч на ковер, аспект-император схватил одного из декапитантов и, сорвав с пояса свой дьявольский трофей, водрузил сей невыразимый ужас на обрубок шеи чародея Мбимаю.

Непобедимый Анасуримбор Келлхус изрек слова. Глаза его запылали, словно раздуваемые мехами угли, воссияв инфернальными смыслами.

Иссохшие ткани мгновенно срослись с еще теплой плотью цвета эбенового дерева. Кровь хлынула внутрь, увлажняя вялый полуистлевший папирус, заменявший декапитанту кожу, и превращая его в нечто ужасающее, отсыревшее и выглядящее словно тюк просмоленного тряпья. Аспект-император выпустил создание из рук, абсолютно безразлично наблюдая за тем, как оно рухнуло на колени и закачалось...

Маловеби вопил, пиная и царапая окутавшую его мешковину своего извечного кошмара, задыхаясь от ужаса, преследовавшего его всю жизнь, — стать утопленником. *Это не взаправду! Этого просто не может быть!*

Мерзость подняла его руки, удерживая их напротив своей искореженной колдовством личины, впитывая его кровь своим проклятым мясом и кожей. Маловеби верещал, наблюдая за тем, как возрождается, восстает его собственная демоническая копия.

Вихрь всеразрушающей мглою ревел вокруг них.

— Возвращайся во Дворец Плюмажей, — воззвал аспект-император к своему нечестивому рабу, — положи конец роду Нганка' кулла.

У него не осталось легких, и выдыхать он мог лишь пустоту. И он выл до тех пор, пока пустота не сделалась всем, что от него осталось.

ГЛАВА СЕМНАДЦАТАЯ
Горы Дэмуа

> Стоять выше всех под солнцем одинаково страстно желают и дети, и старики. Воистину, идущие годы и возносят нас, и умаляют. Но там, где детские грезы суть то, что ребенку и должно, мечтания старика не более чем потуги скупца. Проклятие стареющего мужа — наблюдать за тем, как его стремления ниспадают все глубже, все больше погружаясь в мрачные тени порока.
>
> Анансиус, Хромой паломник

Позднее лето, 20 год Новой империи (4132 год Бивня), горы Дэмуа

Невзирая на искалеченную руку, мальчик взмывает на ближайшее дерево быстро и ловко, словно мартышка. Они же, на пару с Ахкеймионом, мчатся сквозь лес, шумно дыша и шатаясь, каждый под собственным бременем — раздувшейся утробой и старостью. Вспышки солнечного света перемежаются с затененными пятнами. Густая поросль кустарника, папоротника и сорных трав цепляется за переступающие ноги.

— Не бойся, малыш...

Шранк вопит в сгущающемся позади сумраке, визжит так, будто с кого-то сдирают кожу. Вопль, напоенный отблеском муки, пугающий неизведанным.

— *Твой папочка — волшебник!*

— Там! — хрипло выдыхая, кричит Ахкеймион.

Напряженным от усилий жестом он указывает на заросшую яму у основания дуба, который какая-то буря или иное могучее буйство природы вывернуло с корнями. Они проскальзывают сквозь заросли крапивы, бормоча под нос ругательства и проклиная ее жалящие укусы.

Не имеющий никакого понятия, куда он вообще идет...

Еще один шранк визжит — теперь на западе. Она успевает подумать, что вопль этот похож на отдаленный собачий лай морозным утром, столь яростный и звонкий, что кажется, будто весь мир превратился в жестяной горшок. В их укрытии пахнет сладковатой сыростью, как обычно пахнут лишенная солнечного света земля, гниющая листва и пожухшие травы.

— Там есть еще кто-то? — шепчет она.

— Не знаю, — Ахкеймион, прикрываясь ладонью от слепящего солнца, вглядывается в ярко освещенные участки между корявыми деревьями, укутанными в собственные тени. — Эти крики. Они какие-то странные...

Довольно!

— Что насчет мальчика? — спрашивает она.

— Уверен, ему доводилось переживать и не такое.

Тем не менее она обращает свой взгляд к кронам деревьев, вглядываясь меж ветвей, что скорее жмутся друг к другу, чем простираются. Вернувшись в Куниюрию, она постоянно замечала в местных деревьях некую странность — костлявую узловатость, как будто они не столько стремятся к небу, сколько гневно грозят ему кулаками. Она не может разглядеть мальчика, хотя уверена, что знает, на какое именно дерево он забрался. Слизистое шипение заставляет ее опустить глаза, проследив за прищуренным взглядом Ахкеймиона.

Сперва она даже не верит тому, что видит, а просто смотрит, затаив дыхание и отбросив прочь мысли.

Всадник. Всадник, следующий за шранком.

Поначалу он воспринимается лишь силуэтом, очертанием человека, откинувшегося на высокую седельную луку

Глава семнадцатая. Горы Дэмуа

и покачивающегося вслед за утомленной рысью своего коня. Затем взгляд замечает всклокоченные черные волосы и щит копьеносца, притороченный к лошадиному крупу. Руки наездника обнажены, и, вглядевшись в испещрившие их шрамы, она понимает, кто перед ними.

— Сейен! — выдыхает Ахкеймион себе под нос.

Все понятно без слов. Они следят за всадником-скюльвендом сквозь чересполосицу света и тени, наблюдают, как он то окунается в сумрак, то становится ясно видимым, то вновь погружается в темнеющее марево.

— Сейен милостивый! — шипит Ахкеймион.

— И что нам теперь делать? — спрашивает она.

Старый волшебник сползает вниз по глиняному склону, как будто его в конце концов доконали беспрестанные неудачи.

— Может, нам бежать прочь отсюда? Забраться обратно в Дэмуа.

Он вытирает ладонью лоб, не заботясь о том, что его руки в грязи.

Щемящее чувство вновь охватывает ее — необоримая потребность, в которой легко узнать материнский инстинкт.

— Что нам делать, Акка?

— Дай мне хоть мгновение, чтобы выдохнуть, девочка! — бурчит он себе под нос.

— У нас нет... — начинает она, но внезапное осознание заставляет ее прерваться, и она теряет мысль.

Акка кричит ей вслед гораздо громче, чем следовало бы. Она хмурым взглядом заставляет его замолкнуть, а затем, пригнувшись, проворно мчится по лесу от одного дерева к другому. Она дважды замирает, слыша какой-то грохот, пробивающийся сквозь шум ее дыхания. В окружающем мраке еще один шранк вопит — визгливо и как-то... обиженно.

Крик столь близкий, что кажется напоенным сыростью. Она сжимает зубы, пытаясь унять яростный стук сердца. Наконец ей удается найти то дерево, на которое забрался мальчик. Она обходит ствол кругом — то вглядываясь ввысь, то осматриваясь через плечо. Она видит его — столь же неподвижного, как древесная кора, и наблюдающего за ней без всякого выражения. Яростным взмахом руки она призывает его спуститься. Он, не отвечая, смотрит куда-то на юг, странно склонив голову.

— Ну давай, — рискует она возвысить голос.

Мальчик нечеловечески ловко скользит вниз по огромному вязу, его руки и ноги цепляются, похоже, даже за пустоту. С глухим стуком он, слегка присев, спрыгивает в гниющие под пологом леса листья. Прежде чем она успевает осознать это, ее рука оказывается в его крабьей ладошке. Он грубо и с невероятной силой тащит ее назад, к старому магу. Грохот все ближе, все громче. Панический ужас мурашками колет ее спину, сбивая шаг. Она видит упавшее дерево, вывернутую ложбину под его корнями. Она замечает дикое бородатое лицо Ахкеймиона, выглядывающего сквозь по-осеннему пожухшую траву. Грохот вздымается, сперва представляясь монотонным, единым шумом, а затем рвется, как переполненный пузырь, становясь какофонией стучащих копыт и жалобного лошадиного ржания. Она несется так, словно стремительно падает куда-то следом за своим животом, тем не менее всякий раз успевая подхватить себя, почти всякий...

Нас поймали, каким-то — слишком уставшим, чтобы бороться, — кусочком души понимает она.

Но мальчик считает иначе. Он тащит ее, до синяков сжимая ее руку своей железной клешней, мчится изо всех сил. Наконец они мешаниной конечностей, грязи и глины, прорываются сквозь крапивную завесу в жалящий сумрак.

— Сейен милостивый! — вполголоса вскрикивает Ахкеймион. — Что ты...

Грохот усиливается так, будто копыта стучат о землю прямо над ними. Она инстинктивно поднимается на ноги, чтобы окинуть взглядом опасность — заглянуть в глаза своему року. Но мальчик снова хватает ее, тащит вниз. От него несет прокисшим потом, поскольку он давным-давно не мылся, но в то же время пахнет и чем-то сладковатым — запахом его юности. Они замирают. В самом центре, во чреве окружившего их грохота, трое, прижавшись бок о бок, все же странным

Глава семнадцатая. Горы Дэмуа

образом остаются каждый сам по себе, укутанные спасительным сумраком — не считая луча солнца, драконьим когтем уткнувшимся прямо в ее живот. Скользящие тени. Бьющие копыта. Шумное фырканье и сдавленное, возмущенное ржание. Этих намеков им вполне достаточно.

Скюльвенды. Ужасный Народ Войны мчится куда-то сквозь мертвые земли Куниюрии.

Ну пожалуйста!

Впоследствии она подивится тому, что в тот момент каждая ее мысль стала молитвой.

Из-за выкорчеванного дерева, преграждающего путь, всадники огибают их заросшее травой укрытие по широкой дуге. Руки сами собой творят нечто вроде охранных знаков, хотя беглецы и лежат напрягшись и скорчившись. Лишь мальчик остается совершенно неподвижным. Затем грохот отдаляется, ускользая куда-то вперед, и отдельные звуки вновь сливаются воедино, становясь неотличимыми друг от друга.

Путники лежат в пахнущем сырой землей полумраке, остывая от тревоги, прислушиваясь к биению своих сердец и глубоко дыша.

— Патруль, — бормочет Ахкеймион, поднимаясь на ноги.

Он осторожно выглядывает из-за полога трав, вновь изучая окрестности. Ей же приходится перекатиться на бок и опереться на колени и ладони, настолько отягощает ее живот. Она карабкается на край ложбины и выглядывает наружу рядом с колдуном. Мальчик просто сидит внизу, обхватив руками колени, совершенно бесстрастный.

— Значит, ты думаешь, что их тут гораздо больше? — спрашивает она волшебника.

— Ну разумеется, — говорит он, всматриваясь вдаль. — Их тут так же много, как дурости в твоей голове.

— Что? По-твоему, мне нужно было бросить его? — спорит она.

— Этот мальчик сумел пережить такое, что нам с тобой и не снилось.

— Но он все еще ребенок! Он...

— Далеко не столь беспомощен, как тот, которого ты носишь в своей утробе! — кричит Ахкеймион, повернувшись к ней с внезапно вспыхнувшей яростью. Она шарахается от него, понимая мгновенно и со всей определенностью, что он бранит ее, пребывая во гневе, порожденном испугом... Отцовским испугом.

Она пытается что-то сказать — сама не зная что, но тут слышится новый вопль, напоенный странной тоской и щемящий сердце, словно чей-то испуганный визг, раздавшийся посреди безопасного жилища или же донесшийся из места близкого, но сокрытого. Еще один шранк.

И вновь они оба с тревогой всматриваются в обступивший их лес, но, несмотря на опасность, она не может не задуматься над тем, что именно так поступают мужья и жены. Какая-то часть ее даже усмехается...

Есть что-то правильное, размышляет она, в том, что им суждено было стать семьей в какой-то могиле.

— Эти шранки зовутся Вожатые, — мрачно молвит Ахкеймион, — запах этих тварей повергает их диких сородичей в безумный ужас, тем самым очищая от них окрестности. Консульт использует их, чтобы обеспечить безопасный проход своим человеческим союзникам...

Сказав последнюю фразу, он оборачивается к ней, и что-то в выражении ее лица заставляет его яростно нахмуриться.

— Чего тут такого забавного, что ты вот так вот сидишь и ухмыляешься?

— Милый мой, старенький дурачок, — слышит она собственный шепот.

— Неужто ты не понимаешь? — кричит Ахкеймион. — С той стороны, — указывает он на юг, где теснятся и воздвигаются леса за лесами, — сюда движется Народ Войны в числе... да там целое войско скюльвендов.

— Все я понимаю, — отвечает она, глядя в его глаза, словно пытаясь прислониться к его старой, болезненно чувствительной душе... Ободрить его. И все же он по-прежнему отказывается довериться происходящему меж ними чуду.

Глава семнадцатая. Горы Дэмуа

— Понимаешь? Тогда ты должна понимать и то, что сейчас в действительности происходит. Второй Апокалипсис на самом деле начинается!

Мальчишка, сидящий на дне ложбины, обеими руками — здоровой и крабьей — сжимает их плечи, безмолвно предупреждая о чем-то. Затаив дыхание они вглядываются сквозь пожухшие травы и комья земли. От лошадиного фырканья ее начинает потрясывать — по какой-то причине она решила, что мальчик услышал очередного шранка. До боли в глазах всмотревшись сквозь соломенную штору, все трое наконец замечают еще одного скюльвендского всадника: он показывается на виду, затем спускается в небольшую низинку, карабкается на ближайшую к ним возвышенность и замирает.

Она не может этого слышать, но весь юг, похоже, сотрясает предзнаменованием поступи неисчислимых, несметных Людей Войны...

Человек, казалось, принюхивается. В его лице чувствуется некая жесткость, печать невежественной расы, отражение души слишком простой, чтобы выражать какие-либо сомнения или оттенки чувств. Его руки обнажены, как и руки прочих скюльвендов, но ни у кого из них даже близко не было такого количества шрамов — его руки исполосованы по всей длине. Дряблость кожи, заметная вокруг подмышек, выдает его немалый возраст, но кроме этого нет никаких иных признаков старости. Синяя краска украшает его лицо, столь же бледное, как и глаза. Амулеты, выглядящие как засушенные мыши, подвешенные за хвосты, свисают, болтаясь, с седла и уздечки. К вымазанным в грязи ногам его лошади прилипли сухие листья. Подобно напавшему на след охотнику, он тщательно оглядывает чащу своим ледяным взором. Во взгляде его таится какая-то напряженность, подобная готовности почуявшей добычу ласки.

Безошибочно, как представляется, его взгляд вонзается в их маленькую ложбинку.

Никто из них не шевелится и даже не моргает. Сердце имперской принцессы уходит в пятки.

Этот скюльвенд — один из Немногих.

Дневной свет истощается с каждым их шагом, с каждым мгновением их беспокойного бегства. Она, несмотря на свой поздний срок, бежит первой, чуть сзади спешит старый волшебник, чьи глаза беспорядочно блуждают, а поступь лихорадочна и сумбурна, как у ловкого, но безумного отшельника, пытающегося обнаружить где-то рядом ни с того ни с сего вдруг потерявшийся мир. Мальчик без особых усилий трусит позади, поочередно всматриваясь то вправо, то влево, внимательно изучая обступающую их завесу листвы.

Они не произносят ни слова. Отдаленный шранчий лай — все, что они слышат, помимо собственного дыхания. Внезапно происходящее напоминает ей уже ставшее однажды привычным — бежать, спасаясь, от одного пролеска к другому. Чувствовать нависшую за плечами беду. Ощущать иглы, втыкающиеся в горло при каждом вдохе. Замечать, как деревья зеленой завесой скрывают сущее, позволяя страху населить мир враждебным присутствием.

Они, шумно дыша, продолжают бежать до тех пор, пока сумерки и подступающая тьма не заливают чернилами дали, не окружают их шерстяными покровами. Решение передохнуть приходит само по себе — в виде торчащего из чащи лысым коленом небольшого холма. Возвышенности, поднимающейся до середины обступивших ее деревьев.

Наверху Ахкеймион склоняется и опускается на колени.

— Он видел нас, — говорит старый волшебник, вглядываясь в клубящийся сумрак.

Она не имеет ни малейшего представления, что он там пытается увидеть, — окружающий лес выглядит не более чем спутанными клоками шерсти и черными пятнами, подобными тем, что появляются от попавшей в глаза угольной пыли.

Она лежит, опершись спиной на замшелое бревно, взгляд ее плывет, руки охватывают раздутый живот. Горло сжимает и щиплет на каждом вдохе. Разъедающий жар ползет меж ребер.

— И что ты хочешь, чтобы мы сделали? — задыхаясь, спрашивает она. — Бежали дальше всю ночь?

Глава семнадцатая. Горы Дэмуа

Старый волшебник поворачивается к ней. Небо хмурится. Кажется, что луна лишь чуточку ярче, чем висящий где-то в тумане фонарь. У нее не получается разглядеть глаза Ахкеймиона под его массивным, нависающим лбом.

Из-за этого он выглядит непостижимо и пугающе.

Внезапно она понимает, что с трудом различает его сквозь режущее взгляд мерцание Метки.

— Если мы примем побольше квирри... — говорит он.

Что же слышится в его голосе? Восторг? Призыв? Или ужас?

Жгучая тяга переполняет ее.

— Нет, — выдыхает она.

Да-да-да...

— Нет? — вторит Ахкеймион.

— Я не собираюсь рисковать нашим ребенком, — объясняет она, вновь откидывая назад голову.

— Но ты именно это и делаешь!

И он продолжает уговоры. Скюльвенды способны были, как никакой другой народ, заставить его настаивать на осторожности. Безбожники, поклоняющиеся лишь насилию. Столь же нечестивые и порочные, как шранки, но гораздо хитрее.

— Они не настолько дикие, как тебе кажется! — кричит он, побуждаемый упрямством и беспокойством. — Их установления древние, но не примитивные. Их обычаи жестокие, но не бессмысленные. Хитрость и готовность к обману — вот самое ценное их оружие!

Она лежит, одной рукой поддерживая живот, а на другую опираясь лбом.

Вот ведь старый, назойливый хрен!

— Мимара! Нам нужно бежать дальше!

Она понимает, в какой опасности они находятся. Скюльвенды оставались немалым предметом беспокойства для Андиаминских Высот, хотя и меньшим, чем во времена Икуреев. Битва при Кийюте стоила им целого поколения мужчин — и не только его. Народ Войны всегда зависел от хор, которыми их предки завладели за тысячелетия. Лишенные большей части Безделушек, они попросту ничего не могли противопоставить колдунам Трех Морей.

— Двинемся назад, в горы, — твердит он, поглядывая в сторону Дэмуа. — Они не будут рисковать лошадьми в темноте. А к утру камни и скалы скроют наши следы!

В том, как он говорит и держит себя, чувствуется какая-то отталкивающая, бессмысленная пустота. Внезапно приходит убежденность, что его страстные увещевания порождены скорее квирри, а не беспокойством из-за скюльвендов. Он не столько жаждет вкусить будоражащий душу прах, чтобы иметь возможность бежать, сколько жаждет бежать, чтобы найти повод вкусить.

Всепожирающая страсть к наркотическому пеплу, подобно объятьям любовника, сжимает и ее душу. Но она все равно не поддается на уговоры. Внезапная волна жара охватывает ее, и, к отвращению старого волшебника, она стягивает через голову и бросает наземь шеорский доспех, а затем начинает стаскивать подкольчужник. Ее кожа, овеянная холодным ветерком, покрывается пупырышками. Она раздевается до нижней рубашки, из-за скопившейся грязи прилипшей к телу. Несколько ударов сердца она чувствует холод, столь нестерпимый, как если бы ее раздутый живот покрывала лишь змеиная шкура. Она опять не может сфокусировать взгляд, в глазах плывут багровые пятна. Затерянные леса Куниюрии кружатся вокруг нее, подобно волчку, уже готовящемуся остановить свой бег. Придавленная грузом бесчисленных тягостей, она лишь пытается глубже дышать.

— Ты как... как себя чувствуешь? — вдруг раскаявшись, спрашивает Ахкеймион откуда-то из разливающегося над ней небытия.

— И он только теперь спрашивает, — бормочет она куда-то в сторону мальчика, которого даже не видит. Она расстегивает пояс и отбрасывает подальше ножны, как для того, чтобы посильнее позлить старика, так и чтобы они не давили ей на живот.

Ахкеймион наконец расслабляется, усаживается, молча смотрит на нее, а затем, завернувшись в одежды из шкур,

Глава семнадцатая. Горы Дэмуа

откатывается в сторону, сумев, к некоторому ее удивлению, сдержать свой язык.

Глядя ему в спину, она отчего-то постепенно успокаивается.

Видишь, малыш? Я ношу тебя...

Она снова ложится, уступая своему истощению, отдаваясь прохладе, погружаясь в уносящее мысли забытье.

А ему приходится выносить меня...

Ее клонит и наконец опрокидывает в какое-то подобие сна. Где-то у ночного горизонта бушует и вспыхивает молниями далекая буря.

— Что ты делаешь?

Голос Ахкеймиона достаточно резок, чтобы прорваться сквозь ее приглушенные чувства. Она выпадает из своего забытья. Несколько месяцев назад она просто поднялась бы, но теперь не дает живот, и она, цепляясь за траву, перекатывается на бок, словно перевернутый на спину жук.

— Кирила мейрват дагру, — произносит мальчик.

Ночь утвердила права на весь мир, сделав его своей добычей. Мимара видит старого волшебника, но скорее как некую форму, чем как четкий образ. Его рваный силуэт виднеется вроде бы неподалеку, но все же на некотором расстоянии — в четырех или около того шагах от ее ног. Она поворачивается к мальчику, сидящему скрестив ноги справа, рядом с ней. Его глаза сияют, взыскуют. Он, положив клинок плашмя на левое бедро, разглядывает ее бронзовый нож — «Бурундук», который она умыкнула из сауглишской библиотеки. А в своей крабьей ладони он держит...

— Эта штука... заставляет его... светиться, — осторожно произносит мальчик на шейском.

Она замечает, что мальчик проводит хорой, которую держит в правой руке, по всей длине колдовского клинка. Отблески света ясно показывают, как он сгорбился, увлеченный увиденным чудом, и подчеркивают гротескную уродливость его искалеченной ладони, и оттеняют невинность его юного лица.

Она рефлекторно бьет его, как бьют ребенка, который резвится слишком близко от открытого огня. Мальчик перехватывает ее запястье без малейшего усилия или беспокойства. Как и всегда, в его взгляде читается не более чем любопытство. Она выдергивает руку, напрямую тянется к его бедру, забирая «Бурундук» и свою хору. Один яростный удар сердца она жалеет мальчишку, одновременно свирипея и раздражаясь.

— Нельзя! — говорит она ему, будто дрессируя щенка. — Нельзя!

— Нож, — говорит Ахкеймион, по-прежнему держась на расстоянии — из-за хоры, понимает она. — Позволь взглянуть на него.

Фыркнув, она перебрасывает нож ему. Она вдруг понимает, что старый волшебник говорил правду — им необходимо было всю ночь продолжать бежать прочь из этих мест. Ее охватывает дрожь, она неловко вертит в руках хору, пытаясь убрать ее обратно в мешочек. Ругнувшись, она садится на корточки и начинает водить рукой по усыпанной листьями земле.

— Эмилидис, — задумчиво молвит старый волшебник хриплым голосом.

— Чего? — спрашивает она, доставая хору из мешочка и вновь убирая ее туда — к другой Безделушке. Ее зубы стучат. Она хватает свою золоченую кольчугу и натягивает через голову ее шелковую невесомость. *Квирри...* шепчет голос внутри.

Квирри позволит им бежать всю ночь. Да.

— Твой нож неспроста был заперт в Хранилище, — говорит волшебник, по-прежнему пристально разглядывая клинок.

Неподвижный мальчик вперяет пристальный взор в окружающую темноту. Возможно, он умеет ощущать нечто вроде досады. Мимара, морщась от вони, накидывает на плечи свой плащ из подгнивших шкур.

— Величайший из древних мастеров создал его, — объясняет Ахкеймион.

Глава семнадцатая. Горы Дэмуа

— Что создал? — спрашивает она, отбирая у него нож. — «Бурундук»?

Мальчик-дунианин без усилий вскакивает на ноги, внимание его приковано к чему-то, таящемуся во тьме. Акка и Мимара тщетно всматриваются в ночь.

— Эй, бродяги! — разносится голос — резкий, с варварским акцентом.

Она едва не падает в обморок, столь велико потрясение.

Голос, человеческий голос доносится из обступившей их черноты, наполненный варварской яростью и триумфом, как оскаленная пасть — острыми клыками. Внезапно она чувствует их — окружившее их со всех сторон ожерелье из колючих шипов небытия, таких же как те, что касаются ее груди. Лучники, несущие хоры. Скюльвендские лучники.

— Слышите меня, отродья Трех Морей?

Бледная полоса лунного света прорывается сквозь низкое небо, освещая лысый холм.

Ахкеймион застывает с видом безумного колдуна-отшельника, столь же потрясенный, как и она. Лицо его обращено вниз и искажено ужасными предчувствиями. Мимара видит того, кто обращается к ним, — голубоглазый, бородатый скюльвенд, встреченный ими ранее. Жестоколицый язычник...

— Следуйте за мной или умрите! — кричит варвар, как-то странно, по-волчьи, склонив голову.

Старый волшебник поднимает взгляд:

— Кто?..

— Вас призывает к себе Мауракс урс Кагнуралка! Душитель детей! Великий и Святой Рассекатель глоток! Наш могучий Король Племен ожидает вас, чтобы с глазу на глаз погадать на вашу судьбу!

По-видимому, они тоже опасались шранков. Синелицый приказал Ахкеймиону осветить их путь, и теперь туча мошкары вилась вокруг висящей в прохладном воздухе Суриллической Точки. Они следовали за ее скольжением, пробираясь сквозь густой кустарник и сорные травы, яркими искрами выплывающие из абсолютной темноты. Деревья, мимо которых они проходили, покрылись белесым инеем. Мешанина поблескивающих во мраке пятен обступала их. Жестокие лица. Узлящиеся сухожилиями, исполосованные шрамами предплечья. Покачивающиеся в седлах фигуры. Колючие шипы небытия плывут в окружающей тьме — Мимара чует их стайкой блуждающих рыбок, скользящих в толще чернильных вод. Шранки время от времени скулят и повизгивают в темноте.

Синелицый со всей силы врезал Ахкеймиону по губам, когда тот осмелился вымолвить какой-то вопрос, и теперь они стражу за стражей идут в абсолютном безмолвии — крохотный очаг колдовского света, окруженный конной лавой диких наездников. Очаг, плывущий сквозь косматую мглу. Мимара поддерживает свой живот, прогоняя волны подступающей тошноты. Нерожденный младенец беспокоится и постоянно пинает ее изнутри. Дважды она спотыкается, но мальчик подхватывает ее, удерживая от падения. Ей хорошо знакомо это состояние — смешение воедино пульсирующего страха и изнеможения, из-за чего движения ее души все больше и больше наполняются замешательством. Успокоением и даже более того — истовым пламенем убежденности, какой она раньше и не ведала, одаряет ее лишь открывшееся Око. Ужас, окутавший ее мысли, исходит из понимания, что это скюльвенды, но теперь ей мнится непоколебимая уверенность не только в том, что они обречены на страдания и муки, но и в том, что их ожидает в итоге чудесное спасение.

Приходит в голову мысль помолиться. Вместо этого она обнимает живот.

Ш-ш-ш, малыш. Не бойся!

От Синелицего смердит прокисшей мочой. Неплохой способ отвадить всех этих насекомых, решает она, хлопая себя по щеке. Раскинувшаяся над ними чаша небосвода немного светлеет. Одиночные звезды подмигивают им сквозь рваную лоскутную дымку, окутавшую небеса. Земля становится все более коварной, покрытой выпирающими камня-

Глава семнадцатая. Горы Дэмуа

ми и испещренной рытвинами. Лиственный полог редеет, а затем пропадает, и они оказываются на полукруглом уступе над широкой речной поймой, запертой между гигантскими скалами. Огни военного лагеря не слишком многочисленны, но ведь и ночь уже на исходе.

Сияет Гвоздь Небес, вонзенный в чашу небосвода.

Синелицый ведет их вниз по склону, между циклопическими скалами, поросшими на всю высоту травой и кустарником. В воздухе витают запахи дыма и человеческого дерьма. Пленники ожидают в бездействии, пока Синелицый совещается с одним из воинов сопровождающего их отряда — по виду его командиром, седовласым вождем, щеголяющим в старинном кианском шлеме. Мимара замечает, что губы Ахкеймиона движутся сами собой, как обычно движутся губы опустошенных, усталых стариков, перечисляющих раз за разом свои горести. Вспыхивающая с новой силой тревога гонит прочь усталость, и та отступает куда-то на край сознания.

Седовласый бьет свою лошадь пятками, побуждая ее умчаться галопом в раскинувшуюся перед ними темноту. Синелицый дает сигнал к продолжению пути.

Они входят в спящий воинский лагерь и минуют его. Лишь малое число шатров-якшей виднеется в темноте, большинство воинов дремлют прямо под открытым небом, рядом со своими лошадьми, личинками свернувшись под войлочными одеялами. Между лежащими людьми не оставлено никаких тропок или промежутков, поэтому везде, где ступает небольшой отряд, их встречают ругательствами и хмурыми взглядами. Мимару приводит в замешательство яркий блеск льдисто-голубых глаз скюльвендов, сияющих в свете Суриллической Точки. Во всем мире лишь их глаза выглядят так, как будто все они — глаза одного человека, смотрящего с множества лиц.

От всех воняет мочой так же, как и от Синелицего. Один из каменных столбов, что высятся на равнине, воздвигается прямо перед ними, уродливый силуэт, рассекающий безграничность ночного небосвода. Она замечает на его вершине танцующие всполохи костра. Многочисленные якши, подобные шляпкам грибов, устилают виднеющееся в сумраке основание скалы. Спешившийся седовласый вождь уже ожидает их там. Синелицый свистит, и весь отряд лучников — носителей хор — сходит со своих лошадей. Она чувствует, как скользящие во тьме рыбки собираются в стайки по две, по три, следуя за владельцами Безделушек... Слез Бога.

Она берет старого волшебника за руку, пытаясь унять его дрожь. Он в ответ оделяет ее диковатым, косящим взглядом, подобным взгляду лошади, окруженной лесным пожаром. Мальчик же просто взирает на все вокруг с непроницаемым любопытством, как и всегда. Суриллическая Точка явственно подчеркивает сходство мальчишки с его дедом, так же как и его отросшие волосы.

Впервые Мимара понимает, что он ее племянник.

Синелицый держит путь вверх по склону одинокой скалы, следуя за Седовласым. Когда путники колеблются, один из скюльвендов толкает Ахкеймиона вперед, достаточно грубо, чтобы его борода коснулась плеча. Чувствуется какая-то обреченность в том, как старый волшебник собирается с силами, чтобы начать подъем. Внезапно она понимает, что ее пугает отсутствующее выражение его лица, причем даже в большей степени, нежели жестокость скюльвендов. Когда обстоятельства слишком давят на человека, он часто теряет терпение — вместе с жизнью...

Она знает это слишком хорошо.

Еще больше лишенных рисунков и украшений, бесцветных палаток теснится на неровной вершине скалы. В воздухе витает запах паленой баранины. Синелицый ведет их к одинокому столбу дыма, возносящемуся вверх — в морозное безмолвие. Тлеющие угли разбрасывают мерцающие искры, и те кружатся в холодном воздухе, а затем превращаются в улетающие прочь белесые хлопья, подобные крыльям ночных мотыльков. Она неохотно идет вперед, на фоне ярко горящего костра скюльвенды все больше пугают ее. Пламя хрипит и плюется, ревет и стонет, как рваный парус, напол-

Глава семнадцатая. Горы Дэмуа

ненный ветром. Сквозь его всепожирающее сияние она различает сваленные в кучу туловища и конечности, сплетенные подобно клубку дождевых червей. Приходит понимание: они развели костер из шранков.

Ахкеймион позволяет Суриллической Точке мигнуть и тихо угаснуть.

Они стоят на каких-то руинах, решает Мимара, — еще более древних, чем ставшая уже привычной седая старина, искрошенных временем до такой степени, что камни нераздельно слились с природой: длинная непрерывная линия, гнутый цилиндр, камень, согнутый подобно локтю.

Синелицый ведет их мимо жуткого костра в ложбину, которая им, освещенным сиянием яростного пламени, кажется прямоугольным прудом, залитым чернилами. Кто-то ожидает их там. Девять человек сидят вдоль края ложбины, обратившись спинами к груде горящего жира и кожи, лица их погружены во мрак. Еще один расположился у дальнего края — узковатый в плечах, но длиннорукий. Пламя оттеняет его черты, подчеркивает обнаженные руки, испещренные, словно тигриными полосками, глубокими тенями и увитые ручьями вен. Человек, внушающий почтение одной своей каменной неподвижностью. Множество кольев вздымается над покрытой мхом насыпью из битых камней за его спиной. На кольях висит нанизанная на них брюхом лошадь — влажная плоть, истекшая кровью, чудовищное привидение, мертвенно-бледное в свете костра. В седле же осел убитый скюльвендский воин, подпертый палками, точно пугало.

Следуя за Синелицым, они погружаются во тьму, внимательно глядя себе под ноги, чтобы не переломать их. Мимара останавливается там, куда он указывает ей и мальчику, — напротив тех девяти. Ахкеймиона он толкает к центру ложбины. Споткнувшись, старый волшебник падает и исчезает во тьме, будто свалившись в пропасть. Мимара громко кричит, думая, что в тени скрыта яма, но тут же замечает переливающийся блеск нимиля и мохнатые космы гнилых шкур. Ахкеймион восстает, поднимается на ноги, подобно святому мужу, которого поносят язычники. И настолько безупречно это впечатление, что кажется, будто сама тьма сейчас осыплется с него и канет бесследно, как уносит прочь ветер сухую листву.

Скюльвендский Король Племен взирает на него без слов и без тени чувств. Он моложе, чем она ожидала, но холоден, как окружающие руины. Его волосы черны и растрепаны, словно осенние травы. Его лицо излишне грубое — черты, скорее подобающие крестьянину, не позволяют ему быть привлекательным, однако за ними таится ум слишком изворотливый, чтобы не оказаться порочным. Взгляд его белесых глаз пронзителен, но она чувствует, как он быстро скучнеет, становясь из-за этого еще безжалостнее.

Мимара стоит, тяжело дыша под тяжким грузом своего раздувшегося чрева. Костер свирепо плюется искрами, закручивается языками пламени. В слепящем сиянии его изгибов девять фигур видятся ей не более чем силуэтами, темными очертаниями. Лучники с хорами стоят поверху, вдоль края ложбины, их стрелы готовы разить.

Все недвижимы, лишь двое воинов подбрасывают в огонь еще одну тушу. Гвоздь Небес щурится и цветет над ними, указывая путь на Голготтерат.

Ее глаза привыкают к темноте. Она замечает, как Ахкеймион изо всех сил то сжимает, то отпускает полу нимилевого хауберка, который он забрал из груды пепла, оставшейся от сожженного ими Ниль'гиккаса.

Жир шипит, опаленный огнем.

— Ну, давай же! — кричит наконец старый волшебник.

Но варвар лишь продолжает молча взирать.

— Убей нас, и покончим с этим! — вновь кричит Ахкеймион, его отвращение столь очевидно и глубоко, что это почти забавно.

— Женщина, — едва слышно молвит Мауракс глухим голосом. — Она твоя?

От того, что он даже не смотрит при этом в ее сторону, вопрос звучит совсем уж зловеще.

Ахкеймион с ужасом взирает на него.

Глава семнадцатая. Горы Дэмуа

— Че... чего? — заикается он, затем сглатывает и, задыхаясь, облизывает губы. Что-то вроде нисшедшего смирения, казалось, успокаивает его. — Чего тебе нужно от нас?

Скюльвендский Король Племен склоняется, расставив локти и положив руки на колени. У него вид человека, разговаривающего с полоумным.

— Мигагурит говорит, что твоя Метка глубока... Что ты, как это называется в Трех Морях, колдун высокого ранга.

Ахкеймион бросает на Синелицего короткий взгляд. Свет костра создает из его бороды и волос ореол, обрамляющий голову.

— Да, это так.

Оценивающий взгляд — один из тех, в которых таится и величие королей, и невежественное тщеславие варваров.

— И что же привело столь важную персону и его беременную бабу в эти дикие пустоши?

Усмешка искажает лицо колдуна. Он поднимает руку и чешет в затылке, трясет головой, пребывая в сомнениях. С безумием покончено — он собрался, понимает Мимара. Он, в своем застарелом упрямстве, расквитался бы с Блудницей даже ценой собственной жизни. Будь он один — все закончилось бы солью и вознесшимся пламенем, знает она.

Но он не один. Он бросает на нее взгляд и, несмотря на белые отсветы пламени, искажающие его черты, она знает, что этим взглядом он умоляет и о прощении, и о дозволении.

— Мы ищем... — говорит он с решимостью сломленного испытаниями мужа, — ищем Ишуаль, тайное убежище дуниан.

Мауракс даже не моргает, взгляд его остается непроницаемым.

— Ты пошел на такой риск, — невнятно бормочет он, его взгляд упирается в Мимару, а затем возвращается обратно к старому колдуну. — Что же там, в этой Ишуали, такого, что стоило бы настолько дальнего и опасного пути?

Ахкеймион недвижим.

— Истина о святом аспект-импера...

— Ложь!!! — гремит голос одного из девяти.

Тень восстает на краю ложбины. Первый из девяти, сидевших там, теперь высится над старым волшебником. Яростное сияние пламени слепит глаза, черты его лица и телосложение погружены во мрак, но ей не нужно видеть их, чтобы понять, кто здесь подлинная сила. Кто настоящий Король Племен. И исходящая от его тела, жилистого и плотного, угроза, и рычащая злоба в его голосе без тени сомнений именуют его...

— Ты... — хрипит старый колдун.

Человек презрительно сплевывает. Она не видит, но чует его голодный оскал.

Лицо Ахкеймиона, на котором играют отблески пламени, читается как открытая книга и выдает его изумление.

— Но они сказали, что ты мертв, — бормочет он.

Скрипучий голос:

— Так и есть... Я мертв.

Белое пламя, охватившее горящего шранка, все сильнее погружает лицо скюльвенда во мрак. Она скорее чувствует, чем видит его взгляд, скользящий по ее лицу и животу... и затем, как будто по какой-то безумной прихоти, взмывающий к звездам.

— Мертвый, я пересек пустыню. — Голос его, казалось, способен раскалывать деревья и крушить камни. — Мертвый, я напился крови стервятников. Мертвый, я вернулся к Народу...

Она буквально ощущает, как его взгляд вновь упирается в старого волшебника.

— И, мертвый, я его покорил...

Остальные скюльвенды отводят глаза — даже Синелицый разглядывает свои сапоги, лишь Мауракс как будто осмеливается смотреть на этого человека прямо.

— У меня недостанет кожи, — произносит могучая тень, — чтобы нести на себе все жизни, что я забрал. У меня не достанет костей, чтобы впитать все совершенные мной богохульства. Я выкован и закален. За поступью моего гнева и моего суда небо темнеет от дыма спаленных трупов, а брюхо Преисподней жиреет и пухнет.

Глава семнадцатая. Горы Дэмуа

Ужимки и позы. Ханжеские заявления о доблести, свирепости и могуществе. Будь она на Андиаминских Высотах, она бы лишь ухмыльнулась и даже негромко хихикнула — чтобы лишний раз задеть свою мать, святую императрицу. Но не здесь — не с этим человеком, который каждое слово изрекал так, будто закалывал кого-то ножом.

— А как насчет тебя, колдун? Друз Ахкеймион тоже умер или он все еще жив?

Ахкеймион всматривается в его очертания и опускает взгляд, будто столкнувшись с какой-то незримой и неистовой яростью.

— Пожалуй, жив.

И в этот момент разверзается Око.

И она обнаруживает себя в окружении проклятых душ.

— Что бы это значило? — вопрошает Король Племен. — Что скажешь, колдун? Что предвещает наша встреча?

Под взором Ока весь мир сияет. Оно не замечает теней, как не знает ни прошлого, ни будущего. Она зрит его, Найюра урс Скиоату, живую легенду, и не может отвести взгляд. Она видит его душу, какая она есть.

— Я не силен в этом, — парирует старый волшебник. — Тут мы с тобой одинаковы.

Скюльвендский демон скалится. Это выглядит для нее так, словно она смотрит в открытую топку, наблюдая за яростным пламенем. Жар опаляет ее щеки, она щурится от уколов невидимых искр. Грехи волшебника — хотя они и ужасны — не идут ни в какое сравнение со злодеяниями, совершенными этим человеком.

Лающий смех.

— Что ж, значит, и наши цели едины. Ты тоже явился сюда, чтобы стрясти кое-что с того, кто задолжал нам обоим.

Она видит это — одна мерцающая вспышка за другой, сплетенные воедино проблески несчетных преступлений. Младенцы, воздетые на острие меча. Матери, изнасилованные и задушенные.

— Нет, — отвечает Ахкеймион, — чтобы суметь составить правильное суждение... нет-нет... чтобы действовать, исходя из него.

Она зрит жестокие пути Народа, преступное богохульство самой принадлежности к племени скюльвендов, к людям, уже рождающимся проклятыми, лицезреет всю бесноватую дикость их бытия, видит руку, скользящую в тени раздвинутых бедер...

Демон насмешливо фыркает.

— Все тот же философ! Все так же треплешь языком, чтобы вернуть себе то, что отдал собственными руками.

И ярко пылающая ненависть — ничего подобного раньше ей встречать не доводилось, душное пламя, затмевающее даже тот огонь, что тлел в душе лорда Косотера, которого никогда не заботили муки тех, кого он терзал и убивал.

— Я лишь знаю, — ровно говорит Ахкеймион, — что миру приходит конец...

Найюр урс Скиоата был убийцей, бросавшимся на своих жертв, готовым хрипеть и визжать вместе с ними...

— Второй Апокалипсис вокруг нас!

...чтобы ближе сойтись с сутью своей ужасающей силы...

Скюльвендский Король Племен глумливо смеется.

— И ты страшишься — а вдруг Анасуримбор и вправду твой спаситель! Вдруг его Ордалия может уберечь мир от гибели!

...чтобы сделать кусочек сущего своим доменом, своим суррогатным миром...

— Я должен знать наверняка. Я не могу ри-рисковать...

— Лжец! Ты же готов прикончить его! Ты затаив дыхание склоняешься над алтарем, который возвел из запылившихся свитков, но при этом от тебя так и смердит отмщением. Ты насквозь провонял им! Ты хотел бы закрыть его глаза — так же как и я!

Старый волшебник стоит, ошеломленный, тревога в нем борется с неверием. Пламя костра извивается и хохочет,

Глава семнадцатая. Горы Дэмуа

где-то в его чреве потрескивают угли, громко и гулко, словно кости, ломающиеся прямо внутри плоти.

— И что же ты ответил на призыв Голготтерата? — вопрошает Ахкеймион. — Спешишь на подмогу Консульту?

Король Племен весь, целиком, обращается в шумящие языки пламени, и Мимара наконец видит его лицо, словно само сущее захотело, чтобы она узрела это. Высокие скулы, массивная челюсть, нависающие брови, шрамы, подобные собравшейся складками коже. Он так же стар, как Ахкеймион, но намного жестче его, так, словно он слишком ревностно пестует свою мощь, обладая волей чересчур неукротимой, чтобы уступить хоть малую толику, отказаться хоть от чего-то, кроме излишков и слабостей, свойственных юности.

Он сплевывает, повернувшись к пламени, притягивающему его взгляд, как бедра девственницы.

— Да гори они все огнем!

— И ты действительно веришь, что сам уцелеешь? — кричит Ахкеймион его силуэту. — Глупец! Ты воображаешь, что Консульт станет терпеть скюльвен?..

Оплеуха внезапна и быстра. Ахкеймион валится во тьму, словно рухнувший с неба воздушный змей.

— Ты что, решил, что у нас тут что-то вроде воссоединения? — кричит Найюр урс Скиоата упавшему. — Встреча старых друзей?

Мимара скорее чувствует, чем видит, как он пинает Ахкеймиона в лицо. Вспышка ужаса.

— Это не благоволение твоей сраной Блудницы-судьбы! Ты не из Народа!

Король Племен выдергивает Ахкеймиона из чернильного омута, и она видит их...

Его свазонды.

Он подтаскивает и воздевает колдуна вверх так, чтобы держать его прямо перед собой, и высоко поднимает вторую руку.

— Зачем? Зачем ты явился сюда, Друз Ахкеймион? Зачем потащил свою сучку через тысячи вопящих и норовящих сожрать вас обоих лиг? Скажи мне, что заставляет человека бросать палочки на чрево его беременной бабы?

Шрамы, числом больше, чем у Выжившего, но нанесенные в ритуальных целях, порезы, сделанные с болезненной аккуратностью и настойчивостью. И созерцаемые Оком...

— Чтобы узнать правду! — кричит волшебник окровавленным ртом.

...они дымятся.

— Правду? — Насмешливый оскал. — Это какую? Вроде той, что он делает из народов и Школ свои игрушки? Или той, что затрахал вусмерть твою жену?

— Нет!

Найюр лишь гогочет:

— Даже после всех этих лет он все еще держит тебя в своем кармане, словно дохлую мышь.

— Нет!

Дымящееся сплетение, сияющее, как раскаленные угли...

— Ненависть... Да... Ты не видишь этого, потому что все еще слаб. Ты не видишь этого, потому что все еще жив, — он прижимает два толстых пальца к своему виску, — здесь... Ясный взор изменяет тебе, и поэтому ты выдумываешь какие-то оправдания, прикрываешься неведением, рассказываешь сказки! Ты прячешься от истины, которая звучит в твоем голосе, скрываешься за дурацкими отговорками, стремишься как-то очистить себя. Но я-то вижу это четко и ясно — так же ясно, как видят дуниане. Ненависть, Заветник! Ненависть привела тебя сюда!

...дымящееся... сочащееся муками и исходящее воплями. Наследие бесчисленных битв, обернутое тьмой глубочайшей ночи, мантия, сотканная из украденных душ.

— Да, я ненавижу! — кричит Ахкеймион, плюясь и харкая кровью. — Не отрицаю! Я ненавижу Келлхуса — это так! Но моя ненависть к Консульту еще сильнее!

Король варваров отпускает его.

— А что насчет обид и оскорблений, нанесенных тебе самому? — давит Ахкеймион. — Что насчет Сарцелла? Шпиона-оборотня, убившего Серве? Твою наложницу? Твою добычу?

Глава семнадцатая. Горы Дэмуа

Кажется, что эти слова уязвляют варвара так, будто его ножом ударили в горло.

— И кто из нас мышь в чьем-то кармане? — продолжает Ахкеймион с желчной яростью в голосе. Кровь струей течет из его носа, собираясь сгустками и путаясь в бороде. — Кто из нас дешевка?

Огромная черная фигура разглядывает его.

Увенчанный рогами и исходящий дымом образ души, еще живущей на свете, но уже ставшей Князем Преисподней.

— При чем тут дешевка, — скрипит он, — если это они делают то, что я им скажу?

На один удар сердца она действительно готова поверить, что величие и могущество скюльвендской злобы на самом деле простираются столь далеко. Ахкеймион не может видеть того, что видит она, и тем не менее кажется, он тоже знает, понимает какой-то сумрачностью своего сердца, что стоящий перед ним человек есть нечто намного большее, чем обломок самого себя. Что он скорее могучий осколок... что он обладал бы душой подлинного героя, если бы не Анасуримбор Моэнгхус...

Если бы не дунианин.

— Но что же будет со всем миром? — протестует волшебник.

— С миром? Пф-ф-ф! Да гори он огнем! Пусть младенцы висят на деревьях, как листья! Пусть вопли ваших городов взовьются до небес и расколют их вдребезги!

— Но как ты можешь?..

— Моя воля должна свершиться! — вопит варвар. — Анасуримбор Келлхус поперхнется моим ножом. Я вырежу из его груди ту кишку, что он зовет своим сердцем.

— И это все? — кричит в ответ Ахкеймион. — Найюр урс Скиоата, Укротитель Коней и Мужей! Раб Консульта.

Король Племен бьет Ахкеймиона так, что тот вновь оказывается распростертым на земле.

— Я позволил бы тебе еще пожить, колдун! — гремит он, опять вытягивая несчастного старика из темноты.

Она замечает лицо Ахкеймиона, отчаянно пытающегося глотнуть воздуха — подобно тонущему путешественнику меж двух океанских валов...

Паника, словно тысяча крошечных коготков, царапает и скребет ее сердце.

— Я бы пощадил твою сучку, — рычит король варваров, — твоего нерожденного ребенка...

Она слышит собственный крик:

— Ты!..

Изумление заставляет этот напоенный тьмой и горящим жиром мир на миг замереть.

— Ты не из Народа!

Она не чувствует своего лица, но с мучительной ясностью чует их, хоры, Слезы самого Бога, висящие во тьме, подобные свинцовым шарикам, заставляющим покрываться рябью сырую ткань мироздания. Дюжина маленьких прорех в ткани сущего.

Найюр урс Скиоата, отвернувшись от распростертого колдуна, теперь воздвигается перед ней, тень, подобная нависшей гранитной скале, обрамленной пляшущим белым пламенем, плоть, полыхающая адским огнем. Сама ночь рычит и дивится.

— Всю свою жизнь! — вопит она. — Ты слишком много думал!

И вновь видение раскаленной топки...

— Всю! Свою! Жизнь!

Око закрывается, и нахлынувший ужас наполняет Мимару. Ее взгляд мечется от громадной тени к жуткой лошади и ее всаднику, висящим на кольях, и к Маураксу, сидящему подле этой выставленной напоказ мертвечины. Она замирает...

— Да, — рокочет скюльвенд, — ты напомнила мне ее...

Мауракса, понимает она, нет более. На его месте сидит женщина. Льняные волосы, длинные и сияющие, струятся в свете костра, окутанные тенями.

— Эсменет... Да. Я помню.

Глава семнадцатая. Горы Дэмуа

Имя это действует словно пощечина, но Найюр уже смотрит мимо.

— Взгляни на меня, мальчик.

Потрясение. Она совсем забыла о мальчишке.

Скюльвендский Король Племен возвышается над ними обоими, его тень охватывает их целиком. Она разглядывает жестокую маску, застывшую на его лице, видит смутные оттенки чувств, замечает, как он пытается проморгаться, словно наркоман, выползший из опиумной ямы.

— Найюр! — слышит она крик Ахкеймиона. — Скюльвенд!

Король варваров протягивает свою огрубевшую, словно бы чешуйчатую, руку к детской щеке. Мальчик даже не вздрагивает, когда огромный палец вдавливает кожу. Он лишь смотрит на скюльвенда, как смотрит всегда и на все — с мягким, внимательным, всеразоблачающим любопытством.

— Ишуаль, — слышит она срывающийся выдох Найюра.

Король Племен поворачивается, чтобы посовещаться с вещью, что была Маураксом, но стала теперь прекрасной норсирайской девушкой.

Серве, понимает Мимара. Другая жена ее приемного отца.

С тех пор как она сбежала с Андиаминских Высот, ей довелось повидать немало странного и даже нелепого. Ей повстречалось больше сущих несуразностей, больше оскорблений природы и непристойностей, чем она смогла бы сосчитать. Сама ее душа, казалась, погребена под скопищем беснующейся мерзости. Но ничто из встреченного и увиденного не зацепило ее так, как эта *вещь*... Серве.

В Момемне Серве была лишь частичкой династической легенды, лишь духом, тесно связанным с тем безумным театром, что звался Анасуримборами. А еще она была оружием — и постыдным. Мимара частенько использовала это оружие в спорах с матерью — почему бы и нет, раз это имя изобличало святую императрицу как мошенницу? Мертвые, пребывая лишь в минувшем и помыслах, всегда целомудреннее и чище. Будучи живой женой Келлхуса, Анасуримбор Эсменет не могла не быть женою падших.

Ликовала ли ты, наблюдая за ней, распятой и гниющей, а, мама? Торжествовала ли ты, что осталась в живых?

Сколь же свирепые слова мы извергаем из наших уст, когда хлещем розгами, замоченными в собственных ранах.

Не говоря ни слова, Науюр урс Скиоата пропадает во мраке, покинув ложбину и оставив их с Маураксом-Серве.

Поэты-заудуньяни величали ее Светом Мира. Ибо она погибла за все безвинное человечество. Казалось издевательством и святотатством, что оборотень может носить ее прекрасные черты как одежду.

Все трое в оцепенении наблюдают, как фальшивка, притворяющаяся женщиной, начинает вылаивать в ночь распоряжения и приказы на диковинном языке скюльвендов — одновременно колюще-резком, как кремень, и вкрадчиво-скользком, как только что содранная с горячей плоти кожа. Воины с исполосованными свазондами руками устремляются куда-то через испещренное коварными неровностями маленькое плато. Лучников с хорами отослали прочь — факт, который лишь порадовал бы Мимару, если бы не всеоскверняющее присутствие Серве и не Безделушка, сокрытая у ее брюха.

Таща за собой мальчишку и бросая вокруг взгляды, полные испуга и замешательства, она выводит Ахкеймиона поближе к свету и пытается остановить кровь, струящуюся из его разбитых губ.

— Он еще не закончил с нами, — бормочет волшебник. — Говорить буду я.

— Собираешься сделать так, чтобы нас всех тут поубивали?

Доброе старое лицо темнеет.

— Ты не знаешь его, Мимара.

— Легендарного Найюра урс Скиоату? — Она добродушно усмехается. — Думаю, я знаю его лучше, чем кто-либо.

— Но как?.. — начинает он свою обычную стариковскую брань, но сбивается, заметив проблеск Истины, сияющий в ее взгляде. Он начинает понимать Око и принимать его

Глава семнадцатая. Горы Дэмуа

откровения. — Тогда еще важнее, чтобы ты помалкивала, — говорит он, сплевывая сгусток крови в темноту.

Она замирает, внезапно осознав, что Друз Ахкеймион никогда не понимал Око до конца. Да и как бы он мог, адепт Школы — хуже того, волшебник, — один из тех, кто творит разрушительные чудеса движениями своего разума и дыханием? Он всегда будет стремиться, всегда бороться, полагая, что все происходящее зависит от человеческой воли, является следствием чьих-то действий.

Она замечает, что мальчик внимательно наблюдает за ними.

— Я знаю, что делаю, — убеждает она волшебника, — а вот что собираешься делать ты?

Его лицо искажается:

— То, что Протат советует делать всем, попавшим на суд безумного короля, — лизать ему ноги.

Ахкеймион отстраняется от суетящейся Мимары, взгляд его уже устремлен на вещь, зовущуюся Серве. Беловолосая мерзость всматривается в них, оставаясь в паре шагов, ее утонченная красота в мерцании света и пляске теней кажется совершенно неотразимой.

— Итак, — обращается к твари старый волшебник, — ты его сторож?

Вещь-Серве скромно улыбается, словно девушка слишком застенчивая, чтобы признаться в собственной страсти.

— Разве я не его рабыня? — воркует оно. — Я могла бы любить и тебя, Чигра.

— И как же ты служишь ему, тварь?

Она поднимает свою белую руку, указывая сквозь сияние пламени на одинокий якш, поставленный на восточном краю плато.

— Так, как все женщины служат героям, — с улыбкой молвит оно.

— Непотребство! — плюется старый волшебник. — Безумие!

Оглянувшись на Мимару и мальчика, он ковыляет к белому якшу.

— *Вот что они делают! Как ты не видишь этого? Каждым своим вздохом они сражаются с обстоятельствами, каждым вздохом превозмогают и подчиняют их. Они ходят среди нас, как мы ходим средь псов, и мы воем, когда они швыряют нам объедки, мы визжим и скулим, когда они поднимают на нас руку...*

Они заставляют нас любить себя! Заставляют любить!

Она следует за ним, придерживая свой живот, прикрытый золотой чешуёй доспеха. Вещь-Серве позволяет Ахкеймиону идти куда ему вздумается, но ступает рядом с Мимарой. Несмотря на то что они шагают во весь рост, шпион-оборотень бросает взгляд лишь на ее раздутый живот, в остальном не обращая на нее никакого внимания. Мимара же размышляет об извращенной мерзости, носящей, ухватив и сжав своими челюстями, лик той, что мертва уже двадцать лет.

Столько чудес, малыш...

Внутри шатра еще мрачнее, чем снаружи, — скорее из-за варварской обстановки, чем из-за недостатка света. Стелющееся по земле пламя костра, обложенного кругом почерневших камней, сияет по центру. В походных палатках королей Трех Морей всегда присутствовали роскошные вещи — наиважнейший признак положения и власти, но в якше Найюра, Укротителя Коней и Мужей, Мимара не видит ничего, что могло бы служить в этом качестве. Лишь подушки из сложенного и прошитого войлока, разбросанные на окружающих очаг кошмах, выдают хоть какую-то уступку хозяина якша собственному удобству. И нет никаких украшений, если, конечно, не считать таковым бунчук из лошадиных хвостов, поражающий Мимару своими космами. Пучки соломы аккуратно, подобно пирожкам, расставлены у южной стены. Дрова грудами свалены вдоль северной. Нимилевый хауберк, кианский шлем, круглый щит и колчан развешаны на конопляных веревках напротив входа. Седло с высокими луками лежит слева. Якш установлен на скошенном, покрытом рытвинами склоне, отчего кажется, будто они все стоят на борту перевернувшегося корабля.

Глава семнадцатая. Горы Дэмуа

Былая она — озлобленная на весь мир имперская принцесса — увидела бы тут лишь захламленное бандитское логово. Но та, былая она, и сама, скорее всего, благоухала бы амброй, а не смердела гнилыми мехами и вонью немытого женского тела. Варварство, размышляет она с нотками черного юмора, варварство давным-давно поглотило всю ее жизнь.

Король Племен — единственное подлинное украшение якша. Он сидит скрестив ноги напротив входа, с противоположной стороны очага. Раздетый до пояса, он видится ей одновременно и сухощавым, и громадным. Темная фигура кажется еще более зловещей из-за озаряющего ее снизу света пламени. Свазонды сплошь покрывают руки и тело Найюра пятнами зарубцевавшейся кожи, похожими на разлившийся по телу воск.

Мы сможем рассказывать тебе такие дивные сказки...
Найюр урс Скиоата ничем не показывает, что заметил их появление. Он созерцает струящийся дым, удерживая на нем неподвижный взгляд, подобный пальцу, погруженному в быстрый поток. Ахкеймион поражает ее тем, что, используя его отвлеченность, шагает прямо к костру и усаживается справа от Найюра, как мог бы сидеть рядом с ним двадцать лет назад, во время Первой Священной войны, когда они делили один очаг. Мимара колеблется, зная еще с тех лет, которые она провела на Андиаминских Высотах, что самонадеянность старого волшебника может быть воспринята как вызов и провокация. Лишь когда вещь-Серве садится слева от своего супруга, Мимара тоже опускается на колени рядом с Ахкеймионом. Мальчик следует их примеру, усевшись напротив нечестивой подделки.

Горящие березовые поленья свистят, извергая шипящий пар из своей влажной сердцевины.

— Ты искал Ишуаль, — говорит скюльвенд с резкой, рубящей интонацией. Его голос даже во время обычного разговора хрипит раскатами грома, гулкими, словно отдаленный звериный рык. Он по-прежнему пристально всматривается в какую-то неопределенную точку над очагом.

— Я бросил ему в лицо твои обвинения сразу после падения Шайме. — Брови старого волшебника лезут на лоб, что происходит всякий раз, когда мысли его охватывает какое-то особенно удивительное воспоминание. — Практически сразу после того как Майтанет короновал его как аспект-императора на высотах Ютерума, перед всеми Великими и Малыми Именами. — Он пристально вглядывается в лицо варвара как бы в поисках одобрения собственной храбрости. — Как легко понять, затем мне пришлось бежать из Трех Морей. Все эти годы я жил в изгнании, размышляя о произошедшем, о пророчествах и пытаясь найти хоть какие-то подсказки об Ишуали в своих Снах. Истина о том, кем является человек, рассуждал я, заключается в его происхождении.

Ей трудно сосредоточиться на Найюре, несмотря на его всеподавляющее присутствие. Образ его супруги, даже оказываясь на периферии зрения, маячит, нависает там смутной опасностью и угрозой. Серве, тезка ее сестры, еще более прекрасная, чем образ, навеянный легендой, подобная юной дочери некого бога...

— Тебе не хватило той правды, что я поведал тебе тогда, в последнюю ночь?

— Нет, — отвечает Ахкеймион, — не хватило.

Плевок Короля Племен шипит в пламени.

— Ты сомневаешься в моей правдивости или в моем рассудке?

Вопрос, от которого у Мимары перехватывает дыхание.

— Ни в том ни в другом, — пожимает плечами старый волшебник, — а лишь в том, как ты все это воспринимаешь.

Король Племен ухмыляется, по-прежнему глядя в пустоту.

— То есть все же в моем рассудке.

— Нет, — уверяет старый волшебник, — я...

— Мир сам по себе способен сделать людей безумцами, — прерывает Найюр, наконец повернув к Ахкеймиону свой безжалостный лик и сверля его взглядом бледно-голубых глаз. — Ты искал Ишуаль, чтобы решить вопрос о моем помешательстве.

Глава семнадцатая. Горы Дэмуа

Старый волшебник смотрит куда-то вниз, молча разглядывает свои пальцы.

— Ну, так скажи мне теперь, — продолжает Найюр, — я безумен?

— Нет... — слышит Мимара собственный голос.

Взгляд белесых глаз смещается, останавливаясь на ней.

— Анасуримбор Келлхус — само зло, — вяло произносит она.

Мы все устали, малыш. И только...

Ахкеймион поворачивается к ней, глядя свысока, в той манере, что приберегают обычно на случай разговора со старыми сварливыми тетками, и говорит, будто обращаясь к ее измазанному в грязи колену:

— А если дело обернется так, что он окажется твоим спасителем?

— Не окажется, — парирует она, но в голосе ее звучит больше сожаления, чем ей самой хотелось бы.

— Но откуда ты можешь это знать?

— Оттуда, что у меня есть Око!

— Но оно поведало тебе, что зло — дуниане, а не Келлхус!

— Довольно! — рявкает Король Племен. Она и раньше замечала, что голоса мужей, состарившихся, затворившись в темницы своих сердец, часто грохочут, подобно далекому грому. Но голос Найюра гремит, оглушая. — Что еще за Око?

Вопрос, казалось, выпивает из якша весь оставшийся воздух. Старый волшебник совсем уж хмурым взглядом призывает ее замолкнуть и поворачивается к Найюру, сидящему, по-прежнему вперив в нее сияющий и обжигающий кожу взор.

— Она владеет Оком Судии, — начинает он, столь тщательно выбирая слова, что звучат они как-то неискренне. — Очень мало...

— Бог Богов, — прерывает она его, — Бог Богов взирает на мир моими глазами.

Найюр урс Скиоата кажется каменной статуей — столь недвижимы и он сам, и его испытующий взгляд.

— Пророчество?

— Нет, — сглотнув, отвечает она, понимая, что ей пришлось столкнуться с чисто мужским взглядом на вещи. Она старается выровнять дыхание, чтобы не дергаться от беспокойства. — Суждение. То, что я вижу, это... что-то вроде приговора.

Вещь-Серве слегка щурится.

Король Племен кивает.

— Значит, ты видишь Проклятие и проклятых.

— Вот почему мы спешно двигались к Голготтерату, — встревает Ахкеймион в неуклюжей попытке отвести удар от нее, — чтобы Мимара могла взглянуть на Келлхуса Оком. Чтобы мы...

— Око, — скрежещет Найюр. — Ты смотрела им на меня?

Она едва смеет взглянуть ему в глаза.

— Да.

Великий человек склоняет голову, одновременно как бы и обдумывая ее слова, и изучая заусенцы на своих ногтях. По плечам его пробегает дрожь.

— Ну так скажи мне, дочь Эсменет. Что ты видела?

Она встречается взглядом с Ахкеймионом. Взор его молит ее «лизать ноги» — молит лгать. Его пустое лицо кричит о том же.

— Скажи мне, — повторяет Найюр, поднимая голову и поворачивая к ней искаженное гневом лицо.

Она пытается противостоять его пригвождающему взору. Ледяная бирюза его очей бьет с убийственной точностью выстрела, пронзает ее насквозь, и, хотя сам Бог Богов окружает и пропитывает ее естество, взгляд Мимары колеблется и опускается к лежащим на коленях рукам, которые сами собой беспокойно теребят собственные пальцы.

— Я никогда не видела... — бормочет она.

— Что? — возглас, подгоняющий, как отцовский шлепок.

— Я-я н-никогда не в-видела никого... настолько... настолько проклятого...

Черногривая голова вновь задумчиво склоняется, словно камень, повисший на глиняном выступе. Мимара не увере-

Глава семнадцатая. Горы Дэмуа

на, разозлили его эти слова или нет. Ум его слишком хитер и подвижен, чтобы она могла без оглядки довериться каким-либо предположениям на этот счет. Но она ожидала хоть какой-то реакции — ибо, несмотря на все, что было сказано или сделано, он все еще оставался смертным человеком. А он держал себя так, будто был кем-то вроде семпсийского крокодила.

Она смотрит на Ахкеймиона. Его покорный и одновременно умоляющий взгляд едва ли может утешить ее. Если им доведется пережить все это, какой-то особенно раздраженной частью себя отмечает она, ей до конца ночи придется слушать его брань и проклятия по поводу ее откровенности. И как его можно в этом винить?

Вещь-Серве искоса наблюдает за ней сквозь пламя костра — видение и убаюкивающее, и устрашающее своей непостижимой красотой.

— Ви-и-идишь... — воркует оно, обращаясь к своему любовнику. — Спасение... Спасение — это дар, которым может наделить лишь мой отец...

— Заткнись, мерзкое отродье! — вопит Ахкеймион.

Но Король Племен смотрит лишь на Мимару.

— И когда тебе довелось взглянуть Оком на Ишуаль, что ты увидела там?

Болезненный вдох.

— Преступления. Немыслимые и бессчетные.

Жажда осеняет его жестокие черты. Желание жечь и палить... Он вновь поворачивается к костру, будто стремясь бросить в огонь образы дунианской твердыни, застывшие в его глазах. Его вопрос застает ее врасплох, настолько внимание его кажется поглощенным мерцающим пламенем и плавящейся смолой.

— Что насчет этого мальчишки? Вы прихватили его как заложника?

Старый волшебник колеблется. Она слышит свой голос, против ее собственной воли пронзающий наступившее безмолвие:

— Он беженец...

Король Племен взирает на нее подобно человеку, услышавшему нечто вроде чистого бреда. Его лицо мгновенно приобретает мрачное выражение — перчатка, натягивать которую для него привычнее всего. Мальчик, понимает она, ощущая недвижимое присутствие ребенка слева от себя, — мальчик более всего беспокоил безумного скюльвенда с того самого момента, когда он впервые обратил на него внимание, когда осознал подобие ребенка его святому деду — Анасуримбору Келлхусу.

— Беженец... — впервые его жестокие глаза тускнеют. — Ты имеешь в виду, что Ишуаль пала?

На этот раз они молчат оба.

— Н-нет, — начинает Ахкеймион, — мальчик просто искал убежища...

— Заткнись! — вопит Найюр урс Скиоата. — Кетьянская грязь! — сплевывает он. Пламя шипит как злобная кошка. — Только и ищете для себя преимущества. Только и думаете, как урвать хоть что-то — хуже, чем жадные бабы.

Он вытаскивает из-за пояса нож и быстро размашисто бьет. Мимара лишь испуганно моргает, не успев даже прикрыться руками.

Но нож, мелькнув, проскальзывает мимо ее щеки. Удар сияющего клинка столь быстр, что она не слишком отчетливо видит его, но точно знает, что мальчик своей здоровой рукой отбивает разящее лезвие.

Варвар пристально смотрит на колдуна, и на мгновение Мимара отчетливо видит *его* — своего ужасающего отчима, Анасуримбора Келлхуса, сидящего с непроницаемым видом между двумя этими истерзанными душами. Призрак, проклятие, соединившее, сковавшее их — двух столь непохожих мужей.

Ей не нравится, как непроизвольно сжимаются челюсти Ахкеймиона. Еще меньше ей нравятся проступившие на шее скюльвенда жилы.

— Ты меня знаешь! — гремит король варваров. — Знаешь, что я не ведаю жалости! Скажи мне правду, колдун! Скажи, пока я не выдрал с мясом твое драгоценное Око!

Глава семнадцатая. Горы Дэмуа

Вещь-Серве сквозь пламя улыбается ей, поглядывая на мальчишку.

Ахкеймион опускает глаза, разглядывает свои руки. Мимара не знает, что это — расчетливость или трусость.

— Мы нашли Ишуаль разрушенной.

— Разрушенной? — изумляется варвар. — Как это? Им? Келлхусом?

Она бросает на мальчика быстрый взгляд и обнаруживает, что тот, в силу какого-то наития, уже ожидал его. Она хочет крикнуть, чтобы он бежал, потому что знает, знает без тени осознанной мысли, что она и Ахкеймион могут просить и надеяться на избавление, но не мальчик, не осиротевшее семя Анасуримбора Келлхуса.

— Нет, — молвит Ахкеймион, — Консультом.

— Еще одна ложь!

— Нет! М-мы обнаружили тоннели под крепостью. Целый лабиринт, набитый шранчьими костями!

«Беги! — хочет крикнуть она. — Спасайся!» Но она безмолвна. Золотящееся пятно на краю ее поля зрения, вещь-Серве, наблюдает за ней своими бездонными черными глазами. Равнодушными, но замечающими все вокруг.

— Как давно Ишуаль уничтожена? — рявкает Найюр урс Скиоата.

— Я н-не знаю.

— Как давно? — повторяет варвар. Голос его становится все более гулким.

— Г-годы... — заикается Ахкеймион. — С тех пор прошли годы.

Она видит невозможный, невероятный прыжок Серве и следом за этим ощущает, как воздух заполняет пустоту на том месте, где только что был мальчишка. Мерзость делает сальто под войлочными сводами и, перекатившись по земле, вновь яростно прыгает — на этот раз за порог якша. Все происходит столь быстро, что Мимара едва успевает схватиться за голову.

Ее глаза увлажняются слезами изумленной радости, и она изо всех сил старается не расплыться в улыбке. «Ну конечно! — безмолвно кричит она, придерживая живот. — Конечно же, он услышал!»

Он ведь дунианин.

Поднимался переполох, сдавленные гортанные вопли перемещались от одного пробудившегося воина к другому, войско скюльвендов сбрасывало свою дремоту, словно охваченное пожаром, движущимся из его сердцевины наружу.

А мальчик несся — бежал так, как учил его, теперь уже мертвый, отец. Бежал, чтобы вновь суметь выбраться из ловушки...

Выжить.

Он был юным и шустрым. Тело его не было ни невесомым, ни излишне плотным, но как-то загадочно и неуловимо становилось то ближе к первому, то ко второму. Дымом, когда путь его лежал вверх по склону, пучком травы, когда нужно было резко свернуть, камнем, когда требовалось ударить. Он летел мимо ожерелья погруженных в предрассветный сумрак пещер, скюльвендские воины сонно поднимались на ноги, толпясь в замешательстве, протирая глаза и ошалело глядя куда-то в небо, как делают люди, услышавшие резкий, но отдаленный крик. Они едва замечали мальчика, не говоря уже о том, чтобы схватить. Они вообще едва понимали, что происходит.

Он проскользнул мимо них, и они не смогли бы поймать его. Лишь их крики были в силах догнать его ускользающую тень. Хриплые вопли команд пронзили чащу. В стремительном скольжении сквозь темноту мальчик безошибочно отмечал различные направления. Он чувствовал, что преследующие его беспорядочные толпы постепенно смыкаются в ряды. Ему потребовалось лишь резко свернуть, и созданное прозвучавшими приказами подобие упорядоченной погони немедленно рассыпалось, запнулось само за себя, стало бессмысленным хаосом.

Мягкий покров гниющей листвы под ногами. Душный воздух, напоенный запахом леса. Воняющие мускусом

Глава семнадцатая. Горы Дэмуа

воины, плетущиеся где-то сзади. И открывшееся раздолье для долгого бега...

Горящие факелы, качаясь, плыли сквозь черную, рваную завесу зарослей. Воинство скюльвендов превратилось в огромный, подобный муравьиной колонии, организм и теперь, перебирая бесчисленными конечностями, скользило сквозь гниющую лесную подстилку. Когда мальчик менял направление, роящиеся тени мгновенно рассыпались, а затем вновь собирались в единое целое, связанные нитями гортанных команд. Движение вперед замедлилось, хотя ноги его ступали все так же споро. Если сперва он летел подобно брошенному копью, то теперь он порхал, как воробей. Он петлял, постоянно проскальзывая в промежуток, определенный нависшей угрозой или порожденный случайностью. Он видел опоясывающие руки воинов свазонды, мелькающие в свете факелов, взмахи клинков, сияющих лунными отблесками, натянутые и воздетые тугие луки. Множество криков преследовало его по пятам, заставляя прятаться в укрытиях и укромных уголках, которыми изобиловала раскинувшаяся в предгорьях чаща. Слышались мрачные, гневные речи. Щупальца отрядов вытянулись вдоль лесных троп, подчиняясь последней волне приказов и окриков. Мальчик внезапно подался назад, заставляя преследующее его огромное, многоногое существо врезаться в самого себя. Воробей стал досаждающей, мельтешащей мошкой. Он взбирался на деревья, качаясь и прыгая с одной узловатой ветви на другую. Внизу мчались лошади. Он слышал, как стрелы, шипя, проскальзывают сквозь листву, стучат о кору вязов — иногда рядом с ним, но почти всегда где-то далеко позади. Он замечал высматривающие его глаза, искаженные яростью лица. До тех пор пока он имел возможность удивлять скюльвендов и морочить им голову, пока темнота слепила и сбивала их с толку, он мог проходить сквозь их ряды подобно туману и дыму...

Только светловолосая женщина могла бы настичь его.

Та, у которой вместо лица кулаки.

Ахкеймион, казалось, по-прежнему ощущал порывы воздуха, возникшие, когда беглец и его преследователь исчезли снаружи.

— Отзови эту тварь, — тихо сказала Мимара, ошеломленно взирая на Короля Племен.

Найюр откинулся назад и небрежно вытащил из лежавшего позади мешочка небольшое яблоко. Уполовинив его одним укусом, он принялся изучать открывшуюся мякоть — белую, словно толченая известь.

— Отзови эту тварь! — рявкнула Мимара, теперь настойчиво и угрожающе.

— Эта в-вещь! — следом за ней прохрипел старый волшебник. — Скюльвендский дурень! Эта вещь — воплощенный обман! И снаружи, и изнутри! Ложь нагромождали на ложь и соединяли подлогом до тех пор, пока все это не стало глумливой пародией на душу. Найюр! Найюр! Ты спишь с самим Голготтератом! Как ты не видишь?

Варвар схватил колдуна за глотку, поднялся с корточек и одним размашистым движением вздернул его над собой. Ахкеймион пинался, ухватившись за исполосованное предплечье, отчаянно пытаясь как освободить горло, сдавленное его собственным весом, так и держаться подальше от найюровой хоры, оказавшейся чересчур близко к его животу.

— Довольно! — вскричала Мимара.

И, к невероятному изумлению старого волшебника, безумный скюльвенд прислушался к ней и швырнул его на кошму, словно сгнивший пучок соломы. Ахкеймион поднялся на ноги и встал рядом с Мимарой, которая, как и он, могла лишь взирать, озадаченная и пораженная ужасом, как Найюр урс Скиоата, Укротитель Коней и Мужей смеется в манере и нелепой, и безумной — смеется над ним.

Старого мага едва не стошнило. Впервые за сегодняшнюю ночь он по-настоящему уверовал, что сейчас умрет.

— Она! — пролаял Король Племен. — Она видит слишком многое, чтобы по-настоящему узреть хоть что-то! Но ты, колдун, ты и вовсе настоящий дурак! Так тщательно вгляды-

Глава семнадцатая. Горы Дэмуа

ваешься в то, чего увидеть нельзя, что всякий раз бьешься носом о землю у себя под ногами!

Найюр возвышался над двумя взмокшими от пота кетьянцами — невероятный и жуткий с этой своей сеткой из шрамов, сияющих в свете костра.

— Ба! Я преследую лишь свои собственные цели, а мое доверие кому-либо давным-давно развеялось в пыль. Моя добыча принадлежит мне целиком и полностью — за счет того, о чем ты ничего знать не можешь! А как насчет тебя? Что насчет твоей добычи, чурка? — плюнул он в него этим тидонским ругательством, оставшимся, видимо, в его памяти еще с Первой Священной войны. — Как ты сможешь ухватить то, чего не можешь даже увидеть?

— Ты что, собрался перехитрить Консульт? — вскричал Ахкеймион, потрясенный и встревоженный. — Ты это собираешься сделать?

— Я перехитрил дунианина! — проревел безумный скюльвенд. — Я убил одного из них! Нет никого на свете, способного на такое коварство, как я! Моя ненависть и моя ярость ведут меня столь извилистым лабиринтом, что ни одна другая душа не сможет разгадать его.

Старый волшебник и беременная женщина лишь съеживались под этим проявлением всеподавляющей воли, под сочетанием его яростного гнева и телесной мощи.

— Двадцать лет! — гремел он. — Двадцать лет минуло с тех пор, как я проник в твою палатку и, держа твою жизнь на кончиках своих пальцев, поведал тебе всю правду о нем — истинную правду! Двадцать зим утекло талым снегом, и вот ты заявляешься в мой шатер, колдун, — смущенный, растерянный и сбитый с толку. Весь целиком!

Голос безумного скюльвенда скрипел, как жернова, ревел, как пламя.

— Весь без остатка объятый Тьмой, что была прежде!

Он бежал, петляя и кружась, выписывая невероятные кульбиты, извиваясь, подобно змее, пытающейся увернуться от разящих мечей. Все чаще и чаще гудели тетивы тугих луков, все больше яростных стрел свистело вокруг. Казалось, что целое войско собиралось и окружало его до тех пор, пока весь мир не наполнился беснующимся пламенем факелов, буйством и толчеей. Но мальчик уже ощущал близящуюся границу, черту, за которой простиралась во всех направлениях, уходя в беспределье, недоступная для его преследователей гористая пустошь, обещание, манящее одиночеством и свободой...

Всего один поворот.

Он остановился бы там отдохнуть, сделал бы паузу — настолько сильна была его уверенность в неуязвимости, которую он сумел бы там получить. А затем, создав из слепоты и невежества врагов непроницаемый и необоримый доспех, он вернулся бы назад, чтобы вновь обрести своих спутников.

Если бы не эта женщина, эта... штука. Мчащаяся следом за ним, как шелковый лоскут, очутившийся в бушующей буре. Настигающая его.

И он снова ринулся сквозь темную чащу. Теснились вокруг корявые вязы, смыкались заросли орешника, преграждали путь разбитые скалы. Но она все еще настигала его. И он резко ускорил свой бег, жертвуя оставшимися запасами сил ради проворства.

Лиственный полог редел. Сквозь чернеющие ветви прорывалась, вскипая звездами, необъятность ночного неба, открывая взору укутанные во мрак предгорья. Скалы и деревья, возникая из окружающей тьмы, неслись навстречу, словно щепки в бурном потоке, чтобы тут же кануть в небытие за его плечами.

Но она по-прежнему настигала его.

В своей жизни ему уже приходилось убегать вот так вот — спасая свою жизнь. Одиннадцать раз. И хотя слепящая тьма Тысячи Тысяч Залов и была абсолютной, в его воспоминаниях они полнились серебром пронзительных визгов и воплей, которые скользили и вились, словно рыбьи косяки в глубинах вод, мгновенно и бездумно делились и дробились, чтобы всякий раз наполнить собой ветвящиеся

Глава семнадцатая. Горы Дэмуа

проходы и коридоры и, настигнув его, наконец рассыпаться звенящими брызгами, превратившись в бесчисленных жалких созданий.

Первые семь раз он, как мартышка, цеплялся за спину Выжившего, несся во тьме, повиснув на нем и вопя во весь голос от наполнявшего его ликования, радуясь жизни, ощущая свистящий в ушах ветер, чувствуя, как что-то хватает его за одежду и тут же разлетается кровавыми брызгами.

Присущая Выжившему необоримая мощь была каким-то неоспоримым законом этого мира, не требующим даже размышления. Вроде знания о том, что брошенные предметы падают вниз. Выживший побеждал, одолевал — всех, всегда и всюду. Мальчику и в голову не могло прийти, что они сами однажды могут оказаться побежденными, могут уступить бешеному напору беснующихся созданий. Но ему не могло прийти в голову и то, что однажды Визжащие вдруг истощатся, а затем пропадут вовсе и их последние звенящие серебром крики канут в небытие, растворившись во тьме лабиринта. Ему не могло прийти в голову и то, что на свете есть такая штука, как солнце.

Выживший выживал — всегда.

Выживший защищал и хранил его от опасностей.

Неужели поэтому его безумие и усилилось?

Лес проносился мимо, сплетаясь в запутанные, темные очертания, а затем исчезая в небытии...

Она бежала быстрее, эта светловолосая *вещь*. Она была более сильным ветром. Чтобы понять это, мальчику достаточно было лишь прислушаться к частящему ритму ее стремительного бега — там, в ночи у себя за спиной...

Он сам не заметил, как заплакал. Он никогда не делал этого раньше. Он не понимал, что за чувство охватило его, хотя множество раз видел его отражение на лицах старика и его беременной женщины.

И никогда у Выжившего.

— Я слышу, как ты скулишь! — взвизгнуло оно на дунианском языке, пытаясь задеть его честь, которая была для него пустым звуком.

Проносились мимо деревья и скалы, замшелые камни, угрожающие утесы воздвигались, нависали сбоку. Вещь повелевает Фюзисом — сомнений тут быть не может. Лишь Логос — его убежище...

Логос на его стороне.

Все было просто... или могло бы стать таковым.

— Я чую твой страх!

Мальчик бросился к утесам. Страх? — удивилась какая-то часть его.

Нет. Никакого страха.

Может, ярость?

Вещь-Серве возвратилась, прихрамывая, к белому якшу, стоявшему все там же, хотя наступивший рассвет заставил его белоснежные стены ярко сиять.

Найюр урс Скиоата, жесточайший из людей, ожидал внутри.

Какое-то время они молча разглядывали друг друга — человек и его чудовищный любовник.

— Ты отпустил их, — молвила вещь-Серве, окропив землю кровью.

Стареющий скюльвендский воин стоял почти обнаженный, являя все великолепие своего перетянутого ремнями и исполосованного шрамами тела.

Оно облизало опухшие губы.

— Что сказал волшебник?

Король Племен рванулся вперед, простер руку и, схватив вещь за волосы, отогнул назад ее голову, все больше поддаваясь гневу.

— Что мне стоило бы удостовериться в твоей преданности...

Его обезумевший лик нависал над ее белыми, закатившимися глазами. Оно задрожало.

— Что с Анасуримбором? — спросил Король Племен.

Вещь, хромая, вывернулась из его яростной хватки.

— Он швырнул в меня камень, — оно пошатало языком свои зубы, — бросил его со скалы.

Глава семнадцатая. Горы Дэмуа

— Как... — Ухмылка, больше похожая на рыдание, исказила его черты. — Как я могу доверять тебе?

Оно охватило своей гибкой ногой его бедра и, страстно изгибаясь, прижалось к нему.

Найюр урс Скиоата застонал и потянулся огромной рукой к ее глотке.

— Испей из моей чаши, — проворковало оно, — вкуси... и познаешь меня...

Рука легла на ее горло. Белый якш зашатался от мощи его ярости и тоски.

— Ишуаль разрушена! — вскричал Король Племен, отрывая своего вяло трепыхающегося любовника от земли и вздымая его вверх — навстречу пробивающимся лучам солнца.

— Разрушена!

Он бросил вещь-Серве на землю.

И сорвал прочь повязку со своих распаленных чресел.

Карканье, гул и крики варварского войска остались за их плечами, сменившись лесными тропами и ночной прохладой. Ахкеймион и Мимара удирали, мчась мимо вздымающихся и шатающихся под напором ветра деревьев, то срываясь на бег, то переходя на быстрый шаг, но не позволяя себе остановок. Когда их лица не искажались усталостью, на них читалось нечто вроде обманутых ожиданий — какое-то изумленное неверие.

— Как быть с мальчиком? — наконец осмелилась подать голос Мимара.

— Ему лучше... — фыркнул, задыхаясь от бега, старый волшебник, — без нас!

И выругался, поняв, что она встала как вкопанная за его спиной. Он знал, что ее терзает беспокойство о ребенке, а не утомление. Они приняли достаточно квирри, чтобы ни ветер, ни усталость не могли замедлить или задержать их.

— Но...

— Наш путь лежит в Голготтерат, девочка!

Мороз пробежал у него по коже, когда Ахкеймион, благодаря квирри прекрасно видящий в темноте, обратил внимание, сколь беззащитной и совершенно опустошенной она выглядит. Выражение ее лица теперь соответствовало ее невеликим годам. Пророчица исчезла, и за слезами, застывшими в ее глазах, вновь проступил лик беглой имперской принцессы. Ахкеймион поднял свою расшибленную, почерневшую от синяков руку и, щурясь от боли, дотронулся до огромного отека, все сильнее закрывавшего правый глаз.

— Идем, — молвил он, зная, что само поименование места, куда вела их дорога, устраняет необходимость дальнейших пояснений. Расставшись с мальчишкой, они лишь спасали его от своей гибельной судьбы и безумия Голготтерата.

Она сжала его пальцы, не столь улыбнувшись ему, сколь поджав губы. Дрожь отвращения прошла по ее плечам, она дернулась, как от удара плеткой. Из-за его Метки, догадался он.

— Но все же...
— Он дунианин, Мимара.

Они стояли в темноте, тяжело дыша. Протяжные крики скюльвендских рогов перекликались где-то на юге, то тут, то там разрывая предутреннее безмолвие, как рвут выдры своими спинами водную гладь.

Мимара облизала губы.

— И что теперь? — вяло поинтересовалась она. — После всего случившегося мы просто умчимся куда-то прочь?

— И скажите на милость! Что же еще стоит нам сделать после всего случившегося?

Она умоляюще смотрела на него, пытаясь выпросить, осознал он, что-то, чего не понимала сама. Старый волшебник топнул ногой, подавив приступ внезапной озлобленности. Он слишком хорошо знал, что это в действительности предвещает.

— Сейен милостивый, девчонка! — прорвало его. — Как можно быть настолько однообразной! Когда мне нужна про-

Глава семнадцатая. Горы Дэмуа

рочица, я получаю беглянку, а когда нам нужно бежать без оглядки, откуда ни возьмись заявляется пророчица, — и так каждый, черт возьми, раз!

Гнев вспыхнул в ее блестящих от слез глазах, враждебность проступила на ее лице, прорвавшись сквозь печаль.

— Что? И это лишь потому, что я беспокоюсь о нем?

Он допустил ошибку, позволив ей узреть свое недомыслие.

— Ну, ты же ни о чем не беспокоилась, отправив его отца полетать со скалы?

Она вздрогнула и сморгнула слезы. Взгляд ее уперся в землю у его ног.

— Это не я пригласила его, — произнесла она тихим, ровным голосом.

— Я видел, как ты дала ему квирри, и знаю — ты вполне осознавала, что случится потом. Очевидно, что ты хотела...

— Он сам спрыгнул с этой скалы, — вскричала она, — он принял приглашение!

— Приглашение? Какое еще приглашение? Ты понюшку квирри имеешь в виду?

— Приглашение сделать этот прыжок!

Теперь настала очередь Ахкеймиона молча взирать на нее.

— Объединиться с Абсолютом, — плюнула она, перед тем как отправиться прочь.

Он стоял на участке ровной земли, где разыгралась вся эта сцена, остолбенев от вдруг пронзившего его ужаса. Кошмара, что он нес в себе с тех самых пор, как покинул белый якш. Раньше он держался, лишь отказываясь остановиться, отказываясь даже мыслить. Его кожа пылала от уколов морозного ветра. Призрак Найюра урс Скиоаты кипел и клокотал перед его глазами.

...и вот ты заявляешься в мой шатер, колдун...

С учетом того, как мало было у него возможностей выкроить время, чтобы поспать, Сны становились все более тяжким грузом, врываясь в его дремоту подобно выхваченному из ножен клинку. Казалось, только что он ворочался и ерзал, лежа на гудящей и колючей, как чертополох, земле, отчаявшись хоть когда-нибудь заснуть, — и вот уже образы, полные запекшейся крови, заполняют его сознание.

Шатаясь, он брел, взбирался вверх по горловине напоенного стенаниями Рога. Золотые стены опирались на противостоящие углы. Поверхности были изукрашены гравировкой, тонкой, как волос младенца. Линии складывались в знаки, меняющие свой смысл в зависимости от того, с какой стороны на них смотришь.

Среди стен брели сломленные, жалкие люди. Волочащая ноги вереница несчастных. Обнаженные тела — белые и бледные, но не измаранные, не покрытые струпьями, не иссеченные розгами. Цепь дернулась и потащила его вперед — одну ничтожную бусинку в ожерелье из тысяч душ.

У него не было зубов. Мелькнула тень воспоминаний о бьющих в лицо кулаках и молотах.

Их похитители держались рядом — злобными, готовыми терзать тенями, ужасные чудовища, которые низвели его и всех остальных до существ, умевших лишь рефлекторно съеживаться и скулить. Тех из них, кто запинался и падал, освобождали из кандалов, тащили куда-то в сторону, насиловали и избивали. Он знал, что впереди происходит то же самое, поскольку не раз и не два в сковывавшей их цепи появлялись разрывы, заставлявшие его делать сразу четыре, а не два шага вперед. Никто не говорил ни слова, хотя иногда раздавались нечленораздельные крики, кашель, хрипы и прочий шум, звонким эхом отражавшийся от неземного золота стен. Он скорее ощущал дрожь, проходившую от этих дребезжащих отзвуков по его телу, нежели слышал их. Чтобы избавить себя от сей жалкой участи, бежать прочь от этого кошмара, нужно было бежать прочь от всего мира. Стать пламенем, что пылает само по себе. То, что он все еще жив, означало, что его тело — та дрожащая плоть, что еще осталась от человека, — хорошо усвоило это.

Глава семнадцатая. Горы Дэмуа

Он замечал переплетавшиеся в зеркальных соггомантовых плоскостях линии и знаки.

Ему недоставало зубов.

Брошенный вверх затравленный взгляд открыл ему зиявшую пустоту. Скошенные стены огромной металлической воронки уступами возносились на невероятную высоту и растворялись во всепоглощающей тьме. Сделав последний шаг, он зашатался — столь необъятен был разверзшийся мрак, столь непроглядна эта черная пасть. Грохот могучего молота, крушащего цепи, низвергался из пустоты, волнами эха отражаясь от стен. За каждым ударом следовала пауза, а затем цепь тащила его вперед вместе с прочими пленниками — их, мужей, скованных ныне одной цепью, объединенных одною судьбой. Колонна несчастных душ плелась перед ним, шаркая босыми ногами по полированному черному полу, алые и багряные всполохи играли на обнаженных плечах...

Безымянный пленник, на мгновение вынырнув из убежища своих горестей, изумленно моргнул, узрев висящий над ними полог — полог из пламени.

И хотя пленник не мог этого знать, старый волшебник застонал во сне.

Не скованные цепями фигуры, застыв недвижимо, стояли под этой завесой. Нелюди, частично, а некоторые полностью обнаженные, оцепенело взирали вверх. Слезы мерцали на их щеках, отражая сияние полыхающей над ними стихии, нежные искры алого и багряного, образы проклятия, порхающие в переливающихся отсветах. Нелюди не обращали на закованных в цепи смертных никакого внимания, словно порабощенные бушующим над ними пламенем.

Молот ударил. Истерзанный пленник моргнул, а цепь дернулась, заставив и его, и все стоявшие впереди него измученные души сделать еще два бездумных шага вперед.

Неумолимо, один сокрушительный удар за другим, цепь тащила его под огненным пологом, оцепенелого, подавленного этим пылающим безмолвием. Единственный брошенный украдкой взгляд исчерпал остатки его решимости. Он узрел наверху огни за огнями, беспредельность, бездонность пылающей топки. Теперь он смотрел лишь на играющие на полу отсветы, а цепь все тянула его под нависающим, давящим душу огненным пологом. Всего света, исходящего от этой завесы, хватало лишь для того, чтобы вокруг черного провала его лица появился небольшой ореол. Пламя было бледным, как вьюга. С каждым рывком цепи казалось, что его отсветы колышутся у него за плечами, словно волосы.

Он коснулся провалов в своих деснах, пробежавшись кончиком языка по всем кислым ямкам, оставшимся на месте зубов.

И обнаружил, что познал сущность огня, осознал, что его пустое отражение носит саму Преисподнюю, словно парик. А затем ударил молот, и он, спотыкаясь и пошатываясь, двинулся вперед вместе с остальными несчастными, полог остался позади, и над ним вновь разверзлась черная пустота. Он осмелился глянуть вперед, поверх голов стоящих до него сломленных душ...

И узрел чернеющий призрак, разлившийся в темноте маслянистым пятном, пятнающий простершийся мрак глубочайшей, подлинной тьмой. Слившийся в единое целое всеми своими поблескивающими гранями...

Громадный саркофаг.

Старый волшебник заморгал, закашлялся от ужаса, щурясь, будто ночь вдруг превратилась в рассвет. Нахлынуло облегчение. Зубы! У него есть зубы! Он схватился за разбудившие его тонкие руки и вперился взглядом в стоящую на коленях Мимару со слезами на глазах.

Ахкеймион громко вскрикнул, охваченный буйством непередаваемых, невыразимых и в то же время очевидных эмоций и чувств.

Прижал ладонь к раздувшейся утробе женщины.

И застыл с кривой ухмылкой, пораженный ужасом, наконец поняв, что его отцовство в большей степени, нежели

Глава семнадцатая. Горы Дэмуа

что-либо другое, было убогим притворством. Чтобы стать отцом, нужно хотеть им стать, а не оказаться им по воле случая.

Свершилось. Второй Апокалипсис начался.

— В-все б-будет хорошо... — прохрипел старый волшебник.

Она поймет, что у него есть причины солгать, — верил он, — если вообще поймет, что он лжет.

— Тебе нужно лишь верить.

ПРИЛОЖЕНИЯ

Словарь действующих лиц и фракций

Дом Анасуримборов
　　Келлхус, аспект-император.
　　Майтанет, шрайя Тысячи Храмов, сводный брат Келлхуса.
　　Эсменет, императрица Трех Морей.
　　Мимара, ее дочь, утратившая связь с матерью с тех времен, когда Эсменет была блудницей.
　　Моэнгхус, сын Келлхуса от первой жены, Серве, старший из принцев империи.
　　Кайютас, старший сын Келлхуса и Эсменет, генерал кидрухилей.
　　Телиопа, старшая дочь Келлхуса и Эсменет.
　　Серва, вторая дочь Келлхуса и Эсменет, гранд-дама Свайяльского Ордена.
　　Айнрилатас, второй сын Келлхуса и Эсменет, душевнобольной, находящийся в заключении на Андиаминских Высотах.
　　Кельмомас, третий сын Келлхуса и Эсменет, брат-близнец Самармаса.
　　Самармас, четвертый сын Келлхуса и Эсменет, слабоумный брат-близнец Кельмомаса.
　　Друз Ахкеймион, бывший адепт Завета и любовник императрицы, наставник аспект-императора, ныне единственный волшебник в Трех Морях.

Приложения

Культ Ятвер

Традиционный культ рабов и касты слуг, в качестве основных священных текстов использующий «Хроники Бивня», «Хигарату» и «Синьятву». Ятвер — богиня земли и плодородия.

Псатма Наннафери, Первоматерь культа. Этот титул долго был вне закона Тысячи Храмов.

Ханамем Шарасинта, Матриарх культа.

Момемн

Биакси Санкас, патридом дома Биакси и видный член Нового Объединения.

Саксис Антирул, экзальт-генерал Трех Морей.

Имхайлас, экзальт-капитан эотийской гвардии.

Иссирал, нариндар, нанятый Эсменет.

Нарея, нильнамешская проститутка.

Нгарау, евнух, гранд-сенешаль со времени Икурейской династии.

Финерса, великий мастер шпионов.

Поута Искаул, генерал Двадцать девятой колонны.

Топсис, евнух, мастер императорского протокола.

Вем-Митрити, гранд-мастер Имперского Сайка и приближенный визирь.

Верджау, Первый из Наскенти и верховный судья Министрата.

Великая Ордалия

Варальт Сорвил, единственный сын Харвила.

Варальт Харвил, король Сакарпа.

Капитан Харнилиас, командир Наследников.

Цоронга ут Нганка'кулл, наследный принц Зеума и заложник аспект-императора.

Оботегва, старший облигат Цоронги.

Порспариан, раб-шайгекец, подаренный Сорвилу.

Тантей Эскелес, адепт школы Завета и учитель Варальта Сорвила.

Нерсей Пройас, король Конрии и экзальт-генерал Великой Ордалии.

Коифус Саубон, король Караскaнда и экзальт-генерал Великой Ордалии.

Гванве, свайяльская ведьма, замещающая гранд-даму Ордена Серву в ее отсутствие.

Сибавул, предводитель кепалорского войска в составе Великой Ордалии.

Сиройон, предводитель войска фаминри в составе Великой Ордалии.

Иштеребинт

Ойнарал, Рожденный Последним, сын Ойрунаса, самый младший из нелюдей, последний сику.

Ниль'гиккас (Клирик), нелюдской король Иштеребинта, поглощенный Скорбью.

Иммириккас, сын Синиал'джина, заточенный в Амилоас за подстрекательство к мятежу.

Харапиор, Владыка-Истязатель Иштеребинта.

Нин'килджирас, сын Нинара, сына Нин'джанджина, последний оставшийся в живых потомок Тсоноса.

Ойрунас, герой куно-инхоройских войн, поглощенный Скорбью.

Килкуликкас, Владыка Лебедей, Мастер инджорских квуйя.

Ку'мимираль, Драконоборец, прославленный инджорский ишрой.

Суйяра-нин, беженец из Сиоля, прославленный сиольский ишрой.

Перевозчик, Мастер Великого Ингресса.

Древние куниюрцы

Анасуримбор Кельмомас II (2089—2146), верховный король Куннюрии и главный трагический герой Первого Апокалипсиса.

Анасуримбор Нау-Кайюти (2119—2140), младший сын Кельмомаса и трагический герой Первого Апокалипсиса.

Приложения

Сесватха (2089—2168), великий магистр Сохонка, давний друг Кельмомаса, основатель школы Завета и непримиримый противник Не-Бога.

Дуниане
Монашеская секта, члены которой отреклись и от истории, и от животных инстинктов в надежде найти абсолютное просветление посредством обретения власти над желаниями и обстоятельствами. На протяжении двух тысяч лет скрываются в древней крепости Ишуаль, развивая у членов своей секты двигательные рефлексы и остроту интеллекта.

Консульт
Группа магов и военачальников, оставшихся в живых после гибели Не-Бога в 2155 году и с тех пор стремящихся устроить его возвращение в результате так называемого Второго Апокалипсиса.

Тысяча Храмов
Организация, в рамках которой осуществляется церковное отправление культа заудуньянского айнритизма.

Министрат
Организация, которая надзирает за Судьями, тайная религиозная полиция новой империи.

Школы
Собирательное название различных организаций колдунов. Первые Школы, как на Древнем Севере, так и в Трех Морях, возникли в качестве противодействия тому, что Бивень категорически отвергал колдовство. К так называемым Великим Школам относятся Свайяльский Орден, Багряные Шпили, Мисунсай, Имперский Сайк, Вокалати и Завет (см. ниже).

Великая Ордалия

Завет

Гностическая Школа, основанная Сесватхой в 2156 году для продолжения борьбы против Консульта и для защиты Трех Морей от возвращения Не-Бога, Мог-Фарау. Включена в новую империю в 4112 году. Все адепты Завета вновь и вновь переживают в своих Снах события, происходившие с Сесватхой во времена Первого Апокалипсиса.

БЛАГОДАРНОСТИ

Нет, я не Келлхус.

Я из тех парней, которые могут помереть с голоду, если им не напомнят, что стоило бы поесть. Иногда мне кажется, что я всего лишь полчеловека, с учетом того, как много моего внимания (и самого меня) забирают мои проекты. Я, как мне представляется, завишу от тех, кто придает мне видимость целостности, сильнее, чем большинство прочих людей. В первую очередь от своей жены и дочери, а также от своего агента Криса Лоттса и моего брата Брайана.

Кроме того, у меня имеются некоторые дополнительные возможности для работы над моими книгами благодаря Майку Хилкоуту, Заку Райсу, Эндрю Тресслеру и остальным участникам форума сайта «Второй Апокалипсис». Спасибо вам за то, что вы не просто верите в этот цикл, но и всемерно способствуете поступи Причинности. Если эти книги запомнят, то это случится благодаря вам.

Также мне стоит выразить признательность читателям моего блога «Трехфунтовый мозг», так как, несмотря на то что кому-то может показаться, будто мои философские статьи имеют мало общего с моими фантастическими произведениями, в действительности они тесно взаимосвязаны.

От души благодарю Джейсона Диима за то, что сумел выразить плоды моего воображения столь блистательным образом. Также высказываю благодарность моим бета-ридерам — Тодду Спрингеру, Кену Торпу, Роджеру Эйкхорну, Майклу Маху и Джону Гриффитсу. А неподражаемый Майк Хилкоут заслуживает здесь, пожалуй, и повторного упоминания.

СОДЕРЖАНИЕ

Пролог. МОМЕМН 5
Глава первая. АОРСИ 16
Глава вторая. ИНДЖОР-НИЙАС 39
Глава третья. МОМЕМН 69
Глава четвертая. АОРСИ 106
Глава пятая. ИШУАЛЬ 145
Глава шестая. МОМЕМН 180
Глава седьмая. ИШТЕРЕБИНТ 207
Глава восьмая. ИШУАЛЬ 238
Глава девятая. ИШТЕРЕБИНТ 273
Глава десятая. ДАГЛИАШ 304
Глава одиннадцатая. МОМЕМН 323
Глава двенадцатая. ИШТЕРЕБИНТ 334
Глава тринадцатая. ДАГЛИАШ 386
Глава четырнадцатая. ГОРЫ ДЭМУА 456
Глава пятнадцатая. РЕКА СУРСА 493
Глава шестнадцатая. МОМЕМН 505
Глава семнадцатая. ГОРЫ ДЭМУА 565
Приложения. СЛОВАРЬ ДЕЙСТВУЮЩИХ ЛИЦ И ФРАКЦИЙ 616
Благодарности 621

БЛАГОДАРНОСТИ

Нет, я не Келлхус.
Я из тех парней, которые могут помереть с голоду, если им не напомнят, что стоило бы поесть. Иногда мне кажется, что я всего лишь полчеловека, с учетом того, как много моего внимания (и самого меня) забирают мои проекты. Я, как мне представляется, завишу от тех, кто придает мне видимость целостности, сильнее, чем большинство прочих людей. В первую очередь от своей жены и дочери, а также от своего агента Криса Лоттса и моего брата Брайана.

Кроме того, у меня имеются некоторые дополнительные возможности для работы над моими книгами благодаря Майку Хилкоуту, Заку Райсу, Эндрю Тресслеру и остальным участникам форума сайта «Второй Апокалипсис». Спасибо вам за то, что вы не просто верите в этот цикл, но и всемерно способствуете поступи Причинности. Если эти книги запомнят, то это случится благодаря вам.

Также мне стоит выразить признательность читателям моего блога «Трехфунтовый мозг», так как, несмотря на то что кому-то может показаться, будто мои философские статьи имеют мало общего с моими фантастическими произведениями, в действительности они тесно взаимосвязаны.

От души благодарю Джейсона Диима за то, что сумел выразить плоды моего воображения столь блистательным образом. Также высказываю благодарность моим бета-ридерам — Тодду Спрингеру, Кену Торпу, Роджеру Эйкхорну, Майклу Маху и Джону Гриффитсу. А неподражаемый Майк Хилкоут заслуживает здесь, пожалуй, и повторного упоминания.

СОДЕРЖАНИЕ

Пролог. МОМЕМН 5
Глава первая. АОРСИ 16
Глава вторая. ИНДЖОР-НИЙАС 39
Глава третья. МОМЕМН 69
Глава четвертая. АОРСИ 106
Глава пятая. ИШУАЛЬ 145
Глава шестая. МОМЕМН 180
Глава седьмая. ИШТЕРЕБИНТ 207
Глава восьмая. ИШУАЛЬ 238
Глава девятая. ИШТЕРЕБИНТ 273
Глава десятая. ДАГЛИАШ 304
Глава одиннадцатая. МОМЕМН 323
Глава двенадцатая. ИШТЕРЕБИНТ 334
Глава тринадцатая. ДАГЛИАШ 386
Глава четырнадцатая. ГОРЫ ДЭМУА 456
Глава пятнадцатая. РЕКА СУРСА 493
Глава шестнадцатая. МОМЕМН 505
Глава семнадцатая. ГОРЫ ДЭМУА 565
Приложения. СЛОВАРЬ ДЕЙСТВУЮЩИХ ЛИЦ И ФРАКЦИЙ 616
Благодарности 621

Все права защищены. Книга или любая ее часть не может быть скопирована, воспроизведена в электронной или механической форме, в виде фотокопии, записи в память ЭВМ, репродукции или каким-либо иным способом, а также использована в любой информационной системе без получения разрешения от издателя. Копирование, воспроизведение и иное использование книги или ее части без согласия издателя является незаконным и влечет уголовную, административную и гражданскую ответственность.

Литературно-художественное издание

FANTASY WORLD. ЛУЧШЕЕ СОВРЕМЕННОЕ ФЭНТЕЗИ

Бэккер Р. Скотт

ВЕЛИКАЯ ОРДАЛИЯ

Ответственный редактор *Г. Батанов*
Выпускающий редактор *К. Тринкунас*
Литературный редактор *С. Позднякова*
Художественный редактор *А. Дурасов*
Технический редактор *Л. Зотова*
Компьютерная верстка *В. Андриановой*
Корректор *В. Франтова*

Страна происхождения: Российская Федерация
Шығарылған елі: Ресей Федерациясы

ООО «Издательство «Эксмо»
123308, Россия, город Москва, улица Зорге, дом 1, строение 1, этаж 20, каб. 2013.
Тел.: 8 (495) 411-68-86.
Home page: www.eksmo.ru   E-mail: info@eksmo.ru

Өндіруші: «ЭКСМО» АҚБ Баспасы,
123308, Ресей, қала Мәскеу, Зорге көшесі, 1 үй, 1 ғимарат, 20 қабат, офис 2013 ж.
Тел.: 8 (495) 411-68-86.
Home page: www.eksmo.ru   E-mail: info@eksmo.ru.
Тауар белгісі: «Эксмо»

Интернет-магазин : www.book24.ru
Интернет-магазин : www.book24.kz
Интернет-дүкен : www.book24.kz

Импортер в Республику Казахстан ТОО «РДЦ-Алматы».
Қазақстан Республикасындағы импорттаушы «РДЦ-Алматы» ЖШС.
Дистрибьютор и представитель по приему претензий на продукцию,
в Республике Казахстан: ТОО «РДЦ-Алматы»
Қазақстан Республикасында дистрибьютор және өнім бойынша арыз-талаптарды
қабылдаушының өкілі «РДЦ-Алматы» ЖШС,
Алматы қ., Домбровский көш., 3 «а», литер Б, офис 1.
Тел.: 8 (727) 251-59-90/91/92; E-mail: RDC-Almaty@eksmo.kz
Өнімнің жарамдылық мерзімі шектелмеген.
Сертификация туралы ақпарат сайтта : www.eksmo.ru/certification

Сведения о подтверждении соответствия издания согласно законодательству РФ
о техническом регулировании можно получить на сайте Издательства «Эксмо»
www.eksmo.ru/certification
Өндірген мемлекет: Ресей. Сертификация қарастырылмаған

Дата изготовления / Подписано в печать 13.04.2021. Формат 60х90$^1/_{16}$.
Гарнитура «GaramondBookCTT». Печать офсетная. Усл. печ. л. 39,0.
Тираж 2000 экз. Заказ 3994.

ПРИВИЛЕГИЯ ЧИТАТЬ

FANZON — издательство интеллектуальной фантастики.
Мы выпускаем авторов, проверенных временем, и открываем новые имена.
Работаем с экспертами — переводчиками, редакторами и художниками.
Наши книги способны удивлять.

www.fanzon-portal.ru
ВКонтакте fanzon_portal
Instagram @fanzon_portal

Отпечатано с готовых файлов заказчика
в АО «Первая Образцовая типография»,
филиал «УЛЬЯНОВСКИЙ ДОМ ПЕЧАТИ»
432980, Россия, г. Ульяновск, ул. Гончарова, 14

В электронном виде книги издательства вы можете купить на www.litres.ru

ЛитРес:
один клик до книг

Москва. ООО «Торговый Дом «Эксмо».
Адрес: 123308, г. Москва, ул. Зорге, д. 1, строение 1.
Телефон: +7 (495) 411-50-74. **E-mail:** reception@eksmo-sale.ru

По вопросам приобретения книг «Эксмо» зарубежными оптовыми покупателями обращаться в отдел зарубежных продаж ТД «Эксмо»
E-mail: international@eksmo-sale.ru

International Sales: International wholesale customers should contact Foreign Sales Department of Trading House «Eksmo» for their orders.
international@eksmo-sale.ru

По вопросам заказа книг корпоративным клиентам, в том числе в специальном оформлении, обращаться по тел.: +7 (495) 411-68-59, доб. 2261.
E-mail: **ivanova.ey@eksmo.ru**

Оптовая торговля бумажно-беловыми и канцелярскими товарами для школы и офиса «Канц-Эксмо»:
Компания «Канц-Эксмо»: 142702, Московская обл., Ленинский р-н, г. Видное-2, Белокаменное ш., д. 1, а/я 5. Тел./факс: +7 (495) 745-28-87 (многоканальный).
e-mail: kanc@eksmo-sale.ru, сайт: www.kanc-eksmo.ru

Филиал «Торгового Дома «Эксмо» в Нижнем Новгороде
Адрес: 603094, г. Нижний Новгород, улица Карпинского, д. 29, бизнес-парк «Грин Плаза»
Телефон: +7 (831) 216-15-91 (92, 93, 94). **E-mail:** reception@eksmonn.ru

Филиал ООО «Издательство «Эксмо» в г. Санкт-Петербурге
Адрес: 192029, г. Санкт-Петербург, пр. Обуховской обороны, д. 84, лит. «Е»
Телефон: +7 (812) 365-46-03 / 04. **E-mail:** server@szko.ru

Филиал ООО «Издательство «Эксмо» в г. Екатеринбурге
Адрес: 620024, г. Екатеринбург, ул. Новинская, д. 2щ
Телефон: +7 (343) 272-72-01 (02/03/04/05/06/08)

Филиал ООО «Издательство «Эксмо» в г. Самаре
Адрес: 443052, г. Самара, пр-т Кирова, д. 75/1, лит. «Е»
Телефон: +7 (846) 207-55-50. **E-mail:** RDC-samara@mail.ru

Филиал ООО «Издательство «Эксмо» в г. Ростове-на-Дону
Адрес: 344023, г. Ростов-на-Дону, ул. Страны Советов, 44А
Телефон: +7(863) 303-62-10. **E-mail:** info@rnd.eksmo.ru

Филиал ООО «Издательство «Эксмо» в г. Новосибирске
Адрес: 630015, г. Новосибирск, Комбинатский пер., д. 3
Телефон: +7(383) 289-91-42. E-mail: eksmo-nsk@yandex.ru

Обособленное подразделение в г. Хабаровске
Фактический адрес: 680000, г. Хабаровск, ул. Фрунзе, 22, оф. 703
Почтовый адрес: 680020, г. Хабаровск, А/Я 1006
Телефон: (4212) 910-120, 910-211. **E-mail:** eksmo-khv@mail.ru

Филиал ООО «Издательство «Эксмо» в г. Тюмени
Центр оптово-розничных продаж Cash&Carry в г. Тюмени
Адрес: 625022, г. Тюмень, ул. Пермякова, 1а, 2 этаж. ТЦ «Перестрой-ка»
Ежедневно с 9.00 до 20.00. Телефон: 8 (3452) 21-53-96

Республика Беларусь: ООО «ЭКСМО АСТ Си энд Си»
Центр оптово-розничных продаж Cash&Carry в г. Минске
Адрес: 220014, Республика Беларусь, г. Минск, проспект Жукова, 44, пом. 1-17, ТЦ «Outleto»
Телефон: +375 17 251-40-23; +375 44 581-81-92
Режим работы: с 10.00 до 22.00. **E-mail:** exmoast@yandex.by

Казахстан: «РДЦ Алматы»
Адрес: 050039, г. Алматы, ул. Домбровского, 3А
Телефон: +7 (727) 251-58-12, 251-59-90 (91,92,99). E-mail: RDC-Almaty@eksmo.kz

Украина: ООО «Форс Украина»
Адрес: 04073, г. Киев, ул. Вербовая, 17а
Телефон: +38 (044) 290-99-44, (067) 536-33-22. **E-mail:** sales@forsukraine.com

Полный ассортимент продукции ООО «Издательство «Эксмо» можно приобрести в книжных магазинах «Читай-город» и заказать в интернет-магазине: www.chitai-gorod.ru.
Телефон единой справочной службы: 8 (800) 444-8-444. Звонок по России бесплатный.

Интернет-магазин ООО «Издательство «Эксмо»
www.book24.ru
Розничная продажа книг с доставкой по всему миру.
Тел.: +7 (495) 745-89-14. E-mail: imarket@eksmo-sale.ru

ISBN 978-5-04-120280-4

Официальный интернет-магазин издательской группы "ЭКСМО-АСТ"